GOLDMANN

Buch

Wann immer Shea Randall den lasziven Blick ihres Entführers auf sich gerichtet fühlt, durchzuckt sie wilde Panik – und unbändiges Verlangen. Gegen ihren Willen gefangengehalten in einem geheimen Lager in den Bergen, sucht sie verzweifelt nach einer Fluchtmöglichkeit. Aber ihr Bewacher Rafe Tyler ist aufmerksam wie ein auf Beute lauerndes Raubtier; er hat nur eines im Sinn: sich durch diese Entführung an Sheas Vater zu rächen, der ihn einmal unschuldig ins Gefängnis brachte. Doch seine Gefangene entpuppt sich als echte Herausforderung an seine Standhaftigkeit. Mal entpuppt sie sich als wahre Furie, mal als einschmeichelndes Kätzchen, das seinen Widersacher um den Verstand zu bringen droht ...

Autorin

Patricia Potter ist eine der erfolgreichsten und beliebtesten Autorinnen historischer Liebesromane. Ihre Karriere als Schriftstellerin begann 1988 mit einem spektakulären Debüt, als sie für ihren ersten Roman u. a. mit dem »Romantic Times Award« ausgezeichnet wurde. Für *Wilde Liebe, weites Land* wurde sie 1993 von der Zeitschrift *Romantic Times* zur »Autorin des Jahres« gekürt. Bevor sie begann, Romane zu schreiben, arbeitete Patricia Potter als Journalistin in Atlanta und war Präsidentin der »Georgia Romance Writers Association«.

Bei Goldmann liegen von Patricia Potter bereits folgende Titel vor:

Schön wie die Sünde. Roman (42698)
Wilde Liebe, weites Land. Roman (42828)

PATRICIA POTTER

Im Kerker der Leidenschaft

ROMAN

Ins Deutsche übertragen
von Uta Hege

GOLDMANN VERLAG

Originaltitel: Relentless
Originalverlag: Bantam Books, a division of Bantam Doubleday Dell
Publishing Group, Inc., New York

Umwelthinweis:
Alle bedruckten Materialien dieses Taschenbuches
sind chlorfrei und umweltschonend.
Das Papier enthält Recyclinganteile.

Der Goldmann Verlag
ist ein Unternehmen der Verlagsgruppe Bertelsmann

Deutsche Erstveröffentlichung Juli 1995

Umschlaggestaltung: Design Team München
Umschlagillustration: Daeni/Schlück, Garbsen
Satz: deutsch-türkischer fotosatz, Berlin
Druck: Elsnerdruck, Berlin
Verlagsnummer: 42861
Lektorat: Silvia Kuttny
Redaktion: Sabine Unger
Herstellung: Heidrun Nawrot
Made in Germany
ISBN 3-442-42861-0
1 3 5 7 9 10 8 6 4 2

Prolog

Kansas, 1863

Eine Kugel im Leib wäre gnädiger gewesen.

Selbst der Tod durch den Strang.

Aber mit Captain Rafferty Tyler war das Leben niemals gnädig umgegangen, und es war offensichtlich, daß sich daran auch jetzt nichts änderte. Jede Hoffnung, die er jemals gehegt hatte, jeder Traum, den er je zu träumen gewagt hatte, war verschwunden. Er war nicht mehr Captain Rafe Tyler, der angesehene, hochdekorierte Offizier und Gentleman.

Hier stand er. Entehrt. Entlassen. Ein verurteilter Verbrecher. Am liebsten hätte er die Hände zu Fäusten geballt, aber diese Genugtuung würde er diesen Schweinehunden nicht zuteil werden lassen.

Dieb. Verräter. Sie hätten ihn als Dieb und beinahe auch noch als Verräter verurteilt. Aber sein Freispruch von der zweiten Anklage war unwichtig. Bis an sein Lebensende würde er das Stigma beider Verbrechen tragen.

Er straffte die Schultern, während er allein vor der gesamten Garnison stand und man ihm die Schulterklappen und die Knöpfe von der Jacke riß und den Degen aus der Scheide zog. Ihm alles nahm, was ihm jemals etwas bedeutet hatte. Seine Würde. Seine Seele.

Trommeln kündeten von seiner Entehrung, jeder einzelne Schlag eine Erniedrigung. Er versuchte, nicht hinzuhören, aber er wußte, daß dieses Geräusch auf ewig in sein Gedächtnis eingebrannt sein würde.

Und dann wurde er gebrandmarkt. Mit einem *T* auf dem

Handrücken, einem *T* für »Thief«, Dieb. Öffentliche Brandmarkungen waren immer noch eine der beliebtesten Strafmaßnahmen in der Armee, obgleich sie für gewöhnlich nicht bei Offizieren zur Anwendung kamen. Aber schließlich war er kein Offizier mehr.

Er ließ seinen Blick langsam von dem Offizier, der die Bestrafung leitete, zu den übrigen Anwesenden gleiten. Die Ehefrauen und Töchter einiger Soldaten standen auf den Veranden der Privatquartiere. Seine Miene spannte sich an, als er Allison suchte. Er wußte nicht, ob sie der Demütigung ihres ehemaligen Verlobten beiwohnte. Schließlich war sie die erste gewesen, die ihn fallengelassen hatte, als Anklage gegen ihn erhoben worden war. Sie hatte ihn noch nicht einmal gefragt, ob die Anschuldigungen stimmten, sondern ihm wortlos den Ring zurückgegeben, während er im Arrestlokal die Verhandlung abgewartet hatte. In diesem Augenblick hatte er festgestellt, daß er sie nicht im geringsten kannte, und Himmel, diese Erkenntnis hatte geschmerzt.

Er schüttelte die beiden Männer ab, die ihn festhalten sollten, und legte seine Hand auf den Amboß. Es reichte, wenn er als Dieb gebrandmarkt war – den Stempel des Feiglings würde er sich nicht auch noch aufdrücken lassen. Aber innerlich zog er sich an einen dunklen Ort zurück, den niemand außer ihm betreten konnte, den niemand außer ihm jemals würde betreten können. Und er ertrug diesen Teil der Bestrafung – er hatte keine andere Wahl.

Er versuchte, nicht zu denken, doch das gelang ihm nicht. Erlebnisse aus der Vergangenheit blitzten vor seinem inneren Auge auf, eine Folge von Ereignissen, die ihn hierher geführt hatten, an diesen Ort der allergrößten Schmach. Jener Tag vor mehr als zwanzig Jahren, an dem er zugesehen hatte, wie seine Eltern starben, wie sein Vater skalpiert und seine Mutter vor ihrer Ermordung vergewaltigt wurde. Er war von den Komanchen verschleppt und drei Monate gefangengehalten worden, bis er von der Armee »zurückgekauft« worden war. Doch das hatte seine Situation nicht bedeutend verbessert. Er war von einer texanischen Familie aufgenommen worden, doch er hatte schnell herausgefunden, daß sie nur an seiner Arbeitskraft interessiert gewesen waren; bei den Indianern wäre es ihm nicht schlechter ergangen.

Aber er war ein Kämpfer, war immer ein Kämpfer gewesen. Mit fünfzehn war er zur Armee gegangen und hatte dort ein Zuhause gefunden. Einen Ort, an den er gehörte.

Während der acht Jahre bei der Grenztruppe hatte er sich vom gemeinen Soldaten bis zum Sergeant hochgearbeitet. Dann hatte der Krieg gegen den Süden begonnen, und er hatte das Offizierspatent und zwei Beförderungen erhalten. Er hatte seinen Platz im Leben gefunden. Es war ihm leichtgefallen, die anderen Männer anzuführen, denn da er selbst als gewöhnlicher Soldat angefangen hatte, verstand er sie und versuchte, ihre Leben nicht unnötig zu gefährden. Er hatte gewußt, daß sie ihm blind folgten, daß sie seinen Befehlen gehorchten.

Er hatte geglaubt, sein Schicksal überwunden zu haben, aber nun wurde ihm klar, daß es nur darauf gewartet hatte, erneut zuzuschlagen. Mit fünfundzwanzig war er verwundet und an den Schreibtisch versetzt worden, fort von den Kämpfen, von denen er etwas verstand, hin zur Politik, die ihm vollkommen fremd war. Dann hatte man ihn abkommandiert, die Geldtransporte der Armee nach Westen zu begleiten.

Seinem Vorgesetzten, Major Jack Randall, hatte er nicht getraut; irgend etwas an ihm hatte ihn gestört.

Nun starrte er Randall an, den Mann, der vor dem Kriegsgericht einen Meineid geleistet hatte. Er hatte seinen Untergebenen der Überfälle auf die Geldtransporte bezichtigt, die er selbst begangen hatte, denn Rafe war ein leichtes Opfer gewesen, ein Außenseiter mit einem texanischen Akzent.

Rafe hörte das Zischen des glühend heißen Eisens auf seiner Haut, roch sein eigenes verbranntes Fleisch und dankte dem momentanen Schock, der den Schmerz noch einen Augenblick von ihm fernhielt. Er stand kerzengerade da, die Beine in den Boden gestemmt, während der Schmerz in sein Bewußtsein drang und den Haß noch vertiefte, der heftiger in ihm brannte als das Eisen. Er wandte den Blick kein einziges Mal von Major Randall ab.

Als der Mann zusammenzuckte, wußte Rafe, daß er den Haß in seinen Augen erkannt hatte. Den Haß und den Schwur, sich eines Tages für dieses Unrecht zu rächen.

Randall fuhr sich mit der Zunge über die Lippen und wandte sich ab.

Rafe zog seine Hand zurück, und obgleich er sich geschworen hatte, es nicht zu tun, blickte er auf das Brandmal. Das *T* war bereits deutlich zu erkennen, die Haut war schwarz und verkohlt, der Übelkeit erregende Gestank verbrannten Fleisches hing in der heißen Sommerluft. Er schluckte, um nicht laut aufzustöhnen, als der Schmerz schlimmer wurde, in immer größeren Wellen über ihm zusammenschlug.

Jetzt war er gebrandmarkt. Auf ewig als Dieb erkennbar. Egal, was er von nun an tat, dieses Mal würde er nie wieder los.

Die Soldaten, die seine Arme packten und ihm Eisenketten um die Handgelenke legten, kümmerten sich nicht um den brennenden Schmerz in seiner Hand. Er wurde in Richtung des Arrestlokals gestoßen, wo er den Transport zum Staatsgefängnis von Ohio abwarten sollte, in dem er die nächsten zehn Jahre verbringen würde. Da es keine Militärgefängnisse gab, wanderten sämtliche Gefangenen der Armee in irgendein Staatsgefängnis, wo gerade Platz war.

Er biß sich auf die Lippen, um nicht laut aufzuschreien vor Schmerz und Zorn über dieses Unrecht. Niemand kümmerte sich darum. Randall hatte seine Sache einfach zu gut gemacht.

Er würde es Randall heimzahlen – und wenn es das letzte wäre, was er jemals täte.

Dieser Gedanke war es, der ihn die Nacht überstehen ließ und die drei darauffolgenden Tage, in denen er angekettet wie ein Tier per Wagen und Zug nach Ohio verfrachtet wurde.

Randall. Ebensogut wie das *T* hätte dieser Name in Rafes Hand eingebrannt worden sein können. Den Geruch des verbrannten Fleisches, die Demütigung, aus der Garnison, in der er einst gedient hatte, entlassen worden zu sein, die bewußte, geplante Zerstörung seines Lebens würde er niemals vergessen.

Nicht, solange Randall nicht ebenso verdammt war, solange er nicht ebenso wie Rafe gelitten hatte.

1. Kapitel

Boston, 1873

Shea Randall wußte, daß ihre Mutter im Sterben lag. Ihre Angst vor dem drohenden Verlust vermischte sich mit Schuldgefühlen. Sie hätte früher darauf bestehen sollen, daß ihre Mutter einen Arzt rief, aber Sara hatte wieder und wieder behauptet, daß ihre Schmerzen nur davon herrührten, daß sie etwas Schlechtes gegessen hätte, und daß es ihr bald wieder bessergehen würde. Es wäre also sinnlos, gutes Geld für einen Doktor auszugeben.

Aber die Schmerzen hatten sich nicht gelegt. Sie hatten sich beständig verschlimmert, bis sie unerträglich geworden waren. Jetzt lag ihre Mutter in einem Krankenhausbett und krümmte sich unter Qualen, die noch nicht einmal mehr durch Morphium gelindert werden konnten.

Trotz ihres zarten Äußeren hatte Sara immer einen eisernen Willen gehabt. Sie war die entschlossenste Frau, die Shea je gesehen hatte. Es zerriß ihr das Herz, tatenlos mit ansehen zu müssen, wie ihre ehemals so starke Mutter hilflos dalag.

Der Arzt hatte gesagt, daß Sara Randalls Blinddarm durchgebrochen war und ihr Inneres langsam vergiftete, und daß man nichts dagegen unternehmen konnte. Sie hatte einfach zu lange gewartet, ehe sie ins Krankenhaus gekommen war.

Sie hätte noch ein oder zwei Tage zu leben, wenn überhaupt. Und während dieser zwei Tage würde sie Höllenqualen erleiden, da die Infektion sich immer mehr ausbreitete und ihren gesamten Körper zerfraß.

Shea ergriff die Hand ihrer Mutter, und Sara öffnete die Augen. »Der Laden?«

»Mrs. Mulroney kümmert sich darum«, sagte Shea und hielt mühsam die Tränen zurück, von denen sie wußte, daß sie ihre Mutter nur noch trauriger machen würden.

»Du ... solltest dort sein. Mrs. Logans Hut ... «

»Mrs. Logans Hut ist fertig«, erklärte Shea, obgleich sie wußte, daß ihre Mutter diese Lüge hassen würde. Ihre Mutter verachtete jede Art der Unehrlichkeit. Eine Lüge, hatte sie immer gesagt, ist der erste Schritt zur Verdammnis. Man kann niemals nur eine Lüge erzählen; Lügen entwickeln ein Eigenleben, sie führen zu immer neuen Lügen. Eine Lüge war wie eine Hydra, ein vielköpfiges Ungeheuer, dem für jeden Kopf, der ihm abgeschlagen wurde, zwei neue wuchsen.

Aber Shea rechtfertigte diese eine Lüge damit, daß sie ihre Mutter beruhigen wollte. Sie würde alles tun, um ihre Schmerzen und Ängste zu lindern. Alles. Wenn sie ihr eigenes Leben dafür geben könnte, würde sie es tun.

Ihre Bemühungen wurden belohnt, als ihre Mutter die Augen schloß und sich zu entspannen schien. Die Schmerzen, das wußte Shea, kämen sowieso früh genug zurück.

Sie wollte nicht darüber nachdenken, was nun aus ihr werden würde. Sie beide waren immer allein gewesen. Ihr Vater war vor ihrer Geburt gestorben, und ihre Mutter hatte den Lebensunterhalt für sie beide mit dem kleinen Hutgeschäft verdient, das gerade genug abwarf, um sie mit dem Nötigsten zu versorgen. Sie hatten nie Geld für außergewöhnliche Dinge gehabt, aber sie hatten auch nicht viel gebraucht. Sie hatten kostenlose Konzerte im Park und Wohltätigkeitsveranstaltungen der Kirche besucht, und hin und wieder, wenn sie einen Dollar übrig hatten, waren sie ins Theater gegangen.

Sie hatten ein paar Freunde, aber niemanden, der ihnen besonders nahestand, da im Laden immer zuviel zu tun gewesen war. Verwandte gab es nicht. Immer standen sie beide alleine gegen den Rest der Welt, und das war herrlich gewesen, weit mehr, als viele andere hatten.

Es hatte ein paar junge Männer gegeben, Verehrer, aber keinen, den Shea genug gemocht hätte, um ihn zu heiraten. Ihre Mutter hatte sie immer gedrängt, ein paar der Anträge wenigstens zu überdenken. Such dir einen ehrenwerten Mann, hatte sie gesagt, dann wirst du auch lernen, ihn zu lieben. Vertrau niemals auf deine Gefühle, sondern immer nur auf deinen Verstand.

Und Shea hatte es versucht. Sie war von ein paar Männern hofiert worden, die sie für ehrenwert hielt, wie ihren Vater, den sie unbekannterweise vergötterte. Sie hatte sich von Jünglingen hofieren lassen, die sie für anständig hielt, aber keiner von ihnen brachte ihr Herz zum Klingen. Sie verspürte nicht die Gefühle, die ihre Mutter verspürt haben mußte, um ihrem verstorbenen Mann all die Jahre die Treue zu halten.

Nein, die Liebe war ihr noch nicht begegnet, und trotz des Drängens ihrer Mutter hatte sie sich geweigert, sich mit weniger zufriedenzugeben. Nun war sie dreiundzwanzig und wahrscheinlich zu alt, um noch einen Mann zu bekommen.

Doch sie sah sich nicht als verbitterte alte Jungfer. Sie liebte ihre Bücher, zeichnete gern und wußte, daß sie gute Hutmodelle entwarf, ausgefallene Kreationen, die die Kundinnen begeisterten. Ihre Skizzen spiegelten ebenso wie die Karikaturen, die sie von Menschen zeichnete, die verborgenen Teile der Persönlichkeiten wider, die im allgemeinen als ruhig und vernünftig galten. Sie war keine Künstlerin, aber sie hatte einen Sinn für das Lächerliche, den sie für sich behielt aus Furcht, die Leute vor den Kopf zu stoßen.

Aber jetzt ging es nur um ihre Mutter. Shea konnte sich ein Leben ohne sie nicht vorstellen. Sara Randall war ihr Freundin, Lehrerin und Mutter zugleich gewesen, und Shea fühlte sich bereits bei dem Gedanken, allein zu sein, vollkommen verloren. Obgleich sie zeitweise gegen die beschützende und strenge Art ihrer Mutter aufbegehrt hatte, hatte sie sich doch immer geliebt und geborgen gefühlt.

Und jetzt …

Verzweiflung wallte in ihr auf, doch dann hörte sie ihre Mutter stöhnen.

»Kann ich dir etwas bringen?« flüsterte sie leise.

Ihre Mutter sah sie aus ihren sanften grauen Augen an. »Ich möchte … «

»Was möchtest du?«

»Sei vorsichtig, Shea, sei vorsichtig bei der Wahl deines Ehemannes.« Der Anblick von Saras tränengefüllten Augen war Shea unerträglich. Nie zuvor hatte sie ihre Mutter weinen sehen.

»Jemanden wie Papa?« Sara hatte nie viel über Sheas Vater gesprochen, und Shea hatte irgendwann aufgehört zu fragen, da sie dachte, sein Tod hätte ihre Mutter wahrscheinlich zu sehr getroffen. Er war charmant gewesen, hatte Sara vor langer Zeit einmal gesagt. Gutaussehend, charmant und ehrenwert.

Aber statt einer Antwort verzog Sara das Gesicht, als eine neue Woge des Schmerzes über ihrem schmalen Körper zusammenschlug. Sie vergrub ihre Fingernägel in Sheas Hand, bis Shea das Blut über die Finger rann. Doch dann schienen ihre Schmerzen schwächer zu werden.

»Es tut mir leid, Shea«, flüsterte Sara.

Shea beugte sich über sie. »Es gibt nichts, was dir leid tun müßte.«

»Ich habe getan, was ich für das beste hielt.« Sara sah ihr in die Augen, als versuche sie, sie durch bloße Willenskraft dazu zu bewegen, ihr zu glauben.

»Natürlich hast du das«, bestätigte Shea, die weder das plötzliche Drängen in der Stimme ihrer Mutter noch die Bedeutung der Worte verstand.

Und dann schrie Sara auf. Shea rannte aus dem Krankenzimmer, um eine Schwester zu suchen. Eine weitere Morphiumspritze, und Saras ruhige graue Augen wurden trübe.

»Ich habe getan, was ich für das beste hielt«, murmelte sie noch einmal.

»Es ist gut, Mama«, sagte Shea. »Es ist gut.«

Sara schloß die Augen, und Shea fragte sich, ob sie jemals die Furcht vergessen würde, die sie im Gesicht ihrer Mutter gesehen hatte.

Er hatte so gut ausgesehen. War so charmant gewesen. So überzeugend. Sara hatte ihn trotz des Fiebers und der Schmerzen deutlich vor Augen.

Jack Randall. Er hatte all das verkörpert, was sich ein junges Mädchen nur wünschen konnte. Es war ihr wie ein Wunder erschienen, als er sie gebeten hatte, seine Frau zu werden und mit ihm in den Westen zu gehen.

Und dann hatte sich das Wunder in einen Alptraum verwandelt. Sie hatte entdeckt, daß er ein notorischer Dieb war. In seinen Taschen hatte immer viel mehr Geld gesteckt, als er verdiente. Eine Zeitlang hatte sie seine Erklärungen geglaubt: eine gewonnene Wette, ein Geschenk, eine Gratifikation von einem dankbaren Vorgesetzten. Aber irgendwann war immer der Zeitpunkt zum Aufbruch gekommen, oft vollkommen überraschend und mitten in der Nacht.

Er hatte immer wieder eine Stelle gefunden. Mit seinem Charme, der selbst die Vögel von den Bäumen locken könnte, brachte er jeden Arbeitgeber dazu, auf Referenzen zu verzichten, aber nach kurzer Zeit wurde ihm jede Arbeit langweilig. Er fühlte sich unterfordert, begann aufs neue zu stehlen und zog, wenn er Angst hatte, entdeckt zu werden, einfach weiter.

Sara hatte, wie Frauen das meistens tun, zunächst gedacht, daß sie ihn ändern könnte. Aber das Stehlen schien eine Sucht zu sein. Er war immer größere Risiken eingegangen, und dann war sie eines Tages dahintergekommen, daß er an einem Überfall auf die Bank, bei der er arbeitete, beteiligt gewesen war. Sie hatte Bündel aus Geldscheinen mit den Banderolen der Bank in seiner Reisetasche gefunden, nur wenige Tage nachdem sie festgestellt hatte, daß sie ein Baby erwartete.

Er hatte ihr so oft versprochen aufzuhören, daß sie ihm nicht mehr glaubte. Ein Teil von ihr würde ihn immer lieben, aber sie würde ihr Kind nicht mit gestohlenem Geld aufziehen. Vor allem nicht mit einem Dieb als Vater. Sie selbst hätte vielleicht so weiterleben können, aber ihr Kind würde sie nicht mit einem solchen Erbe belasten.

Und so hatte sie ihn verlassen, ohne ihm zu sagen, daß sie schwanger war. Sie hatte ihm gedroht, seine Beteiligung an dem Bankraub zu verraten, wenn er ihr folgen würde, und war nach Boston gegangen, wo sie den Leuten erzählte, ihr Mann sei gestorben. Papiere hatte sie nicht gebraucht, denn sie würde sowieso nicht noch einmal heiraten. Kurz vor Sheas Geburt war Saras eigener Vater gestorben und hatte ihr etwas Geld hinterlassen, so daß sie das kleine Hutgeschäft hatte kaufen können.

Und dann hatten die Lügen angefangen, die Lügen, vor denen sie Shea immer gewarnt hatte, weil sie besser als jeder andere wußte, wie zerstörerisch sie waren. Sie hatte es einfach nicht über sich gebracht, ihrer Tochter die Wahrheit über ihren Vater zu sagen, und so hatte sie gelogen und gelogen und gelogen, bis Shea geglaubt hatte, ihr Vater sei ein ehrenwerter, guter Mensch gewesen.

Jetzt erkannte sie, welchen Fehler sie gemacht hatte. Als sie erneut aus der nebelumhüllten, bleiernen Welt des Morphiums auftauchte, wurde sie von der Angst gepackt, Shea könnte erfahren, daß ihr Vater noch lebte, und sich auf die Suche nach ihm machen. Das durfte nicht passieren. Jack Randall würde sie ebenso korrumpieren, wie er alle anderen Menschen korrumpierte.

Warum nur hatte sie die Briefe aufgehoben, das Geld, den Zeitungsartikel?

Weil du ihn nie ganz loslassen konntest. Er hatte Macht über sie, Macht, vor der sie ihre Tochter zu schützen versucht hatte. Vielleicht war noch Zeit genug, um die wenigen Erinnerungsstücke an eine Ehe zu verbrennen, die Himmel und Hölle zugleich gewesen war.

Sie blickte zu ihrer Tochter auf, die immer noch auf dem Stuhl neben dem Bett saß, und stellte fest, daß die blaugrauen Augen geschlossen waren. Wenn sie doch nur nach Hause gehen könnte, dachte sie, ehe eine neue Woge des Schmerzes über ihr zusammenschlug.

Sie stöhnte, und Shea öffnete die Augen. Ehrliche Augen. Sie durfte niemals etwas über Jack Randall erfahren. Er würde sie mit seinem Lächeln bezaubern, das alle Herzen schneller schlagen ließ.

»Mama?«

»Da ist ein Kasten, Shea, ein Holzkasten«, sagte Sara. »In meinem Kleiderschrank. Geh und hol ihn mir.«

Shea schüttelte den Kopf. »Ich kann dich nicht alleine lassen –«

Sara preßte die Hand ihrer Tochter fester. »Bitte ... es wird ja nicht lange dauern.«

Shea zögerte. Sie wollte nicht gehen, aber ihre Mutter wurde zusehends aufgeregter. Also würde sie sich beeilen. »Ich hole ihn dir.«

Sara vergrub die Finger in ihrer Hand. »Mach ihn nicht auf.«

»Nein«, sagte Shea. »Ich hole nur schnell eine Schwester ...«

Die Hand ihrer Mutter sank neben das Bett, als sie sich erneut vor Schmerzen krümmte. »Hol nur ... «

»Ich hole ihn dir, Mama. Ich bin gleich zurück.« Sie beugte sich vor, um die Hand auf Saras Wange zu legen, und Sara wußte, daß sie entsetzlich elend aussehen mußte. »Geh«, drängte sie.

Ihre Tochter nickte und eilte hinaus.

Wieder kam der Schmerz, und Sara fühlte, wie ihre Lebenskraft mit jedem Male schwächer wurde. Sie mußte Jacks Briefe vernichten, die Briefe, in denen er sie angefleht hatte, zu ihm zurückzukehren, die Umschläge voller Geld, die er geschickt hatte. Er hatte niemals etwas von dem Kind erfahren, und sie wollte auch nicht, daß er jemals etwas davon erfuhr.

Sie schloß erneut die Augen und sah ihn wieder vor sich. Vor zehn Jahren hatte Jack sie zum letzten Mal gebeten, zu ihm zurückzukehren. Er hatte geschrieben, daß er zur Armee gegangen und nun ein angesehener Major sei. Von den Diebstählen hatte er nichts gesagt. Er konnte einfach nicht zugeben, daß er Fehler machte, aber sie wußte, daß er versucht hatte, ihr zu erklären, damit sei es vorbei. Die Versuchung war wirklich groß gewesen. Gott allein wußte, wie groß. Doch dann hatte sie in der Bostoner Zeitung den Artikel über ein Kriegsgericht in Kansas gelesen, bei dem ein Major Randall gegen einen anderen Offizier ausgesagt hatte, der des Überfalls auf Geldtransporte der Armee bezichtigt worden war. Nur ein kleiner Teil des Geldes war jemals gefunden worden. Und tief in ihrem Herzen hatte sie gewußt, daß Jack für die Diebstähle verantwortlich gewesen war, und nicht der andere Mann.

Sie hätte die Behörden informieren sollen, aber das hätte bedeutet, ihre eigenen Lügen aufzudecken und Shea zu gestehen, daß ihr Vater ein Dieb war. Aber sie hatte den Artikel aufgehoben. Und das Geld, das er geschickt hatte. Sie hatte nie einen Penny davon ausgegeben. Gestohlenes Geld. Blutgeld. Sie fühlte sich dem anderen Mann gegenüber unendlich schuldig.

Der Zeitungsausschnitt ... in dem Holzkasten mit den Briefen.

Der Schmerz ließ nach, und sie versank erneut in einem Meer des Nebels. *Beeil dich, Shea. Beeil dich.*

Oh, Jack, wenn du doch ...

Shea fand den Kasten nicht auf Anhieb. Er war unter einer Reihe von Hutschachteln versteckt, so daß sie erst alles ausräumen mußte. Doch schließlich entdeckte sie, was ihre Mutter offensichtlich unbedingt haben wollte – einen reichverzierten Holzkasten mit einem Schloß.

Wo der Schlüssel wohl war? Sie sah im Schreibtisch ihrer Mutter nach. Würde sie nicht auch den Schlüssel wollen?

Außer sich vor Sorge um Sara, gab sie schließlich auf. Der Schlüssel befand sich entweder zwischen den Privatsachen ihrer Mutter oder unten im Hutgeschäft, und sie hatte nicht die Zeit, alles zu durchsuchen.

Gerade als sie das Haus verließ, kam eine Nachbarin vorbei und stellte ihr ein paar Fragen, so daß sie kostbare Minuten verlor. Dann fand sie keine Kutsche und begann zu rennen. Sie mußte unbedingt zurück zu ihrer Mutter.

Den Kasten wie einen Schatz an ihre Brust gepreßt, stürzte sie die Stufen zum Krankenhaus hinauf.

Die Schwester im zweiten Stock wandte den Blick ab, als sie den Flur betrat. Mit einer dunklen Vorahnung rannte sie in das Zimmer, das Sara mit drei anderen Frauen teilte.

Der Arzt blickte gerade mit düsterer Miene zu Boden. Als er Shea bemerkte, schüttelte er traurig den Kopf. Von Panik ergriffen, stürzte sie an das Bett. Das Gesicht ihrer Mutter war unnatürlich bleich. Shea beugte sich zu ihr hinab und berührte ihre Lippen. Die Wangen waren kalt. Reglos. Leblos.

»Es tut mir leid, Shea«, sagte der Doktor.

Sie blickte verständnislos zu ihm auf. Noch vor fünf Tagen war ihre Mutter quicklebendig gewesen. Wie hatte so etwas passieren können? Sie starrte den Arzt aus glasigen Augen an. Sie wollte ihm die Schuld an allem geben, aber das war unmöglich. Ihre Mutter hatte ihrem Drängen einfach zu lange widerstanden.

Sie kniete sich neben das Bett, ergriff Saras Hände und versuchte, irgendein Lebenszeichen zu entdecken. »Du darfst mich nicht verlassen«, flüsterte sie. »Du darfst mich nicht verlassen.«

Sie versuchte, ihre Mutter durch Willenskraft dazu zu bewegen, die Augen zu öffnen, ihre kalten Hände zu wärmen. Sara war der einzige Mensch, den sie auf dieser Welt hatte.

Shea spürte einen drückenden Schmerz hinter ihren Augen, eine Enge, die sie zu ersticken drohte. »Laß mich nicht allein.« Tränen rannen ihr über die Wangen.

Sie wußte nicht, wie lange sie neben dem Bett gekauert hatte, bis Dr. Sanson, der alte, oft bärbeißige Arzt, sie auf die Füße zog und sie unbeholfen zu trösten versuchte.

»Was wirst du jetzt machen?« fragte er.

»Ich weiß nicht«, sagte Shea mit gebrochener Stimme. Wie durch einen Schleier erinnerte sie sich an den Kasten, der auf den Boden gefallen war. Er war ihrer Mutter wichtig gewesen, und das war seltsam. Shea hatte immer gedacht, daß sie keine Geheimnisse voreinander hätten.

Aber das war im Augenblick vollkommen unwichtig. Nichts zählte außer dem Verlust und der Einsamkeit, die sie verspürte. Im Zustand vollkommener Taubheit, der einen vor dem Schmerz schützt, den man ansonsten nicht erträgt, dachte sie darüber nach, was nun zu tun sei. Sie mußte die Beerdigung organisieren. Freunde benachrichtigen. Entscheiden, was aus dem Laden werden sollte.

Sie bückte sich und hob den Kasten auf. Später würde sie hineinsehen. Wenn sie allein war.

Sie sah zu, wie der Arzt eine Decke über ihre Mutter zog, und wischte sich die Tränen fort. Sara Randall war immer eine starke Frau gewesen, und nun war es an Shea, es ihr gleichzutun.

Rafe Tyler stand unentschlossen vor der Mauer des Staatsgefängnisses von Ohio. Die Kleider, die er dort bekommen hatte, hingen unförmig an seinem großen, schlanken Körper, und in der heißen Sommersonne scheuerte und juckte die rauhe Wolle. Aber das war immer noch besser als die gestreifte Gefängnisuniform, die er so lange getragen hatte. Dreitausendsechshundertzweiundfünfzig Tage, um genau zu sein. Er hatte jeden Tag in dieser Hölle gezählt. Zehn Jahre seines Lebens. Gestohlen. Genau wie man ihm seine Ehre gestohlen hatte.

Er sehnte sich nach einem Baumwollhemd, nach einer Hose, die paßte, und nach einem Paar Stiefel statt der ausgetretenen Galoschen, die er im Augenblick trug. Er sehnte sich nach einer ganzen Reihe von Dingen. Nach einer Nacht unter freiem Himmel. Er hatte seit zehn Jahren keine Sterne mehr gesehen. Seine winzige Zelle hatte kein Fenster gehabt, und die Sträflinge wurden lange vor Einbruch der Dunkelheit eingesperrt.

Ein Sträfling. Selbst ohne das Brandmal würde ihn bereits jeder von weitem als ehemaligen Sträfling erkennen. Auch außerhalb der Gefängnismauern bewegte er sich mit dem typischen schlurfenden Gang. Seine Stimme klang wie die so vieler anderer Gefangener heiser vom fehlenden Gebrauch.

Er schob seine gebrandmarkte Hand in die Tasche, in der Abner saß. Abner, dem er es verdankte, daß er nicht verrückt geworden war. Sein Finger strich über das Fell der kleinen, zufriedenen Maus, der die Wolle wesentlich besser gefiel als ihm.

Rafe beobachtete die Leute, die mit argwöhnischen Blicken an ihm vorbei über die Straße eilten. Einige von ihnen blickten durch ihn hindurch, als gebe es ihn gar nicht. Er spürte, wie sich sein Gesicht anspannte. Zehn Jahre eingesperrt, und jetzt ...

Rafe versuchte, an etwas anderes zu denken, an all die kleinen und großen Dinge, an die zu denken er sich in den letzten Jahren verboten hatte.

Ein Pferd, bei Gott. Wie sehnte er sich danach, wieder in einem Sattel zu sitzen, wieder die Herrschaft über etwas zu übernehmen. Sich frei zu bewegen.

Und eine Frau. Eine Frau mit zweifelhaftem Ruf und ohne falsche Moral. Himmel, er sehnte sich nach einer Frau. Nachdem Allison ihn derart verraten hatte, wollte er von Frauen jedoch nicht mehr als ein paar Minuten körperlicher Leidenschaft. Er wußte verdammt genau, daß er nie wieder einer Frau vertrauen würde.

Aber diese Sehnsüchte verblaßten gegenüber seinem Verlangen nach Rache. Nach Vergeltung. Nach Gerechtigkeit, wenn es so etwas überhaupt gab.

Er wußte, daß er etwas Erhebenderes verspüren sollte. Freude über seine Entlassung. Erleichterung. Aber er fühlte nichts Dergleichen. Jedes menschliche Gefühl in ihm war in den letzten zehn Jahren systematisch zerstört worden. Stolz. Würde. Alles, nur der Haß war ihm geblieben.

Nachdem er bereits drei Jahre im Gefängnis gesessen hatte, hatte Rafe eines Tages überraschend Besuch von Clint Edwards bekommen. Clint hatte ihm erklärt, daß er gerade erst von der Verurteilung erfahren habe, und daß er wüßte, daß kein Wort wahr sei von den Anschuldigungen, die man gegen Rafe erhoben hatte.

Es war ihm schwergefallen zu verstehen, daß ihm endlich jemand glaubte, daß es wenigstens eine Menschenseele kümmerte, was mit ihm geschah. Er hatte sich wie ein Ertrinkender an Clints Angebot geklammert und schnell sämtliche Vorbehalte über Bord geworfen, die er dagegen gehabt hatte, Clint und seinen Bruder Ben in seine Rachepläne miteinzubeziehen.

Clint hatte während des zweiten Bürgerkriegsjahres als Korporal unter ihm gedient, und Ben, der noch ein halbes Kind gewesen war, als gewöhnlicher Soldat. In Vicksburg. Rafe hatte den beiden das Leben gerettet. Ben war auf offenem Feld angeschossen worden, und Clint war rausgerobbt, um ihm zu helfen. Rafe hatte sämtliche Befehle mißachtet und war Clint gefolgt, um ihm Deckung zu geben. Dabei war er selbst verwundet worden. Clint und Ben waren der Überzeugung, daß sie ihm etwas schuldig seien, und Rafe würde jede sich bietende Hilfe nutzen, um an sein Ziel zu gelangen. Ehre war ein Luxus, den er sich nicht leisten konnte. Sie war ihm mit dem Brenneisen ausgebrannt worden.

Ein weiterer Passant kam die Straße hinab und wechselte auf die andere Seite, als er Rafe vor dem Gefängnis stehen sah. Rafe wußte, daß er sich verändert hatte, daß sein Gesicht sich verändert hatte. Haß war ein häßliches Gefühl, und er hinterließ häßliche Spuren. Seine Augen waren inzwischen von bitteren Falten umrahmt, und sein sandfarbenes Haar wies vereinzelt graue Strähnen auf. Seine einst lebendigen grünen Augen waren stumpf geworden; sie verrieten einem nichts. Das hatte er gleich im ersten Jahr im Gefängnis gelernt: Laß niemals einen Wachmann wissen, was du denkst.

Er hatte auch andere Dinge gelernt: Wie lange es ein Mann in der Dunkelzelle aushalten konnte, einem pechschwarzen Verlies ohne jedes Mobiliar, mit nicht einmal einem Strohballen. Später, als er in eine Zelle überführt worden war, die dreieinhalb Fuß breit, sieben Fuß lang und sieben Fuß hoch war, hatte er gelernt, wie viele Backsteine die Wände hatten, wie viele Eisenstäbe die Tür aufwies. Zehn Jahre lang war diese Zelle sein Zuhause gewesen, mit einer an der Wand befestigten Pritsche, einem Eimer und einem Spucknapf. Er hatte gelernt, sein Schicksal zu ertragen, aber er hatte niemals gelernt, es auch zu akzeptieren.

Wo war Ben? Er wollte fort von hier, von diesen Mauern, von dem Gestank der eingesperrten Männer.

Er blickte gen Himmel. Hier draußen sah er ganz anders aus. Nach ein paar Wochen im Gefängnis hatte er aufgehört, den Himmel zu betrachten – es schmerzte einfach zu sehr. Er konnte nicht an offene Räume denken, sonst wäre er verrückt geworden, und das durfte nicht passieren. Nicht, wenn er das zu Ende führen wollte, was er bereits vor Jahren begonnen, seit seiner Verurteilung geplant hatte. Nur diese Pläne und sein Haß hatten ihn all die endlosen Tage und schlaflosen Nächte überstehen lassen.

Eine Stunde verging. Ben mußte durch irgend etwas aufgehalten worden sein. Der Wachmann hatte Rafe zehn Dollar gegeben, aber wohin sollte er damit? Selbst ohne das Brandzeichen auf seiner Hand würde er von jedem Menschen in Columbus aufgrund seiner Kleidung als ehemaliger Häftling erkannt. Hier fände er niemals einen Job. Und mit seiner verdammten Hand fände er wahrscheinlich auch woanders keine Arbeit.

Vor seiner Verurteilung hatte er etwas Geld gespart, Geld, mit dem er seine Zukunft mit Allison hatte gestalten wollen. Aber jetzt hatte er Clint das Geld überwiesen, damit dieser Nachforschungen über Randalls Vergangenheit anstellen und alles vorbereiten konnte.

Ein Reiter kam die Straße hinab, ein zweites Pferd am Zügel. Zum ersten Mal seit langer, langer Zeit verspürte Rafe so etwas wie freudige Erwartung …

Er kannte Ben Edwards noch als Jungen, der gerade anfing, sich zu rasieren, aber inzwischen war er zu einem stattlichen Mann herangewachsen. Bens Gesicht war hart, zu früh durch Schmerz und Krieg gezeichnet. Er und Clint waren nach dem Krieg durch das Land gezogen, hatten eine Zeitlang als Viehtreiber gearbeitet, dann als Kundschafter für Siedlertrecks. Vor dem Krieg hatten sie auf der elterlichen Farm gearbeitet, aber die Kämpfe hatten sie zu sehr verändert. Die Edwards-Brüder hatten zuviel von der Welt gesehen, um sich noch einmal auf einem Fleckchen Erde niederzulassen und dort den Boden zu pflügen. Sie hatten die kleine Farm in Illinois einem dritten Bruder überlassen, der dort geblieben war und das Land weiter bearbeitete.

Wie Clint ihm geschrieben hatte, hatten sie noch andere Männer um sich versammelt. Männer, die in der bunt zusammengewürfelten Einheit gedient hatten, die Rafe bei Kriegsausbruch übernommen hatte. Männer, denen es nach dem Krieg nie gelungen war, irgendwo zur Ruhe zu kommen, deren Rastlosigkeit sie von einem Ort zum anderen trieb. Johnny Green, Bill Smith, Cary Thompson, Simon Ford und Skinny Ware. Sie brauchten etwas, für das sie kämpfen konnten, und sie hatten sich Rafes Rachefeldzug zu eigen gemacht, weil es nichts anderes gab. Rafe gab sich da keinen Illusionen hin. Aber trotzdem war er ihnen dankbar.

Ben erreichte ihn und beugte sich hinab, um ihm die Hand zu geben. Die beiden Männer musterten einander, und Ben bemerkte ebenfalls, daß Rafe nicht mehr der alte war. Er blickte erneut auf Rafes Hand, auf das Brandmal, und holte hörbar Luft.

Es war ein unangenehmer Moment. Rafe hatte sich an das Brandmal gewöhnt, und auch die anderen Männer im Gefängnis fanden es anscheinend normal. Ihm war klar gewesen, daß es draußen schwieriger sein würde, aber auf eine derartige Reaktion durch einen Menschen, der darauf vorbereitet gewesen sein mußte, war er nicht gefaßt gewesen.

»Tut mir leid, daß ich so spät komme«, sagte Ben in dem Versuch, sein Erschrecken zu verbergen. »Ich habe den Zug genommen, und das verdammte Ding hatte Verspätung. Die Pferde habe ich hier gekauft.« Er zögerte. »Ich habe Ihnen ein paar Klamotten mitgebracht, und Clint meinte, Sie hätten vielleicht gerne ein Paar Handschuhe.«

Rafe nickte nur, da seine Kehle wie zugeschnürt war. Er konnte über die Narbe einfach nicht sprechen.

»Woll'n Sie erst noch was trinken gehen oder so?«

»Ich will nur weg von hier«, sagte Rafe.

Ben grinste. »Tja, für diesen Fall habe ich vorgesorgt. Ich habe eine Flasche mitgebracht. Die Handschuhe und die anderen Sachen finden Sie in den Satteltaschen von dem Braunen.«

Rafe nickte und ging zu dem Pferd. Er streckte die Hand aus und streichelte den langen Hals des Tieres. Himmel, das Fell fühlte sich verdammt gut an. Er verharrte einen Augenblick reglos, ehe er aufstieg. Zehn gottverdammte Jahre. Plötzlich war alles einfach zuviel. Er war wie gelähmt von all den Gefühlen, die in ihm aufwallten.

»Captain ... ?«

Dieses Wort brachte ihn in die Gegenwart zurück. Erinnerte ihn an sein Vorhaben. »Ich bin kein Captain mehr, Ben. Einfach Rafe.«

Ben zögerte. »Für mich sind Sie immer noch einer.«

»Besser nicht.« Diese Worte klangen zu scharf, und Rafe wußte es. Aber die Erinnerung tat weh. Rafe spürte den Schmerz des Verlustes, der Herabwürdigung seiner Männlichkeit, der Zerstörung dessen, was er einst gewesen war und was er nie wieder sein würde.

Er schwang sich in den Sattel und spürte die Muskeln des Tieres unter sich. Um die Verzweiflung zu überwinden, versuchte er, allein dieses Gefühl zu genießen. Er konzentrierte sich darauf, sog es ein, ließ es sämtliche anderen Gefühle ausblenden.

Dann hob er das Gesicht in den trockenen, heißen Wind, der nun nicht mehr durch die hohen Gefängnismauern von ihm abgehalten wurde. Sein Blick fiel auf ein paar träge Wolken, die über ihm dahintrieben, und seine Beine legten sich enger an die Flanken des Pferdes. Er war frei.

Himmel, er war frei!

Sein Verstand konnte es nicht begreifen, konnte es nicht akzeptieren. Noch nicht. Er würde in der winzigen dunklen Zelle aufwachen, zwischen den drei Backsteinwänden und der Tür aus Eisenstäben.

Nein, er wäre nie wieder wirklich frei. Nicht, wie er es einst gewesen war.

Aber die Rache würde helfen. Randalls Zerstörung und seine eigene Genugtuung. Und dann würde er seine Rechnung mit Sergeant Sam McClary begleichen, der ihn ebenfalls bewußt vor Gericht zu Unrecht belastet hatte.

Er sah Ben an. »Welches ist der beste Weg nach Colorado?«

Ben erwiderte seinen Blick. In seinen Augen lag Verständnis, Gott sei Dank kein Mitleid. »Der Weg, auf dem ich gekommen bin.«

Rafe sagte nichts mehr. Er wendete sein Pferd und preßte die Absätze in die Flanken, so daß es in einen leichten Galopp fiel.

Endlich war er auf dem Weg der Rache.

Die Beerdigung fand im kleinen Kreis statt. Ruhig und würdevoll, wie es ihre Mutter gewollt hätte.

Die Kosten für das Begräbnis verschlangen ihre gesamten Ersparnisse. Shea hatte natürlich noch das Hutgeschäft, aber sie wußte nicht, ob sie es alleine weiterführen konnte und ob sie es alleine weiterführen wollte. Der kreative Teil der Arbeit hatte ihr viel Spaß gemacht, aber sie fand keinen Gefallen am geschäftlichen Teil. Darum hatte sich immer ihre Mutter gekümmert.

Aber irgend etwas mußte sie tun.

Der Laden selbst war nicht viel wert. Sie hatten die Räume gemietet, und der Erfolg des Geschäfts war einzig Saras harter Arbeit und Sheas Phantasie zu verdanken gewesen.

Es fiel ihr so schwer, eine Entscheidung zu treffen, was vollkommen untypisch für sie war. Aber sie war eingehüllt in eine Wolke der Fassungslosigkeit, der Einsamkeit. Sie war völlig durcheinander, und das wußte und verachtete sie.

Shea sagte all die richtigen Dinge. Sie hörte sich selbst wie aus weiter Ferne. Sie war anwesend und zugleich weit weg.

Endlich ging der letzte Trauergast. Der Notar hatte das Testament verlesen, dem zufolge alles an Saras »geliebte Tochter« fiel.

Shea wanderte durch die leeren Räume, und ihr Blick fiel auf den Holzkasten auf dem Schreibtisch ihrer Mutter, den Kasten, den sie bisher noch nicht zu öffnen gewagt hatte.

Warum hatte ihre Mutter ihn unbedingt haben wollen, so sehr, daß sie bereit gewesen war, allein zu sterben?

Und wo war der Schlüssel? In dem Bedürfnis, etwas – irgend etwas – zu tun, versteifte sich Shea auf den Kasten. Sie holte ein Messer und begann, das Schloß zu bearbeiten. Als dies zu nichts führte, nahm sie sich die Seiten des Kastens vor. Obgleich sie das herrliche Holz verkratzte, konnte sie einfach nicht aufhören. Sie mußte den Kasten öffnen. Jetzt.

Es wurde dunkel, ehe das Schloß endlich nachgab, aber sie hielt nicht inne, um eine Öllampe anzuzünden. Sie hob den Deckel an, und was sie im Inneren des Kistchens entdeckte, ließ sie erstarren. Sie saß reglos in der Dunkelheit. Was hatte das alles zu bedeuten?

Schließlich erhob sie sich, zündete die Lampe an und kehrte zu dem Kasten zurück. Geld. Viel Geld. Neue Scheine, die noch die Banderolen einer Bank in Kansas trugen. Gebrauchte Scheine.

Und Briefe. Sie nahm einen von ihnen heraus und sah den Namen am unteren Rand des Papiers. Jack Randall. Ihr Vater. Sie blickte auf das Datum. 1863. Mit zitternder Hand nahm sie einen anderen Brief hervor. 1870. Vor drei Jahren geschrieben. Mit einer Adresse in Colorado. Einer Stadt namens Rushton.

Weitere Briefe. Insgesamt zehn. Und darunter ein Artikel aus einer Bostoner Zeitung. Sie überflog eilig den Inhalt. Es ging um eine Gerichtsverhandlung, bei der ein Major Jack Randall der Hauptbelastungszeuge war. Er war der Mann, der einen Verräter entlarvt und festgenommen hatte, der mit den Überfällen auf Geldtransporte der Armee zu tun hatte. Unter dem Text waren eine Zeichnung des Verurteilten und ein Bild von Major Randall. Sie warf einen flüchtigen Blick auf den Verbrecher, dessen schönes Gesicht sie einen Augenblick gefangennahm, doch dann wandte sie sich eilig dem anderen Mann zu. Die Zeichnung war zehn Jahre alt. Damals war sie dreizehn gewesen. Warum hatte sie dieses Bild nicht vorher schon einmal gesehen? Und wenn sie es gesehen hätte, hätte es einen Unterschied gemacht? Randall war schließlich kein unüblicher Name.

Aber die Zeichnung zusammen mit den Briefen und dem Geld führten zu einer Reihe von Fragen.

Großer Gott, was hatte das alles zu bedeuten?

Sie las die Briefe. Zuerst bat der Schreiber ihre Mutter, zu ihm nach Kansas zurückzukommen. Und dann hieß es nur noch, Sara gehe es hoffentlich gut und sie könne das Geld vielleicht brauchen. Kein Wort über Shea. Kein einziges Wort.

Shea schloß die Augen und versuchte nachzudenken. Der Major mußte ihr Vater sein. In ihrer Geburtsurkunde war ein Jack Randall als ihr Vater angegeben. In ihrem Kopf wirbelten die Gedanken wie Zweige eines Baums in einem Tornado herum.

Sie versuchte, sich an alles zu erinnern, was ihre Mutter über ihn gesagt hatte. Ein ehrenwerter Mann. Der Zeitungsausschnitt schien das zu bestätigen.

Warum hatte ihre Mutter ihn verlassen? Warum hatte sie Shea nie gesagt, daß er noch lebte? Und warum hatte sie niemals das Geld ausgegeben, obgleich sie es oft hätten brauchen können?

Warum hatte ihre Mutter gelogen?

Plötzlich erschien Shea ihre gesamte Existenz wie eine einzige große Lüge. Die einst soliden Grundfesten schienen einzustürzen, und sie hatte das Gefühl, in ein tiefes Loch zu fallen.

Wer war sie?

Sie mußte es herausfinden. Sie mußte Jack Randall finden. Ihren Vater.

2. Kapitel

Rafe und Ben brauchten drei Wochen, bis sie Casey Springs, Colorado, erreichten. Drei Wochen, in denen Rafe versuchte, sich an die Freiheit zu gewöhnen. Er hatte gedacht, daß es leicht sein würde. Aber das war es nicht. Seine Gedanken waren immer noch in der Vergangenheit gefangen, er wurde beherrscht von einem Gefühl des Zorns. Er hatte einen Teil seiner selbst verloren: das alte Selbstvertrauen, die simple Freude an einfachen Dingen.

Die erste Nacht in Freiheit war zugleich die beste und die schlimmste. Jedes Gefühl traf ihn mit geballter Kraft. Sie waren den ganzen Tag geritten, und obwohl Rafe fast zwanzig Jahre seines Lebens auf dem Pferderücken verbracht hatte, rebellierten seine Muskeln und erinnerten ihn daran, wie lange es her war, daß er zum letzten Mal auf einem Pferd gesessen hatte, und wieviel Zeit er verloren hatte.

Da er sich denken konnte, wie eingerostet seine Schießkünste waren, übte er eine Zeitlang mit dem Gewehr. Es würde eine Weile dauern, bis er wieder die alte Vertrautheit im Umgang mit der Waffe verspürte. Als die Dunkelheit weitere Schießübungen unmöglich machte, versuchte er vergeblich zu schlafen.

Die Geräusche der Nacht klangen fremd. Er war Flüche, Stöhnen und rastlose Bewegungen, das Quietschen von Eisentüren und das Klopfen der Schlagstöcke der Wachmänner an den Gittern gewöhnt. Das Zwitschern der Vögel, das Rauschen der Blätter klang mißtönender als der Schuß aus einem Gewehr. Jeder einzelne Stern schien ihm spöttisch zuzublinken, und der Mond ... Himmel, er hatte angefangen, zu zählen, wie viele Neumonde er verpaßt hatte. Nichts erfüllte ihn mit Befriedigung, er fühlte nur Hohn und die Qual der Erinnerung. Er dachte an die

Alpträume, die sich nicht vertreiben ließen, an das Gefühl, in einem Sarg aufzuwachen, fern von Licht und Sonne und allem, was Leben bedeutete.

Erst nachdem er sich mit dem von Ben mitgebrachten Whisky hoffnungslos betrank, gelang es ihm, irgendwann einzudämmern, doch ebenso plötzlich wurde er wieder wach, als Ben sich über ihn beugte. Er hatte wahrscheinlich geschrien. Seine Decke war zu einem festen Ball zusammengeknüllt und sein Körper schweißgebadet. Er überlegte, was er wohl gesagt hatte, wagte es aber nicht zu fragen. Also tat er genau wie Ben, als ob nichts geschehen wäre.

In diesem Augenblick kam Abner aus seiner Tasche hervorgekrochen, und Ben zog fragend eine Braue hoch. »Ein Freund?«

»Ein Freund«, bestätigte Rafe. Diese Maus war seine Rettung gewesen.

»Eine ganze Ecke besser als eine Ratte«, bemerkte Ben und verzog das Gesicht. Rafe zuckte gleichgültig mit den Schultern, aber im Gefängnis hätte er selbst eine Ratte willkommen geheißen.

Am nächsten Morgen verlangte Rafe, daß sie bei Sonnenaufgang aufbrachen und so lange ritten, bis die Pferde erschöpft waren. Ben war ein guter Weggefährte, vor allem, weil er nicht viel sprach. Rafe saugte alles auf wie ein Schwamm: die Sonne, die Landschaft, die Sanftheit des Windes und die Kühle der Nacht. Er nahm die Dinge auf wie ein Verdurstender – nicht freudig, sondern mit rohem, schmerzlichem Verlangen.

Wenn sie miteinander sprachen, dann über Jack Randall.

»Er lebt seit Kriegsende in Colorado«, sagte Ben. »Er hat dort ein Stück Land nach dem anderen gekauft. Soweit wir wissen, auf ehrliche Art und Weise. Er hat gut dafür bezahlt, und jetzt ist er der größte Landbesitzer in der ganzen Gegend.«

»Und dafür hat er das Geld der Armee gebraucht«, stellte Rafe verbittert fest.

»Seit Clint vor zwei Jahren bei ihm als zweiter Vormann angefangen hat, hat er nichts Negatives über Randall herausgefunden«, fuhr Ben vorsichtig fort. »Randall ist es gelungen, sich den Ruf eines ehrlichen Bürgers zu erwerben, aber Clint hat einen Detektiv angeheuert, der sich mit seiner Vergangenheit beschäftigt. Bevor er zur Armee ging, mußte er jeden Job, den er jemals hatte, überstürzt aufgeben. Als der Krieg ausbrach, war er der Leiter eines Armeedepots in Kansas. Er hat sogar geholfen, einen Rebellenangriff abzuwehren. Dafür wurde er dann zum Bürgermeister gewählt. Offensichtlich hat sich nie jemand für seine Vergangenheit interessiert.«

»Und in den letzten Jahren?«

»Anscheinend hat er sich nichts zuschulden kommen lassen, aber wenn ich an seine Vergangenheit denke, gehe ich davon aus, daß es nur eine Frage der Zeit ist, bis wieder etwas vorfällt. Anscheinend stiehlt er immer dann, wenn er in finanziellen Schwierigkeiten ist. Aber für gewöhnlich verschwindet er, ehe überhaupt jemand merkt, daß etwas nicht stimmt.«

»Also müssen wir dafür sorgen, daß er wieder in finanzielle Schwierigkeiten kommt«, sagte Rafe.

Ben grinste. »Daran haben wir auch schon gedacht.« Und nach einer nachdenklichen Pause: »Anscheinend hat Randall bisher nie Gewalt angewendet.«

»Bei dem letzten Überfall auf den Geldtransport sind Männer getötet worden«, sagte Rafe mit harter Stimme. Und er brauchte nicht erst auf seine Hand zu sehen, um zu wissen, daß Mord nicht die einzige Form von Gewalt gewesen war.

Ben nickte.

»Es gibt da noch einen Mann, einen Sergeant McClary«, sagte Rafe langsam. Niemals würde er McClary vergessen, den er einmal wegen eines Vergehens bestraft hatte und der einen Teil der Beute aus dem Überfall in Rafes Quartier gefunden hatte. Er war auch einer der Soldaten gewesen, die ihn in das Gefängnis begleitet hatten. Der Kerl hatte jede sich ihm bietende

Gelegenheit genutzt, um ihn während der Reise zu demütigen. Rafe hatte sich über die Antipathie des Mannes gewundert, aber diese Gedanken waren immer von seinem Haß auf Randall überschattet gewesen. Randall hatte Rafe am Tag des Überfalls ausgeschickt und dies dann später geleugnet. Er war der Hauptverantwortliche für die Verurteilung und die folgende Bestrafung. Randall mußte also derjenige sein, der hinter der ganzen Sache gesteckt hatte.

»Und was hält Clint von Randall?«

Ben zuckte mit den Schultern. »Clint weiß, daß er ein Dieb und ein Feigling ist.« Er zögerte. »Aber das wissen die Leute in Colorado nicht, und sie alle mögen ihn. Es ist verdammt schwer, ihn nicht zu mögen, aber das ändert nichts an der Tatsache, daß er ein Dieb ist und daß er im Krieg, als wir anderen versucht haben, den feindlichen Kugeln auszuweichen, die Armee bestohlen hat.«

Vier Tage nachdem sie Cincinnati verlassen hatten, machten sie halt in einer Stadt. Rafe hatte die ganze Zeit die Lederhandschuhe getragen, die Ben ihm mitgebracht hatte, aber er wollte ein anderes Paar, von dem er die Finger abschneiden konnte, um nur den Rücken seiner Hand zu verdecken.

Nachdem sie die Handschuhe und ein paar andere Dinge besorgt hatten, suchten sie ein Bordell. Das war Bens Vorschlag gewesen; Rafe wäre einfach weitergeritten. Die ganze Sache ging kalt und gefühllos vonstatten, obgleich Rafes Körper sofort reagierte. Wie bei all den anderen Versuchen, seinem Leben wieder Normalität zu verleihen und alte Gefühle wiederaufleben zu lassen, empfand er auch bei der körperlichen Liebe kein großes Vergnügen. Er dachte an Allison, die süße Allison, die sich so schnell von ihm abgewandt hatte, so daß er zwar nicht gerade brutal, aber zumindest rauh und unpersönlich vorging. Früher war er ein rücksichtsvoller Partner gewesen, dieses Mal nahm er nur. Dieser ungewohnte Egoismus dämpfte seine alte Begeisterung für den Liebesakt.

Noch etwas, was er Randall zu verdanken hatte.

Sie hielten nicht noch einmal in einer Stadt. Tief in Rafes Innerem schwelte ein Vulkan, und es war das beste, sich von Menschen fernzuhalten.

So entschlossen sie sich, nicht direkt nach Casey Springs zu reiten, sondern einen alten, ausgetretenen Bergpaß zu benutzen. Ben hielt an, und Rafe ließ den Blick über das Tal zu seinen Füßen gleiten. Auf einer Lichtung entdeckte er ein langgezogenes, gepflegtes Blockhaus. Links davon stand eine riesige Scheune und rechts davon ein weiteres langes Gebäude. »Das ist Randalls Farm. Das *Circle R*«, erklärte Ben.

Rafes Augen wanderten langsam über die Gebäude hin zu den Rindern, die weit dahinter grasten. »Irgendwelche Nachbarn?«

»Der nächste ist zehn Minuten entfernt. Und dann gibt's südlich von hier eine alte Handelsstation, die inzwischen zu einer Art kleiner Stadt angewachsen ist. Rushton. Sie wurde nach einem kleinen Fluß benannt, der durch diese Gegend fließt.«

»Und wie sieht es mit dem Gesetz aus?«

»Rushton hat einen ehrenamtlichen Sheriff, der vom Gouverneur bestellt worden ist. Einen Mann namens Russ Dewayne. Er ist zugleich Rancher. Casey Springs hat seine eigenen Gesetze.«

»Goldsucher?«

»Ein paar Claims. Das meiste Gold hier in der Gegend ist wahrscheinlich schon geschürft, aber Green, Smith, Ware und Thompson hatten Glück, während sie auf Sie gewartet haben. Nichts Großartiges, aber genug, um Vorräte und ein paar andere Sachen zu kaufen.«

»Und was habt du und Simon gemacht?«

»Wir haben ein bißchen gejagt. Hier und da ein paar kleine Jobs. So hat man immer einen Grund herumzuziehen.«

»Erzähl mir von der Hütte.«

»Clint hat sie gefunden, als er ein paar Viehdiebe verfolgt hat. Reiner Zufall. Er hat ein paar Rinder brüllen gehört. Sonst hätte er das kleine Tal nie entdeckt. Das perfekte Versteck. Von dieser Seite der Berge gibt es nur einen einzigen Zugang, und der führt durch etwas, was wie solider Fels aussieht. Offenbar wurde die Hütte früher mal von irgendeinem Fallensteller benutzt. Wir finden immer noch ab und zu eine Falle. Aber es ist vollkommen sicher. Selbst nachdem ich ein paarmal dort gewesen war, hatte ich noch Schwierigkeiten, den Weg zu finden.«

»Und die Viehdiebe?«

»Die kommen bestimmt nicht zurück«, beruhigte ihn Ben.

Er zeigte auf einen Haufen seltsam geformter Felsen. »Das ist die Stelle. Versuchen Sie, sich von hier an den Weg zu merken.« Er ritt in Richtung der Öffnung, und Rafe folgte ihm durch einen Wald von Kiefern und Espen.

Es duftete süß nach Wildblumen und würzig nach Bäumen. Die Baumwipfel ließen kaum Sonnenstrahlen durch, so daß seltsame Schatten auf dem Nadelteppich tanzten.

Plötzlich stieg der Weg steil an, und die Pferde hatten Mühe, nicht den Halt zu verlieren.

»Es gibt noch einen anderen Weg«, erklärte Ben, »aber der kommt auf der anderen Seite des Berges raus. Im Winter mußten wir ihn ein paarmal benutzen. Ein Riesenumweg.«

»Ich hoffe, bis zum Winter sind wir von hier verschwunden.«

»Hier schneit es manchmal verdammt früh«, sagte Ben. »Aber wir haben einen Unterstand für die Pferde und die Vorräte.«

»Ben ... ?«

Der jüngere Mann wandte sich mit fragendem Blick zu ihm um.

»Ich will nicht, daß du und Clint noch weiter in die Sache reingezogen werdet. Oder die anderen.«

»Sie brauchen uns.«

»Nein.«

Ben brachte sein Pferd zum Stehen. »Ohne Sie wäre keiner von uns mehr am Leben.«

Rafe blickte auf sein Pferd hinab. »Das war im Krieg. Damals haben wir uns umeinander gekümmert.«

»Und das tun wir immer noch«, sagte Ben mit entschlossener Stimme. »Als Johnny in Schwierigkeiten war ... « Er zögerte und wandte sich ab.

Rafe runzelte die Stirn. »Johnny Green?«

Ben zuckte mit den Schultern. »Er ist mit einer Bande von Männern in Texas rumgezogen. Er hat bei einem Überfall mitgemacht und wäre dafür beinahe gehängt worden.« Er lächelte zaghaft. »Keiner von uns ist da unten besonders gern gesehen.«

Rafe schwieg. Während all der Jahre, die er verbittert im Gefängnis verbracht hatte, hatte er nicht ein einziges Mal gedacht, daß er sich jemals wieder für jemand anderen verantwortlich fühlen würde. Oder Dankbarkeit empfinden. Er wußte nicht einmal, ob er dieses Gefühl haben wollte. Es war leichter, überhaupt nichts zu fühlen.

»Captain, keiner von uns wird Sie die Sache allein machen lassen«, sagte Ben.

»Ich will nicht, daß noch jemand etwas damit zu tun hat. Das ist allein mein Kampf.«

»Es ist auch unser Kampf, ob Ihnen das nun paßt oder nicht. Wir werden uns auf keinen Fall von Ihnen wegschicken lassen«, verkündete Ben.

Rafe preßte die Lippen zusammen, aber dann akzeptierte er die Antwort. Er hatte die anderen bereits viel zu tief in die Sache hineingezogen. Aber wenigstens könnte er dafür sorgen, daß sie dabei nicht zu Schaden kamen. Er nickte kurz und ließ den Blick über die Baumreihe gleiten, der sie folgten.

3. Kapitel

»Lady, Sie wollen doch sicher nicht allein dorthin fahren.«

»Ich kann nicht eine ganze Woche warten«, sagte Shea und versuchte, den Mann hinter dem Fahrkartenschalter der Postkutschenstation von Casey Springs so herablassend wie möglich anzusehen.

»Ich sage Ihnen doch – die nächste Kutsche fährt erst in sechs Tagen, und es ist nicht mehr sicher, allein zu reisen, seit diese Banditen angefangen haben, Kutschen auszurauben, Geldtransporte zu überfallen und alles anzugreifen, was sich bewegt.«

»Aber ich muß –«

»Hör'n Sie, Miss«, fuhr der Angestellte geduldig fort. »Sie können im Hotel oder in der Pension warten. In Zeiten wie diesen werden Sie niemanden finden, der Ihnen ein Pferd oder einen Buggy leiht, um allein damit nach Rushton oder zum *Circle R* zu fahren.«

Shea stellte entnervt ihre Reisetasche ab und umklammerte den Malkasten, den sie sich unter den Arm geklemmt hatte.

Als sie sich entschlossen hatte, in den Westen zu gehen, hatte sie zu Hause alles verkauft. Sie war überzeugt, daß sie ihre Vergangenheit hinter sich lassen mußte.

Die Vergangenheit war eine Lüge, die alles in Frage stellte, an was sie jemals geglaubt hatte. Sie hatte das Leben immer so genommen, wie es kam, hatte sich immer damit arrangiert, aber jetzt …

Sie wußte noch nicht einmal mehr, wer sie war. Diese Erkenntnis machte sie, die sie sich noch nie vor etwas gefürchtet hatte, verletzlich und ängstlich. Alles, was sie je gelernt hatte, an was sie je geglaubt hatte, erschien ihr plötzlich unwirklich, und sie wußte nicht, warum oder weshalb.

Sie mußte die Wahrheit erfahren.

Sie hatte den Zeitungsartikel wieder und wieder gelesen. Ihren Vater wieder und wieder angesehen. Wie viele Male hatte sie sich einen Vater gewünscht? Davon geträumt, einen Vater zu haben? Aber aus irgendeinem Grund hatte ihre Mutter ihn vor ihr versteckt, und sie vor ihm.

Und jedesmal, wenn sie den Zeitungsausschnitt betrachtete, sah sie den Mann, zu dessen Verurteilung ihr Vater beigetragen hatte. Einen Dieb, vielleicht sogar einen Verräter.

Er hatte nicht ausgesehen wie ein Dieb, zumindest nicht auf der Zeichnung. Sein Gesicht war stark und eindrucksvoll, und der Gegensatz zwischen dieser Stärke und den Vorwürfen, die gegen diesen Mann erhoben worden waren, hatte sie verwirrt. Sie fragte sich, ob es vielleicht irgendwelche mildernden Umstände gegeben hatte. Vielleicht war er ein Rebell, dem alle Mittel recht waren, um die Sache zu unterstützen, an die er glaubte? Aber warum hatte er dann einen Teil des Geldes behalten?

Sie würde dieses Rätsel niemals lösen, aber vielleicht käme sie wenigstens dahinter, wer ihr Vater war.

Warum in aller Welt nur hatte ihre Mutter sie belogen? Shea hatte sich eine Reihe von Gründen zurechtgelegt. Vielleicht hatte Sara Randall den Westen gehaßt, oder vielleicht hatten sie und ihr Mann einfach nicht zusammenleben können.

Je mehr Shea darüber nachdachte, desto verzweifelter sehnte sie sich nach Antworten. Und die würde sie nur bekommen, wenn sie sich an ihren Vater wandte. Doch dieser Gedanke war beängstigend. Hatte ihr Vater sie nicht gewollt? Hatte er gar nicht gewußt, daß es sie gab? Würde er ihr glauben? Jedesmal, wenn sie darüber nachdachte, begann sie vor Aufregung und Angst zu zittern. Wollte sie wirklich die Antworten auf ihre Fragen? Sie war sich nicht sicher. Was sie wußte, war, daß sie die Antworten bekommen *mußte*.

Sie stopfte eine herabhängende Haarsträhne unter ihren Hut und starrte den Mann hinter dem Schalter an. Warum nur war sie nicht in der Lage, einen Menschen zu beeindrucken?

Sie hatte ein hübsches Gesicht, wenn auch keins, das die Herzen der Männer höher schlagen ließ. Alles an ihr war alltäglich. Ihr glattes braunes Haar, das nur vereinzelt ein paar Löckchen aufwies. Ihre blaugrauen Augen, die größer waren, als es ihr gefiel, obgleich die Leute sagten, daß sie das Schönste an ihr wären. Für Kleider hatte sie sich nie besonders interessiert – sie hatte lieber gelesen und gemalt, als sich um ihr Äußeres zu kümmern.

Ihre auffallendste Eigenschaft war nach Aussage ihrer Mutter ihre heitere Gelassenheit. Da Sara diese Eigenschaft zu gefallen schien und da sie der Mensch war, den Shea am meisten liebte, hatte sie sich immer ruhig und freundlich gegeben.

Aber ihre Mutter hatte sich geirrt. Heitere Gelassenheit zeugte von einem Mangel an Leidenschaft, und Shea hatte eine ausgeprägte Leidenschaft für viele Dinge. Sie trat mit Vehemenz für die Menschen ein, die ihr etwas bedeuteten, und sie hatte eine ausgeprägte Abneigung gegen Ungerechtigkeiten jeder Art. Nur behielt sie diese Gefühle für sich, verbarg sie hinter ihrem praktischen Wesen. Diese Emotionen waren einfach zu persönlich, um sie mit jemandem zu teilen, selbst mit ihrer Mutter.

Aber jetzt brachte ihr freundliches Wesen sie nicht weiter. Ebensowenig wie Ungeduld oder lautes Aufbegehren.

Eine Woche erschien ihr wie ein Jahr. Sie wandte sich erneut an den Angestellten und versuchte, ihm die Situation zu erklären: »Mein Name ist Randall. Ich … muß unbedingt zur Ranch von Jack Randall.«

Die Miene des Stationsvorstehers wurde sanfter. »Sind Sie eine Verwandte von ihm?«

Shea war sich nicht sicher, was sie sagen sollte. Sie hatte ihren Namen eigentlich nur aus lauter Verzweiflung preisgegeben. Vielleicht wußte ihr Vater noch nicht einmal, daß es sie gab.

Oder vielleicht würde er ihr nicht glauben. Oder das Ganze war einfach ein schrecklicher Irrtum. Aber der Name Randall schien eine gewisse Wirkung zu haben, und das war es, was sie im Augenblick brauchte.

Sie reckte das Kinn. »Ich bin seine Tochter.«

»Donnerwetter. Ich wußte gar nicht, daß Mr. Randall eine Tochter hat.«

»Ich war im Osten«, sagte sie.

»Tja, ich wünschte, ich könnte Ihnen helfen, Miss Randall, aber das ist einfach unmöglich.«

Sie spürte, wie der Druck hinter ihren Augen anstieg. Fast blind vor unterdrückten Tränen, bückte sie sich nach ihrer Reisetasche und wandte sich zur Tür. Sie mußte einen Weg finden, um heute noch weiterreisen zu können.

Draußen angekommen, blieb sie stehen und versuchte, darüber nachzudenken, was sie als nächstes tun sollte. Hinter ihr trat ein Mann aus der Tür. Sie hatte ihn drinnen kaum bemerkt, einen langen Kerl, der an der Wand gelehnt hatte.

»Miss Randall?« fragte er und lüftete höflich den Hut.

Sie nickte.

»Ich habe gehört, daß Sie zum *Circle R* wollen. Vielleicht kann ich Ihnen helfen.«

Shea musterte ihn. Er war groß und kräftig, und seine ruhigen grauen Augen wirkten vertrauenerweckend. Sie nahm an, daß er höchstens ein paar Jahre älter war als sie, aber irgend etwas an ihm ließ ihn viel reifer aussehen.

»Sir?«

Er lächelte. »Ich arbeite für Ihren Vater, Miss«, sagte er. »Miss ist doch richtig, oder? Ich hörte, wie Sie sagten, Ihr Name sei Randall.«

Shea merkte, daß sie errötete. »Miss ist richtig«, bestätigte sie. »Shea Randall.«

»Tja, ich will nur ein Telegramm aufgeben, aber morgen reite ich zurück. Wenn Sie also mit mir kommen wollen ... «

Shea war sich nicht sicher, ob sie dieses Angebot annehmen sollte. Es war vollkommen inakzeptabel, mit einem Mann allein zu reisen. Aber dies hier war nicht Boston, und bisher war sie von allen Männern, denen sie begegnet war, mit Respekt behandelt worden, selbst von denen, die mit ihr in der Kutsche von Denver gesessen und sich betrunken hatten. Dies sei der Ehrenkodex des Westens, hatte man ihr erklärt. Außerdem arbeitete dieser Mann für ihren Vater.

Und sie wollte keine Woche warten, konnte keine Woche warten.

»Sie sagen, Sie arbeiten für meinen Vater?«

Er nickte.

»Und Sie reiten morgen zurück?«

»Ja, Ma'am.«

»Wie weit ist es bis zu seiner Ranch?«

Er blickte sie an, als versuche er zu sehen, wie lange sie durchhalten würde. »Mit dem Pferd fast einen Tag.«

Sie stöhnte. »Ich bin keine besonders geübte Reiterin.« Dies war eine Untertreibung, aber sie wagte nicht, ihm zu sagen, daß sie bisher nur ein paarmal im Park spazierengeritten war.

»Ich besorge Ihnen ein sanftes Tier.«

Seine abwartende Haltung überzeugte sie. Er drängte sie nicht. Er wollte ihr lediglich behilflich sein.

»Wie heißen Sie?«

»Ben, Ma'am. Ben Smith.«

Sie lächelte. »Ich werde Sie dafür bezahlen.«

Er nickte erneut. »Wo wohnen Sie?«

Sie wußte es noch nicht. Sie blickte die Hauptstraße hinab, die aus nicht viel mehr als einer Reihe baufälliger Gebäude zu bestehen schien. Es gab eine Bank, das Büro des Sheriffs und ein Hotel, das *Golden Nugget*. In Denver hatte man ihr gesagt, daß Casey Springs wegen der Goldfunde in der Umgebung auf dem besten Wege sei, eine bedeutende Handelsstation zu werden, und sie hatte mehr erwartet.

»Das *Golden Nugget* ist wohl der beste Platz«, sagte er. »Es ist nichts Besonderes, aber die Pension ist voll mit Goldsuchern und Eisenbahnarbeitern, und manchmal geht's dort etwas rauh zu.«

Shea dachte darüber nach, wieviel Geld sie noch hatte. Sie hatte das Geld ihres Vaters in Boston zur Bank gebracht, da sie nicht gewußt hatte, ob sie es nehmen sollte oder nicht. Das bißchen, was sie mit dem Verkauf des Ladens erzielt hatte, war so gut wie aufgebraucht, und sie wußte immer noch nicht, was für einen Empfang ihr Jack Randall bereiten würde.

»Das *Nugget* ist wirklich der sicherste Ort«, fügte Ben Smith ruhig hinzu.

Shea lächelte. Er sorgte sich um ihre Sicherheit. Der letzte Zweifel an der Richtigkeit ihrer Entscheidung verflog. »Also gut.« Heute abend würde sie ein Bad nehmen. In einem richtigen Bett schlafen. Und morgen würde sie ihren Vater sehen. Ihr Lächeln wurde breiter.

»Lassen Sie mich das nehmen«, sagte er mit einem Blick auf die Reisetasche.

»Vielen Dank, Mr. Smith. Sie sind wirklich sehr freundlich.«

Als er sich nach der Tasche bückte, blitzte in seinem Gesicht kurz so etwas wie Bedauern auf. Vielleicht gefiel ihm der Gedanke, eine Frau mitnehmen zu müssen, doch nicht so gut.

Ein leichter, unangenehmer Schauder rann ihr über den Rücken, aber sie ignorierte ihn. Sie war müde, das war alles. Einfach müde.

Ben blickte zu der Frau, die neben ihm ritt, und fragte sich, ob er einen Fehler gemacht hatte.

Aber Gott hatte ihm eine Waffe in die Hand gegeben, einfach gegeben, und er war kein Mensch, der eine Chance ungenutzt verstreichen ließ.

Randalls Tochter. Er hatte nicht gewußt, daß der Mann eine Tochter hatte. Wahrscheinlich hatte auch der Captain nichts davon gewußt. Seltsam, daß Rafferty Tyler für ihn immer noch der Captain war. Normalerweise sollten drei Wochen gemeinsamen Reisens reichen, um die Barriere der Förmlichkeit abzubauen, aber nicht bei Tyler. Das hatten weder der gemeinsame Ritt hierher noch die beiden Monate, die sie inzwischen gemeinsam in den Bergen verbracht hatten, vermocht.

Obwohl Captain Tyler ein strenger Vorgesetzter gewesen war, kompromißlos in bezug auf die Disziplin und die Ausbildung, hatte er ihn doch zugleich als einen Mann kennengelernt, der stets zu einem Lächeln und angesichts guter Leistungen zu einem ehrlichen Kompliment bereit gewesen war.

Doch jetzt gab es weder ein lächelndes Gesicht noch anerkennende Worte. Rafe Tyler war der zurückhaltendste Mann, den Ben je gesehen hatte. Verschlossen. Er sprach so wenig wie möglich, als hätte er verlernt, Konversation zu machen. Knappe Fragen, knappe Antworten. Dann wieder Schweigen. Das war alles.

Als er und Clint darüber gesprochen hatten, waren sie zu dem Schluß gekommen, daß Randalls Überführung die einzige Möglichkeit war, um die Finsternis zu vertreiben, die Tyler umgab. Je eher, desto besser.

Sie hatten bereits Fortschritte gemacht. Zwei Überfälle, beide auf Geldtransporte des *Circle R*. Randall hatte dadurch schwere finanzielle Verluste erlitten. Aber es ging einfach nicht schnell genug. Ben sah die Ruhelosigkeit des Captains, seine Ungeduld.

Die Begegnung mit Randalls Tochter war ihm wie eine einmalige Chance erschienen, den Rachefeldzug zu beschleunigen.

Aber nachdem er ein paar Stunden in Gesellschaft der Lady verbracht hatte, begann Ben, Zweifel an seinem Vorgehen zu hegen. Sie verbarg ihre Ungeduld hinter einer Maske würdevoller Ruhe, was sie zu einer angenehmen Begleiterin machte. Sie drängte sich ihm nicht auf, aber wenn sie hin und wieder eine Pause machten, stellte sie ihm Fragen. Intelligente Fragen. Die ganze Situation verwirrte ihn.

Heute morgen hatte er ihr ein Paar Männerhosen und ein Hemd gegeben.

»Wir werden durch die Berge reiten, Miss Randall. Wenn Sie vorher noch nie im Damensattel geritten sind, sollten Sie es jetzt auch nicht tun«, hatte er mit einem Blick auf ihr Kleid gesagt.

Ihre Wangen hatten sich mit einer zarten Röte überzogen.

»Ich werde Sie nicht mitnehmen, wenn Sie nicht vernünftig sind«, hatte er hinzugefügt, und sie war in ihr Zimmer zurückgelaufen, die Männerkleider fest an die Brust gepreßt. Keine Beschwerde, kein Aufschrei des Entsetzens. Das gefiel ihm. Es hätte ihm besser nicht gefallen, aber das ließ sich nicht ändern.

Während ihrer letzten Pause hatte er argwöhnisch beobachtet, wie sie einen Kasten von ihrem Sattel nahm, ihn öffnete, einen Block herausnahm und sich gegen einen Baum lehnte, um etwas zu malen. Er hätte gerne gewußt, was für eine Zeichnung sie wohl machte, aber er hatte nicht gefragt, da er so wenig wie möglich mit ihr sprechen wollte. Statt dessen hatte er die Gelegenheit genutzt, um unbemerkt einen Stein unter eines der Hufeisen ihrer Stute zu schieben. Das war vor einer Stunde gewesen. Das Tier würde jeden Augenblick anfangen zu lahmen, und dann würde er Miss Randall auf sein eigenes Pferd setzen. Es würde nicht mehr lange dauern, bis sie merkte, daß er sie nicht dorthin brachte, wo sie eigentlich hinwollte.

Sie hatten beinahe die Abzweigung zur Hütte erreicht, als Shea nach ihm rief. »Mr. Smith.«

Als er sich umdrehte, wußte er bereits, was er sehen würde.

Er stieg ab, ging hinüber zu ihrer Stute, hob ihr Bein vom Boden und warf einen flüchtigen Blick auf den Huf. »Sie werden bei mir mitreiten müssen, Miss Randall.«

Sie riß die Augen auf, und er meinte, so etwas wie eine dunkle Vorahnung darin zu erkennen. Als er die Hand ausstreckte, zögerte sie, als hätte sie einen Verdacht. Aber weshalb sollte sie?

Schließlich nahm sie seine Hand und glitt von ihrer Stute. Er stieg in den Sattel seines eigenen Pferdes und zog sie hinter sich.

Nach ungefähr einer Meile verließ er den Pfad und bog in den Wald ein. »Eine Abkürzung.«

Sie legte ihre Arme fester um ihn, als der Weg immer steiler wurde. Für eine Anfängerin machte sie ihre Sache erstaunlich gut.

Und dann hielten sie an. Er nahm sein Halstuch ab und drehte sich im Sattel um. »Es tut mir leid, Miss, aber ich muß Ihnen die Augen verbinden.«

Sie erstarrte. Schluckte. »Ich werde Ihnen nicht weh tun«, sagte er, »aber es ist ... notwendig.«

»Ich verstehe nicht.«

»Das müssen Sie auch nicht. Wir machen nur einen kleinen Umweg.«

»Sie arbeiten nicht für meinen Vater.« Es war eine Anschuldigung, keine Frage.

Er sagte nichts, sondern band ihr schweigend das Halstuch um den Kopf. »Und jetzt halten Sie sich gut an mir fest«, befahl er. »Der Weg führt steil nach oben.«

»Und wenn ich mich nicht festhalte?« Ihre Stimme zitterte kaum merklich.

»Dann werde ich Sie an mir festbinden.«

Sie schwieg, was er als Einwilligung wertete. »Ich werde Ihnen nichts tun«, wiederholte er.

»Warum ... ?«

»Ich habe meine Gründe, Miss Randall. Und jetzt halten Sie sich fest.«

Shea wußte nicht, weshalb sie so ruhighielt, aber sie war vor Angst wie gelähmt.

Sie hatte das Gefühl, als säße sie bereits seit Stunden hinter Ben Smith auf dem Pferd. Sie hatte nicht die geringste Ahnung, wo sie waren oder ob sie ihm jemals entkommen würde.

Denk nach! Großer Gott, denk nach!

Seine Waffe. Er trug eine Waffe wie alle Männer, die sie in

Casey Springs gesehen hatte. Wenn sie die Hand ausstreckte und sie aus dem Halfter zog ...

Und dann? Sie hatte keine Ahnung, wie man mit einer Pistole umging.

Sie versuchte, ihr Zittern zu unterdrücken. Sie würde ihn nicht merken lassen, daß sie sich fürchtete. Aber was wollte er von ihr? Wohin brachte er sie? Ihr fiel nur ein einziger Grund ein, aber er wirkte nicht wie ein Mann, der Frauen vergewaltigte.

Ich habe meine Gründe, hatte er gesagt.

Was für Gründe?

Ihr Vater. Ben Smith hatte gehört, wie sie gesagt hatte, Jack Randall sei ihr Vater.

Nach allem, was sie in Denver und Casey Springs gehört hatte, war er ein angesehener Mann, ein guter Mann, der Geld für den Bau einer Schule und einer Kirche gegeben hatte. Alle Welt schien ihn zu mögen.

Dann vielleicht Geld? Lösegeld? Der Mann am Schalter der Postkutschenstation hatte gesagt, daß sich Banditen in der Gegend herumtrieben.

Sie hatte einen Kloß im Hals. Warum nur war sie so dumm gewesen? Warum nur hatte sie sein allzu naheliegendes Angebot angenommen?

Weil sie es nicht hatte abwarten können. Weil sie so versessen darauf gewesen war, endlich ans Ziel zu gelangen. So wild entschlossen, endlich zur *Circle R* Ranch zu kommen.

Und jetzt bereitete sie dem Mann, auf den sie einen guten Eindruck machen wollte, Schwierigkeiten. Wenn es das war, was Ben Smith beabsichtigte. Oder hatte er etwas viel Schlimmeres vor?

Plötzlich wollte sie den Mann vor sich nicht mehr berühren. Ihre Hände glitten langsam von seiner Hüfte.

»Fassen Sie mich wieder an.« Seine Stimme klang rauh. »Falten Sie die Hände vor meinem Bauch. Und denken Sie am besten gar nicht erst an die Pistole.«

Andernfalls …

Die unausgesprochene Drohung hing schwer in der Luft.

»Sie wollen doch sicher nicht an mich gefesselt werden.«

Sie legte ihre Arme wieder um seine Hüfte. Auf diese Weise blieben ihre Hände wenigstens frei, und sie hatte vielleicht eine Chance zu fliehen.

Sie wußte nicht, wie lange sie schon unterwegs waren. Inzwischen taten ihr sämtliche Knochen weh, hatten sich ihre Muskeln vom Ritt auf der Hinterflanke seines Pferdes verkrampft, und ihr Körper war vor Anspannung starr.

Als sie schließlich anhielten, ließ sie die Arme sinken. Sie erwartete einen weiteren Befehl, doch es kam nichts. Statt dessen hob er sie vom Pferd und stellte sie auf den Boden.

Sie zerrte verzweifelt an der Augenbinde, und als sie sie endlich lösen konnte, sah sie eine Blockhütte vor sich, aus der zwei Männer kamen.

»Was zum Teufel hat das zu bedeuten?« hörte sie die tiefe, heisere Stimme des größeren der beiden.

Sie starrte ihn wie gebannt an. Sein Gesicht war ihr vertraut, niemals würde sie es je vergessen. Es war das Gesicht, das sie unter dem Zeitungsartikel gesehen hatte.

Es war älter. Härter. Aber zweifellos war es das Gesicht des Mannes, der sein Land verraten und bestohlen hatte.

Des Mannes, den ihr Vater ins Gefängnis geschickt hatte.

Es war das Gesicht von Rafferty Tyler!

In den letzten paar Stunden war Sheas Angst immer größer geworden. Nun verwandelte sich diese Angst in blankes Entsetzen, in etwas, das sie noch nie zuvor empfunden hatte. Ihre Beine drohten nachzugeben, und sie streckte die Hand nach dem Sattel aus, um sich abzustützen.

Aber sie konnte den Blick einfach nicht von dem Gesicht des Mannes wenden. Dieses Gesicht war der Traum jedes Künstlers – oder der Alptraum jedes Gefangenen. Seine Augen waren von einem leuchtenden Blaugrün, wie klares Wasser, das an einem weißen Sandstrand spielt, und über seinem dichten sandfarbenen Haar schien Goldstaub zu liegen. Aber ansonsten hatte der Mann nichts Poetisches an sich.

Sein Gesicht schien wie aus Stein gemeißelt. Die Falten, die seine Augen umrahmten, kamen nicht vom Lachen, sondern von härteren, unangenehmeren Gefühlen. Weder in seinen Augen noch an seinem Mund oder seiner Miene war auch nur die kleinste Regung zu erkennen. Er musterte sie mit kalter Gleichgültigkeit, und dann wandte er sich an Ben. »Warum in aller Welt hast du sie hierher gebracht?« Seine Stimme klang rauh, beinahe rostig.

»Sie sagt, daß sie Randalls Tochter ist.«

Obgleich Shea sich fühlte wie eine Fliege im Spinnennetz, beobachtete sie fasziniert, wie der Mann kurz die Augen schloß, als versuche er, eine besonders überraschende Neuigkeit zu verdauen.

Dann öffnete er die Augen wieder und musterte sie eingehender, ohne daß sich sein Gesichtsausdruck dabei veränderte. Sie fragte sich, ob in diesem Gesicht aus Granit überhaupt jemals irgendein Gefühl zu erkennen war. »Er hat keine Tochter«, sagte er schließlich mit einem heiseren Flüstern.

Ben zuckte mit den Schultern. »Sie hat gesagt, daß sie es ist. Sie hat versucht, nach Rushton zu kommen. Ich dachte, es wäre eine gute Gelegenheit, unsere Sache voranzutreiben.«

Shea haßte es, wenn über sie gesprochen wurde, als sei sie gar nicht da, als sei sie ein Gegenstand und kein Mensch. Aber sie schwieg, immer noch wie gelähmt vom Anblick eines Gesichtes, wie es steinerner nicht sein konnte.

Die blaugrünen Augen wandten sich erneut an sie. »Wie können Sie Randalls Tochter sein?«

»Ich nehme an, daß ich es auf dem üblichen Weg geworden bin«, erwiderte sie, selbst verblüfft von dieser trockenen Antwort.

»Sie sind eine Lügnerin.« Diese Anschuldigung traf sie wie ein Peitschenhieb.

Shea erstarrte. Sie log nicht. Sie hatte noch nie gelogen. Ihre Mutter hatte Lügen nicht geduldet. Aber schließlich, dachte sie plötzlich voller Trauer, hatte ihr ihre Mutter die größte Lüge überhaupt erzählt. Sie dachte daran, sich zu verteidigen, aber dann schwieg sie. Sie war diesem Mann keine Erklärung, keine Antwort schuldig.

Ben trat einen Schritt vor, als wolle er sie beschützen, aber sie konnte ihm nicht vertrauen. Er war derjenige gewesen, der sie hierher gebracht hatte.

Shea blickte zu dem Mann hinüber, der neben Tyler stand. Er sah Ben Smith ein wenig ähnlich, und sie fragte sich, ob die beiden wohl Brüder seien. Er wirkte etwas weniger unnahbar als Tyler. Aber das hätte wahrscheinlich jeder getan.

»Ich ... ich weiß nicht, was Sie von mir wollen, aber ich habe etwas Geld ... « In ihrer Stimme lag ein verräterisches Zittern.

»Wie heißen Sie?« wollte der Mann neben Tyler wissen.

Shea wußte nicht, was sie sagen sollte. Sie wußte selbst nicht mehr genau, wer sie war, und sie wußte erst recht nicht, was diese Leute von dem Mann wollten, den sie für ihren Vater hielt. Sie war sich nicht sicher, daß sie überhaupt noch irgend etwas mit Sicherheit wußte. Aber das würde sie bestimmt nicht zugeben. Sie durfte keine Schwäche zeigen, nicht gegenüber Tyler. Er würde sich darauf stürzen, sie ausnutzen. Ihre einzige Chance bestand darin, Stärke zu zeigen und ihre Angst zu verbergen, egal, wie schwer ihr das fiel. Sie ballte die Fäuste, damit er nicht sah, wie sehr ihre Hände zitterten.

»Verdammt«, sagte Tyler. »Wer zum Teufel sind Sie?« Seine Stimme klang ungeduldig.

Shea reckte trotzig das Kinn.

»Warum haben Sie erzählt, Sie seien Randalls Tochter? Oder sind Sie eine von seinen Huren?« In seiner Stimme schwang Verachtung mit, und Shea fühlte Ärger in sich aufsteigen, wie sie ihn nie zuvor empfunden hatte. Er wagte es, ihren Vater zu verurteilen. Er wagte es, *sie* zu verurteilen.

Sie war richtiggehend dankbar für den Zorn, der in ihr aufwallte und ihre Angst ausschaltete. »Mit welchem Recht stellen *Sie* mir überhaupt irgendwelche Fragen?«

»Oh, Sie wissen also, wer ich bin?« Seine Stimme klang überraschend sanft, doch Shea spürte, daß diese Sanftheit trügerisch war.

Aber sie konnte sich nicht zurückhalten. Sie war zu wütend, um vorsichtig zu sein, zu wütend, um Angst zu verspüren. Sie würde sich nicht von einem Kerl einschüchtern lassen, der sein Land in Kriegszeiten verraten hatte. »Ein Verräter«, entfuhr es ihr.

Er säuselte beinahe, als er einen Schritt auf sie zu machte. »Hat Ihnen das Ihr ... Vater erzählt?«

Sein geschmeidiger Gang hatte etwas Drohendes. Sie trat einen Schritt zurück, aber das Pferd stand ihr im Weg.

Sie versuchte, den Blick von dem Augenpaar loszureißen, das sie zu durchbohren schien. »Sie haben kein Recht –«

»Ich habe alles Recht der Welt, wenn Sie diejenige sind, für die Sie sich ausgeben.« Er blieb direkt vor ihr stehen, und sie spürte seine kaum gezügelte Wut. Sie war groß, aber ihm gegenüber fühlte sie sich winzig klein. Er maß fast einen Meter neunzig, und sein Baumwollhemd und die Jeanshose taten nichts, um seinen harten, schlanken Körper zu verbergen. Aber es war die kalte Strenge seines Gesichtes, die sie einschüchterte. Einschüchterte und zugleich in gewisser Weise verzauberte. Sie spürte, wie ihr kleine Schauder über den Rücken rannen.

Die gegensätzlichsten Gefühle wallten in ihr auf. Sie fürchtete sich vor ihm, doch zugleich reagierte etwas in ihrem Inneren in einer Weise auf ihn, wie sie nie zuvor auf einen Mann reagiert hatte. Seine Nähe war ihr überdeutlich. Vielleicht war es das. Sie war sich seiner Nähe bewußt, fühlte sich von ihm angezogen, als sei er ein Magnet.

Seine Augen verrieten ihr nicht, ob er überhaupt etwas fühlte, aber sie spürte seine Wut, wie man das Herannahen eines todbringenden Sturmes spürt.

Bis in die Zehenspitzen fühlte sie den Zorn, der in seinem Inneren tobte. Sie war diejenige, die zornig sein sollte. Sie war diejenige, die man entführt und in Angst und Schrecken versetzt hatte. Aber ihre Gefühle verblaßten gegenüber denen, die Tyler mit solcher Macht zu quälen schienen.

Er ging um sie herum zu ihrem Pferd. Mit seiner behandschuhten rechten Hand zog er ein Messer aus der Hosentasche und schnitt die Reisetasche und den Malkasten los. Dann legte er den Kasten auf einen Baumstumpf und öffnete ihn.

Shea hatte das Gefühl, als dringe er in ihre Privatsphäre ein, aber sie wußte, daß es sinnlos wäre einzuschreiten. Man würde sie problemlos überwältigen, und diese Demütigung wollte sie sich ersparen. Sie konnte es schließlich unmöglich mit drei Männern aufnehmen. Noch nicht einmal mit diesem einen. Sie hatte sich weiß Gott bereits idiotisch genug benommen. Es wäre also besser, sich ihre Wut für einen anderen Zeitpunkt aufzuheben. Sollten sie sie ruhig für fügsam halten. Zumindest im Augenblick.

Shea beobachtete, wie er den Zeitungsartikel aus dem Kasten nahm.

Er drehte sich zu ihr um. »Warum haben Sie das dabei?« Seine Stimme klang gleichgültig, aber irgendwie wußte sie, daß die Frage alles andere als unwichtig war.

Sie war sich nicht sicher, was sie sagen sollte. Wie sollte sie ihm erklären, daß sie erst im Alter von dreiundzwanzig Jahren dahintergekommen war, daß sie einen Vater hatte? Wie sollte sie ihm erklären, daß sie sich an dieses Bild klammerte, weil es das einzige war, was sie jemals von ihm besessen hatte?

Wie sollte sie ihm erklären, daß sie *sein* Bild besaß? Und einen Zeitungsartikel, in dem von seiner Verurteilung berichtet wurde.

Seine Frage schien in der Stille widerzuhallen.

»Sie haben nicht gerade viel zu Ihrer Verteidigung zu sagen.«

Noch nie in ihrem Leben hatte sich Shea so hilflos gefühlt. Was auch immer sie sagte, was auch immer sie tat, konnte ihre Situation verschlimmern, konnte ihren Vater verletzen, ihren Vater gefährden. Sie hatte das Gefühl, als ob sie langsam im Treibsand versank und als ob es nichts gab, an dem sie sich festklammern konnte. Ihre Beine zitterten, als sich seine Augen in sie hineinzubohren schienen in dem Versuch, ihr irgendeine Antwort zu entreißen.

Aber dann wandte er sich erneut dem Malkasten zu, als sei sie nicht weiter wichtig für ihn. Er nahm ein paar Briefe heraus und las sie ohne die geringste Rücksicht auf ihre Privatsphäre oder ihre Gefühle. Er nahm ihren Zeichenblock und blätterte darin herum, bis er die Skizze von Ben Smith entdeckte.

»Verdammt«, sagte er, während er Ben die Zeichnung reichte. »Es war wirklich eine idiotische Idee, ausgerechnet *sie* hierher zu bringen ... « Er unterbrach sich. Zögerte. Aber das *sie* hing immer noch in der Luft. Es war mit einer solchen Verachtung aus ihm hervorgebrochen, fast haßerfüllt. Shea erschauderte trotz des warmen Sonnenscheins.

Als er sich erneut zu ihr umdrehte, zuckte ein Muskel in seinem Gesicht – die erste sichtbare Regung, die sie an ihm entdeckte.

Ben setzte verschüchtert zu einer Rechtfertigung an. »Ich dachte, wir könnten sie vielleicht eintauschen ... «

»Gegen was?«

Ben zuckte mit den Schultern. »Vielleicht gegen ein Geständnis.«

»Von Randall?«

Ben lächelte zaghaft. »Es erschien mir einfach wie eine ... Chance.«

»Hüte dich vor unverhofften Geschenken, Ben«, sagte Tyler ohne ein Lächeln, ehe er sich wieder an Shea wandte. »Sie kommen nie ohne einen Haken, und ich glaube, diese ... Lady hat einen ganz besonders großen.«

Ben trat von einem Bein aufs andere, wie ein kleiner Junge, dem man eine Strafpredigt hielt.

»Sieht so aus, als müßten Sie eine Weile hierbleiben, Miss ... Randall«, sagte Tyler.

»Nein. Ich will weiter zum *Circle R.*«

Er starrte sie an, und sie wünschte sich, irgend etwas in seinem Blick zu erkennen. Dieses vollkommene Nichts war erschreckend. Es war, als blicke man auf eine leere Leinwand.

»Tut mir leid, Ma'am«, sagte er, doch sie wußte, daß es ihm nicht im geringsten leid tat, zumindest nicht für sie. Der Ton war nicht entschuldigend, sondern spöttisch. »Ihr ... Talent macht es mir unmöglich, Sie laufenzulassen. Ich kann nicht zulassen, daß bald überall Bilder von Ben herumhängen.«

»Sie können die Zeichnung behalten«, beeilte sie sich zu sagen.

»Ja, aber Sie haben einfach ein zu gutes Auge«, sagte er. »Ich nehme an, Sie könnten das Bild durchaus noch einmal aus dem Gedächtnis zeichnen.«

Sheas Schweigen bestätigte seine Worte. Sie konnte einfach nicht lügen oder ihre Gefühle verbergen. Das hatte sie niemals lernen müssen, doch jetzt bedauerte sie diese Tatsache. Sie ärgerte sich darüber, daß er ihre Gedanken wie ein offenes Buch zu lesen schien. Aber er hatte recht. Sie konnte sich Gesichter, besonders wenn sie interessant waren, gut merken, und Ben Smith hatte ein interessantes Gesicht. Obgleich es bei weitem nicht so faszinierend war wie das Rafferty Tylers.

»Ich verspreche Ihnen –«

»Ich würde das Versprechen einer Randall noch nicht einmal dann akzeptieren, wenn es mit Engelszungen gegeben würde.«

»Warum?« fragte sie. »Weil mein Vater zu Ihrer rechtmäßigen Verurteilung beigetragen hat?«

Er schnaubte.

»Sie wollen doch nichts anderes als ... « Sie hielt inne, da sie nicht wagte, den Gedanken auszusprechen, der sich mehr und mehr in ihrem Hirn festsetzte.

»Ich will doch nichts anderes als was?«

Warum faszinierten seine Augen sie nur so? Warum zwangen sie sie, mehr zu sagen, als sie sagen wollte? »Rache.«

Er lächelte. Sie hätte niemals gedacht, daß ein Lächeln so drohend sein könnte. »Sie sind wirklich eine clevere Person, Miss Randall, oder wer auch immer Sie sind.«

»Ich werde mich nicht von Ihnen dafür mißbrauchen lassen.«

»Ach nein?« Seine Stimme klang ehrlich amüsiert. »Und wie wollen Sie mich davon abhalten?«

Shea ballte die Fäuste. Schon wieder hatte sie sich völlig idiotisch verhalten – sie konnte ja wirklich nichts gegen ihn tun –, aber schließlich benahm sie sich seit ihrer ersten Begegnung mit Ben Smith völlig idiotisch. »Es wird ihm egal sein.«

»Oh, das glaube ich Ihnen ohne weiteres«, sagte Tyler. »Randall hat sich in seinem ganzen Leben noch nie besonders um irgend jemanden gekümmert. Darum halte ich ja auch nicht viel davon, daß Ben Sie hierher gebracht hat.«

»Dann lassen Sie mich gehen. Ich weiß schließlich noch nicht einmal, wo ich bin.«

»Auch das glaube ich Ihnen«, stellte Tyler fest. »Aber dummerweise haben Sie ein paar Gesichter gesehen, die Sie nicht hätten sehen sollen. Und was noch schlimmer ist – Sie können auch noch zeichnen. Also bleiben Sie hier.« Seine Stimme wurde kälter. »Glauben Sie mir, es gefällt mir mindestens ebenso wenig, Randalls Balg hier zu haben, wie es Ihnen gefällt, hier zu sein.«

»Sie können mich doch nicht ernsthaft ... hier festhalten wollen.«

»O doch, auch wenn es uns beiden unangenehm ist.«

Sie starrte ihn verständnislos an. Wie hatte es so weit kommen können? Sie war ihr Leben lang behütet worden; behütet, beschützt und geliebt. Sie hatte niemals auch nur einen einzigen

Feind gehabt, und jetzt drohte dieser Mann, der ihren Vater offenbar abgrundtief haßte, sie hier in den Bergen gefangenzuhalten. Da sie wußte, daß sich ihr Entsetzen wahrscheinlich in ihren Augen widerspiegelte, wandte sie sich ab. Diese Genugtuung würde sie ihm nicht auch noch verschaffen. »Dafür wird man Sie hängen«, flüsterte sie.

Er lachte. »Vor zehn Jahren hätte ich mich darüber sogar gefreut«, sagte er. »Und jetzt ist es mir egal, solange Randall neben mir baumelt.« Er senkte die Stimme. »Und das wird er, Miss Randall. Das wird er.« Es klang wie ein blutiger Schwur, und Shea hatte das Gefühl, als pfiffe ein eisiger Wind durch ihre Glieder, obgleich die Blätter der Bäume sich nicht bewegten.

Sie schluckte. Großer Gott, sie glaubte ihm, aber was sollte sie einem Mann sagen, dem es egal war, ob er lebte oder starb?

Seine Worte hallten in der Stille nach. Sie mußte das Schweigen brechen, egal, was sie sagte. Die Stille verlieh seinen Worten noch mehr Gewicht, machte sie unüberwindbar.

»Wie lange wollen Sie mich hierbehalten?« Sie drehte sich wieder zu ihm um und versuchte, eine ebenso gleichgültige Miene aufzusetzen wie er, doch zugleich wußte sie, daß dieser Versuch von vornherein zum Scheitern verurteilt war.

»Wollen?« Er zog spöttisch eine Braue hoch.

Shea starrte ihn an. Der Gedanke, auch nur eine Stunde mit diesem haßerfüllten Mann verbringen zu müssen, entsetzte sie und ließ sie vor Angst erschaudern. »Wenn Sie mir etwas antun ... «

»Oh, ich habe nicht die Absicht, Ihnen etwas anzutun. Sie sind die Mühe nicht wert. Aber Sie werden tun, was ich Ihnen sage.«

Seltsamerweise glaubte sie ihm, daß er ihr nichts antun würde. Dabei sollte sie auch Angst um sich haben und nicht nur um den Vater, den sie noch niemals gesehen hatte.

»Sie können mich nicht hierbehalten«, versuchte sie es noch einmal. »Man wird mich suchen ... «

Tyler blickte hinüber zu Ben, der mit den Schultern zuckte. »Es war niemand da, um sie abzuholen. Ich glaube nicht, daß irgendwer sie erwartet hat.«

»Sie ist also einfach so vorbeigekommen?« Wieder war da dieses Lächeln. Dieses Lächeln, das kein Lächeln war. »Miss Randall – wenn das Ihr wirklicher Name ist –, ich will ein paar Antworten von Ihnen.«

»Wozu?« fragte sie empört. »Sie haben doch schon meine Briefe gelesen.«

»Darin steht verdammt wenig, und vor allem nichts von einer Tochter. Also, ich frage Sie noch einmal: Warum sind Sie hier?«

»Das geht Sie nichts an.«

»Alles, was mit Randall zu tun hat, geht mich etwas an.«

»Weil er gegen Sie ausgesagt hat? Weil er seine Pflicht getan hat?«

»Was wissen Sie über die Sache?« Seine Stimme klang jetzt hart, die Heiserkeit hatte sich gelegt, und seine Augen blitzten böse.

»Ich ... der Zeitungsartikel ... «

»Was hat *er* dazu gesagt?«

Sie versuchte erneut, einen Schritt zurückzugehen, als sie den drohenden Unterton in seiner Stimme vernahm.

»O nein, Sie bleiben hier«, sagte er und packte ihren Arm. Die Berührung schien durch das Leder seines Handschuhs und die Baumwolle ihres Hemdes hindurchzubrennen. Aber als sie versuchte, seine Hand abzuschütteln, preßte er sie wie einen Schraubstock fester um ihren Arm, bis sie anfing zu zittern. Die Hitze breitete sich von ihrem Arm in ihrem ganzen Körper aus, eine unwillkommene, brennende Hitze, die sie nicht verstand. Sie hatte das Gefühl, sich nicht mehr bewegen zu können. Irgend etwas Seltsames geschah mit ihr, mit ihren Sinnen. Sie war vollkommen überwältigt von ihm.

Verzweifelt blickte sie auf seine Hand. In dem Zeitungsartikel hatte gestanden, daß er gebrandmarkt worden war. Trug er deshalb einen Handschuh?

Sie wußte sofort, daß dieser Gedanke ein Fehler gewesen war. Sie wußte, daß er ihn ihr ansah.

Plötzlich ließ er sie los und zog seine Hand zurück, als habe er eine Schlange berührt. »Wollen Sie es sehen?« Er verhöhnte sie, und sie sah, wie seine Augen zornig aufblitzten.

Sie schüttelte den Kopf.

»Ah, die Lady ist empfindlich«, knurrte er. »Meine Hand ist also nicht dafür geeignet, von solch sanften Augen gesehen zu werden.« Seine Wut war jetzt offensichtlich. »Ich finde, Sie sollten sich einmal ansehen, wofür Randall verantwortlich ist.« Er zog den Handschuh aus.

Shea wandte das Gesicht ab, aber seine andere Hand packte ihr Kinn. »Schauen Sie es sich an«, befahl er, »damit Sie sich nicht länger fragen müssen, wie ein solches Brandmal wohl aussieht.«

Am liebsten hätte sie die Augen geschlossen, aber sie wußte, daß er sie zwingen würde, sie wieder zu öffnen, zur Not mit reiner Willenskraft. Also sah sie hin.

Die Narbe auf seinem Handrücken war leuchtend rot, das *T* auf ewig eingebrannt. Sie rang nach Luft, überwältigt von einem ihr unbekannten Gefühl. Es war kein Mitleid. Niemand könnte diesen Mann jemals bemitleiden – das ließe er niemals zu. Es war eher so etwas wie Mitgefühl; Mitgefühl und Unmut über das, was man ihm angetan hatte, egal, was er verbrochen haben mochte.

Sie konnte sich nicht vorstellen, was es hieß, derart gebrandmarkt zu sein. Sie zwang sich, aufzublicken und ihm in die Augen zu sehen. Als sie die zornigen Blitze darin entdeckte, wünschte sie sich beinahe die alte Leere in seinem Blick zurück. Nie zuvor hatte sie derart heftige Gefühle gesehen – rohen Zorn und blinden Schmerz.

Worte würden ihm nichts bedeuten. Weniger als nichts. Sie

wären eine Beleidigung. Das wußte sie und schwieg. Sie hätte auch gar nicht sprechen können, selbst wenn es etwas zu sagen gegeben hätte. Sie war zu verwirrt von der Stärke ihrer eigenen Reaktionen – auf ihn, auf das Brandmal.

Sie konnte ihn auch nicht ansehen, denn sonst würde er diese Reaktion erkennen, und das konnte sie nicht zulassen. Er würde ihr Mitgefühl hassen, aber gleichzeitig würde er es irgendwie gegen sie verwenden. Er würde alles tun, um sich an ihrem Vater zu rächen. Das wußte sie jetzt.

Er zog den Handschuh wieder an, und die anderen beiden Männer sahen schweigend zu. Am liebsten hätte sie sich an den älteren der beiden gewandt, aber das würde ihr auch nichts nützen. Rafferty Tyler war offensichtlich der Anführer; die anderen hatten vielleicht Mitgefühl mit ihr, aber das war auch alles.

»Was wollen Sie von mir?« fragte sie im Flüsterton.

»Ich will gar nichts von Ihnen«, erwiderte er, »außer, daß Sie tun, was ich Ihnen sage, bis ich hier fertig bin.«

»Fertig?«

»Bis ich Jack Randall zerstört habe«, antwortete er mit ausdrucksloser Stimme. Dann wandte er sich von ihr ab. »Du reitest besser zurück, Clint«, sagte er zu dem Mann, der bisher nur schweigend dagestanden hatte.

»Bist du sicher, daß du sie hierbehalten willst?«

»Ich bin sicher, daß wir sie jetzt nicht laufenlassen können. Es sei denn, ihr beide wollt im Gefängnis landen. Und glaub mir, das wollt ihr bestimmt nicht.«

Clint zögerte, und Shea hatte das Bedürfnis, zu ihm zu laufen und ihn anzuflehen, sie mitzunehmen. Aber dann nickte er.

Tyler verzog den Mund zu einem zynischen Grinsen. »Bei mir ist sie in Sicherheit. Ich habe bestimmt nicht das geringste Interesse an der Brut von Jack Randall, noch nicht einmal nach zehn Jahren Gefängnis.«

»Ich glaube es einfach immer noch nicht«, sagte Clint. »Ich

habe Nachforschungen über die letzten dreißig Jahre seines Lebens angestellt, und es war nie die Rede von einem Kind.«

»Aber von einer Ehefrau?«

»Ganz kurz.«

»Hat sie irgendeine Ähnlichkeit mit Randall?«

Clint drehte sich zu Shea um, und plötzlich hatte diese das Gefühl, als sei sie ein Pferd, das verkauft werden sollte. »Könnte sein. Die Augen vielleicht. Aber das Haar ist heller.« Er zuckte mit den Schultern. »Himmel, ich weiß es nicht.«

Tyler zuckte ebenfalls mit den Schultern. »Es ist eigentlich auch egal. Jetzt, wo sie euch beide gesehen hat, können wir sie nicht einfach laufenlassen.«

»Ich werde versuchen, in ein paar Tagen zurück zu sein«, sagte Clint.

Sheas Mund war plötzlich wie ausgetrocknet. Sie fühlte sich sicherer, solange Clint hier war. Selbst mit Ben in der Nähe fühlte sie sich sicherer. Wahrscheinlich hätte sie sich selbst in Gegenwart des Teufels sicherer gefühlt als alleine mit dem Feind ihres Vaters.

Rafferty Tyler drehte sich zu ihr um. Er nahm sein Halstuch ab, und ehe sie wußte, wie ihr geschah, hatte er ihr die Hände hinter dem Rücken zusammengebunden. »Gehen Sie in die Hütte. Die Tür ist auf.«

Shea verharrte vollkommen reglos. Eher würde sie sich auspeitschen lassen, als seine Befehle zu befolgen, vor allem, wenn er sie mit einer solchen Selbstsicherheit erteilte. Das ließ ihr Stolz einfach nicht zu. Das ließ auch ihre lähmende Furcht nicht zu. Sie hoffte immer noch, daß die anderen beiden ihm widersprechen und sie vielleicht doch mitnehmen würden.

Sie wandte sich an Ben. »Sie können mich nicht hier zurücklassen.«

Er sah sie verlegen an, doch dann zuckte er mit den Schultern. »Er hat gesagt, daß er Ihnen nichts tun wird. Dann tut er es auch nicht.«

»Bitte.« Nie zuvor hatte sie jemals von einem Menschen etwas für sich erbeten. Und sie haßte es auch jetzt, besonders da ihr Peiniger daneben stand.

Ben senkte den Blick und drehte sich um. Also wandte sie sich flehend an Clint, doch dieser schüttelte nur den Kopf.

Ihr Blick wanderte zurück zu Rafferty Tyler, der sie interessiert beobachtete. »Gehen Sie rein.«

»Nein.«

»Dann bringe ich Sie rein.« Er nahm sie in die Arme, und sie spürte die Stärke seiner Muskeln. Erneut wallte brennende Hitze in ihrem Inneren auf. Er roch nach Schweiß, Seife und Leder, sein Herz klopfte rhythmisch, und er atmete hörbar ein, als ihre Körper sich berührten. Fluchend trug er sie eilig in Richtung der Hütte. Er stieß die Tür auf, ging hinüber zum Bett und ließ sie darauf fallen.

»Bleiben Sie hier«, knurrte er. »Ich habe, verdammt noch mal, keine Lust, irgendwelche Spielchen mit Ihnen zu spielen.« Dann verschwand er und warf die Tür hinter sich zu.

Sie versuchte, sich aufzusetzen. Ein kurzer Blick durch den Raum verriet ihr, weshalb er ihr die Hände gefesselt hatte. Überall lagen Waffen herum. Auf dem Tisch, auf den Stühlen, auf dem Boden.

Sie versuchte, die Fesseln zu lösen, aber das war unmöglich. Also stand sie auf und sah sich suchend um. An einer Wand befand sich eine Feuerstelle, über der ein Kessel hing. In der Mitte des Zimmers stand ein Tisch, auf dem diverse Bücher lagen. In einer Ecke waren eine Reihe von Kisten übereinandergestapelt. Das Bett, nicht viel mehr als eine Pritsche, war im Gegensatz zum Rest des Raumes ordentlich gemacht.

Ein Messer. Such nach einem Messer. Vielleicht könnte sie es irgendwo verstecken und dann später benutzen. Wenn die beiden Männer gegangen waren.

Ihre Augen wanderten langsam durch den Raum. An einer Wand stand ein Schrank, aber mit ihren zusammengebundenen

Händen konnte sie nicht hineingreifen. Enttäuscht wandte sie sich dem Tisch zu und blickte auf die Bücher. Shakespeare. Dickens. Hawthorne. Thoreau. Eine überraschende Auswahl für einen Dieb.

Sie hörte das Getrappel von Hufen, und ihr wurde klar, daß Clint oder Ben oder vielleicht sogar beide sie wirklich verließen. Sie ging eilig zurück zu der Pritsche und setzte sich. Mit klopfendem Herzen wartete sie auf das, was als nächstes passieren würde.

Als sie hörte, wie die Tür geöffnet wurde, verspürte sie eine plötzliche Kälte, einen eisigen Wind, der die Sicherheit ihres bisherigen Lebens fortzublasen schien.

4. Kapitel

Rafe blieb zögernd vor der Tür stehen. Er wünschte sich, die Frau hätte geschrien oder geweint, oder sie wäre in Ohnmacht gefallen. Damit wäre er leicht fertig geworden. Er wurde mit allem fertig außer mit dieser nervtötenden ruhigen Würde.

Widerwillig und obwohl sie vielleicht Randalls Tochter war, mußte er sich eingestehen, daß er sie in gewisser Weise bewunderte. Sie hatte erheblich mehr Mumm als ihr Vater.

Aber das hieß nicht, daß sie nicht ebenso falsch und verschlagen wie Jack Randall war.

Er verstand, weshalb Ben sie hierher gebracht hatte, aber er kämpfte gegen Jack Randall und nicht gegen eine Frau. Ein Stellvertreterkrieg mochte Randalls Sache sein, er jedoch gab sich nicht damit zufrieden.

Clint hatte gesagt, daß die Frau und Randall ähnliche Augen hatten. Rafe erinnerte sich nicht mehr genau an Randalls Augenfarbe, aber er glaubte nicht, daß sie so sanft sein konnten, daß sie dieses milde Graublau der Morgendämmerung hatten.

Abgesehen von dem kurzen Bordellbesuch, hatte er noch keine Frau gehabt. Im Gefängnis hatte er sich derartige Erinnerungen, derartige Bedürfnisse verboten, und er hatte gedacht, daß er sie inzwischen unter Kontrolle hätte. Aber jetzt quälten sie ihn wie kleine Teufel, die mit Heugabeln in seinen Unterkörper stachen.

Nicht daß die Frau besonders hübsch gewesen wäre. Sie war überhaupt nicht sein Typ. Allison war eine wirkliche Schönheit gewesen mit ihrem schwarzen Haar, ihren grünen Augen und einer Figur, die nur aus Kurven zu bestehen schien. Diese Frau hingegen war groß und schlank, regelrecht jungenhaft in ihrem Hemd und ihrer Hose. Ihr hellbraunes Haar hatte sie achtlos zu einem lockeren Zopf zusammengebunden, der ihr über den Rücken hing, und ihre Augen waren ruhig, fast abweisend – abgesehen von den wenigen Momenten, in denen sprühende Funken in ihnen aufzublitzen schienen. Vor allem dann, wenn er etwas über Jack Randall gesagt hatte.

Loyalität? Bei einer Randall? Völlig unmöglich. Jede anständige Regung mußte einer Randall vollkommen fremd sein. Wer weiß, vielleicht war sie sogar eine Spionin. Verdammt, Randall traute er wirklich alles zu. Dieser Gedanke entfachte seine Verärgerung aufs neue und dämpfte seine Bewunderung auf ein erträgliches Maß, was die ganze Sache wesentlich vereinfachte.

Er öffnete die Tür und trat ein. Sie saß auf der Pritsche, doch er vermutete, daß sie dort noch nicht lange saß. Am Saum ihrer Hose entdeckte er den Staub vom Fußboden. Rafe überflog eilig den Raum. Sie schien nichts angerührt zu haben.

»Stehen Sie auf«, befahl er knapp, während er sich ihr näherte.

Als sie vor ihm zurückwich, zuckte er mit den Schultern. »Also gut, behalten Sie ruhig den ganzen Tag die Fesseln an.«

Sie biß sich auf die Lippe, was sie verwundbar aussehen ließ, doch dann stand sie auf und wandte ihm den Rücken zu, damit er den Knoten lösen konnte.

Dann drehte sie sich zu ihm um. Sein Gesichtsausdruck ließ sie zusammenzucken, aber dann straffte sie die Schultern, reckte trotzig das Kinn und sah ihm direkt ins Gesicht. »Sind die anderen weg?«

Es war klar, daß sie hoffte, sie wären noch da. Aus irgendeinem Grund ärgerte ihn dieser Gedanke, und er musterte sie mit zusammengekniffenen Augen. Entweder hatte sie gelogen, als sie gesagt hatte, daß sie Randalls Tochter sei, oder aber sie *war* Randalls Tochter. Auf jeden Fall würde er ihr nicht trauen und sie ständig scharf im Auge behalten.

Rafe zog es vor, ihre Frage zu ignorieren und statt dessen selbst eine zu stellen. »Wie heißen Sie?«

Sie antwortete nicht. Allmählich gewöhnte er sich an ihr Schweigen. Himmel, er verstand er sogar. Wie oft hatte er selbst Schweigen als Waffe benutzt, vor allem, wenn er gewußt hatte, daß Beleidigungen oder Flüche nur zu einer Bestrafung führen würden? Sie schien wesentlich schneller zu lernen als er. »Also gut, dann nenne ich Sie Joe«, sagte er schließlich.

Sie sah ihn an, und er wußte, daß sie nach einem Anflug von Humor suchte, doch es war ihm ernst.

»Irgendwie muß ich Sie ja nennen«, sagte er, selbst überrascht, daß er ihr überhaupt eine Erklärung gab.

»Shea.«

»Shea Randall?«

Sie verfiel erneut in Schweigen.

»Probieren wir es mit einer anderen Frage«, sagte er. »Woher kommen Sie?«

Sie suchte nach Gründen, um ihm nichts erklären zu müssen, doch es gab keinen außer ihrem Unwillen, sich kooperativ zu zeigen. Diese Genugtuung wollte sie ihm einfach nicht geben. Also wandte sie sich zur Tür und blickte in der Hoffnung hinaus, die beiden anderen Männer zu sehen. Doch vor der Hütte war nur die menschenleere Lichtung, und sie wußte, sie war allein mit diesem ... Banditen.

»Es wird nicht funktionieren«, sagte er hinter ihr. »Ich finde es sowieso heraus.«

Sie fuhr zu ihm herum. Der Ärger, den sie die ganze Zeit im Zaum zu halten versuchte, drohte aus ihr herauszubrechen. Das wollte sie nicht. Das durfte sie nicht zulassen. Sie nahm an, daß er sich darüber freuen würde, daß er versuchte, sie zu provozieren.

»Warum halten Sie mich hier fest?«

»Bestimmt nicht wegen Ihres Charmes«, sagte er. »Da können Sie ganz beruhigt sein. Auch wenn ich zehn Jahre im Gefängnis gesessen habe, bin ich noch nicht verzweifelt genug, um mich auf Randalls Brut zu stürzen. Selbst wenn sie unehelich sein sollte ... « Den letzten Satz sagte er mit höhnischer Stimme.

Sie haßte seinen Spott, seine Verachtung, die er gar nicht zu verbergen versuchte. Eine derartige Beleidigung konnte sie unmöglich hinnehmen. Obgleich sie sich geschworen hatte, das gehorsame Opfer zu spielen, holte sie zu einer Ohrfeige aus.

Er fing ihre Hand auf und hielt sie in einem eisernen Griff.

»Aber hallo, die Lady ist ja richtig temperamentvoll. Was sie wohl noch alles ist? Erzählen Sie mir etwas über sich, Miss Randall.«

»Lassen Sie mich los«, forderte sie und blickte auf seine Finger, die ihr Handgelenk umklammerten.

Er lachte verbittert auf, doch er lockerte seinen Griff. »Sie sollten mal fühlen, wie es ist, wenn einem Eisen in die Gelenke beißt, Miss Shea. Kalt. Hart. Schneidend. Dagegen ist meine Hand richtig sanft.«

»Eisen wäre mir lieber«, fauchte sie.

»Wenn Sie mir nicht gehorchen, dann werden Sie bald Gelegenheit haben, es zu fühlen«, erwiderte er.

Sie spürte, wie ihr das Blut aus den Wangen wich. »Das würden Sie nicht wagen.«

»Ich werde tun, was ich tun muß, um das, was ich angefangen habe, zu Ende zu bringen.«

»Und was haben Sie angefangen?«

»Ihr Vater oder was auch immer er für Sie ist, schuldet mir noch etwas.«

»Weil er gegen Sie ausgesagt hat?«

»Oh, das ist nur einer der Gründe«, sagte Rafe.

»Er hat nur seine Pflicht getan.«

»Ach ja?«

Seine kalten grünen Augen blitzten plötzlich wütend auf, und sie spürte die Hitze seines Zorns. Und noch etwas lag in seinem Blick. Etwas Erschreckendes. Sie trat einen Schritt zurück. »Was haben Sie vor?«

»Das, Miss Shea, geht Sie nichts an.«

»O doch.«

»Nein«, sagte er mit ausdrucksloser Stimme. »Und jetzt bleiben Sie hier. In dieser Hütte.«

»Und Sie?« Shea versuchte, sich ihre Angst nicht anmerken zu lassen.

»Lady, ich will einfach nicht in Ihrer Nähe sein.«

»Ich kann nicht hierbleiben.« Sie haßte das Flehen in ihrer Stimme.

»Sie haben keine Wahl. Und wenn Sie clever sind, tun Sie, was ich Ihnen sage.«

»Offensichtlich bin ich ja wohl nicht gerade clever. Schließlich war ich dumm genug, Ben Smith, oder wie er auch immer heißt, zu vertrauen.«

»Dann wollen wir doch mal sehen, ob Sie eine gelehrige Schülerin sind«, sagte er, während er in der Hütte umherging und sämtliche Waffen einsammelte. Dann ging er zur Tür und drehte sich noch einmal zu ihr um. »Ich kämpfe nicht gegen Frauen. Aber daß eins klar ist – ich werde tun, was ich tun muß, um an mein Ziel zu gelangen. Wenn das bedeutet, daß ich Sie hier einschließen oder sogar fesseln muß, dann werde ich das tun. Es wird mir nicht gefallen, aber ich werde es tun. Aber im Augenblick brauchen Sie keine Angst zu haben. Ich habe kein Interesse an Ihnen außer dem, daß Sie mir nicht in die Quere kommen. Haben Sie mich verstanden?«

Sie trotzte ihm durch Schweigen und ballte die Fäuste. Auf ihrem Handgelenk war immer noch der Abdruck seiner Hand, ihre Haut brannte immer noch von seiner Hitze. Sie konnte nichts zurücknehmen, weder ihr idiotisches Vertrauen in Ben Smith noch die Worte, die Rafferty Tyler als Waffe gegen ihren Vater benutzen konnte. Sie konnte nur versuchen zu fliehen und sich zu ihrem Vater durchzuschlagen, um ihn zu warnen.

Banditen, hatte der Stationsvorsteher in Casey Springs gesagt. Sie fragte sich, ob ihr Vater wußte, wer der Anführer dieser Banditen war, oder welcher Haß sie zu ihren Taten trieb. Dieser Haß war wie ein wildes Tier. Er war spürbar, und er ließ sie erschaudern.

»Haben Sie mich verstanden«, fragte er erneut.

Sie nickte, ohne ihm dadurch zuzustimmen.

Sonst sagte er nichts. Ohne sich noch einmal zu ihr umzudrehen, ging er hinaus und trat die Tür hinter sich zu.

Die Hütte lag wieder im Dunkeln. Nach ein paar Sekunden hörte sie das Quietschen von Metall, und sie wußte, daß er die Tür verriegelt hatte. Es gab ein Fenster, durch das noch etwas Licht fiel, und ängstlich wartete sie darauf, daß er auch diese Lichtquelle versiegen ließ. Sie brauchte nicht lange zu warten. Die Fensterläden wurden geschlossen, und sie hörte, wie der Riegel vorgelegt wurde.

Sie war wieder allein in der Dunkelheit, allein in diesen Bergen mit einem Banditen, der ihren Vater haßte, einen Mann, den sie noch nicht einmal kannte. Sie verstand Tylers Haß nicht, und sie konnte ihn auch nicht verringern. Ebensowenig wie die Gefahr, in der sie schwebte. Egal, was er sagte, mußte er sie doch als Waffe betrachten. Sie versuchte, das aufkommende Entsetzen durch andere Gedanken zu bekämpfen.

Sie suchte nach einer verwundbaren Stelle in Rafferty Tyler, und die Künstlerin in ihr erinnerte sich an jeden einzelnen Zug in seinem Gesicht, jede harte Linie. Sie fragte sich, wie dieses Gesicht wohl aussah, wenn es entspannt war, ob es jemals entspannt gewesen war. Und sie erinnerte sich an die Art, in der er von den zehn Jahren im Gefängnis gesprochen hatte, von dem Gefühl von Eisen auf der Haut – mit gepreßter Stimme und angespanntem Körper. Sie erlebte noch einmal den Augenblick, in dem er ihr mit unverhohlenem Zorn seine vernarbte Hand gezeigt hatte.

Und er gab allein Jack Randall die Schuld daran.

Ungerechtfertigt. Rafferty Tyler hatte sich seine Probleme selbst gemacht, als er das Geld der Armee gestohlen hatte. Die

Bestrafung erschien zwar barbarisch, aber er hatte sie selbst verschuldet. Shea versuchte, ihr momentanes Mitgefühl für ihn zu unterdrücken. Daß sie überhaupt in der Lage war, Mitgefühl für ihn zu empfinden, machte ihre Flucht noch wichtiger.

Sie mußte einfach weg von diesem Mann.

Rafe durchstreifte den Wald wie ein verwundeter Panther.

Er fühlte einen Stich in seinem Herzen, und er wußte, daß seine Seele ebenso verstümmelt war wie seine Hand.

Die ganze Zeit sah er diese sanften blaugrauen Augen vor sich: vor Entsetzen weit aufgerissen und zugleich blitzend vor Trotz. Als er die Tür verschlossen hatte, mußten sich in ihnen die Gefühle widergespiegelt haben, die er selbst verspürt hatte, als sich die Zellentür hinter ihm schloß.

Was für ein Mann war er, daß er eine Frau in Angst und Schrecken versetzen konnte? Was war nur aus ihm geworden?

Zur Hölle mit Ben. Aber wahrscheinlich hätte er dasselbe wie Ben getan, wenn sich ihm die Gelegenheit geboten hätte. Randalls Tochter. Er konnte es immer noch nicht glauben, aber immerhin war es eine Möglichkeit.

Könnte er wirklich die Tochter gegen ein Geständnis eintauschen, statt seinen ursprünglichen Plan weiterzuverfolgen und Randall so lange finanziell zu schädigen, bis er eine Dummheit beging?

Aber niemand wußte etwas von einer Tochter, also konnte sie seinem Feind nicht viel bedeuten; sicher nicht genug, daß er dafür ins Gefängnis ging. Verdammt. Was sollte er nur mit ihr machen?

Wenn sie nur nicht Ben und Clint gesehen hätte …

Aber sie hatte sie gesehen, und nun waren das Leben und die Zukunft der beiden in Gefahr, vor allem die von Clint, der inzwischen zu tief in die Sache verstrickt war, um sich noch zurückziehen zu können. Es war Clint gewesen, der bei dem ersten Überfall vor sechs Wochen mitgemacht hatte.

Auge um Auge. Die Frau sollte ihm egal sein. Er würde ihr schließlich nichts tun. Und, weiß Gott, er würde sie nur solange wie nötig festhalten, bestimmt nicht so viele Jahre, wie er wegen ihrem Vater im Gefängnis verbracht hatte. Nur ein paar Wochen. Vielleicht Monate.

Himmel, wie sollte er das nur schaffen?

Wie sollte *sie* das nur schaffen? Obwohl sie erstaunlich tapfer war, mußte sie doch das Schlimmste befürchten, nämlich daß er sie vergewaltigen oder töten würde. Sie hatte keinen Grund, etwas anderes zu denken.

Er hatte gedacht, daß er alle Gefühle außer seinem Haß verloren hätte, und er ärgerte sich über seine Schuldgefühle.

Aber sein schlechtes Gewissen reichte noch nicht aus, um sie laufenzulassen. Er hatte die Verstümmelung seiner Hand, die schlimmsten Arten der Demütigung im Gefängnis und den Verlust fast eines Drittels seines Lebens nur ertragen, weil er sich geschworen hatte, daß Randall dafür bezahlen würde.

Und diesen Haß konnte er nicht aufgeben. Das alles durchbohrende, verzehrende, unbarmherzige Bedürfnis nach Rache war zu sehr ein Teil von ihm. Er würde tun, was er tun mußte, um es zu stillen.

Und dann? Er konnte nicht weiter denken. Das Danach gab es nicht. Er verspürte eine Trostlosigkeit, als fiele er in ein endloses schwarzes Loch, als rase er auf ein Nichts zu, das erschreckender war als jede Art von körperlichem Schmerz.

Er streckte die Hand aus, stützte sich gegen eine große Kiefer und zwang sich, wieder an die Frau zu denken. Er hatte keine Ahnung, wie er ihr die Angst nehmen sollte. Himmel, er wußte noch nicht einmal mehr, wie man mit anderen Menschen sprach.

Der einzige, mit dem er reden konnte, war vielleicht Abner, die kleine Maus, die keine Anforderungen an ihn stellte. Plötzlich sehnte er sich nach seiner Gesellschaft. Er steckte die Hand in die Tasche, doch dann fiel ihm ein, daß er das Tierchen in der Hütte vergessen hatte.

Ob Miss Randall wohl Angst vor Mäusen hatte?

Er sollte zurückgehen, aber das konnte er noch nicht. Am liebsten hätte er sie vorhin sanft gestreichelt, um ihr die Angst zu nehmen. Dieses Bedürfnis hatte ihn überrascht. Es war so verdammt lange her, daß er einen anderen Menschen zärtlich berührt hatte.

Daß die Frau in der Hütte ihn derart gerührt hatte, ertrug er nicht, nicht, wenn sie Randalls Tochter war. Er konnte sich Mitgefühl und Mitleid nicht leisten. Er würde sich nie wieder benutzen lassen, von niemandem.

Er erschauderte, als er an seine Inhaftierung dachte. Er wünschte sich, daß diese Erinnerung eines Tages verblassen würde, aber bis jetzt verfolgte sie ihn unablässlich. Er schlief immer noch draußen, selbst in den ungemütlichsten Nächten. Er ertrug es nicht, in der kleinen Hütte aufzuwachen, und selbst draußen hatte er immer noch Alpträume, durchlebte er immer noch die Zeiten, in denen er nackt in der Strafzelle gelegen hatte, mit noch nicht einmal einem Eimer als letztem Zeichen menschlicher Würde. Er hatte sich in ein wildes Tier verwandelt, hatte in völliger Finsternis in seinem eigenen Dreck vegetiert.

Damals hatte er etwas verloren, was er niemals wiederbekommen würde, genau wie es von seinen Peinigern beabsichtigt gewesen war. Sie hatten seinen Widerstand gebrochen, weil es einfacher war, gebrochene Gefangene zu beherrschen. Er war an einen Punkt gekommen, an dem er alles getan hätte, alles gesagt hätte, alles geschehen lassen hätte, nur um nicht wieder in diese Zelle geworfen zu werden, und er hatte sich für diese Schwäche gehaßt. Seine Selbstachtung war für immer verloren, aber vielleicht würde die Genugtuung, Randall vernichtet zu haben, ein wenig helfen.

Er hatte gelernt, seine Wut in Zaum zu halten, sie auf ein bestimmtes Ziel zu richten. Aber manchmal ging sie immer noch mit ihm durch, wie ein unbezähmbares, wildes Pferd, und er mußte sich gewaltsam zwingen, die Geduld zu bewahren. Aber

Himmel, das war alles andere als leicht. Zumindest trieb er Jack Randall langsam in die Enge. Das *Circle R* hatte bald kein Geld mehr. Randalls Arbeiter würden ihren Chef im Stich lassen, wenn sie nicht bald bezahlt würden; auch Langmut hatte seine Grenzen. Ebenso wie Loyalität.

Das hatte er vor Jahren gelernt, als Allison und die Männer, die er für seine Freunde gehalten hatte, so bereitwillig das Schlimmste geglaubt und ihn fallengelassen hatten. Ebenso wie die Armee, der er sein Leben geopfert hätte. Er konnte noch nicht einmal Clint und Ben und den anderen uneingeschränkt vertrauen; der Verdacht, daß sie ihre eigenen Gründe hatten, wenn sie ihm so bereitwillig halfen, nagte immer weiter an ihm. Jeglicher Glaube an Gerechtigkeit, Loyalität oder Freundschaft war vor zehn Jahren zerstört worden. Abner war das einzige Geschöpf, zu dem sich Rafe eine gewisse Zuneigung gestattete. Die Maus forderte so wenig, gerade so viel, wie Rafe noch zu geben vermochte.

Widerwillig wandte er seine Gedanken wieder seiner Gefangenen zu. Shea. Ein ungewöhnlicher Name. Sanft und ruhig. Er paßte zu ihr. Verdammt. Er durfte nicht so an sie denken. Sie war Randalls Tochter, mehr nicht. Das durfte er niemals vergessen. Die Brut einer Natter war immer noch eine Natter.

Er machte sich mit der gewohnten Vorsicht auf den Rückweg. Der Trapper, der einst in der Hütte gelebt hatte, hatte überall in den Wäldern Fallen aufgestellt. Rafe hatte schon ein paar gefunden. In einigen davon hatten verendete Tiere gelegen, und er hatte eine unendliche Traurigkeit, eine gewisse Schicksalsverwandtschaft verspürt. Die Tiere, die noch gelebt hatten, hatte er befreit. Er nahm an, daß es noch mehr Fallen gab, so daß er immer darauf achtete, wohin er trat. Das letzte, was er jetzt brauchte, war, selbst in einer Falle zu landen.

Aber vielleicht war er das bereits, dachte er in Gedanken an die Frau in der Hütte.

Shea hatte ihre Tränen getrocknet. Sinnlose, törichte Tränen, die ihr nichts nützten. Sie war wütend auf sich, weil sie ihre Energie derart sinnlos vergeudete, und noch wütender, wenn sie daran dachte, daß ihr Gefängniswächter diesen Beweis ihrer Schwäche sehen könnte.

Sie war durstig und hungrig und schmutzig. Und furchtbar allein.

Nie zuvor war sie derart allein gewesen. Sie hatte immer ihre Mutter oder Freunde in der Nähe gehabt oder Kundinnen, die beim Anblick ihrer Hutkreationen in Begeisterungsrufe ausgebrochen waren. Hin und wieder war da sogar ein netter junger Mann gewesen.

Aber das war alles vorbei. Sie wußte noch nicht einmal mehr, wer oder was sie war.

Sie unterdrückte ihre Verzweiflung und konzentrierte sich in Gedanken auf ihre Flucht. Sie brauchte einen Plan. Am besten entwaffnete sie Tyler, indem sie ihn glauben machte, daß sie sich in ihr Schicksal gefügt hatte. Und dann brauchte sie ein Pferd. Ohne das hatte sie keine Chance hier oben, wo ihr die Natur gefährlicher werden konnte als der Mann, der sie gefangenhielt.

Sie fragte sich, wo Rafferty Tyler wohl hingegangen war. Sie hatte inbrünstig gehofft, daß er nicht zurückkäme, aber inzwischen fürchtete sie genau das. Sie hatte die dunkle Hütte durchsucht und Streichhölzer sowie ein paar Kerzen gefunden. Sie könnte versuchen, das Gebäude niederzubrennen, aber vielleicht käme sie dabei ums Leben. Doch zumindest wäre dies ein letzter Ausweg, falls er nicht zurückkommen sollte.

Sie zündete eine Kerze an und sah sich etwas genauer um. In einer Ecke stand eine Kiste, und sie ging hinüber, um sie zu öffnen. Mehrere Dosen Kekse, eingemachte Früchte und Trockenfleisch. Sie hatte noch niemals Trockenfleisch gegessen, aber inzwischen hatte sie einen Punkt erreicht, an dem sie alles probieren würde. Sie öffnete die Keksdose und aß einen halben Kräcker. Er schmeckte wie Kreide.

Sie schluckte und spürte die Trockenheit in ihrem Mund. Angewidert kehrte sie zu der Pritsche zurück und überlegte, ob sie die Kerze löschen sollte oder nicht. Aber sie mochte die Dunkelheit nicht. Sie verstärkte nur ihre Angst. Irgendwie ertrug sie die Gefangenschaft leichter, solange sie wenigstens Licht hatte.

Am Ende des Bettes bewegte sich etwas, und sie zuckte zusammen. Wer wußte schon, was für Kreaturen in der Hütte herumkrochen. Sie hob die Kerze höher und entdeckte eine kleine Maus, die neugierig zu ihr herübersah.

Das Tierchen setzte sich auf die Hinterbeine und legte die Vorderpfoten zusammen, als bäte es um etwas. Offensichtlich hatte es nicht die geringste Angst.

Auf den Straßen in Boston hatte sie riesige, ekelhafte Ratten gesehen, aber diese Maus war klein und niedlich.

Shea verharrte reglos und fragte sich, ob die Maus wohl näher kommen oder verschwinden würde. Sie wünschte, sie hätte ihren Zeichenblock dabei, aber der lag immer noch draußen auf dem Baumstumpf. Also konzentrierte sie sich ganz auf das possierliche Tierchen und versuchte, es durch bloße Willenskraft anzulocken.

Sie sprach mit ihm. Das war immer noch besser, als mit sich selbst zu reden, und irgendwie beruhigte sie der Klang ihrer eigenen Stimme.

»Du weißt auch nicht, wie man hier rauskommt, nicht wahr?« fragte sie, während die Maus sie weiterhin neugierig beobachtete. »Doch natürlich, sonst wärst du ja nicht hier, aber ich nehme an, das Loch wäre für mich viel zu klein.«

Als die Maus ein paar Zentimeter näher kam, streckte Shea die Hand nach ihr aus und stellte überrascht fest, daß das Tierchen vorwärts krabbelte und interessiert ihre Finger beschnupperte. Doch dann wippte es mit dem Schwanz und setzte sich, gewissermaßen enttäuscht, wieder auf die Hinterbeine. Fasziniert überlegte sie, ob sie vielleicht einen der Kekse holen sollte.

Was, wenn die Maus verschwand, während sie die Dose holte? Der Gedanke war unerträglich.

Sie hörte ein Geräusch an der Tür und erstarrte. Die Maus bewegte sich nicht, und sie wußte, daß sie sie beschützen mußte. Sie streckte erneut die Hand nach dem Tier aus und stellte überrascht fest, daß es keinerlei Anstalten machte zu flüchten. Also steckte sie ihren neuen Freund unter die Pritsche und hoffte, daß er dort blieb.

Die Tür ging auf, und das helle Licht der Spätnachmittagssonne blendete sie. Trotzdem wurden ihre Augen magisch von der großen Gestalt im Türrahmen angezogen. Im Sonnenlicht erschienen Tylers Umrisse noch größer, stärker, drohender als sonst. Shea mußte sich zwingen, nicht vor ihm zurückzuweichen.

Er zögerte und sah sich suchend um. Mit gerunzelter Stirn blickte er auf die Kerze.

Sie erhob sich. Es erforderte ihren ganzen Mut, aber sie stand auf und zwang sich, ihn anzusehen, nach einer Spur von Gewissensbissen, Bedauern oder Gnade zu suchen. Alles, was sie entdeckte, war eine gewisse Kälte.

»Ich habe Durst.« Die Worte klangen mehr wie eine Herausforderung, und sie bemerkte ein kaum sichtliches Aufblitzen in seinen Augen. Sie hoffte, daß es sein schlechtes Gewissen war, aber diese Hoffnung wurde durch seine Antwort zunichte gemacht.

»Sie sind sicher etwas Besseres gewohnt.« Er verspottete sie eindeutig. Shea spürte, wie erneut Zorn in ihr aufwallte.

»Ich bin es gewohnt, daß Männer sich wie Gentlemen benehmen und daß sie ... menschlich sind.«

»In Anbetracht der Tatsache, daß Sie behaupten, Randalls Tochter zu sein, wundert mich das.«

»Ich behaupte überhaupt nichts.«

»Stimmt, das tun Sie nicht«, pflichtete er ihr mit kalter Stimme bei. »Sie sagen überhaupt nicht viel.«

»Ich rede nicht mit einem Dieb und Verräter.«

»Seien Sie vorsichtig, Miss Randall. Ihre Gesundheit und Ihr Leben hängen von diesem Dieb und Verräter ab.«

»Soll das etwa ein Trost sein?« Ihr Ton war reinste Säure.

Sein Blick schien sie zu durchbohren. »Sie müssen entschuldigen. Ich habe keine Übung mehr darin, wie man einen Menschen tröstet. In den letzten zehn Jahren mußte ich das nicht.« Seine Stimme klang nicht entschuldigend, sondern verbittert.

»Also wollen Sie mich verdursten lassen?«

»Nein«, sagte er langsam. »*Das* werde ich nicht tun.«

Diese Feststellung machte Shea Angst. »Was werden Sie denn tun?«

»Sie brauchen nur ein paar Regeln zu befolgen, und dann tue ich gar nichts.«

»Sie tun bereits was. Sie halten mich hier gegen meinen Willen fest.«

Er schwieg einen Augenblick, und seine Halsschlagader schwoll an, als könne er sich nur noch mühsam beherrschen. »Lady, ich habe es Ihrem ... Vater zu verdanken, daß ich zehn Jahre lang gegen meinen Willen irgendwo festgehalten wurde.«

Am liebsten hätte sie ihm ins Gesicht geschlagen, ihn dorthin getreten, wo es am meisten weh tat. Aber dafür war jetzt nicht der richtige Augenblick.

»Und jetzt rächen Sie sich dafür an mir. Ist es das?«

Die Ader an seinem Hals pochte immer noch deutlich. »Nein, Miss Randall, das ist es nicht. Sie waren nur zufällig zur falschen Zeit am falschen Ort. Ich habe keine andere Wahl.« Er wußte nicht, weshalb er ihr überhaupt eine Erklärung gab, nur, daß ihre letzte Bemerkung ihn geärgert hatte.

»Doch, die haben Sie.«

Er wandte sich von ihr ab. »Glauben Sie doch, was Sie wollen«, sagte er mit gleichgültiger Stimme. »Machen Sie die Kerze aus, und kommen Sie mit, wenn Sie was trinken wollen.«

Sie wollte nicht mit ihm gehen, aber sie hatte das Gefühl, kurz vor dem Verdursten zu stehen, und außerdem hatte sie noch ein dringendes anderes Bedürfnis. Also blies sie die Kerze aus und hoffte, daß er draußen in der Sonne keine Tränenspuren mehr auf ihren Wangen sah.

Doch diese Sorge war vollkommen unbegründet. Er beachtete sie gar nicht. Sie wußte, daß sie nicht besonders hübsch war, vor allem mit der viel zu weiten Hose, dem viel zu großen Hemd und ihren achtlos zusammengebundenen Haaren. Sie sollte dankbar sein, daß sie ihm egal war, aber ein Teil von ihr hatte das Bedürfnis, sein Interesse zu wecken, ihn zu verwirren ... ihn anzuziehen.

Shea spürte, daß sie errötete. Um sich von diesen Gedanken abzulenken, konzentrierte sie sich auf die Umgebung.

Ihr Pferd war verschwunden, und ihre Besitztümer lehnten an dem Baumstumpf. Zu ihrer Linken war ein Unterstand, dessen Tür mit einem riesigen Schloß versehen war. Dort hatte er bestimmt die Waffen untergebracht, und dort stand bestimmt auch sein Pferd. Die Schlüssel mußte er in der Tasche haben. Er ging hinüber zu dem Gebäude und holte einen Eimer.

Sie versuchte, auf den Weg zu achten, aber in dem dichten Wald aus Kiefern, Espen und Büschen sah alles gleich aus. Sie dachte daran, sich umzudrehen und loszurennen, aber er war nur ein paar Meter vor ihr, so daß er sie problemlos einholen würde.

Plötzlich blieb er an einem Bach stehen und lehnte sich an einen Baum.

Shea hatte nie zuvor aus einem Bach getrunken, aber offensichtlich erwartete er genau das von ihr. Doch die Trockenheit in ihrem Mund war schlimmer als ihre Verärgerung, und sie konnte nicht länger warten. Sie ging an das Ufer des Baches und kniete sich hin. Sie fühlte sich linkisch und unbeholfen, da sie wußte, daß er sie beobachtete. Sie nahm eine Handvoll Wasser und versuchte zu trinken, ehe ihr die Flüssigkeit durch die Finger rann. Es reichte gerade, um ihre Lippen zu benetzen.

Schließlich legte sie sich flach auf den Bauch, tauchte den

Mund in das eiskalte Wasser und trank in langen Zügen. Daß ihr Hemd naß wurde, war ihr egal, außer dem Wasser war alles egal.

Es fühlte sich herrlich an. Es schmeckte wunderbar. Kälter und reiner als alles, was sie je zuvor getrunken hatte. Als sie genug hatte, setzte sie sich auf und blickte instinktiv zu Tyler hinüber.

Er lehnte immer noch lässig an dem Baum, aber in seinen smaragdfarbenen Augen blitzte ein grünes Feuer, und sie spürte, wie ihr heiß wurde. Sie konnte den Blick nicht von ihm abwenden, egal, wie sehr sie es versuchte. Sie hatte das Gefühl, als wären sie aneinander gefesselt.

Doch dann löste er den Blick von ihr, und die normale eisige Gleichgültigkeit kehrte in seine Augen zurück.

Sie sah an sich hinab und stellte fest, daß ihr nasses Hemd an ihrem Körper klebte und die Umrisse ihres Busens freigab. Sie schluckte und drehte sich um. Sie spritzte sich etwas Wasser ins Gesicht in der Hoffnung, daß es die innere Hitze lindern würde, die sie zu verbrennen drohte.

Shea ließ sich so viel Zeit wie möglich. Sie wollte nicht zurück in die dunkle Hütte. Sie wollte weder mit ihm noch mit den intensiven Gefühlen konfrontiert werden, die sie nicht verstand.

Eigentlich hätte sie erwartet, daß er ihr befahl, sich etwas zu beeilen, doch das tat er nicht. Sie wagte nicht aufzublicken, aber sie spürte seinen Blick und wußte, daß sie sich fürchten sollte. Er war sehr lange im Gefängnis gewesen. Aber instinktiv wußte sie, daß er sie nicht belästigen würde.

Weil er dich verachtet.

Weil er deinen Vater verachtet.

Sie schloß kurz die Augen, und als sie sie wieder öffnete, fiel ein glänzender Sonnenstrahl durch die Bäume. Am liebsten hätte sie die Hand ausgestreckt und wäre daran hinaufgeklettert an irgendeinen sicheren Ort.

Aber es gab keine sicheren Orte mehr.

Sie beobachtete den Lichtstrahl, bis er sich langsam auflöste, und dann erhob sie sich.

»Können wir?« fragte er mit dem ihm eigenen heiseren Flüstern.

Die Worte hatten zahlreiche Bedeutungen.

Können wir was? Sie war nicht bereit, irgend etwas mit ihm zu tun.

Aber sie nickte.

Er schlenderte zu ihr herüber und streckte seine behandschuhte Hand nach ihr aus.

Sie schreckte zurück, als sie erkannte, wie sehr sie diese Hand berühren, seine Stärke spüren wollte.

Plötzlich wurde ihr klar, daß sie nicht nur gegen ihn ankämpfte. Sie kämpfte zugleich gegen sich selbst.

5. Kapitel

Rafe wußte nicht, weshalb er ihr die Hand hingehalten hatte. Vor allem, da sie ihre Verachtung für diese Geste so deutlich zum Ausdruck brachte. Lag es an ihm? Lag es an dem Brandmal?

Was in drei Teufels Namen hatte er überhaupt erwartet?

Aber sie hatte so traurig gewirkt, wie sie eingerahmt von den Sonnenstrahlen vor ihm stand. Die Sonne hatte ihr weiches braunes Haar wie ein Heiligenschein umspielt. Er hatte sich gefragt, wie er sie jemals hatte häßlich finden können. In diesem Augenblick hatte sie einfach bezaubernd ausgesehen.

Und ängstlich. Er verachtete sich dafür, daß er es schaffte, sie zu ängstigen. Aber das ließ sich nicht ändern.

Er mußte dafür sorgen, daß sie sich vor ihm mehr als vor allem oder jedem anderen fürchtete. Darum hatte er in der Hütte auch nicht nach Abner gesucht. Wer in aller Welt würde sich vor einem Mann fürchten, der eine Maus als Haustier hielt? Er würde Abner später suchen und ihn dann entweder in seiner Tasche oder im Stall unterbringen.

Er runzelte die Stirn, um ihr sein Mißfallen deutlich zu zeigen. »Kommen Sie bloß nicht auf die Idee, dem Bachlauf zu folgen. Er führt in einer Richtung hoch in die Berge, und in der anderen Richtung gibt es steile Abhänge. Auf dem Weg kommen Sie also nicht von hier fort. Außerdem sind diese Wälder voll mit wilden Tieren – Bären, Wölfen, Berglöwen, Klapperschlangen – und Fallen. Sie können nirgendwohin.«

Obwohl ihre Augen ihre Angst verrieten, war ihre Stimme fast vollkommen ruhig, als sie sprach. »Würden Sie mich denn laufenlassen?«

»Nein«, erwiderte er knapp. »Aber ich will nicht, daß Sie

überhaupt nur darüber nachdenken. Sie werden diesen Ort dann verlassen, wenn ich es will, und keine Minute früher.«

»Ich glaube, ein anständiger Bär wäre mir lieber als dieses Gefängnis.«

»Das liegt daran, daß Sie noch nie einem begegnet sind.«

»Das liegt daran, daß ich *Ihnen* begegnet bin«, erwiderte sie verbittert.

»Und etwas Schlimmeres können Sie sich nicht vorstellen?« Sein Lächeln war spöttisch, aber sie wandte den Blick nicht von ihm ab.

»Wenn ich Sie wäre, würde ich es nicht drauf ankommen lassen«, sagte er mit dieser angenehmen Stimme, die sie allmählich zu hassen begann. »Normalerweise reiße ich meine ... Gefangenen nicht in Stücke.«

»Was machen Sie dann mit ihnen?«

»Ich mache sie gefügig«, sagte er und verzog erneut den Mund zu einem Lächeln, das nicht die Spur von Humor enthielt. Nur eine deutliche Drohung.

»Ich lasse mich nicht gefügig machen.«

Seine Stimme wurde hart. »Jeder Mensch läßt sich gefügig machen, Miss Randall.«

Shea wußte, daß sie sich auf gefährlichem Terrain befand, aber sie konnte einfach nicht aufhören. »Selbst Sie?«

»Wir sprechen hier nicht über mich. Wir werden nie über mich sprechen. Aber was Sie betrifft ... das ist etwas anderes.«

Shea haßte die versteckte Anspielung, die sie daran erinnerte, daß er die Kontrolle über alles hatte, sie haßte den rauhen Spott, der sie provozieren und treffen sollte.

Und das tat er. Aber sie würde ihm nicht die Genugtuung verschaffen, ihm ihre Verletztheit zu zeigen, und wenn sie daran zugrunde ginge. Sie reckte trotzig das Kinn. »Lassen Sie Ihre Gefangenen auch verhungern?«

»Manchmal«, sagte er. »Was erwarten Sie von einem verurteilten und gebrandmarkten Banditen?«

Trotz der Leichtigkeit in seiner Stimme spürte sie seinen Schmerz, einen rohen Schmerz, der einen Teil ihres Ärgers verrauchen ließ. War ihm klar, daß er ihr gerade etwas offenbart hatte, was er höchstwahrscheinlich hatte für sich behalten wollen? Das Wissen um seinen Schmerz könnte eine Waffe sein, die sie jedoch wohl niemals gegen ihn verwenden würde.

Sie schüttelte den Kopf, als könne sie den Gedanken auf diese Weise verscheuchen. Wenn es ihr gelingen sollte zu fliehen, mußte sie jede sich bietende Waffe benutzen.

Er beobachtete sie. Offenbar erwartete er eine Antwort.

»Nichts«, erwiderte sie schließlich. »Ich erwarte nichts.«

»Gut, dann werden Sie auch nicht enttäuscht«, knurrte er. »Aber ich werde Sie *nicht* verhungern lassen. Sie sehen aus, als könnten Sie eine anständige Mahlzeit vertragen. Ich mag dünne Frauen nicht.« Der neuerliche Hohn zeigte ihr, daß er *wußte,* daß sie seinen Schmerz erkannt hatte. Und nun bestrafte er sie dafür.

»Dann verhungere ich lieber«, schnauzte sie.

Er zuckte mit den Schultern. »Wie Sie wollen.«

Er ging hinunter zum Fluß und füllte den Eimer, wobei er ihr den Rücken zuwandte. Am liebsten wäre sie einfach fortgelaufen, aber wie schon vorhin wußte sie auch jetzt, daß er sie mühelos einholen würde. Das wußte auch er, und seine lässige Gleichgültigkeit ihr gegenüber machte sie wütend. Sein Selbstvertrauen war wirklich widerlich. Mehr als das.

Es war demütigend.

Er richtete sich wieder auf, und sie wünschte sich, er sähe etwas weniger gut aus. Seine Kleider schmiegten sich eng an seinen muskulösen Körper, und seine kaum unterdrückte Energie elektrisierte die Luft. Elektrisierte sie.

Shea schluckte. Sie konnte einfach nicht glauben, daß sie derartige Gedanken hegte. Es hatten ihr schon hübschere Männer den Hof gemacht, aber sie hatte sich in ihrer Gegenwart immer unwohl gefühlt und war jedesmal erleichtert gewesen, wenn sie wieder gegangen waren. Sie war immer vollkommen kalt geblieben, selbst wenn sie verzweifelt versucht hatte, etwas zu empfinden.

Rafferty Tyler hingegen ließ sie alles andere als kalt.

Er drehte sich um, und seine eisigen blaugrünen Augen blickten sie an. Sie fragte sich, wie sie wohl aussahen, wenn sie vor Lachen blitzten, statt von dieser ungeheuren Leere erfüllt zu sein, die jeden davon abhielt, seine Gedanken zu lesen.

»Sie sind immer noch da?«

»Es hätte Ihnen gefallen, wenn ich versucht hätte zu flüchten, nicht wahr?«

»Es wäre vielleicht ganz interessant geworden.«

»Nun, ich habe nicht die Absicht, Sie zu unterhalten, Mr. ...« Ihre Stimme verlor sich. Sie hatte keine Ahnung, wie sie ihn nennen sollte.

»Sie lernen wirklich schnell, Miss Randall«, sagte er. »Ich bin überrascht.«

»Es kommt darauf an, was ich lernen soll«, erwiderte sie, da sie den Gedanken einfach nicht ertrug, er könnte annehmen, daß er sie bereits vollkommen eingeschüchtert hatte. »Ich weiß, wann ich eine Chance habe, und ich nehme an, im Augenblick habe ich keine.«

Für den Bruchteil einer Sekunde verriet seine Miene so etwas wie Bewunderung, doch dann runzelte er erneut die Stirn.

»Sie werden keine Gelegenheit zur Flucht bekommen, Miss Randall. Ich wollte Sie nicht nur erschrecken, als ich sagte, daß diese Berge gefährlich sind. Im Augenblick hängen Sie völlig von mir ab.«

»Soll mich das etwa beruhigen?«

»Nein«, sagte er. Er verzog den Mund, ohne zu lächeln. Sie fragte sich, ob er überhaupt lächeln konnte. »Solange Sie weiterhin Angst vor mir haben, werden wir gut miteinander zurechtkommen.«

»Ich will nicht gut mit Ihnen zurechtkommen.«

»Es ist mir vollkommen egal, was Sie wollen, Miss Randall. Sie können sich das Leben schwermachen oder ein bißchen weniger schwer. Das liegt ganz an Ihnen.«

»Sie sind ein Schwein«, knurrte sie zwischen zusammengebissenen Zähnen.

»Das dürfen Sie nie vergessen«, sagte er. »Wenn Sie noch etwas zu erledigen haben, dann tun Sie das jetzt. Und behalten Sie den Kopf oben, so daß ich ihn sehen kann.«

Sie errötete heftig. Körperliche Bedürfnisse waren etwas, über das man nicht sprach, erst recht nicht so unbekümmert und vor allem nicht zwischen Mann und Frau.

»Und Sie werden mir nicht dabei zusehen?«

Er verzog erneut den Mund. »Ich werde nur auf Ihren Kopf achten, Miss Randall. Ich vertraue Ihnen einfach noch nicht genug.«

Ihr natürlicher Drang kämpfte mit Stolz und Scham. Der Körper siegte.

»Ich hoffe, mein Vater ... « Sie hielt inne, da sie nicht genau wußte, was sie hoffte.

»Wird mich umbringen?«

»Wird Sie ins Gefängnis zurückschicken«, platzte es aus ihr heraus.

»Sie glauben also, daß das weniger schlimm ist, als zu sterben?« fragte er mit einem seltsamen Glitzern in den Augen.

Dieses Glitzern hätte ihr eine Warnung sein sollen, aber sie achtete nicht darauf. »Allerdings.«

»Vielleicht ändern Sie ja Ihre Meinung, wenn Sie es selbst einmal erleben«, stellte er verbittert fest.

Shea schluckte. »Ich habe mir nichts zuschulden kommen lassen.«

»Ach, aber ich, ja?« fragte er, und das Glitzern in seinen Augen wurde noch drohender.

»Ich weiß, daß Sie hier mehrere Geldtransporte überfallen haben.«

»Das wissen Sie also, ja?« Wieder triefte seine Stimme vor Hohn. »Und woher wissen Sie das?«

Shea wollte gerade etwas erwidern, doch dann besann sie sich anders. Woher wußte sie es? Weil er ein verurteilter Dieb war? Weil der Stationsvorsteher in Casey Springs gesagt hatte, daß es in der Gegend ein paar Überfälle gegeben hatte? Weil er sie hier gegen ihren Willen festhielt? Aber was, wenn ihr Peiniger nichts mit den Überfällen zu tun hatte?

Sie hatte voreilige Schlüsse gezogen. War ihm das schon einmal passiert? War er unschuldig gewesen? War er auch jetzt unschuldig?

Aber in diesem Augenblick verzog er erneut den Mund, und sie wußte es besser. Er hatte sie bewußt zum Narren gehalten. Er hatte den Zweifel in ihrem Gesicht erkannt und sie genau dorthin gebracht, wo er sie hatte haben wollen. Und jetzt machte er sich auf ihre Kosten einen Spaß; jetzt ließ er sie sehen, daß er genauso schlecht war, wie sie gedacht hatte.

»Sie haben die Geldtransporte überfallen«, sagte sie schließlich mit unsicherer Stimme.

»Natürlich habe ich das«, erwiderte er leichthin.

Sie spürte, wie erneut Ärger in ihr aufwallte. Nie zuvor hatte sie das Bedürfnis gehabt, Gewalt anzuwenden, aber im Augenblick wäre sie dazu durchaus in der Lage gewesen. »Warum haben Sie mich glauben gemacht ... ?«

Sein Grinsen verschwand. »Das ist egal, Miss Randall. So, ich gebe Ihnen genau vier Minuten, bis wir zur Hütte zurückgehen.«

Während er Shea nachsah, die im dichten Gebüsch verschwand, bedauerte er seine Grausamkeit. Er hatte nicht die Absicht gehabt, sie zu quälen. Er hatte gedacht, sie würde ihm seine damalige Verurteilung vorhalten, als er sie gefragt hatte, woher sie wußte, daß er für die Überfälle verantwortlich war. Und dann war dieser verdammte Zweifel in ihren Augen aufgeblitzt und hatte ihn in einer Weise berührt, über die er lieber nicht nachdachte. Er hatte ihm beinahe das Gefühl gegeben, wieder ein

Mensch zu sein, hatte Hoffnung in ihm aufkeimen lassen. Aber er wollte nicht, daß sie an seiner Schuld zweifelte. Er wollte kein Mitleid von ihr. Nicht von einer Randall.

Also war er auf ihren Gefühlen herumgetrampelt, unachtsam und ohne nachzudenken. Und dann hatte er ihr weh getan.

Er hielt den Blick auf ihren Kopf gerichtet, auf das feine braune Haar, das aussah wie Seide. Er hielt seinen Blick dort, wie um sich selbst zu bestrafen. Er glaubte nicht, daß sie jetzt versuchen würde zu fliehen. Dafür war sie zu clever. Sie würde warten, bis sie sich ihm gegenüber im Vorteil fühlte und dann, Wildnis oder nicht, würde sie versuchen zu verschwinden.

Rafe verfluchte sich, verfluchte ihre Integrität und Verletzlichkeit, die ihn aus dem Gleichgewicht brachten. Er sagte sich, daß sie nur eine Rolle spielte, aber in Wirklichkeit glaubte er das nicht. Himmel, er wollte wissen, welche Beziehung sie zu dem Mann hatte, den er mehr als jeden anderen verachtete, aber sie sagte es ihm nicht. Weil sie wußte, daß er alles, was sie sagte, benutzen würde, um Jack Randall zu zerstören.

Er schloß die Augen, als er sich eine unangenehme Wahrheit eingestehen mußte. Er würde sie genau wie jeden anderen Menschen benutzen, um Genugtuung zu erfahren. Einen anderen Gedanken wollte und konnte er im Augenblick nicht hegen, vor allem nicht den, daß dieses Mal vielleicht er derjenige war, der das Recht korrumpierte. Doch jeder Zweifel legte sich, als er die Augen öffnete und auf seine Hand sah.

Rafe spürte, daß sie näher kam. Seine Nerven bebten, wie sie es seit ihrer Ankunft taten. Ohne sie anzusehen, nahm er den Eimer und wandte sich in Richtung der Hütte. Er wußte, sie mußte ihm folgen.

Shea beobachtete, wie Rafe in der Hütte herumging. Sie spürte, daß er nicht gerne dort war, und sie nahm an, daß das an ihrer Gegenwart lag. Sie blickte nervös auf die eine Pritsche im Raum und fragte sich, wie er die Nacht zu verbringen gedachte.

Tyler schenkte ihr keinerlei Beachtung, als er mehrere Dosen aus der Kiste nahm, sein Messer aus dem Gürtel zog und sie öffnete. Er hatte das Fenster aufgemacht, aber es dämmerte bereits, so daß ihn dunkle Schatten umtanzten, was ihn noch fremder und rätselhafter erscheinen ließ als zuvor.

Sie wünschte, sie könnte seine Gedanken lesen. Nie zuvor hatte sie einen derart verschlossenen, ausweichenden Menschen getroffen. Seine Augen und seine Miene verrieten ihr nur sehr wenig, obgleich sie immer ein Talent dafür gehabt hatte, die Charaktere und Gefühle der Menschen, denen sie begegnete, einzuschätzen. Ein paarmal hatte sie gedacht, einen Anflug von Humor auf seinem Gesicht zu entdecken, aber den hatte er jedesmal sofort durch Sarkasmus zunichte gemacht. Sie fragte sich, ob sie sich diesen Humor vielleicht nur eingebildet hatte, weil sie irgendeine freundlichere Emotion als die tiefe, schäumende Wut entdecken wollte, die er noch nicht einmal zu verbergen versuchte.

Zumindest jetzt machte er bestimmt nicht den Versuch, seinen Zorn zu verstecken. Er machte den Eindruck eines verwundeten Tigers, der nur darauf lauerte, sein Opfer endlich anfallen zu können. Er machte die Dosen auf und stellte sie viel zu vorsichtig ab, als müsse er sich mühsam beherrschen, um sie nicht quer durch den Raum zu werfen. Er holte einen Löffel und reichte ihn ihr mit einer spöttischen Verbeugung. Dann nahm er ein paar der Dosen in die Hand, machte auf dem Absatz kehrt und stapfte nach draußen.

Die Hütte schien ausgefüllt durch seine kraftvolle Energie, und Shea fühlte sich angesichts seines nachhallenden Zorns plötzlich winzig klein. Ein Teil von ihr wäre ihm am liebsten gefolgt, um der Einsamkeit zu entgehen, aber ihr Stolz hielt sie zurück.

In ihrem Inneren verspürte sie dieselbe Düsterkeit, die sie umgab. Um sie zu vertreiben, zündete sie eine Kerze an und stellte sie auf den Tisch, ehe sie Platz nahm. Er hatte ihr zwei Dosen

Pfirsiche und eine Dose Bohnen geöffnet. Außerdem lagen auf dem Tisch ein paar Streifen Trockenfleisch.

Sie liebte Pfirsiche, und normalerweise hätte sie sie köstlich gefunden, aber jetzt aß sie nur, weil sie ihre ganze Kraft brauchte, wenn sie ihren Gegner überrumpeln wollte. Ihr war übel, und sie dachte an die kommende Nacht, dachte an ihn. In den letzten zwölf Stunden war so viel passiert. Seit dem Augenblick, in dem sie dachte, sie sei auf dem Weg, um den Mann kennenzulernen, der ihr Vater war, hatte sich soviel verändert.

Sie fragte sich, wo die Maus war. Vielleicht sollte sie ihr einfach ein wenig von dem Essen übriglassen?

Shea ging zur Tür, öffnete sie und blickte hinaus. Die Sonne war bereits untergegangen, und am Himmel leuchtete nur noch ein rosafarbener Streifen. Ihren Wächter sah sie nicht, aber sie entdeckte ihre Reisetasche und ihren Malkasten. Die Tür des anderen Gebäudes stand offen, und sie fragte sich, ob sie vielleicht jetzt versuchen sollte zu fliehen.

Sie ging hinüber zu ihrer Tasche und hob sie unentschlossen hoch. Es war kalt geworden, und es würde noch kälter werden, so daß sie etwas anderes als das dünne Hemd zum Anziehen brauchte. Gerade als sie dachte, sie sollte vielleicht einfach losstürzen, kam er aus dem anderen Gebäude spaziert, als habe er nur darauf gewartet, daß sie einen Entschluß faßte.

»Wollen Sie irgendwo hin?« fragte er beiläufig.

»Mir ist kalt«, sagte sie. »Haben Sie vielleicht was dagegen, daß ich meine eigenen Kleider wieder anziehe?«

»Nicht, wenn ich vorher in die Tasche gucke.«

Der Gedanke, daß er ihre Unterwäsche durchwühlen könnte, war unerträglich, aber sie war vernünftig genug, sich nicht auf eine sinnlose Auseinandersetzung einzulassen.

»Wenn es Ihnen Spaß macht.« Dieses Mal kam der Spott von ihr, obgleich sie wußte, daß das unvernünftig war.

Er zog mißbilligend die Brauen zusammen, doch dann zuckte er bloß mit den Schultern. »Denken Sie doch, was Sie wollen.«

»Ich habe keine Waffen dabei.«

»Ein Spiegel könnte genauso gefährlich sein«, sagte er.

»Vielleicht in Ihren Händen«, sagte sie mit eisiger Stimme.

»Sie mögen keine Gewalt, Miss Randall?«

Sie wünschte, er würde nicht grollen wie ein ausgewachsener, sprungbereiter Tiger. Sie hatte immer den Eindruck, daß er jeden Moment zuschlagen könnte.

Sie biß die Zähne zusammen. »Nein.«

»Dann sollten wir keine Probleme miteinander haben«, sagte er.

»Aber trotzdem ... durchwühlen Sie meine Kleider.«

»Wie gesagt, es fällt mir schwer, einer Randall zu glauben.«

»Warum?«

Er richtete sich wieder auf. »Kennen Sie Ihren Vater wirklich nicht?«

Sie zögerte. Sie wußte nicht, ob die Wahrheit ihr helfen oder schaden würde, ob sie sie zu einer Waffe für Tyler machte. Wenn er dachte, daß sie Randall egal war, daß er noch nicht einmal wußte, daß es sie gab, dann würde er sie vielleicht laufenlassen. Aber deshalb hielt er sie ja eigentlich gar nicht hier fest. Er hielt sie hier fest, weil sie so töricht gewesen war, ein Bild von Ben zu malen, und daran würde auch die Wahrheit nichts ändern. Doch vielleicht war es einen Versuch wert.

»Nein«, sagte sie.

»Nein, was, Miss Randall?«

»Nein, ich kenne ihn nicht. Ich habe ihn noch nie gesehen, und er weiß noch nicht einmal, daß es mich gibt. Wahrscheinlich ist es ihm auch egal.«

»Würden Sie mir das vielleicht etwas genauer erklären?«

»Nein.«

»O doch. Sie können unmöglich eine Geschichte anfangen, ohne mir auch das Ende zu erzählen. Das ist ein altes Gesetz des Westens.«

»Sie glauben doch gar nicht an Gesetze«, schnauzte sie.

»Doch, das tue ich, wenn es mir in den Kram paßt«, sagte er lässig. »Und jetzt erzählen Sie weiter.«

»Es gibt nichts mehr zu erzählen.«

»Das glaube ich doch, Miss Randall. Eine Tochter, die den Mann, von dem sie behauptet, daß er ihr Vater ist, noch nie gesehen hat, die Tausende von Meilen reist, um ihn endlich kennenzulernen.«

»Ich weiß noch nicht einmal genau, ob er mein Vater ist«, stieß sie verzweifelt hervor. Weshalb nur hatte sie diese Büchse der Pandora jemals geöffnet? Sie wollte ihm nicht ihre Lebensgeschichte erzählen, und noch viel weniger die ihrer Mutter. »Ich glaube es nur.«

»Und warum glauben Sie das?« Seine Fragen waren unerbittlich, ebenso unerbittlich wie sein Haß.

Sie fühlte sich vollkommen hilflos. »Wegen der Briefe. Die haben Sie ja schon gelesen.«

»Und das ist alles?« fragte er ungläubig. »Sie sind den ganzen Weg hierher gekommen, nur weil Sie ein paar Briefe gefunden haben?«

»Es war auch Geld dabei.« Sein plötzliches Stirnrunzeln und das harte Glitzern in seinen Augen verrieten ihr, daß sie das besser nicht erwähnt hätte.

»Wieviel Geld?«

»Das ist doch egal.«

»Mir nicht, Miss Randall.«

»Warum? Ich habe es nicht dabei. Sie können es mir also nicht abnehmen.«

»Ich kann Ihnen aber andere Dinge nehmen, wenn Sie weiterhin versuchen, mich hinters Licht zu führen«, sagte er heiser, ohne die Lippen dabei zu bewegen.

Shea wußte, daß sie zu weit gegangen war. Sie bückte sich nach ihrem Malkasten, doch seine Hand hielt sie fest. »Es gibt ein paar Regeln, an die Sie sich halten sollten, Miss Randall.«

Sie blickte erneut zu ihm auf. Sie wünschte, er wäre nicht so groß. Sie wünschte, er hätte nicht so leuchtende Augen. Sie wünschte, er erweckte in ihr nicht ein solches Gefühl von ... Verlangen. Sie wünschte, sie wüßte, was diese seltsamen, heißen Gefühle zu bedeuten hatten. Hoffentlich waren sie Ausdruck ihrer Angst. Es mußte ihre Angst sein.

»Was für Regeln?«

»Sie malen keine Bilder mehr von irgendwelchen Männern, die hierher kommen.«

»Und was ist mit Ihnen?«

»Wollen Sie eine Erinnerung an mich?« Er grinste.

»Ich will Sie hängen sehen«, sagte sie zornig. »Vielleicht ist ein Bild ganz hilfreich.«

»Vor ein paar Minuten wollten Sie mich noch im Gefängnis sehen«, spottete er.

»Das war vor ein paar Minuten.«

»Ich dachte, Sie wären gegen Gewalt?«

»Sie sorgen dafür, daß ich es mir anders überlege.«

Er schüttelte den Kopf. »Sie werfen Ihre Prinzipien ziemlich schnell über Bord.«

»Wenigstens habe ich überhaupt welche.«

»Im Gefängnis verliert man seine Prinzipien, Miss Randall.«

»Ich glaube, Sie haben dort noch viel mehr verloren«, sagte sie. Sein Gesicht spannte sich an, und seine Halsschlagader schwoll. Er reagierte, als habe sie ihm einen Schlag in die Magengrube versetzt.

»Sie haben eine gute Beobachtungsgabe, Miss Randall. Erzählen Sie mir mehr über mich.«

Dies war der schnellste Weg ins Verderben, das wußte Shea. Also schwieg sie.

»Ach, werden Sie wieder vorsichtig?«

Er stellte diese Frage auf eine solch selbstgefällige Weise, daß sie ihm am liebsten ins Gesicht geschlagen hätte. Doch darauf wartete er nur, er wartete auf einen Grund, um sich an ihr zu rächen. Sie verstand nicht, weshalb.

»Ist das nicht genau das, was Sie wollen? Eine unterwürfige Gefangene?«

Er starrte sie böse an. »Ich glaube nicht, daß Sie auch nur im entferntesten daran denken, sich mir zu unterwerfen.«

»Warum?«

»Weil ich schon dort war, wo Sie jetzt sind, Lady. Sie denken an Flucht. Sie denken die ganze Zeit daran, und Sie werden alles dafür riskieren.«

»Haben Sie das getan?«

Er antwortete nicht. Er brauchte nicht zu antworten. Sie kannte ihn bereits gut genug, um zu wissen, daß er es getan hatte. Und das Scheitern seines Fluchtversuchs mußte entsetzlich für ihn gewesen sein.

»Sie vergleichen mich mit sich. Aber ich bin anders als Sie.«

»Ach ja?« fragte er. »Sind Sie nicht ein ganz klein bißchen verzweifelt?«

Und ob sie das war. Mehr als zuvor, da er offenbar genau wußte, was sie dachte. »Und, freuen Sie sich darüber?«

»So wie ich mich darüber freue, Ihre Sachen durchsuchen zu können? Nicht besonders. Ich habe mehr Spaß an direkteren Vergnügungen.«

Ihr Gesicht entflammte erneut ob dieser Anspielung. Auch andere Teile ihres Körpers brannten, und sie konnte die plötzlich aufwallende Hitze nicht unterdrücken. Die Luft zwischen ihnen war spannungsgeladen, schwer von Versuchung.

Er spürte es auch. Das wußte sie. Er verharrte vollkommen reglos, anscheinend ebenso erstarrt wie sie. Seine Halsschlagader klopfte, und sie spürte ein Pochen tief in ihrem Inneren, ein Pochen, das sie nie zuvor erlebt hatte.

Das Verlangen, das er in ihr weckte, war bittersüß. Und erschreckend. Von allen Männern auf der Welt sollte er der letzte sein, dem es gelang, derart lebendige und ungewöhnlich schmerzliche Gefühle in ihr zu wecken.

Er streckte die Hand aus und packte ihr Kinn. Die Gefühle

verstärkten sich, das Verlangen wurde größer. Sie wollte ihn ebenfalls berühren, um zu sehen, ob sie die harten, verbitterten Linien in seinem Gesicht glätten konnte, aber sie wußte, daß sie dann verloren wäre. Es wäre eine Einladung an ihn, und hier oben auf der Lichtung gab es nur sie beide. Nirgendwo gab es Sicherheit. Nirgendwo einen Menschen, der sie retten konnte. Niemanden, der ihr sagen konnte, wie unvernünftig sie war.

Also mußte sie es sich selbst sagen, doch nie zuvor in ihrem Leben war ihr etwas so schwergefallen. Unter Aufbietung all ihrer Willenskraft zog sie sich zurück.

Er ließ eilig die Hand sinken und trat einen Schritt nach hinten. Seine Miene war immer noch reglos, aber in seinen herrlichen Augen lag ein leuchtendes Glitzern. Sie wußte nicht, ob es Zorn oder Verlangen war. Aber sie wollte es auch nicht wissen.

»Ach, sind ehemalige Häftlinge nicht nach Ihrem Geschmack?« Sein Körper war angespannt, und sie hatte plötzlich das Gefühl, ihn verletzt zu haben. Was vollkommen lächerlich war.

»Entführer sind nicht nach meinem Geschmack.«

»Ich habe Sie nicht entführt.«

»Aber Sie halten mich hier gegen meinen Willen fest.«

Ein Teil der Spannung schien zu weichen. »Sagen wir, ich will nicht, daß Ihnen hier in den Bergen etwas passiert.«

»Es ist Ihnen doch vollkommen egal, was aus mir wird«, fuhr sie ihn an. Sie war entsetzlich verwirrt von ihren eigenen Gefühlen, von ihrer momentanen Sorge, ihm weh getan zu haben. Sie wollte ihn so sehr verletzen wie möglich, genau wie er es mit ihr machte.

Er zögerte, öffnete den Mund und schloß ihn wieder. Schließlich zuckte er mit den Schultern. »Solange Sie das glauben, Miss Randall, werden wir beide gut miteinander zurechtkommen.«

»Ich will nicht mit Ihnen zurechtkommen.«

»Das werden Sie aber müssen. Es sei denn, Sie wollen Tag und Nacht in der Hütte bleiben. Ich habe nicht die Absicht, meine

Zeit damit zu vergeuden, daß ich mich mit Ihnen streite. Sie tun genau, was ich Ihnen sage, oder Sie bleiben in der Hütte ... ohne Ihre Malsachen.«

Sie blickte auf den Kasten, den sie immer noch in den Händen hielt. »Sie haben mir noch nicht gesagt, ob ich Sie zeichnen darf.«

»Es ist mir egal. Ich will, daß Randall weiß, daß ich hier bin. Und«, fügte er mit einem achtlosen Schulterzucken hinzu, »wie Sie ja bereits wissen, gibt es sowieso schon Bilder von mir.«

»Werden Sie mir Modell stehen?« fragte Shea.

Sie war inzwischen so weit gegangen, da konnte sie ruhig noch weiter gehen.

»Also, Miss Randall, das ist wohl ein bißchen viel verlangt.«

»Sie haben ein interessantes Gesicht.«

»Tatsächlich?« fragte er trocken. »Und warum?«

»Ich weiß nicht«, sagte sie nachdenklich. »Darum ist es ja gerade interessant.«

»Ich bin sicher, daß Sie es mir sagen werden, wenn Sie es wissen.« Er wandte sich ab, als sei er die Unterhaltung leid.

»Ich ... «

Er drehte sich noch einmal um. »Was?«

»Ich weiß nicht, wie ich Sie nennen soll.«

»*Mr.* Tyler genügt«, sagte er. »Oder Sir.«

Sie sah ihm direkt in die Augen. Sie hatte ein bißchen von ihrer Angst verloren, nun, da sie ihn herausgefordert und es durchaus überlebt hatte. »Der ... « Sie hielt inne, da sie aus anerzogener Höflichkeit heraus normalerweise nicht ausfallend wurde. Doch schließlich brach es aus ihr heraus. » ... Teufel soll Sie holen.«

»Das habe ich meinen Wächtern im Gefängnis auch gewünscht. Und jetzt bin ich Ihr Wächter, Miss Randall, also haben Sie durchaus das Recht, mich ebenfalls zu beschimpfen.«

»Fein«, sagte sie. »*Mr.* Tyler.« Es klang genauso verächtlich, wie wenn er sie »Miss Randall« nannte.

Er lächelte humorlos. »Sie haben es begriffen.« Er drehte sich erneut um, und dieses Mal blieb er nicht eher stehen, als bis er in dem anderen Gebäude verschwunden war.

6. Kapitel

Rafe ließ die Tür zu dem Unterstand offen, um das letzte Tageslicht hereinzulassen und um die Frau, die ihn beobachtete, daran zu erinnern, daß er sie im Auge hatte.

Verdammt, er sollte sie in der Hütte einschließen und sich nicht weiter um sie kümmern, aber das brachte er einfach nicht über sich.

Vielleicht hätte er es gekonnt, wenn sie einen Wutanfall bekommen, ihm Beleidigungen entgegengeschleudert hätte oder in Tränen ausgebrochen wäre. Die Würde, die sie ausstrahlte, rührte hingegen an ein Gewissen, von dem er nicht gewußt hatte, daß er es überhaupt noch besaß.

Es war einfach so, daß er ihre Furcht verstand, dieses entsetzliche Gefühl von Hilflosigkeit und Machtlosigkeit, und aus diesem Grund verspürte er ein gewisses Mitgefühl. Dieses verdammte Weib erinnerte ihn an seine eigene Situation vor zehn Jahren. Er wußte noch, daß er sich in sturen Stolz eingehüllt hatte, als seine Seele systematisch vor dem Kriegsgericht und während der anschließenden Zeremonie auf dem Exerzierplatz zerstört worden war. Er wußte noch, daß er versucht hatte, Gleichgültigkeit zu heucheln, als ihm die Ketten um die Gelenke gelegt und er vor den Augen von Allison und seinen ehemaligen Kameraden zu dem Wagen geführt worden war, der ihn ins Gefängnis bringen sollte. Und er wußte noch, daß er seine Verzweiflung hinter einer trotzigen Miene verborgen hatte, als die Zellentür zum ersten Mal hinter ihm ins Schloß gefallen war und ihm bewußt gemacht hatte, daß es zehn Jahre dauern würde, bis er wieder etwas anderes sah.

Auch an ihr bemerkte er Verzweiflung, Stolz und Trotz, und

er respektierte sie dafür, daß sie ihn herausforderte, zugleich aber klug genug war, um zu wissen, wie weit sie gehen konnte.

Er wußte, daß sie versuchen würde zu entkommen, weil auch er es versucht hatte. Himmel, er hatte an nichts anderes gedacht. Im Wachhaus des Forts hatte er sich überlegt, daß er auf dem Weg ins Gefängnis fliehen könnte, aber die kurze Kette, mit der seine Beine zusammengebunden waren, hatte ihn daran gehindert.

Er hatte zweimal versucht, aus dem Gefängnis in Ohio zu entkommen. Beim ersten Mal war er von einem Mitgefangenen verraten worden. Beim zweiten Mal hatte er monatelang einen Tunnel gegraben, doch nachdem der konföderierte General John Morgan und ein paar seiner Offiziere auf dem gleichen Weg aus einem benachbarten Zellenblock geflohen waren, hatten die Wachmänner sämtliche Zellen sorgfältig durchsucht und instand gesetzt. Rafes Tunnel war entdeckt worden, und er war wieder einmal in die Strafzelle gewandert.

Seine Hände streichelten den Braunen, den Ben in Ohio gekauft hatte. Er hatte zugenommen, und sein Fell war jetzt dicht und glänzend. Rafe hatte täglich mit dem Tier gearbeitet, ihm knifflige Manöver beigebracht und ihm antrainiert, seine Wünsche bereits im voraus zu erkennen. Er hatte schon immer einen besonderen Draht zu Tieren gehabt, und die Arbeit mit ihnen war eines der Dinge gewesen, die er im Gefängnis am meisten vermißt hatte. Seine Hand strich über die Flanke des Pferdes, und das Tier wandte den Kopf, um sich an ihm zu reiben.

Rafe streichelte ihm die Nüstern. »Einsam, alter Junge? Wir haben heute noch nichts getan, nicht wahr?«

Das Pferd wieherte leise. »Wir haben eine Besucherin«, sagte Rafe. »Einen Gast.« Er blickte durch die Tür und sah, daß sie auf dem Baumstumpf saß, ihre schlanke Gestalt ruhig wie eine Statue, den Zeichenblock auf dem Schoß.

Ihr langer Zopf fiel ihr über den Rücken, und er fragte sich, wie sich ihr Haar anfühlen mochte. Wahrscheinlich genauso weich wie ihre Wange. Er wußte nicht, warum er sie berührt hatte, und er hatte es sofort bedauert. Diese kurze, ungeplante Geste hatte sie offenbar beleidigt, obwohl er einen flüchtigen Augenblick lang gedacht hatte ...

Himmel, er war einfach zu lange im Gefängnis gewesen. Er bildete sich schon Dinge ein, dachte, sie würde seine Berührung vielleicht begrüßen. Die Zärtlichkeit eines gebrandmarkten Sträflings! Er hatte sich zum Narren gemacht, aber das würde ihm nicht noch einmal passieren.

In dem Versuch, die aufkommende Selbstverachtung zu unterdrücken, nahm er eine Handvoll Hafer und hielt ihn dem Pferd hin. Er hatte ihm noch keinen Namen gegeben, da er noch nichts Passendes gefunden hatte. Nicht wie bei Abner. Was ihn daran erinnerte, daß er die Maus noch aus der Hütte holen mußte. Er glaubte nicht, daß Miss Randall und Abner besonders gut miteinander auskommen würden.

Er tätschelte das Pferd ein letztes Mal, ging hinaus und schloß die Tür hinter sich ab.

Sie saß immer noch stocksteif auf dem Baumstumpf und starrte in den sternenübersäten Himmel, als hinge ihr Leben davon ab. Plötzlich wurde ihm klar, daß Shea Randall sich wahrscheinlich wegen der Bettenverteilung Sorgen machte. Es hatte einmal eine Zeit gegeben, in der er beinahe jede Frau, die er hatte haben wollen, auch bekommen hatte. Aber wer außer einer Hure würde jetzt mit einem Mann schlafen, der als Dieb und Verräter verurteilt war?

Noch nicht einmal die Tochter eines Mannes, der beides war.

Als er sich ihr näherte, konnte er ihr Gesicht deutlich im Licht des beinahe vollen Mondes erkennen. Seine Stimme war rauh, als er sprach. »Ich hole meine Decke. Normalerweise schlafe ich hier draußen. Sie werden in der Hütte schlafen.«

Ihre großen blaugrauen Augen begegneten ihm. Sie drückten Erleichterung aus, was seinem Stolz nicht gerade guttat.

Sie nickte.

»Die Tür schließe ich ab, aber das Fenster werde ich auflassen«, sagte er und versuchte, nicht daran zu denken, wie sanft und aufgewühlt und hinreißend sie aussah.

»Ich werde unter dem Fenster schlafen, und ich wache beim kleinsten Geräusch auf.«

Wenn sie den warnenden Unterton in seiner Stimme bemerkte, so ließ sie es sich nicht anmerken. Er zuckte mit den Schultern, wünschte sich, er wäre nicht so durcheinander, wie sie es offensichtlich ebenfalls war, und ging in die Hütte. Nachdem er die Tür hinter sich angelehnt hatte, pfiff er leise, und Abner kam mit leuchtenden Knopfaugen unter dem Bett hervorgekrochen.

Rafe nahm seine Decke und ein dickes Wollhemd und bückte sich nach der Maus. Er sah sich in der Hütte um. Auf dem Tisch lag ein angenagtes Stück Trockenfleisch. Shea Randall hatte es offenbar dort liegenlassen, und Abner hatte sich daran gütlich getan. Rafe grinste bei dem Gedanken, daß sie zurückkäme und den angefressenen Leckerbissen fände, aber dann verdrängte er diesen Gedanken. Er hatte nichts davon, wenn sie noch mehr Angst bekäme, als sie zweifellos trotz ihres mutigen Auftretens bereits hatte. Also steckte er sowohl das Stück Fleisch als auch Abner in die Tasche seines Wollhemds und ging hinaus.

Sie stand jetzt neben dem Baumstumpf und blickte unsicher in Richtung der Hütte. Er verbeugte sich leicht und wies einladend mit der Hand auf die Tür.

Einladend?

Befehlend.

Shea unterdrückte ihre Verärgerung und marschierte hinein, den Malkasten in der Hand. Sie warf einen kurzen Blick auf ihre Reisetasche, doch er schüttelte den Kopf. Zur Hölle mit ihm.

Nur ein dünner Mondstrahl fiel in die Hütte, und sie zündete eine Kerze an, während er mit der Reisetasche kam. Sie beobachtete, wie er sie öffnete und ihre Kleider durchsuchte. Sie haßte diese Indiskretion, vor allem, als er ihre Unterwäsche berührte, doch zugleich spürte sie, wie die inzwischen bekannte Hitze in ihr aufstieg.

»Befriedigt?« fragte sie schließlich.

Er zog die Brauen hoch. »Wohl kaum«, kam die eindeutig zweideutige Antwort. Er musterte sie, wobei seine Augen an ihr auf- und abwanderten, sie beinahe auszogen mit einer Intimität, die all ihre Sinne zum Erbeben brachte. »Ich frage mich, wie Sie wohl in einem dieser Kleider aussehen.«

In diesem Augenblick beschloß sie, weiterhin Hemd und Hose zu tragen, egal, wie schmutzig sie waren oder wie satt sie sie hatte.

Er verzog den Mund zu einem spöttischen Grinsen, und sie wußte, daß er ihre Gedanken wieder einmal erraten hatte. Doch dann wandte er sich ab und ging, wobei er die Tür hinter sich verschloß.

Sie sah sich in der Hütte um. Die Maus war verschwunden, ebenso wie das Stückchen Trockenfleisch. Statt dessen fand sie den Wassereimer und einen Becher.

Shea ging zum Fenster und blickte hinaus. Seine Decke war auf dem Boden ausgebreitet, aber ihn sah sie nicht. Sie trat einen Schritt zurück. Er sollte sie nicht sehen, doch zugleich wollte sie den Himmel nicht aus den Augen verlieren. Er war das einzige Vertraute in dieser fremden Welt.

Die Einsamkeit, die sie bereits zuvor verspürt hatte, wurde schlimmer.

Sie verstand sich selbst nicht mehr, weder die rohen Gefühle oder das geheimnisvolle Verlangen in ihrem Inneren noch die fehlende Angst.

Sie war wütend, ja, aber sie hatte keine Angst. Das ergab einfach keinen Sinn. Sie sollte furchtbare Angst haben hier in diesen Wäldern, allein mit einem Banditen, der so voller Haß war auf den Mann, der wahrscheinlich ihr Vater war.

Sie hörte ein Rascheln und fragte sich, ob er sich wohl hingelegt hatte. Sie ging zu ihrem Malkasten, nahm den Block und einen Stift heraus und skizzierte eilig, an was sie sich erinnerte – die ausgeprägten Furchen in seinem Gesicht, die Falten, die ihm eine solche individuelle Note verliehen. Sie versuchte, sein Wesen auf das Blatt zu bannen, doch das war unmöglich. Er hatte nichts von sich preisgegeben außer der Verbitterung, die dicht unter der Oberfläche brodelte. Schließlich gab sie es auf.

Nachdem sie sich entschieden hatte, kein Nachthemd anzuziehen – es würde sie zu verwundbar machen –, blies sie die Kerze aus, legte sich auf die Pritsche und zog eine der beiden Decken vom Fußende über sich. Sie konnte sich darunter zusammenrollen und verstecken, etwas, das sie als Kind immer gemacht hatte, wenn sie vor etwas Angst gehabt hatte.

Aber sie konnte nicht schlafen. Nicht an diesem seltsamen Ort, nicht mit diesem rätselhaften Mann vor der Tür. Nicht in einem Gebirge, das ihr fremd und unbegreiflich war. Nicht in dieser kleinen Hütte, in der es keine Freiheit gab.

Sie fragte sich, wie es für ihn gewesen war, all die Jahre im Gefängnis. Sie konnte es sich nicht vorstellen, geschweige denn verstehen. Sie hatte bereits in den wenigen Stunden heute nachmittag gedacht, verrückt zu werden.

Dieser Gedanke war alles andere als tröstlich. Vielleicht hatte er ... den Verstand verloren. Vielleicht gab er deshalb Jack Randall an allem die Schuld.

Sie wünschte sich, die Maus käme zurück. Sie brauchte etwas Freundliches. Sie brauchte ...

Shea stellte fest, daß sie nicht wußte, was sie brauchte.

Rafe kochte innerlich. Das Problem war, daß er nicht genau wußte, ob er ausschließlich wütend war.

Im Gefängnis war es so leicht gewesen zu hassen. Himmel, es war verdammt leicht gewesen. Er hatte hassen müssen, um zu überleben, um Wachmännern gehorchen zu können, für die er weniger als Dreck gewesen war.

Er drehte sich auf den Rücken und blickte zu den Sternen auf.

Das tat er fast jede Nacht. Selbst wenn es regnete, blieb er oft draußen, um die kühle, reine Feuchtigkeit zu spüren, bis der Regen zu stark wurde und er sich in ein Stück Leinwand einwickelte. Die Hütte erinnerte ihn, wenn sie verschlossen war, zu sehr an eine Gefängniszelle.

Darum hatte er das Fenster aufgelassen.

Er mißtraute der Spur von Mitgefühl, die er an sich selbst entdeckt hatte.

Er verstand sie nicht.

Die Tochter von Jack Randall sollte ihm vollkommen egal sein. Es sollte ihn freuen, daß sie nur ein klein bißchen das erlebte, was er durchgemacht hatte. Aber der Gedanke verursachte ihm Übelkeit.

Er versuchte, an etwas anderes zu denken. Ben hatte herausgefunden, daß in sechs Tagen ein neuer Geldtransport kommen würde. Dann würden auch die anderen kommen. Aber bis dahin müßte er sechs Tage allein mit Miss Shea Randall verbringen. Und dann bliebe ihm keine andere Wahl, als sie in der Hütte einzusperren, während sie die Kutsche überfielen.

Er mußte sich von ihr fernhalten. Er mußte ihrem Blick ausweichen, der ihn mit einer Mischung aus Neugier und Furcht verfolgte. Zumindest war die Furcht geringer geworden. Es gefiel ihm nicht, einer Frau angst zu machen, noch nicht einmal Randalls Tochter.

Aber dann dachte er an seine Hand, und er wußte, daß er jeder Frau angst machen würde. Für ein paar Stunden hatte er es beinahe vergessen. Er hatte das Entsetzen beinahe vergessen, mit dem Miss Shea Randall auf das Brandmal gestarrt hatte.

Doch nun kehrte der Haß zurück.

»Verdammt, was machen Sie hier?« fragte Jack Randall, während er im Zimmer auf und ab stapfte. Er war groß und kräftig, aber nicht dick. Mit Ende Vierzig sah er immer noch gut aus und hatte immer noch ein Lächeln, das ein Kaninchen aus dem Loch direkt in seine Falle locken konnte. Dieses ehrliche, breite Lächeln hatte ihm immer sämtliche Türen geöffnet. Und Kassen. Und Safes. Doch jetzt lächelte er nicht.

Sam McClary legte unbekümmert seine schlammverschmierten Stiefel auf den antiken Schreibtisch. »Wissen Sie, Tyler ist wieder draußen. Ich dachte, er käme vielleicht hierher. Und ich wollte meine ... Investition schützen.«

Randall wußte genau, was für eine Investition McClary meinte. Erpressung.

Zorn wallte in ihm auf – und Furcht. Er hatte gewußt, daß Rafe Tyler es ihm eines Tages heimzahlen würde. Dieses Versprechen hatte vor zehn Jahren in seinem Blick gelegen. Er hatte es damals geglaubt. Und er glaubte es auch jetzt.

McClary verzog das Gesicht zu einem hämischen Grinsen. Es war ein äußerst unangenehmer Anblick. »Sie hätten dafür sorgen sollen, daß man ihn aufhängt. Sie waren ein verdammter Narr, daß Sie die Nerven verloren haben.«

»Ich habe nicht die Nerven verloren«, fauchte Randall. »Ich habe Ihnen gleich gesagt, daß ich nicht zulassen würde, daß man ihn aufhängt. Gott, es war schlimm genug, daß er gebrandmarkt wurde. Ich hätte nie gedacht, daß sie so weit gehen würden.«

»Der Colonel hat eben nicht geglaubt, daß er nicht mit den Rebellen unter einer Decke steckte«, sagte McClary. »Und wenn er ihn schon nicht aufhängen konnte, dann wollte er zumindest sichergehen, daß Tyler anders dafür bezahlt.« Er lächelte. Die Zeremonie an jenem Tag hatte ihm gefallen, und es hatte ihm noch mehr Spaß gemacht, Tyler ins Gefängnis zu bringen. Er hatte diesen Bastard mit seinem sanften texanischen Akzent und seinem Gespür für Menschen gehaßt, er hatte es gehaßt, von ihm dafür gemaßregelt zu werden, daß er seine Männer zu hart anfaßte. Immer hatte er sich eingemischt.

Und dann war da noch die hübsche Allison gewesen, nach der Sam immer aus der Ferne gegiert hatte. Er hatte Tyler beneidet und gehaßt, als er die Frau hofiert und sich mit ihr verlobt hatte.

Er hatte Tylers Vernichtung sorgfältig geplant und Randall langsam in den Plan miteinbezogen. Das war nicht schwer gewesen. Randall war bereits in die Überfälle auf die Geldtransporte verstrickt gewesen, so daß ihm keine andere Wahl geblieben war. Aber Randall war schwach; er hatte nie verstanden, wie skrupellos man sein mußte, wenn man reich werden wollte, und er hatte sich die allerschwersten Vorwürfe gemacht, als ein paar seiner Männer bei dem letzten Überfall ums Leben gekommen waren. McClary hatte jedoch nicht mehr lockergelassen, hatte ihm ausgemalt, wie es wäre zu hängen, wie es im Gefängnis sein würde. Sie konnten ganz einfach Tyler die Schuld in die Schuhe schieben. Der texanische Captain war stark. Tyler würde es überleben. Auf jeden Fall war Tyler ein Südstaatler. Ein Verräter an seinem eigenen Volk.

Jack Randall schloß die Auen, als er sich an Tylers Bestrafung erinnerte. Verdammt, niemals würde er diesen Tag vergessen. Er verfolgte ihn in jeder Nacht, an jedem Tag. Niemals würde er den Haß in Tylers Augen vergessen, als dieser gebrandmarkt wurde. In jenem Augenblick hatte Randall gewußt, daß er einen Fehler gemacht hatte, der nicht wiedergutzumachen war.

Er war in Panik ausgebrochen, als McClary ihm erklärt hatte, daß Tyler allzu großes Interesse an ihnen zeigte, daß er ihnen auf die Schliche kommen und sie anzeigen würde und daß sie beide wahrscheinlich am Galgen enden würden. Und zu seiner eigenen ewigen Verdammnis hatte er McClarys Plan zugestimmt, dem jungen Captain die Schuld in die Schuhe zu schieben.

Randall hätte einfach verschwinden sollen, fortrennen, wie er es immer getan hatte, wenn es brenzlig wurde. Aber McClary hatte gesagt, daß er all ihre Probleme lösen könnte, und Randall hatte allen Ernstes geglaubt, daß Tyler wegen seiner glänzenden militärischen Laufbahn Gnade gewährt werden würde, die er selbst niemals erwarten durfte. So hatte er sich gerechtfertigt, wie er schon immer alles gerechtfertigt hatte.

Nach der Verhandlung hatte er sogar in Erwägung gezogen, ein Geständnis abzulegen, aber ein Leben, in dem er immer vor jeder Verantwortung geflohen war, hatte ihn davon abgehalten. Er war ein Feigling. Er war immer ein Feigling gewesen. Selbst der Heldenmut, den er angeblich bei dem Rebellenansturm auf die Stadt in Kansas bewiesen hatte, war eine Lüge gewesen. Er hatte dafür gesorgt, daß alle anderen kämpften, so daß er es nicht tun mußte. Er hatte keinen einzigen Schuß abgegeben. Aber er war zum Offizier ernannt worden, und er hatte einfach nicht ablehnen können. Er war erleichtert gewesen, als seine Truppe auf einen abgelegenen Posten abkommandiert worden war, um dort Nachschubtransporte zu organisieren. Einer der Gründe, weshalb er McClarys Plan zugestimmt hatte, war vielleicht seine persönliche Abneigung gegen Rafe Tyler gewesen. Der Mann war all das, was Randall hatte sein wollen, ohne daß ihm das jemals gelungen wäre.

Er hatte Sara verloren, das einzig Gute in seinem Leben, weil er immer den Weg des geringsten Widerstandes gegangen war, was häufig bedeutet hatte, Geld zu nehmen, das nicht sein eigenes war. Bei Tylers Verurteilung hatte Randall dann auch den letzten Rest seiner Selbstachtung verloren.

Er hatte auf seine Weise versucht, eine gewisse Wiedergutmachung zu betreiben. Er konnte Tyler nicht helfen, ohne dabei sein eigenes Leben aufs Spiel zu setzen, und dafür hatten seine Schuldgefühle nicht ausgereicht, aber er hatte sich geschworen, nie wieder zu stehlen. Nach seiner Entlassung aus der Armee hatte er dieses herrliche Tal hier in Colorado entdeckt und Land gekauft. Er hatte gehofft, die Armee und McClary endlich hinter sich gelassen zu haben. Er hatte versucht, Sara zurückzugewinnen, aber sie hatte einen Artikel über die Verhandlung gelesen und gewußt, daß er der Schuldige gewesen war. Sie hatte ihn gebeten, ihr nie wieder zu schreiben und auch kein Geld mehr zu schicken. Er hatte mit beidem weitergemacht in der widersinnigen Hoffnung, sie würde eines Tages glauben, daß er sich geändert hatte. Sie hatte ihm aber nie geantwortet, und er hatte nicht den Mut gehabt, sie zu besuchen, die traurige Verachtung in ihren Augen zu sehen. Als sie ihn vor so vielen Jahren verlassen hatte, hatte er ihr versprochen, ihr nicht nachzukommen; dies war eins der wenigen Versprechen, die er je gehalten hatte.

Er hatte versucht, den Menschen hier im Tal zu helfen, hatte Geld für den Bau einer Kirche und einer Schule gegeben, um seine Schandtaten auf diese Weise abzubüßen, doch inzwischen wußte er, daß sich die Vergangenheit einfach nicht abschütteln ließ.

Er dachte an die Überfälle auf seine eigenen Geldtransporte. Der erste hatte sich vor sechs Wochen ereignet, der zweite kurze Zeit später. Nun, da er wußte, daß Rafe Tyler aus dem Gefängnis entlassen worden war, wurde ihm klar, daß dieser nicht eher ruhen würde, als bis er den Mann ruiniert hätte, dem er die Hauptschuld an seiner Verurteilung gab. Das hatte ihm Tylers Blick am Tag seiner Entlassung verraten.

Und jetzt war McClary wieder aufgetaucht, zum dritten Mal in drei Jahren. Er war jedesmal mindestens einen Monat geblieben und hatte sich in den Bergen herumgetrieben. Randall nahm an, daß McClary nicht nur Geld von ihm wollte, sondern daß er gesucht wurde und sich bei ihm versteckte.

Randall war bereits knapp bei Kasse, da er eine Menge in Land und Rinder investiert hatte, und Tyler hatte offensichtlich seinen schwächsten Punkt entdeckt. Und nun versuchte McClary, ihn noch weiter auszusaugen. Jack wußte nicht, wie er mit diesem Problem fertig werden sollte.

Er blickte McClary an. Randall mochte diesen Kerl nicht. Doch zugleich fürchtete er ihn. McClary wußte einfach zuviel über ihn, so daß er ihn nicht einfach rauswerfen konnte. Sein Grinsen zeigte, daß er die Tatsache, daß Tyler offenbar in der Nähe war, auch noch genoß. Aber schließlich wußte Randall nur allzu gut, daß der ehemalige Sergeant den Captain gehaßt hatte.

Randall nahm an, daß dies der Grund dafür war, daß McClary ausgerechnet jetzt wieder aufgetaucht war, daß er Tyler verfolgt hatte und diesen Moment nutzen wollte, um sowohl Randall als auch seinen Erzfeind fertigzumachen.

»Was wollen Sie?«

McClary lehnte sich genüßlich zurück. »Sie sagen, Sie haben kein Geld. Also mache ich Ihnen einen anderen Vorschlag.«

Randall sah ihn argwöhnisch an. Er wußte, daß McClarys »Vorschläge« eher Befehle waren.

»Wir wissen, daß Tyler derjenige ist, der Ihre Geldtransporte überfällt«, sagte er. »Ich finde, seine Aktivitäten sollten auf ein paar der Goldgräberclaims ausgeweitet werden, oder vielleicht sollte er einfach ein paar Überfälle mehr machen. Offenbar war er bisher äußerst wählerisch.« Er bedachte Randall mit einem wölfischen Grinsen. »Das finde ich äußerst undemokratisch.«

Randall hatte das Gefühl, als müsse er sich jeden Moment übergeben. »Dabei mache ich nicht mit.«

»Oh, doch, das werden Sie. Sie werden die Dinge herausfinden, die ich wissen muß. Solange werde ich hier auf dem *Circle R* bleiben.«

»Nein! Ich werde Ihnen nicht noch einmal dabei helfen, ihn fertigzumachen.«

»Wir werden ihn nicht fertigmachen. Er hat bereits zwei Überfälle begangen. Er ist einfach ein unverbesserlicher Bandit«, sagte McClary mit seidiger Stimme. »Und wenn Sie mir nicht helfen, werde ich ein paar Gerüchte verbreiten oder vielleicht sogar ein Telegramm nach Washington schicken ... «

»Damit würden Sie sich selbst belasten.«

»Ich weiß, wie man sich versteckt. Aber Sie? Sind Sie wirklich bereit, all das hier aufzugeben?«

Das war Randall bestimmt nicht. Er hatte immer noch die Hoffnung, eines Tages Sara hierherzubringen. Er hatte diese Ranch aufgebaut. Es war das erste, was er je mit ehrlicher Arbeit erreicht hatte, wenn auch auf dem Rücken eines anderen.

Aber das *Circle R* florierte unter seiner Führung. Er hatte entdeckt, daß er ein Talent für die Viehzucht hatte, und er genoß den Respekt, den die Menschen ihm zollten. Nie zuvor hatte er gedacht, daß er irgend etwas wirklich konnte, was einer der Gründe für seine fortgesetzten Diebstähle gewesen war. Jack Randall hätte niemals gedacht, daß er es je aus eigener Kraft zu etwas bringen würde, daß er dazu intelligent genug war. Er hatte einfach immer angenommen, daß er genug Grips hatte, um die Menschen eine Zeitlang hinters Licht zu führen, genau wie sein Vater. Der hatte sich auch immer das Vertrauen der Menschen erschleichen können, bis er eines Tages erwischt und von der Kugel eines zornigen Opfers getroffen worden war. Damals war Jack vierzehn gewesen, und er war in dem Glauben aufgewachsen, daß ein Mensch, der sich sein Geld so leicht abknöpfen ließ, kein Anrecht darauf hatte.

Er sagte nichts, während er an all diese Dinge dachte, und McClary nahm sein Schweigen als Einverständnis.

»Dann ist es also abgemacht, alter Freund«, stellte McClary fest und beobachtete, wie Randall die Lippen aufeinanderpreßte, als er die letzten beiden Worte vernahm.

»Sie können hierbleiben«, stieß Randall schließlich hervor. »Aber ich werde mich nicht an irgendwelchen Überfällen beteiligen, und ich werde auch nicht Tyler die Schuld in die Schuhe schieben.«

»Wollen Sie etwa nicht, daß er geschnappt wird?«

Tief in seinem Inneren wollte Randall es nicht. Er hatte einfach nicht die Bereitschaft, einen Menschen vollkommen zu zerstören. Er hatte Rafe Tyler genug angetan, und er zog es vor, ihn zu überlisten, statt erneut zu seiner Verhaftung beizutragen. Er würde seine Gelder einfach auf anderen Wegen hierher transportieren. Er würde besondere Vorsichtsmaßnahmen ergreifen. Vielleicht würde Tyler dann zu dem Schluß kommen, daß es reichte, und verschwinden. Es war eine schwache Hoffnung, aber sie war alles, was Randall im Augenblick hatte.

Doch das würde er McClary gegenüber nicht zugeben. Der würde ihn nur für einen noch größeren Schwächling halten. Er zuckte mit den Schultern. »Ich bin sicher, daß er irgendwann auch so geschnappt wird.«

»Aber es wird erheblich schneller gehen, wenn auch die Goldsucher gegen ihn sind«, sagte McClary.

»Ich hätte nicht gedacht, daß Sie Interesse daran haben, daß er so schnell gefaßt wird.«

»Oh, ich sorge schon rechtzeitig für mich. Wie ich höre, sind ein paar der Goldsucher ziemlich erfolgreich, aber sie vertrauen ihr Gold nicht unbedingt einer Bank an.«

Randall versuchte vergeblich, seinen Zorn, seine Verachtung nicht zu zeigen.

»Um so besser«, sagte McClary. »Es ist mir sowieso lieber, wenn ich nicht teilen muß. Alles, was ich brauche, ist ein Ort, an dem ich bleiben kann. Ein respektabler Ort. Jemand, der für mich bürgt, ein respektabler Rancher wie Sie.«

Randall wollte so wenig wie möglich mit diesem Kerl zu tun haben. »Ich werde Ihnen nicht helfen.« Aber wie immer gab er nach, und er fühlte sich schrecklich dabei.

McClary starrte ihn kalt an. »Bilden Sie sich ja nicht ein, Sie könnten Ihre Hände in Unschuld waschen, *Mr.* Randall. Sie sind genauso schmutzig wie meine. Ich bin nur kein solcher Heuchler wie Sie.« Er stand auf und wandte sich zur Tür. »Gibt's hier irgendwelche Weiber?«

Randall biß die Zähne zusammen. »Nein, ich mußte sie nach dem letzten Überfall gehen lassen.«

»Nun, dann werde ich sehen, was ich in der Stadt auftreiben kann. Rushton, nicht wahr, *Jack*?«

»Ich warne Sie ... «

»Sie machen mir wirklich angst«, sagte McClary, während er hinausspazierte und Jack Randall zurückließ, der in hilfloser Wut die Fäuste ballte.

7. Kapitel

Es erschien Rafe immer noch wie ein Wunder, den freien Himmel zu sehen, wenn er erwachte. Er hatte sich immer noch nicht an die Sanftheit der Dämmerung gewöhnt, an die Stille, die ihn zugleich quälte, wütend machte und schmerzte.

Er hatte so viel verpaßt. So viel, was er nie würde nachholen können.

In dem Versuch, seine Melancholie abzuschütteln, streckte er sich langsam und atmete tief die kühle, belebende Morgenluft ein. Er hatte einen leichten Schlaf und erwachte immer früh. Im Gefängnis hatten sich solche Angewohnheiten nicht gerade als ein Segen erwiesen. Es war die Hölle gewesen, in der kleinen Zelle aufzuwachen, umgeben von harten Backsteinen und Eisengittern, eingehüllt in eine unglaubliche Hitze und einen unerträglichen Gestank, oder im Winter in alles durchdringende feuchte Kälte.

Aber jetzt war die Dämmerung herrlich, die Luft frisch und rein. Rafe richtete sich auf und beobachtete, wie die Sonne über den Bergen aufging. Eine kühle Brise zerzauste sein Haar und strich sanft über seine Haut.

Seine Bewegungen schreckten Abner auf, der eine gemütliche, dunkle Stelle in Rafes Wollhemd gefunden hatte, das neben ihm lag. Er hatte es extra dorthin gelegt, weil er wußte, daß Abner vertraute Gerüche und menschliche Wärme mochte.

Wahrscheinlich sehnte sich auch die Frau nach etwas Vertrautem. Wahrscheinlich ängstigte sie sich fast zu Tode, obgleich es ihr wirklich hervorragend gelang, ihre Furcht zu verbergen.

Rafe wollte nicht an sie denken und vor allem kein Mitgefühl für sie empfinden. Aber er würde sich um sie kümmern, ihr etwas zu essen geben und sie bewachen müssen. Verdammt. Dieser Gedanke war wirklich alles andere als angenehm. Diese Person machte ihn selbst zu einem Gefangenen. Er würde nicht mehr durch die Berge streifen können, wie es ihm gefiel.

Rafe versuchte immer noch, sich an die Wahlmöglichkeiten zu gewöhnen, die die Freiheit ihm bot. Man hatte ihm so lange gesagt, was er tun sollte, daß er nun das Gefühl hatte, ein Teil seines Gehirns hätte die Arbeit eingestellt. Er konnte sich nicht entscheiden, was er essen sollte, und er hatte das Gefühl, als hätte er während der ersten Woche hier in den Bergen nichts anderes getan, als über die verschiedenen Möglichkeiten, die sich ihm nun boten, nachzudenken, ohne je eine Entscheidung zu treffen.

Diese Unentschlossenheit, die er früher nicht gekannt hatte, war erschreckend. Natürlich war Randalls Zerstörung immer noch sein oberstes Ziel, aber ansonsten hatte er keine konkrete Vorstellung von dem, was er wollte. Er hatte das Gefühl, als ob er an einem Strand entlangging, wo ihm der Sand unter seinen Füßen fortgespült und er selbst von der Strömung mitgerissen wurde.

Die Frau mußte ähnliche Gefühle hegen.

Sein Mund verzog sich zu einer grimmigen Linie, als er langsam aufstand, Abner schnappte und ihn in die Tasche seines Hemdes steckte. Vielleicht sollte er heute morgen angeln gehen und ein paar Forellen fürs Frühstück besorgen. Wenn er das täte, müßte er wieder das verdammte Fenster verrammeln. Er horchte, doch aus der Hütte drang kein einziger Laut zu ihm herüber. Ob sie wohl geschlafen hatte? Er selbst hatte ein paar Nächte gebraucht, bis es ihm gelungen war, in der Gefangenschaft zu schlafen. Er hatte gedacht, daß es anders sein würde, daß er schlafen würde, um der Realität zu entkommen, aber das hatte nicht funktioniert. Vielleicht, weil sich die Alpträume mit jedem Aufwachen verschlimmert hatten.

Rafe ging hinüber zum Fenster, schloß die Läden und schob

den Riegel vor. Er hatte sich gefragt, weshalb der vorherige Bewohner der Hütte den Riegel außen angebracht hatte und nicht innen, aber offenbar hatte der unbekannte Erbauer keine Angst vor äußeren Feinden gehabt. Es war einfacher gewesen, die Läden außen anzubringen, und offenbar hatten sie nur Schutz vor dem Wetter bieten sollen statt vor irgendwelchen Raubtieren.

Rafe wußte jedoch, daß die Hütte mit geschlossenen Fensterläden wie ein Käfig war. Ein dunkler, einsamer Ort. Trotzdem würde er sie nicht mitnehmen zum Fischen. Sie war Randalls Tochter. Und er würde sich nicht von ihr den Frieden des Vormittags rauben lassen.

Warum in aller Welt verschwendete er überhaupt einen Gedanken an sie? Sie hatte mehr, als er je gehabt hatte. Essen. Bücher. Kerzen. Ein angenehmeres Bett als seine Gefängnispritsche.

Er rollte seine Decke zusammen und trug sie hinüber in den Stall. Das Pferd wieherte leise zur Begrüßung, und Rafe ging hinüber, um ihm den Hals zu tätscheln. »Wir werden heute schön trainieren. Tut mir leid wegen gestern. Es gab ein bißchen Ärger, aber nichts, mit dem wir nicht fertig würden.« Er fragte sich, ob er mit diesen Worten das Pferd oder eher sich selbst beruhigen wollte.

Rafe sah nach, ob noch genug Wasser im Eimer war. Dann gab er dem Tier eine Handvoll Hafer und holte die selbstgemachte Angel aus der Ecke. An *sie* würde er jetzt nicht mehr denken.

Shea schlief unruhig. Jedesmal, wenn sie aufwachte, fühlte sie stille Verzweiflung in sich aufwallen. Der Mann draußen verfolgte sie in ihren Träumen. Die Finsternis in seinem Inneren überwältigte sie, drohte sie zu ersticken.

Sie stand ein paarmal auf und ging leise auf Strümpfen zum Fenster, um ihn anzusehen. Selbst wenn er schlief, beunruhigte er sie. Sie dachte daran, aus dem Fenster zu klettern, aber dann würde sie genau neben seiner ausgestreckten Hand landen. Er hatte gesagt, daß er einen leichten Schlaf hatte, und sie nahm nicht an, daß er gelogen hatte.

Als sie das nächste Mal aufwachte, drang kein Licht und keine Luft mehr durch das Fenster. Sie blickte auf und sah, daß er die Läden zugemacht hatte. Sie versuchte, sie wieder zu öffnen, doch er hatte auch den Riegel vorgelegt.

Sie durfte jetzt nicht in Panik ausbrechen. Er war gestern zurückgekommen, also würde er auch heute zurückkommen. Aber die Enge in der Hütte drohte sie zu ersticken. Sie fand die Streichhölzer und zündete eine Kerze an. Im Kamin lagen ein paar Holzscheite und Zweige, und nur um etwas zu tun, entfachte sie ein Feuer. Die Wärme und Helligkeit der Flammen hatten etwas Tröstliches.

Shea würde Rafferty Tyler nicht die Genugtuung bereiten, sich ihre Angst anmerken zu lassen.

Um sich weiter zu beschäftigen, machte sie Wasser heiß, um sich zu waschen. Vielleicht ließ sich der gußeiserne Topf ja als Waffe benutzen? Aber er war zu groß, zu schwer, zu wuchtig, als daß sie ihn zielgenau hätte schwingen können, und sie nahm an, daß er eine schnelle Reaktion besaß.

Sie suchte erneut nach der Maus, doch sie konnte sie nirgends entdecken. Als die Einsamkeit sie erneut zu erdrücken drohte, versuchte sie, an etwas anderes zu denken. Bisher hatte es ihr nie etwas ausgemacht, allein zu sein mit ihrem Zeichenblock und ihren Büchern. Aber schließlich hatte sie sich bisher auch immer sicher gefühlt, hatte immer gewußt, daß es ihre Mutter und Freunde gab, wenn sie das Bedürfnis nach Gesellschaft verspürte. Jetzt aber war niemand da. Niemand außer ihr. Selbst die Maus hatte sie verlassen. Shea spürte, wie Tränen in ihr aufstiegen, aber sie weigerte sich, ihnen freien Lauf zu lassen. Das wäre eine Schwäche, das wäre die Kapitulation.

Warum war sie nur so dumm gewesen, Ben Smith zu vertrauen?

Aber es nützte nichts, wenn sie sich jetzt Vorwürfe machte. Shea erstellte in Gedanken eine Liste der Dinge, die zu tun waren. Als erstes mußte sie sich waschen und ihr Haar bürsten. Essen. Es gab ein paar Kekse. Vielleicht würden sie ja ihren rebellierenden Magen etwas besänftigen. Dann ein Buch. Sie könnte noch einmal versuchen, Tyler zu zeichnen. Oder sogar die Maus. Vielleicht konnte sie sie zumindest auf dem Papier zurückbringen.

Sie haßte die Verzweiflung, die in diesem letzten Gedanken lag.

Wie lange war das Fenster wohl schon geschlossen? Wieviel Uhr war es wohl? Durch die Spalten in der Wand drangen schwache Lichtstrahlen, aber war es früher Morgen? Mittag? Sie schluckte, als die Hoffnungslosigkeit sie erneut zu überwältigen drohte.

Ob *er* sich wohl genauso gefühlt hatte? Sie wünschte sich, sie würde nicht so häufig an ihn denken, aber das war wahrscheinlich nur natürlich. Sie war im Augenblick vollkommen abhängig von ihm. Aber da war noch etwas ... etwas, das sie haßte und nicht verstand: ein undefinierbares Verlangen, eine unerklärliche Faszination angesichts der Gefahr und Unvorhersehbarkeit in einem Leben, das bis vor zwei Monaten vollkommen geregelt gewesen war.

Sie hatte den Topf vom Feuer genommen und ihr Gesicht gewaschen und war gerade dabei, ihr Haar zu bürsten, als sie hörte, wie ein Schlüssel im Türschloß herumgedreht wurde und jemand klopfte.

Zumindest erwies sich ihr Peiniger als eine Art Gentleman. Sie hätte angenommen, daß er einfach so hereinkommen würde.

Es klopfte erneut, und dann wurde die Tür geöffnet. Die plötzliche Helligkeit in der Hütte blendete sie.

Ihre Hand hielt mitten in der Bewegung inne und erstarrte auf halber Höhe, ehe sie langsam hinabsank. Sie saß auf der Pritsche, und ihr Haar fiel lose bis zu ihrer Hüfte.

Sie fühlte sich entsetzlich verletzlich, entsetzlich hilflos.

Schließlich gewöhnten sich ihre Augen an das Licht. Er wirkte riesig, wie er so im Türrahmen stand, doch erschien er ihr nicht mehr ganz so bedrohlich, vor allem, als sie die beiden Forellen entdeckte, die an einer Schnur in seiner Hand baumelten. Obwohl sie sich dagegen wehrte, lief ihr das Wasser im Mund zusammen. Sie versuchte, die Fische zu ignorieren, aber ihre Augen hingen wie gebannt daran. Es war zwei Tage her, seit sie zum letzten Mal etwas Vernünftiges gegessen hatte.

»Ich habe den Rauch gesehen«, sagte er, als brauche er eine Entschuldigung für sein Eintreten. Seine Haltung war mindestens so steif wie die ihre unelegant, wie sie in ihren zerknitterten, staubigen Kleidern auf der Pritsche saß. Seine Statur war so beeindruckend wie immer, und die Bartstoppeln auf seinen Wangen verliehen ihm das Aussehen eines Desperados. Sein sonnenumspieltes Haar sah aus, als habe er es mit den Fingern gekämmt, und sein Hemd war trotz der kühlen Bergluft am Hals offen.

Aber die Temperatur in der Hütte schien plötzlich sprunghaft anzusteigen, und zwischen ihnen zuckten erneut die Blitze der Leidenschaft. Sie beobachtete, wie er die Lippen aufeinanderpreßte, und wußte, daß auch er es spürte. Die Stille war unangenehm, schwer von der unerwarteten, aber dennoch unausweichlichen gegenseitigen Anziehungskraft, die verstärkt wurde durch die Tatsache, daß sie verboten, verrückt, unmöglich war.

Er haßte sie. Er haßte ihren Vater. Er hielt sie gegen ihren Willen fest. Er war das Gegenteil dessen, was ihr teuer war und was sie schätzte. Ehrlichkeit. Ehrgefühl. Loyalität.

Sie haßte ihn dafür, daß er unerwünschte Gefühle in ihr weckte, daß er an etwas in ihrem Inneren rührte, von dessen Existenz sie bislang nichts gewußt hatte. Sie begann erneut, ihr Haar zu bürsten, und zwang sich, die Augen von ihm abzuwenden. Sie fand, daß diese Geste eine Verachtung zeigte, die Worte niemals hätten ausdrücken können.

Aber er wirkte lediglich amüsiert. Offenbar erkannte er die Heuchelei. »Interessant, Miss Randall«, sagte er. »Ich dachte einen Augenblick lang, Sie hätten von jemand anderem als Ihrem Vater ein gewisses Maß an Ehrlichkeit geerbt. Wie ich sehe, habe ich mich geirrt.«

Sie starrte ihn böse an. »Ich weiß nicht, was Sie meinen.«

»Das wissen Sie nicht, Shea Randall?« Seine Augen blickten kalt. Berechnend. Lauernd. Distanzierend. Plötzlich wurde ihr klar, daß er diese eigenartige gegenseitige Anziehungskraft zwischen ihnen ebensowenig mochte wie sie. Er versuchte erneut, sie zu provozieren, die Funken der Leidenschaft zwischen Mann und Frau in Blitze des Zorns zwischen Wächter und Gefangener zu verwandeln.

Und es funktionierte.

»Nein«, erwiderte sie knapp.

Er trat näher. Sie bemerkte, daß seine rechte Hand, in der er eine der Forellen hielt, wieder mit einem Handschuh bedeckt war. Er sah, in welche Richtung sie blickte, und seine Lippen verzogen sich zu einem grimmigen, verbitterten Grinsen.

»Sie sind eine Lügnerin«, sagte er. »Wollen Sie etwa leugnen, daß Sie etwas anderes spüren als Angst?« Seine Stimme klang nicht mehr heiser, sondern dunkel und spöttisch.

Shea war sprachlos. Wie hatte er nur in Worte fassen können, was sie so verzweifelt zu verbergen versuchte? Sie wußte nicht, was sie zu ihrer Verteidigung sagen sollte. Sie *hatte* den Moment des Verlangens wortlos geleugnet, und sie weigerte sich, dieses sinnliche Gefühl, ihr Begehren, einzugestehen. Also griff sie an. »Das ist bereits das zweite Mal, daß Sie mich der Lüge bezichtigen. Messen Sie die Menschen immer mit Ihren eigenen Maßstäben?«

Seine Augen schienen sich in sie hineinzubohren. »Sagen wir einfach, daß ich reichlich Erfahrung habe mit Randalls, die lügen.«

Alles ging zurück auf den Mann, den sie für ihren Vater hielt.

Sie richtete sich auf. »Geben Sie immer anderen die Schuld an Dingen, die Sie selbst zu verantworten haben?«

»Sie lenken vom Thema ab. Sie leugnen, daß es eben einen, sagen wir, Moment von Interesse gegeben hat.« Er zwang sie, ihre Gefühle preiszugeben, sich zu erniedrigen.

»Ich habe an Ihnen dasselbe Interesse, das ich an einer Klapperschlange hätte«, erwiderte sie.

»Klapperschlangen haben ein paar faszinierende Eigenschaften, Miss Randall.«

»Sie sind abstoßend.«

Er zog eine Braue hoch. »Und gefährlich. Vergessen Sie das nicht.«

Dann wandte er sich ab, als habe er genug von der Unterhaltung. »Ich werde die Fische ausnehmen«, sagte er. »Sie können nach draußen gehen, wenn Sie wollen.« Ohne eine Antwort abzuwarten, verließ er die Hütte.

Shea war sich nicht sicher, was sie mehr störte. Seine Aufmerksamkeit oder seine Gleichgültigkeit, als sei sie keinen Augenblick des Nachdenkens wert. Aber sie sehnte sich danach, hinauszugehen, die Sonne zu spüren, und außerdem mußte sie noch ein dringendes Geschäft erledigen.

Sie nahm eilig ein blaues Band aus ihrer Reisetasche und band ihr Haar zusammen. Hoffentlich dachte er nicht, daß sie sich seinetwegen schönmachte. Ihr Haar war sehr fein, und wenn es nicht zusammengebunden war, flog es in tausend verschiedene Richtungen.

Shea blickte sehnsüchtig auf ein sauberes Kleid, doch dann entschied sie sich dagegen. Sie fühlte sich sicherer in Hemd und Hose. Und falls sie eine Gelegenheit zur Flucht fand …

Nach dem Wortwechsel eben hatte sie mehr denn je das Bedürfnis zu fliehen.

Rafe setzte sich auf den Baumstumpf, zog das Messer aus dem Lederfutteral an seinem Gürtel und nahm die Fische aus, wobei er versuchte, jeden Gedanken an die Frau zu verdrängen. Doch das war nicht möglich.

Er wußte, daß er einen Fehler gemacht hatte. Er sollte sich auf kein Gespräch mit seiner Gefangenen einlassen, und vor allem sollte er nicht auf die eigenartige Spannung eingehen, die zwischen ihnen herrschte. Er verstand nicht, weshalb er sich überhaupt auf ein Gefecht mit ihr einließ. Er sollte sie ignorieren, sollte so tun, als gebe es sie gar nicht.

Aber als er die Hütte betreten und zugesehen hatte, wie sie ihr Haar bürstete, hatte er sich ein paar kurze Augenblicke lang nicht ganz so einsam, ganz so leer gefühlt. Ihr Haar, das im Licht der Kerze und der Sonne golden geglänzt hatte, war in seidigen Wellen über ihren Rücken gefallen. Sie hatte bezaubernd ausgesehen. Es hatte ihm körperliche Schmerzen bereitet, derer er sich nicht mehr für fähig gehalten hatte.

Also hatte er sie gereizt.

Verdammt.

Er erinnerte sich daran, daß sein Kampf Jack Randall galt und nicht einer Frau, die zufällig in seinen Privatkrieg hineingeraten war. Er würde ihr gewisse Zugeständnisse machen müssen. *Falls* sie sich kooperativ zeigte. Er wußte nur nicht, wie weit er ihr trauen konnte.

Gerade als Rafe die ausgenommenen Fische auf den Spieß stecken wollte, den er aus dem Stall geholt hatte, kam sie heraus.

Er erhob sich. »Ich schlage Ihnen ein Geschäft vor, Miss Randall.«

Sie sah ihn argwöhnisch an.

»Ich lasse Sie fünf Minuten allein, nicht länger, und ich hoffe, daß Sie genug Verstand besitzen, um zu wissen, daß diese Berge weitaus gefährlicher sind, als ich es bin.«

Es war kein Angebot. Es war auch kein Geschäft. Nicht, solange sie nicht wußte, was er dafür von ihr erwartete.

»Sie sagten, ein Geschäft?«

»Ich erwarte, daß Sie mir Ihr Wort geben, daß Sie nicht so verrückt sein werden, zu versuchen zu fliehen.«

»Sie haben gesagt, daß Sie mir noch nicht einmal dann glauben würden, wenn ich Ihnen etwas mit Engelszungen verspräche«, erinnerte sie ihn, ohne genau zu wissen, warum. Sie sollte das Angebot annehmen. Sie sollte ihm das Versprechen geben und es dann ignorieren. Ein Versprechen, das man einem Kriminellen gab, war schließlich nichts wert.

Aber im Grunde war es doch ein Versprechen. Für sie. *Woher wußte er das?*

»Es ist wirklich ganz einfach«, sagte er. »Wenn Sie so verrückt sind, brauche ich mir Ihretwegen keine Sorgen mehr zu machen. Sie werden hier in den Bergen nicht überleben.« Seine Worte machten deutlich, daß er in keinster Weise weniger berechnend geworden war.

»Warum machen Sie sich dann überhaupt Sorgen, daß ich entkommen könnte?«

»Es wäre mir lästig, Miss Randall. Ich würde mich verpflichtet fühlen, Sie vor Ihrer eigenen Dummheit zu bewahren. Vielleicht würde es mir auch gelingen, aber wenn nicht – ich mag es nicht, wenn mir etwas mißlingt.« Er sah sie nachdenklich an. »Sind Sie verrückt genug, um zu fliehen, Miss Randall?«

Er hatte mit einer solchen Kälte gesprochen, daß ihr klar war, daß es ihm nicht um sie ging, sondern nur um sein Pflichtgefühl. Seine Worte enthielten verschiedene Warnungen.

Warum stritt sie überhaupt mit ihm? Warum nahm sie nicht einfach sein Angebot an und verschwand?

»Ich glaube nicht«, sagte sie schließlich. »Aber warum haben Sie Ihre Meinung geändert?«

»Warum ich Ihnen für fünf Minuten vertraue?« Er zuckte mit den Schultern. »Das ist schließlich nicht besonders lange, und ich nehme an, daß Sie hungrig sind. Nennen wir es einen kleinen Test. Wenn Sie bestehen, gebe ich Ihnen vielleicht mehr Freiheiten.« Er hielt ihr zwei Preise hin: Essen und eine bessere Fluchtchance für später.

Fünf Minuten. Das reichte, um einen kleinen Vorsprung zu bekommen. Es reichte, um verlorenzugehen. Es reichte, um vielleicht von diesem beunruhigenden Menschen fortzukommen, der so viele verschiedene Gefühle in ihr weckte, der sie selbst jetzt atemlos machte, der in ihr das Bedürfnis weckte, die Hand auszustrecken und ihn zu berühren. Sie sehnte sich verzweifelt danach, herauszufinden, was sich unter der harten Schale verbarg.

Dieser letzte schreckliche Gedanke ließ sie einen Schritt nach hinten machen.

Er legte den Kopf leicht schräg, und seine meerfarbenen Augen sahen sie an, als versuchten sie, ihre Gedanken zu lesen. Bei ihrer ersten Begegnung hatte sie gedacht, seine Augen seien leer, aber jetzt wußte sie, daß das nicht stimmte. Sie waren nicht leer, sondern vollkommen beherrscht.

»Nun?«

Sie nickte zögernd. Sie haßte diese Kapitulation, aber sie hatte ein dringendes Bedürfnis, das sich nicht länger aufschieben ließ.

»Sie geben mir also Ihr Wort? Sagen Sie es.« Er war unerbittlich, forderte mehr als die Kapitulation. In diesem Augenblick wußte sie, daß er sie beherrschte. Wenn sie versuchte zu fliehen, würde er ihr nie wieder glauben; wenn sie es nicht tat, würde er denken, sie hätte sich ihm vollständig ergeben.

»Zur Hölle mit Ihnen«, brach es plötzlich zu ihrer eigenen Überraschung aus ihr heraus. Sie hätte nicht gedacht, daß sie jemals etwas Derartiges zu einem Menschen sagen könnte, aber sie war außer sich. Außer sich, weil ein Teil von ihr mehr von ihm erwartet hätte. Außer sich wegen der Emotionen, die er in ihr weckte, und wegen der Art, in der ihr Körper sie betrog. Außer sich, weil er sie benutzte und all ihre Gefühle zu seinem Vorteil verwandte.

»Was für eine Ausdrucksweise«, sagte er gedehnt. »Ich

dachte, junge Damen aus Boston würden zu mehr Zurückhaltung erzogen.«

»Normalerweise begegnen junge Damen aus Boston auch nicht Kerlen wie Ihnen«, erwiderte sie verbittert.

Er verzog die Lippen zu einem halben Lächeln, doch dann zuckte er mit den Schultern. »Fünf Minuten«, sagte er mit gelangweilter Stimme. »Und Sie brauchen mir auch kein Versprechen zu geben. Aber ich versichere Ihnen, wenn Sie versuchen zu entkommen, werden Sie anschließend die Hütte nicht noch einmal verlassen. Wenn Sie überhaupt lebend zurückkommen.«

In diesem Augenblick steckte eine Maus den Kopf aus Rafferty Tylers Tasche, blickte sich neugierig um und kletterte dann auf seine Schulter.

Das war *ihre* Maus.

Shea erkannte sie an der Größe und an ihrem neugierigen, unerschrockenen Wesen. Sie beobachtete verblüfft, wie ihr Peiniger, ihr herzloser, rücksichtsloser Peiniger, das Tier vorsichtig in die rechte Hand nahm und mit den Fingern seiner Linken streichelte.

Tyler blickte zu ihr auf. »Abner«, erklärte er.

Sie trat einen Schritt näher und sah zu, wie sich die Maus gemütlich in seinen Handschuh kuschelte. Sie schluckte. »Wir sind uns bereits begegnet.«

Nun war die Reihe an ihm, überrascht zu sein. »Er will niemandem angst machen.«

»Er hat mir keine Angst gemacht.«

»Gibt es überhaupt etwas, das Ihnen angst macht, Miss Randall?«

»Sie.«

»Ich?«

Ehe sie antworten konnte, sprach er weiter. »Ich *sollte* Ihnen auch angst machen, Miss Randall. Lassen Sie sich von Abner nicht täuschen. Ich habe ihn im Gefängnis gefunden. Im Gefängnis nimmt man alles, was man findet. Sogar eine Maus.«

Das erklärte nicht die Sanftheit seiner Hände, die Zahmheit der Maus. Dafür war eine unendliche Geduld erforderlich, eine besondere Gabe. Tiere, das hatte Shea immer wieder bemerkt, waren sehr wählerisch, wenn es darum ging, wem sie vertrauten. Gerade ängstliche Tiere wie Mäuse mochten nicht einfach irgendwen.

Aber Rafferty Tyler? Und eine Maus?

»Ich lasse Tieren mehr durchgehen als ... störrischen Frauen.«

Shea konnte einfach nicht anders. Sie mußte ihn weiter herausfordern. »Meinen Sie damit alle Frauen oder mich insbesondere?«

»Alle Frauen sind gleich, Miss Randall.«

»In welcher Beziehung?«

In seiner Wange zuckte ein Muskel. »Wollen Sie das wirklich wissen?«

Sie wollte es nicht, aber dennoch hörte sie sich die Frage bejahen.

Er steckte die Maus in das Wollhemd, das auf der Erde lag, und trat mit gerunzelter Stirn auf sie zu. Als er vor ihr stand, beugte er den Kopf, und plötzlich erkannte Shea seine Absicht und den Fehler, den sie gemacht hatte.

Sie versuchte zurückzuweichen, aber er packte ihren Arm und hielt sie fest. »Wissen Sie, was mit allzu neugierigen Menschen passiert?« fragte er.

Er senkte den Kopf weiter und umfing ihre Lippen hart und fordernd. Shea versuchte vergeblich, sich ihm zu entwinden. Und was noch schlimmer war, sie reagierte auf ihn. Der Teil von ihr, der seit ihrer ersten Begegnung auf ihn reagiert hatte, betrog sie jetzt, erniedrigte sie mehr, als Rafe sie hatte erniedrigen wollen.

Sie merkte, daß ihre Lippen seinen Kuß erwiderten, daß sich ihr Körper an ihn drängte. Sie spürte, wie die Hitze, die von ihm ausging, in sie eindrang und sie auf eine Weise aneinander fesselte, die sie bislang nicht gekannt hatte.

Shea war schon vorher hin und wieder geküßt worden, leicht und kunstvoll, aber noch nie so wie jetzt. Nie auf eine brennende, beherrschende und zugleich leidenschaftliche Art. Ihre Lippen wurden weich, und sie spürte, daß auch die seinen eine Sekunde lang sanft wurden, ehe sie den Druck erneut verstärkten, als ob er diesen Moment der Hingabe bereuen würde.

Aber das war egal. Alles war egal außer den Gefühlen, die in ihrem Körper aufwallten, und ihrem tiefen Gefühl, endlich zu begreifen, was es bedeutete, eine Frau zu sein.

Er schlang die Arme um sie, und sie spürte seine Erregung, was ihren Körper noch stärker erbeben ließ. Sein Kuß vertiefte sich, und seine Zunge erforschte ihren Mund. Sie hätte protestieren sollen, kämpfen, aber sie hatte keinen eigenen Willen mehr. Ihre Beine zitterten, ihr Magen zog sich zusammen, ihr Herz raste. Es war, als habe etwas oder jemand anders von ihrem Körper Besitz ergriffen.

Großer Gott, was tat sie da? Er versuchte, sie zu bestrafen, und sie, sie …

Shea entwand sich seinem Griff und wandte sich ab. Sie wollte ihn nicht ansehen, wollte nicht sehen, wie sich sein Gesicht zu einem siegesgewissen Grinsen verzog.

Sie spürte ihn hinter sich, fühlte das Flüstern seines Atems in ihrem Nacken. Hörte seine tiefe, heisere Stimme. »Es … tut mir leid. Ich habe gesagt, daß ich Ihnen nicht … weh tun würde, wenn Sie gehorchen. Das … hätte nicht passieren dürfen. Es wird nicht wieder vorkommen.«

Shea spürte den Schmerz in seiner Stimme und drehte sich zu ihm um. »Geben Sie Ihren Rachefeldzug gegen meinen … Vater auf.«

»Nein.« Seine Stimme klang wieder hart, und sein Gesicht wies erneut die grimmigen Linien auf. »Meine Entschuldigung bezog sich nur auf einen kurzen Augenblick, der nicht hätte passieren dürfen. Ansonsten ändert sie nichts.«

»Warum?«

»Das braucht Sie nicht zu interessieren«, sagte er. »Erinnern Sie sich an meine Antwort auf Ihre letzte Frage.«

»Aber Sie haben gesagt, daß das nicht wieder vorkommt.«

»Das vielleicht nicht, aber es würde mir nichts ausmachen, Sie und Ihre Fragen in der Hütte einzusperren.« Seine Stimme klang kalt. »Stellen Sie mich lieber nicht weiter auf die Probe, Miss Randall.«

Sie schluckte. Sie mußte fort von ihm, fort von der Intensität ihrer Gefühle. »Fünf Minuten?« fragte sie in Erinnerung an sein Angebot, das schon Stunden zurückzuliegen schien.

Er blickte sie nachdenklich an, und einen Augenblick lang dachte sie, er hätte seine Meinung geändert.

Das hatte er auch. »Ich glaube, ich will doch Ihr Versprechen, daß Sie nicht verschwinden«, sagte er. Ihre Gefühle mußten also wieder einmal deutlich sichtbar sein. Alles, was sie wollte, war laufen, laufen, laufen. Wegen des Kusses. Wegen der Verwirrung, die sie empfand.

Und sie würde alles tun, alles versprechen, um fortzukommen. »Nur dieses eine Mal?«

Er verzog erneut den Mund, und sie wußte, daß er ihren inneren Kampf zwischen Eigennutz und Ehrgefühl lustig fand.

»Also gut«, sagte sie unfreundlich. »Und wenn ich zurückkomme?«

»Dann werden Sie bei mir bleiben oder in der Hütte eingesperrt.«

Sie wollte sagen, daß sie die Hütte vorzog, aber das konnte sie nicht. Wer hätte schon lieber die Dunkelheit als das Licht? Wer mochte lieber Kerzen als Sonne?

Das einzige, was sie nicht wußte, war, ob die Dunkelheit in der Hütte nicht dem Teufel in der Sonne vorzuziehen war.

8. Kapitel

Rafe steckte die Forellen auf den Spieß, hängte sie über das Feuer in der Hütte und ging wieder hinaus. Er hatte Shea Randall fünf Minuten gegeben. Wie lange war sie schon fort? Vier Minuten. Vielleicht fünf. Er konnte sie nirgends entdecken.

Er fragte sich, ob er vielleicht ein Narr gewesen war. Das Gefängnis mußte ihn stärker verändert haben, als er gedacht hatte. Warum sonst sollte er sich, um Himmels willen, zu der Tochter von Jack Randall hingezogen fühlen?

Aber das tat er. Er konnte nicht leugnen, auf welche Weise er auf sie reagiert hatte.

Wenn seine Reaktion nur körperlicher Art gewesen wäre, hätte er sich beherrschen können, aber als er sie geküßt hatte, waren gänzlich andere Gefühle in ihm aufgewallt. Er hatte ihr die Angst nehmen wollen, ihr mit dem Finger über die Wange streichen wollen. Er hatte ein Bedürfnis nach Zärtlichkeit verspürt. Er hatte sie geben und empfangen wollen. Bis zu jenem Augenblick hatte er nicht gewußt, wie sehr er sich nach dieser seltenen Empfindung sehnte.

Es war ihm ernst gewesen, als er gesagt hatte, daß er sich in gewisser Weise für ihre Sicherheit verantwortlich fühlte. Er war inzwischen seit fast drei Monaten hier, und er hatte Respekt vor diesen Bergen; er wußte, daß sie trügerisch waren.

Sechs Minuten? Sieben?

Er unterdrückte einen Fluch und machte sich auf den Weg.

Shea zögerte. Sie hatte ihr Geschäft erledigt, und nun mußte sie eine Entscheidung fällen.

Entweder ging sie zurück, oder sie versteckte sich im Wald.

Die Entscheidung hätte ihr leichtfallen sollen. Das blanke Entsetzen beim Gedanken an ihre Gefangenschaft – oder war es eher der Gedanke an ihre Reaktionen auf einen Mann, den sie hassen sollte – befahl ihr die Flucht.

Obwohl sie ihm ihr Wort gegeben hatte. Aber hatte er nicht ebenfalls sein Wort gebrochen, als er sie geküßt hatte? Was ihr viel zu gut gefallen hatte. Er hatte gesagt, daß er sie nicht anrühren, daß er ihr nicht weh tun würde. Doch das hatte er ... auf die erniedrigendste Art und Weise, indem er eine Reaktion in ihr hervorgerufen hatte.

Sie hatte keine Zeit, um derartige Überlegungen anzustellen. Sie mußte auf der Stelle eine Entscheidung treffen, wenn sie überhaupt eine Chance haben wollte. Eine Chance wozu? In diesen Bergen verlorenzugehen?

Shea erinnerte sich daran, daß er von Fallen gesprochen hatte. Von wilden Tieren. Schlangen? Alles Lüge? Sie hatte keine Waffe und nichts zu essen, und sie war schon jetzt hungrig. Sie dachte an die Forellen, die über dem Feuer brieten.

Aber dann dachte sie an ihn, an die verwirrende, zerstörerische Art, in der er sie anzog. Gab es etwas Gefährlicheres als Rafferty Tyler?

Sie blickte zurück in die Richtung, aus der sie gekommen war. Durch die Espen und Kiefern hindurch erkannte sie die Hütte. Sollte sie auf eine zweite Chance warten? Darauf, daß sie irgendwie an das Pferd kam?

Shea spürte immer noch seine Hitze, die Art, in der sie während eines kurzen Augenblicks in seinen Armen geschmolzen war, die Zärtlichkeit, die er der Maus mit dem absurden Namen Abner gegenüber an den Tag gelegt hatte.

Er benutzte sie. Er benutzte sie, um den einzigen Verwandten zu zerstören, den sie noch hatte. Und er tat es auf die hinterhältigste Art und Weise.

Sie machte einen Satz ins Unterholz und hörte, wie ein Eichhörnchen zu schimpfen begann, als sich hinter ihr etwas bewegte. Der Wind? Ein Verfolger? Waren die fünf Minuten schon um?

Sie wußte, daß es ein Fehler wäre zu rennen. Er würde sie hören und sie innerhalb kürzester Zeit überholen. Vielleicht sollte sie einfach vollkommen unschuldig zurückgehen?

Sie tat keines von beidem. Sie entdeckte einen langen Baumstamm, der in der Nähe lag, und versteckte sich dahinter. Sie versuchte, sich so klein wie möglich zu machen. Hinter ihr boten ein paar Hagebutten- und Brombeersträucher Schutz. Wenn er an ihr vorbeiging, könnte sie ihn vielleicht umrunden, zu der Lichtung zurückkehren und das Pferd holen. Vielleicht hatte er den Stall ja nicht abgeschlossen.

Sie hatte Angst. Sie versuchte, so reglos wie möglich zu verharren, und horchte auf jedes noch so leise Geräusch. Aber jetzt herrschte Stille im Wald. Vollkommene Stille.

Sie wartete, und als sie das Gefühl hatte, es seien bereits Stunden vergangen, hob sie vorsichtig den Kopf und spähte zwischen den Bäumen hindurch. Nichts. Er war verschwunden.

Shea erhob sich so lautlos wie möglich. Das Eichhörnchen begann erneut zu schnattern. Ein Vogel flog von einem Baum und suchte den Boden nach etwas Eßbarem ab. Alles wirkte so friedlich. Sie blickte hinauf zu den Gipfeln der Berge und fragte sich, ob sie wirklich so unerbittlich waren, wie er gesagt hatte.

Sie war nicht dumm. Sie wußte, daß sie in dieser Landschaft aus Schluchten und Canyons und Felsspalten leicht verlorengehen konnte. Sie wußte, daß es wilde Tiere gab. Aber dieser Kuß, dieser gewaltsame und zugleich zärtliche Kuß, und die Art, in der sie darauf reagiert hatte, erschienen ihr im Augenblick weitaus gefährlicher.

Shea wartete noch ein paar Minuten. Sie hörte nichts anderes als die vertrauten Geräusche des Waldes. Das Hämmern der Spechte, das süße Zwitschern der Singvögel. Normalerweise wäre sie entzückt gewesen, aber jetzt …

Sie begann, sich vorsichtig hinter den Büschen zu erheben.

Steinchen knirschten unter ihren Füßen, einer lauter als der andere, und sie hatte das Gefühl, ihr eigenes Herz klopfen zu hören. Hörte er es auch?

Welche Richtung sollte sie nehmen? Rechts oder links? Sie blieb stehen und versuchte, sich zu orientieren. Alles sah vollkommen gleich aus – die Bäume, die herausragenden roten Felsen.

Denk nach, sagte sie sich. Brich nur nicht in Panik aus. Aber sie hatte das Gefühl, als ob genau das gleich passieren würde.

Die Hütte mußte ganz nah sein. Sie konnte ein paar Schritte in jede Richtung gehen und nach einer Öffnung zwischen den Bäumen suchen.

Und wo war *er*? Sie blieb erneut stehen und lauschte nach etwas, das ihr einen Hinweis auf seinen Aufenthaltsort geben würde. Doch da war nichts, und sie fühlte sich unendlich allein.

Sie wählte eine Richtung und ging weiter. Sie erkannte weder die Felsen noch die Espen und die Kiefern. Sie wünschte, sie hätte ein Messer, um die Bäume zu markieren, aber dann würde auch Rafferty Tyler die Einkerbungen sehen. Sie drehte sich um, ging in die entgegengesetzte Richtung, und da sie an seine Warnung vor Schlangen und Fallen dachte, blickte sie die ganze Zeit zu Boden.

Sie ging an den Ausgangspunkt zurück und wandte sich in eine andere Richtung. Ob sie sich bereits hoffnungslos verlaufen hatte? Ein Teil von ihr wünschte sich, daß Tyler sie finden würde. Sie versuchte, die aufkommende Angst zu unterdrücken.

Plötzlich entdeckte sie zwischen den Bäumen die Hütte und schlich vorsichtig darauf zu.

Rafe hatte sie, wenige Minuten nachdem er sich auf den Weg gemacht hatte, entdeckt. Er unterdrückte die aufwallende Erleichterung, die Spur von Zuneigung, die er für sie empfand.

Das blaue Haarband hatte sie verraten. Ihr hellbraunes Haar war hinter dem umgestürzten Baumstamm nicht aufgefallen, aber das leuchtende Band. Er wäre fast zu ihr hinüber gegangen, doch dann zögerte er. Er wollte wissen, was sie tun würde, welche Fähigkeiten sie hatte, wie sie vorginge, was er erwarten mußte. Es war immer besser, seinen Feind zu kennen.

Überrascht stellte er fest, daß er sich in gewisser Weise hintergangen fühlte. Sie hatte ihm ihr Wort gegeben, auch wenn er sie quasi dazu gezwungen hatte. Aber was sollte man von einer Randall auch anderes erwarten.

Sie schuldet dir nicht das geringste.

Ein Teil von ihm wußte das. Aber ein anderer Teil war ehrlich enttäuscht. *Was hast du erwartet?* Diese Frage stellte er sich, während er beobachtete, wie sie im Wald verschwand.

Vor dem Krieg hatte er an der Grenze gedient. Außerdem war er in einer der gefährlichsten Gegenden von Texas aufgewachsen, dem Nordwesten, wo die Komanchen frei herumstreiften. Er konnte Spuren lesen, und er wußte, wie man sich lautlos bewegte.

Diese alten Fähigkeiten waren während der ruhigen Monate hier in den Bergen zurückgekehrt. Es war nicht schwierig, sie unbemerkt im Auge zu behalten, und er verspürte eine gewisse Bewunderung, als er beobachtete, wie sie vorwärts ging und dann wieder kehrtmachte, ohne in Panik auszubrechen, wie es die meisten Frauen getan hätten. Und die meisten Männer.

Sie versuchte, die Lichtung zu finden. Warum, wenn sie sich erst vor ihm versteckt hatte?

Die Antwort auf diese Frage bekam er sofort, als er sich in ihre Lage versetzte. Wahrscheinlich dachte sie, daß er sich auf die Suche nach ihr gemacht hatte. Sie wollte also das Pferd holen.

Er hatte überprüft, ob der Stall verschlossen war, ehe er die Lichtung verlassen hatte, und seine rechte Hand schloß sich um den Schlüssel in seiner Tasche. Er überlegte, ob er sie einholen oder sie weiter ausprobieren lassen sollte. Er entschied sich für letzteres; er wollte genau wissen, wieviel Einfallsreichtum sie besaß.

Sie erreichte die Lichtung, blickte sich vorsichtig um und ging hinüber zum Stall. Nachdem sie die Tür verschlossen fand, suchte sie den Boden ab, fand einen Stein und wandte sich erneut dem Schloß zu.

Er trat ebenfalls zwischen den Bäumen hervor, ging lautlos zu ihr hinüber und zog den Schlüssel aus der Tasche. »Suchen Sie den da?«

Sie wirbelte zu ihm herum und starrte ihn aus weit aufgerissenen Augen wie ein gefangenes Reh an.

»Ich dachte ... «

»Ja?« Seine Stimme war trocken und kühl. »Sie dachten?«

Sie umklammerte den Stein und schwieg.

»Sie dachten, Sie könnten Ihr Wort brechen?« half er ihr sanft auf die Sprünge.

Sie erstarrte und preßte die Lippen aufeinander. »Ich habe mich verlaufen.«

»Aber nicht allzu sehr.«

»Woher wissen Sie das?« Doch dann wurde ihr klar, daß er sie die ganze Zeit beobachtet haben mußte. »Sie waren mir die ganze Zeit auf den Fersen?«

Er zuckte mit den Schultern. »Ich habe Sie gewarnt.«

»Sie lassen mich glauben ... « Vor Zorn versagte ihr die Stimme.

»Ich wollte sehen, was Sie tun würden.«

»Und jetzt, da Sie es gesehen haben?«

»Weiß ich, daß Sie die Tochter Ihres Vaters sind.«

Sie reckte trotzig das Kinn. »Das fasse ich als Kompliment auf.«

»Das sollten Sie lieber nicht tun, Miss Randall. Betrug ist nichts Bewundernswertes.«

»Entführung auch nicht.«

Er ignorierte ihre Worte und streckte die Hand aus. »Den Stein.«

Sie hielt die Waffe fest umklammert.

»Ich bitte nicht noch einmal.«

»Sie haben mich nicht gebeten«, sagte sie stur. Sie wußte, daß sie wie ein starrsinniges Kind klang, aber sie würde sich ihm nicht kampflos ergeben. »Sie haben mir einen Befehl gegeben.«

Nur mit Mühe konnte er ein Lächeln unterdrücken. »Stellen Sie meine Geduld lieber nicht auf die Probe, Miss Randall.«

»Und wenn ich es doch tue?«

Er streckte die linke Hand aus und strich ihr in einer sinnlichen, vieldeutigen Geste über den Arm, die nichts mit der Zärtlichkeit seiner vorherigen Berührung gemein hatte. Sie war als Drohung gemeint, mehr nicht, aber er hatte nicht mit dem Schauder gerechnet, der seinen eigenen Körper durchzog, mit dem Verlangen, das so stark war, daß es ihn zu verzehren drohte. Seine Stimme war heiser, als er sprach. »Ich war zehn Jahre im Gefängnis, Miss Randall. Ich weiß nicht, ob Ihnen klar ist, was das für einen Mann bedeutet.« Sie blinzelte, und alle Farbe wich aus ihrem Gesicht. »Wie ich sehe, ist es Ihnen klar.«

Plötzlich wurde sie dunkelrot, und sie versuchte, sich von ihm abzuwenden, aber er hielt sie fest. »Sehen Sie mich an.«

Shea tat es. Sie hatte keine Wahl. Die Intensität seines Blickes verzauberte sie, und sie wollte glauben, daß das Blitzen in seinen Augen von Wut herrührte. Sie hatte zuviel Angst davor, daran zu denken, daß es auch etwas ganz anderes sein konnte. Sie umklammerte den Stein noch fester.

Mit seiner behandschuhten Hand entwand er ihn ihr sanft. Das Gefühl von Leder auf ihrer Haut war angenehm, und ihre Angst nahm ab. Trotzdem wußte sie nicht, was sie erwarten sollte, was er als nächstes täte.

Wie immer überraschte er sie. »Sie hätten ziemlich lange gebraucht, um das Schloß aufzubrechen.« Er machte eine Pause. »Sind Sie eine gute Reiterin, Miss Randall?«

Das war sie nicht, aber das würde sie ihm gegenüber niemals zugeben. Trotzdem war sie dankbar, daß er das Thema wechselte, einen Teil der Spannung löste.

»Es würde mir nicht gefallen, wenn sich mein Pferd wegen Ihnen ein Bein brechen würde.«

»Und wenn *ich* mir ein Bein brechen würde?«

Er seufzte. »Dann würden Sie wenigstens an Ort und Stelle bleiben, aber ein solches Glück habe ich bestimmt nicht.«

Seine Gleichgültigkeit ihrer möglichen Verletzung gegenüber ärgerte sie ungemein. Er machte sich Sorgen um sein Pferd, nicht aber um sie. »Ich werde wieder versuchen fortzulaufen«, sagte sie in einem letzten Anflug von Trotz.

»Und ich werde Sie wieder aufhalten.«

Ihre Blicke trafen sich und verharrten reglos ineinander. Shea wurde siedend heiß. Ihre Finger kribbelten immer noch von seiner Berührung. Sie ballte die Hände zu Fäusten. Sie wollte nicht derart auf ihn reagieren.

Schließlich war er derjenige, der den Bann brach. »Sie haben zumindest etwas erreicht«, sagte er mit einer Stimme, die die Hitze schneller zum Erlöschen brachte, als es ein Eimer Wasser vermocht hätte. »Ich weiß genau, inwieweit ich Ihnen vertrauen kann. Und Ihrem Wort.«

Es war berechnete Grausamkeit. Sie sollte sich damit abgefunden haben, aber es schmerzte sie immer noch. Vielleicht hätte sie seine Worte besser weggesteckt, wenn sie nicht selbst ein schlechtes Gewissen gehabt hätte. Sie haßte das schmerzliche Bedauern, das seine Worte in ihr weckten; und noch mehr haßte sie das Gefühl, wie ein Kind gerügt zu werden.

Sie wehrte sich. »*Sie* haben gesagt, daß Sie mich nicht anrühren würden.«

Er lächelte leicht, aber es war kein angenehmes Lächeln. »Ah ... der Kuß. Ich hatte nicht gerade das Gefühl, Ihnen weh zu tun, Miss Randall. Einen Augenblick lang schienen Sie es sogar regelrecht zu genießen. Aber vielleicht hatten Sie ja auch nichts gegen den Kuß, sondern nur gegen mich. Genüge ich ... Ihren hohen Ansprüchen nicht? Ist ein ehemaliger Sträfling vielleicht nicht würdig, Sie zu berühren?«

»Genau das ist es«, erwiderte Shea, außer sich wegen seines Spotts. »Ich schulde Ihnen nicht das geringste. Sie sind ein Dieb und ein Entführer und ... «

»Sprechen Sie weiter«, sagte er mit sanfter Stimme, aber etwas in seinem Blick warnte sie. Er war dunkler geworden, und sie spürte, daß sie dabei war, geradewegs in etwas hineinzustürzen, das sie nicht mehr kontrollieren konnte. Sie schluckte. Er war so ruhig, so aufmerksam. Sie spürte erneut seinen lautlosen, verzweifelten Schmerz, die Trauer, die in seinem Inneren verborgen war.

Doch plötzlich änderte sich sein Gesichtsausdruck, als hätte er etwas in ihren Augen gesehen, das ihm nicht gefiel. Das schwache Lächeln schwand, und seine Lippen verzogen sich zu einer schmalen Linie. »Sie müssen Hunger haben«, sagte er. »Nach all dem Herumgestapfe.«

»Ich bin nicht herumgestapft«, sagte sie entrüstet. Aber sie hatte Hunger. Und was sie wirklich ängstigte, war, daß es sie nach etwas anderem als Essen hungerte.

Er nahm ihr Kinn zwischen zwei Finger. »Ich wollte wissen, was Sie tun, Miss Randall. Sie haben einen kühlen Kopf bewahrt, aber Sie haben mich unter- und sich selbst überschätzt. Ich habe nicht gelogen, als ich versucht habe, Ihnen zu erklären, wie gefährlich diese Berge sein können. Ein Berglöwe hätte Sie mit Leichtigkeit hören oder riechen können.«

Sie erinnerte sich an den Augenblick der Einsamkeit, an die beinahe überwältigende Angst, die sie nur mit Mühe unterdrückt hatte. Sie fragte sich, ob sie sich wohl jemals wieder vollkommen sicher fühlen würde. Sie wollte nicht noch einmal allein hinaus in die Wälder, aber ebensowenig wollte sie hierbleiben. Bei ihm. Bei diesen Augen, die zugleich kalt und warm waren, distanziert und flehend. Drohend und verständnisvoll. Sie wußte nicht, was sie von ihm zu erwarten hatte. Oder von sich selbst. Alles, was hier geschah, war ihr vollkommen fremd.

Seine Finger verharrten an ihrem Kinn, aber dann zog er sie fort, als bedauere er die erneute Berührung. »Die Forellen sind auf dem Spieß in der Hütte. Essen Sie, so viel Sie wollen.«

Sie zögerte. »Und Sie?«

»Ich dachte, Ihnen gefiele die Gesellschaft eines Diebs und Entführers nicht«, sagte er gedehnt, » ... und für was Sie mich sonst noch alles halten.«

»Vergessen Sie nicht den Sträfling«, sagte sie. Sie war wütend auf sich selbst, daß sie überhaupt an ihn gedacht hatte.

»Oh, den vergesse ich bestimmt nicht, Miss Randall. Den vergesse ich niemals.« Er wandte sich zum Gehen, aber als er sich noch einmal umdrehte, sah er, daß sie wie angewurzelt auf der Lichtung stand. »Und Sie bleiben so lange in der Hütte, bis ich Ihnen erlaube, wieder herauszukommen.«

Sie marschierte wortlos davon, ihr Rücken kerzengerade vor Ärger und Trotz. Warum nur verspürte er ein solches Gefühl des Verlustes, als sie in der Hütte verschwand?

9. Kapitel

Rafe versuchte, sich den Rest des Tages von seiner Gefangenen fernzuhalten. Die Forellen überließ er ihr. Die erbitterte Diskussion hatte ihm jeglichen Appetit verdorben, und er wußte, daß er keinen Bissen herunterbekommen würde. Aber sie mußte etwas essen.

Um jeden Gedanken an sie zu verdrängen, arbeitete er mit dem Braunen. Doch am späten Nachmittag wurde er von seinen Schuldgefühlen überwältigt. Sie war tatsächlich seinem Befehl gefolgt und in der Hütte geblieben – was ihn überraschte. Er hätte erwartet, daß sie ihm trotzen würde. Die Tatsache, daß sie es nicht tat, erfüllte ihn mit Sorge. Schließlich klopfte er an die Tür.

Die Forellen waren verschwunden. Beide. Anders als ihm war ihr der Appetit offensichtlich nicht vergangen. Er gestattete ihr hinauszugehen, obgleich er sie warnte, zumindest ihren Kopf über den Büschen zu halten, während sie ihren körperlichen Bedürfnissen nachging. Das tat sie, doch ihr Rücken war so kerzengerade, daß er dachte, er zerbräche, wenn er ihn berühren würde.

Und dann kehrte sie wortlos in die Hütte zurück, holte ihre Malsachen, kam wieder heraus und setzte sich mit einem Blick auf den Baumstumpf, der ihn geradezu herausforderte, etwas dagegen einzuwenden.

Das tat er jedoch nicht. Er ignorierte sie, so gut es ging, und arbeitete weiter mit dem Braunen.

Er richtete seine ganze Aufmerksamkeit auf das Pferd, dem er beizubringen versuchte, nicht nur auf Berührungen, sondern auch auf gesprochene Befehle zu reagieren. Das Trainieren eines

Pferdes erforderte Geduld und Konzentration, und er brauchte, weiß Gott, eine Menge Konzentration, um nicht erneut an die verwirrende Frau neben sich zu denken.

Die Skizze von Ben war verdammt gut gewesen. So gut, daß sie zu seiner Ergreifung führen könnte. Rafe nahm an, daß sie jetzt ihn zeichnete, da sie ihm immer wieder kurze Blicke zuwarf, ehe sie sich wieder ihrem Block zuwandte. Er sollte ihr die Malsachen abnehmen, aber im Grunde war es egal. Sie wäre zweifellos in der Lage, ihn aus dem Gedächtnis zu malen.

Außerdem war es ihm nicht sonderlich wichtig, was aus ihm wurde, wenn er erst einmal die Rechnung mit seinem Erzfeind beglichen hatte. Er würde irgendwie weiterleben, bis er starb. Mit dem Brandmal auf der Hand hatte er keine Zukunft. Keine Träume, keine Hoffnungen, und er war nicht so verrückt, sich zu gestatten, auch nur darüber nachzudenken.

Doch es war ihm wichtig, was aus den Männern wurde, die an seiner Seite kämpften. Die Zeichnung von Ben hatte er bereits verbrannt. Aber er hatte keinen Zweifel, daß sie ihn ebenso wie Clint auch in ein paar Wochen noch würde skizzieren können.

Was die Dinge wirklich erheblich verkomplizierte.

Irgendwann müßte er sie gehen lassen, aber nicht, ehe Ben und Clint das Territorium verlassen hatten. Sein Magen zog sich zusammen. In seinem Kampf um Gerechtigkeit hatte er ihre Hilfe angenommen. Doch erst jetzt wurde ihm bewußt, welchen Preis die anderen vielleicht dafür bezahlen müßten. Er hatte immer gedacht, sie könnten sich ... im Hintergrund halten, unbekannt bleiben, aber das war nun nicht mehr möglich.

Wegen eines braunhaarigen Mädchens, dessen Augen direkt in sein Innerstes zu blicken und vor dem, was sie dort fanden, zurückzuschrecken schienen. Zur Hölle mit ihr.

Er wandte seine Aufmerksamkeit wieder dem Pferd zu, ging ein paar Schritte zurück und rief leise. Zufrieden stellte er fest, daß das Tier ihm folgte. Es hatte Zeiten in seinem Leben gegeben, in denen ein solcher Trick von größter Bedeutung für sein Überleben gewesen war. Er nahm einen getrockneten Apfel aus der Tasche und gab ihn dem Pferd, während er ihm sanft den Hals streichelte.

Auf dem Weg nach Westen waren sie Freunde geworden, er und das Pferd. Diese Beziehung und die zu Abner waren die einzigen Bande, die er seit seiner Verurteilung vorbehaltlos hatte knüpfen können.

Gegenüber der verwirrenden Lady, die neben ihm auf dem Baumstumpf saß, hatte er eine ganze Reihe von Vorbehalten. Und so sollte es auch sein.

Bei diesem Gedanken fühlte er sich noch einsamer als im Gefängnis. Einem Menschen körperlich so nahe, aber auf anderen Gebieten durch Welten getrennt zu sein, hatte etwas Beunruhigendes.

Er blickte erneut in ihre Richtung. Sie trug immer noch Hemd und Hose, doch ihr Haar war ordentlich geflochten. Der lange Zopf war ihr über die Schulter gerutscht und hing neben ihrer rechten Brust. Sie hatte den Kopf über den Zeichenblock gebeugt, und ihre Hände bewegten sich flink, aber zielgerichtet.

Sie war ... attraktiv. Die Sonne zauberte goldene Strähnen in ihr Haar, und ihre Miene verriet äußerste Konzentration. Nie zuvor war er einer Frau wie ihr begegnet, die sich offensichtlich selbst genügte, die in der Lage war, sich allein zu beschäftigen. Sie war so vollkommen anders als Allison, die immer im Mittelpunkt der allgemeinen Aufmerksamkeit gestanden, die permanent geflirtet hatte und die unglücklich gewesen war, wenn sie nicht von vielen Menschen umgeben war. Er hatte ihre Lebhaftigkeit, ihre Forderung nach seiner ungeteilten Aufmerksamkeit als Liebe gewertet. Ihm war nicht klargewesen, wie oberflächlich ihre Gefühle gewesen waren, daß sie mehr an seiner Uniform als an dem Mann, der sich darunter verbarg, interessiert gewesen war.

Das Pferd stupste ihn an, da es noch einen Apfel wollte. Rafe wäre am liebsten einfach aufgestiegen. Er brauchte keinen Sattel mehr, seit er kaum mehr als ein Dreikäsehoch gewesen war und von einem Zaun auf den Rücken eines Pferdes geklettert war. Aber er konnte nicht mehr wie in den letzten Wochen einfach durch die Berge reiten. Er konnte *sie* nicht alleine lassen.

Doch verdammt, er war rastlos. Er legte dem Pferd Fußfesseln an, so daß es auf der satten Bergweide grasen konnte, und ging hinüber zu der Frau. Er blickte auf den Block und sah sich dort wie in einem Spiegelbild.

Rafe fragte sich, ob er wirklich so böse aussah, so ... seelenlos. Vielleicht ja. Vielleicht war er es.

»Werden Sie das Bild auch verbrennen?« fragte sie.

Er zuckte mit den Schultern. »Es ist nicht gerade besonders schmeichelhaft.«

»Hatten Sie das etwa erwartet?«

»Offenbar ist Ihnen nicht daran gelegen, sich bei anderen Menschen einzuschmeicheln.«

»Es würde ja doch nichts nützen, oder?«

Er lächelte grimmig. »Sie sind eine intelligente Frau.«

»Wann lassen Sie mich gehen?«

»Wenn ich bereit dazu bin.«

»Und wann wird das sein?«

»Keine Ahnung.«

»Sie können mich hier nicht ewig festhalten.«

»Ich kann Sie hier so lange festhalten, wie ich will.«

Sie warf ihm einen vernichtenden Blick zu. »Ich brauche ein wenig Freiraum.«

»Darüber haben wir uns ja schon unterhalten. Sie haben bewiesen, daß ich Ihnen nicht trauen kann. Ich werde Ihnen also auf Schritt und Tritt folgen.«

»Sie haben doch wohl nicht ernsthaft angenommen, ich würde nicht versuchen zu fliehen, oder?«

Er zog eine Braue hoch. »Ich war mir wirklich nicht sicher. Ich habe festgestellt, daß ich verdammt wenig von Frauen verstehe.«

In seiner Stimme lag dieselbe Verbitterung wie in dem Augenblick, als er gesagt hatte, daß er von Frauen nicht viel erwartete. Sie haßte sich dafür, daß sie sich fragte, weshalb er wohl so verbittert war. Daß sie wieder einmal am liebsten die Hand ausgestreckt und ihn berührt hätte, um ihm einen Teil seiner Hoffnungslosigkeit zu nehmen, einen Teil dieses seltsam liebenswerten Zögerns, wenn er sprach, als ob er jedes Wort genau abwägen müßte, als ob er sich selbst und der von ihm zur Schau gestellten Skrupellosigkeit nicht ganz trauen würde.

Zumindest wollte sie das glauben. Dies war ihre einzige Chance, von ihm fortzukommen und Jack Randall zu finden, um ihn vor dem Mann zu warnen, der ihn vernichten wollte.

»Sie haben mir meine Frage nicht beantwortet«, sagte sie schließlich.

»Welche?«

»Meine Zeichnung. Werden Sie mir die auch abnehmen?«

»Ich habe Ihnen schon einmal gesagt, Miss Randall, daß es mir vollkommen egal ist, ob Sie mich zeichnen. Nur zeichnen Sie keinen meiner Männer.«

»Es ist Ihnen egal, ob man Sie erwischt?«

»Stellen Sie immer so viele Fragen?«

»Ja.«

»Ich bin also nicht der einzige, der darunter leidet?« Verdammt, er sollte nicht schon wieder anfangen. Er hatte sich vorgenommen, sich von ihr fernzuhalten, aber irgend etwas an ihr zog ihn magisch an. Er wollte sich nicht eingestehen, daß er sich vielleicht einsam fühlte. Oder daß er sich zu ihr hingezogen fühlte. Er wußte einfach nicht, was es war. Vielleicht war sie für ihn so etwas wie eine Herausforderung. Vielleicht lag es auch daran, daß er diese lebhafte, unabhängige Frau einfach nicht mit Jack Randall in Verbindung zu bringen vermochte.

Der Gedanke an Randall brachte ihn zur Besinnung. Er wandte sich um, um zu dem Pferd zurückzugehen, doch ihre Stimme hielt ihn zurück: »Ah ... «

Er drehte sich noch einmal um. »Wie gesagt«, rief er, »Mr. Tyler oder Sir.« Himmel, er brauchte einfach eine gewisse Distanz, wenn er in ihre blaugrauen Augen sah.

Er konnte ihr beinahe ansehen, daß sie innerlich bis zehn zählte, während sie überlegte, ob sie ihn um etwas bitten sollte. Und dann wandte sie ihm den Rücken zu, nachdem sie sich offenbar dagegen entschieden hatte.

Rafe verachtete sich selbst in diesem Moment dafür, daß er sie derart erniedrigte, daß sie ihn noch nicht einmal mehr um etwas bitten konnte. Er kannte sich aus mit der systematischen Erniedrigung eines Menschen, wie sehr sie schmerzte, wie sehr sie den Geist oder gar die Seele zerstörte.

Er ging zurück zu ihr. »Rafe. Sie können mich auch Rafe nennen, wenn Ihnen das andere zu schwer fällt.« Er zögerte. »Was wollen Sie?«

Sie drehte sich zu ihm um und sah ihn mit ihren ernsten Augen lange prüfend an, als wollte sie herausfinden, ob er sie nur wieder quälen wollte. Seine Meinung von sich selbst wurde noch schlechter. »Ich ... ich hätte gern etwas Bewegung. Einen Spaziergang oder ... so.«

Das »so« interessierte ihn, aber er wußte, daß das, an was das Wort ihn denken ließ, wahrscheinlich das letzte war, was sie im Sinn hatte. »In Ordnung«, sagte er milde, obgleich er alles andere als milde gestimmt war. Er wollte nicht noch mehr Zeit mit ihr verbringen, aber er brachte es einfach nicht über sich, sie wieder in der Hütte einzusperren. Sein Gewissen rang mit dem tief in seinem Inneren lodernden Bedürfnis nach Vergeltung, das seit so vielen Jahren an ihm zehrte, und dieser innere Kampf gefiel ihm nicht. Himmel, er hätte nicht gedacht, daß er überhaupt noch ein Gewissen hatte. Die Erkenntnis, daß es irgendwo an einer dunklen Stelle überlebt hatte, war nicht gerade beruhigend. Und gerade jetzt hatte er keine Lust, sich damit auseinanderzusetzen.

Außerdem verdächtigte er sie, den Spaziergang nicht nur aus

Gründen der Bewegung erbeten zu haben. Höchstwahrscheinlich würde sie sich die Umgebung ganz genau einprägen in der Hoffnung, irgendwann einen Fluchtweg aus dem Tal zu finden. Er wollte nicht, daß sie es noch einmal versuchte. Aber ihre Bitte war bescheiden genug und durchaus nachvollziehbar.

»Bleiben Sie dicht bei mir«, befahl er.

Das tat sie. Sie blieb ein wenig zurück, um nicht direkt neben ihm spazieren zu müssen, aber das paßte ihm sehr gut. Sie hatte immer noch den Zeichenblock unter dem Arm und klammerte sich daran fest, als hinge ihr Leben davon ab.

Er ging mit schnellen Schritten, da auch er die Bewegung und die Stille des Waldes brauchte. Sie hingegen und die ganze Aufregung, die sie mit sich brachte, brauchte er nicht. Also tat er so, als gebe es sie nicht, und warf nur hin und wieder einen Blick über die Schulter, um sicherzugehen, daß sie hinter ihm blieb.

Er folgte keinem Weg, sondern ging direkt zwischen den Bäumen hindurch. Inzwischen kannte er das Tal wie seine Westentasche; schließlich war er lange genug darin herumgestreift. Etwa eine Meile von der Hütte entfernt gab es einen durch dichtes Grün geschützten Wasserfall, und dort wollte er hin. Er hatte ihn eines Tages rein zufällig entdeckt, als er besonders rastlos gewesen war. Es war ein herrlicher Ort, an dem man aus dem Teich trinken und sich auf einem Felsen sonnen konnte. Hin und wieder ging er zum Baden dorthin; manchmal saß er auch einfach nur stundenlang am Rand und beobachtete die Tiere, die zum Trinken kamen oder am Ufer spielten. Sie hatten sich an ihn gewöhnt und tolerierten seine Anwesenheit. Eine solche Akzeptanz war selten, und er genoß sie, ohne jemals mit einem Menschen darüber zu sprechen.

Er versuchte gar nicht erst, darüber nachzudenken, weshalb er sie dorthin führte – außer, daß er instinktiv wußte, daß es ihr Vergnügen bereiten würde. Nach allem, was sie in den letzten zwei Tagen durchgemacht hatte, wollte er ihr einfach eine kleine Freude machen.

Schließlich kamen sie an den Teich, der auf einer Seite von wilden Himbeersträuchern und großen Kiefern gesäumt wurde und auf der anderen von leuchtend roten Felsen. Er trat hinter sie und ließ sie den Anblick des Wassers genießen, das sich über die vielfarbigen Felsen hoch über ihnen ergoß. Er verspürte eine gewisse Zufriedenheit, als sie die Schönheit des Wasserfalls bewunderte und sich mit einem reizenden Lächeln zu ihm umdrehte. Plötzlich war sie wunderschön.

Er zwang sich, sich an einen Baum zu lehnen und sie mit ausdrucksloser Miene und kalten, gleichgültigen Augen anzusehen.

»Es ist herrlich«, sagte sie begeistert, während ihre Augen die Gischt des Wasserfalls und das tiefblaue Becken aufsaugten, in dem sich das Licht der Spätnachmittagssonne widerspiegelte, das durch die dichten Blätter drang.

Nachdem sie ihren Malblock auf den Boden gelegt hatte, beugte sich Shea vor, tauchte die Hände ins Wasser und spritzte sich etwas von dem kühlen Naß ins Gesicht. Über ihr zwitscherte ein Vogel, und ein anderer antwortete; links von ihr raschelte es, und plötzlich blickte sie auf.

»Wir stören die Tiere«, erklärte Tyler, als sie ihn ansah. »Wenn man in der Morgendämmerung hierher kommt, kann man Hirsche beim Trinken beobachten. Ich habe auch schon einen Berglöwen, Wölfe und Bären gesehen. Sie scheinen hier eine Art Waffenstillstand zu haben.«

»Und Sie sitzen daneben und beobachten sie?«

»Manchmal.«

Diese friedliche Szene hätte so gar nicht zu ihm passen dürfen, dachte Shea, zu der Gewalt, die er ausstrahlte, zu der Kälte, die seine leuchtenden Augen bedrohlich wirken ließ, aber sie paßte zu ihm, und das war eigenartig. Er tauchte in diese Welt ein, als sei er in ihr zu Hause, als sei er selbst eines der wilden Geschöpfe, die er eben beschrieben hatte. Sie dachte an die Sanftheit, mit der er die Maus berührte, und an die Geduld, mit der er das Pferd trainierte. Er hatte eine angeborene Zartheit im

Umgang mit Tieren – im Umgang mit Menschen hingegen war er grausam und kalt.

Es war ein Gegensatz, der sie faszinierte.

»Danke, daß Sie mich hierher gebracht haben«, sagte sie plötzlich zu ihrer eigenen Überraschung.

»Ich dachte, Sie könnten sich hier waschen«, sagte er mit rauher Stimme, ehe er sich umdrehte und im Wald verschwand.

Aber das hätte sie auch in dem Bach in der Nähe der Hütte tun können.

Sie wußte, daß er nicht weit gehen würde. Was sie nicht wußte, war, ob er aus Respekt vor ihr gegangen war oder weil er ihre Gegenwart nicht ertrug. Auf jeden Fall beschloß sie, die Gelegenheit zu nutzen. Sie zog ihre Stiefel und Strümpfe aus und baumelte mit den Füßen im Wasser. Es war eiskalt, aber glasklar. Obwohl ihr regelmäßig eisige Tropfen von dem Wasserfall ins Gesicht spritzten, genoß sie die erfrischende Kälte des Wassers, das in der heißen Sonne schnell verdunstete.

Sie wußte nicht, wie lange sie bleiben durfte, also wusch sie eilig ihr Gesicht, ihre Arme und Beine und suchte sich einen Stein, auf den sie sich zum Trocknen setzen konnte. Sie griff zu ihrem Block, um den Wasserfall zu zeichnen, und wünschte sich, sie hätte etwas Bunteres als den schwarzen Kohlestift. Als sie fertig war, machte sie in einer Ecke des Blattes eine neue Skizze von Rafferty Tyler.

Er hatte ihr gesagt, sie solle ihn Rafe nennen. Aber das konnte sie nicht. Es war zu ... vertraut. Aber als ihre Hände über das Blatt glitten, erkannte sie Unterschiede zu dem Mann mit den kalten, zornigen Augen und dem zu einem zynischen Grinsen verzogenen Mund, den sie zuvor gezeichnet hatte. Dieser Rafferty Tyler hatte ein etwas sanfteres Aussehen, einen eher wehmütig verzogenen Mund.

Sie starrte einen Augenblick auf die Skizze, doch dann riß sie sie heraus und zerknüllte sie. Ihre erste Version war die echte. Sie würde sich nicht von ihm täuschen lassen und etwas anderes denken. Sie schloß die Augen, genoß die weichen Sonnenstrahlen auf der Haut und wartete auf seine Rückkehr. Erschöpft von einer ruhelosen Nacht, schlief sie bald ein.

Sie sah so verletzlich aus. Und hübsch. Sehr hübsch.

Rafe war aus dem Wald zurückgekehrt, wo er nach Fallen gesucht hatte. Er haßte diese verdammten Dinger. Er hatte eine gefunden und zuschnappen lassen. Das Geräusch der stählernen Kiefer, die ohne Beute zusammenklappten, verschaffte ihm die dringend benötigte Befriedigung.

Und dann war er widerwillig zurückgekommen. Er hatte über eine Stunde damit verbracht, sich zu sagen, daß seine Reaktion auf Shea Randall – die Hitze in seinen Lenden, die Besänftigung eines Wesens, das sich gerade jetzt Sanftheit nicht leisten konnte – nichts weiter als das Ergebnis von zehn Jahren Enthaltsamkeit war.

Unglücklicherweise tat ihr Anblick, wie sie an seinem Lieblingsfelsen lehnte und schlief, nichts, um sein wachsendes Verlangen zu mildern. Was in aller Welt war bloß in ihn gefahren? Warum sperrte er sie nicht einfach in der Hütte ein?

Aber er kannte den Grund. In seinen Augen war sie eine unschuldige Frau. Eine Unbeteiligte. Und er konnte ihr einfach nicht antun, was man ihm angetan hatte.

Verdammt.

Er lehnte sich an einen Baum und beobachtete sie. Ihr Haar war naß, und der kleine Schmutzfleck auf ihrer Wange kontrastierte herrlich mit dem rosigen Schimmer ihrer sonnengewärmten Haut. Sie schlief so tief, als ob sie seit Tagen keine Ruhe mehr gehabt hätte. Und so war es wahrscheinlich auch.

Er wollte sie berühren. Wollte mit seinem Finger über ihre Wange streichen und mit seinem Mund über ihren Hals. Er wollte, daß sie noch einmal so lächelte wie bei ihrer Ankunft an dem Wasserfall.

Um Himmels willen, sie war Randalls Tochter! Es sei denn,

es lag eine Verwechslung vor, dachte er mit einem schwachen Hoffnungsschimmer. Selbst sie schien sich nicht vollkommen sicher zu sein, und offenbar war sie dem Mann, den sie für ihren Vater hielt, noch nie begegnet.

Jack Randall war inzwischen eine Stütze der Gemeinde. Ein Pfeiler, der auf Betrug und Diebstahl errichtet worden war, aber das wußte sie nicht.

Selbst ohne diese Komplikationen durfte er an sie nicht als Frau denken. Er hatte keine Zukunft. Er wäre für den Rest seines Lebens auf der Flucht; ein gebrandmarkter Mann, den jeder erkannte. Die anderen konnten in ein normales Leben zurückkehren. Er nicht.

Er fragte sich, ob Randall wußte, wer für seine Schwierigkeiten verantwortlich war. Rafe war noch nicht bereit, sich zu erkennen zu geben, da Randall dann vorsichtiger werden könnte.

Noch ein Grund, weshalb er die Frau nicht gehen lassen konnte. Noch nicht.

Er setzte sich auf den Boden. Sollte sie ruhig noch ein wenig schlafen.

Shea öffnete die Augen und erschauderte leicht. Eine kühle Brise hatte die Wärme der letzten Sonnenstrahlen vertrieben, die hinter den westlichen Gipfeln erglühten. Über ihrem Kopf schwankten die Kiefern. Direkt über ihr war der Himmel noch leuchtend blau, aber über den Bergen durchzogen ihn purpurrote und violette Streifen. Die Sommerwolken trugen scharlachrote Gewänder. Einen Augenblick lang war sie vollkommen in den Frieden des Abends eingehüllt. Doch dann wanderte ihr Blick hinüber zu Rafe Tyler, und ihr fiel alles wieder ein.

Er saß wie ein Indianer auf dem Boden, die Beine gekreuzt und vollkommen reglos. Aber sein Blick wandte sich ihr zu, als habe er gespürt, daß sie erwacht war.

Er legte einen behandschuhten Finger an seine Lippen, erhob sich lautlos und kam zu ihr herüber. Sie zögerte, als sie seine ausgestreckte Hand sah, und seine Augen wurden schmal. Er schüttelte warnend den Kopf, und sie wußte, daß er ihr bedeuten wollte zu schweigen. Widerwillig ergriff sie seine Hand, wobei sie wußte, daß ihr Widerwille größtenteils daher kam, daß ihr Körper jedesmal zu kribbeln begann, wenn er nur in der Nähe war.

Selbst durch den Lederhandschuh hindurch schien sich seine Hand in ihre Haut zu brennen, als er ihr von dem Felsen half und sie am Rand des Teiches vorbei zu einer anderen Felsengruppe führte. Dann blieb er stehen und bedeutete ihr, sich flach hinzulegen, ehe er sich neben sie schob. Sie folgte seinem Blick in Richtung des Beckens und wartete. Sie wußte, daß es einen Grund für sein Verhalten gab, genau wie es einen Grund für alles zu geben schien, was er tat. Sie wußte nicht, wie lange sie warteten. Die Vögel trällerten weiter, ein Eichhörnchen jagte einen Artgenossen und sprang munter in den Bäumen umher. Und dann entdeckte sie sie: eine schwarze Bärin, gefolgt von einem hoppelnden Jungen.

Beide tranken aus dem Teich, wälzten sich vergnügt im Dreck und trotteten dann gemächlich davon.

Rafe wartete ein paar Minuten, ehe er sich lächelnd aufsetzte. Wenn er lächelte, war er viel attraktiver, als wenn er die Lippen verächtlich verzog.

Shea fragte sich, ob er ihr ihre Verblüffung ansah. »Wußten die beiden denn nicht, daß wir hier sind?«

»Ich komme oft hierher. Sie sind meinen Geruch gewohnt«, erklärte er. »Ich habe sie schon öfter beobachtet, manchmal sogar aus noch größerer Nähe als jetzt.« Er schwieg einen Augenblick, ehe er hinzufügte: »Ich glaube, sie wissen, wenn man ihnen nichts tun will.«

Shea war beunruhigt. Anscheinend versuchte er, sie in irgendeiner Weise zu beruhigen, wobei er einen Teil von sich preisgab, den er normalerweise vor anderen Menschen verbarg. Sie mochte die Wärme, die Zuneigung nicht, die sie plötzlich für ihn empfand. Wie konnte sie ihn mögen? Einen Banditen. Einen Sträfling, der keinen Hehl machte aus seinem erbitterten Streben nach Vergeltung.

Sie wandte sich ab, damit er ihr nicht in die Augen sehen konnte. Er schien immer zu erkennen, was sie empfand. Sie schwieg einen Augenblick und versuchte, diese Gefühle zu verdrängen. Sie schluckte, überlegte, wie sie das angespannte Schweigen brechen könnte, und drehte sich wieder zu ihm um. »Das Junge ist ... entzückend.«

Er nickte. »Aber versuchen Sie ja nie, sich ihm zu nähern. Bärenmütter sind berüchtigt dafür, daß sie ihre Jungen um jeden Preis verteidigen. Das ist nur eine der zahlreichen Gefahren hier in den Bergen.«

Wieder eine Warnung.

»Ich habe vorher noch nie gesehen, wie ein Bär einen Fisch fängt.«

»Es kommt auch oft Rotwild hierher«, sagte er. »Sogar mit Kälbern, aber normalerweise kommen sie morgens.«

Einen Augenblick lang vergaß sie, daß sie seine Gefangene war, und fragte: »Können wir uns das auch einmal ansehen?«

Sie sah, wie ein Muskel in seiner Wange zuckte. Er zögerte, doch dann nickte er, und seine Augen zeigten zum erstenmal so etwas wie Wärme. Aber es war nur ein kurzes Aufblitzen, und sie fragte sich, ob sie es sich vielleicht nur eingebildet hatte.

Er stand auf und wandte sich ab. Dieses Mal bot er ihr nicht seine Hand, aber er erwartete offenbar, daß sie ihm folgte. Shea erhob sich ebenfalls, streifte sich den Staub und die Blätter von den Kleidern und hob ihren Zeichenblock auf.

Er ging ein kurzes Stück vor ihr. Enttäuscht und wütend trottete sie hinter ihm her. Eben noch hatte er so menschlich gewirkt, so offen, so ... attraktiv, und dann war er wieder zu dem unerbittlichen Banditen geworden, der von ihr erwartete, daß sie ihm folgte wie ein Hund.

So war es immer. Er entwaffnete sie mit einem Stückchen Magie, und dann wies er sie ab, als sei sie weniger als eine ... eine Schnecke. All diese Widersprüche verwirrten sie, seine Liebe zu Tieren und sein Haß auf Jack Randall; seine Toleranz ihr gegenüber und dann wieder seine Ablehnung. Sie verstand nichts von all dem, und sie haßte ihn für den beständigen Aufruhr, den er in ihrem Inneren auslöste.

Sie sollte ihn hassen. Sie sagte sich, daß sie ihn haßte, während sie verzweifelt versuchte, mit ihm Schritt zu halten. Und mit jedem Schritt wurde sie wütender auf das andere Gefühl, das tief in ihrem Inneren brannte.

Clint Edwards stand in seinem Zimmer in der Schlafbaracke, rückte seine Krawatte zurecht und fuhr sich mit der Hand durch sein dunkles Haar.

Er war sich nicht sicher, ob es vernünftig war, den Tanzabend zu besuchen, aber schließlich war er noch nie besonders vorsichtig gewesen. Er hatte sich angewöhnt, sein Leben nicht mehr zu planen.

Nachdem er Kate Dewayne kennengelernt hatte, hatte er zwar hin und wieder daran gedacht, daß ein bißchen häuslicher Frieden zur Abwechslung auch nicht schaden könnte, aber es war wohl kaum sonderlich clever, in seiner Situation einer Frau den Hof zu machen, besonders nicht, wenn diese die Tochter des Sheriffs war. Er hatte mit dem Feuer gespielt, seit er vor zwölf Jahren zur Unionsarmee gegangen war, aber jetzt sprang er mitten hinein, als habe er es geradewegs darauf abgesehen, von den Flammen verzehrt zu werden.

Doch wie eine Motte zum Licht fühlte er sich zu ihr hingezogen.

Zu der hübschen Kate.

Er konnte sich einfach nicht von ihr fernhalten, obgleich er noch an ein Versprechen gebunden war, ein Versprechen, das ihn und Kates Vater auf entgegengesetzte Seiten des Gesetzes stellte.

Clint hatte sich nie besonders um Gesetze gekümmert. Vielleicht weil das einzige, was in den vier Kriegsjahren gezählt hatte, die Loyalität zu den Männern gewesen war, die an seiner Seite gekämpft hatten. Es erschien ihm vollkommen verrückt, daß er im Krieg hatte Dinge tun können, die ihn nun zum Verbrecher machten.

Aber trotzdem hatte er ein schlechtes Gewissen. Er fragte sich, ob Kate der Grund dafür war, ob sie sein Innerstes erschüttert hatte, sein Herz, seine Seele und sein Gewissen durcheinanderbrachte.

So viele Dinge plagten ihn: die Frau in Rafes Lager; die Lügen, die er Kates Vater erzählen mußte, einem Mann, den er mochte und bewunderte; ja selbst der Betrug an dem Mann, der ihn beschäftigte.

Clint zog seine Jacke an. Der Vormann, Nate Kerry, würde heute abend auch kommen, zusammen mit Mr. Randall.

Die Tanzveranstaltungen fanden allmonatlich in der Schule statt, die Mr. Randall in Rushton hatte errichten lassen. An diesen Abenden trafen sich sämtliche Rancher, die Leute aus der Stadt und ein paar der Goldsucher, um zu tanzen, zu plaudern und Informationen auszutauschen. Der heutige Abend würde von besonderer Bedeutung sein. Man würde über die Überfälle sprechen und beraten, was zu tun war.

Clint hoffte, daß Randalls Gast nicht kommen würde. McClary war einer der unangenehmsten und anmaßendsten Menschen, denen er je begegnet war. Clint wußte nicht, weshalb Randall ihn in seinem Haus duldete und seinen Männern sogar noch befahl, die Wünsche seines Gastes zu erfüllen. McClary war bereits ein paarmal auf der Ranch gewesen, und er hatte sich jedesmal sämtliche Arbeiter zu Feinden gemacht.

Clint mußte daran denken, Rafe von McClary zu erzählen, wenn er morgen zur Hütte ritt. Er hatte Randall bereits gesagt, daß er den ganzen Tag unterwegs sein würde, um ein Wolfsrudel zu jagen. Ben, Skinny und die anderen würden ebenfalls morgen zur Hütte kommen, um den nächsten Überfall zu planen.

Clint überlegte flüchtig, wie es der Frau gehen mochte. Er kannte Rafe gut genug, um zu wissen, daß er ihr nichts antun würde, aber ihr ängstlicher, flehender Blick ging ihm nicht aus dem Kopf. Er sah ein, daß es notwendig war, sie dort oben festzuhalten, aber die Sache gefiel ihm ebensowenig, wie sie Rafe anscheinend gefiel.

Er dachte daran, wie es wäre, wenn Kate sich in einer solchen Lage befände, und er spürte, wie sich sein Herz zusammenzog. Zur Hölle mit seinem Bruder.

Die Stimmung auf dem Tanzabend war gedrückt. Es standen erheblich mehr diskutierende Männer in kleinen Grüppchen zusammen, als Paare auf der Tanzfläche waren.

Clint hatte Schwierigkeiten, sich auf Kate zu konzentrieren, als er mit ihr tanzte. Er bewegte sich ungewöhnlich unbeholfen, da er versuchte, einen Teil der Gespräche zu belauschen.

Tatsächlich konnte er sich auf rein gar nichts mehr konzentrieren, seit er gleich bei seiner Ankunft die letzte Neuigkeit vernommen hatte. Einer der Goldsucher war letzte Nacht erschossen worden, und alle Welt nahm an, daß dafür dieselben Banditen verantwortlich waren, die auch die Überfälle auf die Postkutsche begangen hatten.

»Clint? Ist etwas nicht in Ordnung?« Kates Stimme klang leise und besorgt.

Er versuchte zu lächeln, aber er fürchtete, daß dieser Versuch nicht besonders gut gelang. *Was in aller Welt ging hier vor sich?*

»Es tut mir leid«, sagte er und versuchte, seine Aufmerksamkeit wieder auf seine Tanzpartnerin zu lenken. Sie war wirklich sehr hübsch mit ihrem toffeefarbenen Haar, das sie zurückgeschoben hatte, und den Löckchen, die sanft ihr Gesicht umspielten. Dieses Gesicht wurde lebendig, wenn sie sprach, und sie hatte ein fröhliches Lachen, das jeden Raum zu erhellen schien. Ihre grünen Augen hatten zu Anfang des Abends vergnügt geblitzt, aber nun blickten sie ihn besorgt an.

Kate war einundzwanzig, in einem Alter also, in dem eine Frau für gewöhnlich als zu alt für eine mögliche Heirat galt. Es war nicht so, daß sie keine Chancen gehabt hätte; Clint wußte, daß jeder unverheiratete Mann im Bezirk sie hofierte, aber sie schien sich damit zufriedenzugeben, ihrem Vater und ihren beiden älteren Brüdern den Haushalt zu führen. Sie war anders als die Mädchen, denen er bisher begegnet war; sie konnte mit den erfahrensten Viehtreibern über Rinder diskutieren, und sie ritt ebensogut wie ihr Vater und ihre Brüder.

Nach dem Tanz führte Clint sie dorthin, wo ihr Vater, Sheriff Russ Dewayne, und ihre Brüder Ed und Michael standen.

»Ich denke daran, einen Suchtrupp zusammenzustellen«, sagte Russ Dewayne, »aber Jack hält das für keine gute Idee.«

Clint wandte sich zu seinem Boß um und zog fragend eine Braue hoch. Er hätte gedacht, daß Randall der erste gewesen wäre, der einen Suchtrupp befürwortete, da schließlich seine Gelder geraubt worden waren, aber er hatte sich bisher ungewöhnlich ruhig verhalten.

Jetzt zuckte Randall mit den Schultern. »Ich denke nur, daß es nichts bringt. In diesen Bergen gibt es Tausende von möglichen Verstecken.«

»Was würdest du denn vorschlagen?« wollte Dewayne wissen.

»Wir sollten mehr Männer mit der nächsten Postkutsche mitschicken«, erwiderte Randall. »Die anderen waren leichte Angriffsziele mit nur einem Fahrer und Old Pete als Begleitschutz.«

Dewayne zögerte, blickte sich vorsichtig um und fragte dann leise: »Wie wäre es, wenn wir den Kerlen eine Falle stellen würden? Wir wissen, wo sie beim letzten Mal zugeschlagen haben. Wir könnten frühmorgens hinreiten. Deine Gelder kommen doch mit der nächsten Kutsche, oder nicht?«

Randall zögerte. »Ich denke daran, ein paar von meinen Männern loszuschicken, um es abzuholen.«

»Was mir Sorgen macht«, sagte Ed Dewayne, »ist dieser Mord

an dem Goldsucher. Ich nehme an, wir alle hatten gehofft, daß die Überfälle auf die Postkutsche von Banditen verübt wurden, die inzwischen weitergeritten sind.«

Randalls Blick wanderte zu den tanzenden Paaren, und Clint spürte, daß sein Boß das Thema wechseln wollte. Warum? Wußte er, wer für die Überfälle auf die Geldtransporte verantwortlich war? Und was noch wichtiger war, wußte er etwas von den Überfällen auf die Goldsucher? Rafe war es nicht gewesen, das wußte Clint. Einem Mann eine Kugel in den Rücken zu jagen war nicht sein Stil. Aber es war so sicher wie das Amen in der Kirche, daß man ihm den Mord in die Schuhe schieben würde. Ihm und allen, die mit ihm geritten waren.

Er merkte, daß Kate seinen Arm berührte.

Clint blickte auf sie hinab, sah ihren besorgten Blick und konnte die plötzlich in ihm aufwallende Freude nur mühsam unterdrücken. Es war eine neue Erfahrung für ihn zu sehen, daß eine Frau sich Sorgen um ihn machte, und er wußte nicht genau, wie er damit umgehen sollte. Vor allem, da er ihr unvermeidlich weh tun würde.

Er lächelte schwach. Er wußte, die anderen würden denken, er mache sich Gedanken wegen der Überfälle und dem Mord. Es fiel ihm nicht leicht, Männer, die er mochte und respektierte, zu belügen. Oder die erste Frau, die jemals in ihm den Wunsch geweckt hatte, sich irgendwo niederzulassen.

Clint richtete seine Aufmerksamkeit auf den Mann, der eben gesprochen hatte. »Vielleicht haben die Überfälle und der Mord ja gar nichts miteinander zu tun.«

Russ schüttelte den Kopf. »Sie müssen etwas miteinander zu tun haben. Wir hatten noch nie derartige Schwierigkeiten, zumindest nicht mehr seit dem Krieg, als wir die plündernden Rebellen in die Flucht geschlagen haben. Und ich glaube nicht an Zufälle.«

Clint schwieg einen Augenblick. Er glaubte auch nicht an Zufälle. Natürlich hätte der Mord auch ein Unfall sein können. Ein

Streit zwischen zwei Goldsuchern. Ein vorbeikommender Tramp, der die Gelegenheit ausgenutzt hatte. Aber irgendwie hielt er das für unwahrscheinlich. Zugleich wußte er, daß keiner seiner Freunde je einem Mann in den Rücken schießen würde. Also blieb nur Jack Randall.

Aber er hatte Randall beobachtet, und er wirkte ebenso entsetzt wie alle anderen.

Clint blickte erneut zu Kate und dann wieder zu ihrem Vater. »Was haben Sie vor?«

»Jack hat recht, wenn er sagt, daß es hier in den Bergen zahllose Verstecke gibt. Ich werde morgen nach Casey Springs reiten und sehen, ob es dort in der Gegend ähnliche Überfälle gegeben hat. Ich werde dann mit der Kutsche zurückreiten.«

Randall, der den ganzen Abend noch kein einziges Mal gelächelt hatte, entspannte sich sichtlich. »Dann werde ich meine Gelder mit der Kutsche mitschicken. Ich werde dir eine Vollmacht mitgeben, damit du sie abholen kannst.«

Clint verbarg seine Besorgnis. Das letzte, was er wollte, war, daß Kates Vater die Kutsche begleitete. Er fragte sich, ob er Rafe überreden sollte, diese eine Kutsche auszulassen, doch er wußte, daß ihm das niemals gelänge. Alles hing davon ab, daß sie Randall sein Geld abnahmen. Er mußte inzwischen fast am Ende sein, und er hatte bereits die gesamte Frühjahrsherde verkauft. Jetzt würde er seine Zuchttiere verkaufen müssen, wenn er das nötige Geld auftreiben wollte, um die Arbeiter zu bezahlen, oder er müßte sich etwas anderes einfallen lassen.

Oder hatte er das vielleicht schon getan? Hatte Randall vielleicht in den ungeschützten Goldsuchern eine neue Einkommensquelle gefunden?

Er sah Randall an, doch alles, was er in seinem Gesicht entdeckte, war dieselbe Unentschlossenheit und Frustration wie in den Gesichtern der anderen.

Die kleine Gruppe begann, sich aufzulösen, als einer der Männer von seiner Frau auf die Tanzfläche gezogen wurde, und

Kate blickte Clint erwartungsvoll an. Verdammt, sie war wirklich hübsch.

Er bot ihr seinen Arm und versuchte, sich auf sie zu konzentrieren. Er war kein guter Tänzer, da er nie besonders viel getanzt hatte, und er mußte sich große Mühe geben, um beim Walzer nicht aus dem Takt zu geraten. Er fühlte sich entsetzlich unbeholfen und wurde nur durch ihre Grazie und Geschicklichkeit davor bewahrt, ihr ständig auf die Füße zu treten. Kate strahlte ihn jedoch die ganze Zeit an, als sei er jemand ganz Besonderes. All das konnte ihn aber nicht von seinen Gedanken an den morgigen Ritt in die Berge ablenken.

10. Kapitel

Die sieben Männer, die Rafe bei der Verwirklichung seines Racheplans halfen, tauchten alle am folgenden Tag um die Mittagszeit bei ihm auf. Clint und Ben Edwards, Johnny Green, Bill Smith, Carey Thompson, Simon Ford und Skinny Ware.

Rafe hatte Shea in der Hütte eingesperrt und das einzige Fenster geschlossen. Sie würde keinen seiner Männer mehr zu sehen bekommen.

Mit größter Anstrengung war es ihm gelungen, sich ihr gegenüber sowohl gestern abend als auch heute morgen kühl und distanziert zu geben. Sie hatte am Morgen nicht noch einmal um einen Ausflug zum Wasserfall gebeten, und er hatte ihn ihr auch nicht von sich aus angeboten. Er hatte ihren fragenden Blick ignoriert, als er ihr mehrere Dosen Obst und Bohnen aufgemacht und sie in der Hütte eingesperrt hatte. Mit ein paar Dosen für sich, einigen Keksen für Abner und einem getrockneten Apfel für das Pferd war er in die Scheune geflüchtet, zu den Geschöpfen, die er verstand.

Sie verstand er bestimmt nicht. Ebensowenig wie sich selbst.

Er brauchte seine ganze Konzentration für das Treffen. Für den nächsten Schlag gegen Randall. Er konnte es sich nicht leisten, an eine Frau zu denken. Vor allem nicht an *diese* Frau.

Aber verdammt, genau das tat er. Zur Hölle mit ihr.

Clint kam als erster an, mit angespannter, besorgter Miene. Er stieg von seinem Pferd und ging zu Rafe hinüber, der mit dem Braunen arbeitete.

Rafe legte den Kopf leicht schräg und sah ihn fragend an. Normalerweise war Clint ein ausgeglichener, unbeschwerter Mensch.

»Vorgestern nacht ist einer der Goldsucher erschossen worden«, sagte Clint. »Und die Leute denken, daß der Mord auf das Konto von den Kerlen geht, die auch die Postkutsche überfallen haben.«

Rafe starrte ihn wortlos an.

»Und dann ist da noch etwas. Du hast mal einen McClary erwähnt. Er ist vor ein paar Tagen auf der Ranch aufgetaucht. Er war schon mal hier, aber aus irgendeinem Grund habe ich den Namen nicht wiedererkannt, als du ihn das erste Mal erwähnt hast. Vielleicht, weil wir ihn nur sehr selten auf der Ranch zu Gesicht bekommen, und die paar Male sind schon zuviel.«

»Sam McClary?«

»Ja. Groß, klapperdürr, mit sandfarbenem Haar.«

Rafe nickte und wartete auf weitere Informationen.

»In der Nacht, als der Goldsucher erschossen wurde, war er nicht da.«

»Woher weißt du das?«

»Ich habe mich ein bißchen in der Schlafbaracke umgehört, ob irgendwer ein Pferd geholt hat. Einer der Männer erinnerte sich an McClary, weil der einem der Arbeiter befohlen hatte, das Tier abzusatteln und abzureiben, als er kurz vor Morgengrauen zurückkam. Sonst kümmert sich jeder selbst um seine Pferde, selbst Randall, aber Randall hat zu uns gesagt, McClary sei sein Gast, und wir sollten tun, was er von uns verlangt. Er klang nicht sonderlich glücklich.«

»Dann sind also die beiden Schweine wieder zusammen«, sagte Rafe. »Ich frage mich, ob das irgendwas mit mir zu tun hat?«

Clint zuckte mit den Schultern. »Ich habe versucht, sie zu belauschen, aber sie schließen immer die Tür hinter sich, wenn sie miteinander reden.«

»Anscheinend machen wir Fortschritte.«

»Oder *sie*«, stellte Clint grimmig fest. »Russ Dewayne denkt daran, einen Suchtrupp zusammenzustellen.« Er zögerte, doch dann fuhr er fort: »Russ und seine Söhne werden die nächste Kutsche begleiten. Also hat Randall beschlossen, sein Geld doch auf diesem Weg kommen zu lassen. Eigentlich hatten ein paar von seinen Männern das Geld abholen sollen.«

»Russ?« Rafe zog überrascht die Brauen zusammen, als er hörte, in welch warmem Ton Clint den Namen erwähnte.

Clint sah ihm in die Augen. »Ich gehe hin und wieder mit seiner Tochter aus.«

»Und was hältst du von ihm?«

Clint zögerte. »Ich mag ihn.«

Rafe schwieg einen Augenblick. Wieder einmal bedauerte er es, den jungen Mann in seinen Kampf mit hineingezogen zu haben. »Du bist raus aus der Sache, Clint. Ihr beide, du und Ben.«

»Nein«, widersprach Clint. »Wir arbeiten seit fünf Jahren daran. Ich werde nicht gehen. Außerdem hat die Frau Ben und mich gesehen.« Er blickte in Richtung der verschlossenen Hütte. »Wie geht's ihr?«

»Sie ist wütend, aber in Sicherheit.« Rafe war derjenige, der sich nicht mehr sicher fühlte.

»Auf der Ranch hat niemand von ihr gesprochen. Vielleicht hat sie ja gelogen.«

»Nach allem, was sie erzählt hat, und den Briefen zufolge, die sie dabeihatte, glaube ich nicht, daß ihr Vater – wenn er es denn ist – überhaupt weiß, daß es sie gibt.«

»Das würde erklären, warum ich noch nie etwas von ihr gehört habe«, sagte Clint.

Rafe nickte.

»Aber irgendwann wird herauskommen, daß sie in der Postkutschenstation war«, sagte Clint.

»Ich weiß«, stimmte Rafe ihm zu. »Es sollte Randall beunruhigen, wenn die ganze Gegend erfährt, daß er eine Tochter hat, die er nie offiziell anerkannt hat. Diese Angelegenheit dürfte seinem Ruf als ehrenwerter Bürger ein wenig schaden.« Die Verbitterung in seiner Stimme ließ sich nicht verbergen.

In diesem Moment wurde ihre Unterhaltung von Hufklappern unterbrochen. Zwischen den Bäumen erschien Ben mit Johnny Green, Bill Smith, Carey Thompson und Simon Ford.

Sie ritten auf die beiden Männer zu und stiegen ab. »Wo ist Skinny?« Die Frage kam von Clint.

»Er kommt gleich«, sagte Johnny, den viele Menschen wegen seiner kleinen, untersetzten Gestalt unterschätzten. Aber er war der Schnellste von ihnen im Umgang mit dem Gewehr. »Er ist auf einer Versammlung der Goldsucher. Sie sprechen darüber, ob sie einen Schutztrupp zusammenstellen sollen.«

Rafe schloß die Augen. Ein Such- und ein Schutztrupp. Und er war sich so sicher, daß Randall hinter dem Mord steckte. Doch dieses Mal würde er nicht damit durchkommen.

»Wir haben doch die ganze Zeit angenommen, daß er etwas unternehmen würde, wenn wir ihn in die Enge treiben«, sagte Ben.

Clint schwieg, und Rafe sah ihn an. »Clint?«

»Ich denke immer noch über McClary nach. Obwohl er ein Gast auf der Ranch ist, scheint Randall ihn nicht sonderlich zu mögen.«

Die fünf Neuankömmlinge sahen Clint an, und er erzählte ihnen rasch von McClarys Auftauchen und von seiner Rolle bei Rafes Verurteilung. Offenbar hatte Ben ihnen bereits von der Frau erzählt, so daß sie hin und wieder neugierige Blicke in Richtung der Hütte warfen, obwohl sie diskret schwiegen. Sie alle hatten registriert, daß sie nicht auf einen Drink hineingebeten worden waren.

Johnny setzte sich auf den Boden. »Haben wir irgendwelchen Whiskey?«

Rafe nickte in Richtung der Scheune. »Clint, sieh mal hinten im Stall nach.«

Als Clint in dem Gebäude verschwunden war, wandte Rafe sich wieder an die anderen. »Ich glaube, es ist an der Zeit für euch weiterzureiten.«

»Gerade jetzt, wo's interessant wird?« Die Frage kam von Carey Thompson, einem großen, schlanken Kerl, der sich durch sein besonderes Organisationstalent auszeichnete.

»Kommt gar nicht in Frage, daß wir jetzt abhauen«, sagte Bill Smith. »Es geht nicht nur um dich, Rafe. Das brauchst du dir gar nicht einzubilden. Wir sind in den drei Jahren im Krieg durch die Hölle gegangen, und der Gedanke, daß irgendso ein feiger Hund vom Krieg profitiert, gefällt mir nicht.«

Die anderen nickten. »Was hat Clint gesagt?« fragte Simon.

Rafes Schweigen beantwortete die Frage.

»Du hast uns am Hals«, sagte Simon. »Wir wissen nicht, wohin, und ich kann von dem Gold, das ich hier finde, ganz nett leben. Es gefällt mir ganz und gar nicht, daß irgendwer durch die Gegend läuft und Goldsucher erschießt.« Er erwähnte nicht, daß er den Claim lediglich abgesteckt hatte, um einen Grund für seine Anwesenheit in Rushton zu haben, und daß das Gold, das er dort fand, nicht einmal annähernd so viel einbrachte, wie er zuvor als Vormann auf einer Ranch verdient hatte.

»Verdammt, ihr seid ein Haufen armer Irrer«, sagte Rafe. Es fiel ihm schwer, irgend etwas zu sagen, da es lange her war, daß er zum letzten Mal eine derartige Loyalität erfahren hatte.

Er sah die Männer hilflos an, als Clint zurückkam. Clint blickte sich um und grinste. »Sie wollen auch nicht gehen, was, Rafe?«

Rafe starrte ihn böse an. »Ich will nicht dafür verantwortlich sein, daß ... «

»Das wirst du auch nicht«, sagte Ben mit einem schiefen Grinsen. »Wir haben uns alle gelangweilt. Es gab keine Aufregung mehr.«

»Ist die Frau hübsch?« fragte Simon, der Frauenheld der Gruppe.

Rafe runzelte die Stirn. »Sie ist verdammt lästig.«

»Das heißt also, daß sie hübsch ist.« Simon grinste. »Können wir sie uns nicht mal ansehen?«

»Nicht, wenn ihr eure Gesichter nicht bald auf einem Steckbrief wiederfinden wollt«, knurrte Rafe, doch dann wurde ihm eine weitere Erklärung erspart, da Skinny Ware angeritten kam.

Clint reichte die Flasche herum, und jeder Mann nahm einen Schluck. Sie gingen wieder genauso zwanglos miteinander um wie vor zehn Jahren, wenn sie auf eine Schlacht gewartet hatten. Eigentlich sogar noch zwangloser. Jetzt wußten sie, was sie zu erwarten hatten und wie die anderen reagieren würden. Sie waren wie eine Familie, wie Brüder. Rafe wußte, daß sie ihn jetzt nicht verlassen würden, egal, was er ihnen befahl.

Wie hatte nur alles so kompliziert werden können?

Clint berichtete von dem möglichen Suchtrupp und davon, daß der Sheriff die Postkutsche eskortieren würde. Bisher waren die Überfälle stets sorgfältig geplant gewesen, und es war kein Tropfen Blut vergossen worden. Ein großer Stein oder ein Baumstamm hatte die Straße blockiert, und sechs maskierte Männer mit Gewehren hatten dafür gesorgt, daß es zu keiner übermäßigen Gegenwehr kam. Sowohl der Fahrer als auch der Begleitschutz hatten sich jedesmal sofort ergeben; schließlich wurde keiner von ihnen dafür bezahlt, sein Leben zu lassen.

Aber Clint wußte, daß Russ Dewayne und seine Söhne sich nicht kampflos ergeben würden.

»Wir werden uns das Geld holen müssen, ehe es in die Postkutsche verfrachtet wird«, sagte Rafe.

»Ein Banküberfall?« fragte Clint überrascht.

»Die Postkutschenstation«, sagte Rafe. »Hast du nicht gesagt, daß das Geld normalerweise über Nacht dort im Safe gelagert wird, weil die Postkutsche so früh abfährt?«

Clint nickte.

»Randalls Gelder sind doch sicher gekennzeichnet, oder?«

Clint nickte erneut. »Normalerweise ja. Randall hat einen Kredit aufgenommen, aber das ist wahrscheinlich der letzte, den er bekommt. Er hat auf dem Tanzabend darüber gesprochen; deshalb will er dieses Mal besonders vorsichtig sein.«

Rafe stand auf. »Kennt sich einer von euch mit Sprengstoff aus?«

Skinny nickte. »Ich habe damit in der Mine gearbeitet.«

»Wir haben noch zwei Tage, um uns Dynamit zu besorgen.«

Skinny zuckte mit den Schultern. »Kein Problem. Ich kann welches kaufen. Ich sage einfach, daß ich einen Felsen sprengen muß.«

»Und du bist sicher, daß das nicht auffällt?« fragte Rafe besorgt.

»Die Goldsucher kaufen ständig Dynamit. Außerdem kann ich es ja hier kaufen. Dann wird mich niemand mit einer Explosion in Casey Springs in Verbindung bringen.«

Rafe nickte. »Ich habe ein bißchen Ahnung davon, wie man Schlösser knackt. Wir sollten also relativ problemlos in das Gebäude hineinkommen.« Sie alle blickten ihn an. »Während meines letzten Jahres im Gefängnis«, erklärte er, »saß ein Mann in der Nachbarzelle, der sämtliche Schlösser knacken konnte, sogar die der Zellentüren. Er hat mir beigebracht, wie's geht. Aber da ich nur noch zwei Monate abzusitzen hatte, beschloß ich, abzuwarten und auf legalem Weg rauszukommen.«

»Wann wollen wir los?« Simons Augen glänzten vor Vorfreude.

»Du wirst nicht mitkommen, Simon«, sagte Rafe. »Je weniger wir sind, um so besser. Ich nehme nur Ben mit und Skinny, weil der sich mit Sprengstoff auskennt.«

»Verdammt«, sagte Johnny Green. »Ich bin doch nicht hierher gekommen, um tatenlos rumzusitzen.«

»Wir brauchen dich, damit Skinny und Ben ein Alibi haben«, sagte Ben. »Dich und Bill. Ihr geht in den Saloon in Rushton und verkündet dort lautstark, daß ihr Skinny und Ben später noch trefft.«

Simons Gesicht verriet zunächst Enttäuschung, doch dann hellte sich seine Miene auf. »Ich könnte auf das Mädchen aufpassen.«

»Der Wolf hütet das Lamm«, stellte Ben trocken fest und bewahrte damit Rafe davor, etwas sagen zu müssen. Sie alle lachten.

»Ich werde nach ihr sehen«, bot Clint an. »Sie hat mich sowieso schon gesehen.«

»Und es wird dich auch niemand vermissen?«

»Ich werde einfach sagen, daß ich auf die Nordweide reite. Es gab Berichte über ein Wolfsrudel, das dort Kälber reißt. Dieselbe Entschuldigung habe ich heute auch schon benutzt.«

Rafe nickte. »Wenn alles gutgeht, werden wir bei Anbruch der Dämmerung zurück sein.« Er grinste, als er Simons enttäuschten Gesichtsausdruck sah. »Sie hat eine Zunge, die dich in Fetzen schneiden würde, Simon. Ich dachte immer, du hättest eine Vorliebe für freundliche, sanfte Frauen.«

»Ja, Simon«, sagte auch Ben. »Sie ist überhaupt nicht dein Typ. Sie ist eine wahre Lady.«

»Zur Hölle mit dir, Ben«, erwiderte Simon mit einem Grinsen.

»Und was ist mit dem Tod des Goldsuchers, den man uns in die Schuhe schiebt?« fragte Ben.

Rafe lächelte bitter. »Ironie des Schicksals – die Frau ist mein Alibi.« Er blickte hinüber zu Clint. »Versuch, McClary im Auge zu behalten. Hefte dich ihm an die Fersen, wenn er abends oder nachts noch verschwindet.«

Clint nickte.

Dann begannen sie, ihren nächsten Anschlag auf Jack Randall sorgfältig zu planen.

Shea stapfte rastlos in der Hütte auf und ab. Sie hatte Hufgeklapper gehört und gedämpftes Gelächter.

Er hatte sie nach dem Frühstück wortlos hier eingesperrt. Natürlich, als Gefangene hatte sie offensichtlich kein Recht auf Erklärungen, dachte sie wütend.

Sie bemerkte, daß sie ruhelos hin- und herging, und fragte

sich erneut, wie Rafe Tyler zehn Jahre im Gefängnis ertragen hatte, wenn sie noch nicht einmal ein paar Stunden aushielt. Aber er hatte es verdient. Er hatte sein Land für Geld verraten. Und sie ... alles, was sie getan hatte, war, ihren Vater zu suchen.

Shea versuchte zu malen. Sie versuchte zu lesen. Zwischendurch streichelte sie immer wieder Abner – Rafe hatte die Maus bei ihr in der Hütte gelassen. Vielleicht aus Mitgefühl, aber das bezweifelte sie. Er wußte bestimmt noch nicht einmal, was das Wort bedeutete. Sie war eine Närrin gewesen, als sie sich gestern am Wasserfall etwas anderes eingebildet hatte. Seit ihrer Rückkehr zur Hütte war er kalt und verächtlich gewesen, und heute morgen hatte er sie einfach eingesperrt, als sei sie eine lästige ... Maus.

Sie würde ihre Seele dafür geben, herauszufinden, was da draußen vor sich ging. Nun, fast. Sie fand das zusammengeknüllte Stück Papier, das sie gestern in ihre Tasche gestopft hatte, die Skizze von Tyler, auf der sie ein paar der harten Linien in seinem Gesicht weicher gemacht hatte.

Mit ein paar Strichen änderte sie das Bild erneut. Sie versuchte, das wahre Wesen des Mannes zu erkennen, aber das war einfach unmöglich. Er war zu widersprüchlich, und er versteckte zuviel von sich.

Sie versuchte, sich mit Fluchtplänen zu beschäftigen. Sie hatte gestern gut aufgepaßt, als er sie zu dem Wasserfall geführt hatte. Sie hatte sich den Weg eingeprägt und die Position der Sonne. Aber sie wußte immer noch nicht, in welcher Richtung sich der Ausgang aus dem Tal befand.

Da sie sich davon jedoch nicht entmutigen lassen wollte, stopfte sie ein paar Kekse und etwas Trockenfleisch in ihre Reisetasche, damit sie etwas zu essen hätte, falls sie jemals eine Gelegenheit zur Flucht bekäme. Sie blickte sehnsüchtig auf die beiden Kleider in der Tasche, obwohl sie sie in Casey City noch nicht einmal hatte waschen können. Das Hemd und die Hose, die sie immer noch trug, starrten allmählich vor Dreck. Aber ein Kleid anzuziehen erschien ihr wie eine Art der Kapitulation, als würde sie eine Situation akzeptieren, die gänzlich inakzeptabel war.

Wie lange würde sie wohl noch hier eingesperrt bleiben? Sie blickte auf den Eimer Wasser und die Seife, die er ihr heute morgen gebracht hatte, und beschloß, zumindest ihr Hemd zu waschen. Dann hätte sie wenigstens etwas zu tun.

Nachdem sie einen braunen Rock und eine passende Bluse angezogen hatte, nahm sie eine Tasse und füllte sie, damit sie noch etwas Trinkwasser hätte, und dann tauchte sie das Hemd in den Kübel. Sie begann zu schrubben, wobei sie sich vorstellte, das Hemd sei Rafe Tyler.

Wahrscheinlich würde es das sauberste Kleidungsstück, das sie je getragen hatte. Wenn überhaupt noch etwas von dem Stoff übrigbliebe.

Rafe sah dem letzten der Männer nach und spürte so etwas wie Bedauern dabei.

Jetzt gäbe es nicht mehr viel, was ihn von der Frau ablenken würde.

Ben hatte ein paar Vorräte mitgebracht, einschließlich einer Hirschkeule und einem Sack Kartoffeln. Vielleicht würde ja ein Eintopf die Eintönigkeit des Essens ein wenig auflockern. Eine heiße Mahlzeit würde sie vielleicht ... vielleicht was?

Zögernd näherte er sich der Hütte und öffnete die Tür. Sie saß auf dem Bett und las im Schein einer Kerze. Er bemerkte, daß sie andere Kleider trug, eine Bluse und einen braunen Rock. Sie sah unglaublich hübsch aus, wie sie den Kopf über das Buch gebeugt hielt, mit ihrem über die Schulter fallenden Haar, das im Licht der Kerze schimmerte. Als sie aufblickte und ihn vorwurfsvoll ansah, zuckte er innerlich zusammen.

»Sind Ihre ... Freunde wieder weg? Haben Banditen überhaupt Freunde?«

Das war eine gute Frage, eine, die Rafe ihr bestimmt nicht beantworten würde. »Sagen wir, wir haben ein gemeinsames Ziel.«

»Die Vernichtung meines Vaters«, stellte sie fest.

»Die Vernichtung Ihres Vaters«, bestätigte er.

»Ich verstehe immer noch nicht ... «

»Das brauchen Sie auch nicht, Miss Randall. Die Sache hat mit Ihnen nichts zu tun.«

»Wie können Sie so etwas sagen und mich zugleich hier festhalten?«

Er zuckte mit den Schultern. »Das ist ein unglücklicher Zufall.«

»Ein unglücklicher Zufall?« Sie starrte ihn zornig an, und in ihren Augen blitzte ein loderndes Feuer auf. »Ein unglücklicher Zufall?« Ihre Stimme war unmerklich lauter geworden.

Er zog eine Braue hoch. »Wie wäre es mit ›ein höchst unglücklicher Zufall‹?« Da er sich in der Defensive fühlte, griff er wieder auf den altbewährten Spott zurück. Die Zornesröte in ihrem Gesicht vertiefte sich.

»Sie sind widerwärtig.«

Rafe zuckte erneut mit den Schultern. »Das sagte man mir bereits.« Sein Blick wanderte automatisch auf seine behandschuhte Hand, und er wünschte sich, er hätte sich besser unter Kontrolle. Dieser Blick verriet eine Schwäche, die er nicht zeigen wollte. *Ihr* nicht zeigen wollte.

Doch sie hatte es bemerkt, und in ihren Augen flackerte etwas auf. Verdammt, das letzte, was er wollte, war ihr Mitgefühl oder ihr Mitleid.

Er drehte sich abrupt um. Das Hemd, das sie zuvor getragen hatte, hing über dem Stuhl, und die Feuchtigkeit verriet ihm, daß sie es gewaschen hatte. Er ging hinüber zum Kamin. Von dem Feuer gestern abend war nur Asche übrig. Er stapelte ein paar Holzscheite und Zweige darüber und zündete sie an.

»Ich werde etwas Wasser holen«, sagte er schließlich. »Wollen Sie mitkommen?«

»Und wenn nicht, schließen Sie die Tür wieder ab?«

»Genau«, sagte er mit ruhiger Stimme.

Rafe beobachtete, wie sie mit sich rang. Es war faszinierend zu sehen, wie sich ihr innerer Kampf zwischen fortgesetztem Widerstand und dem Bedürfnis, an die Luft zu kommen, auf ihrem Gesicht wiederspiegelte. Er verstand sie. Himmel, wie gut er sie verstand.

Sie bedachte ihn mit einem trotzigen Blick, der ihm sagen sollte, daß sie sich nicht ergab, sondern nur Zeit gewinnen wollte. Er hatte noch niemanden kennengelernt, der soviel sagen konnte, ohne auch nur ein Wort zu sprechen.

Er ging zur Tür, öffnete sie und trat höflich zurück, um sie an sich vorbeizulassen. Dann führte er sie zum Bach. Es war heller Nachmittag, und die Sonne schien warm und freundlich. Vielleicht würde er sie heute abend zu dem Wasserfall mitnehmen. Wenn er vollkommen den Verstand verlor.

Er füllte den Eimer, den er mitgebracht hatte, lehnte sich gegen einen Baum und beobachtete sie. Sie war ihm schon immer anmutig erschienen, aber jetzt war sie besonders reizend, mit dem Rock, der ihr um die Beine flatterte, und der Bluse, die ihre Figur betonte, die unter dem weiten Männerhemd immer verborgen gewesen war.

Rafe merkte, daß er schluckte. Er war einmal ein Offizier und eigentlich auch ein Gentleman gewesen. Aber in den letzten zehn Jahren war er nicht viel mehr als ein Tier gewesen, war wie eines behandelt worden und hatte wie eines reagiert. Er hatte noch nie ein besonderes Talent im Umgang mit Frauen gehabt, nicht einmal mit Allison. Er hatte Blumen oder kleine Geschenke immer für unwichtig gehalten, und selbst als er festgestellt hatte, daß Allison so etwas erwartete, waren ihm derartige Gesten schwergefallen.

Und jetzt fühlte er sich unwohler denn je. Er wollte etwas, das er nicht haben konnte, an das er noch nicht einmal denken sollte. Aber er wollte diese Frau, auch wenn er versuchte, sich einzureden, daß das nur an der langen Enthaltsamkeit lag. Sein Magen zog sich zusammen, seine Lenden brannten, und sein Herz schmerzte vor Einsamkeit. Aber er hatte seinem Verlangen schon einmal nachgegeben, und diesen Fehler würde er kein zweites Mal machen, vor allem nicht mit Randalls Tochter.

Er war in seinem Leben von einem Randall und von einer Frau betrogen worden, und Shea Randall vereinte beides.

Er blickte auf und sah, daß sie nur wenige Meter vor ihm stand. »Könnte ich vielleicht ein paar Minuten für mich haben?«

Er wußte, wieviel Überwindung sie diese Bitte gekostet haben mußte, wieviel Überwindung sie jede Bitte kostete. Himmel, er wünschte sich, der Schmerz würde nicht so tief gehen, nicht derart in seiner Seele brennen.

Rafe nickte.

Sie sah ihn an, und er wußte, daß sie noch auf etwas anderes wartete.

Schließlich erfüllte er ihre Erwartung. »Dieses Mal muß ich Sie ja wohl nicht extra warnen, oder?«

Sie sah ihn reglos an. »Werden Sie mir folgen?«

»Haben Sie beim letzten Mal etwas gelernt?«

»Ich glaube, ja.«

Verdammt, er wünschte, ihr Blick wäre nicht ganz so klar, nicht ganz so direkt.

»Das will ich auch hoffen, Miss Randall«, sagte er, »denn wenn Sie noch einmal so etwas versuchen, werde ich Sie für den Rest der Zeit mit einem Eimer in der Hütte einsperren.« Seine Stimme klang härter als beabsichtigt. Sie errötete, und er fühlte sich wie ein ungehobelter Klotz. Aber er hatte keine andere Wahl mehr. Er mußte das Leben leben, das er sich ausgesucht hatte, und bei Gott, sie mußte sich ihm fügen. »Haben Sie mich verstanden?«

»Ja.«

»Nehmen Sie meine Warnung ernst?«

»Ja«, wiederholte sie, und in ihren Augen blitzte es erneut rebellisch auf.

»Dann werde ich hier warten«, sagte er. »Und ich hoffe für Sie, daß Sie mein Vertrauen nicht mißbrauchen.«

»Wie auch immer dieses Vertrauen aussieht«, sagte sie verbittert.

»Meinen Sie, Sie hätten größeres Vertrauen verdient?«

Ihre Augen schienen sich direkt in ihn hineinzubohren. Voller Zorn. Voller Kampfeslust. »Ich habe es nicht nötig, mir irgend etwas zu verdienen.«

»Nein«, stimmte er leise zu. »Das haben Sie nicht.«

Er wußte, daß seine Antwort sie überraschte. Er verstand einfach nicht, warum er sich immer wieder auf Gefechte mit ihr einließ, warum er sie nicht einfach ignorierte.

Aber insgeheim kannte er den Grund. Er war so verdammt einsam. Er hatte gedacht, er hätte dieses Gefühl überwunden und in einen dunklen Winkel seines Herzens eingesperrt, so wie er selbst eingesperrt gewesen war. Außer mit Clint und Ben hatte er seit zehn Jahren mit keinem Menschen eine längere Unterhaltung geführt. Und außer der Hure in dem Bordell hatte er noch keine Frau gehabt, noch nicht einmal mit einer gesprochen. Er hatte nicht gewußt, wie groß sein Verlangen war, bis er sich von der Tochter seines Feindes angezogen gefühlt hatte, einer Frau, die ihn zu Recht verachtete.

Diese Erkenntnis verstärkte noch seinen Zorn auf ihren Vater, vertiefte seine Verbitterung. Man hatte ihm seinen Stolz, seine Selbstachtung, seine Zukunft geraubt. Und nun hatte er nicht einmal mehr seinen eigenen Willen unter Kontrolle.

Eine dunkle Wolke senkte sich über ihn und verdrängte das bißchen Licht, das den Weg in sein Herz gefunden hatte. Niemals könnte er eine Frau wie Shea Randall haben, niemals könnte er nachts liebevolle Worte flüstern, Kinder haben oder ein stolzer Ehemann sein. Und nun merkte er, daß die Freude, die er gestern verspürt hatte angesichts ihrer Nähe und ihrer Begeisterung beim Anblick der Bären, seinem Bedürfnis nach Normalität entsprungen war. Nach menschlicher Gesellschaft.

Er hörte, daß sie zurückkam, und wandte sich ab. Sie sollte die Trauer in seinen Augen nicht sehen. Den Haß. Er durfte den Haß nicht vergessen. Irgend etwas mußte ja das Loch in seinem Inneren füllen, und Liebe gab es für ihn nicht.

Es mußte Haß sein. Etwas anderes war ihm nicht mehr möglich. Dafür hatte Randall gesorgt.

Rafe nahm den Wassereimer und ging zurück zur Hütte. Er ignorierte den Kloß in seinem Hals, das schmerzliche Bedürfnis, sie anzusehen.

11. Kapitel

Zwischen den Wolken, die am Himmel entlang eilten, als seien sie auf der Jagd nach einem flüchtigen Geist, wurde ein blasser Halbmond sichtbar.

Rafe traf Ben und Skinny Ware fünf Meilen außerhalb von Casey Springs, und sie ritten gemeinsam in Richtung der Stadt. Nachdem er so viele Tage untätig herumgelungert hatte, war er froh, daß endlich wieder eine gemeinsame Aktion in Aussicht war.

Außerdem war er froh, daß er der wachsenden Spannung zwischen sich und seiner Gefangenen für eine Weile entkam. In den letzten beiden Tagen hatten sie kaum ein Wort miteinander gewechselt, da er versucht hatte, eine undurchdringbare Barriere zwischen ihnen zu errichten.

Sein einziger Lapsus war gewesen, daß er sie gestern noch einmal zu dem Wasserfall mitgenommen hatte, da er wußte, daß er sie in der Hütte würde einsperren müssen, während er unterwegs war. Die Bärin war wieder mit ihrem Jungen dagewesen, und Shea hatte die beiden mit derselben bezaubernden Hingabe betrachtet wie das erste Mal. Sie hatte sich sogar einmal mit einem so glücklichen Lächeln zu ihm umgedreht, daß er es nicht verhindern konnte, ebenfalls zu lächeln. Shea hatte ihn erst verblüfft und dann verwirrt angesehen und sich abrupt wieder den Tieren zugewandt.

Auf dem Rückweg zur Hütte hatten sie beide geschwiegen. Er hatte sich einen Teil der Reste von dem Eintopf genommen, den Shea zwei Tage zuvor gemacht hatte, und sich damit nach draußen verzogen. Hin und wieder hatte er in ihre Richtung geblickt, hauptsächlich, wie er sich sagte, um sicherzugehen, daß sie noch da war. Dabei hatte er bemerkt, daß sie ihn ebenfalls manchmal ansah. Aber sie hatte die Augen immer so schnell wieder abgewandt, daß er nicht hatte erkennen können, was in ihr vorging. Höchstwahrscheinlich verriet ihr Blick sowieso nur Abneigung. Verachtung. Wut. Mißtrauen.

Später am Abend hatte er aus einem der Löffel in der Hütte einen Dietrich geformt, der jetzt an seinem Gürtel hing. Er wandte sich an Ben: »Du weißt, was du tun mußt?«

Ben nickte. »Die alte Mine draußen vor der Stadt. Ich werde sie um Punkt vier sprengen, und fünfzehn Minuten später fliegt die alte Hütte am anderen Ende der Stadt in die Luft. Und dann treffe ich euch hinter der Postkutschenstation.« Er zog seine Uhr heraus und stellte sie so, daß sie genau mit der Uhr übereinstimmte, die er für Rafe gekauft hatte.

Rafe nickte. »Skinny und ich werden den Safe sprengen, wenn du die Hütte in die Luft jagst. Hoffentlich ist bis dahin die ganze Stadt zu der alten Mine unterwegs, so daß niemand genau merkt, woher die zweite Explosion kommt.«

Sie hatten lange darüber debattiert, ob es besser wäre, für Ablenkung zu sorgen oder nur den Safe zu sprengen und zu verschwinden, ehe irgendwer sie erwischte. Aber er wollte sichergehen, daß er die richtige Geldschatulle mitnahm, und das könnte ein paar Minuten dauern. Also hatten sie entschieden, daß es besser sei, ein Ablenkungsmanöver zu starten.

In der Stadt würde vollkommene Stille herrschen. Die Saloons schlossen um zwei Uhr, manchmal, wenn genug Kunden da waren, auch später. Um vier jedoch würde niemand mehr auf der Straße sein.

Als die Gebäude von Casey Springs in Sicht kamen, trennten sich die drei Männer. Ben ritt hinüber zu der verlassenen Mine, und Rafe und Skinny machten sich auf den Weg zur Postkutschenstation im Stadtzentrum. Es gab keine Hintertür, aber sie könnten durch das Seitenfenster entkommen, das auf einen schmalen Weg hinausging.

Im Büro des Sheriffs, das ein paar Häuser weiter lag, herrschte Dunkelheit. Rafe stieg ein kurzes Stück vor der Postkutschenstation ab und gab die Zügel seines Pferdes Skinny, damit dieser die beiden Tiere hinter das Haus führte und dort festband. Rafe schlich an den Hauswänden vorbei bis zur Eingangstür. Dort zog er ein Messer und den Dietrich aus dem Gürtel. Er hoffte nur, daß es so gut funktionieren würde wie damals in seiner Zelle.

Er probierte es erst mit dem Messer. Es würde schneller gehen, das Schloß herauszubrechen, als es mit dem Dietrich zu öffnen. Der Versuch mißlang, und Rafe sah sich eilig um. Immer noch herrschte vollkommene Stille. Nirgends brannte ein Licht. Er beugte sich erneut über das Schloß, schob vorsichtig den Dietrich hinein und stocherte nach dem Riegel. Nach einigen Augenblicken hörte er ein Klicken, und er drehte zaghaft am Knauf. Als die Tür aufging, seufzte er erleichtert auf, glitt hinein und lehnte die Tür an, damit Skinny auch hereinkommen konnte.

Ein paar Sekunden später tauchte dessen schlanke Gestalt aus der Dunkelheit auf. Nachdem er das Gebäude ebenfalls betreten hatte, verschloß Rafe die Tür von innen.

Ben hatte ihnen aufgezeichnet, wo alles war, und sie hatten sich jedes Detail genau eingeprägt. Sie gingen nach hinten, wo sich der Safe befand. Rafe zündete ein Streichholz an und blickte enttäuscht auf das Zahlenschloß. Er wünschte, er wüßte, wie man solche Dinger knackte, aber im Gefängnis gab es nun einmal keine Safes. Also mußten sie Dynamit benutzen.

Er blickte auf seine Uhr. Zwei Minuten vor vier. Sie warteten, und dann hörten sie die erste Explosion, dicht gefolgt von einer zweiten. Draußen wurden Stimmen laut. Jemand rüttelte an der Tür der Postkutschenstation, doch da sie verschlossen war, ging er wieder. Etwa fünf Minuten vergingen. Rafe wollte sichergehen. Sie warteten noch eine Minute. Dann zündete Rafe ein zweites Streichholz an, bedeckte die Flamme mit seiner Hand und blickte erneut auf die Uhr. Noch zwei Minuten. Ein drittes Streichholz. Noch fünfzehn Sekunden.

Skinny hatte das sorgfältig präparierte Dynamit bereits unter dem Safe angebracht und mehrere Pferdedecken zur Dämpfung des Knalls darum herumdrapiert. Er bedeutete Rafe, so weit wie möglich zurückzutreten. Auf Rafes Signal hin steckte er die kurze Zündschnur an und brachte sich ebenfalls in Sicherheit. Fast gleichzeitig mit der Explosion in der etwas entfernten Hütte ertönte die von ihnen ausgelöste. Rafe hoffte, daß die Leute die Explosion in der Postkutschenstation für das Echo der ersten halten würden.

Die Tür des Safes hing schief in den Angeln. Skinny zündete ein Streichholz an, während Rafe eilig das Innere des Tresors erkundete. Mehrere Postsäcke. Eine Kasse. Und ein Kasten mit Randalls Namen. Rafe nickte Skinny zu, der bereits zum Seitenfenster hinübergegangen war und die Holzlatten abnahm, mit denen es verrammelt war. Jede Bewegung war genau geplant, so daß es keiner Worte mehr bedurfte. Draußen herrschte immer größere Aufregung. Rufe. Schreie. Nachdem er die letzte Latte abgenommen hatte, schlug Skinny das Fenster ein, und Rafe konnte die Leute hören.

»Was in aller Welt ... !?«

»Die Mine ... «

»Nein, die Hütte vom alten Dakker ... «

Dann hörten sie Bens Stimme. Zur zusätzlichen Ablenkung schrie er aufgeregt herum. »Ich habe ein paar Männer in der Bank gesehen. Ein Überfall.« Das Geschrei wurde immer lauter, während die Leute die Straße hinabstürzten.

Gerade als Ben in die Gasse einbog, kletterte Rafe eilig aus dem Fenster, dicht gefolgt von Skinny. Sie rannten zu ihren Pferden hinüber und sprangen auf. Rafe hielt den Kasten fest umklammert, während sie die Tiere antrieben und sich unter die anderen Reiter mischten, die sich in dem Durcheinander auf der Straße herumtrieben. Als im Büro des Sheriffs das Licht anging, wendeten die drei Männer ihre Pferde bereits in Richtung der Mine.

Rafe, Skinny und Ben ritten eine Zeitlang mit der Menge, ehe sie ihre Tiere zurückfallen ließen und schließlich den Pfad ansteuerten, der von der Stadt fortführte. Dann ritten sie im gestreckten Galopp, bis sie in Sicherheit waren, und die ganze Zeit über hielt Rafe Randalls Zukunft in der Hand.

Clint kam im Morgengrauen bei Rafes Hütte an. Wenn in Casey Springs alles nach Plan verlief, müßten Rafe, Ben und Skinny um die Mittagszeit zurück sein.

Er hatte versprochen, sich um die Frau zu kümmern und dafür zu sorgen, daß sie alles Nötige bekam. Er hatte einen Sack voller in Heu gewickelter Eier und etwas Speck mitgebracht. Rafe Tyler war es vollkommen egal, was er aß, und Clint nahm an, daß sein Freund seine Gefangene nicht gerade mit kulinarischen Leckerbissen verwöhnte.

Er fühlte sich immer noch unwohl bei dem Gedanken, daß sie Shea Randall festhalten mußten, auch wenn er wußte, daß ihr nichts passieren würde. Obwohl sich der Captain verändert hatte, wie es wahrscheinlich jeder nach so vielen Jahren Gefangenschaft getan hätte, war Tyler doch im Grunde ein anständiger Kerl. Das hatte Clint gespürt, als er Rafe im Gefängnis besucht hatte; deshalb hatte er auch das Bedürfnis gehabt zu versuchen, irgendeine Form von Gerechtigkeit für ihn zu erwirken.

Aber Clint wußte, daß er, die anderen und vor allem Tyler einen hohen Preis für dieses hohe Ziel würden bezahlen müssen.

Und nun war da diese Frau. Sie mußte furchtbare Angst haben, und Clint wurde ihretwegen von Gewissensbissen geplagt.

Er erreichte die Hütte und fand den Schlüssel an der von Rafe angegebenen Stelle. Ehe er aufschloß, klopfte er an.

»Ja?«

Ihre Stimme klang zögernd. Er schloß auf und trat ein.

Sie stand mitten im Raum, und ihr Gesicht wurde vom Schein einer Kerze erhellt. Sie hatte ihr Haar zu einem langen Zopf geflochten und trug einen Rock. Sie sah irgendwie enttäuscht aus, was ihn überraschte. Wenn sie Angst hatte, dann zumindest nicht um sich. Das spürte er.

»Ich bin Clint«, sagte er.

»Sie waren auch an dem Tag hier, als ich hergebracht wurde«, sagte sie argwöhnisch.

Er nickte.

»Wo ist ... ?«

»Rafe? Er müßte irgendwann im Laufe des Tages kommen.«

Er fragte sich, ob das, was er in ihrem Gesicht entdeckte, Erleichterung war.

Dann sah sie ihn fragend an.

»Ich soll mich bis dahin um Sie kümmern«, sagte er. »Hat er Ihnen das nicht gesagt?«

»Er sagt mir nie etwas.« Ihre Stimme klang verbittert. »Ich nehme nicht an, daß Sie gekommen sind, um mich ... «

»Zu Randalls Ranch zu bringen? Nein, aber ich habe Ihnen etwas zu essen mitgebracht.«

Er merkte, wie wenig das im Vergleich zu dem war, was sie sich erhofft hatte, und fügte hinzu: »Tut mir leid.«

»Ach ja?« fragte sie. »Dann lassen Sie mich gehen.«

»Das kann ich nicht.«

»Warum?«

»Rafe ist mein Freund.«

»Ein so guter Freund, daß Sie bereit sind, für ihn zu hängen?« Ihre Frage klang zugleich bissig und ehrlich interessiert.

»Miss Randall«, sagte er geduldig. »Mein Bruder und ich wären vor zehn Jahren gestorben, wenn Rafe Tyler uns nicht gerettet hätte. Und etwas Derartiges vergesse ich nicht so leicht.«

»Wie?« Sie dürstete danach, mehr über Rafe Tyler zu erfahren. Hinter seine Schwächen zu kommen, wie sie sich einredete, obgleich sie wußte, daß das nur ein Teil der Wahrheit war. Er war ein Rätsel, das sie lösen wollte, ein Puzzle mit allzu vielen fehlenden Teilen.

Clint trat einen Schritt vor. Als er die Maus entdeckte, die auf dem Tisch saß, grinste er. »Sie haben also Abner gefunden.«

»Abner hat mich gefunden«, sagte das Mädchen. »Er leistet mir Gesellschaft. Und er ist ein besserer Gesellschafter als manch anderer«, fügte sie trocken hinzu. Es war offensichtlich, daß sie Rafe Tyler meinte.

Clint stellte fest, daß er Shea Randall mochte. Er hatte Tränen befürchtet, Schreie, Anschuldigungen oder Schlimmeres. Statt dessen hatte sie ihm ihren Standpunkt ruhig, fast bissig klargemacht. Er nahm an, daß sie die Hoffnung noch nicht verloren hatte.

»Und jetzt haben Sie auch noch etwas zu essen ... Eier, Speck.«

Aber Shea war nicht in der Stimmung, sich so leicht besänftigen zu lassen. Oder ihm einen Teil seiner Schuldgefühle zu nehmen. »Eine Henkersmahlzeit?« fragte sie grimmig.

»Haben Sie denn das Gefühl, man hätte Sie verurteilt?«

»Wie würden Sie sich fühlen, wenn Sie in einem engen Raum eingesperrt wären und von der Gnade einiger Männer abhängen würden, aus Gründen, die Sie noch nicht einmal verstehen?«

»Versuchen Sie es mal zehn Jahre lang«, sagte Clint mit rauher Stimme.

»Falls Sie über ... « Sie hielt inne, da sie nicht wußte, wie sie Rafe Tyler nennen sollte. »Er hat sich schließlich selbst in diese Lage gebracht, indem er die Armee bestohlen hat.«

»Hat er das?« Clint stellte ihr bewußt diese provozierende Frage.

»Was wollen Sie damit sagen?«

Ihre Verwirrung weckte in Clint plötzlich das Bedürfnis, ihr zu erklären, was Rafe Tyler offenbar nicht erklärt hatte. Aber das mußte dieser schon selbst tun. Er konnte nur über seine eigenen Gefühle sprechen.

»Ich habe Rafe kennengelernt«, sagte Clint langsam, »ehe er Captain wurde. Damals war ich neunzehn, mein Bruder sechzehn. Wir waren zur Unionsarmee gegangen, aber weiß Gott, wir waren kaum trocken hinter den Ohren. Tyler war unser Vorgesetzter, und er hat unermüdlich daran gearbeitet, uns gut auszubilden, aber die Armee hat uns in die Schlacht geschickt, ehe wir dazu bereit waren. Zu jener Zeit wurde Rafe zum Captain befördert, und wir wurden einem neuen Lieutenant zugeteilt, einem, der auch nicht mehr Erfahrung hatte als wir.

Der Kerl hat versucht, sich auf unsere Kosten einen Namen zu machen. Er befahl meinem Bruder, einen Heckenschützen zu stellen, und Ben wurde auf offenem Feld angeschossen. Der Heckenschütze hat immer weiter auf ihn gezielt. Ich bin ihm hinterhergekrochen und habe dabei selbst eine Kugel abgekriegt. Unser Lieutenant brach in Panik aus und befahl den anderen, sich zurückzuziehen und uns da draußen liegenzulassen. In diesem Augenblick kam Captain Tyler vorbeigeritten und sah, was passierte. Er hatte Befehl, sich direkt zu General Grant zu begeben, aber er hielt an, stieg ab und kroch in unsere Richtung, um uns zu helfen. Er kam nahe genug heran, um den Heckenschützen zu erledigen, aber dabei wurde er selbst getroffen.«

Clint konnte die Intensität der Gefühle nicht verbergen, die er jedesmal empfand, wenn er an jenen Tag dachte. »Captain Tyler war der beste Offizier, den ich im Krieg erlebt habe. Glauben Sie wirklich, daß ein Mann, der sein Leben riskiert und Befehle mißachtet hat, um zwei einfache Soldaten zu retten, das tun würde, was man ihm vorgeworfen hat?«

»Menschen ... verändern sich.«

»Nicht so sehr, Miss Randall.«

»Er hat es praktisch zugegeben ... «

»Hat er das? Hat er sich nicht einfach geweigert, sich zu verteidigen? Bisher hat ihm ja auch noch nie jemand zugehört.«

Er sah, daß sie unmerklich zitterte, als sie über seine Worte nachdachte. »Aber jetzt überfällt er Postkutschen ... «

»Er bestiehlt nur einen einzigen Mann, Miss Randall. Dessen Tochter Sie zufällig sind. Warum sollte er also annehmen, daß Sie ihm zuhören würden, wenn es bisher noch niemand getan hat? Rafe wollte Sie nicht hier haben. Es gefällt ihm immer noch nicht, Sie hier festzuhalten. Er versucht nur, meinen Bruder und mich zu beschützen. Wieder einmal.«

Einen Augenblick herrschte Schweigen, doch dann riß sie die Augen auf. »Wenn er unschuldig war ... «

Clint wartete darauf, daß sie den Gedanken zu Ende dachte. Sie hatte in dem Zeitungsartikel gelesen, daß Jack Randall der Hauptbelastungszeuge in der Verhandlung gegen Captain Rafferty Tyler gewesen war. Sie schüttelte den Kopf. »Das ist unmöglich. Alle Welt sagt, daß Jack Randall ein anständiger Mensch ist. Er wird von allen respektiert und gemocht und –«

»Sie kennen ihn nicht, nicht wahr, Miss Randall?«

»Nein, aber ich habe gehört, daß ... «

»Und er ist Ihr Vater.« Clint sagte diese Worte sanft.

Sie blickte ihn mit ihren unglaublich klaren, blaugrauen Augen an, und plötzlich verstand Clint, weshalb Rafe gestern so schlecht gelaunt gewesen war. Er selbst hatte in letzter Zeit häufig mit schlechter Laune zu kämpfen, und das lag ebenfalls an einer Frau.

»Ich werde die Eier und den Speck braten«, sagte er abrupt. Sie sollte ihre eigenen Schlüsse ziehen.

Shea dachte daran zurück, wie Rafe sie gestern am späten Abend hinausgelassen hatte, damit sie ihren persönlichen Bedürfnissen nachkommen konnte. Bereits da war ihr klargeworden, daß er etwas vorhatte, das mit ihrem Vater zusammenhing. Zum ersten Mal hatte er einen Revolvergürtel getragen, das Holster eng an den Schenkel geschnallt. Er hatte gefährlich ausgesehen, ganz anders als die Männer, die sie aus Boston kannte. Er hatte die Lippen zusammengepreßt und kaum ein Wort gesprochen. Er hatte dafür gesorgt, daß sie genug Wasser und Nahrungsmittel hatte, und ihr einen leeren Eimer hingestellt.

Sie hatte die ganze Nacht nach einem Fluchtweg gesucht, aber er hatte alles mitgenommen, womit man das Fenster oder die Tür hätte aufbrechen können.

Und nachdem sie ergebnislos über diese offensichtlich unmögliche Aufgabe nachgedacht hatte, hatte sie sich ängstlich gefragt, was sie tun sollte, falls er nicht zurückkam. Und was ihr vollkommen unverständlich gewesen war – seltsamerweise hatte sie sich auch um *ihn* Sorgen gemacht. Weil sie inzwischen von ihm abhängig war? Oder lag es vielleicht an etwas anderem?

Jetzt nutzte sie die Gelegenheit, soviel wie möglich über ihn zu erfahren, obwohl sie nicht alles akzeptieren konnte, was Clint ihr erzählte. Er entschuldigte Rafferty Tyler und damit auch sich selbst. Aber wenn Rafe Tyler wirklich unschuldig gewesen war, warum versuchte er dann nicht, seine Unschuld zu beweisen, statt neue Verbrechen zu begehen?

»Erzählen Sie mir mehr über ... Rafferty Tyler«, bat sie, während er eine Pfanne aus einer der Satteltaschen nahm, die er mit hereingebracht hatte.

Clint zuckte mit den Schultern. »Mehr weiß ich nicht. Er war ein verdammt guter Offizier.«

»Dann erzählen Sie mir von sich«, sagte sie. Sie brauchte einfach ein wenig Unterhaltung nach all den einsamen Stunden.

Er sah sie scharf an. »Da gibt es nichts zu erzählen.«

»Keine Frau? Keine Kinder?«

Clint starrte sie einen Augenblick lang argwöhnisch an. »Es funktioniert nicht, Miss Randall«, sagte er. »Ich lasse Sie nicht gehen. Sie werden hierbleiben, bis wir das, was wir hier zu erledigen haben, hinter uns gebracht haben, und dann können Sie gehen, wohin Sie wollen.«

»Was *haben* Sie denn hier zu erledigen?« Sie versuchte, in Erfahrung zu bringen, was die Kerle mit ihrem Vater vorhatten, aber bisher hatten diesbezügliche Vorstöße sie nicht weitergebracht.

»Sie stellen zu viele Fragen.« Er warf ein bißchen Speck in die Pfanne und hängte sie über die Flammen.

»Lassen Sie mich das machen«, bot sie an. Sie brauchte Beschäftigung.

Er nickte und trat einen Schritt zurück.

Wenn es ihr nur gelänge, die Pfanne zu behalten. Sie gäbe eine gute Waffe ab.

Bald wurde der Raum vom Duft brutzelnden Specks durchzogen, und Shea spürte, wie ihr das Wasser im Mund zusammenlief. Wie viele Tage war sie nun schon hier? Wie lange war es her, daß sie das letzte vernünftige Frühstück bekommen hatte?

»Sie haben sicher keinen Kaffee mitgebracht?« fragte sie wehmütig.

»Nein, aber beim nächsten Mal.«

Ihr Blick wurde trübe. »Wie viele nächste Male wird es noch geben?«

»Ich weiß es nicht.«

Sie schluckte. Plötzlich wurde sie von Hoffnungslosigkeit überwältigt. Sie fühlte sich fremd zwischen diesen Männern, die Waffen trugen, die in einem Ton über Gewalt und Überfälle sprachen, in dem sich die Bostoner über Konzerte unterhielten. Sie hatte immer noch keine Angst, daß sie ihr etwas zuleide tun würden – dazu hätten sie bereits reichlich Gelegenheit gehabt –, aber sie fürchtete alles, was sie repräsentierten. Doch zugleich war der unberechenbare Teil ihrer selbst fasziniert von ihnen, vor allem von Rafe Tyler. Eine häßliche Art der Faszination, dachte sie. Sie konnte einfach nicht akzeptieren, daß Rafe Tyler unschuldig sein sollte. Ein Gericht konnte kein derartiges Unrecht begehen. Und ihr Vater ... sie war aus demselben Fleisch und Blut ... hätte ihn niemals derart belastet.

Wenn ihr Vater ein solch raffgieriger Mensch war, warum hatte er dann ihrer Mutter all die Jahre lang so viel Geld geschickt? Warum hätte er dann eine Schule bauen sollen? Warum sollte er dann so vielen anderen Menschen helfen, die in Schwierigkeiten steckten, wie es ihr die Leute in Casey Springs erzählt hatten?

Aber immer noch spürte sie diese nagende Angst, wenn sie an Rafe Tyler dachte. Der bloße Gedanke, daß er vielleicht verletzt oder verwundet sein könnte, war eigenartig schrecklich.

Sie roch etwas Angebranntes und blickte hinab. Der Speck war kohlrabenschwarz. Da sie im Geiste immer noch mit dem rätselhaften Rafe Tyler beschäftigt war, reagierte sie instinktiv und packte den glühenden Griff der Pfanne.

Sie ließ das Kochgerät fallen, und das Fett spritzte auf ihr Kleid und ihre nackte Haut.

»Verdammt«, stieß Clint Edwards hervor und kam eilig herübergerannt. Er nahm ihre Hand; die Haut wurde bereits weiß.

Shea umklammerte ihr Handgelenk, als der Schmerz schlimmer wurde und ihren ganzen Arm hinaufzog. Sie spürte, wie ihr die Tränen in die Augen stiegen.

»Ist hier irgendwo Wasser?« fragte Clint.

Sie wies mit dem Kopf in Richtung des Eimers, den Rafe ihr hingestellt hatte, und Clint führte sie hinüber. Als sie langsam die Hand eintauchte, zuckte sie zusammen, aber sie sagte keinen Ton.

»Es wird wieder heilen«, sagte er. »Sie werden keine Narbe zurückbehalten, aber es wird eine Zeitlang weh tun. Verdammt, ich wünschte, wir hätten etwas Salbe.«

Shea wünschte, die Hand würde aufhören zu schmerzen. Sie wünschte, sie könnte nach Hause gehen. Aber im Grunde hatte sie ja gar kein Zuhause mehr.

Plötzlich kam ihr ein Gedanke. »Können wir nicht einen Arzt holen?«

»Nein, aber ich werde morgen etwas Salbe mitbringen.« In seinen Augen blitzte so etwas wie Bewunderung auf. »Und jetzt halten Sie die Hand weiter ins Wasser.«

Shea erinnerte sich an das Brandmal auf Rafes Hand, und sie

wußte, daß ihre Schmerzen sehr gering sein mußten im Vergleich zu dem, was er durchgemacht hatte. Sie ertrug noch nicht einmal den Gedanken daran.

Also schloß sie die Augen und kühlte ihre Hand. Ihre rechte Hand. Ihre Zeichenhand. Sie versuchte, die Finger zu bewegen und zuckte zusammen. Sie blickte auf.

»Wann wird ... Ihr Freund zurückkommen?« Es gelang ihr immer noch nicht, ihren Entführer »Rafe« zu nennen. Oder »Tyler«. Oder bei einem anderen Namen, der auch nur den leisesten Hinweis auf Vertraulichkeit gab.

»Heute nachmittag.«

»Sie scheinen sich da ganz sicher zu sein.«

»Das bin ich auch«, sagte er mit nervtötender Sicherheit. »Wie fühlt sich Ihre Hand jetzt an?«

»Schrecklich.«

»Vielleicht hilft ja etwas Schlamm. Wollen Sie runter an den Bach gehen?«

Shea war sich nicht sicher, ob sie die Hand aus dem Wassereimer ziehen wollte, aber der Gedanke, für eine Weile der Enge der Hütte zu entfliehen, war verlockend. Also gut. Ihre Hand schmerzte immer noch entsetzlich. Als Clint sich zur Tür drehte, blickte sie auf die Bratpfanne, die auf dem Boden lag. Er hatte sie vergessen!

Da er ihr den Rücken zugewandt hatte, schob sie die Pfanne mit dem Fuß unter die Pritsche, so daß sie nicht mehr zu sehen war.

Ein stummes Dankgebet auf den Lippen, folgte sie Clint nach draußen.

12. Kapitel

Shea versuchte zu lesen, aber da ihre Hand immer noch pochte, konnte sie sich nicht auf das Buch konzentrieren. Clint war vor ein paar Stunden gegangen, nachdem er ihr versprochen hatte, morgen noch einmal vorbeizukommen und ihr Salbe zu bringen. Sie hatte versucht, ihn zu überreden, sie nicht wieder in der Hütte einzusperren, und er hatte sie mitleidig angesehen. Trotzdem hatte er hinter sich abgeschlossen, doch erst, nachdem er es ihr so bequem wie möglich gemacht hatte.

Die Bratpfanne lag immer noch unter der Pritsche. Die Frage war nur, ob sie sie – psychisch wie physisch – überhaupt würde benutzen können. Selbst mit der Schlammpackung, die Clint ihr angelegt hatte, brannte ihre Hand wie Feuer.

Die Zeit verging im Schneckentempo. Sollte er nicht längst zurück sein? Es mußte bereits Nachmittag sein; die Kerze war fast abgebrannt. Bald hätte sie kein Licht mehr in der Hütte.

Abner krabbelte neben sie auf die Pritsche und legte die Pfoten zusammen, als wolle er sie um etwas bitten. Shea fuhr ihm mit einem Finger über den Rücken, und der Mäuserich reckte sich ihr entgegen, als bereite ihm diese Berührung das größte Vergnügen. Sie fragte sich erneut, wie es dem Mann gelungen war, das Tier zu zähmen. Vielleicht einfach, weil er ebenfalls unerträglich einsam gewesen war?

Aber offensichtlich hatte Rafe einfach ein Talent im Umgang mit Tieren. Sie hatte seine Geduld beim Trainieren des Pferdes gesehen, die Ruhe, mit der er sich den Bären genähert hatte. Und dann erinnerte sie sich, Wort für Wort, was Clint gesagt hatte. Rafe Tyler war der beste Offizier gewesen, den er je gesehen hatte. Er hatte sein Leben riskiert, um andere zu retten.

Diese beiden Eigenschaften paßten zusammen, die Sanftheit Tieren gegenüber und die Loyalität anderen Menschen gegenüber. Was nicht dazu paßte, war der Vorwurf, daß er sein Land verraten und bestohlen haben sollte. Aber die Beweise …

Man hatte Geld in seinem Quartier gefunden. Ihr Vater hatte gesehen, wie er die Banditen getroffen hatte. Und er hatte die Tat nicht geleugnet …

Bisher hat ihm niemand zugehört.

Clints Worte. Sie waren nicht wichtig, sagte sie sich. Rafe Tyler hatte sich *jetzt* auf alle Fälle gegen das Gesetz gestellt. Er hatte es auf ihren Vater abgesehen. Er hielt sie gegen ihren Willen fest. Unschuldige Männer taten so etwas nicht.

Sie dachte erneut an die Bratpfanne, daran, daß sie ihren Wächter damit schlagen würde, wenn er nicht hinsah, um sich dann sein Pferd zu schnappen. Sie mußte fort von Rafe, von den Gefühlen, die er in ihr weckte, von der Faszination dieses Mannes, der ihr klar zu verstehen gegeben hatte, daß er ihren Vater vernichten wollte.

Sie mußte ihren Vater warnen!

Ganz verloren in ihrem eigenen Elend und der für sie ungewöhnlichen Unentschlossenheit, schreckte sie überrascht auf, als sie plötzlich hinter der Tür Geräusche vernahm. Sie hatte kein Hufgeklapper gehört, so daß, wer auch immer da gekommen war, sich zu Fuß genähert haben mußte.

Es klopfte. Sein Klopfen. Sie erkannte die leichte Ungeduld.

Sie nahm Abner in die linke Hand, wo er sich durchaus wohlzufühlen schien, stand auf und beobachtete, wie Rafe Tyler hereinkam. Er sah müde aus, sein Gesicht war voller rauher Bartstoppeln, und sein Blick war so nüchtern und unverbindlich wie immer. Sie musterte ihn, ohne genau zu wissen, wonach sie suchte, bis sie erleichtert feststellte, daß er unverletzt war.

Und dann wurde sie von seinen Augen durchbohrt, von seinem Blick, der von ihrem Gesicht abwärts wanderte, bis er schließlich auf ihre rechte Hand fiel.

Seine sandfarbenen Brauen zogen sich zusammen. »Was in aller Welt ... ?«

Die Besorgnis in seiner Stimme verwirrte sie. »Ich ... ich habe mich verbrannt.«

Zwei eilige Schritte, und er stand vor ihr und streckte seine beiden behandschuhten Hände nach Abner aus. Er setzte die Maus auf den Boden und untersuchte vorsichtig Sheas verletzte Hand. Die Sanftheit seiner Berührung war unmißverständlich. Seine Augen blickten fragend auf die Schlammpackung.

»Ihr Banditenfreund«, sagte sie in dem Versuch, sich in Erinnerung zu rufen, mit was für Kerlen sie es hier zu tun hatte.

»Er hat doch nicht etwa ... ?« Seine Stimme klang ungläubig.

Sie schüttelte den Kopf. »Er hat nur versucht, mir zu helfen ... ich habe meine Hand an einer heißen ... Bratpfanne verbrannt.«

Er ließ ihre Hand los, streifte seine Handschuhe ab – offenbar war ihm seine eigene häßliche Narbe im Augenblick völlig egal – und stopfte sie in die Hosentasche. Dann ergriff er erneut ihre Hand, strich mit den Fingern den Schlamm zur Seite und fuhr ungewöhnlich sanft über ihren Handballen. Sie hatte das Gefühl, als ob sie von einer Feder berührt wurde, einer Feder, die sie bis in die Zehenspitzen erschaudern ließ. Und ein Teil ihrer Schmerzen schien wie fortgeblasen, als er sie zu dem Wassereimer führte und den Schlamm abwusch, um die Hand genauer zu untersuchen.

»Es tut mir leid«, sagte er. Sie spürte, daß ihm diese Entschuldigung schwerfiel. »Ich habe nicht gewollt, daß Ihnen etwas passiert.«

»Schon gut«, flüsterte sie.

»Nein, es ist nicht gut«, widersprach er ihr. Er schloß kurz die Augen, und Shea fragte sich, an was er dachte. Wenn sie ihn doch nur besser kennen würde.

»Es ... « Er zögerte, doch dann fuhr er fort. »Die Verbrennung dürfte eigentlich keine Narbe hinterlassen, aber ich weiß, wie weh es tut. Verdammt.« Das letzte Wort platzte voller Zorn aus ihm heraus, und Shea wußte nicht, gegen wen er sich richtete.

Plötzlich verspürte sie das Bedürfnis, *ihn* zu trösten, obgleich sie wußte, wie irrsinnig dieser Gedanke war. Sie sollte die Wunde ausnutzen, sollte fordern, daß er sie endlich gehen ließ. Aber aus irgendeinem unerfindlichen Grund konnte sie das nicht. Vielleicht, weil sie spürte, daß die Narbe an seiner Hand seine einzige verletzbare Stelle war, eine Schwäche, die sein Innerstes erschütterte.

»Clint ... hat gesagt, daß er mir Salbe bringen würde«, sagte sie schließlich, als sie sah, daß er sich verzweifelt bemühte, seine Maske der Gleichgültigkeit nicht zu verlieren. Sie wünschte sich, sie würde sich nicht so verzweifelt danach sehnen, den Mann zu entdecken, der sich dahinter verbarg.

Er atmete hörbar auf, ließ ihre Hand los, packte ihr Kinn und zwang sie, ihm in die Augen zu sehen. Plötzlich beugte er den Kopf vor und berührte ihren Mund mit seinen Lippen auf eine vorsichtige, zögernde Art, die ihm so überhaupt nicht ähnlich sah, die ganz anders war als alles, was er ihr bisher von sich gezeigt hatte.

Der andere Kuß war gewaltsam gewesen, fordernd, strafend. Es hatte nur einen kurzen Augenblick der Zärtlichkeit gegeben. Doch selbst dabei hatte sie auf eine primitive Weise auf ihn reagiert, die sie verachtete. Und jetzt reagierte sie noch viel stärker, mit einem Verlangen, das ihr den Verstand zu rauben drohte.

Sein Kuß vertiefte sich, und sie merkte, daß sie die Arme um ihn schlang, obgleich sie wußte, daß das ein entsetzlicher, nie wieder gutzumachender Fehler war. Sie war sich nur allzu bewußt, wie entsetzlich, als sich ihre Zunge der seinen entgegenschob, sich ihr Körper an ihn preßte.

Die Funken des Feuers, das seit dem ersten Tag zwischen ihnen schwelte, verwandelten sich in lodernde Flammen und hüllten sie beide in eine Hitze ein, die herrlich erregend war.

Schmerzlich und zugleich wunderbar verrucht, erregend, stechend, brennend und ... voller Verlangen.

Shea verlor sich in seiner Berührung, in dem Gefühl seiner Lippen auf ihrem Mund, in dem Gefühl seines erregten Körpers an ihrem Leib. Seine Hände strichen über ihren Hals, während sein Mund den ihren langsam erforschte. Sie spürte, daß er sich nur mühsam beherrschte. Diese Erkenntnis steigerte nur noch ihr eigenes Verlangen, ihre eigene Sehnsucht.

Sie verstand nicht, was mit ihr geschah, warum in diesem Augenblick nichts von Bedeutung war außer diesem Banditen, den sie hassen sollte. Sie hörte das schnelle Klopfen seines Herzens, und ihr schwanden die Sinne.

Obgleich sie wußte, wer und was er war, obgleich all die pulsierenden Emotionen, die ihren Körper überwältigten, sie beunruhigten, hatte sie das seltsame Gefühl, zu diesem Menschen zu gehören. Wie in jedem Augenblick seit ihrer ersten Begegnung mit Rafferty Tyler, kämpfte sie mit sich selbst, rang ihr Kopf mit dem Herzen, ihr Geist mit dem Körper.

Irgend etwas an ihm berührte sie auf eine Weise, die sie nicht erklären, mit einer Heftigkeit, die sie nicht leugnen konnte. Sie spürte, wie er ihr über das Haar strich, erst mit starken, sicheren Bewegungen, dann zögernd. Seine Hand glitt auf ihren Rücken, und seine Finger strichen über ihre Bluse, bis sie erschauderte. Sein Mund bat ihre Lippen, sich zu öffnen, und das taten sie, so bereitwillig, daß es sie schockierte. Nie zuvor hatte sie einen Menschen derart intensiv geküßt, nie zuvor war sie so innig geküßt worden.

Aber seit dem Augenblick, in dem seine Lippen sie berührt hatten, war es ihr unmöglich, ihm zu widerstehen, unmöglich, das Beben ihrer Nerven zu unterbinden, den Schmerz in ihrem Innersten, unmöglich, ihm nicht einen Teil von sich zu geben, der noch nie zuvor berührt worden war. Sie wollte seine Wut lindern, ihn lächeln sehen, den bitteren Argwohn, in den er sich hüllte, vertreiben.

Sie wollte *ihn*! Diese Erkenntnis war quälend. Sein angespannter Körper verriet ihr, daß er den Kuß ebensowenig geplant hatte wie sie, daß die Zärtlichkeit von irgendwelchen überirdischen Kräften herrührte, die sich verbündet hatten, um zwei Menschen zusammenzubringen, die sich niemals hätten begegnen dürfen.

Aber allein sein Geruch betäubte sie. Sein Haar war feucht und lockte sich um ihre Finger. Sie spürte, daß er erschauderte, als sich der Kuß vertiefte, als seine Zunge sie spielerisch liebkoste und noch unbekanntere Gefühle in ihr weckte, ihr Blut in Wallung geraten ließ, ihren Atem und ihren Herzschlag beschleunigte.

Sie wimmerte leise, als der Druck in ihrem Inneren zunahm, als jeder Teil ihres Körpers, jeder Knochen, jeder Nerv zum Leben erwachte, als würden Tausende von Ameisen durch ihre Adern huschen. Ihre Hände umschlangen ihn fester, und ihre Körper verschmolzen miteinander. Sie hatte das Gefühl, als würde sie explodieren in einem Verlangen, das zwar fremd, doch zugleich unwiderstehlich war.

Er stöhnte, und dann hob er den Kopf und sah sie an. Sie sah, daß sich sein Gesicht anspannte. Sein Blick war nicht mehr leer, sondern er glühte mit einer Leidenschaft, die sie nicht für möglich gehalten hätte. Sie spürte, daß er seine Hände, die sinnlich über ihren Rücken gefahren waren, zu Fäusten ballte und daß sein Körper zu vollkommener Reglosigkeit erstarrte.

Und dann ließ er sie los und trat einen Schritt zurück. Sein Gesicht verriet einen solch unerträglichen Schmerz, daß Shea meinte, es bräche ihr das Herz.

Er wandte sich abrupt ab und krachte mit der Faust auf den Tisch. Diese Geste enthielt so viel brodelnde Gewalt, daß Shea zusammenfuhr. Er beugte leicht den Rücken und stützte sich auf die Holzplatte. So viele rohe, nackte Emotionen brachen aus ihm heraus, so viele wütende Ströme durchzogen den Raum, daß Shea das Gefühl hatte, sich im Herzen eines Sturms zu befinden, der ihr das Leben auszusaugen drohte. Sie verstand noch nicht einmal ansatzweise, was mit ihm geschah. Sie wußte nur, daß der Anblick seines inneren Kampfes ihr den Atem nahm.

Rafe verfluchte stumm den unglückseligen Stern, unter dem er geboren war. Seit die Komanchen seine Eltern vor so vielen Jahren getötet hatten, war vom Schicksal – und von den Menschen – systematisch alles zerstört worden, was ihm teuer war. Er hatte einmal geglaubt, daß jeder Mensch für sein Glück selbst verantwortlich sei, aber das stimmte offensichtlich nicht, wenn irgendein höheres Wesen es anders entschied.

Zehn Jahre. Er hatte zehn verdammte Jahre verloren. Und er würde für den Rest seines Lebens von dieser verfluchten Narbe gequält werden.

Er konnte diese Jahre einfach nicht vergessen, oder den Mann, der für diesen Verlust verantwortlich war.

Und irgendein Teufel hatte ihm die Tochter dieses Mannes geschickt, ließ ihn sie mit all der Leidenschaft begehren, die er noch besaß. Mehr als das, die fragenden, manchmal verwirrten blaugrauen Augen dieser Frau weckten eine Zärtlichkeit in ihm, von der er nicht gewußt hatte, daß es sie noch gab.

Wähle, sagte der Teufel. Aber er hatte keine Wahl. Der Mann in ihm dürstete nach Gerechtigkeit, nach Rache. Der Haß war stärker als die neuentdeckte Leidenschaft. Häßliche, gewaltsame Emotionen wie Haß, Habgier und Eifersucht hatten die sanfteren Gefühle schon immer besiegt. Das hatte er im Krieg gelernt, und diese Lektion war im Gefängnis bestätigt worden.

Leidenschaft war alles, was er für diese Frau empfand, sagte er sich.

Als er die Hütte vor ein paar Minuten betreten hatte, hatte ihn die Erleichterung – ja Freude –, mit der sie ihn angesehen hatte, überrascht. Himmel, er hatte sich wie ein Monster gefühlt, vor allem, als er ihre Hand gesehen hatte. Aber sie hatte ihm keine Vorwürfe gemacht, sondern ihm ein schwaches Lächeln geschenkt, das ihm verriet, daß er vermißt worden war.

Und so hatte er getan, was er nicht hatte tun wollen. Er hatte sie berührt, und diese Berührung hatte zu sehr viel mehr geführt.

Und er hatte festgestellt, daß er noch mehr als das wollte.

Er verbannte diesen Gedanken, wie er so viele Gefühle verbannte, und drehte sich wieder zu ihr um. Alle Farbe war aus ihrem Gesicht gewichen, und sie lehnte an der Wand, als brauche sie eine Stütze.

Etwas in seinem Inneren zwang ihn, ihr einen Schlag zu versetzen. Wenn er es nicht täte, würde er sie wieder in seine Arme ziehen, und dann könnte er sie nicht mehr gehen lassen. Er mußte dafür sorgen, daß sie ihn haßte.

Er musterte sie mit bewußt bösem Blick und verlieh seiner Stimme einen häßlichen Klang. »Wollen Sie etwa Ihre Tugend gegen die Freiheit eintauschen? Wenn ja, muß ich sagen, daß ich kein Interesse habe.«

Rafe wußte, daß er Erfolg gehabt hatte, als er sah, wie ihre Augen wütend aufblitzten. Ihre verbrannte rechte Hand holte aus, doch er fing sie auf, ehe sie seine Wange berührte. Seine Augen wanderten zu den Blasen, die sich bereits bildeten.

»Wenn Sie mir eine Ohrfeige geben, tut Ihnen das viel mehr weh als mir«, sagte er leise.

»Sie sind ein ... ein ... «

»Schwein. Ich nehme an, das wollten Sie sagen«, beendete er spöttisch ihren Satz.

»Schwein reicht nicht«, erwiderte sie.

Er grinste, obgleich er alles andere als amüsiert war. »Ich mag Ihr Temperament.«

Ihre Augen sprühten zornige Funken, wie ein Vulkan, der glühende Lava ausstieß. Er hatte einen Augenblick der Zärtlichkeit in etwas Häßliches verwandelt. Der Schmerz in seinem Inneren öffnete sich wie ein Abgrund und verschlang die wenigen Sekunden der Freude, der Normalität, des Vergessens. Er war wieder im Gefängnis. Dieses Mal waren die Gitterstäbe zwar nicht aus Eisen, aber genauso beengend, erdrückend.

Er wandte sich ab. »Wenn Sie zum Bach wollen, kommen Sie mit«, sagte er mit gleichgültiger Stimme.

Er raubte ihr ihre Intimsphäre und ihren Stolz, wie ihm der seine geraubt worden war. Am ersten Tag im Gefängnis hatte man ihn nackt ausgezogen, seine intimsten Körperteile waren einer Leibesvisitation unterzogen worden, man hatte ihn abgeschrubbt und entlaust. In diesem Augenblick hatte er sich in sich zurückgezogen; es war die einzige Möglichkeit gewesen zu überleben.

Er hatte keine Wahl gehabt. Genau wie er jetzt keine Wahl hatte. Zu viele andere Leben standen auf dem Spiel. Seine Rache stand auf dem Spiel.

Dies war der letzte Gedanke, den er hatte, ehe er ein Geräusch dicht hinter sich hörte. Ehe er darauf reagieren konnte, spürte er einen heftigen Schmerz in seinem Kopf und merkte, daß er fiel. Dann umfing ihn völlige Dunkelheit.

Shea starrte auf ihn hinab. Er wirkte riesig, wie er da zusammengesunken auf dem Boden lag. An der Stelle seines Hinterkopfes, an der sie ihn mit der Bratpfanne getroffen hatte, formte sich ein kleiner Blutfleck.

Die Pfanne lag ebenfalls auf dem Boden. Shea hatte beide Hände benutzt, um zuzuschlagen, wobei ihre rechte Hand vor Schmerzen explodiert war, und sie hatte die Waffe fallen lassen, sobald Rafe Tyler in die Knie ging.

Einen Augenblick lang stand sie wie angewurzelt da. Es war ihr unmöglich, den Blick von ihm abzuwenden. Sie beugte sich zu ihm hinab und berührte die sichtbare Schwellung an seinem Schädel. Wenigstens schien er normal zu atmen.

Geh, sagte sie sich. Aber sie zögerte, wollte ihn nicht einfach so liegen lassen. Schließlich öffnete sie die Tür, wobei sie ihn ein wenig zur Seite schieben mußte. Sein Pferd war zum Glück noch gesattelt. Sie wußte nicht, ob sie ein Pferd satteln konnte, vor allem mit ihrer verwundeten Hand. Dann kam ihr der Gedanke, daß Rafe Tyler sich Sorgen um sie gemacht haben mußte, wenn er nach ihr gesehen hatte, ohne zuvor das Tier zu versorgen.

Sie blickte zurück auf die reglose Gestalt, die halb hinter der Tür verborgen war. Wie lange würde es wohl dauern, bis Clint zurückkam? Wie lange würde es dauern, bis Rafe Tyler das Bewußtsein wiedererlangte?

Sie dachte an den Kuß, an die Art, wie sie darauf reagiert hatte, an seine spöttischen Bemerkungen, und zögerte nicht länger. Sie wünschte sich, sie hätte ein Paar Handschuhe, aber um seine zu finden, würde sie ihn durchsuchen müssen, und das wollte sie nicht. Statt dessen bückte sie sich, riß ein Stück Stoff von ihrem weißen Unterrock und wickelte es um ihre verletzte Hand.

Shea ging eilig zu dem Pferd und streichelte seinen Hals, wie sie es bei Rafe gesehen hatte. Das Tier war immer noch verschwitzt, und sie kannte sich gut genug aus, um zu wissen, daß es eigentlich trockengerieben werden müßte und eine Ruhepause brauchte, aber sie mußte unbedingt fort von hier. Sie mußte die Erinnerung an den Kuß löschen, an den Moment der Zärtlichkeit, der durch seine Grausamkeit zunichte gemacht worden war. Mit dem er sie hatte bestrafen wollen für das, was er ihrem Vater anlastete.

Sie biß sich auf die Lippen, um nicht laut aufzustöhnen, als sie die verbrannte Hand auf den Sattelknauf legte und sich auf den Rücken des Pferdes schwang. Sie wünschte sich, sie hätte genug Zeit, um die Hose anzuziehen, aber sie wagte es nicht, noch einmal in die Hütte zu gehen, nicht, solange er jeden Moment aufwachen konnte.

Ihr Rock und Unterrock schoben sich bis über ihre Knie, so daß ihre weiße Unterhose zu sehen war, aber das war ihr egal. Sie mußte hier weg. Sie mußte zu ihrem Vater.

Sie mußte an den einen Ort, an den sie als ihr Zuhause gedacht hatte.

Aber vor allem mußte sie fort von Rafe Tyler, von all den Gefühlen, die sie nicht verstand. Sie mußte versuchen, dem stechenden Schmerz zu entkommen, der bereits an ihr nagte. Sie preßte die Beine in die Flanken des Pferdes und spürte seinen Widerwillen. Sie trat noch einmal zu, und langsam setzte sich das Tier in Bewegung, fort von der Hütte mit der halb geöffneten Tür und dem lang ausgestreckten Körper ihres Feindes.

Clint Edwards hielt am *Circle R,* um zu berichten, daß er in den Wäldern hinter der Bergweide zwei Wölfe getötet hatte und nach Rushton reiten würde, um dort auf den Sheriff und die Postkutsche zu warten.

Jack Randall war bereits dorthin unterwegs, in der Hoffnung, sein Geld in Empfang nehmen zu können. Einer der Arbeiter, der gerade die Tiere fütterte, sagte, daß Sam McClary ebenfalls fortgeritten war.

Clint zog sich eilig ein sauberes Hemd an und sattelte ein frisches Pferd. Inzwischen sollte sich die Neuigkeit von dem Überfall auf die Postkutschenstation herumgesprochen haben, und er mußte noch Salbe kaufen gehen. Dann müßte er einen Weg finden, sie zu Rafe in die Berge zu bringen. Das Lager der Goldsucher, in dem Ben und Simon sich oft aufhielten, war ganz in der Nähe, und die Frau hatte Ben schon einmal gesehen.

Falls es Ben gestern nacht überhaupt gelungen war, das Geld zu stehlen und zu entkommen. Clints Magen zog sich zusammen. Er hatte Vertrauen in Rafe Tyler. Er hatte nicht übertrieben, als er der Frau gesagt hatte, daß Tyler der beste Offizier war, den er je gesehen hatte.

Aber Ben war nicht nur Clints Bruder, sondern zugleich sein bester Freund. Sie beide waren immer zusammen gewesen. Hin und wieder waren auch andere in diesen kleinen Kreis aufgenommen worden – die Männer, mit denen sie im Krieg gewesen waren und die jetzt demselben ruhelosen Herrn dienten. Vielleicht, wenn es eine Frau gegeben hätte, eine Frau, die ihn verstand …

Kate hätte ihn vielleicht verstanden. Aber Clint stand in direkter Opposition zu ihrem Vater, er hatte einen Weg gewählt, der nun, da Shea Randall ihn gesehen hatte, zu einer tödlichen Konfrontation führen würde, wenn er bliebe, nachdem sie ihre Aufgabe erfüllt hatten. Er würde Kate nicht dazu zwingen, sich zwischen ihrer Familie und ihm zu entscheiden.

Außerdem war sich Clint der Tatsache nur allzu bewußt, daß Ben und er eines Tages im Gefängnis landen könnten. Er hatte gesehen, was die Inhaftierung aus Rafe Tyler gemacht hatte, wie sie den selbstbewußten, allseits beliebten Offizier in einen verbitterten, von Rachegedanken getriebenen, zurückgezogenen Mann verwandelt hatte. Und einer solchen Belastung wollte er Kate nicht aussetzen.

Aber verdammt, es tat weh. Ihre Blicke verrieten ihm, daß sie mehr als nur ein wenig verliebt in ihn war. Und wenn er mit ihr zusammen war, verspürte er einen Frieden, den er niemals für möglich gehalten hatte, das Gefühl, irgendwo hinzugehören, das er seit dem Krieg nicht mehr kannte.

Er mußte sich von ihr fernhalten, durfte sie nicht in sein Kartenhaus lassen, da es sonst eines Tages über ihr zusammenstürzen würde. Falls der Überfall gestern nacht erfolgreich verlaufen war, wäre die ganze Sache bald erledigt. Wenn sie richtig vermutet hatten und Randall aus Verzweiflung etwas Unehrenhaftes tat, dann könnten sie noch vor dem Herbst weiterziehen. In einen weit entfernten Staat wie Oregon oder Montana. Die Aussicht war schmerzlich. Clint gefiel sein Job auf der Ranch. Er hatte festgestellt, daß er ein gewisses Talent für die Viehzucht hatte, und dann war da natürlich Kate.

Er mußte an etwas anderes denken. Es gab wichtigere Dinge. Loyalität. Gerechtigkeit. Niemals würde er Rafe Tyler fallenlassen, egal, was es ihn kostete. Seine eigenen Verluste waren, verglichen mit denen Tylers, wirklich gering.

Als Clint sich dem Laden von Rushton näherte, bemerkte er die allgemeine Aufregung in der für gewöhnlich verschlafenen

Stadt. Jack Randalls Einspänner und ein Dutzend Reitpferde standen vor dem Geländer. Vor der Tür des Geschäfts sprachen mehrere Männer aufgeregt durcheinander.

Clint stieg ab, band sein Pferd fest und betrat den Laden. Jack Randall war bereits da und sprach mit Russ Dewayne. Seine Miene war grimmig und angespannt. McClary stand ein paar Meter neben ihm und hatte ein widerliches Grinsen im Gesicht. Clint merkte, wie seine Abneigung gegen den Mann noch zunahm.

»Mr. Randall, Russ«, grüßte er. »Ist das Geld angekommen?«

Dewayne starrte ihn böse an. »Die Postkutschenstation in Casey Springs ist gestern nacht überfallen worden. Die Kerle haben das ganze Geld mitgenommen.«

Clint mußte sich keine besondere Mühe geben, um besorgt auszusehen. »Hat man die Typen erwischt?«

»Himmel, nein«, sagte Russ. »Es war der kaltblütigste Überfall, den ich je erlebt habe. An zwei verschiedenen Stellen in Casey Springs hat es Explosionen gegeben. Es herrschte eine solche Aufregung, daß sich niemand um die Postkutschenstation gekümmert hat.«

Clint konnte wieder atmen. »Hat man schon eine Vorstellung davon, wer hinter der Sache steckt?«

»Die Kerle haben nur die Gelder vom *Circle R* mitgenommen«, sagte Russ Dewayne. »Das ist das Seltsame. Es war noch mehr Geld da, und Post. Anscheinend hat es jemand speziell auf Jack abgesehen. Wir versuchen immer noch herauszufinden, wer und warum.«

Clint blickte Jack an. »Haben Sie keinen Verdacht?«

Doch ehe sein Boß etwas sagen konnte, sprach der Sheriff schon weiter. »Und dann ist da noch etwas Seltsames. Vor ein paar Tagen ist eine junge Dame in der Postkutschenstation aufgetaucht, die behauptet hat, Jacks Tochter zu sein, sie wollte zu seiner Ranch. Aber anscheinend ist sie auf dem Weg dorthin verschwunden.«

Clint zog eine Braue hoch. »Sie hat behauptet, daß sie Ihre Tochter ist?«

Wieder war es Russ, der antwortete. »Jack hat keine Tochter.«

Clint wandte sich wieder dem Sheriff zu. »Sie ist also eine Betrügerin?«

Randall zögerte. »Ich war einmal verheiratet ... Ich wußte nicht, daß es eine Tochter gab ... « Randall wandte sich an Russ. »Ich werde nach Casey Springs reiten, um dort ein paar Nachforschungen anzustellen und ein paar Telegramme zu verschicken.«

»Was soll ich den Männern sagen?« fragte Clint.

Jack Randall fuhr sich mit der Hand durchs Gesicht, als wolle er seine Gefühle nicht zeigen. Plötzlich wirkte er alt und erschöpft. »Keine Ahnung.«

Clint verdrängte sofort jedes aufkommende Mitgefühl. »Dann nehmen Sie am besten mein Pferd. Ich werde mit dem Einspänner zur Ranch zurückfahren.«

Randall sah ihn an. Seine blauen Augen drückten eine Dankbarkeit aus, die Clint wie ein Fausthieb traf. »Danke.«

»Was ist mit Mr. McClary?« fragte Clint. »Wird er Sie begleiten?«

Randall schüttelte wortlos den Kopf, und wieder einmal hatte Clint den Eindruck, daß Randall McClary nicht mochte. Aber warum war er dann sein Gast?

»Sie und Nate kümmern sich bitte um alles«, sagte Randall. »Ich weiß nicht, wie lange ich fort sein werde. Ich muß ein paar Telegramme abwarten.«

»Ich werde die Männer bitten, noch etwas auf ihr Geld zu warten«, sagte Clint.

Randalls Dankbarkeit war nur schwer zu ertragen. Clint hatte noch nie einen Menschen bewußt getäuscht. Er mochte diese Rolle nicht, verdammt.

Randall wandte sich zum Gehen. »Der Schwarze«, sagte Clint.

Randall nickte wie in Trance. »Danke, Clint«, sagte er leise und verschwand. Clint und Russ blieben zurück.

»Was wollen Sie jetzt tun, Russ?«

Der Sheriff schüttelte den Kopf. »Sie könnten überall sein, auch nördlich von Casey Springs, obwohl ich das nicht glaube. Die Station liegt in Sheriff Quarles' Zuständigkeitsbereich, nicht in meinem, aber ich glaube trotzdem, daß ich mich ein bißchen in den Bergen umsehen werde. Wenn die Kerle es wirklich ausschließlich auf Randall abgesehen haben, sind sie bestimmt irgendwo da oben.«

»Das Ganze ergibt keinen Sinn«, sagte Clint.

»Nein«, pflichtete Russ ihm bei. »Aber irgendwoher wußten sie, daß die Postkutsche dieses Mal schwer bewacht sein würde.«

Clints Magen zog sich zusammen. Die Bedeutung von Russ' Worten war klar, und der Sheriff war alles andere als dumm. Es gab nur eine beschränkte Anzahl von Männern, die gewußt hatten, daß Russ Dewayne und seine Söhne die Postkutsche hatten begleiten wollen. Und Clint war einer von ihnen.

Aber die Augen seines Gegenübers verrieten nicht das geringste Mißtrauen. Statt dessen lächelte Russ plötzlich. »Warum kommen Sie heute abend nicht zum Essen zu uns? Kate ist eine verdammt gute Köchin. Und ich würde mir gerne anhören, was Sie von der ganzen Sache halten.«

Clint war höchst überrascht von dieser Einladung, doch er wußte keinen Grund, weshalb er absagen sollte. Also nickte er.

»Um sieben«, sagte Russ.

»Sieben«, stimmte Clint zu und hoffte, daß seine Stimme nichts von der Übelkeit verriet, die er verspürte.

13. Kapitel

Shea lenkte das Pferd in den Wald, aber sie hatte keine Vorstellung, welche Richtung sie einschlagen sollte. Das Tal schien vollständig von Gebirgskämmen und Felswänden eingeschlossen zu sein, aber irgendwo mußte es ja eine Öffnung geben. Sie erinnerte sich daran, daß es an dem Tag, als sie hierher gebracht worden war, erst steil bergauf und dann bergab gegangen war, also wandte sie sich der höchsten Stelle zu. Das Pferd folgte ihren Befehlen nur widerwillig. Es versuchte fortlaufend, zur Hütte zurückzukehren, und Shea brauchte all ihre Willenskraft, um das Tier in die von ihr gewünschte Richtung zu bewegen.

Sie hörte ein Rauschen und wußte, daß sie sich in der Nähe des Wasserfalls befand. Sie erinnerte sich nicht daran, dieses Geräusch vernommen zu haben, als Ben sie hierher gebracht hatte, und sie wollte gerade kehrtmachen, als ihr das Pferd einfiel. Wann es wohl zum letzten Mal getränkt worden war?

Sie beschloß, zuerst den Wasserfall aufzusuchen. Dort angekommen, stieg sie ab, umklammerte die Zügel und führte das Tier zu dem Becken. Es trank langsam, und sie bückte sich, um sich kühles Wasser ins Gesicht zu spritzen. Sie mußte unbedingt munter bleiben!

Plötzlich scheute das Pferd, wobei es ihr um ein Haar die Zügel aus der Hand gerissen hätte. Shea richtete sich auf und versuchte aufzusteigen, aber das Tier wich vor ihr zurück und versuchte davonzugaloppieren.

Und dann hörte sie einen entsetzlichen Schrei aus dem Wald, gefolgt von einem zornigen Brüllen. Der Schrei klang fast wie der eines Kindes. Er drückte offensichtlich Schmerzen aus, und sie spürte, daß sie zu zittern begann. Irgend etwas war hier ganz und gar nicht in Ordnung. Sie wünschte, sie hätte das Gewehr mitgenommen, das Rafe Tyler getragen hatte.

Sie versuchte noch einmal verzweifelt aufzusteigen, und dieses Mal hatte sie Erfolg, aber nur, weil sie sich mit aller Macht mit beiden Händen festklammerte. Ihre rechte Hand schien dabei vor Schmerz zu zerbersten. Sie spürte die Unruhe des Pferdes, die Angst. Noch einmal war ein langgezogener Schrei zu hören, gefolgt von lautem Gebrüll.

Plötzlich dachte Shea an die Bären, die sich vor ein paar Tagen so sorglos am Wasserfall getummelt hatten. Das Brüllen mußte von der ausgewachsenen Bärin stammen, die Schreie von dem Jungen. Sie schloß die Augen, als könne sie dadurch die Geräusche aussperren, aber es ging nicht. Und dann verebbte der Schrei zu einem kläglichen Wimmern.

Es gibt nichts, was du tun könntest. Geh, solange es dir möglich ist, sagte sie sich verzweifelt. *Geh, geh, geh.*

Lauf davon!

Das Pferd wieherte ängstlich. Es versuchte immer noch, die Zügel abzuschütteln, und Shea wußte, daß sie nicht einfach davonlaufen konnte, ohne daß diese Schreie sie für den Rest ihres Lebens verfolgen würden. Überall im Wald waren Fallen aufgestellt, hatte Rafe Tyler gesagt. Was, wenn … ?

Tyler würde wissen, was zu tun war. Aber er war in der Hütte. Konnte sie zurückgehen? Was würde er dann mit ihr machen?

Sie schluckte, doch dann hörte sie erneut das herzerweichende, jämmerliche Wimmern. Sie hatte gehört, daß Pferde Bären haßten und fürchteten. Selbst wenn es ihr irgendwie gelänge, in die Nähe der Tiere zu kommen, wie sollte sie dem Jungen helfen, solange die zornige Mutter daneben stand?

Rafe Tyler wird wissen, was zu tun ist.

Dieses Mal wirst du keine zweite Chance zur Flucht bekommen.

Sie ignorierte diese letzte Überlegung und wendete das Pferd, da sie wußte, daß es zu seinem Herrn zurückkehren würde.

Rafe hatte das Gefühl, als sei die Welt über ihm zusammengestürzt. Sein Schädel dröhnte. Seine Hand fuhr an eine besonders schmerzende Stelle, und er zuckte zusammen, als er eine beachtliche, blutverkrustete Beule fühlte.

Er setzte sich langsam auf, da er festgestellt hatte, daß jede schnelle Bewegung die Schmerzen noch verschlimmerte. Als er sich auf einen Arm stützte, entdeckte er die Bratpfanne, die neben ihm lag, und mit einem Schlag wurde ihm klar, was geschehen war.

Er blickte sich um, obgleich er bereits wußte, daß Shea Randall verschwunden war. Wenigstens hatte sie weder sein Gewehr noch sein Messer mitgenommen. Er befühlte seine Hosentasche. Der Schlüssel zum Stall, in dem er sämtliche anderen Waffen und Jack Randalls Geld versteckt hatte, war ebenfalls noch da.

Wie lange war er wohl bewußtlos gewesen? Und wie in aller Welt hatte er so unvorsichtig sein können?

Er dachte an den verdammten Kuß und fluchte. Falls er sie jemals wiederfand, würde er sich von ihr fernhalten. Wenn nötig, würde er sie irgendwo anbinden. Falls er sie nicht fand, mußte er einen der anderen erreichen, der Ben und Clint warnen konnte.

Er stand auf. Sein Kopf schien zu platzen, und er hatte das Gefühl, als seien seine Beine aus Pudding. Er lehnte sich an die Wand und atmete tief ein. Er durfte jetzt nicht schlappmachen! Schließlich ging er hinüber zur Tür und blickte hinaus. Das Pferd war verschwunden, aber das hatte er nicht anders erwartet.

Ben hatte ihm erzählt, daß Shea keine besonders gute Reiterin war. Rafe dachte daran, daß sie jetzt mutterseelenallein im Wald herumirrte, mit einem Pferd, das müde und deshalb schwer zu lenken war. Vielleicht warf der Braune sie nicht ab, aber im Dunkeln könnte er irgendwo stolpern. Es war später Nachmittag. Wie lange sie wohl schon fort war? Höchstens ein paar Minuten.

Mit vor Schmerz zusammengebissenen Zähnen wankte er

hinüber zum Stall. Dort nahm er ein Gewehr und überprüfte eilig, ob es geladen war. Nachdem er den Unterstand wieder abgeschlossen hatte, wandte er sich in Richtung des Waldes. Ein Vogelschwarm stieg aus den Bäumen auf, und dann hörte er plötzlich Hufgeklapper auf dem harten Untergrund.

Er versteckte sich eilig neben der Stallwand und beobachtete, wie Shea Randall auf die Lichtung geritten kam. Hatte der Braune vielleicht einfach kehrtgemacht? Aber sie schien das Pferd unter Kontrolle zu haben. Verdammt, sie kam freiwillig zurück.

Er wollte gerade hervortreten, doch dann hielt er inne. Hatte sie vielleicht irgendwen mitgebracht?

Sie glitt vom Rücken des Tieres und eilte auf die Hütte zu. Sie trug keine Waffe, und sie schien allein zu sein. In der Tür blieb sie stehen und sah sich offensichtlich verwirrt um.

Er dachte immer noch, daß es eine Falle sein könnte. Verdammt, warum sollte sie sonst zurückkommen, nachdem sie soviel riskiert hatte, um ihm zu entkommen?

Aber im Wald herrschte Ruhe. Die Vögel hatten sich wieder auf den Bäumen niedergelassen; die Eichhörnchen hatten nach einer kurzen Pause ihre gegenseitige Verfolgungsjagd wieder aufgenommen.

Das Gewehr im Anschlag, trat er hervor. Sie drehte sich um, entdeckte ihn und verharrte vollkommen reglos.

Rafe verstand es meisterhaft, keine Regung zu zeigen. Aber sein stapfender Gang verriet seine Wut. Sie machte einen Schritt zurück und verschwand hinter der Wand der Hütte.

Als er sie erreicht hatte, blieb sie stehen. Ihr Blick hielt dem seinen stand, und dafür bewunderte er sie. Ehe er etwas sagen konnte, begann sie, mit leicht zitternder Stimme zu sprechen.

»Da draußen im Wald ist ein ... Tier in Schwierigkeiten. Ich glaube, es ist das Bärenjunge.«

Er sah, daß sie schluckte, und er glaubte ihr. Bei Gott, er glaubte ihr. »Wo?«

»In der Nähe des Wasserfalls.«

»Gehen Sie rein«, sagte er heiser.

»Nein.«

»Stellen Sie meine Geduld lieber nicht auf die Probe«, knurrte er.

Sie ignorierte die Warnung. »Werden Sie ... ?«

»Verdammt, gehen Sie rein, bevor ich Sie reintrage.«

»Sie werden die Stelle ohne mich nicht finden.«

Sie provozierte ihn mehr als jede andere Frau, der er jemals begegnet war. Aber ihre Miene war so flehend, so ernst, und ihre sonst sanften Augen blickten ihn entschlossen an. Verdammt, sie ging ihm wirklich unter die Haut.

»Hören Sie, Lady«, sagte er schließlich. »Sie haben keine Ahnung, wie man mit einem Gewehr umgeht, oder?«

Sie reckte trotzig das Kinn. »Natürlich habe ich das«, sagte sie, aber ihre unglaublich ehrlichen Augen verrieten sie.

»Himmel, Sie sind eine erbärmlich schlechte Lügnerin«, sagte er verärgert. »Wenn Sie recht haben und das Bärenjunge in Schwierigkeiten ist, dann ist die Mutter verdammt gefährlich. Ich kann mich nicht zugleich um Sie und um das Junge kümmern.«

»Und was ist, wenn *Ihnen* was passiert?«

Er wußte, daß sie sich nicht nur um ihn, sondern auch um sich selbst Sorgen machte. Hatte sie schließlich nicht eben erst versucht, ihn umzubringen? Er sah sie kalt an. »Clint hat gesagt, daß er noch einmal kommt. Dann kommt er auch.«

Sie blickte auf die Stelle an seinem Kopf, an der das Blut getrocknet war. »Ist mit Ihnen ... alles in Ordnung?«

»Nein«, sagte er. »Und jetzt gehen Sie rein.«

»Wenn ich Ihnen verspreche, daß ich nicht verschwinde ... «

»Miss Randall, das sollten Sie nicht noch einmal versuchen. Ich nehme Sie bestimmt nicht mit. Wenn Sie wollen, daß ich dem Bärenjungen helfe, dann gehen Sie endlich in die Hütte.« Seine normalerweise unergründlichen Augen blitzten vor Zorn. Sie kehrte in die Hütte zurück.

»Sie können ja beten, daß mich die Bärenmutter erwischt, bevor ich zurückkomme«, sagte er mit leiser, wütender Stimme, ehe er die Tür zumachte und abschloß.

Er blieb kurz stehen. Himmel, sein Schädel schmerzte. Er hatte seit über dreißig Stunden nicht mehr geschlafen, und er wußte nicht, wie man mit einer so ungewöhnlichen Frau umging. Sie tat nie das, was er erwartete. Wie konnte sie nur alles riskieren, um von hier fortzukommen, und dann wegen eines Bärenjungen zurückkommen? Er haßte den Gedanken, daß sie *wußte,* daß er dem Tier helfen würde, und daß sie deshalb zurückgekommen war. Wenigstens hatte sie genug Verstand, ihn um Hilfe zu bitten, statt selbst etwas zu unternehmen.

Rafe merkte, wie gegensätzlich diese Gedanken waren, und schrieb diesen Umstand seiner Erschöpfung zu.

Er sattelte eilig das Pferd ab und sperrte es in den Stall. Er konnte das Tier unmöglich mitnehmen. Wenn es erst einmal die Bären roch, würde es vollkommen außer Kontrolle geraten. Und wer wußte, was er dort am Wasserfall vorfinden würde? Rafe hatte oft genug gesehen, was die Fallen mit ihren stählernen Kiefern einem Tier antun konnten.

Er klemmte sich das Gewehr unter den Arm und machte sich im Laufschritt auf den Weg. Auf halbem Weg zum Wasserfall hörte er die spitzen Schreie des Bärenjungen und das verzweifelte Grollen der Bärin, und er lief etwas schneller, bis er sie direkt vor sich sah.

Die schwarze Bärenmutter erhob sich auf die Hinterbeine und bleckte drohend die Zähne. Rafe erstarrte und verharrte vollkommen reglos, bis das Tier seinen Geruch wiedererkannt hatte. Dann wanderte sein Blick zu dem Bärenjungen, dessen Bein tatsächlich in einer Falle gefangen war. Es schrie vor Schmerzen, zappelte wild hin und her und nagte an seinem verwundeten Bein, um sich zu befreien. Überall auf dem Boden war Blut.

Rafe zog sich im Zeitlupentempo die Handschuhe an. »Schon

gut«, sagte er mit leiser, singender Stimme zu der Bärin. »Ich bin hier, um ihm zu helfen.«

Die Bärenmutter grollte und schlug drohend mit den Tatzen in die Luft. Rafe hoffte, daß er nicht vor die Wahl gestellt würde, sie erschießen zu müssen, um das Junge zu retten, oder das Junge töten zu müssen, um es von seinem Leid zu erlösen. Unablässig auf das Tier einredend, schob er sich ein paar Schritte vor. »Schon gut. Ich bin ein Freund.«

Die Bärenmutter ging hinüber zu ihrem Jungen und fiel dann auf die Vorderpfoten. Sie grunzte immer noch und bleckte nach wie vor die Zähne, aber als Rafe näher kam, gab sie den Weg frei, so daß er zu dem Jungen gelangen konnte.

»Du verstehst mich, nicht wahr?« sagte Rafe mit derselben ruhigen Stimme wie zuvor. »Du weißt, daß ich ihm nur helfen will.«

Aber als er das Junge fast erreicht hatte, machte die Bärenmutter einen Satz nach vorn und schlug mit der Tatze nach ihm. Eine ihrer Klauen streifte seinen rechten Arm, er spürte einen stechenden Schmerz und sah, wie ihm das Blut den Arm hinunterrann.

Das Junge wimmerte immer noch und nagte erneut an seinem Bein. Rafe würde es töten müssen, genau wie das Muttertier. Er konnte das kleine Geschöpf nicht einfach seinem Elend überlassen, und er wußte, daß die Bärin ihn niemals ungeschoren davonkommen lassen würde.

Aber gerade als seine rechte Hand nach dem Colt griff, trottete die Bärenmutter zu dem Jungen hinüber. Ihre riesige Zunge strich über das Fell des Jungen, und dann schob sie sich überraschenderweise zurück, als habe sie plötzlich einen Entschluß gefaßt. Rafe ließ die Waffe wieder los und beugte sich vor. Er tätschelte vorsichtig das Junge, um der Mutter zu zeigen, daß er ihm nichts antun wollte. Sie knurrte leise, aber sie rührte sich nicht von der Stelle.

Rafe ignorierte den Schmerz in seinem Arm, bückte sich, trat mit dem Stiefel auf die Falle und nahm einen stählernen Kiefer in die rechte Hand. Er zog mit aller Kraft, und schließlich ging die Falle auf. Das Junge zerrte sein verstümmeltes Bein heraus und kroch ein paar Meter weg, wobei es die ganze Zeit leise vor sich hin wimmerte.

Die Bärenmutter lief hinüber zu ihrem Jungen und fuhr mit ihrer Zunge über das Bein, wie um es zu heilen. Rafe beobachtete die beiden einen Augenblick; dann zog er sein blutgetränktes Hemd aus und riß ein Stück Stoff ab, das er fest um die klaffende Wunde an seinem Arm wickelte. Er schwankte kurz und fragte sich, was er jetzt machen sollte. Er konnte einfach nicht mehr nachdenken.

Das Junge schrie auf, als es versuchte zu laufen, und Rafe wußte, daß es ohne seine Hilfe nicht durchkommen würde. Das Bein hing in einem schiefen Winkel herab; es mußte gerichtet und geschient werden, wenn es gerettet werden sollte.

Aber würde die Bärenmutter zulassen, daß er das Junge mitnahm? Und selbst wenn sie es tat, würde er es bis zur Hütte schaffen?

Er ging langsam zu dem kleinen Bären hinüber, der immer noch winselte. Die Mutter beobachtete ihn genau, aber alle Feindseligkeit hatte sich gelegt. »Du weißt jetzt, daß ich ihm nichts tue, nicht wahr?« sagte Rafe mit derselben sanften Stimme, mit der er Abner gezähmt und den Braunen besänftigt hatte. Er streckte seine rechte Hand aus und hob das Junge hoch, wobei er halbwegs erwartete, daß die schwarze Bärin erneut nach ihm schlagen würde. Aber sie verhielt sich völlig ruhig.

Er setzte sich vorsichtig in Bewegung, und das Muttertier folgte ihm in einigem Abstand. Das Junge kuschelte sich in seinen Arm, und seine leisen, elenden Schreie drängten ihn weiter. Eine Meile … vielleicht mehr.

Denk an Shea Randall, an ihren ängstlichen Blick. Er zwang sich weiterzugehen. Einen Schritt nach dem anderen. Sein Arm brannte inzwischen wie Feuer, und sein Kopf schmerzte nach wie vor von dem Schlag, den er bekommen hatte. Und er war müde. Er erreichte die Lichtung und suchte in seiner Tasche nach dem Schlüssel zur Hütte. Seine linke Hand war so taub, daß er den Schlüssel nur mit Mühe ins Schloß bekam. Als die Tür endlich aufging, sank er in sich zusammen. Seine linke Hand umklammerte den Türrahmen, und es gelang ihm gerade noch, das Bärenjunge abzusetzen, ehe er vornüber fiel. Er spürte, daß eine Hand seinen Arm packte. Eine zarte Hand. Aber sie war überraschend stark, dachte er, während er zur Pritsche hinüber stolperte und dort zum zweiten Mal an diesem Tag in Ohnmacht fiel.

Das kalte Wasser, das auf seine Haut klatschte, brachte Rafe wieder zu Bewußtsein. Die federleichte Berührung weicher Finger führte ihn in Versuchung, in die unangenehme Welt der Schmerzen zurückzukehren. Er fühlte sich unendlich schwer, gefangen in einem Zustand vollkommener Erschöpfung. Sein Kopf dröhnte, und sein Arm brannte wie Feuer. Er versuchte, sich zu bewegen, aber sein Körper gehorchte ihm nicht.

»Rafe.« Die Stimme war sanft, zart und verlockend. Er konnte sich nicht daran erinnern, wann zum letzten Mal jemand seinen Namen in einem solchen Ton gesagt hatte, und der Klang drang bis in sein Innerstes, wärmend und heilend, Balsam für Wunden, die tiefer gingen als die, die sein Körper aufwies.

Er hob die Lider und sah ihr in die Augen. Sie waren so nah, ihr Blaugrau verhangen vor Sorge und Angst. Aber nicht um ihn. Niemals um ihn. Das war nicht möglich, wäre niemals möglich. Er schloß erneut die Augen. Sein Mund war wie ausgetrocknet, und er versuchte zu schlucken.

»Rafe«, sagte sie noch einmal. »Du mußt mir helfen.« Ihre Stimme klang jetzt befehlend, unerwartet stark. Er öffnete wieder die Augen und versuchte zu verstehen, was sie meinte.

»Du kannst jetzt ... gehen«, flüsterte er rauh. Er weigerte sich zu glauben, daß sie bleiben würde. »Ich kann dich nicht ... aufhalten.« Er wollte sie nicht aufhalten. Konnte ihr nicht erlauben zu bleiben, weil sie dann ... freiwillig bliebe, und damit käme er nicht zurecht. Als seine Gefangene war sie eine Gegnerin gewesen; er hatte eine gewisse Distanz wahren können, obgleich es ihm manchmal elendig mißlungen war. Aber als ...

»Pst«, sagte sie leise, und ihre Stimme drang durch die Ablehnung in seinem Hirn. »Das ist alles meine Schuld.«

»Das Junge ... ?«

»Es ist hier drinnen. Ich brauche deine Hilfe. Ich weiß nicht, was ich machen soll. Die Mutter ist draußen. Sie trottet die ganze Zeit hin und her.«

Rafe versuchte, sich aufzusetzen. Die Bewegung verstärkte noch das Pochen in seinem Kopf, und er spürte eine neue Woge des Schmerzes in seinem Arm. Er unterdrückte ein Stöhnen, aber er wußte, daß sich sein Gesicht zu einer Grimasse verzogen hatte. Es gelang ihm, sich an die Wand zu lehnen, und sein Blick wanderte hinüber zu dem kleinen Bären, der, eingehüllt in Decken und Tücher, in einer Ecke kauerte.

Dann blickte er auf seinen Arm. Der Verband, den er sich selbst angelegt hatte, war durch ein Stück weißes Leinen ersetzt worden, das inzwischen blutrot war. Er erinnerte sich, daß seine Brust über und über mit Blut bedeckt gewesen war, aber Shea hatte es offensichtlich abgewaschen.

Ihr Blick folgte dem seinen. »Ich habe ... die Wunde zugenäht«, sagte sie zögernd, »als du noch ohnmächtig warst.«

Er sah sie fragend an.

»Mit meinem Nähzeug.« Sie zögerte, da sie offenbar nicht wußte, ob er eine weitere Erklärung erwartete. »Ich kann ganz gut nähen. Meine ... meine Mutter hatte ein Hutgeschäft. Ich habe ihr oft geholfen.«

Rafe versuchte, diese Information einzuordnen. Randalls Tochter. Ein Hutgeschäft. Nähzeug. Dann erinnerte er sich daran, daß er es beim Durchsuchen ihrer Tasche gefunden und beschlossen hatte, es ihr zu lassen. Eine kleine Nadel war schließlich keine gefährliche Waffe.

»Wie lange war ich ohnmächtig?«

»Lange genug, damit ich nähen konnte«, sagte sie.

»Warum bist du nicht ... gegangen?«

Sie legte den Kopf ein wenig schief, und plötzlich lächelte sie. Es war ein atemberaubendes Lächeln, voller Boshaftigkeit, die er ihr nicht zugetraut hätte. »Die Bärin hat mich nicht fortgelassen.«

»Du hättest mich einfach verbluten lassen können«, sagte er geradeheraus. Er verstand nicht, warum sie ihn versorgt hatte und warum sie nicht gegangen war, als sie die Möglichkeit dazu gehabt hatte. Sie konnte immer noch gehen. Er könnte im Augenblick noch nicht einmal ein Katzenjunges aufhalten.

Ihr boshaftes Grinsen legte sich. »Denkst du wirklich, ich hätte dich hier liegenlassen können?«

»Ja«, sagte er grimmig. »Wenn du auch nur einen Funken Verstand besitzen würdest, hättest du das getan.«

»Wenn ich nur einen Funken Verstand hätte, wäre ich gar nicht erst mit einem Fremden in die Berge geritten«, erwiderte sie leise. »Und jetzt, was machen wir mit dem kleinen Kerl?«

»Was du auch mit meinem Arm gemacht hast«, sagte er. »Die Wunde nähen. Und schienen. Ich brauche einen Ast, um das Bein ruhigzustellen. Vielleicht können wir es dann retten.« Das »wir« war ihm einfach so herausgerutscht, und er bedauerte diesen Versprecher. Aber irgendwie klang es ... richtig.

Sie nickte. »Kannst du ihn festhalten, während ich die Wunde nähe?«

Er wußte nicht, ob er den kleinen Bären würde halten können, aber er würde es versuchen. Er hatte zuviel wegen des verdammten Viehs durchgemacht, um es jetzt einfach verenden zu lassen. »Ja.«

Sie verließ ihren Platz neben der Pritsche, ging hinüber zu dem Bärenjungen und hob es mit einer solchen Vorsicht hoch, daß Rafe das Tier einen Augenblick lang direkt beneidete. Er bewegte sich, um das Junge zu nehmen, und unterdrückte nur mit

Mühe einen Fluch, als erneut glühend heiße Funken in seinem Arm aufzublitzen schienen. Seine Qual mußte sichtbar geworden sein, denn sie fragte: »Bist du sicher ... ?«

Statt einer Antwort streckte er die Hand aus und schnappte sich das Tier, wobei er vor Schmerz die Zähne aufeinanderbiß. »Fang an.«

Sie bückte sich, und er sah die Schachtel mit dem Nähzeug. Dann beobachtete er, wie sie den Zwirn einfädelte. »Wir müssen ihm erst die Schnauze zubinden«, sagte er. »Er ist zwar noch sehr jung, aber er hat schon scharfe Zähne, und er wird nicht verstehen, was wir tun.«

Sie nickte traurig, beugte sich vor und riß einen Streifen Stoff von ihrem Unterrock. Er sah genauso aus wie der, den sie um seinen Arm gebunden hatte. Er band dem Bären sorgfältig die Schnauze zu und strich ihm tröstend über den Rücken.

Shea wusch das Bein des Tieres mit dem von Rafes Blut bereits verfärbten Wasser. Dann runzelte sie konzentriert die Stirn, beugte sich über ihren kleinen Patienten und begann zu nähen, während Rafe das Bein mit der rechten Hand festhielt. Ihre Bewegungen waren erstaunlich ruhig, obgleich das Tier hin und her zappelte. Als sie fertig war, blickte er auf und sah ihre ängstliche Miene, ihre zusammengepreßten Lippen, ihre vor Mitleid mit dem kleinen Geschöpf tränennassen Augen. Dort, wo sie sich eine Haarsträhne aus dem Gesicht geschoben hatte, war ein kleiner Blutfleck auf ihrer Wange, der sich leuchtend von ihrer vor Anstrengung bleichen Haut abhob.

Sie begegnete seinem Blick, und er merkte, daß er lächelte. Eine Woge der Zufriedenheit, der Vertrautheit schlug über ihnen zusammen. Sie hatten das Bärenjunge gemeinsam gerettet. Rafe hatte einen Kloß im Hals, und einen Augenblick stockte ihm der Atem. Sie war blutbespritzt und schweißüberströmt, ein paar feuchte Locken hatten sich aus ihrem Zopf gelöst und fielen ihr ins Gesicht, aber für ihn war sie das liebreizendste Geschöpf, das er jemals gesehen hatte.

Er verspürte eine Freude wie nie zuvor, die all die rohen, schmerzenden Stellen in seinem Inneren erreichte. Seit seiner Verurteilung hatte er immer das Gefühl gehabt, als habe ihn jemand in Stücke gerissen, und nun paßten diese Stücke plötzlich wieder zusammen.

Der kleine Bär wand sich in seinem Griff, und sein gedämpftes Wimmern brach den Bann, der sowohl Rafe als auch Shea verzaubert hatte. Rafe tauchte erneut in die Realität ein, wußte wieder, wer und was *er* war, wer und was *sie* war.

»Ich brauche etwas, um das Bein zu schienen«, sagte er und zwang sich, mit einer Kälte zu sprechen, die er nicht empfand.

Sie zuckte zusammen. »Was?«

»Ein Stück Holz. Klein, aber fest.«

Sie sah sich in der Hütte um. Das Feuerholz hatte sie gestern abend verbraucht. »Ich sehe draußen nach.«

Er gab ihr das Junge. »Ich gehe.« Er versuchte aufzustehen. Der Blutverlust, der Schlag auf den Kopf, die fast überwältigende Erschöpfung wogen wie eine Tonne, aber er konnte sie nicht aus der Hütte lassen, solange die wütende Bärenmutter draußen herumlief. Ihn kannte die Bärin, und offenbar vertraute sie ihm bis zu einem gewissen Punkt. Also zwang er sich aufzustehen und schwankte zur Tür.

Das Tier trottete zwischen den Bäumen hin und her. Es starrte ihn böse an, aber verharrte in einigem Abstand, als er zum Holzstapel neben der Hütte hinüberging und einen Ast herauszog. Mit Mühe schaffte er es zurück. Er fiel sofort auf die Pritsche, schloß die Augen und kämpfte gegen eine neuerliche Ohnmacht. Nach ein paar Sekunden hatte sich der Schwindel wieder gelegt. Himmel, er brauchte einen Schluck Whiskey und ein paar Stunden Schlaf.

Er zog das Messer aus seinem Gürtel und schnitzte eine kleine Schiene, während Shea beruhigend auf den kleinen Bären einredete. Er bedeutete ihr, ihm das Tier zu bringen, damit er ihm die Schiene anlegen konnte. Er wußte, daß das Junge versuchen würde, das Holz abzustreifen, vor allem, wenn die Wunde zu heilen und somit zu jucken begann.

Als er fertig war, lehnte er sich gegen die Wand, und Shea setzte den kleinen Bären auf das Lager, das sie für ihn zurechtgemacht hatte. Rafe schloß die Augen, übermannt von unendlicher Erschöpfung.

Etwas Kühles berührte seine Schulter, und er zwang sich, die Augen noch einmal zu öffnen. Dann sah er ihre Hand, die Hand, die seine Wunde und die des Bären genäht hatte. Sie war über und über mit Blasen bedeckt, von denen einige inzwischen aufgeplatzt und eitrig waren.

»Warum?« fragte er heiser, als Shea seinen Kopf auf die Pritsche bettete. »Warum in aller Welt mußt du ausgerechnet Randalls Tochter sein?«

14. Kapitel

Shea saß neben Rafe, während er schlief.

Sie konnte ihre Augen einfach nicht von ihm losreißen. Weder von der neuen Wunde an seinem Arm noch von der alten Narbe an seiner Schulter, die von der Schußverletzung herrühren mußte, die er bei Clints und Bens Rettung davongetragen hatte. Zwei Wunden. Beide hatte er wegen seines Mitgefühls und seines Mutes erlitten.

Ihr Blick wanderte zu seiner Hand, zu dem *T*, das dort eingebrannt war. Sie konnte nur erahnen, wie sehr dieses Brandmal seinen Stolz verletzte. An die zehn Jahre, die er im Gefängnis verbracht hatte, wollte sie noch nicht einmal denken.

Was, wenn er unschuldig war?

Shea Randall nahm inzwischen an, daß er es wahrscheinlich war. Sie hatte es bereits vermutet, aber hatte es nicht zugeben wollen, da dieses Eingeständnis einer Verurteilung des Mannes gleichkam, den sie für ihren Vater hielt. Schließlich hatte seine Aussage zu Captain Tylers Verurteilung geführt.

Aber ein Mensch, der das tat, was Rafe eben getan hatte, hätte niemals seine Uniform verraten. Er hatte sein Leben riskiert, um ein Tier zu retten, hatte Geduld und Sanftheit bewiesen, obwohl sein Arm zerfetzt worden war. Ein gieriger, unehrlicher Mann hätte den kleinen Bären bereits viel früher seinem Schicksal überlassen.

Die einzige Erklärung, die ihren Vater entlastete, war, daß Captain Tyler zur Gegenseite gehört hatte, aber auch das konnte sie nicht glauben. Er war zu direkt, zu offen, zu ehrlich, um als Spion zu arbeiten, wurde viel zu sehr bewundert von Männern, die bereit waren, alles für ihn zu opfern.

Captain Tyler war der beste Offizier, den ich im Krieg erlebt habe. Glauben Sie wirklich, daß ein Mann, der sein Leben riskiert und Befehle mißachtet hat, um zwei einfache Soldaten zu retten, das tun würde, was man ihm vorgeworfen hat?

Clint Edwards' Worte. Worte eines Mannes, der seine Überzeugung durch eine Loyalität bekräftigte, die ihn Jahre seines eigenen Lebens kosten konnte.

Abner war auf das Bett geklettert und hatte Rafes Bein erklommen. Shea beugte sich vor und scheuchte ihn fort, ehe er über die nackte Brust des Patienten laufen konnte und ihn so vielleicht weckte.

Sie strich der Maus mit dem Finger über den Rücken. »Du hast ihn auch vermißt, was?« flüsterte sie mit gebrochener Stimme.

Rafe wirkte plötzlich so ... verletzlich. Goldene Wimpern verdeckten seine erschreckenden Augen. Das Licht der Spätnachmittagssonne milderte die harten Linien in seinem Gesicht. Sie dachte an die Freundlichkeit und Sanftmut, mit der er dem Bärenjungen begegnet war. Trotz allem, was er durchgemacht hatte, hatte er weder sein Mitgefühl verloren noch die Fähigkeit, für ein schwächeres Wesen zu sorgen.

Warum in aller Welt mußt du ausgerechnet Randalls Tochter sein? Das würde er ihr niemals verzeihen.

Sie sollte gehen, aber sie konnte es nicht. Ihm konnte alles mögliche passieren. Eine Wundinfektion. Eine verspätete Reaktion auf den Schlag auf seinen Kopf. Die Bärenmutter könnte ungeduldig werden und versuchen, in die Hütte einzudringen. Sie konnte ihn einfach nicht vollkommen hilflos zurücklassen.

Plötzlich spürte sie die Trockenheit in ihrem Mund, und sie bemerkte, daß es kein Trinkwasser mehr gab. Sie hatte das Wasser aus dem Eimer benutzt, um seine Wunden zu waschen. Zögernd setzte sie die Maus wieder auf das Bett, ging hinüber zur Tür und öffnete sie. Die Bärin hatte aufgehört, hin und her zu trotten. Sie saß nicht weit von der Hütte entfernt und starrte unverwandt herüber. Als sie sich drohend erhob, warf Shea die Tür wieder zu. Sie war immer noch genauso gefangen wie heute morgen.

Sie konnte nicht gehen, selbst wenn sie es gewollt hätte.

Am frühen Abend bemerkte Shea, daß Rafes Stirn schweißbedeckt war. Er brauchte einen Arzt.

Er brauchte mehr, als sie ihm geben konnte.

Ein paarmal hatte es so ausgesehen, als ob er das Bewußtsein wiedererlangen würde, aber seine Augen, die vom Fieber glänzten, sahen sie nicht. Er starrte blind unter die Decke, und statt daß er sich vor Schmerzen wand, war er unnatürlich still. Plötzlich wurde ihr klar, daß er seine Gefühle derart unter Kontrolle hatte, daß sein Unterbewußtsein selbst jetzt für Ruhe sorgte.

Sie hatte Durst und wußte, daß es ihm genauso gehen mußte. Die blutrote Flüssigkeit, mit der sie seine Stirn gekühlt hatte, war inzwischen nur noch eine klebrige Brühe. Sie konnte nicht länger warten. Sie mußte frisches Wasser holen.

Shea hatte schon ein paarmal die Tür aufgemacht, doch sie hatte sie jedesmal eilig wieder zugeworfen. Sie mußte etwas anderes ausprobieren. Vielleicht würde die Bärin verstehen, daß die Menschen ihrem Jungen helfen wollten, wenn sie es sah.

Zitternd beugte sich Shea zu dem kleinen Bären hinab. Er wimmerte leise, doch dann leckte er ihr über die Hand. Wenn nur die Mutter dieselbe Dankbarkeit zeigen würde …

Shea öffnete langsam die Tür, trat ein paar Schritte vor und hielt das Junge vor sich, um der Mutter zu zeigen, daß es lebte und bei ihr in guten Händen war. Sie setzte den kleinen Bären auf den Boden, zog sich ein wenig zurück und beobachtete, wie die Mutter näher kam, den Kleinen beschnüffelte und ihn anstupste, damit er aufstand. Als das Junge versuchte, einen Schritt zu machen, und wieder hinfiel, schien die Bärin verwirrt und versuchte erneut, es auf die Beine zu stellen.

Shea beobachtete die rührende Szene. Sie hatte Mitleid mit der offensichtlich verzweifelten Bärenmutter, aber sie mußte einfach an den Bach. Als ob das Tier ihr Drängen spürte, stieß es ein leises Grollen aus und zog sich zurück. Langsam und vorsichtig ging Shea zu dem Jungen hinüber, hob es hoch und trug es wieder hinein. Als sie erneut die Tür öffnete, sah sie, daß sich die Bärin unter die Bäume zurückgezogen hatte.

Sie mußte es versuchen. Sie nahm den Eimer und ging langsam hinaus, wobei sie bei jedem Schritt ein stummes Stoßgebet gen Himmel sandte. Die Bärin rührte sich nicht von der Stelle, und Shea beschleunigte ihr Tempo. Am Bach angekommen, wusch sie den Eimer sorgfältig aus, füllte ihn bis zum Rand mit kaltem Wasser und ging zurück zur Hütte.

Rafe Tyler war halb von der Pritsche gerutscht, und sein Bein hing auf den Boden. Abner war auf ihn geklettert und hatte sich in seine Armbeuge gekuschelt. Es war ein Wunder, daß die Maus in ihrer Abwesenheit nicht zerquetscht worden war, dachte Shea. Sie schluckte, als sie entdeckte, daß die Wunde an Rafes Arm wieder blutete. Auch das Bärenjunge kauerte wimmernd in der Ecke.

Großer Gott, wo war nur Clint?

Shea wußte nicht, warum Rafe immer noch bewußtlos war. Lag es an der Kopfverletzung? An dem Blutverlust? An der Erschöpfung? An allem zusammen? Sie goß Wasser in einen Becher, riß ein weiteres Stück Stoff von ihrem Unterrock, befeuchtete es und fuhr ihm damit über das Gesicht. Himmel, er glühte!

»Rafe«, flüsterte sie. »Bitte sag mir, was ich machen soll.«

Seine Augenlider flatterten, und er versuchte, sich aufzusetzen. Sie sah das Zucken in seiner Wange, sah die Verzweiflung in seinem Blick, als er mit seinen Schmerzen rang.

Sie versuchte, ihn zu stützen, und sein Blick wanderte erst zu ihrem Gesicht und dann zu ihrer Hand. Seine Miene verriet zunächst Verwirrung und dann ... so etwas wie Zorn. Als er seine eigene Schwäche, seine Abhängigkeit von ihr erkannte, entwand er sich wütend ihrem Griff.

»Ich brauche dich nicht ... ich brauche keine ... Randall. Lieber hänge ich. Verdammt, warum gehst du nicht einfach?« Sie rührte sich nicht. »Verschwinde!« Doch als sei sein Zorn zuviel für ihn, verstummte er plötzlich und schloß erneut die Augen.

Aber er hatte die Hand zur Faust geballt, und sie wußte, daß er immer noch wach war.

Seine Worte bohrten sich wie ein Messer in ihr Herz. Nie zuvor hatte ein Mensch sie gehaßt, und jetzt wurde sie wegen einer Sache gehaßt, für die sie nichts konnte, wegen eines Menschen, den sie noch nicht einmal kannte. Sie zog sich zur Tür zurück, aber sie brachte es einfach nicht über sich zu gehen.

Sie fühlte sich ihm gegenüber ebenso hilflos wie die Bärenmutter angesichts des Jungen. Ein Teil von ihm hatte aufgegeben, als ihm klargeworden war, daß er einer Randall ausgeliefert war. Aber er mußte kämpfen. Er war so schwach, und er konnte jederzeit eine Infektion bekommen.

Plötzlich kam ihr ein Gedanke. Es war das einzige, was vielleicht helfen würde. »Was ist mit deinen Freunden? Willst du, daß man sie neben dir aufhängt?«

Er riß erneut die Augen auf. Der Zorn war stärker als Schmerz und Hilflosigkeit. »Das würdest du nicht wagen.«

»Woher willst du wissen, was ich wage?« reizte sie ihn weiter. »Schließlich bin ich eine Randall.«

Er versuchte vergeblich, sich aufzurichten. Wahrscheinlich hatte er zuviel Blut verloren, dachte sie. Oder es lag an der Erschöpfung, der er gerade lange genug widerstanden hatte, um das Bärenjunge zu retten. Sie kannte ihn inzwischen gut genug, um zu wissen, wie sehr er es haßte, Schwäche und Schmerzen zu zeigen.

»Fahr zur Hölle«, flüsterte er.

»Selbst die Bärin draußen ist vernünftig genug, um zu wissen, daß sie Hilfe braucht«, sagte sie leise.

Er sah ihr in die Augen. »Du bist doch nicht etwa rausgegangen ... ?«

»Ich habe ihr das Junge gezeigt, und sie hat anscheinend verstanden, daß wir nur versuchen, ihm zu helfen. Es war die einzige Möglichkeit für mich, an den Bach zu kommen«, erklärte sie.

»Das war verdammt idiotisch ... «

»Nicht idiotischer, als das Junge zu retten.«

Er bewegte sich ein wenig, und sie sah die Anspannung in seinem Gesicht, das Zucken seiner Wangenmuskeln. »Bleib ruhig«, sagte sie.

»Warum gehst du nicht einfach?«

»Das habe ich dir vorhin schon erklärt. Die Bärenmutter läßt mich nicht.« Sie wußte, daß die Wahrheit – ihre Sorge um ihn – alles nur noch schlimmer machen würde.

»Aber sie hat dich auch an den Bach gelassen.«

Sie zuckte mit den Schultern. »Ich weiß gar nicht, wie ich von hier wegkommen soll.«

»Das hat dich doch vorher auch nicht gestört.«

»Außerdem ist da noch das Bärenjunge.«

Er zögerte. »Wie geht es ihm?«

»Es hat Schmerzen. Genau wie du.«

Er schien den Atem anzuhalten, und sie sah, daß ihm erneut der Schweiß ausbrach. Also tauchte sie den Stoffetzen wieder in den Becher und wischte ihm erneut über die Stirn. Er zuckte zusammen. »Laß das.«

»Du brauchst Hilfe.«

»Nicht von dir.«

»Du hast es nicht getan, nicht wahr?« Sie wußte nicht, warum ihr gerade jetzt diese Frage über die Lippen kam. Sie brauchte die Bestätigung, daß er zu Unrecht beschuldigt und verurteilt worden war, doch zugleich fürchtete sie sich davor.

Statt einer Antwort sah er sie müde an. »Verschwinde.«

»Das kann ich nicht.«

»Den Teufel kannst du nicht. Ich will dich hier nicht mehr sehen.«

»Dafür ist es jetzt zu spät«, sagte sie. Der Kloß in ihrem Hals ließ ihre Stimme heiser klingen.

Er ignorierte ihren Einwand. »Versprich mir nur, daß du ... Clint und Ben nicht erwähnen wirst.«

»Du glaubst mir doch sowieso nicht.« Sie wischte ihm abermals über die Stirn, doch er hob den Arm, um ihre Hand fortzuschieben. Das laute Keuchen, das ihm dabei entfuhr, war schmerzerfüllt.

Sie hätte ihm am liebsten gesagt, daß er sich nicht bewegen sollte, aber selbst dieses Zeichen ihrer Besorgnis würde er nicht wollen.

»Wenn du willst, daß ich verschwinde«, sagte sie, »dann mußt du mich schon von hier fortbringen. Das heißt, daß du gesund werden mußt. Und wenn du nicht ruhig liegenbleibst, wird es dir nie bessergehen.« Etwas anderes fiel ihr nicht ein, damit er endlich aufhörte, sie und seine offensichtliche Abhängigkeit von ihr zu bekämpfen.

Er entspannte sich ein wenig. »Clint ... müßte bald kommen.«

»Schlaf jetzt«, sagte sie. »Erhol dich ein bißchen.«

»Ich will nicht ... «

»Solange es dir nicht besser geht, mußt du schon tun, was ich dir sage.«

Er starrte sie an. Rebellisch. Wütend. Und dann kapitulierend. Als er schließlich die Augen zumachte, wußte sie, daß er ihr damit nicht nur gehorchte, sondern zugleich versuchte, sie für einen Moment aus seiner Welt auszuschließen.

Indem er die Augen schloß, versuchte Rafe, sich Shea gegenüber abzuschirmen. Er verstand nicht, weshalb sie so hartnäckig war. Weshalb sie nicht ging. Weshalb sie so fest entschlossen war, ihm zu helfen. Weshalb sie nicht verstand, daß er ihre Hilfe nicht wollte.

Du hast es nicht getan, nicht wahr? Er haßte das Gefühl, das bei dieser Frage in ihm aufgewallt war. Aber eigentlich war es gar keine Frage gewesen, sondern eine traurige Feststellung, als ob sie die Antwort schon kannte. Ihm war warm ums Herz geworden. Himmel, außer den paar Männern, die ihm bei seinem Rachefeldzug gegen Randall halfen, hatte ihm noch niemand geglaubt. Männer, die er für Freunde gehalten hatte, hatten sich von ihm abgewandt aus Furcht, er könne ihrer eigenen Karriere schaden. Und die Frau, die er hatte heiraten wollen ... sie war die erste gewesen, die ihn fallengelassen hatte.

Er konnte sich noch nicht einmal mehr daran erinnern, wie sie ausgesehen hatte. Vor seinem geistigen Auge sah er nur noch Shea Randall. Spürte ihre Hände. Sie hatten ihn so sanft berührt. Nie zuvor hatte ihn jemand so angefaßt. Allison war leidenschaftlich gewesen, aber nicht zärtlich; sie hatte ihn nie so zärtlich und besorgt angesehen.

Shea Randall war der letzte Mensch auf der Welt, von dem er Verständnis erwartet hätte. Er sagte sich, daß alles eine Lüge war, nichts als eine Lüge. Ein Trick.

Oder wieder einmal der unglückselige Stern, unter dem er geboren war. Er war wütend gewesen, als er sie über sich gesehen hatte, hatte verbittert gedacht, wie hart das Schicksal zu ihm war. Die Freude über ihre Gegenwart, über ihre Besorgnis um ihn, hatten ihm angst gemacht. Und er hatte ihr einen Schlag versetzt, sie aufgefordert, ihn im Stich zu lassen, ihm zu beweisen, daß er sich in ihr nicht getäuscht hatte.

Noch während er einschlief, versuchte er, sich einzureden, daß sie gehen würde. Denn schließlich gab es nichts, was er dagegen tun konnte. Er mußte wieder zu Kräften kommen. Und dann ... dann könnte er wieder klar denken. Ohne diese verdammten Augen, die ihn so besorgt ansahen, könnte er wieder denken.

Shea ließ die Tür auf, um Licht hereinzulassen und um Clint zu hören, damit sie ihn vor der Bärin warnen konnte.

Es dämmerte bereits, als sie endlich ein verschrecktes Wiehern hörte und merkte, daß irgendein Pferd den Geruch der Bärin wahrgenommen haben mußte. Sie sah Rafe an. Er schlief immer noch, so rastlos wie zuvor, aber zumindest bekam er etwas Ruhe. Sie sorgte sich wegen seines Fiebers; seine Haut war abwechselnd heiß und feucht.

Der Reiter war Ben. Sie rannte hinaus, wobei sie darauf achtete, der Bärin nicht zu nahe zu kommen, die nach wie vor unter den Bäumen saß und die Hütte beobachtete.

»Was ist los, verdammt noch mal?« fragte er, während er versuchte, sein nervöses Pferd zu beruhigen.

»Sie bringen das Pferd besser in den Stall«, sagte sie.

»Wo ist Rafe?« Seine Stimme klang argwöhnisch, und er sah sie fragend an.

»In der Hütte. Er ist krank. Er braucht einen Arzt.«

»Falls Sie ... « Er verstummte, als ihm klar wurde, daß sie längst verschwunden wäre, wenn sie Rafe etwas angetan hätte. Trotzdem sah er sie weiterhin mißtrauisch an. »Warum sind Sie immer noch hier?«

»Das ist doch egal«, sagte sie ungeduldig, als sich die Bärin auf die Hinterbeine setzte und drohend zu grollen begann. »Bringen Sie zuerst mal das Pferd rein.«

Ben stieg ab, führte das Tier hinüber zum Stall und blieb stehen. »Es ist abgeschlossen.«

»Rafe muß den Schlüssel haben.« Sie bemerkte Bens überraschtes Gesicht, und wenn sie sich nicht solche Sorgen gemacht hätte um Rafe, die Bärin und das Junge, hätte sie vielleicht sogar darüber gelächelt. »Ich hole ihn.«

Er zögerte, aber er hatte keine Wahl. Sein Pferd war kaum noch zu bändigen, und er konnte es unmöglich in der Nähe der Bärin an einen Baum binden. Also nickte er.

Shea ging in die Hütte und kniete sich neben Rafe. Der Schlüssel mußte in seiner Hosentasche stecken, wo er ihn normalerweise immer aufbewahrte.

Er hatte sich erneut hin- und hergewälzt, und sein Bein war über den Rand der Pritsche gerutscht. Er atmete etwas weniger schwer, aber seine Haut war immer noch schweißbedeckt. Gott sei Dank hatte sie jetzt Hilfe.

Sie sah zuerst in der Tasche nach, die ihr am nächsten war. Nichts. Sie betete stumm, daß er sich ein wenig bewegte, ohne dabei aufzuwachen. Ihre Finger glitten über seine Brust und verharrten kurz auf seinem harten, geschmeidigen Körper. Er stöhnte leise und drehte sich weit genug, daß sie die andere Hosentasche erreichen konnte. Sie griff eilig hinein und fühlte einen Schlüssel.

Gerade als sie ihn herausziehen wollte, machte er die Augen auf, streckte die Hand aus und packte ihr Handgelenk mit unerwarteter Härte.

»Was machst du da?«

Das Mißtrauen in seiner Stimme ärgerte sie, obgleich die Berührung seiner Hand erneut Blitze durch ihren Körper zucken ließ. »Ich dachte, du willst, daß ich verschwinde.«

Er ließ sie nicht los.

Shea versuchte, sich seinem Griff zu entwinden, aber er ließ nicht locker. »Dein Freund ist gekommen. Und wenn er sein Pferd nicht in den Stall bringt, wird die Bärin es vollkommen verrückt machen«, sagte sie.

»Clint ist da?«

»Ben.«

Er ließ von ihr ab. »Tut mir leid«, sagte er, obgleich es ihm alles andere als leid zu tun schien. Doch zumindest hatte er sich gewissermaßen bei ihr entschuldigt.

Sie wollte gerade aufstehen, als seine Frage sie zurückhielt. »Die Bärin ist also immer noch da?«

»Sie wird nirgendwo hingehen, solange ihr Baby hier ist.«

Er stützte sich auf seinen gesunden Arm. »Wie geht es ihm?«

»Genau wie dir.«

»So schlecht?« Seine Stimme klang ein wenig belustigt, aber seine Miene war so finster wie immer. Sie fragte sich, ob er jemals lachte, scherzte oder auch nur lächelte.

Shea sah auf ihr Handgelenk, das immer noch gerötet war, und sein Blick folgte ihr. Er strich ihr mit sanften Fingern über den roten Ring, und dann drehte er ihre Hand um, um sich ihre Verbrennung anzusehen. Die gesamte Handfläche war eine rohe Fleischmasse, die nur aus aufgeplatzten Blasen zu bestehen schien. In ihrer Sorge um ihn hatte sie ihre eigenen Schmerzen beinahe vergessen.

»Du brauchst selbst ein bißchen Pflege«, sagte er mit rauher Stimme.

Sie zuckte mit den Schultern, wie er es sonst so oft tat. »Es hat meiner Hand nicht gerade gutgetan, als ich –« Plötzlich hielt sie inne.

»Als du mich verprügelt hast?« Er hatte tatsächlich Humor. Das hätte sie nicht gedacht. Doch sie sah es an seinen Augen, diesen herrlich meergrünen Augen, die so geheimnisvoll und zornig blicken konnten.

»Ich glaube nicht, daß es mir leid tut. Du hast es verdient. Was mir leid tut, ist, daß ich dich zu dem Bärenjungen geschickt habe.«

»Du hast mich nicht geschickt, meine Teure. Ich bin freiwillig gegangen. War wohl ziemlich dämlich. Fast so dämlich, wie es von dir war, hierzubleiben und mich wieder zusammenzuflicken.«

Meine Teure. Das klang wesentlich besser als das verächtliche »Miss Randall«. Aber trotz der ungewohnten Leichtigkeit seines Tonfalls war sein Mund immer noch eine grimmige Linie und wies sein von einem harten Leben gekennzeichnetes Gesicht harte Furchen auf, die seine innere Anspannung verrieten. Sie wußte, daß er um Beherrschung rang, daß er sich selbst, sie und eine Situation unter Kontrolle bringen wollte, in der er vorhin beinahe aufgegeben hatte. Er versuchte, die fehlende körperliche Kraft durch Willensstärke zu ersetzen. Die Schwäche, die Verzweiflung, die er zuvor gezeigt hatte, war verschwunden – ersetzt durch eine harte Entschlossenheit, die sie verwirrte und erschreckte. Er hielt sie immer noch fest, nicht mehr mit Gewalt, sondern mit einer anderen, ebenso starken Kraft. Ihre Blicke begegneten sich, hielten einander fest, fasziniert von der Erkenntnis, daß sie aneinander gebunden waren durch etwas, das stärker als jedes Seil und jede Kette war.

Shea hatte nie an Liebe auf den ersten Blick geglaubt. Sie hatte gedacht, daß Liebe wachsen, daß sie wie alles andere genährt werden müsse. Das hatte ihre Mutter gesagt, und sie hatte es geglaubt. Ihre Mutter hatte genug geliebt, um ihr Leben lang zu trauern. Zumindest hatte Shea das einmal geglaubt.

Trotzdem hatte sie sich nie überwinden können, einen der wenigen Männer zu heiraten, die um sie geworben hatten. Nie hatte sie auch nur den kleinsten Funken von Leidenschaft verspürt, die leise Glut einer großen Liebe, die nur darauf wartete, entfacht zu werden.

Aber jetzt stoben die Funken. Großer Gott, und was für Funken. Funken und Blitze. Explosionen. Tornados und Zyklone, angefacht von mächtigen, rivalisierenden Stürmen. Mehr als das, zwischen ihnen gab es eine Vertrautheit, ein Einverständnis, das sich auf völlig unerwartete Weise zeigte. Er hatte gewußt, daß sie den Wasserfall lieben und den Anblick der herumtollenden Bären genießen würde. Sie hatte gewußt, daß er das Junge retten würde. Sie hatte seinen Augen angesehen, daß er litt, als er ihre verbrannte Hand gesehen hatte. Sie hatte den Schmerz seines zerfetzten Arms gespürt. Egal, wie sehr sie beide sich gegen diese Gefühle wehrten, sie waren da. Schicksal? Sie hatte immer gedacht, daß jeder Mensch für sein Schicksal selbst verantwortlich war. Doch jetzt fühlte sie sich den tosenden Stürmen, über die sie keine Kontrolle hatte, völlig ausgeliefert.

Von draußen ertönte ein wildes, entsetztes Wiehern, und mit

einem Schlag kehrte Shea in die Gegenwart zurück, zu Ben, der auf sie wartete. Wie lange stand er schon da? Wohl kaum mehr als ein paar Minuten, aber irgendwie kam es ihr wie Jahre vor. Sie schüttelte die übermächtigen Gefühle ab, die Rafes Berührung in ihr ausgelöst hatte. Eine Berührung, von der sie wider Willen ablassen mußte. Sie zitterte, als sie sich von ihm zurückzog, den Schlüssel fest umklammert.

Rafe sank auf die Pritsche zurück, als sei auch er von einem Sturm gepeitscht worden, der mächtiger war als er. Aber sein Blick folgte ihr, und sie brauchte all ihre Willenskraft, um sich von ihm loszureißen.

Sie rannte beinahe aus der Hütte. Die Bärin trottete grollend zwischen den Bäumen hin und her, und Ben hatte größte Schwierigkeiten, das Pferd unter Kontrolle zu behalten. Er hatte das Gewehr bereits im Anschlag, und Shea rannte schreiend auf ihn zu. »Nein!«

Er schien unentschlossen, doch dann ließ er die Hand sinken und wartete darauf, daß sie den Stall aufschloß. Als ihr der Schlüssel aus der verwundeten Hand fiel, starrte er sie einen Augenblick an, aber dann bückte er sich, hob den Schlüssel auf und schob ihn eilig ins Schloß. Shea hielt ihm mit ihrer linken Hand die Tür auf, so daß er das Tier unter beruhigendem Gemurmel hineinführen konnte. Als sich das Pferd schließlich beruhigt hatte, wandte er sich zu ihr um. »Sie haben ganz schön lange gebraucht. Ich wollte gerade den verdammten Bären erschießen und mich auf die Suche nach Ihnen machen. Hätten Sie vielleicht die Freundlichkeit, mir zu erklären, was hier los ist?«

»Rafe ... hat das Bärenjunge gerettet ... Es ist in der Hütte.« Sie versuchte, die Überraschung in seinem Blick zu ignorieren. Rafe. Der Name kam ihr jetzt ganz leicht über die Lippen. Zu leicht.

Er begann, das Pferd abzusatteln. »Sie sagten, er wäre krank.«

»Die Bärin hat ihm einen Hieb versetzt, als er das Junge aus einer Falle geholt hat.«

Diese Erklärung schien Ben völlig normal zu finden. »Und Sie? Warum sind Sie immer noch da?«

Sie wußte, daß er ihr die Ausrede mit der Bärin nicht glauben würde. Er hatte gesehen, daß sie keine Angst vor dem Tier hatte. Also zuckte sie mit den Schultern. »Ich wußte nicht … wohin ich sollte … «

Beinahe hätte er gelächelt. »Wie ich gehört habe, hat Sie das bisher nicht abgeschreckt.«

»Ich bin durchaus lernfähig.«

Er rieb das Pferd trocken und nahm seine Satteltaschen. »Clint hat mir erzählt, daß Sie sich die Hand verbrannt haben. Ich habe etwas Salbe und ein paar andere Medikamente mitgebracht. Anscheinend war das genau das richtige.«

»Er hat starke Schmerzen.«

»Stört Sie das?«

Sein fragender Blick ärgerte sie. »Es stört mich auch, wenn ein Stinktier Schmerzen hat.«

Dieses Mal grinste er. »Dann habt ihr beide etwas gemeinsam. Ich habe noch nie einen Mann erlebt, der sich mehr Sorgen um alle möglichen Kreaturen macht als Rafe. Er läßt selbst die kleine Maus nicht im Stich. Wissen Sie, daß er sie tausend Meilen mit sich herumgeschleppt hat … «

Plötzlich hatte Shea das Gefühl, sich rechtfertigen zu müssen. »Wir haben nichts gemeinsam. Er ist ein Bandit, ein –«

»Seien Sie vorsichtig, Miss Randall«, sagte er mit gefährlich leiser Stimme. »Sonst unterhalten wir uns vielleicht mal über Ihre eigenen Fehler oder über die von Ihrem … Vater.«

»Ich wünschte, das täten Sie«, verteidigte sie sich. »Sie machen laufend seltsame Andeutungen und erheben irgendwelche Anschuldigungen gegen meinen Vater, während Sie selbst andere Menschen entführen, bestehlen, berauben –«

Er brachte sie mit einem bohrenden Blick zum Schweigen. »Randall weiß noch nicht einmal, daß es Sie gibt. Falls Sie überhaupt seine Tochter sind. Er war vollkommen überrascht, als ihm jemand erzählte, daß in der Postkutschenstation eine junge Frau aufgetaucht ist, die behauptet hat, mit ihm verwandt zu sein.«

Shea erstarrte. Da sie in den Briefen kein einziges Mal erwähnt worden war, hatte sie sich bereits gedacht, daß er wahrscheinlich nichts von ihr wußte. Aber die Erkenntnis schmerzte. Sie machte alles noch rätselhafter. »Ich muß zu ihm.«

»Nicht, ehe wir hier fertig sind.«

»Womit?« fragte sie verzweifelt.

»Das wird Rafe Ihnen schon erzählen, wenn er es für richtig hält«, sagte Ben. Er gab ihr die Satteltaschen und holte eine Flasche Whiskey aus der Ecke.

Dann ging er zur Stalltür, öffnete sie und ließ ihr großzügig den Vortritt.

Sie ging hinaus und sah zu, wie er abschloß und den Schlüssel einsteckte. Ein Teil von ihr hatte darüber nachgedacht zu fliehen, nun da sich jemand anders um Rafe Tyler kümmern konnte. Aber als sie Ben ins Gesicht sah, wurde ihr klar, daß sie die Gelegenheit vertan hatte. Sie war wieder eine Gefangene, dieses Mal mit zwei Wächtern.

Sie hörte das einsame, schmerzerfüllte Grollen der Bärin, die immer noch zwischen den Bäumen herumstapfte. Das Tier verstand einfach nicht, was los war.

Genausowenig wie sie. Sie verstand auch nicht, was los war, vor allem in ihrem Herzen. Großer Gott, sie verstand überhaupt nichts mehr.

15. Kapitel

Clint spazierte mit Kate durch den Rosengarten hinter dem ausgedehnten Haupthaus der Dewayneschen Ranch. Es war ihr Garten, und er paßte zu ihr. Statt in ordentlichen Reihen wuchsen die Rosen wild durcheinander. Rot neben gelb, rosa neben weiß.

Sie rochen auch wie sie. Wahrscheinlich benutzte sie Rosenblüten für den feinen Blumenduft, der sie beständig umwehte.

Sie berührte seine Hand, und er merkte, daß er ihre Finger fest umschloß, obgleich er genau das Gegenteil beabsichtigt hatte. Er hatte vorgehabt, ihr heute abend klarzumachen, daß er sie nicht mehr so oft sehen konnte, weil die Arbeit auf Randalls Ranch keine Zeit ließ für irgendwelche Geselligkeit.

Aber seit dem Augenblick, in dem er die Schwelle des Hauses überschritten hatte, war nichts so verlaufen, wie er es geplant hatte. Sie hatte ihn mit diesem Lächeln willkommen geheißen, das ihm jedesmal das Herz warm werden ließ. Ihre grünen Augen hatten bei seiner Ankunft geleuchtet, und er hatte gemerkt, wie seine Entschlossenheit dahinschmolz wie Schnee in der Frühlingssonne.

Und noch verwirrender war die Begrüßung durch die anderen gewesen. Ihr Vater und ihre beiden Brüder hatten ihn wie ein Mitglied der Familie behandelt. Und was noch schlimmer war, sie hatten ihn sogar gefragt, was man seiner Meinung nach gegen das neue Banditentum in Rushton unternehmen könne.

Clint hatte sich so verdammt elend gefühlt. Am liebsten wäre er unter irgendeinen Stein gekrochen, um sich dort zu verstecken. Statt dessen hatte er mit den Schultern gezuckt. »Es ist seltsam, daß sie es anscheinend nur auf Jack abgesehen haben.«

Er hatte gezögert. »Diesen McClary, der im Augenblick bei uns wohnt, mag ich nicht besonders. Und er war in der Nacht, als der Goldsucher erschossen wurde, nicht zu Hause.«

Russ Dewayne hatte genickt. »Ich kann auch nicht gerade behaupten, daß ich ihn besonders mag, aber als die Überfälle auf die Postkutschen angefangen haben, war er nicht hier.«

»Vielleicht nicht. Vielleicht aber auch doch.« Es war klar gewesen, was Clint damit hatte sagen wollen: Unter Umständen hatte McClary seinen Aufenthalt hier einfach nicht eher publik gemacht.

»Können Sie ihn vielleicht ein wenig im Auge behalten?« hatte Russ gefragt.

Wieder hätte sich Clint am liebsten irgendwo versteckt. Er hatte in seinem Leben schon viele Dinge getan, auf die er nicht besonders stolz war, aber nie zuvor hatte er einen Freund belogen, einen Menschen, den er respektierte und der ihm vertraute.

Er hatte genickt und dann das Thema gewechselt, indem er nach der Dewayneschen Herde fragte.

»Im Augenblick sieht's verdammt schlecht aus. Es war die ganze Zeit schon ziemlich hart; der Winter hat uns genauso zu schaffen gemacht wie Jack. Wir müssen mehr Tiere verkaufen, als uns lieb ist. Aber so ist es nun mal; mit schlechtem Wetter, Trockenheit, Wölfen oder Kojoten rechnen wir immer. Das einzige, was wir nicht erwartet hatten, ist dieser menschliche Abschaum, der sich in letzter Zeit hier herumtreibt.«

Clint war innerlich zusammengezuckt. Er hatte sich gewünscht, daß er einfach alles erklären könnte. Jetzt. Aber das konnte er nicht, ohne Rafe, seinen eigenen Bruder und die anderen Männer zu verraten.

»Was werden Sie tun, Russ?«

»Wenn ich das nur wüßte. Ich nehme an, ich werde einfach abwarten. Jack hatte recht, als er meinte, es wäre völlig unmöglich, hier in den Bergen irgendwen zu finden. Nach dem ersten Überfall gab es keinen einzigen Hinweis. Die Spuren schienen sich einfach in Luft aufzulösen. Jack tut mir wirklich leid. Er hat verdammt hart gearbeitet, um das *Circle R* aufzubauen. Wir haben schon darüber gesprochen, ob wir ihm vielleicht einen Kredit geben sollen, aber im Augenblick haben wir alle ziemliche Probleme. Wie reagieren denn die Arbeiter?«

»Sie werden allmählich ungeduldig. Ein paar sprechen bereits davon, daß sie bald gehen wollen.«

»Und Sie?«

Clint hatte deutlich gespürt, daß vier Augenpaare auf ihn gerichtet waren. Er war ein wenig auf seinem Stuhl herumgerutscht und hatte in Kates aufgeregtes Gesicht geblickt. Nie zuvor hatte ein Mensch ihn so angesehen. Er haßte den Gedanken, daß dieser Blick sich verändern könnte, daß sie ihn eines Tages voller Verachtung ansehen würde. »Ich habe mich noch nicht entschieden.«

»Sie können jederzeit hier anfangen, wenn Sie wollen«, hatte Russ angeboten.

Clint hatte unbestimmt genickt, und ihm war klargeworden, daß Dewayne offensichtlich nichts dagegen hatte, wenn er mit seiner Tochter eine Liaison einginge. Die Erkenntnis, daß Kates Familie ihn akzeptierte, hätte ihn unter anderen Umständen gewiß gefreut, so aber machte sie ihn nervös.

Einen Augenblick später hatte Russ vorgeschlagen, daß die beiden »jungen Leute« einen Spaziergang machen könnten, und es war Clint unmöglich gewesen abzulehnen. Er hatte es einfach nicht über sich gebracht, Kate zu verletzen, deren Wangen vor Verlegenheit ob dieses allzu direkten Hinweises glühten. Also hatte er sich erhoben, war hinter ihren Stuhl getreten und hatte ihn zurückgezogen, damit sie aufstehen konnte.

Der Mond war fast dreiviertel zu sehen. Er schimmerte eher golden denn silbern, und die Luft war schwer wie sonst vor einem Sturm. Clint spürte Kates unausgesprochene Erwartung, ihre Anspannung, die sich auf ihn übertrug, ihren kaum merklichen Händedruck, den er ebenso subtil erwiderte.

»Es tut mir leid«, sagte sie.

»Was?«

»Meine Familie ist nicht besonders ... feinfühlig.«

Er umschloß ihre Finger noch fester. Er konnte unmöglich behaupten, daß er die Hinweise nicht bemerkt hatte. Dazu war er ein zu schlechter Lügner. Und genau das war das Problem. Zumindest eins der Probleme.

»Du wirst nicht hier in Rushton bleiben, nicht wahr?«

Woher wußte sie das? Clint blieb stehen und blickte sie an. Sie war wunderschön mit ihrem wehmütigen Lächeln und dem traurigen Blick.

»Nein«, sagte er. »Ich bin einfach zu rastlos. Ich bleibe nie lange an einem Ort.«

»Du bist seit fast zwei Jahren hier.«

Er blickte ihr direkt in die Augen. »Ich bin ein Tramp, Kate. Seit dem Krieg bin ich nie etwas anderes gewesen.«

Er sah, daß sie schluckte, als ob sie an seinen Worten zu ersticken drohte, und er spürte ebenfalls einen Kloß im Hals. Er sehnte sich so verzweifelt danach, sie zu küssen. Aber das war das letzte, was er tun durfte.

»Du willst dich also niemals irgendwo niederlassen?«

Doch. Jetzt. Er schüttelte langsam den Kopf. »Ich glaube, das kann ich nicht.« Mehr konnte er nicht sagen.

Sie nickte. Sie akzeptierte seine Worte, glaubte an seine Ehrlichkeit. »Ich dachte immer, daß ich gerne einmal reisen würde. In den Osten. Oder nach San Francisco.«

Kate versuchte verzweifelt, es ihm leichtzumachen. Schließlich hatte es zwischen ihnen beiden kaum mehr als ein paar Blicke, gemeinsame Tänze oder Gespräche gegeben, die ihnen immer so leichtgefallen waren, auch wenn da stets dieses ... Gefühl gewesen war, das ihnen gesagt hatte, daß sich zwischen ihnen etwas ganz Besonderes ereignete. Clint hatte nicht gewußt, daß es so etwas gab, und jetzt war es zu spät für ihn.

»Und jetzt?« fragte er leise.

»Jetzt weiß ich, daß ich hierher gehöre, zu diesem Land. Diesen Bergen.«

Clint spürte erneut, daß sie versuchte, die Bedeutung der zuvor gesagten Worte zu mildern, als wolle sie ihm versichern, daß ihm die Entscheidung überlassen blieb, daß es sein Leben war.

Wenn du doch nur …

»Wenn ich doch nur was?«

Clint hatte nicht bemerkt, daß er die Worte laut gesprochen hatte. Jetzt lächelte er. »Wenn du doch nur nicht so verdammt hübsch wärst.«

Sie lächelte geschmeichelt, und dann errötete sie. Sie wußte wirklich nicht, wie schön sie war.

Er konnte einfach nicht anders. Er trat einen Schritt auf sie zu und beugte den Kopf, um ihre Lippen zu berühren. Sie war wie ein Magnet, der ihn immer näher zog.

Ihre Lippen waren weich und warm. Ihre Haut war so unglaublich zart, duftete so herrlich nach Rosen. Er begehrte sie, wie er nie zuvor in seinem Leben etwas begehrt hatte. Er hätte es nie für möglich gehalten, daß er sich überhaupt jemals zu einem Menschen derart hingezogen fühlen könnte.

Seine Lippen umspielten sanft ihren Mund, und sie erwiderte die Liebkosung. Ihre Hand glitt über seinen Arm und verharrte dort, als wisse sie nicht genau, was sie tun sollte. Diese Unschuld war sein Verderben. Er schlang seine Arme um sie, und seine Lippen strichen über die zarten Linien ihres Gesichts, wie um sich das Glück dieser Berührung genau einzuprägen, die ruhige, befriedigende Freude über ihre Reaktion.

Für den Bruchteil einer Sekunde schmiegte er sich an sie. »Oh, Kate.«

Ihre Antwort bestand in einer leichten Drehung des Kopfes, bis sich ihre Lippen zu einem Kuß trafen, der so verheißungsvoll und zugleich so bittersüß war, daß Clint wußte, daß er verloren war.

Jack Randall starrte auf das Telegramm und hatte das Gefühl, als bräche eine Welt zusammen.

Sara war tot!

Er hatte eine Tochter. Eine Tochter, von der er nichts gewußt hatte, weil Sara das, was er gewesen war, derart gehaßt hatte.

Er zerknüllte das Telegramm. Das bißchen Geld, das er noch besaß, hatte er zusammengekratzt, um einen Bostoner Privatdetektiv anzuheuern.

Da er dem Mann eine Prämie für besonders schnelle Arbeit versprochen hatte, hatte es nur einen Tag gedauert. Einen Tag, an dem der Mann einen Totenschein und eine Geburtsurkunde gefunden hatte. Für eine Tochter namens Shea. Sein Herz klopfte so hart und so schnell, daß er sich an den Tresen klammern mußte, um nicht umzufallen. Sara. Tot. Mit ihr war jede Hoffnung, die er je gehegt hatte, gestorben.

»Ist alles in Ordnung, Mr. Randall?«

Es dauerte einen Moment, bis die Stimme zu ihm durchdrang. *Mister* Randall. Er hatte zehn Jahre hart gearbeitet, um sich diese Anrede und den Respekt in der Stimme des Mannes zu verdienen. Er hatte immer geglaubt, daß er Sara eines Tages zurückgewinnen und ihr zeigen könnte, daß er sich geändert hatte.

»Ja, ja, ich habe nur einen leichten Schock bekommen. Eine Freundin von mir ist ... gestorben.«

»Das tut mir leid, Mr. Randall. Kann ich vielleicht irgend etwas für Sie tun?«

Jack schüttelte den Kopf. »Nein. Nein, danke.« Er drehte sich blind um, suchte nach der Tür und stolperte über die sonnenbeschienene Straße in den Saloon.

Sara hatte ihn so sehr verabscheut, daß sie ihm niemals gesagt hatte, daß er eine Tochter besaß. In seinem ganzen Leben hatte ihn nur eine Sache mehr geschmerzt: als er in ihr gemeinsames Hotelzimmer zurückgekehrt war und festgestellt hatte, daß sie fort war. Ihr Abschiedsbrief hatte neben den gestohlenen Banknoten gelegen, die sie gefunden hatte.

Und jetzt wußte er, warum sie gegangen war. Sara wäre bei einem Dieb geblieben, aber sie war nicht bereit gewesen, ihr Kind einem solchen Leben auszusetzen.

Ohne die anderen Saloonbesucher zu beachten, steuerte er direkt auf die Theke zu. Er bestellte ein Glas Whiskey und leerte es in einem Zug. »Noch einen.«

Er hatte gehofft, der Alkohol würde den überwältigenden Schmerz lindern, aber er machte die Erinnerung nur noch klarer. Saras herrliche blaue Augen, die ihn einst angesehen hatten, als sei er ein Gott. Er hatte sie auf einer Straße in Boston vor einem durchgegangenen Pferdegespann gerettet, und dann hatte er sie derart mit seinem Charme verzaubert, daß sie mit ihm durchgebrannt war, als ihr Vater etwas gegen ihre Verbindung mit einem Mann ohne Familie und ohne eine feste Anstellung gehabt hatte.

Er hätte es wissen müssen. Sie war so ehrlich, wie er unehrlich war. Er war mit der Vorstellung aufgewachsen, daß es nicht schlimm war, unvorsichtigen und allzu vertrauensseligen Menschen ihr Geld abzunehmen. Sie war so erzogen worden, daß sie alles schwarz-weiß sah. Und in der Tat hatte sie nach einer Weile feststellen müssen, daß er eine rabenschwarze Seele besaß.

Ehe er Sara begegnet war, hatte er niemals so etwas wie ein Gewissen gehabt. Und selbst nach ihrer Hochzeit war er kein besonders verantwortungsbewußter Mensch geworden. Es war vollkommen normal für ihn gewesen zu stehlen. Als Sara ihn zum ersten Mal dabei erwischt hatte, hatte er ihr geschworen, daß er es nie wieder tun würde. Aber das hatte er doch. Selbst dann war sie noch bei ihm geblieben, bis ... ja, bis sie ein Kind erwartet hatte.

Er kippte noch einen Whiskey hinunter. Er hatte nie aufgehört, Sara zu lieben. Nachdem sie ihn verlassen hatte, hatte er hin und wieder Verhältnisse mit Frauen gehabt, die außer ein paar Geschenken nichts erwarteten, aber er hatte immer gehofft, Sara eines Tages zurückzugewinnen. Der Überfall auf den Geldtransport der Armee war Teil dieses Plans gewesen. Er hatte gedacht, daß er dadurch genug Geld haben würde, um in den Osten zurückzukehren und sie davon zu überzeugen, daß er sich geändert hatte.

Aber sie hatte den gottverdammten Artikel gelesen, und obgleich er ihr weiterhin Geld geschickt hatte, hatte er nie wieder etwas von ihr gehört.

Eine Tochter!

Eine Tochter, die verschwunden war.

Eine Tochter, die den ganzen Weg von Boston gekommen war, um ihn zu sehen.

Während er auf die Nachricht von dem Bostoner Detektiv gewartet hatte, hatte er versucht, herauszufinden, wo seine Tochter war. Im Hotel hatte ihm jemand erzählt, daß am Morgen nach der Ankunft seiner Tochter ein junges Mädchen von einem Mann abgeholt worden sei. Aber niemand wußte Genaueres. Die Beschreibung des Mannes paßte auf so ziemlich jeden.

Was war ihr passiert? Warum war sie nie auf dem *Circle R* angekommen?

Wenn er an die Überfälle und an McClarys Informationen dachte, konnte er es sich vorstellen. Seine Hand umklammerte das Whiskeyglas. Rafferty Tyler!

Rafferty Tyler hatte einen Weg gefunden, sich an ihm zu rächen.

Ben blieb über Nacht. Shea wußte, daß er das nur tat, weil er ihr nicht traute, aber sie war ihm trotzdem dankbar. Die Medikamente und das Verbandsmaterial, das er mitgebracht hatte, waren wirklich sehr nützlich. Außerdem hatte Ben ein paar medizinische Grundkenntnisse, die Shea nicht hatte.

Er hatte diese Dinge im Krieg gelernt. Das erklärte er ihr, während er Rafes Wunde untersuchte. »Es gab nur wenige Ärzte, und wir haben gelernt, uns selbst zu helfen.«

Er nahm Rafe den Verband ab, und nachdem er die Naht begutachtet hatte, blickte er sie überrascht an. »Haben Sie das gemacht?«

Shea nickte, froh über den plötzlichen Respekt in seinem Blick. Sie fragte sich lieber nicht, warum ihr Bens Meinung so wichtig war, aber ein Teil von ihr war fasziniert von der engen Freundschaft, die diese Männer miteinander verband, von der Loyalität, die sie alles füreinander riskieren ließ.

Lag das noch am Krieg, der inzwischen über acht Jahre zurücklag? Oder lag es an Rafe Tyler selbst, daß seine kleine Truppe eine so außergewöhnliche Opferbereitschaft zeigte?

Nachdem er mit Rafe fertig war, wandte er sich ihr zu. Rafe hatte gewollt, daß er sich erst Sheas Hand ansah, aber sie hatte gesagt, daß sie keine Schmerzen mehr hätte und daß es wichtiger sei, sich zunächst um Rafes Verletzungen zu kümmern. Das hatte auch Ben so gesehen, und Rafe war zu schwach gewesen, um sich den beiden zu widersetzen.

Jetzt blickte Ben mit zusammengekniffenen Lippen auf Sheas Verbrennungen. Er sagte nicht viel, als er die Salbe auf den Blasen verstrich. »Benutzen Sie die Hand erst einmal nicht«, befahl er knapp.

»Das geht nicht. Ich muß mich um den Bären kümmern.«

Ben blickte hinüber in die Ecke, wo das Junge friedlich schlief. »Hat Rafe das Tier verarztet?«

»Ich habe die Wunde genäht. Rafe hat die Schiene angelegt.«

Er schüttelte den Kopf, als seien sie zwei verrückte Kinder. »Dann muß ich die Hand wohl verbinden. Es wäre besser, wenn Luft dran käme, aber wenn Sie darauf bestehen ... «

Sie streckte ihm die Hand entgegen und stellte überrascht fest, mit welcher Sanftheit er den Stoff darum wickelte. Dann drehte er sich wieder zu Rafe um. »Ich werde heute nacht hierbleiben. Anscheinend seid ihr beiden nicht in der Lage, allein auf euch aufzupassen.« Seine Stimme klang leicht amüsiert, und Shea mußte sich widerwillig eingestehen, daß sie ihn genau wie seinen Bruder mochte.

Rafe setzte sich auf. »Ich komme schon allein zurecht.«

»Den Teufel tust du. Selbst Abner könnte dich problemlos umhauen, und er hat noch nicht mal eine Bratpfanne.« Rafe hatte sich geweigert, eine Erklärung für seine Kopfwunde abzugeben, also hatte Shea stotternd ein Geständnis abgelegt.

Rafe ignorierte Bens Kommentar. »Irgendwelche Neuigkeiten vom letzten Überfall?«

»Nicht daß ich wüßte.« Ben blickte Shea an. »Randall ist nach Casey Springs geritten.«

Shea zuckte zusammen. Mit welcher Leichtigkeit die beiden über ihren Vater und über ihre Pläne für seine Vernichtung sprachen. Sie wußte immer noch nicht genau, was die Männer vorhatten, aber ihr war klar, daß sie sich durch ihre Gegenwart nicht im geringsten gestört fühlten.

Rafe sah nur kurz zu ihr herüber, ehe er sich wieder Ben zuwandte. »Wo ist McClary?«

»Auf der Ranch.«

»Und Clint?«

Ben zog die Brauen zusammen und blickte unsicher zu Shea hinüber. »Er hat heute abend zu tun.«

Rafe bewegte sich ein wenig und zuckte zusammen. »Ich werde draußen schlafen.«

»Den Teufel wirst du tun«, sagte Ben. »Eine Lungenentzündung hätte dir gerade noch gefehlt, und die kriegt man verdammt schnell, wenn man Fieber hat.«

Die Spannung wuchs. Beide Männer drehten sich zu Shea um, als gebe es sie nur zu dem Zweck, sie beide vollkommen durcheinanderzubringen. Doch genau das hatte sie vor. Sie hatte genug davon, wie Luft behandelt zu werden oder wie ein lästiger Eindringling.

»Ich habe Hunger«, beschwerte sie sich und stellte fest, daß das sogar stimmte. Sie hatte den ganzen Tag noch nichts gegessen.

Rafe verzog leicht das Gesicht, und Ben erinnerte sich verblüfft daran, daß auch Gefangene ein gewisses Maß an Aufmerksamkeit verlangten.

»Das Bärenjunge auch«, fügte sie hinzu, nun, da die beiden sie ansahen. »Und ... Rafe.« Es störte sie, den Namen vor seinem Freund auszusprechen, aber es war zu spät, um ihn anders zu nennen.

Rafe verzog das Gesicht noch stärker. »Es ist mir nicht entgangen, daß ich an letzter Stelle komme.«

Shea ignorierte ihn und blickte Ben an, der immer noch verwirrt zu sein schien. »Haben wir außer Dosenpfirsichen und altem Eintopf sonst noch was?«

Ben sah Rafe an, und der zuckte mit den Schultern. »Ich habe den Rest der Hirschkeule aufgehängt, aber die verdammte Bärin hat sie bestimmt schon längst verschlungen. Du könntest ja was angeln.«

»Und dich hier mit ihr alleine lassen?«

Rafe sah Shea kurz an. Sein Blick war so unergründlich wie immer. »Sie hätte längst abhauen können«, sagte er schließlich.

Shea spürte, wie sie wütend wurde. Schließlich hatte sie ihn zusammengeflickt und gepflegt, doch dafür schien er ihr nicht besonders dankbar zu sein.

Ben nickte zögernd. »Sie hat dir immerhin die Bratpfanne auf den Schädel gehauen ... «

Einen Augenblick meinte Shea, ein belustigtes Blitzen in Rafes Augen zu erkennen, doch es verschwand so schnell, daß sie nicht sicher wußte, ob es nicht vielleicht nur der Widerschein der Kerze gewesen war.

»Ich verspreche dir, daß ich ihr nicht den Rücken zudrehen werde«, sagte Rafe.

»Das ist noch nicht mal nötig«, sagte Ben. »Ein kleiner Stoß würde jetzt genausoviel Schaden anrichten wie ein Schlag mit der Bratpfanne.«

Rafe ignorierte die Warnung. »Im Stall ist eine Angelrute.«

»Wenn ich überhaupt an der Bärin vorbeikomme.«

Rafe stieß ein Geräusch aus, das wie ein leises Lachen klang. Aber Shea bezweifelte, daß Rafe überhaupt lachen konnte, selbst wenn er es wollte. Selbst die geringste Bewegung schien eine Woge des Schmerzes und der Schwäche über ihm zusammenschlagen zu lassen. Als er sich jetzt ganz vorsichtig hinlegte, zuckte er zusammen.

Ben warf den beiden noch einen letzten skeptischen Blick zu. »Ich nehme an, Rafe hat Ihnen gesagt, wie gefährlich es nachts im Wald ist.«

»Mehr als einmal«, sagte sie matt. Dann sah sie Rafe an. »Er ist sogar so weit gegangen, es mir zu zeigen.«

»Manchmal neigt der Captain dazu zu übertreiben«, bemerkte Ben trocken, ohne zu sehen, daß Rafe bei der Nennung seines militärischen Ranges zusammenfuhr.

Aber Shea sah es. *Er war der beste Offizier, der mir je begegnet ist.* Wieviel hatte es Rafe Tyler wohl gekostet, seine Uniform zu verlieren? Vor allem, sie unehrenhaft zu verlieren?

Gütiger Himmel, warum hatte sie nur ein solches Mitgefühl mit ihm?

Sie wandte sich von ihm ab. Sie wollte nicht, daß er ihr Gesicht sah, da er sie inzwischen viel zu leicht durchschaute. Sie mußte etwas tun, um sich von dem harten, durchtrainierten Mann abzulenken, der ihr plötzlich so verletzlich erschien. Er würde ihr Mitgefühl hassen, würde sie dafür hassen, daß sie solche Gedanken hegte.

Das Bärenjunge wachte wimmernd auf. Sie bückte sich, hob es hoch und nahm es auf den Arm. »Schon gut«, flüsterte sie. Wenigstens der Bär akzeptierte ihre Zuneigung. »Wir kümmern uns ja um dich.«

Rafe drehte sich auf der Pritsche um und beobachtete sie. Shea. Er wollte an sie nicht mehr als an eine Randall denken. Nur noch als Shea.

Als sie auf das Bärenkind blickte, verzog sich ihr Mund zu einem sanften Lächeln, und ihre blaugrauen Augen zeigten ehrliche Sorge. Sie hatte sich noch nicht umgezogen, aber das Blut von ihm und dem Bären schien sie nicht zu stören.

Shea hatte »wir« gesagt, als sie mit dem Tier gesprochen hatte. *Wir* klang gut. Richtig. Natürlich.

Vielleicht war sie ja gar nicht Randalls Tochter, dachte er. Aber im Grunde war es egal. Es konnte niemals ein *wir* geben.

Er schloß die Augen und sehnte sich nach dem Schlaf des Vergessens. Doch zugleich fürchtete er die Alpträume, die er manchmal brachte. Er wollte nicht, daß sie davon etwas mitbekam, daß sie den Schweiß sah, der ihm manchmal ausbrach. Manchmal träumte er davon, wie er gebrandmarkt wurde. Manchmal auch von der Strafzelle im Gefängnis. Und immer waren die Träume so echt wie die Erlebnisse selbst.

Das besänftigende Flüstern vom anderen Ende des Raums wurde zu einem leisen Schlaflied, das bis zu ihm durchdrang und die Dunkelheit in seinem Inneren erhellte. Er lauschte und entspannte sich.

Wann hatte er zum letzten Mal eine Frau leise singen gehört?

Mit sieben? Ehe seine Mutter von den Komanchen vergewaltigt und umgebracht worden war.

Das Lied war ihm irgendwie vertraut. Süß und traurig und sehnsuchtsvoll. Schmerzlich liebevoll. Tröstlich, sanft, beruhigend. Ein Versprechen von Glück. Wie lange war es her, daß er zum letzten Mal wirklich glücklich gewesen war?

Darüber dachte er lieber nicht nach. Er wollte einfach nur den Klang aufsaugen, das ruhige, wenn auch vergängliche Vergnügen genießen, das sie ihm bereitete. Er wollte damit einschlafen.

Heute nacht würde er keinen Alptraum haben. Das wußte er zum ersten Mal seit Jahren.

16. Kapitel

Sam McClary beobachtete den Goldsucher, der vorsichtig seine Pfanne schwenkte und, nachdem das Wasser herausgeschwappt war, in den Resten herumsuchte. Der Mann nahm einen winzigen Gegenstand heraus, hielt ihn gegen die Sonne, grunzte zufrieden und steckte ihn in einen kleinen Beutel, den er aus der Tasche zog.

Der Kerl hatte tatsächlich etwas gefunden, dachte McClary angewidert, auch wenn es höchstwahrscheinlich nicht besonders viel war. Obwohl die wenigen Goldsucher, die noch da waren, stundenlang arbeiteten, fanden sie kaum etwas. Es lohnte sich also nur aus einem Grund, sie abzuknallen: Rafferty Tyler.

Er wollte Tyler hängen sehen. Den arroganten »Helden«, der ihn vor Jahren vor der ganzen Truppe gedemütigt und bestraft hatte. Rafe Tyler hätte schon vor Jahren hängen sollen, und das hätte er auch, wenn dieser Weichling Randall sich nicht eingemischt hätte.

Durch seine Einmischung hatte Randall Tyler zu einem äußerst gefährlichen Mann gemacht, der nicht nur ihn, sondern auch McClary bedrohte. McClary war sich ganz sicher, daß er der nächste auf Tylers Abschußliste war.

Er hatte in Erwägung gezogen, Tyler auf dem Weg ins Gefängnis zu ermorden, doch dazu hatte sich ihm keine Gelegenheit geboten. Aber wenigstens hatte er seine Verärgerung darüber an dem Gefangenen auslassen können. Die Tatsache, daß Tyler ihn trotz seiner Ketten voller Verachtung angeblickt hatte, hatte seinen Haß nur noch gesteigert.

Und jetzt hatte Tyler Leute, die ihm halfen. Soviel war klar. McClary wußte nicht, von wem ihm geholfen wurde, und auch nicht, warum. Aber er wußte, daß diese Männer keine Amateure waren. Weshalb Tyler unbedingt erledigt werden mußte – und zwar schnell. Der Mord an ein paar Goldsuchern würde die Leute aufwiegeln, Randalls Abhängigkeit von ihm vergrößern und ihm ein paar Extradollar einbringen.

Er würde warten, bis der Typ den Creek verließ, um zu seiner Hütte zurückzukehren.

Randall würde wissen, wer für den Mord verantwortlich war, aber er konnte McClary nicht ausliefern, ohne seine eigene Vergangenheit zu enthüllen. Und dieselbe Feigheit, die Tyler gerettet hatte, würde ihn auch jetzt davon abhalten, etwas zu sagen.

McClary lächelte. Als Kind war er zu klein für sein Alter gewesen, und seine Schulkameraden in Kentucky hatten ihn deshalb immer gehänselt. Aber er konnte schießen. Er wollte verdammt sein, wenn es ihm nicht gelang, ein Eichhörnchen auf tausend Fuß zu treffen. Diesem Können hatte er seine Beförderung zum Sergeant zu verdanken gehabt. Aber nie war ihm der Respekt gezollt worden, nach dem er sich so sehnte.

Der Goldsucher überprüfte erneut den Inhalt seiner Pfanne, ehe er ihn angewidert fortkippte. Er nahm das Wollhemd, das auf dem Boden lag, zog es an und stopfte es achtlos in die Hose. Dann griff er nach dem Pistolenhalfter, das neben dem Hemd gelegen hatte, schnallte es an und wandte sich zu gehen.

McClary, der bereits flach auf dem Boden lag, legte sein Gewehr an und folgte dem Goldsucher mit dem Lauf. Langsam drückte sein Finger gegen den Abzug.

Ein paar Minuten später robbte er zu dem Goldsucher, zog ihm den Beutel aus der Hosentasche und wog ihn prüfend in der Hand. Nun, ein paar Unzen waren es schon.

Er dachte daran, die Hütte des Mannes zu durchsuchen, aber dann entschied er sich dagegen. Die meisten Goldsucher trugen das bißchen Gold, das sie fanden, immer bei sich, da sie es nicht in der unbewachten Hütte zurücklassen wollten. Es war also sinnlos, länger als nötig hierzubleiben.

McClary warf einen letzten Blick auf den Toten. Es war noch einfacher, als Kaninchen zu jagen. Er grinste humorlos. Zum zweiten Mal war ein Mann von hinten erschossen worden. Das sollte die Leute genügend aus der Fassung bringen.

Randall rang mit sich, ob er Russ Dewayne vom Verschwinden seiner Tochter unterrichten sollte oder ob es besser wäre, sich selbst auf die Suche zu machen.

Der Rückweg von Casey Springs war ihm endlos erschienen; Schuldgefühle und Trauer hatten ihn beinahe überwältigt. Er sah die ganze Zeit Sara vor sich, die ihm Vorwürfe machte und ihn beschimpfte. Und er fühlte sich verantwortlich für das, was sie offenbar mehr als alles andere gefürchtet hatte: daß er das Leben ihrer Tochter in irgendeiner Weise ruinieren würde.

Der Angestellte in der Postkutschenstation in Casey Springs hatte gesagt, die Frau, die vor ein paar Tagen nach dem *Circle R* gefragt hatte, hätte hellblaue Augen, hellbraunes Haar und ein liebliches Lächeln gehabt. Sara hatte ein liebliches Lächeln gehabt – lebendig, leicht und unschuldig.

Er würde alles dafür geben, ihre gemeinsame Tochter zu sehen, selbst sein Leben. Das wußte er mit plötzlicher Klarheit.

Würde sie sterben, wenn er den Sheriff informierte?

Wenn er doch nur mit Tyler sprechen könnte. Wenn er herausfinden könnte, was der Mann wollte. Aber er hatte keine Ahnung, wo Tyler sich versteckte.

Er fühlte sich so verdammt hilflos. Wahrscheinlich ebenso hilflos, wie Tyler sich vor Jahren gefühlt haben mußte. Was für ein Mann war er heute? Was machten zehn Jahre Gefängnis aus einem anständigen, ehrenwerten Menschen? Randall hatte es immer vermieden, darüber nachzudenken. Er hatte die Schuldgefühle verdrängt und wohltätige Dinge getan, von denen er hoffte, daß sie das, was er einem anderen Menschen angetan hatte, irgendwie aufwiegen würden.

Dann hatte Randall sich entschieden. Er würde die kommenden drei Tage mit der Suche nach Tyler und seiner Tochter verbringen. Wenn er sie bis dahin nicht fand, würde er den Sheriff bitten, einen Suchtrupp zusammenzustellen.

Und wenn er Tyler fand? Wenn nötig, würde er sein Leben, seinen Ruf, seine Freiheit gegen seine Tochter eintauschen.

Und wenn seine Tochter tot war? Randall wußte, daß er Tyler dann erschießen würde, und er hoffte, daß dessen Männer ihn dann ebenfalls töteten.

Shea saß draußen, als Ben vom Angeln zurückkam. Sie hatte das Bärenjunge mitgenommen, um es der Mutter zu zeigen. Wieder hatte die Bärin versucht, den Kleinen zum Laufen zu bewegen, aber er war jedesmal bäuchlings auf dem Boden gelandet, und sie hatte sich wieder unter die Bäume zurückgezogen.

Rafe schlief, so daß Shea das Bärenkind auf den Schoß nahm und wartete. Als Ben zurückkam, bedeutete sie ihm, leise zu sein. Auf ihr Drängen hin mußte er eine der Forellen an das bettelnde Junge abtreten, ehe er draußen ein Feuer entfachen konnte, um die übrigen Fische zu braten.

Der Anblick des Himmels war atemberaubend. Die Sterne glitzerten wie Diamanten auf einem tiefblauen, samtenen Tuch. Alles hier draußen war so unglaublich schön, so anders als die schmutzigen Straßen in Boston, die häufig in Lärm und Licht und Nebel zu versinken schienen. Shea hatte das Gefühl, als müsse sie nur einfach die Hand ausstrecken, um einen der Sterne ergreifen und an ihr Herz drücken zu können. Am liebsten hätte sie einen von ihnen mit in die Hütte genommen, um ihn Rafe zu zeigen, damit er sah, daß es auch noch etwas anderes als Rache gab.

Und dann wurde sie traurig. Ihre Hoffnung wich einer schmerzlichen Leere, als ihr klarwurde, daß sie seine Gefühle niemals verstehen würde, daß sie nicht wußte, wie sie empfinden würde, wenn sie so viel verloren hätte.

Sie blickte hinüber zu Ben. Statt der Fische betrachtete er das

Bärenjunge. Der Kleine knabberte an ihrer gesunden Hand, während ihre bandagierte rechte Hand auf seinem Kopf lag.

Hin und wieder sah Ben argwöhnisch in Richtung der Bäume, wo die Bärin zuvor unruhig hin- und hergetrottet war. Jetzt war sie verschwunden. Offenbar suchte sie ebenfalls Nahrung.

»Warum sind Sie nicht abgehauen, als Sie die Möglichkeit dazu hatten?« Er hatte die Frage schon einmal gestellt, und sie hatte ihm eine Antwort gegeben, die er nicht geglaubt hatte.

Shea war es leid zu lügen. »Er wurde verletzt, als er versucht hat, mir einen Gefallen zu tun.«

»Sie meinen, als er das Bärenjunge gerettet hat?«

Sie nickte.

»Das hätte er sowieso getan«, stellte Ben trocken fest. »Im Krieg ... « Er unterbrach sich.

»Im Krieg ... ?« drängte sie. Sie hatte genug davon, ausgeschlossen zu sein, immer nur halbe Sätze zu hören.

»Wir mußten einmal ein paar Pferde erschießen. Sie haben Munitionswagen und Kanonen gezogen, und die Rebellen waren im Begriff, uns zu überrennen. Wir hatten keine Zeit mehr, um sie loszuschneiden, und wir konnten sie nicht einfach den Rebs überlassen. Rafe gab den Befehl, sie zu erschießen, aber den Gesichtsausdruck, den er dabei hatte, werde ich nie vergessen.« Ben wandte den Blick ab. »Ich nehme an, Sie haben schon gemerkt, daß er so gut wie nie jagen geht. Er haßt es.«

»Aber er jagt meinen Vater.«

Ben schien durch sie hindurchzublicken. »Ich denke, er hält diese Jagd für notwendig.«

»Warum?«

»Wahrscheinlich aus denselben Gründen, aus denen Sie hiergeblieben sind. Es ist etwas, was seiner Meinung nach getan werden muß.«

»Und Sie?« Sie fragte sich, ob sie von Ben dieselbe Antwort bekommen würde wie von seinem Bruder. »Warum sind Sie hier?«

»Warum nicht?« Er erhob sich, als langweile ihn das Gespräch. »Wenn Sie sonst noch was wissen wollen, Miss Randall, dann fragen Sie Rafe.«

Er prüfte die Fische und nickte zufrieden. »Warum gehen Sie nicht rein und gucken, ob er wach ist?«

Shea stand zögernd auf. Fragen Sie Rafe. Das sagten sie alle. Und Rafe sagte nichts.

Sie ging verärgert zur Hütte hinüber und blieb zögernd in der Tür stehen. Die Kerze war zu einem kleinen Wachsklumpen zusammengeschmolzen, aber im Licht des Mondes, der durch das Fenster fiel, erkannte sie, daß Rafe halb vom Bett gerutscht war. Sie lehnte sich an die Wand und beobachtete ihn. Er schien es nicht gerade bequem zu haben. Er wirkte zu groß für die schmale Pritsche, zu rastlos für die enge Hütte. Sein Haar klebte ihm am Kopf, und sein Gesicht war von dunklen Bartstoppeln übersät. Sie wollte ihn nicht wecken, aber er mußte etwas essen.

Trotzdem brachte sie es nicht über sich, ihn zu stören. Sie ging leise hinüber zu der Stelle, wo sie eine Decke ausgebreitet hatte, und setzte den kleinen Bären dort ab; dann setzte sie sich auf den Stuhl und beobachtete Rafe Tyler. Selbst im Schlaf wirkte seine Miene grimmig und streng. All die widersprüchlichen Gefühle, die sie heute gespürt hatte, hatten sie zutiefst aufgewühlt: die Verzweiflung, mit der sie ihm auf den Kopf geschlagen hatte, die Angst, daß sie ihn verletzt haben könnte, die Begeisterung, als sie sich in Freiheit gewähnt hatte, und dann die Sorge, mit der sie ihn erwartet hatte, als er das Bärenjunge rettete. Dann war er blutüberströmt in der Hütte aufgetaucht. Sie hatte ihn gepflegt, und anschließend hatten sie das Bärenjunge versorgt. *Wir.*

Mißerfolg und Erfolg. Trauer und Freude. Und jetzt …

Sie war müde und verwirrt. Wie konnte sie etwas für einen Menschen empfinden, der so leidenschaftlich und so unerbittlich haßte? Aber sie fühlte sich zu ihm hingezogen. Diese Tatsache ließ sich nicht länger leugnen.

Shea hatte ein neues Zuhause gesucht, einen Ort, an den sie

gehörte, und jetzt hatte sie das Gefühl, diesen Platz gefunden zu haben. Hier in einer schäbigen Hütte bei einem Banditen und ehemaligen Sträfling, der an nichts anderes als Rache dachte. Nein, das stimmte nicht. Er hatte auch an das Bärenjunge gedacht. Er hatte sich wegen ihrer Hand gesorgt. Er kümmerte sich rührend um eine Maus.

Als spüre er die Intensität ihrer Gedanken, öffnete er die Augen und sah sie an.

»Dein Freund hat ein paar Fische gebraten. Du mußt etwas essen.«

Rafe richtete sich ächzend auf und lehnte sich gegen die Wand. Dann stand er langsam auf. Er schwankte kurz, und sie streckte instinktiv die Hand nach ihm aus. Als ihre Finger seinen Ellbogen umfaßten, erstarrte er.

Sie schmolz dahin wie jedesmal, wenn sie ihn berührte. Sie war ihm ganz nahe; seine nackte Brust war nur wenige Zentimeter von ihr entfernt. Ihm stockte der Atem, und sie fragte sich, ob das an seinen Verletzungen oder an etwas anderem lag. Sie rang ebenfalls nach Luft, und ihr Hals war wie zugeschnürt.

Als er erschauderte, blickte sie zu ihm auf. Seine Lippen waren so nah. »Ich werde dir was zu essen bringen. Du ... du solltest nicht aufstehen.«

»Nein«, pflichtete er ihr bei, und seine Lippen kamen noch näher.

Auch sie erschauderte, verloren in sanfter Sehnsucht. Sie fühlte sich unendlich schwach; seine Nähe genügte, daß sie völlig die Beherrschung verlor.

»Ah, Shea«, sagte er. »Warum bist du nicht gegangen?«

Dieses Mal war es keine Frage. Es klang wie eine Bitte, wie eine schmerzliche Kapitulation.

Er neigte den Kopf, und sie dachte, er würde sie küssen. Statt dessen berührte er zart ihre Wange und verharrte dort einen Moment. Diese Geste war so sanft und so traurig, daß Shea das Gefühl hatte, sie bräche ihr das Herz.

»Ich habe dir noch nicht dafür gedankt, daß du dich um ... meinen Arm gekümmert hast«, flüsterte er. »Ich weiß nicht, warum –« Seine Stimme brach.

Sie lehnte den Kopf an seine Brust und fühlte, hörte, lebte seinen Herzschlag. Vollkommen reglos genoß sie die Nähe dieses Augenblicks, seinen Geruch, seinen Körper, seine Berührung. Seine ungewohnte Sanftheit.

Dann löste er sich von ihr, und sie zog sich zurück. Er machte ein paar zögernde Schritte, doch dann schien ein Teil seiner Kraft zurückzukommen, und er wandte sich zur Tür. »Ich hasse es hier drinnen.« Seine Stimme klang hart und angespannt, und sie wußte, daß er wieder ans Gefängnis dachte, daß der kurze Moment der Zärtlichkeit von der Dunkelheit verschluckt worden war, die ihn für gewöhnlich einzuhüllen schien.

Er taumelte ein wenig, lehnte sich an den Türrahmen und blickte in den Himmel. Dann schloß er die Augen. Denk dran, sagte er sich. Denk dran ...

Aber er war nicht sicher, woran er denken sollte. Nicht mehr. Er hörte Schritte hinter sich und öffnete die Augen. Am Himmel tanzte eine duftige Wolke. Der Wind kühlte seine heiße Haut, und er sog den Duft von Fisch, verbranntem Holz und Kiefernnadeln ein. Er wurde von Gefühlen überwältigt, von der Schönheit der einfachen Dinge des Lebens, die ihn nicht berühren sollten.

»Rafe?« Bens Stimme verriet Besorgnis.

»Schon gut«, sagte er. »Es ist nur ... « Nur was? Er wünschte, er wüßte, was war.

»Es ist nur, daß du verdammt schwach bist und etwas zu essen brauchst«, beendete Ben seinen Satz. »Du hast nichts mehr gegessen, seit wir gestern losgeritten sind, stimmt's?«

Die Frage verwirrte Rafe. Und dann spürte er, daß Shea neben ihm durch die Tür glitt. Um Gottes willen, was war nur mit ihm los? Er konnte einfach nicht mehr denken. Nicht, solange sie in der Nähe war.

Er schüttelte den Kopf. »Nein.«

Ben blickte Shea fragend an. »Ich nehme an, wir haben keine Teller, oder?«

»Einen, glaube ich.«

»Der muß reichen.« Ben sah von ihr zu Rafe.

Sein wissender Blick brachte Rafe in die Gegenwart zurück. Er wollte Feindseligkeit spüren. Zorn. Gleichgültigkeit.

Er wollte sie in seine Arme nehmen. Wollte diese Wangen küssen, die so lieblich erröten konnten, wollte dieses Gesicht berühren, dessen Ernsthaftigkeit ihn bewegte. Er wollte sie lächeln sehen.

Hatte er sie jemals lächeln sehen?

Einmal. Als sie die Bären am Wasserfall beobachtet hatte. Nachher nicht. Vorher nicht.

Was in aller Welt hatte er getan?

Er hatte sie an einem Ort eingesperrt, den er selbst nicht ertrug. Er hatte ihr angst gemacht und sie hungern lassen, und trotzdem war sie geblieben und hatte ihm geholfen. Er war zu einem Tier geworden, und das war einzig und allein seine eigene Schuld.

Er blickte sie an und spürte, daß sie einen Teil seiner Gedanken erriet.

»Ich hole den Teller«, sagte sie. »Und den Löffel.« Letzteres klang traurig. Außer dem Löffel hatte er ihr alles abgenommen.

Rafe ging langsam zum Feuer hinüber. »Es ... gefällt mir nicht, sie hier festzuhalten«, sagte er zu Ben.

»Bist du sicher, daß das das Problem ist?« fragte Ben. »Ist es nicht vielleicht eher so, daß es dir zu gut gefällt?«

Rafe verzog das Gesicht.

»Sie hat Clint und mich gesehen.«

»Ich weiß«, sagte Rafe. »Aber ich glaube nicht, daß sie etwas verraten wird ... «

»Warum nicht? Schließlich arbeitet Clint sogar auf dem *Circle R.*«

Rafe konnte es nicht erklären. Er wußte es einfach. Aber konnte er sich auf seinen Instinkt verlassen, wenn es um das Leben der beiden ging? Himmel, er hatte sich auch früher schon geirrt.

»Willst du aufgeben?« fragte Ben leise. »Einfach weiterziehen?«

»Das kann ich nicht«, sagte Rafe. Er hörte den Schmerz in seiner Stimme, haßte ihn, haßte diese Schwäche und fügte mit Entschiedenheit hinzu: »Und ich will es auch nicht.« Er blickte auf seine Hand, auf das Mahnmal dessen, was Jack Randall ihm angetan hatte.

In diesem Augenblick kam Shea zurück. Ihr Gesicht war ungewöhnlich bleich, und Rafe fragte sich, ob sie vielleicht etwas gehört hatte.

Ben nahm die Fische von dem Spieß, den er über das Feuer gehängt hatte. Nachdem er einen Blick auf Sheas bandagierte Hand und Rafes verwundeten Arm geworfen hatte, löste er das Fleisch von den Gräten und reichte den Teller Shea, die ihn zwischen sich und Rafe stellte. »Und Sie?« fragte sie Ben.

»Ich habe schon gegessen«, log er. »Eine Dose Bohnen. Ich sehe solange nach den Pferden.« Er ging hinüber zum Stall.

Zwischen Shea und Rafe herrschte bedrücktes Schweigen. So sehr er es sich auch wünschte, konnte Rafe die paar Minuten in der Hütte nicht verdrängen. Die heftigen Gefühle, die zwischen ihnen erwacht waren, hingen bedrohlich in der Luft. Er fühlte sich wie eine Marionette, deren Fäden von jemand anderem gezogen wurden. Es war ein allzu bekanntes Gefühl, eines, von dem er sich geschworen hatte, daß er es nie wieder empfinden würde.

Aber wieder zog ein Mensch an seinen Fäden. Wieder eine Randall.

Sein Magen zog sich zusammen, und er verspürte einen unerträglichen Schmerz. Doch er war fest entschlossen, sich nichts anmerken zu lassen. Er zwang seine Finger, ein Stück Fisch zu nehmen und zu essen. Er mußte wieder zu Kräften kommen. Vielleicht war es seine körperliche Schwäche, die ihn so verwundbar machte.

Er merkte, daß sie nicht einen einzigen Bissen gegessen hatte, obwohl sie diejenige gewesen war, die über Hunger geklagt hatte. Sie saß vollkommen reglos neben ihm und starrte in das Feuer.

»Iß«, befahl er barscher als beabsichtigt.

»Schon wieder ein Befehl?« Ihre Stimme klang angespannt, und er wußte, daß sie sein Gespräch mit Ben gehört hatte. Himmel, was hatte sie denn erwartet? Daß er all seine Pläne wegen eines ... Kusses über Bord werfen würde?

»Nenn es, wie du willst«, sagte er betont gleichgültig, um seine Verzweiflung zu verbergen.

»Du wirst nicht aufgeben, oder?« fragte sie plötzlich. »Und du wirst dich ebenso wie ... meinen Vater zugrunde richten. Und wahrscheinlich auch deine Freunde.«

»Ich bin bereits zugrunde gerichtet«, sagte er hart.

»Nur, wenn du das selber glaubst«, sagte Shea mit zitternder Stimme.

Er lachte verbittert auf. »Glaubst du etwa, daß mir jemals irgendwer einen Job geben würde? Glaubst du, daß ich jemals an irgendeinem Ort willkommen wäre? Daß irgendeine Frau mich ein zweites Mal anblicken würde, nachdem sie erstmal das Brandmal gesehen hat?«

»Ja.« Ihre Stimme war leise, aber bestimmt.

Als er sich zu ihr umdrehte, war sein Mund zu einem zynischen Lächeln verzogen. Er versuchte, die Bedeutung ihrer Worte nicht falsch zu verstehen. »Hier oben ist das vielleicht so, weil wir allein sind. Weil du Angst hast und einsam bist und außer mir niemand da ist. Aber in der Stadt? Wie würdest du mich deinen Freunden vorstellen? Als den Banditen? Den ehemaligen Sträfling? Den Mann, der seine Uniform verraten hat? Einen Mann, der so hinterhältig und bösartig ist, daß er gebrandmarkt wurde, damit alle Welt von seiner Entehrung, seiner Schande erfährt? Sag mir, würdest du mich wirklich ein zweites Mal anblicken?«

Sie sah ihn schweigend an, und er entdeckte Tränen in ihren Augen, ehe sie ihm erneut dieselbe Antwort gab. »Ja.«

»Du bist eine Lügnerin«, sagte er kalt und stand auf. »Und jetzt iß was.« Ohne eine Antwort abzuwarten, ging er steifbeinig davon. Jede Bewegung schmerzte. Er hoffte nur, daß im Stall noch Whiskey war. Er ertrug ihre Tränen nicht. Noch nie hatte ein Mensch um ihn geweint.

Aber er wußte, daß er recht hatte mit der Behauptung, daß sich ihre Gefühle für ihn in Luft auflösen würden, sobald sie wieder in Freiheit wäre.

Er betrat den Stall, und Ben, der den Pferden gerade einen Eimer Hafer hinstellte, blickte fragend auf.

»Ich habe keinen Hunger. Nur Durst«, sagte Rafe.

»Dann muß ich wohl bald neue Vorräte kaufen.« Ben grinste wissend. »Der Whiskey scheint hier nicht besonders lange zu halten.«

»Fahr zur Hölle, Ben.«

»Mein lieber Freund, irgend etwas sagt mir, daß du da bereits bist. Sie ist wirklich hübsch. Ja, mehr als das«, sagte Ben, während er sich über seine Satteltaschen beugte und eine Flasche herauszog.

Shea spürte eine schmerzliche Traurigkeit. Sie wußte jetzt, daß Rafferty Tyler seine Rachepläne gegen ihren Vater niemals aufgeben würde. Und dabei würde er sich selbst und all seine Freunde zugrunde richten.

Du bist eine Lügnerin. Niemals würde sie den Zorn vergessen, mit dem er ihr diese Anschuldigung entgegengeschleudert hatte.

Zweifellos fühlte er sich im Recht. Er dachte, daß ihr Vater etwas viel Schlimmeres getan hatte, als nur etwas zu sagen, was er für die Wahrheit hielt. Das hieß, daß er ihren Vater für einen Lügner hielt, der einen unschuldigen Mann bewußt ins Gefängnis hatte wandern lassen und ihm bewußt die Ehre geraubt hatte.

Doch das konnte Shea nicht glauben. Sie konnte nicht glauben, daß *irgendwer* so etwas tun würde, und schon gar nicht der Mann, den sie für ihren Vater hielt. Das paßte auch gar nicht zu dem Bild, daß die Leute in Casey Springs ihr von Jack Randall gemalt hatten.

Sie mußte fort von hier. Sie mußte die Wahrheit herausfinden.

Vor allem mußte sie Rafe Tyler und all den widersprüchlichen Gefühlen entkommen, die er in ihr weckte. Sonst würde er sie am Ende ebenso tödlich treffen, wie er selbst getroffen worden war.

Sie aß, weil sie essen mußte. Der Fisch, der noch vor wenigen Minuten so verführerisch geduftet hatte, war jetzt vollkommen geschmacklos. Nur mit äußerster Willensanstrengung gelang es ihr, einen Teil dessen, was auf dem Teller lag, herunterzuwürgen. Dann stellte sie den Rest für die beiden Männer auf den Baumstumpf und ging zurück in die Hütte.

Das Bärenjunge lag friedlich schnarchend in der Ecke. Am liebsten hätte sie es berührt, hätte sie irgend etwas berührt, um die schmerzliche Einsamkeit zu vertreiben. Aber sie wollte den Kleinen nicht wecken. Also suchte sie eine Kerze, zündete sie an und beobachtete das Tier.

Etwas krabbelte über ihre Füße, und sie blickte zu Boden. Abner hatte seine Pfoten auf ihre Stiefel gelegt und blickte sie mit seinen leuchtenden Knopfaugen an. Sie hob ihn hoch, setzte ihn in ihre Hand und strich ihm sanft über den Rücken. Sie wußte, daß ihm das gefiel. »Abner«, flüsterte sie. »Warum heißt du wohl so?« Der Name klang ungewöhnlich drollig dafür, daß er von einem Mann ausgesucht worden war, der sich keinerlei Fröhlichkeit zugestand.

Die Maus quietschte leise. »Hat man dich schon wieder vergessen«, bemerkte sie. »Hast du Hunger?«

Abner setzte sich auf und legte die Pfoten zusammen. Zufall, dachte sie. Er konnte nicht wissen, was sie gesagt hatte.

Sie stand vorsichtig auf, ging hinüber zu Rafes kleinem Warenlager und nahm einen Keks aus der Dose. Dann setzte sie die Maus auf die Pritsche, legte ihn ihr vor die Nase und beobachtete, wie sie vergnügt zu knabbern begann.

»Hast du jemals das Bedürfnis abzuhauen?« fragte sie. »Denkst du manchmal an ein kleines Mäusemädchen? Oder an Abenteuer? Oder hast du bereits mehr erlebt, als dir lieb ist?« Shea fragte sich, ob sie noch ganz bei Trost war, daß sie so mit einem Nagetier sprach. Aber sie brauchte den Klang ihrer eigenen Stimme, und sie fragte sich, ob es Rafe im Gefängnis wohl auch gebraucht hatte, seine Stimme zu hören. Sie erinnerte sich an die bitteren Worte, die er bei ihrer Ankunft gesagt hatte. »Jeder Mensch läßt sich gefügig machen, Miss Randall.«

Sie konnte sich nicht vorstellen, daß Rafe sich jemals gefügig machen ließe, aber sie fragte sich, ob es ihm vielleicht gelungen war, sie gefügig zu machen. War sie deshalb geblieben, statt das Weite zu suchen? Weil er sie auf eine Weise gefügig gemacht hatte, die ihr vollkommen fremd war?

Sie seufzte. Sie war müde. So viele Dinge waren heute geschehen. Sie hatte so viele verwirrende Gefühle verspürt. Sie ging hinüber zur Pritsche. Auf der Decke war getrocknetes Blut. Sein Blut. Sie dachte erneut an die klaffende Wunde, und ihr wurde übel.

Aber sie war zu schwach, um die Flecken auszuwaschen. Sie legte ihren Kopf auf die zusammengerollte Decke, die als Kissen diente, und hoffte, daß es ihr irgendwann gelingen würde einzuschlafen. Überrascht merkte sie, daß sie in Sekundenschnelle in einen traumschweren Schlaf sank.

17. Kapitel

Nachdem er noch einmal Rafes Wunde versorgt hatte, war Ben am nächsten Morgen zurückgeritten. Die nächsten zwei Tage fühlte sich Rafe wie die Bärenmutter, die immer noch brummend vor der Hütte auf- und abtrottete. Er war zu schwach, um angeln zu gehen, aber zu rastlos, um ruhig liegenbleiben zu können. Also kümmerte er sich um den kleinen Bären und versuchte, das Pferd zu striegeln, bis sein Arm rebellierte.

Er war so verdammt schwach, und er haßte sich dafür.

Wenigstens hatte Shea nicht weiterhin Krankenschwester gespielt. Er schaffte es, seine Wunden allein zu versorgen. Shea Randalls Berührungen hätte er nicht ertragen, nicht nach den bitteren Worten, die zwischen ihnen gefallen waren. Er hatte zuviel von sich preisgegeben, und darüber war er wütend.

Ebenso wütend wie er auf den Kater gewesen war, den er nach dem Saufgelage mit dem Whiskey gehabt hatte. Das Zeug, das einer von Bens Goldsucherfreunden selbst gebrannt hatte, hätte wahrscheinlich den stärksten Mann umgehauen. Seit der Nacht nach seiner Entlassung aus dem Gefängnis, in der er und Ben sich hatten vollkommen vollaufen lassen, hatte er kaum etwas getrunken. Das Kopfweh am folgenden Morgen war das momentane Vergessen nicht wert, und außerdem wollte er gar nicht vergessen. Verdammt. Er wollte sich an alles genau erinnern. Er mußte sich an alles genau erinnern. An jeden einzelnen, einsamen, verfluchten Tag im Gefängnis, an jeden einzelnen angewiderten Blick, mit dem Fremde, selbst andere Häftlinge, auf seine Narbe gesehen hatten. Bei Gott, er mußte einfach die Wogen des Hasses spüren, den Knoten in seinem Magen, wenn er an Randall dachte.

Er sollte die Erinnerung nicht brauchen, aber die verdammte Frau drang in sein Gewissen ein wie eine Heuschrecke in ein Maisfeld.

Sie weckte sogar Schuldgefühle in ihm, weil er tat, was er tun mußte. Er konnte keine Schuldgefühle brauchen. Der Zorn, den er verspürte, füllte jede Nische in seinem Inneren aus.

Aber Shea Randall ließ sich nicht so einfach ignorieren. Er stellte fest, daß es ihm unmöglich war, sie weiterhin als seine Gefangene zu betrachten. Die Dinge hatten sich unwiderruflich verändert. Falls sie überhaupt jemals Angst vor ihm gehabt hatte, war diese inzwischen vollständig verschwunden. Das merkte er allzu deutlich. Die Tatsache, daß sie ihn gepflegt hatte und daß sie sich gemeinsam um das Bärenjunge kümmerten, machte sie in gewisser Weise zu Partnern.

Er schloß sie nachts immer noch in der Hütte ein, und seit seinem Besäufnis im Stall schlief er wieder draußen vor dem Fenster, aber diese Maßnahmen dienten eher der Erinnerung, daß sie seine Gefangene war, als daß sie ihre Flucht verhindern sollten.

Er wünschte, er wüßte, was sie dachte. Ihr Blick war aufmerksam und fragend, aber keineswegs furchtsam.

Himmel, wenn doch nur die körperliche Anziehungskraft, die sie aufeinander ausübten, nicht so offensichtlich wäre, daß selbst Ben sie bemerkte. Es war vollkommen unmöglich, daß er sich zu Randalls Tochter hingezogen fühlte, aber diese Tatsache ließ sich nicht leugnen. Selbst mit einer höllisch schmerzenden Wunde begehrte er sie.

Die Spannung zwischen ihnen steigerte sich seit Bens Fortgang immer mehr. Er war eine Art Sicherheitsventil gewesen, ein Puffer, aber jetzt stieg der Druck beständig an und drohte, sich jederzeit in einer gewaltigen Explosion zu entladen. Rafe wußte, daß er etwas dagegen unternehmen mußte, aber er hatte nicht die geringste Ahnung, was.

Er konnte sie nur beobachten und versuchen, seine Frustration auf einem kontrollierbaren Level zu halten. Er hatte sogar versucht zu lesen.

Lesen war im Gefängnis die einzige Art der Flucht gewesen. Nach seiner Entlassung hatte er Ben gebeten, jedes Buch, das er auftreiben konnte, zu kaufen, und er hatte inzwischen eine kleine Sammlung, die ihn bisher immer beschäftigt hatte, wenn er nicht gerade in den Wäldern herumwanderte und seine Freiheit genoß.

Worte machten ihn vergessen. Worte befreiten ihn zumindest für kurze Augenblicke von seiner Verbitterung.

Aber seit Shea Randall in diese Idylle eingedrungen war, hatten sie nicht den üblichen Zauber. Vielleicht sollte er lieber angeln gehen? Die Wunde hatte aufgehört zu nässen, und zum ersten Mal konnte er den Arm bewegen, ohne vor Schmerz zusammenzufahren.

Er hob den Kopf, als die Tür geöffnet wurde und Shea mit ihrem Zeichenblock herauskam. Sie trug ein einfaches blaues Baumwollkleid, das das Blau ihrer Augen noch betonte; ihr Haar war nicht geflochten, sondern locker mit einem Band zusammengebunden. Sie nahm auf dem Baumstumpf Platz und setzte Abner auf ihren Schoß, um ihn zu zeichnen.

Ein reizendes Bild, dachte er und versuchte vergeblich, den Zynismus und die Verbitterung in seine Gedanken zu schieben, derer er sich sonst so mühelos bediente.

Wo in aller Welt war die Bärin? Sie hatte in den letzten Tagen Abwechslung geboten, aber heute morgen war sie verschwunden, nachdem sie bei einer erneuten Begutachtung ihres Jungen festgestellt hatte, daß es ihm besserging. Noch ein paar Tage, und der Kleine könnte wieder zurück in den Wald. Er bewegte sich bereits recht gut und lernte allmählich, auf seinen drei gesunden Beinen zu balancieren. Außerdem würde das verletzte Bein bestimmt bald heilen.

Er nahm an, daß das Tierchen jetzt schlief. Es hatte sämtliche Kekse gefuttert außer denen, die für Abner reserviert gewesen waren, und Rafe und Shea hatten inzwischen fast alle Dosen geleert. Irgendwo mußte er etwas Eßbares auftreiben.

Ben müßte irgendwann im Verlauf des Nachmittags kommen. Clint war gestern vorbeigekommen, um nach Rafe zu sehen, und hatte ihm erzählt, daß Randall am Vortag aufgebrochen war, um, wie er sagte, in den Bergen zu jagen. Clint hatte angenommen, daß er vielleicht versuchte, Rafe aufzuspüren, aber Randall war kein besonders guter Fährtenleser, und Clint bezweifelte, daß irgendwer das Tal finden würde. Randall hatte nichts von einer Tochter gesagt, aber er hatte angespannt gewirkt und war auffallend schweigsam gewesen.

Und es gab noch eine Neuigkeit. Inzwischen hatte man den zweiten Goldsucher tot aufgefunden. Offensichtlich war er vor ein paar Tagen erschossen worden. Heute abend würden sich sämtliche Männer in Rushton treffen.

Ben wollte versuchen, seine guten Beziehungen zu den Goldsuchern zu nutzen, und sie zu überzeugen, daß es sinnvoller wäre, sich gegenseitig zu schützen, als einen Suchtrupp zusammenzustellen, der dann vielleicht fälschlicherweise Rafes Bande aufspüren würde. Schließlich schob man ihr die Schuld für sämtliche Vorkommnisse südlich von Casey Springs in die Schuhe.

Die dritte Nachricht war erfreulicher gewesen. Auf dem *Circle R* kündigten immer mehr Arbeiter. Sie waren seit Monaten nicht mehr bezahlt worden, und es waren nur noch ein paar Viehtreiber übrig, um die traurigen Überreste von Randalls Herde zu bewachen.

All das hatten die beiden Männer in sicherer Entfernung von Shea besprochen.

»Und McClary?« hatte Rafe gefragt.

»In der Nacht, in der der zweite Goldsucher erschossen wurde, war er wieder unterwegs«, hatte Clint gesagt. »Unglücklicherweise war er bereits verschwunden, als ich aus Rushton zurückkam, so daß ich ihm nicht folgen konnte.«

»Randall muß etwas damit zu tun haben«, hatte Rafe festgestellt, doch Clint hatte nur mit den Schultern gezuckt und einen Blick in Richtung der Hütte geworfen.

»Vielleicht. Wie geht's der Frau?«

Rafe war zusammengezuckt. Die Frage sollte wohl eher lauten, wie es ihm in der Nähe der Frau ging. Verdammt schlecht.

»So schlimm?« Clint versuchte zu lächeln, aber es klappte nicht. Ben hatte mit einem verächtlichen Schnauben von der allzu offensichtlichen gegenseitigen Anziehungskraft zwischen Rafe und Shea gesprochen, aber Clint taten die beiden leid. Er litt schließlich selbst. Er wußte nur allzugut, wie es war, wenn man einen Menschen begehrte, den man nicht haben konnte.

»Ich habe schon überlegt, ob ich sie nicht einfach laufenlassen soll«, hatte Rafe leise gesagt.

Clint hatte ihn fragend angesehen.

»Ich glaube nicht, daß sie etwas verraten würde ... «

»Glaubst du, daß sie nichts verraten würde, oder weißt du es?« hatte Clint gefragt, und Rafe war klargeworden, daß er mit Clints Leben spielte, mit Clints und mit Bens, und nicht mit seinem eigenen. Clint hatte ihn so dezent wie möglich auf diese Tatsache hingewiesen.

»Himmel, ich weiß überhaupt nichts mehr«, hatte Rafe niedergeschlagen gemurmelt.

»Wir haben es fast geschafft, Rafe.«

»Aber was ist mit den Goldsuchern«, hatte Rafe gefragt. »Ich wollte nicht, daß irgendwer anders dabei zu Schaden kommt.«

»Wir wissen nicht, ob Randall dafür verantwortlich ist.«

»Den Teufel wissen wir nicht.«

Clint hatte kurz gezögert. »Vielleicht hat er sich ja verändert, Rafe.«

»Verdammt, er hatte schon immer ein Talent dafür, sämtliche Spuren zu verwischen.«

Clint hatte genickt. Er hatte nie auch nur den geringsten Zweifel an Rafes Geschichte gehegt, nachdem er Randalls Vergangenheit beleuchtet hatte. Aber trotzdem war Randall ein fairer Boß. Ein guter Boß. Das Ganze ergab einfach keinen Sinn.

Nachdem Clint gegangen war, hatte sich Rafe einsamer gefühlt als je zuvor in seinem Leben. Selbst im Gefängnis war es nicht so schlimm gewesen.

Und jetzt ... saß eine attraktive, clevere, warmherzige Frau nur ein paar Meter neben ihm, und er konnte nichts gegen die rohe sexuelle Begierde tun, die in seinem Körper brannte, oder gegen das heftige, unerwartete Verlangen nach etwas Sanftem in einem Leben, das keine Sanftheit kannte. Ihre Berührungen in der Hütte, als sie sich um seine Wunde gekümmert hatte, waren fast sein Verderben gewesen. Ihre verdammten Tränen. Ihre Tränen um ihn.

Er mußte sich von ihr fernhalten, und dieses Wissen verstärkte seine Einsamkeit, machte sie um vieles schmerzlicher als die Einsamkeit, die man verspürte, wenn man tatsächlich alleine war.

Wie lange würde er es noch ertragen?

Er hatte sich in den letzten Tagen wirklich tapfer gehalten, doch da war er krank und schwach gewesen. Nun aber kehrten seine Kräfte – und seine Lust – mit Macht zurück, und er war nicht sicher, ob er sein zunehmendes Verlangen noch lange würde unterdrücken können.

Als wüßte sie genau, was er dachte, blickte Shea plötzlich zu ihm auf. »Du hast mir versprochen, daß du noch einmal mit mir zu dem Wasserfall gehst«, sagte sie. Sie legte den Kopf leicht schräg, eine Geste, die ihm inzwischen lieb und vertraut war.

Rafe wußte, daß es alles andere als vernünftig war, sich in ihre Nähe zu begeben. Aber sie hatte ihn in den letzten Tagen um sehr wenig gebeten.

»Und das Bärenjunge?« fragte er. Er suchte nach einer Entschuldigung, um ihr die Bitte abschlagen zu können.

Ihr Blick wurde sanft. »Es hält gerade seinen Mittagsschlaf.«

»Die Bärenmutter läuft immer noch hier herum«, bemerkte er.

»Ich glaube, sie vertraut uns.«

Er starrte sie an. »So etwas darfst du niemals glauben. Diese Bärin ist ein wildes Tier. Genau wie ihr Junges. Sie sind beide unberechenbar.«

»Ich gewöhne mich allmählich an unberechenbare Geschöpfe«, schnauzte Shea. Sie war verärgert, daß er sie schon wieder zu belehren versuchte. Jedesmal, wenn sie dachte, daß sie einander vielleicht ein wenig näher kämen, begann er, sie von oben herab zu behandeln. Verglichen mit ihm wirkte die Bärenmutter richtig niedlich.

»Du kennst mich noch nicht richtig. Also reiz mich lieber nicht weiter.«

»Ach, tue ich das?« fragte sie trotzig. »Ich dachte, ich bäte dich lediglich darum, dein Versprechen einzulösen.«

»Banditen lösen keine Versprechen ein.«

»Nein?« erwiderte sie. »Ich dachte, so gemein wären nur Frauen. Oder Randalls.«

Er versuchte, sie mit einem eisigen Blick zum Schweigen zu bringen, aber sie starrte ebenso böse zurück.

»Hat dir nie jemand beigebracht, nicht mit dem Feuer zu spielen?«

»Wer hat denn angefangen?« wollte sie wissen. Sie hatte genug von seiner Überheblichkeit, seiner Feindseligkeit. Sie hatte das Gefühl, als habe man ihr den Boden unter den Füßen weggerissen, als habe er ihr Vertrauen schändlich mißbraucht, als ...

Plötzlich merkte Rafe, daß er den Mund zu einem Lächeln verzog. Sheas Gesicht verriet trotzige Entschlossenheit, und in ihren blaugrauen Augen schimmerte etwas, das er nicht verstehen konnte und wollte.

Er sah auf seine Hand, um sich daran zu erinnern, daß er ihr nicht zu nahe kommen durfte.

»Tu es nicht«, befahl sie leise.

Er hob den Kopf und begegnete ihrem Blick. Ihr Gesicht verriet so viel Verständnis, so viel Mitgefühl, daß sein Zorn zu verrauchen drohte, der Zorn, an den er sich verzweifelt klammerte.

Verdammt, er wollte ihr Mitgefühl nicht. Oder ihr Mitleid. Er dachte daran, einfach zu gehen, wie er es zuvor getan hatte, aber damit gäbe er zu, daß sie einen empfindlichen Nerv getroffen hatte. Zur Hölle mit ihr. Er würde ihr geben, was sie wollte. Vielleicht würde sie dann aufhören, in Bereiche einzudringen, die sie nichts angingen.

»Aber sag nicht, daß ich dich nicht gewarnt hätte«, sagte er knapp, ehe er sich zum Gehen wandte. Er wußte, daß sie ihm folgen würde.

Obwohl sie diesen Kampf gewonnen hatte, war es angenehm, wieder einmal durch den Wald zu streifen. Es war ... beruhigend, sie bei sich zu wissen, auch wenn sie hinter ihm ging. Es war gut zu wissen, daß sie in der Nähe war, das gedämpfte Geräusch ihrer Stiefel auf den Kiefernnadeln zu hören. Egal wie sehr er versuchte, die alte Wut wieder heraufzubeschwören.

Falls irgendwelche Tiere am Wasserfall gewesen waren, so hatten sie sich in den Wald zurückgezogen, als die beiden das Ufer des Teiches erreichten. Das Wasser, das von den hohen Felsen stürzte, glitzerte im Sonnenschein, und das Blau wirkte reiner als je zuvor. Rafe fragte sich, ob es Sheas Gegenwart war, die die Farben strahlender und leuchtender machte.

Sie nahm das Schauspiel mit einer Begeisterung auf, die ihn immer wieder überraschte und berührte. Sie freute sich über die kleinsten Dinge wie ein Kind, doch neben der vollkommenen Unschuld strahlte sie eine Reife aus, die ihn faszinierte. Es war lange her, daß er einem unschuldigen und zugleich verantwortungsbewußten Menschen begegnet war.

Er wandte sich abrupt ab. »Ich lasse dich kurz alleine.«

»Geh nicht.« Ihre Stimme war leise, aber fest.

Er blickte sie an. »Treib es nicht zu weit. Ich war lange im Gefängnis. Ich habe dir schon einmal gesagt, was das aus einem Mann macht.«

»Rafe.« Sie sprach seinen Namen voller Zärtlichkeit. Er wußte nicht, ob es Absicht war oder nicht, aber die Wirkung war die gleiche. Es war, als würden Blitze durch seine Adern zucken. Und zugleich hatte er das Gefühl, als würde er von einem unsichtbaren Band zu ihr hingezogen. Er versuchte, dagegen anzukämpfen – vergeblich.

»Was willst du?« Seine Stimme klang heiser vor Verlangen und gleichzeitiger Gehemmtheit.

Er sah, daß sie schluckte. »Ich weiß nicht … «

»Du entscheidest dich besser«, sagte er rauh. »Sonst bleibt dir keine Wahl mehr.«

Shea spürte einen Kloß im Hals. Ihr blieb sowieso keine Wahl. Nicht, seit er sie vor drei Tagen so sanft geküßt hatte, seit in seinen Augen dieser unerträgliche Schmerz aufgeblitzt war, seit sie erkannt hatte, daß er jede Hoffnung und jeden Traum verloren hatte. Bis dieser Ausdruck schmerzlicher Verzweiflung auf seinem Gesicht ihr das ganze Ausmaß dessen gezeigt hatte, was ihm angetan worden war, hatte sie ihn nie ganz verstanden. Er war ihr immer so stark erschienen, so selbstbewußt, so stolz, daß ihr nicht bewußt gewesen war, wie sehr seine Seele unter dem Unrecht gelitten hatte, einem Unrecht, das sie nicht länger bezweifelte.

Sie wollte ihn heilen. Das war ein Teil der Wahrheit. Aber das war nicht alles. Sie hatte es ehrlich gemeint, als sie gesagt hatte, daß ihr das Brandmal egal war, jetzt, da sie ihn kannte. Sie sehnte sich schmerzlich danach, daß er sie erneut berührte, mit derselben Zärtlichkeit wie zuvor. Sie hatte nicht gewußt, daß es eine Art der Berührung gab, deren Zurückhaltung sie zum Erbeben brachte, deren Sanftheit der eines Geigenspielers glich, der den Saiten seines Instruments die herrlichsten Töne entlockte.

Statt einer Antwort trat Shea einen Schritt auf ihn zu.

»Shea?« Seine Stimme klang atemlos.

Sie legte die Finger ihrer linken Hand auf seinen Mund und

brachte ihn zum Schweigen. Statt darüber nachzudenken, was sie tat, ließ sie sich von ihrem Instinkt leiten. Von ihrer Leidenschaft. Von ihren Gefühlen.

Mit einem Stöhnen neigte er den Kopf, bis ihre Lippen sich berührten.

Obgleich sie ihn regelrecht aufgefordert hatte, sich ihr zu nähern, war sein Kuß zunächst zögernd, als ob er es einfach nicht glauben, nicht akzeptieren konnte.

Aber Shea spürte, daß ihr ganzer Körper auf ihn reagierte. Sie fühlte seinen Schmerz, seine Unsicherheit, seinen Stolz. Sie fühlte seine innere Wundheit und machte sie sich zu eigen.

Als sie aufblickte, sah sie, daß seine sonst so unergründlichen meergrünen Augen in die Ferne gerichtet waren. Die Verzweiflung und Verwundbarkeit in seinem Blick war so stark, daß sie erschauderte.

Seine Lippen lösten sich von ihrem Mund, und er trat einen Schritt zurück, als sei er sicher, daß ihr Erschaudern Ablehnung bedeutete statt Mitgefühl. »Verlaß mich nicht«, flüsterte sie.

»Du weißt nicht –«

»Ich weiß alles, was ich wissen will.« Es war die größte Lüge, die sie je einem Menschen erzählt hatte, aber als sie sah, wie er sich entspannte, verspürte sie nicht das geringste Schuldgefühl. Seine Lippen kehrten zu ihr zurück, dieses Mal mit einem Verlangen, das sie bis in die Zehenspitzen durchdrang. Hitze wallte in ihr auf, als sich ihre Körper berührten, und sie fühlte, wie er hart wurde. Seine Hände strichen über ihren Rücken, umfaßten ihre Hüften und zogen sie näher, bis seine geschwollene Männlichkeit genau auf ihre Knospe traf. Die Hitze in Sheas Innerem verwandelte sich in einen glühenden Strom der Begierde, dessen Intensität fast schmerzlich war.

Nie zuvor hatte Shea ein solches Sehnen, ein solches Verlangen verspürt. Sie war sich nicht sicher, wonach sie sich genau sehnte, aber das war egal. Sie wollte ihn einfach berühren, seine Sanftheit spüren, die mehr sagte als Worte.

Sie hörte, wie er keuchend einatmete, als sich seine Lippen hart auf ihren Mund preßten, begierig, da er fühlte, daß sie ihn ebenso brauchte wie er sie. Aber selbst jetzt mäßigte er seine Bewegungen, auch wenn sein Gesicht die innere Anspannung verriet.

»Oh, Shea«, sagte er. Seine Stimme brach, und sein Blick verriet sein Verlangen. »Das ist ... «

Er hielt inne. Sie wußte nicht, was er hatte sagen wollen. Daß das Ganze unmöglich war oder lächerlich oder verrückt oder alles zusammen.

»Richtig«, beendete sie seinen Satz.

»Nichts daran ist richtig«, flüsterte er, aber dann strafte er seine Worte Lügen, indem er sie erneut mit einer Verzweiflung küßte, die etwas ganz anderes verriet.

Shea schlang ihre Arme um ihn, wobei sie darauf achtete, seine Wunde nicht zu berühren. Sie begrüßte die sanfte Gewalt seiner Lippen und öffnete leicht den Mund.

Nie zuvor war sie derart geküßt worden, und überrascht stellte sie fest, daß seine Zunge noch ganz andere Körperteile entflammen ließ. Doch dann hörte sie auf sich zu wundern. Sie konnte nur noch reagieren. Ihre eigene Zunge erwiderte seine Zärtlichkeit instinktiv, und aus seinem tiefsten Inneren drang ein leises Stöhnen.

Seine Hände lösten sich von ihrer Hüfte und strichen sinnlich über ihren Rücken. Ihr Körper reckte sich ihm entgegen, um seine Härte zu spüren. Ihr Verlangen überraschte sie, doch sie konnte nicht anders. Sein Körper, seine Hände ließen sie sehnsüchtig erschaudern. Sie hätte niemals gedacht, daß es ihr jemals gefallen würde, derart überwältigt zu werden, aber jetzt wollte sie mehr und mehr und mehr.

Seine Lippen lösten sich von ihrem Mund und bedeckten ihr Gesicht mit federleichten Küssen. Sie schloß die Augen. Sie wollte nur fühlen und genießen. Festhalten. Erinnern.

Rafe knöpfte ihr Kleid auf, und seine Hände glitten unter ihr

Hemd. Sie trug kein Korsett; es war ihr idiotisch erschienen, diese Unbequemlichkeit hier oben in den Bergen zu ertragen, und jetzt war sie froh darüber, denn seine Hand fand sofort ihre Brust. Shea spürte, wie sie unter seiner sanften, fast scheuen Berührung anschwoll, hart wurde, brannte.

Und schmerzte. Oh Gott, wie sehr sie schmerzte. Und dann die andere Brust. Sie hatte das Gefühl, als müsse sie angesichts all der neuen Empfindungen, die in ihrem Körper tosten, zerbersten. Neu und wunderbar und aufregend und fordernd.

Sie preßte ihren Körper noch enger an den seinen auf der Suche nach etwas, das sie nicht verstand, auf der Suche nach der vollkommenen Vereinigung. Ihre Hände hatten sich seinen Hals hinaufgeschoben, und jetzt spielten sie mit seinem dichten, lockigen Haar.

Als Antwort darauf glitten seine Hände von ihren Brüsten hinauf zu ihrem Kopf und lösten ihr Haarband, so daß ihre blonde Pracht über ihre Schultern und Brüste fiel.

»Mein Gott, wie schön du bist«, flüsterte er. Seine Worte klangen beinahe ehrfürchtig, und sie fühlte sich tatsächlich schön. Zum ersten Mal in ihrem Leben fühlte sie sich wirklich schön.

Ungeachtet seiner Verletzung nahm er sie auf die Arme, und sie schlang ihre Hände um seinen Hals. Er trug sie ein paar Meter und legte sie dann auf ein weiches Bett aus Kiefernnadeln. Er kniete sich neben sie und sah sie mit angespannter Miene an. Sie wußte, er erwartete, daß sie nein sagte.

Aber das konnte sie nicht. Wollte sie nicht. Sie wollte ihn, wie sie nie zuvor in ihrem Leben etwas gewollt hatte. Sie wollte sehen, wie sein Blick warm wurde, sein Mund lächelte und die harten Linien aus seinem Gesicht verschwanden. Sie wollte hören, wie er lachte.

Sie wollte ihn lieben.

Aber das war etwas, was sie ihm nicht sagen konnte.

Sie konnte ihn nur durch ihren Blick wissen lassen, daß sie ihn ebenso begehrte wie er sie.

Sein Blick wurde nicht warm, sein Mund lächelte nicht, und sein Gesicht wurde nicht weich, als seine Hände ihr Kleid und ihr Hemd über ihren Kopf zogen und an ihrer Unterhose zerrten. All das tat er mit derselben Konzentration, mit der er sein Pferd trainierte, das Bärenjunge pflegte oder Holz hackte. Sie fragte sich traurig, ob er überhaupt noch so etwas wie Freude empfinden konnte. Als spüre er, was sie dachte, hielt er zögernd inne.

Seine Finger verharrten einen Augenblick reglos auf ihrem Schenkel, ehe er ihre rechte Hand ergriff, sie umdrehte und anblickte. Sie trug keinen Verband mehr, und die Blasen verheilten langsam. Er strich ihr so vorsichtig mit dem Daumen über die immer noch schmerzenden Wunden, daß es mehr wie eine Liebkosung war. »Es tut mir leid«, sagte er.

Shea starrte auf die beiden Hände, ihre weiß und schmal, seine braun und stark. Er hatte den Handschuh abgestreift, so daß das leuchtende Brandmal zu sehen war. Es war, als wolle er sich damit an etwas erinnern oder sie damit auf die Probe stellen.

Sie haßte das Brandmal für das, was es ihm angetan hatte. Ihre Finger strichen vorsichtig über die Narbe. Sie wünschte, sie könnte ihm einen Teil des Schmerzes nehmen, den er verspürt haben mußte, als er gebrandmarkt worden war.

Sie nahm seine Hand und legte den vernarbten Rücken an ihre Wange. Überrascht stellte sie fest, daß er diese Zärtlichkeit gestattete. Sie sah ihm in die Augen und merkte, daß sein Blick so unergründlich, wachsam, abwartend wie immer war. Sie hob seine Hand an ihre Lippen und bedeckte die Narbe mit einem federleichten Kuß, als sei sie etwas Ehrenwertes und nicht etwas unaussprechlich Häßliches.

Seine Finger umschlossen die ihren, und dann preßte er seine Lippen erneut auf ihren Mund, verzweifelt, schmerzlich, zornig, begierig.

Shea wußte nicht, ob sie das Richtige getan hatte, ob er versuchte, sie zu bestrafen oder zu vergessen oder ... ob er sie wenigstens ein bißchen mochte, auch wenn er es sich nicht eingestand.

Sie wollte ihn all die schrecklichen Jahre vergessen machen, all den Schmerz, all das Leid. Sie wollte all diese Dinge zumindest für kurze Zeit begraben.

Ihre Reaktion auf seinen Kuß versuchte, ihm das zu sagen. Es war, als hätte sie ihr Leben lang auf ihn gewartet, auf die Gefühle, die er in ihr weckte, wenn er sie berührte, wenn sein wachsamer, zorniger Blick sie traf.

Sein Kuß vertiefte sich, als er ihre Reaktion, ihre bereitwillige Akzeptanz, das Drängen ihres Körpers spürte. Seine Zunge war nicht länger sanft, sondern fordernd, als sei er sich immer noch nicht sicher, ob er sie bestrafen wollte oder ...

Lieben. Die Zärtlichkeit seiner Finger war ein deutliches Zeichen. Er legte die Arme um ihre Hüfte und rollte auf den Rücken, so daß sie auf ihm lag. Sie spürte das Pochen seines Gliedes, und in ihrem Inneren schienen Funken zu stieben. Sie schob sich näher und näher, und dann begann sie, sein Hemd aufzuknöpfen. Sie wollte seine Haut auf ihrer Haut. Sie wollte nichts zwischen ihnen.

Als sie ihm das Hemd ausgezogen hatte, strichen ihre Hände über seine nackte Brust. Er erschauderte, und dann spannte er sich an. Shea beugte sich zu ihm hinab und ließ ihre Zunge schamlos über sein Brustbein gleiten.

»Oh Gott, Shea«, flüsterte er.

»Hat dir schon mal jemand gesagt, daß du gut schmeckst?« fragte sie und lächelte, als sie seine Verblüffung sah.

Dann wanderte ihr Mund zu seinem Hals, bedeckte ihn mit sanften Küssen und genoß den salzigen Geschmack seiner Haut. Dieses zügellose Verhalten war vollkommen ungewöhnlich für sie. Sie wußte noch nicht einmal, woher sie wußte, was sie zu tun hatte. Sie wußte es einfach. Sie fühlte sich so herrlich lebendig, vor allem, als sie sah, wie er vergeblich versuchte, die reine, überraschte Lust zu verbergen, die in seinen Augen aufblitzte.

Er stöhnte, und Shea spürte, daß seine Hände anfingen, seine Hose aufzuknöpfen. Sie hob sich etwas an, um sie selbst aufzuknöpfen und ihm über die Hüfte zu ziehen. Und dann war nichts mehr zwischen ihnen, und sie fühlte, wie er seine Männlichkeit gegen die heiße Öffnung zwischen ihren Beinen schob.

Rafe rollte herum, so daß er wieder auf ihr lag, und sein Körper hing wenige Zentimeter über ihr. Sein Glied berührte sanft den immer empfindlicher werdenden Teil ihrer Weiblichkeit.

Einen Augenblick verspürte sie Angst, als ob sie etwas ausgelöst hätte, das sie nicht mehr unter Kontrolle hatte. Doch dann küßte er mit zarter Zurückhaltung ihre Wange, legte sich auf sie und drang langsam in sie ein.

Sheas Furcht wich einem grenzenlosen, schmerzlichen Verlangen nach ihm. Doch er fühlte sich sehr seltsam an, sehr schwer und sehr fordernd, und der Schmerz kam so unerwartet, daß sie ein leises Wimmern nicht unterdrücken konnte.

»Himmel.« Das Wort platzte aus ihm heraus, und er zögerte. Aber trotz ihrer Schmerzen verspürte sie immer noch die tosende Begierde in ihrem Körper.

»Hör nicht auf«, flüsterte sie.

Er zögerte immer noch.

»Bitte«, flehte sie. Sie brauchte das, was nur er ihr geben konnte.

Er bewegte sich erneut, noch langsamer als zuvor, und seine Lippen bedeckten ihre Wangen mit leichten Küssen, während er, starr vor Anspannung, weitermachte. Und dann, als er sich in ihr bewegte, verblaßte der Schmerz, und Wogen des Verlangens wallten in ihr auf.

»Oh, Rafe.« Nie zuvor hatte sie etwas Derartiges erlebt. Sein Rhythmus wurde schneller, und sie zog sich zusammen. Plötzlich bewegten sich ihre Körper im selben Takt.

Und dann konnte sie nicht mehr denken, sondern nur noch

fühlen. Fühlen, fühlen, fühlen. Und sie wollte geben. Sie wollte ihm Vergnügen geben, Freude, Glück, Vergessen. Sie wollte all das Schlimme in etwas Herrliches verwandeln, so wie er es tat.

Plötzlich erstrahlte ihr Innerstes in einer grellen Explosion. Sie tanzte auf den Wogen der Lust, bis sie das Gefühl hatte, darin zu ertrinken. Sie schloß die Augen angesichts des Wunders, das ihr soeben widerfahren war, und spürte, daß Rafe sich entspannte und sich mit einem zufriedenen Seufzer auf sie legte.

Nach einer Weile schob er sich neben sie, da er auf Dauer zu schwer für sie war. Er strich ihr mit einer Zartheit über die Wange, daß sie meinte, vor Seligkeit sterben zu müssen.

»Ich ... « Er zögerte. Offenbar fiel es ihm schwer, das Richtige zu sagen. »Ich wußte nicht ... daß du noch Jungfrau warst.«

Diese Entschuldigung wollte sie nicht.

Sheas Freude legte sich ein wenig. Natürlich hatte er nicht angenommen, daß sie noch Jungfrau war, nachdem sie derart leidenschaftlich auf ihn reagiert hatte. Vielleicht auch, weil sie Randalls Tochter war. Aber diese Erkenntnis schmerzte. Sie spürte, daß sie vor Peinlichkeit errötete.

Doch dann strich er ihr erneut über die Wange. »Nicht. Es ist nur so, daß ich noch nie ... mit einer Jungfrau geschlafen habe«, erklärte er unbeholfen. »Ich bin ... verdammt, es hätte einfach nicht passieren dürfen.«

»Viele Dinge hätten nicht passieren dürfen«, sagte sie langsam, »aber ich glaube, das gehört nicht dazu.«

Er rückte ein bißchen von ihr ab, aber er hielt ihre Hand fest umklammert. Dann schloß er die Augen, als könne er dadurch alles ungeschehen machen.

Die folgenden Minuten erschienen ihr wie Stunden. Plötzlich sagte er, ohne die Augen zu öffnen: »Das ändert überhaupt nichts.«

Die Erniedrigung, die Shea eben verspürt hatte, war nichts im Vergleich zu dem, was sie jetzt fühlte.

»Du denkst ... ?« Sie konnte den Satz einfach nicht beenden.

Sie konnte es nicht in Worte fassen. Sie ertrug den Gedanken nicht, daß er annahm, sie würde sich verkaufen, um ihren Vater oder sich selbst zu retten.

»Oder wolltest du einfach nur mal wissen, wie es mit einem Mann ist, der zehn Jahre im Gefängnis gesessen hat? Himmel, ich weiß noch nicht mal ... « Seine rauhe, verbitterte Stimme verhallte, und ihr wurde klar, daß er sich die Schuld an allem gab, daß er sie deshalb so unfreundlich behandelte.

»Oh, Rafe«, flüsterte sie. »Kannst du nicht verstehen, daß ich es einfach ... wollte? Wenn mich das zu einer ... einer Hure macht, dann bin ich wahrscheinlich eine.«

Er schwieg so lange, daß sie sich fragte, ob er sie überhaupt gehört hatte.

»Warum?« fragte er. »Warum?«

Sie wußte, daß er wissen wollte, weshalb sie gerade ihn gewollt hatte – einen verurteilten Kriminellen. Sie fuhr ihm mit der Hand über die Brust. »Ich weiß es nicht«, log sie.

»Ich glaube nicht, daß man je etwas umsonst bekommt«, sagte er. »Das letzte, was ich umsonst bekommen habe, war ein Paar Fußfesseln. Der Sergeant, der mich ins Gefängnis überführt hat, meinte, es sei das letzte Geschenk der Armee für mich.« Er brach ab, und sie wußte, daß er in Gedanken den Augenblick noch einmal erlebte. Großer Gott, sie teilte seinen Schmerz.

»Und was ist mit deiner Familie?« Sie mußte einfach fragen. Er hatte nie von seiner Familie gesprochen.

»Meine Eltern wurden von Komanchen getötet, als ich noch ein kleiner Junge war«, sagte er mit der tonlosen Stimme, die er immer benutzte, um seine Gefühle zu verstecken.

»Und du?« drängte sie.

»Ich wurde gefangengenommen und ein paar Monate später gerettet.« Er zuckte mit den Schultern. »Ich nehme an, daß man es Rettung nennen könnte.«

»Wie alt warst du damals?« fragte sie entsetzt.

Er zuckte erneut mit den Schultern. »Sechs. Sieben.« Sein

Blick wurde unergründlich, und sie wußte, daß er sich hinter den Schutzpanzer der Gleichgültigkeit zurückzog, hinter dem er so vieles verbarg.

Auf diese Weise machte er ihr klar, daß er nicht mehr über sich sagen wollte. Aber immer noch hielt er ihre Hand, und sie fragte sich, ob er seinen festen Griff überhaupt bemerkte. Sie wollte ihn berühren, aber sie hatte Angst, daß er diese Geste mißverstehen und sich noch weiter zurückziehen würde. Also wartete sie ab.

Schließlich war er derjenige, der das Schweigen brach. »Erzähl mir von Boston.«

»Da gibt es nicht viel zu erzählen. Wie gesagt, ich habe dort Hüte gemacht«, sagte sie unsicher. Aber wenigstens hatte er sich nicht wieder in das kalte Schweigen gehüllt, das normalerweise auf jede Form der Nähe zu ihr folgte. »Meine Mutter hatte ein kleines Hutgeschäft. Ich habe die Hüte für sie entworfen.«

Wieder senkte sich Schweigen über sie. Er hatte ihr noch nicht besonders viele Fragen gestellt. Offensichtlich hatte es ihm gereicht zu wissen, daß sie die Tochter seines Feindes war. Alles andere hatte ihn nicht interessiert. Jetzt fuhr sie überrascht auf, als er nach ihrer Mutter fragte.

»Sie ist vor vier Monaten gestorben.«

»Also hast du beschlossen, deinen ... Vater zu suchen.«

»Bis zu ihrem Tod wußte ich nicht einmal, daß es ihn gibt. Sie hatte mir erzählt, er wäre tot. Aber dann habe ich die Briefe gefunden.«

»Und beschlossen, allein in den Westen zu kommen, um ihn zu finden.« Seine Stimme klang zugleich traurig und bewundernd.

»Meine Mutter hat immer großen Wert auf ... Ehrlichkeit gelegt. Ich habe einfach nicht verstanden, warum sie mir nicht die Wahrheit gesagt hat. Er hat ihr Geld geschickt, also hat er offenbar immer noch etwas ... für sie empfunden. Ich muß einfach wissen, was er für ein Mensch ist. Warum sie ihn verlassen hat. Warum sie mir nie von ihm erzählt hat. Ob er überhaupt mein Vater ist.«

Er zog seine Hand zurück, griff nach seiner Hose und zog sie an. Als er sich ihr wieder zuwandte, war seine Stimme kühl. »Es tut mir leid«, sagte er, und sein Wangenmuskel zuckte. »Du hast mit der ganzen Sache nichts zu tun. Es tut mir leid, daß ich dich … nachts einsperren muß.«

Sie schüttelte den Kopf und blickte ihn an. »Schon gut. Ein paar Nächte. Das ist nichts im Vergleich zu … « Sie unterbrach sich, da sie ihn nicht an die Zeit im Gefängnis erinnern wollte.

Sein Gesicht spannte sich an.

»Rafe?«

Er starrte ausdruckslos in die Ferne. Trotzdem fuhr sie fort, da sie nicht nur seine Leidenschaft, sondern auch seinen Schmerz teilen wollte. »Wie hast du all die Jahre ertragen?«

Er preßte die Lippen zusammen, und Shea wünschte sich, sie hätte ihn nicht gefragt. »Indem ich deinen Vater gehaßt habe.«

Die Erde schien stillzustehen. Es war, als wären sämtliche Lebewesen in der Kälte seiner Worte erstarrt. Selbst die Vögel waren verstummt.

Sie zögerte. Sie bewegte sich auf gefährlichem Terrain, aber sie mußte es wissen.

»Könnte es sein, daß er … mein Vater … nur einen Fehler gemacht hat … daß er dachte, du wärst es gewesen?«

»An dem Tag, an dem der Überfall stattfand, hatte er mich losgeschickt, um ein paar Siedler zu überprüfen, die seltsamerweise gar nicht mehr da waren. Er wußte, wo ich war. Aber vor Gericht hat er geleugnet, mich irgendwohin geschickt zu haben und statt dessen ausgesagt, er hätte mich an einer ganz anderen Stelle zusammen mit einem Mann gesehen, den ich noch nicht einmal kannte. Er sagte – höchst widerwillig, wenn ich das hinzufügen darf –, daß er mich ohne jeden Zweifel gesehen hat und daß der Mann, mit dem ich zusammen war, eindeutig einer der Kerle war, die er bei dem letzten Überfall erkannt hatte. Und ich bin mir verdammt sicher, daß ich nicht einen Teil der Beute in meinem Privatquartier versteckt habe.« Rafe schluckte, als er sich an den hilflosen Zorn erinnerte, den er bei Randalls Falschaussage verspürt hatte.

»Er wußte ganz genau, was er tat, genau wie in dem Moment, als er zusah, wie ich gebrandmarkt wurde.« Rafe hielt inne und atmete tief ein. »Bei dem Überfall kamen fünf Soldaten ums Leben. Jack Randall war einer der wenigen Überlebenden. Er war für die Eskorte verantwortlich, aber ich hatte die Route ausgearbeitet. Dein Vater und ich gehörten also zu der Handvoll Leute, die darüber Bescheid wußten.« Er machte eine erneute Pause. »Wie in aller Welt hat er deiner Meinung nach das *Circle R* gekauft? Wohl kaum mit dem Geld, das ihm die Armee bezahlt hat.«

Shea wußte so wenig über Jack Randall, daß sie nichts zu seiner Verteidigung sagen konnte. Aber sie konnte einfach nicht glauben, daß er absichtlich einen anderen Menschen ins Unglück stürzen würde.

Rafe mußte den Zweifel in ihrem Gesicht gesehen haben, denn er wandte sich von ihr ab. Es war, als hätte es die kurzen Augenblicke der Nähe zwischen ihnen niemals gegeben.

Er stand auf, zog sein Hemd an und reichte ihr ihre Kleider. Dann drehte er sich um und verschwand im Wald.

Sie blieb allein zurück. Ihr Körper brannte und zitterte noch von der wunderbaren Lust, doch ihr Geist wurde von schmerzlichen Gedanken und Fragen gequält.

18. Kapitel

Das Gefängnis mußte ihn so wahnsinnig gemacht haben wie einen tollwütigen Fuchs. Rafe ließ seine Faust gegen den Stamm einer Espe krachen. Er konnte einfach nicht glauben, was er da eben getan hatte.

Eine Jungfrau, um Gottes willen.

Und noch dazu Randalls Tochter!

Er rammte auch die andere Faust gegen den Baum und hatte das Gefühl, als würde sein verwundeter Arm explodieren. Aber er wollte den Schmerz. Himmel, man sollte ihn erschießen.

Er konnte die letzten paar Minuten nicht ungeschehen machen. Und was ihm die größte Übelkeit verursachte, war die Frage, ob er das überhaupt wollte.

Dabei war auch so schon alles kompliziert genug.

Rafe erlebte jeden einzelnen der unglaublich herrlichen Augenblicke, jede zärtliche Berührung seines Körpers noch einmal. Nie zuvor hatte ein Mensch ihn auf diese Weise berührt, und trotz seiner zornigen Worte wußte er, daß das, was eben passiert war, nichts mit Jack Randall zu tun hatte.

Niemand konnte die Glut in ihren Augen vortäuschen oder diese Reaktion auf seine Liebe. Liebe. Nie zuvor hatte er den Akt der Paarung als Liebe bezeichnet. Es war immer nur eine rein körperliche Angelegenheit gewesen, eine Erleichterung, mehr nicht. Bei Allison hatte er noch nicht einmal versucht, ihr in dieser Weise nahezukommen, da er geglaubt hatte, daß ein Offizier und ein Gentleman so etwas nicht tat. Und er hatte sich verzweifelt bemüht, beides zu sein.

Es nützte auch nichts, wenn er sich sagte, daß er sich von Shea fernhalten sollte. Das war ihm bisher nicht gelungen, und auf keinen Fall würde es ihm jetzt gelingen. Sie war wie Regen auf ausgedörrter Erde.

Rafe schluckte. Fast war er soweit zu glauben, daß er nun eine Wahl habe, die Wahl zwischen Rache und Liebe. Aber dann kehrte er in die Realität zurück. Er würde immer ein Ausgestoßener sein. *Er* konnte wie ein Einsiedler leben, immer Handschuhe tragen, jeden Armeeposten und jeden, der ihn erkennen könnte, meiden. Einer Frau oder einem Kind könnte er ein solches Leben jedoch nicht zumuten.

Einem Kind. Er schloß erneut die Augen. Was, wenn ... ?

Ein unerwartetes Glücksgefühl stieg in ihm auf, gefolgt von dem Gefühl unerträglicher Einsamkeit. Er erschauderte, als er daran dachte, daß Shea eines Tages das würde tun müssen, was ihre Mutter getan hatte: lügen, um ihr Kind vor einem Vater zu schützen, von dem sie annahm, daß es sich seiner schämen mußte.

Das mußte Shea verstehen.

Sie mußte gehen. Plötzlich kam ihm ein Gedanke. Er würde ihr die Rückfahrt nach Boston bezahlen. Das konnte er sich mit Randalls Geld problemlos leisten. Ben konnte sie nach Denver begleiten und Casey Springs in weitem Bogen umreiten. Dafür würde sie sich bereit erklären, kein Wort über Ben und Clint zu verlieren. Dieses Angebot würde sie sicher annehmen.

Er erinnerte sich an Clints Warnung. Rafe würde mit seinem Leben und dem seines Bruders spielen. Aber tief in seinem Herzen wußte Rafe, daß sie ihr Wort halten würde.

Er drehte sich um und kehrte zu ihr zurück. Er hatte das Gefühl, als hinge an jedem seiner Stiefel ein bleiernes Gewicht. Er ertrug es nicht, sie in seiner Nähe zu haben; aber ebensowenig ertrug er den Gedanken, sie zu verlieren.

Jack Randall war schmutzig, müde und verzweifelt. Er hatte nicht die geringste Spur von seiner Tochter, Rafe Tyler oder den Banditen gefunden.

Er war drei Tage unterwegs gewesen und hatte die wenigen

Vorräte, die er mitgenommen hatte, verbraucht. Aber genausogut konnte er eine Stecknadel in einem Heuhaufen suchen. Er sah keine andere Möglichkeit mehr. Er mußte Russ aufsuchen und ihm zumindest einen Teil der Wahrheit sagen.

Sein Magen zog sich zusammen, sobald er an seine Tochter dachte, die sich in den Händen eines Mannes befand, der ihn haßte. Der ihn zu Recht haßte.

Er hatte Tylers Rache verdient, seine Tochter hingegen nicht. Und jetzt legte McClary erneut eine Spur der Gewalt und des Verrats, die Randall nicht länger hinnehmen konnte. Er hatte nichts unternommen, um den ersten Mord zu verhindern. Es war nicht leicht, nach all den Jahren plötzlich Rückgrat zu entwickeln. Aber jetzt ging es um das Leben seiner Tochter. Er *mußte* etwas tun.

Er erreichte die Ranch und ritt in Richtung Ställe. Als er losgeritten war, waren von den ehemals dreißig Männern nur noch zehn übrig gewesen. Ob jetzt überhaupt noch einer da war?

Einer der Viehtreiber, der seit drei Jahren auf dem *Circle* R arbeitete, führte gerade ein Pferd heraus. »Ich habe mir nur ein frisches Pferd geholt«, sagte er.

»Sonst noch jemand hier?« fragte Jack.

»Mr. McClary ist im Haus«, sagte der Arbeiter, »aber sonst sind alle draußen.« Er zögerte, ehe er hinzufügte: »Es ist noch ein Goldsucher erschossen worden. Anscheinend schon vor ein paar Tagen. Man hat ihn gerade erst gefunden.«

Jack spürte, wie sich sein Magen noch stärker zusammenzog.

Der Viehtreiber räusperte sich. »Es sind noch drei Männer gegangen. Ich werde auch gehen müssen, Mr. Randall, wenn Sie mich nicht bezahlen können.«

Jack nickte. »Verstehe.«

Der Mann wendete sein Pferd und ritt davon.

Jack sah ihm nach. Das Geld war inzwischen vollkommen egal. Das *Circle R* würde er so oder so verlieren. Der Gedanke erschreckte ihn nicht mehr.

Die Frage war die, was er sonst noch verlieren würde. Die Tochter, von deren Existenz er bisher nichts gewußt hatte und nach der er sich nun verzweifelt sehnte? Sein Leben? Seine Freiheit? Das bißchen Selbstachtung, das er inzwischen wiedererlangt hatte, hatte er bereits wieder verloren, als McClary wieder aufgetaucht war und ihn an die Vergangenheit erinnert hatte, als er sich den Forderungen des Mannes gefügt hatte, obgleich er wußte, daß er damit einen Mörder deckte.

Randall ritt hinüber zum Haupthaus, stieg aus dem Sattel und band sein Pferd fest. Er mußte etwas tun, und zwar solange er noch den Mut dazu hatte. Er wußte, was Sara von ihm gehalten hatte, und er ertrug den Gedanken daran nicht, wie seine Tochter reagieren würde, wenn sie erführe, daß er in den Mord an einem unschuldigen Menschen verwickelt war.

Wenn sie überhaupt noch lebte …

Er vergrub den Kopf in seinen Händen und versuchte nachzudenken. Er brauchte Hilfe, wenn er seine Tochter finden wollte, und außerdem mußte er McClarys Treiben ein Ende machen. Selbst wenn er dafür im Gefängnis landete.

»Sara«, murmelte er leise. »Was soll ich nur machen?«

Er wußte, was sie gesagt hätte. Er sollte ein frisches Pferd satteln, zu Russ reiten und ihm alles erzählen. Aber dann dachte er an Shea, die wie Sara aussah. Seine Tochter.

Plötzlich wußte er, daß er Russ nicht die Wahrheit sagen konnte. Seine Tochter durfte nicht erfahren, was für ein verabscheuungswürdiger Mann ihr Vater war. Vielleicht später, wenn sie ihn ein bißchen liebgewonnen hätte. In einer Woche. Einem Monat.

Vielleicht könnte er McClary ja einfach überreden, den Bezirk zu verlassen. Er schluckte. Wieder einmal wählte er den bequemsten Ausweg.

Aber zumindest war es ein Ausweg. Dann könnte er Russ erzählen, daß Tyler einfach auf Rache aus war. Dann stünde sein Wort gegen das von Tyler, wie schon einmal …

Er beugte sich vor und übergab sich auf der Treppe. Dann erhob er sich schwankend. Zuerst McClary. Alles andere käme danach. Er legte die Hand auf den Kolben seines Gewehrs und versuchte, sich selbst Mut zu machen. Er war nicht besonders geübt im Umgang mit der Waffe. Er war weder schnell noch treffsicher, aber das wußte McClary nicht.

Entschlossen betrat er das Haus und fand McClary in seinem Büro. Der Kerl hatte ein Whiskyglas in der Hand und ging gerade seine Bücher durch.

»Was haben Sie hier zu suchen?«

»Wie ich höre, haben Sie nach Ihrer Tochter gesucht«, sagte McClary mit einem widerwärtigen Grinsen. »Ich wußte gar nicht, daß Sie eine Tochter haben, Sie alter Fuchs. Ist sie hübsch?«

Jack erstarrte. Er hätte sich denken können, daß McClary etwas von der Sache gehört hatte. »Da haben Sie etwas falsch verstanden«, sagte er. »Ich war geschäftlich in Casey Springs.«

McClary zog fragend eine Braue hoch. »Ach ja? Haben Sie versucht, Geld aufzutreiben?« Er warf einen Blick in die aufgeschlagenen Bücher. »Ich habe mir ein paar Gedanken gemacht. Es sieht nicht besonders gut für Sie aus. Vielleicht sollte ich bei Ihnen einsteigen.«

Randalls Abneigung und Ärger verwandelten sich in blanke Wut. Sein Verstand setzte aus. Er war ein Dieb und ein Betrüger, aber kein Mörder. Doch McClary könnte er auf der Stelle erschießen.

»Nein!«

»Sie haben gar keine andere Wahl.«

Randall sah ihn ruhig an. »Sie werden von hier verschwinden.«

McClary lachte. »Warum sollte ich?«

Randalls Hand legte sich erneut auf den Kolben. »Weil ich dem Sheriff sagen werde, daß Sie für die Morde verantwortlich sind.«

»Das werden Sie nicht tun«, sagte McClary im Brustton der Überzeugung.

»Ich werde sogar noch mehr tun«, erwiderte Randall mit dem Mut der Verzweiflung. »Ich werde ihm die Wahrheit über Rafe Tyler sagen und ihm erzählen, wer tatsächlich hinter den Überfällen auf die Geldtransporte der Armee gesteckt hat.« Er bluffte, und er haßte das verräterische Zittern in seiner Stimme. Er war vielleicht kein Killer, aber er wußte, daß McClary einer war.

McClary zuckte lediglich mit den Schultern. »Damit liefern Sie sich selbst ans Messer.«

»Sie haben mich bereits vor Jahren zu einem Verbrecher gemacht.«

McClary lachte. »Sie hatten nichts dagegen. Und soweit ich mich erinnere, haben Sie das Geld ganz gerne genommen.«

»Nein«, sagte Randall und versuchte verzweifelt, den Abscheu vor sich selbst zu unterdrücken. »Ich dachte, daß ich mit dem Geld meine Frau zurückkaufen könnte. Ich war ein Idiot.«

»Das sind Sie immer noch. Ein feiger Idiot«, sagte McClary verächtlich.

»Jetzt nicht mehr.« Randall merkte, daß sein Plan nicht funktionieren würde. McClary würde nicht freiwillig verschwinden. Also blieb ihm nur noch eine Möglichkeit: Er mußte die Wahrheit sagen und die Folgen tragen. So entsetzlich dieser Gedanke auch war, konnte er doch McClary nicht einfach weiter morden oder etwas anderes tun lassen, was seine Tochter in Gefahr brachte.

Es war, als hätte McClary plötzlich verstanden, daß sich etwas verändert hatte. Er kniff die Augen zusammen.

»Machen Sie sich nicht lächerlich. Dafür wird man Sie aufhängen.«

»Vielleicht wandere ich ins Gefängnis. Das werde ich überleben. Aber ich habe niemanden umgebracht.«

»Nein?« fragte McClary. »Sie wußten, was ich tat. Sie haben bei dem Überfall in Kansas mitgemacht.« Er verzog den Mund zu einem höhnischen Grinsen. »Ich werde sagen, daß Sie derjenige waren, der alles geplant hat.«

»Ich werde nicht zulassen, daß Sie noch andere Menschen ermorden.«

»Den Teufel werden Sie tun«, sagte McClary. Seine Hand griff lässig nach dem Whiskyglas.

Randalls Zorn war stärker als seine Furcht. Um McClary angst zu machen, griff er nach seinem Gewehr. Mit einer einzigen Bewegung ließ McClary sein Glas fallen und zog seine Pistole.

Randall spürte, wie ihn die Kugel traf. Eine Woge glühenden Schmerzes schlug über ihm zusammen, und er merkte, daß er zu Boden sank. Er versuchte verzweifelt, sein Gewehr zu erreichen, aber sein Arm gehorchte nicht. Und dann schien sein Hirn zu explodieren.

McClary beobachtete, wie Randall zu Boden ging und seine Stirn an der Ecke des Kamins aufschlug. Aus dem Loch in seiner Brust und aus seiner Kopfwunde sickerte Blut.

Hatte irgendwer den Schuß gehört?

Er blickte hinaus und sah Jacks Pferd. Sonst nichts.

Er durchsuchte eilig Randalls Taschen nach Geld. Jack blutete inzwischen stark. Er würde nicht mehr lange leben, und McClary mußte dafür sorgen, daß es wie ein Raubüberfall aussah. Also brach er die Schreibtischschublade auf und durchwühlte sie, als er plötzlich mehrere Reiter hörte.

Verdammt.

Er warf einen Blick auf Randall und überlegte, ob er ihm noch eine Kugel in den Leib jagen sollte, aber die Reiter würden den Knall hören und ihm den Fluchtweg abschneiden. Er hatte nur dann eine Chance, wenn er fort war, ehe jemand Randall fand. Er hoffte, der Kerl würde verbluten.

McClary glitt lautlos aus dem Büro, schloß die Tür hinter sich und ging hinüber zum Fenster neben dem Eingang. Verflucht. Clint und zwei andere Arbeiter. Mit drei Männern würde er nicht fertig. Er mußte also warten, bis sie im Stall verschwunden waren und sich dann Randalls Pferd schnappen.

Er beobachtete, wie der letzte der Männer verschwand, um sein Pferd abzusatteln und trockenzureiben. Dann glitt er aus der Tür, band Randalls Pferd los und führte es hinter das Haus, ehe er aufstieg und das müde Tier gnadenlos zu einem Galopp antrieb.

Clint kam müde aus dem Stall und sah hinüber zum Haupthaus. Eben noch hatte er Randalls Pferd dort gesehen, aber jetzt war es verschwunden. »Was ist mit Jacks Pferd passiert?«

Einer der anderen Männer zuckte mit den Schultern. Er war ebenfalls müde, und es war ihm egal.

Clint blickte erneut zum Haus. Irgend etwas kam ihm seltsam vor. Als er von der Weide zurückgekommen war, hatte er einen der Männer getroffen, der gesagt hatte, daß Randall eben zurückgekommen war. Er war doch sicher nicht noch einmal auf einem erschöpften Pferd davongeritten. So etwas gestattete er niemandem. Randall kümmerte sich gut um seine Tiere.

»Ich glaube, ich sehe mal nach Mr. Randall«, sagte er und ging zum Haus.

Da niemand auf sein Klopfen reagierte, trat er einfach ein. Der Flur war leer, aber die Tür zu Randalls Büro stand auf. Er klopfte zögernd an, doch als er nichts hörte, machte er die Tür ganz auf und sah Randall auf dem Boden liegen. Sein Herz blieb stehen, und ihm stockte der Atem.

Clint ging hinüber zu Randall und kniete sich neben ihn. Er hatte zwei Wunden: eine Platzwunde am Kopf und einen Einschuß direkt über dem Herzen. Überall war Blut.

Er fühlte Randalls Puls und legte ihm die Hand auf den Mund. Wenigstens schien er noch zu atmen. Er beugte sich über Randall und packte ihn an der rechten Schulter. »Mr. Randall.«

Randall öffnete die Augen und blickte ihn schmerzverzerrt an. Als er versuchte, sich zu bewegen, stöhnte er laut auf. »Sara. Meine Tochter ... « Und dann schloß er die Augen wieder.

Das mußte McClary getan haben, dachte Clint, aber ebensogut konnten die Leute Rafe die Schuld in die Schuhe schieben. Er mußte dafür sorgen, daß Randall am Leben blieb und aussagte. Er rannte hinaus und rief nach den beiden Männern, die mit ihm von der Weide zurückgekehrt waren. Sie kamen beide aus dem Stall gestürzt.

»John, reite rüber zu Russ Dewayne. Caleb, hol so schnell du kannst einen Arzt aus Casey Springs.«

»Was ist passiert?«

»Mr. Randall ist angeschossen worden.«

»Von diesen Banditen?«

Clint schüttelte den Kopf. »Keine Ahnung. Los jetzt.«

Er rannte zurück und kniete sich erneut neben Randall. Was in aller Welt war hier vorgefallen?

Randalls Gesicht war aschgrau, und sein Puls war kaum noch zu spüren.

Clint dachte an die verwundeten Männer, die er im Krieg gesehen hatte, und daran, wie sie einander geholfen hatten.

Lockere die Kleidung, sorge für frische Luft. Gieß ihm kaltes Wasser ins Gesicht und auf die Brust. Leg eine Kompresse auf die Wunde, um die Blutung zu stoppen. Entferne mögliche Fremdkörper.

Clint zog Randall das Hemd aus. Die Blutung schien bereits von allein aufgehört zu haben, aber auf der Wunde klebten Stofffetzen; einzelne Fäden schwammen in dem Blut. Randall hatte verdammtes Glück gehabt. Zwei Zentimeter tiefer, und er wäre ein toter Mann. Der Angreifer hatte wahrscheinlich angenommen, daß er das war.

Er ging in die Küche. Randalls Köchin hatte die Ranch bereits vor Wochen zusammen mit ihrem Mann verlassen. Also hatten die Männer sich selbst versorgt, so daß in der Küche vollkommenes Chaos herrschte. Wenigstens fand er ein relativ sauberes Handtuch. An der Pumpe füllte er eine Schüssel mit Wasser, und dann kehrte er ins Büro zurück.

Clint öffnete die Fenster. Es war höllisch warm im Zimmer. Stickig. Der Geruch von Whisky und kaltem Tabak hing in der Luft. Wo war McClary?

Er wusch Randall das Blut vom Körper und zupfte die Stofffetzen aus seiner Wunde. Alles andere mußte ein Arzt tun, der die passenden Instrumente besaß. Randall wand sich ein wenig und stöhnte, ohne die Augen zu öffnen.

Clint ging nach oben, wo er zwei Bettücher fand, die er in lange Streifen riß. Er kehrte ins Büro zurück, preßte ein paar zusammengefaltete Stoffteile auf die Wunde, bandagierte Randalls Kopf, Brust und Schulter und band seinen Arm fest, so daß er ihn nicht mehr bewegen konnte. Mehr konnte er nicht tun.

Er wusch Randalls Gesicht und hoffte, daß er bald aufwachen und ihm etwas erzählen würde, ehe die anderen zurückkamen. Das einzige, was Clint wußte, war, daß Rafe nichts mit der Sache zu tun hatte. Der Captain hatte deutlich gemacht, welche Form der Vergeltung er wünschte, und von einem schnellen Tod war nie die Rede gewesen.

Dann hörte er einen Reiter. Vielleicht Nate. Clint ging zur Tür und winkte dem Vorarbeiter.

»Der Boß ist angeschossen worden. Ich brauche Hilfe.«

»Schlimm?«

Clint nickte. »Ich habe bereits nach dem Doktor und Sheriff Dewayne geschickt, aber ich brauche jemanden, der ihn mit mir nach oben trägt.«

Nate stieg von seinem Pferd und folgte Clint eilig ins Haus, wo er sich über Randall beugte und sein schweißnasses Gesicht befühlte.

»Hast du 'ne Vorstellung, wer das getan haben könnte?«

Clint zögerte. Er wollte nichts sagen, was ihn verraten könnte, aber ebensowenig wollte er seinen Freunden in den Rücken fallen. »Als ich zurückkam, stand Randalls Pferd vor der Tür, und ein paar Minuten später war es verschwunden. Wer auch immer es gewesen ist, war wahrscheinlich noch hier, als wir kamen.«

Nate nickte. »Hat Mr. Randall irgendwas gesagt?«

Clint schüttelte den Kopf. »Er hat nur den Namen ›Sara‹ erwähnt.«

»Wir sollten dafür sorgen, daß er ins Bett kommt. Ich wünschte, wir hätten einen Arzt in der Nähe.« Er schüttelte den Kopf. »Ich kann mir nicht helfen. Irgendwie denke ich, daß die Sache was mit den Überfällen auf die Postkutsche zu tun hat.«

Clint hatte das Gefühl, als würde ihm jemand die Kehle zuschnüren. Er konnte kaum entgegenhalten, daß die Überfälle immer gewaltlos abgelaufen waren, solange alle Welt davon ausging, daß die Morde an den Goldsuchern ebenfalls auf das Konto der Bande gingen. Also zuckte er lediglich mit den Schultern. »Einer der Männer hat gesagt, daß McClary vorhin hier war. Ich habe dem Kerl noch nie getraut.«

»Vielleicht«, sagte Nate zweifelnd. »Vielleicht kriegen wir ja was aus Mr. Randall raus. Laß ihn uns erstmal ins Bett schaffen.«

Da Clint der Stärkere war, packte er Randalls Schultern, und Nate nahm die Beine. Sie hatten den Verletzten gerade ins Bett gehievt, als sie weitere Reiter hörten.

»Das muß der Sheriff sein«, sagte Clint.

Ein paar Minuten später tauchte Russ im Türrahmen auf, dicht gefolgt von Kate. Sie bedachte Clint mit einem zaghaften Lächeln, und er meinte, jeden Moment zusammenbrechen zu müssen. »Ich dachte, ich könnte vielleicht helfen. Ich habe mich schon öfter um Männer mit ähnlichen Verletzungen gekümmert.«

Clint nickte. Er wagte es nicht, ihr Lächeln zu erwidern, die Freude und die gleichzeitige Verzweiflung zu zeigen, die ihre Gegenwart in ihm weckte. Als sie den Raum betreten hatte, hatte er das Gefühl gehabt, als ginge die Sonne auf, und er verspürte das dringende Bedürfnis, zu ihr zu gehen und sie zu berühren. Aber das konnte er nicht. Es wäre ihr gegenüber nicht fair.

Russ wandte sich an ihn. »Was ist passiert?«

»Keine Ahnung. Als ich von der Nordweide zurückkam, habe ich ihn gefunden. Er nannte den Namen einer Frau, sonst nichts.«

»Irgendeine Vorstellung, wer das getan haben könnte?«

Wieder zögerte Clint. Er konnte einfach nicht sagen, was er wußte, doch zugleich wollte er, daß Russ Dewayne glaubte, was er glaubte, nämlich daß Sam McClary hinter dieser Sache und auch hinter den Morden an den Goldsuchern steckte. »Ich denke«, sagte er langsam, »daß Sie vielleicht mal mit McClary sprechen sollten.«

»Warum?« Die Frage klang scharf. »Weißt du vielleicht inzwischen mehr als an dem Abend bei uns?« Dem Abend bei uns. Dem Abend, an dem er mit Kate zusammengewesen war. Dem Abend, an dem er über so viele Dinge die Unwahrheit gesagt hatte, nicht aber über McClary.

Clint zuckte mit den Schultern. »Soweit ich weiß, war er heute nachmittag als einziger hier. Und jetzt ist er verschwunden.«

Russ richtete seine Aufmerksamkeit wieder auf Randall, der gerade von Kate untersucht wurde. Sie blickte auf und bedachte Clint erneut mit ihrem strahlenden Lächeln. »Ich glaube, du hast deine Sache besser gemacht, als ich es gekonnt hätte.«

Stolz und Freude wallten in Clint auf, als er sie ansah. »Man lernt ein paar Dinge im Krieg. Aber er braucht einen Arzt. Ich befürchte, daß er innere Blutungen haben könnte.«

Glücklicherweise lenkte Russ' Stimme ihn dann ab, aber Clint brauchte eine Sekunde, ehe er die Frage verstand. »Er hat den Namen einer Frau erwähnt?«

Clint nickte. »Sara.«

»Ich frage mich, ob das irgendwas mit seinem Ritt nach Casey Springs zu tun hat. Der Angestellte in der Postkutschenstation sagte, es sei eine Frau bei ihm aufgetaucht, die behauptete, seine Tochter zu sein. Doch dann ist sie anscheinend spurlos verschwunden.«

Clint haßte diese verdammte Unaufrichtigkeit, die die Situation ständig von ihm verlangte. »Er war drei Tage lang weg. Keine Ahnung, wo. Ich wollte ihn gerade fragen, ob er etwas herausgefunden hatte, als ich ihn so fand.«

Clints Augen folgten Kate, die sich vom Bett abwandte. »Ich hole etwas Wasser.«

»Clint.«

Er löste seinen Blick von Kate und drehte sich zu Russ, der ihn fragend ansah. »Ich denke, es ist an der Zeit, einen Suchtrupp zusammenzustellen.«

»Sollten wir nicht erst hören, was Mr. Randall dazu sagt?«

»Du bist davon überzeugt, daß es McClary war, nicht wahr?«

Clint nickte. »Auch wenn Mr. Randall behauptet hat, daß er ein Freund ist, gab es die ganze Zeit Spannungen zwischen den beiden. Irgendwie hatte ich das Gefühl, daß Mr. Randall nicht gerade glücklich über McClarys Anwesenheit war.«

Russ zögerte. »Ich werde bis morgen warten, um zu sehen, ob er zurückkommt oder ob Jack uns etwas sagen kann. Aber wenn nicht, werde ich im Morgengrauen einen Suchtrupp zusammenstellen. Können wir auf dich zählen?«

Clint zuckte innerlich zusammen. Er hoffte inständig, daß Jack Randall aufwachen und McClary die Schuld geben würde. Wenn nicht, würden überall in den Bergen Gesetzeshüter und Schutztrupps auftauchen. »Irgendwer muß sich um die Ranch kümmern«, sagte er. »Es sind fast keine Männer mehr da. Ich will nicht, daß er aufwacht und feststellt, daß sein gesamtes Vieh verschwunden ist.«

Russ nickte. Daß er die Erklärung so einfach schluckte, verstärkte Clints Schuldgefühle nur noch. Er mußte Rafe warnen. Und Ben.

Als Kate zurückkehrte, scheuchte sie sie alle hinaus. »Er braucht Ruhe. Ich rufe euch, wenn er aufwacht«, sagte sie.

Die Männer gingen ins Wohnzimmer. Clint fand eine Flasche Whisky und schenkte ihnen allen ein. Dann warteten sie.

»Nein«, sagte Shea mit ausdrucksvoller Stimme. »Ich werde nicht davonlaufen.«

Rafe spürte, wie sich seine Hände zu Fäusten ballten. Er hatte erwartet, daß sie sein Angebot begeistert annehmen würde. Es hatte ihn schließlich einige Überwindung gekostet. Er mußte sich dazu zwingen, einem anderen Menschen zu vertrauen.

Und bei Gott, er wollte nicht, daß sie ging. Was es absolut notwendig machte, daß sie es tat.

Weil ihm die Freiheit so viel bedeutete, nahm er an, daß es ihr ebenso ging. Er hätte nicht gedacht, daß sie auch nur eine Sekunde zögern würde.

Als sie sich geweigert hatte, ihn zu verlassen, hatte er zunächst ungewohnte Freude verspürt, doch dann war ihm klargeworden, daß sie nicht wegen ihm bleiben wollte, sondern wegen ihres Vaters. Jack Randall war der Grund dafür, daß sie sein Angebot, einen Zug zurück in den Osten zu nehmen, ausschlug.

Ihre nächsten Worte schienen diesen Gedanken zu bestätigen. »Ich bin hierher gekommen, um meinen Vater zu sehen. Und das will ich immer noch.«

»Nein«, erwiderte er tonlos. Die Freude, die er eben noch empfunden hatte, erstickte hinter dem Kloß in seinem Hals. Die Enttäuschung machte ihn wütend, auch wenn er nicht das Recht hatte, wütend zu sein.

»Wenn du mir soweit vertraust, daß du bereit bist, mich nach Boston zurückzuschicken, warum vertraust du mir dann nicht soweit, daß du mir glaubst, daß ich dich und deine Freunde nicht verraten werde?« Die Frage war durchaus vernünftig, aber Rafe war alles andere als vernünftig gestimmt.

»Du mußt mich verstehen, Rafe«, flehte sie. »Ich muß wissen, ob er mein Vater ist. Warum meine Mutter ihn verlassen hat. Ich muß wissen, ob deine Vorwürfe stimmen.«

Rache lachte heiser. »Meinst du etwa, das würde er dir verraten? Jack Randall ist ein durchaus charmanter Mensch, meine Kleine. Er wird dich glauben machen, daß weiß schwarz ist und schwarz weiß. Und du wirst ihm alles erzählen, was du weißt.«

»Nein«, sagte sie. »Ich würde nichts tun, was dir schaden könnte. Oder Clint oder Ben.«

»Das glaube ich dir nicht«, entgegnete er. »Ich mache dir nur dieses eine Angebot. Nimm es an, oder laß es bleiben.«

»Ich lasse es bleiben«, schnaubte sie, und ihre normalerweise ruhigen blaugrauen Augen sprühten zornige Funken.

Angriff war die beste Verteidigung. Er mußte sich schützen, sein Herz, seine Seele. Er würde nicht zulassen, daß sie zerstörte, was von ihm noch übrig war. Sie mußte gehen. Er streckte die Hand aus und strich ihr langsam über den Arm. Die Geste hatte nichts Zärtliches, nichts Sanftes. Sie war widerlich und lüstern.

»Weil dir das gefällt?« fragte er. Er sprach mit ihr wie mit einer Hure.

Sie riß die Augen auf. »Laß das«, sagte sie fast flüsternd.

»Warum?« Er zwang sich, gleichgültig zu klingen. »Das Gefängnis hat mich ... hungrig gemacht. Ich nehme jede Frau. Sogar eine Randall. Das passiert mit einem Mann, der zu lange enthaltsam war.«

Er spielte mit dem Feuer, und er wußte es, aber er konnte einfach nicht aufhören. Er mußte das, was zwischen ihnen war, beenden. Er *mußte* es. Um ihrer beider willen.

Er strich ihr weiter über den Arm, und dann griff er nach ihrem Haar und zog ihren Kopf zurück, so daß sie ihn ansehen mußte. »Das ist deine letzte Chance«, sagte er. »Es sei denn, du willst meine Hure sein, bis ich mit deinem Vater fertig bin.« Er fragte sich, ob diese Worte ihn vielleicht noch mehr schmerzten als sie. Er versuchte, die Mauer um sein Herz nicht einstürzen zu lassen, aber ihr entsetzter Blick riß sie ein.

»Laß mich los«, sagte sie und versuchte, sich seinem Griff zu entwinden.

»Ich glaube nicht, daß ich das will«, erwiderte er kalt.

Sie holte aus, und er wußte, daß sie ihn schlagen würde. Er hielt vollkommen ruhig, als er den stechenden Schmerz auf seiner Wange spürte. »Und, fühlst du dich jetzt besser?«

Sie starrte entgeistert auf den roten Fleck in seinem Gesicht.

»So ist's richtig. Haß mich. Und wenn du bleibst, wirst du mich noch mehr hassen. Das verspreche ich dir.«

Statt vor ihm zurückzuweichen, versuchte sie tapfer, die aufsteigenden Tränen zu bekämpfen. Himmel, er bewunderte ihre Sturheit und ihren Mut. »Ich verstehe dich einfach nicht. Warum glaubst du, daß ich den Zug nicht an der ersten Haltestelle verlasse und zurückkomme?«

»Weil du im Gegensatz zu mir so etwas wie Ehrgefühl besitzt. Normalerweise ist das eine Eigenschaft, die ich nicht besonders schätze, aber jetzt kommt sie mir zugute.«

In ihren Augen blitzte etwas auf, und er wußte, daß er einen Fehler gemacht hatte. Sie glaubte ihm nicht. Sie blickte ihm ins Gesicht und suchte nach etwas, das er nicht zu enthüllen wagte.

»Ich habe dich schon einmal angelogen«, sagte sie mit zitternder, aber entschlossener Stimme. »Ich habe dir versprochen, daß ich nicht davonlaufen würde, aber ich habe es getan. Ich glaube, ich kann genauso gut lügen wie du.«

Am liebsten hätte Rafe gelächelt. Sie war die schlechteste Lügnerin, die ihm jemals begegnet war. Statt dessen zuckte er mit den Schultern. »Nimm mein Angebot an, oder laß es sein«, sagte er.

»Ich lasse es sein.«

Er starrte sie überrascht an. »Ich habe dir gesagt, was das bedeutet.«

Sie blickte ihn einen Augenblick ernst an. »Küß mich«, sagte sie. »Küß mich, und dann sag mir, daß ich dir egal bin.«

Er verharrte vollkommen reglos.

Also stellte sie sich auf ihre Zehenspitzen und hob den Kopf, bis sich ihre Lippen trafen.

Er wollte sie voller Verachtung küssen. Voller achtloser Grausamkeit. Aber in der Sekunde, als er sie berührte, war es mit der Maskerade vorbei.

Er wußte, wie idiotisch er sich benahm. Er strafte alles Lügen, was er zu ihr gesagt, was er gegen sie ins Feld geführt hatte, aber er konnte nicht anders. Shea war das erste Gute, was ihm seit vielen Jahren begegnet war; ihre Berührung war wie Balsam für seine wunde Seele, ihre Zuneigung war die Nahrung für sein ausgehungertes Herz.

Gott stehe ihm bei.

Gott stehe ihnen beiden bei.

Shea schmiegte sich auf der schmalen Pritsche eng an Rafe. Sie wußte nicht, ob er schlief oder ob er wach war, und wehmütig fragte sie sich, ob sie überhaupt jemals viel von ihm wissen würde.

Aber dann schlang er seine Arme um sie, und sie wußte, daß er ebenso wach, sich der Nähe ihrer Körper ebenso bewußt war wie sie.

Am Abend hatte es gestürmt, und die Worte, die zwischen ihnen gefallen waren, waren nicht weniger heftig gewesen. Sie hatte sich so betrogen gefühlt, doch dann hatte sie gewußt, daß er log – um ihretwillen. Sie hatte es in dem Augenblick gewußt, als er gesagt hatte: »Haß mich.« Dies waren nicht die Worte eines Verführers gewesen, und er hatte sie mit gebrochener Stimmer hervorgestoßen.

Sie wußte nicht, was sie tun sollte. Er würde niemals eine Randall heiraten, wahrscheinlich würde er überhaupt niemals heiraten. Dafür hatte ihm die Narbe auf seiner Hand zuviel angetan. Aber sie fühlte eine tiefe Bindung an ihn. Bei ihm vergaß sie alles und jedes, und sie würde nehmen, was auch immer er ihr geben konnte.

Shea fragte sich, ob ihre Mutter wohl ebenso empfunden hatte. Sie mußte einfach herausfinden, warum sie ihren Vater verlassen hatte. Shea wußte, daß sie Rafe Tyler niemals freiwillig verlassen würde, egal, wie schwer er es ihr machte, auch wenn sie wußte, daß sie mit ihm geradewegs auf einen Abgrund zusteuerte. Sie hatte ihn angelogen; der Grund für ihr Bleiben war er, nicht Jack Randall.

Vielleicht würde sie etwas anderes empfinden, wenn sie dächte, daß Rafe wirklich ein Mörder war und nicht ein Mann, der seine Art von Vergeltung suchte.

Hatte ihre Mutter Jack Randall für unverbesserlich gehalten? Hatte sie versucht, ihn zu ändern? War ihr dieser Versuch mißlungen?

Shea hörte, wie sich das Bärenjunge bewegte. Es konnte inzwischen wieder recht gut laufen, obwohl es nur drei Beine benutzte und seine Verletzung so weit wie möglich schonte. Rafe hatte gesagt, daß sie den kleinen Kerl morgen seiner Mutter zurückgeben müßten.

Sie würde das Tier vermissen. Ihm konnte sie die Zärtlichkeit, die Geborgenheit und die bedingungslose Liebe geben, die der Mann neben ihr nicht zuließ.

Wie konnte sie nur so unerträglich traurig und gleichzeitig so voller Liebe sein?

Als sie sich etwas bewegte, spürte sie die Reibung seiner Haut, und ihr Blut geriet erneut in Wallung. Sie fühlte die Hitze, die Sehnsucht, das Verlangen. Er wurde hart und stöhnte leise, und sie konnte sich kaum noch beherrschen. Seine Hand, die langsam über ihren Rücken strich, ließ sie erwartungsvoll erschaudern.

Wie war es möglich, einen Menschen so zu lieben? Mit einer solchen Macht?

Sie drehte sich vorsichtig zu ihm um, so daß sie ihn anblicken konnte, und ihre Körper miteinander verschmolzen. Sein für gewöhnlich so wachsamer Blick war träge und sinnlich, und er verzog den Mund zu einem zaghaften Lächeln, als er über ihre Wange fuhr. »Du nutzt meine Skrupel schamlos aus.«

»Du gibst also endlich zu, daß du welche hast?« fragte sie und bemerkte erstaunt die neue Sinnlichkeit in ihrer Stimme.

»Vielleicht ist Skrupel nicht das richtige Wort«, verbesserte er sich, und sein Lächeln wurde breiter.

Sie schmiegte sich enger an ihn und spürte das heiße Pochen seines Gliedes und die schmerzliche Sehnsucht in ihrem Inneren. Wogen des Verlangens schlugen über ihr zusammen, so mächtig, daß ein halb verwunderter, halb flehender Seufzer über ihre Lippen kam.

Er küßte sie. Lang und hart und heftig. Und verzweifelt. Sie fühlte die Verzweiflung in seinem Kuß und erwiderte sie mit einer Leidenschaft und Stärke, die sie verblüffte. Ebenso wie ihn. Seine Augen zeigten immer noch den Argwohn, der ihr verriet, daß er selbst jetzt noch erwartete, daß sie sich von ihm zurückzog.

Er traute sich immer noch nicht. Und er traute auch ihr noch nicht. Doch sein Mißtrauen verstärkte nur ihr Verlangen und ihr Bedürfnis, ihn zu überzeugen, daß sie ihn auf eine Weise liebte, die alles andere unwichtig werden ließ.

»Meine schöne Shea«, sagte er heiser, und seine Lippen wanderten von ihrem Mund zu ihren Brüsten. Dort verharrten sie reglos, bis Shea meinte, vor Begierde vergehen zu müssen. Er brauchte sie – das hörte sie an seiner Stimme und spürte sie an seinen Händen –, doch sie wußte, daß er das niemals zugeben würde.

Sie fühlte die Hitze und Feuchtigkeit seines Körpers, seine Härte, und sie schob sich gegen ihn. Sie wollte ihn in sich spüren, wollte ihn auf die einzige Art, die er zuließ, zu einem Teil von sich machen. Als er in sie eindrang, reckte sich ihm ihr Körper entgegen und paßte sich seinem fordernden Rhythmus an. Sie schlang ihre Beine um ihn und zog ihn noch tiefer in sich hinein, ließ zu, daß er auf ihr ritt, daß er sie schwindlig machte, bis sich ihr Körper zusammenzog und ihr Inneres explodierte. Wogen des Glücks durchfluteten sie, und eine herrliche Wärme breitete sich in ihrem Körper aus. Sie zitterte, doch sie hielt ihn fest umklammert, unwillig, ihn gehen zu lassen, unwillig, das Gefühl seiner Nähe zu verlieren. Er erschauderte, und sein Atem drang keuchend an ihr Ohr, als er versuchte, die Selbstbeherrschung zurückzuerlangen, um die er immer so verzweifelt rang.

Shea drehte leicht den Kopf und küßte ihn mit all der Glückseligkeit, die sie empfand. Es war ein wunderbar zärtlicher Kuß, der ihn erneut erschaudern ließ, ehe er sich mit einem Stöhnen neben sie schob, das halb Protest und halb Schmerz verriet.

Sie strich ihm eine Locke aus dem Gesicht und wischte ihm den Schweiß von der Stirn. Sie wollte etwas sagen, aber zugleich füchtete sie sich davor, erneut zurückgestoßen zu werden. Also legte sie stumm den Kopf auf seine Brust und registrierte verblüfft, daß er mit einer besitzergreifenden Geste die Arme um sie schlang.

Sie tauschten keine Worte aus. Kein Versprechen. Keinen der beruhigenden Sätze, nach denen sie sich so verzweifelt sehnte. Und sie wußte, daß sich im Grunde nichts verändert hatte. Zwischen ihnen lag ein Hindernis, das sie niemals überwinden würden. Ein Hindernis namens Jack Randall.

19. Kapitel

Rafe untersuchte das Bein des kleinen Bären. Die Wunde heilte, und es gab kein Anzeichen einer Infektion.

Dieses Mal legte er die Schiene fester an, damit es weder der Bärenmutter noch dem Jungen gelänge, sie abzureißen. Mehr konnte er nicht tun.

Der Augenblick war gekommen, in dem sie das Bärenkind wieder in den Wald bringen mußten, wo es hingehörte. Die Bärin trieb sich immer noch in der Umgebung der Hütte herum, und es war nur eine Frage der Zeit, bis sie jemanden verletzen würde. Außerdem war es nicht gut für das Junge, von Menschen abhängig zu sein, die es bald seinem Schicksal überlassen würden.

Rafe wußte, daß Shea traurig war. Sie hing sehr an dem kleinen Bären. Er hatte gesehen, wie sie das Tier geherzt, gehört, wie sie ihm vorgesungen hatte. Das war nur natürlich; sie war einsam gewesen.

Einsam genug, um mit ihm ins Bett zu gehen. Einsam und verängstigt genug, um die einzige Gesellschaft zu akzeptieren, die sich ihr bot. Er bildete sich nicht ein, daß das, was sich zwischen ihnen ereignet hatte, etwas anderes bedeutete.

Das war einfach unmöglich, wie sehr er es sich auch wünschen mochte.

Er blickte auf das Bärenjunge in seinen Armen. Quälgeist hatte er den kleinen Kerl im stillen getauft, aber er hatte den Namen nie laut ausgesprochen. Er hatte ihn nicht mit Shea teilen wollen, und außerdem hätte ihr das die Trennung von dem Tier noch schwerer gemacht. Er selbst war ein Mensch ohne Bindungen. Er wollte sie nicht, brauchte sie nicht. Aber Shea wollte sie. Das bewies ihre Suche nach ihrem Vater.

»Glaubst du wirklich, daß es ihm in der Wildnis gutgehen wird?« fragte Shea und strich dem Jungen über das dichte Fell.

»Ich glaube, daß sich die Bärenmutter sehr gut um ihn kümmern wird«, sagte er.

»Und sein Bein?«

Er zuckte mit den Schultern. »Junge, weiche Knochen heilen sehr schnell.«

»Ich werde ihn vermissen«, sagte sie traurig. »Genau wie Abner.«

Abner hatte es sich angewöhnt, neben dem kleinen Bären zu schlafen, nachdem er sich zum ersten Mal in seine Nähe gewagt hatte, um ein paar Kekskrümel zu erhaschen. Das Junge war eingeschlafen, und Abner hatte sich daneben gelegt und sich eng an den kleinen, fetten Bauch geschmiegt. Das tat er jetzt immer, und den Bären schien es nicht zu stören.

»Er wird einen anderen warmen Platz finden«, erwiderte Rafe mit wehmütiger Stimme.

Shea sah ihn fragend an. Er sprach nicht nur über die Maus; er versuchte, sich einzureden, daß auch sie wieder einen warmen Platz finden würde, nachdem sie ihn verließe, einen Ort, an dem sie sicher wäre.

Es hatte sich noch nichts geändert. Er würde erst ruhen, wenn er irgendeine Form der Genugtuung gefunden hätte.

Das Bärenjunge leckte ihm mit seiner rauhen Zunge über die Hand. Das Salz, dachte er. Das Salz, das vom Schweiß der Liebe übrig war. Dieser Gedanke allein genügte, um ihn erneut zu erregen, und er wußte, daß er am besten ein Bad im eisigen Wasser des Teichs nehmen würde.

»Sehen wir mal, ob die Mutter ihn zurücknimmt«, sagte er und versuchte, seine Stimme gleichgültig klingen zu lassen.

Shea nickte. Sie hatte ihr Haar wieder geflochten und trug die Hose und das Hemd, das sie so unglaublich verführerisch machte. Sie war sehr ruhig heute morgen, was zu seinem eigenen Verhalten paßte.

Sie gingen hinaus. Die Bärin war wieder da und trottete wie jeden Morgen unter den Bäumen auf und ab. Während Rafe sich ihr vorsichtig näherte, erhob sie sich auf die Hinterbeine. Als er noch etwa drei Meter von ihr entfernt war, setzte er das Junge auf den Boden und zog sich langsam zurück.

Die Bärenmutter ging ebenso langsam auf den Kleinen zu, leckte ihm das Fell und stupste ihn an. Er stolperte ein kurzes Stückchen, und dann humpelte er weiter. Als er sich zur Hütte umwandte, stupste die Alte ihn erneut an, und er trollte sich gehorsam in Richtung der Bäume. Die Bärin grollte, wandte sich ebenfalls den Bäumen zu und beobachtete, ob ihr Junges folgte. Das tat es.

Als Rafe sich umdrehte, sah er den feuchten Glanz in Sheas Augen. Nie zuvor war er einem derart weichherzigen, sanften Menschen begegnet. Er durfte nicht vergessen, daß sie Jack Randalls Tochter war. Er wollte nicht daran denken, aber diese Tatsache würde immer zwischen ihnen stehen.

»Der verdammte Bär hat fast all unsere Vorräte aufgefressen«, sagte er und zwang sich, wütend zu klingen. »Ben wird noch mal für uns einkaufen müssen.«

Sie blickte ihn an und lächelte. Er versuchte, die Freude, die angesichts ihres Lächelns in ihm aufwallte, ebenso im Zorn zu ersticken. Aber verdammt, es funktionierte nicht. Er fühlte sich wie neugeboren.

»Und was machen wir jetzt mit dem angebrochenen Vormittag?« fragte sie keß.

Er wüßte schon etwas, bei Gott. Und es hatte nichts mit Essen zu tun. Er streckte die Hand aus und berührte ihren Zopf. »Du schreckst auch vor gar nichts zurück, he?« Sein Ton war ungewöhnlich belustigt.

»Ein paar Dinge würden mir da schon einfallen«, erwiderte sie mit einem teuflischen Blitzen in den Augen. »Zum Beispiel ein wütender Bär. Oder ein zorniger Bandit.«

Am liebsten hätte er sie wirklich zornig angesehen, aber das war einfach unmöglich. Er war verloren im Zauber ihrer Augen, im Glühen ihres Gesichts, im spöttischen Grinsen ihrer allzu einladenden Lippen. Er ließ ihren Zopf los und fuhr ihr mit den Fingerspitzen über die Wange.

Plötzlich verstummten alle Geräusche, und er wußte, daß sich jemand der Lichtung näherte.

Er ließ automatisch die Hand sinken, ehe ihm klar wurde, daß er sein Pistolenhalfter nicht angelegt hatte. Auch das Gewehr lag in der Hütte. Er hatte keine Angst mehr, daß Shea Randall es benutzen würde.

Als er ein leises Pfeifen hörte, wußte er, wer es war. Jeder der Männer hatte ein eigenes Pfeifsignal. »Clint«, sagte er zu Shea. »Bestimmt hat er irgendwelche Neuigkeiten.«

Er spürte, daß sie plötzlich erstarrte, daß sie mit einem Schlag in die Wirklichkeit zurückgekehrt war. Sie wartete schweigend ab, bis Clint sie erreichte.

Rafe hatte Angst, daß Clint ihm irgend etwas ansehen könnte. Sheas wegen. »Ich muß mit dir reden«, sagte Clint. »Allein.«

Rafe wandte sich an Shea. »Warte in der Hütte.« Der Befehl klang harscher, als er beabsichtigt hatte, aber etwas in Clints Blick gefiel ihm ganz und gar nicht.

Er bemerkte ihren stummen Protest. »Bitte.«

Sie drehte sich um und ging in die Hütte. Clint stieg von seinem Pferd, ging ihr nach, schloß die Tür und zog Rafe hinter sich her.

»Jack Randall ist angeschossen worden.«

Rafe hatte das Gefühl, als habe ihn gerade selbst eine Kugel getroffen. »Ist er tot?«

»Noch nicht, aber es kann sein, daß er nicht überlebt. Ich habe ihn gestern gefunden. Er war bewußtlos und hatte eine Schußwunde über dem Herzen und eine Platzwunde am Kopf. Der Arzt weiß nicht, ob er durchkommt.«

»Hat er gesagt, wer auf ihn geschossen hat?«

»Als ich losritt, war er noch immer bewußtlos, aber ich wette, daß es McClary war. Einer der Arbeiter hat gesagt, daß McClary auf der Ranch war, als Randall von seiner Suche nach dir … und Miss Randall zurückkam. Seitdem hat ihn niemand mehr gesehen. Aber du kannst dir sicher denken, wem sie die Schuld in die Schuhe schieben werden, wenn Randall nicht noch einmal zu Bewußtsein kommt.«

Rafe verharrte vollkommen reglos. Das hatte er nicht gewollt. Bis jetzt war ihm nicht klar gewesen, wie sehr er darauf ausgewesen war, Randall zu einem Geständnis zu bewegen. Dann wäre wenigstens sein Name reingewaschen worden.

Er blickte auf seine Hand und schloß die Augen, als Wogen schwarzen Schmerzes über ihm zusammenschlugen. Wieder einmal stand er auf dem Exerzierplatz, wieder einmal verlor er vor den Augen von Jack Randall seine Ehre. Er wartete darauf, daß der Haß übermächtig würde und er wie so oft ganz darin versank, aber das Gefühl blieb aus. Er fühlte sich einfach leer. So verdammt leer.

Alles war umsonst gewesen. Er zwang sich, ruhig zu bleiben und an Shea zu denken. Sie war so weit gereist, um Antworten auf ihre eigenen Fragen zu finden.

Er öffnete die Augen, begegnete Clints besorgtem Blick und fragte sich nicht zum ersten Mal, womit er eine solch unerschütterliche Loyalität verdient hatte.

»Kannst du Miss Randall mit runternehmen?« fragte er. »Sie wird nichts von unserem Versteck sagen und dich und Ben nicht verraten.«

Clint nickte.

»Und, Clint, du und Ben seht zu, daß ihr von hier verschwindet. Ihr und die anderen. Es ist vorbei.«

»Vielleicht überlebt er ja.«

Rafe sah ihn fragend an. »Bei meinem Glück?«

»Was ist mit McClary?«

Rafe zuckte mit den Schultern. Er würde nicht sagen, daß die Sache mit McClary noch nicht erledigt war, denn dann würden die Brüder darauf bestehen, bei ihm zu bleiben. »Wahrscheinlich ist er inzwischen schon in einem anderen Staat.«

»Russ Dewayne hat davon gesprochen, daß er einen Suchtrupp zusammenstellen will.«

»Noch ein Grund mehr für dich, die Gegend zu verlassen. Dich hat niemand mit mir zusammen gesehen. Also weiß auch niemand, daß wir uns kennen.«

»Das Mädchen weiß es«, sagte Clint.

»Also solltest du um so eher verschwinden. Sie wird zwar nichts absichtlich verraten, aber es könnte ihr etwas herausrutschen. Sie ist keine besonders gute Lügnerin.« Er bemerkte Clints nachdenklichen Blick und wußte, daß seine Stimme weich geworden war und seine Gefühle verraten hatte.

Aber Clint nickte nur. »Ich werde abwarten, ob Randall überlebt.« Er zögerte. »Und sehen, was Russ Dewayne vorhat.«

Rafe bemerkte Clints Zögern, und erneut fühlte er sich schuldig. Clint hatte ihm gegenüber einmal die Tochter des Sheriffs erwähnt. Rafe wußte, wie schwer es für ihn sein mußte, Menschen zu belügen, die er mochte.

»Aber du gehst kein Risiko mehr ein«, sagte er. »Nicht für mich.«

»Wir haben die Sache gemeinsam angefangen. Es ist nicht leicht, jetzt einfach aufzugeben.«

»Es ist mein Kampf, Clint, und anscheinend ist er vorbei. Ich will nicht, daß noch mehr Menschen zu Schaden kommen.«

»Ich weiß, daß du das nicht willst.«

Rafe zuckte mit den Schultern. Es war lange her, seit er zum letzten Mal das bekommen hatte, was er wollte. Aber jetzt mußte er den Schaden begrenzen. Er mußte die Männer freigeben, die sich ihm angeschlossen hatten. Er mußte Shea Randall freigeben.

Wenn Randall starb, wäre er selbst niemals frei. Aber er bezweifelte inzwischen, ob das einen Unterschied machte. Was geschehen war, war nun einmal geschehen. Das Brandmal würde er nicht mehr los. Ebenso wenig wie die Erinnerung an das Gefängnis.

Er drehte sich um und ging in Richtung der Hütte. Sein Magen schmerzte, und sein Herz brannte. Er mußte Shea sagen, daß sie ihren Vater vielleicht nicht mehr lebend sehen würde, aber daß er sie gehen ließ. Es wäre seine Schuld, wenn sie zu spät kam. Abgesehen davon, daß sein Tod seine Pläne zunichte machte, war Randall ihm vollkommen egal, aber er mußte sich eingestehen, daß er sich um Shea sorgte.

Und nun würde sie ihn hassen, und das Licht, das sein Leben so plötzlich erhellt hatte, würde erlöschen. Genau wie vor zehn Jahren.

Sie saß auf der Pritsche und spielte nervös mit Abner. Es war, als wüßte sie bereits, daß etwas passiert war, etwas, das sie betraf. Sie blickte fragend auf.

»Was ist los?«

Er schluckte. »Jack Randall ... « Rafe brachte es einfach nicht über sich, das Wort *Vater* zu benutzen.

Sie stand auf und sah ihn starr an. »Was ist los? Was ist mit ihm?«

»Er ist angeschossen worden. Vielleicht ... stirbt er.«

Sie wurde vollkommen steif. »Du ... « Ihre Stimme versagte.

Er nahm sie bei den Schultern. »Ich war es nicht, und es war auch keiner von meinen Männern«, sagte er leise.

Es war klar, daß sie ihm nicht glaubte, ihm nicht glauben konnte, und er verstand sie. Er hatte ihr oft genug gesagt, daß er Jack Randall haßte und vorhatte, ihn zu ruinieren.

»Nein«, sagte er. »Das habe ich nicht gewollt.«

»Was hast du dann gewollt?« fragte sie verbittert.

Er wandte sich von ihr ab. Vor zehn Jahren hatte ihm niemand geglaubt. Und auch jetzt würde ihm niemand glauben. Noch nicht einmal die Frau, die ihm noch vor einer Stunde zu vertrauen schien. Er war ein Narr gewesen, als er sich eingebildet hatte, ihre Gefühle wären echt gewesen.

Er preßte die Lippen zusammen und drehte sich wieder zu ihr um. »Ich wollte ihn dazu zwingen, das zu tun, was er immer getan hat, wenn er in finanziellen Schwierigkeiten war – ich wollte, daß er stiehlt. Stiehlt und davonläuft. Stiehlt, und die Schuld dann jemand anderem in die Schuhe schiebt. Und daß er dieses Mal erwischt wird. Verdammt, ich wollte, daß mein Name reingewaschen wird, auch wenn das Brandmal auf meiner Hand nicht mehr ausgelöscht werden kann. Das war alles, was ich wollte, aber ich erwarte nicht, daß du mir das glaubst.« Er machte eine kurze Pause, ehe er trotzig hinzufügte: »Warum solltest du auch?«

Schweigen. Lange und schmerzlich. Sie zitterte, und ihre Augen füllten sich mit Tränen. Dann trat sie auf ihn zu. »Rafe?«

»Clint wird dich mit auf die Ranch nehmen, wenn du versprichst, daß du weder ihn noch Ben verrätst«, sagte er mit zusammengebissenen Zähnen, als hätte er sie nicht gehört. »Schwöre es beim Grab deiner Mutter.«

Die Luft zwischen ihnen schien vor Spannung zu beben. »Und was ist mit dir?«

Rafe zuckte mit den Schultern. »Wenn Randall stirbt« – seine Stimme klang kalt –, »dann habe ich keinen Grund, noch länger hierzubleiben.«

»Und wenn er ... nicht stirbt?«

»Dann werde ich zurückkommen. Das kannst du ihm ausrichten.«

Sie streckte die Hand nach ihm aus, doch dann ließ sie sie sinken, ohne ihn zu berühren. »Du willst weg von hier?«

»Sobald ihr losgeritten seid.« Er sah, daß sie schluckte. Er log. Er würde dableiben und abwarten, was passierte, aber er wollte nicht, daß sie zurückkam.

Die Maus krabbelte auf ihre Schulter und legte die Pfoten zusammen. »Und Abner?«

»Mein Zellengenosse?« fragte er absichtlich böse. Er legte die rechte Hand auf ihre Schulter, so daß sie auf das Brandmal blicken mußte. Die Maus kroch herüber, und er drehte die Hand um und sah zärtlich auf das kleine Geschöpf. »Er wird mich begleiten.«

»Ich ... will nicht, daß du gehst.«

»Nein?« fragte er kalt. »Schließlich bin ich der Mann, dem du eben noch vorgeworfen hast, deinen Vater angeschossen und dich dann auch noch belogen zu haben. Also, was willst du?« fragte er mit zusammengekniffenen Augen, so daß sein Gesicht noch härter aussah als sonst. Er wollte ihr weh tun. Er mußte ihr weh tun. Er mußte dafür sorgen, daß sie ging, ohne sich noch einmal umzublicken.

»Hör auf«, bat sie ihn mit leiser Stimme.

»Womit?« fragte er spöttisch und versuchte, nicht auf ihre weit aufgerissenen blaugrauen Augen zu achten, die ihn verletzt ansahen. »Oder willst du vielleicht, daß ich hierbleibe und man mich erwischt, um mich erneut ins Gefängnis zu stecken?«

Sie wandte sich von ihm ab, und er wußte, daß sie versuchte, ihn ihre Tränen nicht sehen zu lassen. Er verhielt sich wie ein Schwein, aber sie mußte einfach begreifen, daß es für sie unmöglich war zusammenzubleiben. Egal, ob Jack Randall überlebte oder nicht, Rafe hatte keine Zukunft. Sie hatten keine Zukunft.

»Schwöre. Schwöre, daß du Clint und Ben nicht verraten wirst. Dann kannst du endlich zu dem Mann gehen, den du so lange gesucht hast.«

»Ich schwöre es«, sagte sie mit gebrochener Stimme. Rafe hätte vor Schmerz beinahe geschrien. Aber er mußte dafür sorgen, daß sie ihn haßte. Er mußte es.

»Wenn du irgendwas verrätst, werde ich dich finden und ... alles, was du liebst, vernichten.«

Sie wirbelte zu ihm herum. »Wie kannst du auch nur eine Sekunde glauben ... ?«

»Ich glaube vieles. Und ich kenne mich mit Verrätern aus. Ich habe gelernt, von keinem Menschen irgend etwas zu erwarten.«

»Und was ist mit deinen Freunden?« fragte sie verbittert. »Vertraust du denen auch nicht? Schließlich haben sie alles für dich riskiert.«

Er schwieg. Auf diese Frage wußte er keine Antwort. Er hatte solche Angst davor, einem anderen Menschen zu vertrauen, aber aus Wut und Verzweiflung heraus hatte er es getan, und jetzt vertraute er sogar Shea.

Doch sie deutete sein Schweigen anders. »Wo wirst du hingehen?«

»Das geht dich nichts an.«

Sie starrte ihn an. »Es wird mich immer etwas angehen, egal, was du denkst.«

»Das ist dein Problem«, sagte er kalt, obgleich ihm siedend heiß war. Aber als er sah, wie sie erbleichte, wußte er, daß es ihm gelungen war, seine Erregung zu verbergen.

Sie wollte noch etwas sagen, aber er unterbrach sie. Er durfte ihr nicht länger zuhören, wenn er nicht etwas tun wollte, was sie beide noch bedauern würden.

»Clint wird dir helfen, irgendeine Geschichte zu erfinden, die ihn und Ben schützt.«

»Und was ist mit dir?« flüsterte sie.

»Es ist mir vollkommen egal, was du über mich sagst.«

»*Willst* du etwa wieder ins Gefängnis?«

»Ich werde nicht wieder ins Gefängnis gehen«, sagte er in einem Ton, der verriet, daß er eher sterben würde.

»Rafe?«

Der Klang seines Namens aus ihrem Mund war beinahe sein Verderben. Am liebsten hätte er sie in seine Arme gezogen, sie festgehalten und die Wärme gespürt, die nur sie ihm geben konnte. Es zerriß ihm das Herz, ihr reglos gegenüberzustehen. Er hatte angenommen, daß sein Herz bereits seit langem tot war, und jetzt wünschte er sich, er hätte recht gehabt.

Er blickte sie an und versuchte, vollkommen gleichgültig auszusehen. Das hatte er im Gefängnis gelernt.

Sie schluckte. Er hatte furchtbare Angst, daß sie sagen könnte, was sie sagen wollte, denn dann wäre es um ihn geschehen. »Du warst eine angenehme Gespielin. Nichts weiter.«

Ihre Augen schimmerten feucht, doch sie hielt die Tränen zurück. »Das glaube ich dir nicht.«

»Du glaubst es besser«, sagte er. »Aber du mußt wissen, daß Clint mit diesem Teil der Geschichte nicht das geringste zu tun hat. Er ist ein guter Mensch, und er hat nur aus Loyalität zu mir mitgemacht.«

»Willst du mich auch schützen?« fragte sie ruhig. »Ich habe den Eindruck, daß du jeden schützt außer dich selbst.«

»Ich brauche keinen Schutz«, sagte er mit rauher Stimme. »Und du solltest mein Tun lieber nicht allzu romantisch sehen. Anscheinend habe ich hier nichts mehr verloren. Ich habe erreicht, was ich wollte.«

Sie schüttelte den Kopf. »Das hast du nicht. Ich weiß zwar nicht genau, was du wolltest, aber offensichtlich hattest du nicht den Tod meines Vaters geplant. Sonst hättest du ihn schon früher umgebracht.«

»Das wird außer dir niemand glauben«, sagte er.

In ihren Augen blitzte Verständnis auf. »Ich werde ihnen sagen, daß du es unmöglich gewesen sein kannst. Du warst schließlich hier. Mit mir.«

Rafe wußte, daß er einen Fehler gemacht hatte. Er hatte etwas gesagt, was ihr Hoffnung machte. Er mußte diesen Fehler ungeschehen machen, auch wenn es grausam war. »Jede einzelne Sekunde? Und meine Männer? Schließlich bin ich auf jeden Fall für die Überfälle auf die Postkutsche verantwortlich, und wie gesagt, ich habe nicht die Absicht, noch einmal ins Gefängnis zu gehen.«

»Ich kann einfach nicht glauben –«

»Dann betrachte es einfach anders. Ich habe die Tochter von Jack Randall verführt. Ich habe dich benutzt, und es hat mir eine gewisse Befriedigung verschafft. Und jetzt mußt du in dein eigenes Leben zurückkehren.« Rafe blickte ihr direkt in die Augen, um sie zu zwingen, ihm zu glauben.

In diesem Augenblick kullerte eine Träne über ihre Wange, und Shea wischte sie zornig fort. Am liebsten hätte er sich herabgebeugt und ihr diese und alle anderen Tränen fortgeküßt, aber er zwang sich, stehenzubleiben und sie weiterhin böse anzusehen.

Er wandte sich zum Gehen. Neben dem Tisch blieb er stehen, blickte auf den Zeichenblock, riß ein paar Seiten heraus und zerknüllte sie.

Ohne noch etwas zu sagen, ging er zur Tür und öffnete sie.

»Rafe.« Er verharrte reglos, und dann drehte er sich langsam zu ihr um.

Sie ging ein paar Schritte auf ihn zu, stolperte, richtete sich wieder auf und straffte die Schultern. Dann blickte sie ihn lange an, als wolle sie sich sein Gesicht genau einprägen.

»Ich liebe dich.«

Rafe spürte, wie es ihm das Herz zerriß, aber es gelang ihm, sie ausdruckslos anzusehen. Noch nie war ihm etwas so schwergefallen. Im Vergleich hierzu war die Szene auf dem Exerzierplatz das reinste Kinderspiel gewesen. Er zwang sich, die Hütte zu verlassen und die Tür hinter sich zu schließen. Sein kurzes Glück war ihre Tragödie. Er ging weiter – einsamer, leerer, kränker als je zuvor.

Sie hatte es sagen müssen. Sonst wäre sie gestorben. Auch wenn es ihr ihren Stolz und ihre Würde raubte.

Shea wurde von einem Malstrom der Gefühle erdrückt. Sie wußte immer noch nicht, was Rafe für sie empfand. Es war ihr nie gelungen, seinen undurchdringlichen Blick zu deuten. All seine gegensätzlichen Handlungen hatten sie verwirrt. Sie hatte sich nur von ihrem Instinkt leiten lassen.

Sie ritt schweigend hinter Clint. Er war immer freundlich zu ihr gewesen, aber heute wirkte er ernsthaft besorgt. Sie wußte nicht, ob es an ihrem Vater lag, an dem bedrückten Schweigen, mit dem Rafe sie zurückgelassen hatte, oder an irgend etwas, was er Clint erzählt hatte. Im Grunde bezweifelte sie, daß Rafe Tyler überhaupt etwas gesagt hatte. Er war ein Mann, der es bis zur Perfektion verstand, seine Gefühle zu verbergen ... wenn er überhaupt etwas empfand. Sie hatte sich oft gefragt, ob er in dieser Beziehung überhaupt etwas zu verbergen hatte.

Nachdem Rafe die Hütte verlassen hatte, hatte sie langsam ihre Tasche gepackt. Sie hatte sich nicht die Mühe gemacht nachzusehen, welche ihrer Bilder er vernichtet hatte. Als sie hinausgegangen war, hatte sie Rafe nirgends entdeckt. Offensichtlich hatte er es vorgezogen, sie ohne ein Wort des Abschieds ziehen zu lassen. Ohne ihren Schmerz zu lindern.

Clint hatte neben seinem gesattelten Pferd gestanden und gewartet. Er hatte auf die Reisetasche geblickt und unglücklich den Kopf geschüttelt. »Die können wir nicht mitnehmen.«

»Warum nicht?«

»Weil Sie Ihren Entführern nur knapp entkommen sind. Da haben Sie wohl kaum Gepäck dabei.«

»Und mein Zeichenblock?«

»Rafe meint, Sie können ihn mitnehmen, aber ... « Er war verlegen von einem Bein aufs andere getreten. »Es ... tut mir wirklich leid, Miss Randall, Sie sind da mitten in eine Sache hineingeraten, ohne daß Sie etwas dazu gekonnt hätten. Falls ich irgendwas für Sie tun kann ... «

Sie hatte die Ehrlichkeit seiner Worte nicht bezweifelt. Der Kloß in ihrem Hals war noch dicker geworden. Niemand konnte ihr helfen.

Er hatte es noch einmal versucht. »Rafe ... tut es auch leid.«

»Ach, ja?«

»Ich habe ihn noch nie so erlebt. Noch nicht einmal im Gefängnis. Er wollte Ihnen nicht weh tun.« Seine Worte klangen zögernd, als habe er das Gefühl, seinen Freund zu verraten, doch zugleich wollte er ihr verzweifelt helfen.

Sie hatte sich abgewandt, um nicht doch noch in Tränen auszubrechen. Sie hatte gewußt, wenn sie erst einmal anfing zu weinen, könnte sie nicht mehr aufhören.

Sie hatte ihren Zeichenblock genommen und einen Augenblick drauf gestarrt, ehe sie ihn kurz durchgeblättert hatte. Sie hatte ein paar Seiten herausgerissen, sie zusammengefaltet und in ihren Gürtel gesteckt. Dann hatte sie den Block in die Tasche gelegt, sie auf den Boden fallen lassen und geschluckt. Sie hatte nicht gewollt, daß Clint sah, daß es ihr etwas ausmachte, auf diese Dinge zu verzichten. »Er ... Rafe hat gesagt, daß es meinem Vater sehr schlecht geht.«

Clint hatte genickt. »Er hat viel Blut verloren. Der Arzt sagt, daß er eine Gehirnerschütterung hat und daß die Gefahr besteht, daß er eine Infektion bekommt.«

»Woher wissen Sie das alles?«

Clint hatte gezögert, aber früher oder später würde sie es ja doch erfahren. »Ich arbeite für Jack Randall. Ich lebe auf dem *Circle R.*«

»Deshalb hat man mich hier ... gefangengehalten.«

Er hatte genickt.

Shea hatte den Kopf schräg gelegt. »Werden Sie mir etwas über ihn erzählen? Über Jack Randall?« Sie mußte an etwas anderes denken als an den Mann, den sie hinter sich ließ. Für immer.

Schweigen. »Das müssen Sie schon allein herausfinden«, hatte er schließlich gesagt, sich auf sein Pferd geschwungen und ihr die Hand gereicht, um sie hinter sich zu ziehen.

Als sie die Lichtung verlassen hatten, hatte sie sich noch einmal umgedreht und auf die Hütte geblickt, bis sie hinter den Bäumen verschwunden war. Rafe war nicht noch einmal aufgetaucht.

Sie waren etwa eine halbe Stunde unterwegs, als Clint anhielt, sein Halstuch abnahm und sich zu ihr umdrehte. Shea war noch viel zu sehr in ihrem Elend gefangen, als daß es ihr etwas ausgemacht hätte. Clint sah sie besorgt an. »Ich werde sagen, daß ich Sie im Wald aufgelesen habe, nachdem Sie Ihren Entführern entkommen sind.«

Sie nickte.

»Ich muß Ihnen leider die Augen verbinden.«

»Rafe hat gesagt, daß er die Gegend verlassen wird«, hörte sie sich selbst mit tonloser Stimme sagen.

»Es ist zu Ihrer eigenen Sicherheit, Miss Randall. Es ist besser, wenn Sie sagen, daß Sie nicht wissen, wo man Sie gefangengehalten hat.« Er zögerte. »Rafe hat gesagt, daß Sie keine besonders gute Lügnerin sind.«

»Und was hat er sonst noch gesagt?« fragte sie verbittert.

»Er hat mich gebeten, gut auf Sie aufzupassen.«

»Warum glauben Sie mir, wenn ich sage, daß ich nichts verraten werde? Schließlich geht es um Sie, und«, fügte sie spitz hinzu, »offensichtlich kann ich ja noch nicht einmal lügen.«

»Sie müssen gar nicht lügen. Sie sind schließlich wirklich entführt worden. Und Sie wissen wirklich nicht, wo man Sie festgehalten hat.«

»Aber ich weiß, daß Sie etwas mit der Sache zu tun haben.« Sie wollte ihn einfach zu irgendeiner Reaktion bewegen. Sie wollte, daß er sie zurückbrachte. Zu Rafe Tyler. Zu dem Mann, der sie nicht wollte.

»Werden Sie denn etwas verraten?«

Sie sah ihn an. Er hatte ein ausdrucksstarkes, ehrliches Gesicht. Sie erinnerte sich daran, wie er sie mit Lebensmitteln versorgt und sich um ihre Wunde gekümmert hatte. Seine Verlegenheit verriet ihr, daß er offensichtlich haßte, was er tat, aber daß ihm Loyalität, Freundschaft und seine Vorstellung von Gerechtigkeit wichtiger waren.

»Nein«, sagte sie schließlich.

»Sie sind eine echte Lady, Miss Randall«, sagte er, während er ihr die Augen verband.

Shea fühlte sich nicht gerade wie eine Lady. Sie war vollkommen leer, wie eine Muschel, deren Innerstes Stück für Stück herausgerissen worden war. Sie wünschte sich, sie würde gar nichts fühlen, doch der rohe, stechende Schmerz tief in ihrer Seele würde wohl niemals vergehen.

Noch nicht einmal der Gedanke, endlich ihren Vater zu sehen, tröstete sie. Denn sie wußte nicht, ob er überhaupt noch lebte. Und selbst wenn er lebte, was hatte er getan, um den Mann zu ruinieren, den sie liebte, immer lieben würde?

Und den sie niemals bekäme.

20. Kapitel

Shea blickte Jack Randall an und versuchte, etwas von sich selbst an ihm zu entdecken. Herauszufinden, was ihre Mutter geliebt hatte und was Rafe Tyler haßte.

Er war immer noch ein gutaussehender Mann, und vor Jahren mußte er wirklich schön gewesen sein. Welche Farbe seine Augen hatten, wußte sie nicht, da er sie seit ihrer Ankunft vor ein paar Stunden kein einziges Mal geöffnet hatte. Er lag so reglos auf dem Bett, daß sie hin und wieder ihre Hand auf seinen Mund legte, um zu prüfen, ob er überhaupt noch atmete.

Es liegt an der Kopfwunde, hatte der Arzt gesagt. Vielleicht käme er wieder zu Bewußtsein. Vielleicht auch nicht. Vielleicht erinnerte er sich an das, was passiert war. Vielleicht auch nicht. Es war alles völlig unklar.

Sie blickte zu Kate hinüber, die bereits bei ihrer Ankunft dagewesen war. Shea hatte sie sofort gemocht, ihre Wärme und ihre Unterstützung, als Russ Dewayne ihr hatte Fragen stellen wollen. »Später«, hatte sie gesagt, als sie die Müdigkeit in Sheas Augen gesehen hatte. Dann hatte sie Shea in den Raum geführt, in dem Jack Randall so starr im Bett lag, und Shea hatte der Frau im stillen für ihre Zurückhaltung und Hilfe gedankt.

Wie lange war sie jetzt schon hier? Wie lange war es her, seit sie Rafe verlassen hatte? Wie lange, seit sie den Mann, den sie für ihren Vater hielt, zum ersten Mal gesehen hatte? Den Mann, der Rafes größter Feind war?

Sie war ein Teil von diesem Mann. Und zugleich war er ein Fremder. Nichts an ihm war ihr vertraut. Sie hatte gedacht, daß es so etwas wie ein gegenseitiges Erkennen geben würde, irgendeine Ähnlichkeit. Irgend etwas. Etwas, woran sie die Wahrheit erkennen würde. Eine Wahrheit, von der sie noch nicht einmal mehr wußte, ob sie sie noch wissen wollte.

Sie blickte erneut hinüber zu Kate. Shea fühlte sich der Frau, die in etwa ihr Alter hatte, auf unerklärliche Weise verbunden. Ihr waren die Blicke nicht entgangen, die Kate und Clint ausgetauscht hatten, das Verlangen in den Augen der beiden, obwohl Clint die gegenseitige Vorstellung so knapp wie möglich gestaltet hatte. Es war eine Wortkargheit, die sie von Rafe kannte. Weil Rafe sich Sorgen um sie gemacht hatte? Weil Clint sich um Kate sorgte? War es ein Schutzwall? Eine Art der Verteidigung?

Die Tochter des Sheriffs. Und Clint steckte mit einer Bande Gesetzloser unter einer Decke. Kein Wunder, daß er so verständnisvoll gewesen war.

Es klopfte an der Tür, und Sheriff Dewayne betrat den Raum. »Immer noch keine Veränderung?« fragte er.

Sie schüttelte den Kopf.

»Hätten Sie vielleicht ein paar Minuten Zeit für mich?«

»Papa«, sagte Kate mit warnender Stimme.

Dewayne schüttelte den Kopf. »Ihr plötzliches Auftauchen ist äußerst rätselhaft, Miss Randall. In der Tat geschehen hier im Augenblick eine Menge rätselhafter Dinge.«

Rafe hat gesagt, daß Sie keine besonders gute Lügnerin sind. Wann war ihr klargeworden, daß Rafe alles, was er gesagt hatte, nur gesagt hatte, um sie zu beschützen? Er hätte sie nicht gehen lassen müssen, vor allem nicht zu einem Mann, den er verachtete. Aber er hatte gewußt, wie wichtig ihr die Begegnung mit Jack Randall gewesen war.

Und jetzt mußte sie sich um seinetwillen als gute Lügnerin erweisen. Egal, wie oft er gesagt hatte, daß es ihm egal wäre, wenn Randall wüßte, daß er hinter ihm her war, wollte sie nicht diejenige sein, die Rafe die Schlinge um den Hals legte oder ihm erneut eine Tür vor der Nase zuschlug. Sie würde die Geschichte, die Clint ihr eingetrichtert hatte, nicht wiederholen. Sie hatte sich einfach verirrt, das war alles. Einfach verirrt.

Sie blickte den Sheriff an.

»Randall hat nie etwas von einer Tochter gesagt«, sagte Dewayne.

»Ich glaube nicht, daß er etwas von mir wußte«, sagte sie leise. »Ich wußte es selbst nicht, bevor meine Mutter vor ein paar Monaten starb und ich ein paar Briefe von ihm an sie fand. Sie ... hat immer gesagt, mein Vater wäre tot.«

»Und warum hat sie das Ihrer Meinung nach getan?«

»Ich weiß es nicht«, erklärte Shea. »Aber um es herauszufinden, bin ich hierher gekommen.«

»Wo haben Sie die ganze Zeit gesteckt? Der Angestellte in der Postkutschenstation in Casey Springs sagte, Sie wären bereits vor Wochen dort aufgetaucht.«

»Ich ... habe mich verirrt«, sagte sie.

»So lange?« fragte er ungläubig.

»Ich habe eine leerstehende Hütte entdeckt, in der es noch etwas zu essen gab«, sagte sie.

Er kniff die Augen zusammen. »Man sagte mir, Sie wären mit einem Mann davongeritten, der behauptete, auf dem *Circle R* zu arbeiten.«

»Er hat es sich anders überlegt. Also bin ich allein losgeritten. Ich bin keine besonders gute Reiterin, mein Pferd hat mich abgeworfen, und ich habe mich verirrt. Und dann habe ich an einem Bach diese Hütte entdeckt. Und etwas zu essen. Vielleicht hat sie einmal einem ... Goldsucher gehört.«

Shea sah, daß er ihr nicht glaubte. Sie wußte, daß er ihr weitere Fragen stellen würde, Fragen, die sie vielleicht nicht so leicht beantworten konnte. Rafe hatte recht. Sie war eine schlechte Lügnerin. Sie spürte, daß sie errötete, und wußte, daß ihre Stimme angespannt klang.

Aber dann stöhnte Jack Randall auf, und ihr blieben weitere Fragen erspart. Sie beugte sich über ihn und versuchte zu verstehen, was er sagte.

Randall stöhnte erneut und bewegte sich ein wenig, aber seine

Augen blieben geschlossen. Shea tauchte das Tuch, das sie in der Hand hielt, in die Wasserschüssel neben dem Bett und betupfte ihm sanft das schweißnasse Gesicht.

Der Arzt war gegangen. Er hatte auch noch andere Patienten, um die er sich kümmern mußte, und für Jack Randall konnte er im Augenblick nichts mehr tun. Sie konnten nur warten. Warten und sehen, ob er aus seiner Ohnmacht erwachte.

Shea dachte mit gemischten Gefühlen an ihren Vater. Die Zeit mit Rafe hatte starke Zweifel in ihr geweckt. Aber seit sie von Randalls Existenz erfahren hatte, hatte sie so etwas wie Liebe zu diesem Unbekannten entwickelt. Sie hatte das Gefühl, als würde sie Rafe durch diese Zuneigung verraten. Und zugleich hatte sie das Gefühl, Jack Randall, den Mann, dem sie vielleicht ihr Leben verdankte, durch ihre Zweifel zu verraten.

Sie wünschte sich, gar nichts zu fühlen, weder die Hoffnung, daß dieser Mann überlebte, noch die Sehnsucht, daß Rafe bliebe. Diese beiden Gedanken ließen sich einfach nicht miteinander vereinbaren.

»Sara.« Der Name ihrer Mutter drang über Jack Randalls Lippen.

Sofort trat der Sheriff näher und kniete sich neben das Bett. »Jack. Jack.«

Randalls Augenlider flatterten, und Shea sah zum ersten Mal seine verwirrten, umnebelten, blauen Augen. Die Augen ihrer Mutter waren grau gewesen, ihre eigenen waren graublau.

Jack versuchte, etwas zu erkennen. Sein Blick wanderte durch das Zimmer und blieb dann an Shea hängen. »Sara?«

Der unsichere Ton erschütterte Shea zutiefst. »Ich bin Shea. Saras Tochter.«

Er sah sie mit einer Intensität an, die sie ängstigte. »Shea? Meine Tochter?«

Als sie das Wort »Tochter« hörte, war es beinahe um sie geschehen.

»Ich bin hier«, sagte sie leise.

»Ich habe mir solche ... Sorgen um dich gemacht. Der Angestellte in der Postkutschenstation sagte ... « Er streckte die Hand aus und umklammerte ihren Arm. »Hat dir irgend jemand etwas ... zuleide getan?«

Shea schüttelte den Kopf. Sie hörte die Liebe in seiner Stimme, sah sie in seinem Blick. Ihr Herzschlag beschleunigte sich. »Ich habe mich nur verirrt«, erklärte sie ihm. »Ich hatte solche Angst.«

Jetzt mischte sich wieder der Sheriff ein. »Jack ... was ist hier vorgefallen?«

Shea sah, daß Jack Randall zögerte, daß er sich hektisch umsah, als suche er nach etwas, das ihm die Erinnerung zurückbrächte. »Ich ... ich weiß es nicht.«

Dewayne schüttelte den Kopf. »Versuch, dich daran zu erinnern. Wer hat auf dich geschossen?«

Jack Randall schloß die Augen. »Ich ... ich versuche es. Ich erinnere mich daran, daß ich ... nach meiner Tochter ... gesucht habe. Dann bin ich zurückgekommen. Mehr weiß ich nicht.« Shea sah, daß er die Zähne aufeinanderbiß, und sie wußte, daß er Schmerzen hatte. Sie blickte den Sheriff an, doch der gab nicht so schnell auf.

»Jack, die ganze Sache fing mit den Überfällen auf die Postkutschen an. Dann wurden die Goldsucher erschossen. Es muß einen Zusammenhang zwischen diesen Dingen geben. Verdammt, du mußt mir helfen.«

Shea sah, daß ihr Vater kämpfte. Sie glaubte nicht, daß er sich verstellte. Er schien ehrlich verwirrt zu sein. »Ich ... weiß es einfach nicht.« Er wandte sich erneut an Shea und blickte sie an, als würde er sie am liebsten in seine Arme nehmen. »Shea«, flüsterte er. »Meine Tochter.« Er streckte leicht die Hand nach ihr aus, und Shea merkte, daß sie sie ergriff und fest umschloß. Er erwiderte den Händedruck, klammerte sich fast verzweifelt an sie.

Dann sah er wieder den Sheriff an. »Es ... tut mir leid, Russ.

Ich erinnere mich nur noch daran, daß ich ... zur Ranch zurückgeritten bin ... « Seine Stimme verhallte, er schloß erneut die Augen, und sein Atem wurde regelmäßiger.

Shea hielt weiter seine Hand, als sei dies die einzige Verbindung zu ihrem Vater. Ihrem Vater. Er hatte sie gesucht. Er wollte sie. Das hatte ihr sein Blick gesagt.

Sie sah auf das bleiche Gesicht, auf die geschlossenen Augen, und plötzlich wurde ihr klar, daß sie ein Teil dieses Mannes war. Es gab so vieles, was sie wissen wollte. So viele Fragen, die sie stellen wollte. So viele Antworten, die sie brauchte.

Nicht zuletzt mußte sie erfahren, was er mit dem Überfall auf den Geldtransport vor so vielen Jahren zu tun gehabt hatte. Sein Gesicht war nicht böse. Sein Blick war nicht verschlagen.

Rafe mußte sich irren!

Dewayne erhob sich. »Verdammt, das war's dann wohl«, sagte er, ehe er die beiden Frauen ansah. »Tut mir leid.« Kate lächelte, aber das konnte Shea nicht. Sie war so verwirrt, daß sie ihn nur hilflos anblickte.

»Ich habe lange genug gewartet«, sagte er. »Ich werde einen Suchtrupp zusammenstellen und die Berge durchkämmen. Und wenn ich ein Jahr dafür brauche. Gott allein weiß, was hier vorgefallen ist, und ich bin nicht sicher, ob Jack uns in nächster Zeit weiterhelfen kann.«

Clint hatte die ganze Zeit an der Wand gelehnt und das Geschehen mit mäßigem Interesse verfolgt. Als Shea ihn ansah, blickte er gleichmütig zurück.

»Sie wollen also McClary suchen?« fragte er so beiläufig wie möglich.

»Ihn und diese verdammten Banditen, die Randall das Leben schwergemacht haben«, sagte Russ. »McClary ist bestimmt tot oder entführt. Es ist an der Zeit, daß ich ein paar Antworten auf meine Fragen bekomme.« Er wandte sich stirnrunzelnd an Shea, und sie wußte, daß er ihr ihre Geschichte nicht abgekauft hatte. Dann wandte er sich wieder an Clint.

»Wo genau haben Sie Miss Randall gefunden?«

»In der Nähe vom Rushton Creek, beim alten Steinbruch«, sagte er. »Ich habe nach Spuren von McClary gesucht.«

»Sie meinen also, daß er sich in der Nähe des Creeks versteckt hält?«

»Der zweite Goldsucher wurde dort erschossen.«

»Sie denken also immer noch ... «

Clint nickte. »Jedesmal, wenn ein Goldsucher erschossen wurde, war McClary unterwegs. Und jetzt scheint er schon wieder verschwunden zu sein.«

»Ich wünschte, ich wäre mir da genauso sicher«, sagte der Sheriff. »Aber das erklärt keinen der Überfälle auf die Postkutsche. Die wurden von mindestens sechs Männern durchgeführt, und zwei von ihnen haben sich ereignet, ehe Sam McClary überhaupt hier aufgetaucht ist.«

Clint zuckte mit den Schultern. »Ehe wir wußten, daß er hier ist«, verbesserte er.

Russ nickte. »Ja. Aber mein Gefühl sagt mir etwas anderes. Irgend jemand hat es ganz speziell auf Randall abgesehen, und ich glaube kaum, daß das jemand ist, den er in sein Haus einladen würde. Verdammt, ich wünschte, er würde sich an irgendwas erinnern ... «

»Der Arzt sagte, wir könnten nur abwarten«, erinnerte Clint den Sheriff. »Vielleicht erinnert er sich, vielleicht aber auch nicht.«

Russ nickte. »Wir reiten morgen früh los. Vielleicht änderst du ja noch deine Meinung und kommst mit, Clint.«

Clint schüttelte den Kopf. »Ich glaube, ich werde hier gebraucht.«

»Nate ist ja hier«, bemerkte Russ spitz.

»Nate kann sich wohl kaum alleine um die Herde kümmern«, sagte Clint. »Fast alle anderen sind weg, und wer auch immer für den Anschlag auf Mr. Randall verantwortlich ist, könnte noch einmal zurückkommen.«

Russ nickte. »Da haben Sie recht.« Dann wandte er sich an seine Tochter. »Kate?«

»Ich bleibe noch hier und mache etwas zu essen«, sagte sie. »Ich komme dann später nach Hause.«

»Aber nicht allein«, warnte Russ, und Shea bemerkte, daß Kate leicht errötete.

»Ich bin immer alleine geritten, seit ich zwölf war.«

»Damals wurde hier auch niemand erschossen.«

»Clint wird mich nach Hause bringen«, sagte Kate und sah ihn an.

Clint erstarrte, doch dann entspannte er sich. »Mit Vergnügen.«

Russ nickte und blickte dann Shea an. »Es tut mir leid, daß Sie zu einem so ... unglücklichen Zeitpunkt hier auftauchen, aber wenigstens scheint Ihr Vater durchzukommen. Sagen Sie mir Bescheid, wenn Ihnen noch etwas einfällt? Oder wenn Jack aufwacht und sich an etwas erinnert?«

»Ja«, sagte Shea, die seinen fragenden Blick kaum ertrug.

Nachdem er gegangen war, verkündete Kate, daß sie in die Küche gehen und etwas kochen würde. »Sie bleiben hier bei Ihrem Vater«, sagte sie mitfühlend. Als sie zu Clint hinüberblickte, wurden ihre Augen sanft, und Shea spürte so etwas wie Mitgefühl. Sie fragte sich, ob Rafe etwas von dem Dilemma wußte, in dem sich sein Freund befand.

Sie verstand Clints Schmerz so gut. Allmählich wußte sie, was es hieß, wenn zwei Menschen sich liebten, die niemals zueinander passen würden.

Kate ging, und Shea war allein mit Clint. Ihr Vater schlief.

»Das haben Sie gut gemacht«, sagte er.

»Dann bin ich also doch keine so schlechte Lügnerin?« fragte sie und hörte die Bitterkeit in ihrer eigenen Stimme.

»Nicht gerade die beste, aber es sollte reichen.«

»Sie selbst sind auch nicht schlecht.« Sie konnte den Vorwurf einfach nicht herunterschlucken.

Er verzog die Lippen zu einem traurigen Lächeln, aber seine Augen wurden dunkel, und sie spürte seine Traurigkeit, seine Selbstverachtung für das, was er tat.

»Rafe hat Glück, einen Freund wie Sie zu haben«, sagte sie plötzlich.

»Er hatte in den letzten Jahren verdammt wenig Glück«, sagte Clint. »Und selbst jetzt ... « Er schloß den Mund, wandte sich ab und verließ den Raum.

Shea blickte erneut auf Jack Randall, obwohl sie ihre Augen nur noch mit Mühe aufhalten konnte. Sie hatte seit einer Ewigkeit nicht mehr geschlafen. Letzte Nacht ...

War es erst in der letzten Nacht gewesen, daß Rafe sie geliebt hatte? So sanft. So leidenschaftlich. Sie schloß die Augen, dachte an seine Berührung und vergaß die grausamen Worte, die er ihr heute morgen gesagt hatte.

»Rafe«, flüsterte sie, ohne zu merken, daß der Name irgendwie in die halb bewußtlose Welt des Mannes drang, der vor ihr lag. »Ich werde dich ewig lieben.«

Sam McClary führte sein Pferd am Rushton Creek entlang und fluchte auf sein Schicksal. Wenn doch nur diese verdammten Arbeiter nicht aufgetaucht wären.

Er konnte nur hoffen, daß ihn niemand hatte davonreiten sehen und daß Randall tot war. Aber darauf konnte er sich nicht verlassen.

Na, zumindest wäre auf der Ranch sowieso nichts mehr für ihn zu holen gewesen. Weder Geld noch die angsterfüllte Loyalität des Bastards.

Zur Hölle mit Randall, daß er die Nerven verloren hatte. Sam hatte immer schon gewußt, daß Randall ein Feigling war. Aber diese Sache mit Tyler ... diese seltsamen, unverständlichen Schuldgefühle, die Randall für ihn nutzlos machten. Könnten sie vielleicht etwas mit den Gerüchten zu tun haben, denen zufolge er eine Tochter hatte? Randall hatte alles geleugnet, aber ...

Zu schade. Die Beziehung zu Randall war eine gute Sache gewesen. Sie hatte ihm immer ein paar Dollar eingebracht, wenn es woanders zu heiß für ihn geworden war.

Er sollte diesen Ort, sollte Colorado verlassen, aber er wußte, wenn er das täte, würde Rafe Tyler ihn finden. Genau wie er Randall gefunden hatte. Und dieses Risiko konnte McClary nicht eingehen.

Auch wenn er nicht zur Ranch zurückkehren konnte, mußte er noch etwas länger in der Gegend bleiben. Der Sheriff würde nach ihm und Tyler suchen, aber Tyler war derjenige mit dem Brandmal. Und Tyler würde bleiben, das wußte McClary. Wenn noch mehr Goldsucher erschossen würden, bliebe er, da er vermuten würde, daß McClary sich immer noch in der Nähe herumtrieb. Und McClary ging lieber dieses Risiko ein, als darauf zu warten, daß Tyler ihn eines anderen Tages fand.

Er wollte Rafe Tyler hängen sehen. Dieser Wunsch war groß genug, daß er bereit war, das Risiko in Kauf zu nehmen, selbst erwischt zu werden. Er war besessen von dem Gedanken, Tyler zu zerstören, und das nicht nur, weil er ihm gefährlich war. McClary hatte ihn vor zehn Jahren gehaßt; und jetzt haßte er ihn nicht weniger. Niemals würde er vergessen, mit welcher Verachtung Tyler ihn vor seiner unehrenhaften Entlassung aus der Armee und selbst danach noch behandelt hatte.

Es gab zahllose Plätze, an denen man sich verstecken konnte, und McClary war oft genug in der Gegend gewesen, um einige von ihnen zu kennen. Verlassene Höhlen und Hütten aus der Zeit, in der die Suche nach Gold ihren Höhepunkt erreicht hatte. Und er konnte seinen Einsatz noch erhöhen. Noch ein paar tote Goldsucher sollten genug Staub aufwirbeln, in dessen Schutz er sich nach Mexiko absetzen und zugleich Tyler die Schlinge enger um den Hals legen konnte.

Zur Hölle mit Randall. Es hatte ihm auf dem *Circle R* gefallen. Es hatte ihm gefallen, Randall zu erpressen.

Er wurde abgelenkt, als er fand, wonach er gesucht hatte. Er ritt hinüber zu der dürftigen Erdhöhle, die in den Hügel neben dem Creek gegraben war. Sie war fast völlig hinter Buschwerk versteckt und offenbar verlassen. Sein Pferd konnte er zwischen den Bäumen verbergen.

Er stieg ab und betrat die Höhle. Von der Behausung war nichts mehr übrig bis auf drei windschiefe Holzwände und eine erdverkleidete Rückseite. Was auch immer der Vorbesitzer zurückgelassen haben mochte, war inzwischen von irgendwelchen Tieren davongeschleppt worden.

Aber zunächst würde es als Unterschlupf genügen. Und dann würde er sich erneut auf die Jagd begeben. Auf die Jagd nach Goldsuchern.

Rafe Tyler saß auf den Felsen oberhalb des Teichs. Die Bären hatte er heute nachmittag nicht gesehen. Er hoffte, daß es dem Jungen gutging, und daß sein Bein weiter heilte.

Er starrte auf den Wasserfall, der Shea so viel Freude gemacht hatte, und versuchte, sich seinen nächsten Schritt zu überlegen. Aber solange er nicht wußte, ob Randall lebte oder nicht, konnte er nichts planen.

Was hatte Shea gefunden? Den Vater, den sie sich so sehnlich gewünscht hatte, daß sie den halben Kontinent durchreist hatte? Einen Toten? Er hoffte um ihretwillen, daß Randall noch lebte. Aber wie sollte es dann weitergehen?

Er mußte weitermachen. Er konnte nicht zehn Jahre Planung und all die Opfer, die Clint und die anderen gebracht hatten, einfach über Bord werfen. Er konnte nicht die letzte Hoffnung auf Genugtuung aufgeben.

Rafe hatte seinen Handschuh wieder angezogen. Er wollte das Brandmal nicht sehen. In den letzten Tagen hatte er den Handschuh absichtlich fortgelassen, da er Shea etwas hatte klarmachen wollen. Aber sie hatte anders reagiert, als gedacht.

Er konnte immer noch nicht glauben, daß ihr das Brandmal nichts ausmachte.

Die Spechte hämmerten ein melancholisches Lied, das ihn an die monotonen Trommelschläge vor so vielen Jahren erinnerte. Es war ewig her, aber für ihn würde es immer wie gestern sein. Er würde verrückt, wenn er hierblieb. Morgen würde er sich auf die Jagd machen. Er würde McClary finden und dann überlegen, was er mit Jack Randall machte, falls er noch lebte.

Er spürte, daß der Sergeant noch in der Nähe war, vor allem, wenn er Randall getötet hatte. Er würde jeden ausschalten wollen, der etwas von ihrer Beziehung wußte. McClary würde wissen, daß er der nächste auf Rafes Liste war.

Rafe nahm Abner aus der Tasche und strich ihm mit der Hand über den Rücken. Er spürte das wohlige Schaudern des Tierchens. Aber Abner reichte nicht mehr. Rafe schloß die Augen und versuchte, nicht an Shea Randall zu denken, an das Leuchten und die plötzliche Traurigkeit in ihren Augen. Er versuchte, nicht an die Wärme zu denken, die sie ihm gegeben hatte.

Er blickte auf. Der Himmel verdunkelte sich, und die Nacht brach herein. Der Mond hing blaß am Firmament. Es wurde kühler. Nicht mehr lange, und es würde wirklich kalt.

Aber ihm war bereits kalt. Und er hatte keine Hoffnung, daß ihm je wieder warm werden würde.

Jack Randall war nur halb bei Bewußtsein.

Der Schmerz in seinem Kopf war so heftig, daß ein Teil von ihm am liebsten wieder in eine gnädige Ohnmacht versunken wäre. Aber ein anderer Teil seines Ichs erinnerte sich an das Wunder, plötzlich eine Tochter zu haben, und kämpfte um seine Rückkehr ins Leben.

Er spürte die Hand, und manchmal dachte er, Sara hielte ihn. Doch dann erinnerte er sich daran, daß Sara tot war und daß er ihr noch nicht einmal hatte Lebewohl sagen können.

Einmal hatte er die Augen geöffnet und gesehen, daß seine Tochter zusammengesunken auf dem Stuhl neben seinem Bett saß und schlief. Ihr Anblick ließ ihn seine Schmerzen für kurze

Zeit vergessen. Sie sah Sara so ähnlich. Diese Erkenntnis freute ihn, doch dann wurde er von Traurigkeit ergriffen, als ihm klar wurde, daß er das Glück verpaßt hatte, sein Kind aufwachsen zu sehen.

Er hätte sich geändert. Wenn er von dem Kind gewußt hätte, hätte er sich geändert.

Er versuchte, sich an alles genau zu erinnern, aber die Bilder verschwammen vor seinen Augen. Er hatte gehört, wie sie gesagt hatte, sie hätte sich verirrt. Gott sei Dank war ihr nichts zugestoßen. Aber dann drang etwas in sein Bewußtsein, ehe es wieder undeutlich wurde. *Rafe*. Sie hatte den Namen erwähnt. Aber warum?

Als Jack versuchte, sich zu bewegen, raubte ihm der Schmerz fast die Sinne. Seine Schulter brannte, und als er den Arm heben wollte, stellte er fest, daß er in einer Schlinge steckte. Er stöhnte, und das Mädchen, seine Tochter, öffnete die Augen und sah ihn besorgt und liebevoll an.

»Ich habe Laudanum«, sagte sie. »Möchtest du etwas davon? Oder ein Glas Wasser?«

Er schluckte. Er wollte den Schmerz vergessen, aber dann würde er wieder einschlafen, so daß er sie nicht mehr sähe und nicht mehr mit ihr sprechen könnte.

Also schüttelte er den Kopf und streckte die Hand aus, die sie sofort ergriff. »Sprich ... mit mir.«

Sie lächelte. »Worüber?«

»Über deine Mutter. Über dich. Was ihr all die Jahre gemacht habt. Was du gern machst ... « Bei den letzten Worten zitterte seine Stimme, da der Schmerz erneut übermächtig wurde.

Er schloß die Augen, aber einen Augenblick später zwang er sich, seine Tochter erneut anzuschauen. Sie beobachtete ihn. »Bitte«, flehte er. »Erzähl mir von dir.«

Sie begann mit leiser, unsicherer Stimme, und hin und wieder zögerte sie, als seien ihre Worte nicht viel wert. Aber ihm bedeuteten sie alles. Er sog sie auf wie ein Verdurstender den Regen. »Wir haben in Boston gelebt, in einem netten, kleinen Haus, und wir hatten ein Geschäft, einen Hutladen. Ich habe die Hüte entworfen. Ich male gerne.«

Er schloß die Augen, aber sie sprach weiter, und er lauschte ihr ergriffen. Ihre Worte waren besser als jedes Laudanum.

»Wir sind oft in den Park gegangen, um Konzerte zu hören, und wir haben viel gelesen. Ich habe die Akademie für junge Damen besucht und alles gelernt, was man in der besseren Gesellschaft braucht, obwohl man mir das vielleicht nicht unbedingt anmerkt«, sagte sie mit einer Spur von Humor in der Stimme. Und mit einer süßen Arglosigkeit, die er noch von Sara her kannte.

»Meine Kleider habe ich alle irgendwo in den Bergen verloren.« Sie hielt inne, und es herrschte lange Schweigen. Er öffnete die Augen und entdeckte eine Traurigkeit, ja eine tiefe, echte Trauer in ihrem Blick, die sie vor ihm zu verbergen versuchte.

»Wir werden neue kaufen«, sagte er. Aber immer noch verriet ihr Gesicht unendliche Traurigkeit, und wieder meinte er, sich an etwas erinnern zu müssen. *Rafe*. Sie hatte den Namen so sanft gesagt, in ihrer Stimme hatte nicht die geringste Härte, nicht der kleinste Vorwurf gelegen. Aber das war unmöglich. Er verwechselte Traum und Alptraum. Sie hatte sich lediglich verirrt.

Sie verstummte und sah ihn mit ihren wunderbaren Augen fragend an. »Erinnerst du dich an irgend etwas?« fragte sie. »Daran, wer auf dich geschossen hat?« Die Eindringlichkeit, mit der sie diese Frage stellte, verblüffte ihn.

Er versuchte, sich zu erinnern, weil es ihr wichtig zu sein schien. Aber er wußte nur noch, daß er nach Hause geritten war und gedacht hatte ...

Und dann kam die Erinnerung zurück. In kurzen, schnellen, schmerzlichen Bildern. McClary, der eine Waffe zog. McClary, der auf ihn schoß. Heilige Mutter Gottes. Er hatte McClary gesagt, daß er alles gestehen würde.

Er blickte seine Tochter an. Die Tochter, die er eben erst gefunden hatte, die Tochter, die ihn fragend ansah. Und er wußte, daß er ihr seine Vergangenheit nicht erklären konnte, daß er die Verachtung in ihrem Blick nicht ertragen würde.

Jack schloß die Augen. Er brauchte Zeit. Zeit, um sie dazu zu bewegen, ihn zu lieben. Zeit, um sie zu verwöhnen. Zeit, um sie kennenzulernen.

Inzwischen war McClary bestimmt schon über alle Berge, vor allem, da er denken mußte, er hätte den Mann getötet, den er so lange erpreßt hatte. Und Tyler? Vielleicht käme Tyler zu dem Schluß, daß der Anschlag auf ihn Vergeltung genug war. Er würde wissen, daß er der Hauptverdächtige war.

»V-vater?« Das Wort klang so unsicher. So zögernd. Er brauchte Zeit, um ihr zu beweisen, daß er kein schlechter Kerl war.

Statt die Augen zu öffnen, gab er vor zu schlafen. Sein Gesicht sollte ihr nichts verraten, und er wollte auch keine Fragen mehr beantworten. Aber er behielt ihre Worte im Gedächtnis wie Photos, die er nach Belieben hervornehmen und betrachten konnte. Und dann trat Rafe Tylers Gesicht an ihre Stelle, und seine Augen bohrten sich mit demselben Haß in seine Seele, mit dem er ihn vor zehn Jahren auf dem Exerzierplatz angestarrt hatte. In diesem Moment wußte er, daß Tyler ihn niemals entkommen lassen würde.

Ihre Hand berührte ihn sanft. Er hörte ihr leises Seufzen und dann das Rücken eines Stuhls, ihre Schritte und das Öffnen und Schließen der Tür. Als er die Augen öffnete, war Shea verschwunden.

Jack versuchte erneut, sich zu bewegen, und trotz der Schmerzen gelang es ihm, sich aufzusetzen. Als er sich im Spiegel erblickte, wandte er sich ab. Er haßte, was er dort sah, er haßte das Bild, das sich vor seinem inneren Auge formte.

Es gab nur eine einzige Möglichkeit, seine Tochter zu halten. Er mußte Rafe Tyler endgültig vernichten.

Er brauchte nur Russ Dewayne zu erzählen, Tyler hätte auf ihn geschossen.

Jack biß die Zähne zusammen und versuchte, den Kloß in seinem Hals herunterzuschlucken. Rafe Tyler oder seine Tochter. Er wußte bereits, wie er sich entscheiden würde. Selbst wenn er dadurch noch schneller in die Hölle käme, der er in den letzten Jahren durch eine Reihe guter Taten hatte entgehen wollen.

Aber Gott kannte ihn. Er hatte ihm eine erneute Chance geboten, und Jack Randall wußte, daß er sie vertun würde. Wenn es um ihn ging, hatte immer der Teufel die Oberhand, indem er ihm Bequemlichkeit statt Armut, Freiheit statt Strafe bot. Eines Tages würde er dafür bezahlen müssen, aber er hatte den Verlockungen des Teufels noch nie widerstehen können.

Genau wie jetzt.

Er wünschte nur, er würde sich an die Worte erinnern, die an seinem Unterbewußtsein nagten. Wichtige Worte. Die geflüsterten Worte seiner Tochter.

21. Kapitel

Kate machte einen Eintopf mit dem Huhn, das Clint geschlachtet hatte. Im Haus war so gut wie nichts Eßbares aufzutreiben gewesen.

Aber wenigstens hatte sie Zwiebeln, Kartoffeln und Salz gefunden. Morgen würde sie neue Vorräte und ein paar Kleider für Shea Randall mitbringen. Das arme Mädchen hatte anscheinend alles in den Bergen verloren. Es war ein Wunder, daß sie überhaupt überlebt hatte.

Kates Vater hatte sie gebeten, so viel wie möglich über Shea Randall und die Zeit, die sie in den Bergen verbracht hatte, herauszufinden. Es war unvorstellbar für ihn, daß eine Frau so lange allein zurechtkommen sollte, aber Kate selbst war schon immer eine äußerst unabhängige Person gewesen, und Shea schien ihr ähnlich. Auf jeden Fall gab es zahlreiche verlassene Hütten am Creek, und es wuchsen überall genug wilde Himbeeren, von denen sich ein Mensch ernähren konnte.

Sie bewunderte den Mut, den die Frau von der Ostküste bewiesen hatte, die so weit gereist war und so viel durchgemacht hatte, ohne aufzugeben. Sie hatte Shea Randall auf den ersten Blick gemocht, ihre Entschlossenheit und ihre erkennbare Sorge um einen Vater, den sie zum ersten Mal sah. Ihr eigener Vater war mal wieder allzu mißtrauisch.

Kate drehte den Kopf, als Shea Randall die Küche betrat. Sie sah bleich und müde aus, und ihr Blick wirkte gequält, so daß Kate echtes Mitgefühl für sie empfand.

»Wie geht es ihm?«

»Er ist kurz aufgewacht, und dann ist er wieder eingeschlafen.«

»Hat er sich an die Schießerei erinnert?«

Shea schüttelte den Kopf.

Kate zögerte. Sie wollte nicht indiskret sein. »Sie haben es nicht gerade leicht.«

Shea lächelte schwach. »Es ist nicht gerade das, was ich bei meiner Abreise aus Boston erwartet hatte.«

»Und was denken Sie jetzt?«

»Das Land ist einfach wunderbar«, sagte Shea.

Kate hatte den Tisch bereits gedeckt, so daß sie jetzt nur noch die beiden Schüsseln auf den Tisch stellen und die Gläser mit Wasser füllen mußte.

Shea ließ sich dankbar auf einen Stuhl fallen. Eigentlich müßte sie einen Bärenhunger haben, aber die Unsicherheit raubte ihr den Appetit. »Und Mr. Edwards?«

»Sie meinen Clint?« fragte Kate. »Er ist mit Nate losgegangen, um zu sehen, ob alle Männer da sind. Bei all den Banditen hier in der Gegend ... «

Shea probierte den Eintopf und fand ihn köstlich, aber sie dachte an all die Fragen, die ihr niemand beantworten konnte, so daß es ihr schwerfiel zu essen.

»Ich weiß so wenig über ... meinen Vater.«

Kate lächelte. »Wir alle mögen ihn. Es gibt kaum einen Menschen hier in der Gegend, dem er nicht schon irgendwann einmal geholfen hat.«

Shea seufzte. »Warum hat man dann auf ihn geschossen?«

Kates Lächeln legte sich. »Das weiß niemand. Mein Vater hat versucht, mit Mr. Randall zu sprechen, aber er sagt, daß er niemanden kennt, der etwas gegen ihn haben könnte.«

Shea empfand so etwas wie Erleichterung. Wenigstens wußte niemand etwas von Rafe. Noch nicht. Aber warum hatte ihr Vater nichts von ihm gesagt? Wußte ihr Vater überhaupt, wer hinter den Überfällen auf die Postkutsche steckte?

Kate sah sie mitfühlend an. »Sie müssen wirklich müde sein. Möchten Sie vielleicht, daß ich heute nacht hierbleibe?«

Shea schüttelte den Kopf. »Sie haben bereits genug für mich getan. Ich bin Ihnen wirklich dankbar. Aber ich komme schon zurecht.«

»Ich werde Ihnen morgen ein paar Kleider bringen. Und einen Schinken.«

Shea schluckte. Sie wußte jetzt, wie Clint sich fühlte, eingehüllt in die schützende Wärme von Menschen, denen er sich nicht anvertrauen konnte. »Danke.« Mehr konnte sie einfach nicht sagen.

»Es wird Ihnen hier gefallen«, sagte Kate spontan. »Normalerweise ist es hier sehr friedlich. Und Papa wird die Kerle schon erwischen, die Mr ... Ihren Vater angeschossen haben.«

»Wie ich hörte, hat ein Mann auf der Ranch gelebt, der verschwunden ist, nachdem mein Vater angeschossen wurde. Können Sie mir vielleicht etwas über ihn erzählen?«

»Nur, daß er vor ein paar Wochen hier auftauchte. Er hat nie viel geredet, und er war auch nie auf irgendeiner unserer Feiern. Ich weiß, daß Clint ihn nicht mochte, und mein Vater auch nicht.«

»Könnte er nicht auf meinen Vater geschossen haben?«

Kate nickte. »Aber in letzter Zeit ist so viel passiert ... Darum meint Clint auch, daß er hierbleiben sollte.«

Die Art, wie Kate Clints Namen aussprach, verriet alles. Shea mußte lächeln. »Sie mögen ihn, nicht wahr?«

Kate errötete, und von ihrer sachlichen Nüchternheit war nichts mehr zu spüren. »Ich wußte nicht, daß man es mir anmerkt.«

»Nur ein bißchen«, sagte Shea.

Kates Lächeln schwand. »Ich wünschte, man würde es nicht merken«, sagte sie. »Er sagte, daß er ein Tramp ist, daß er sich niemals irgendwo niederlassen will.«

Shea streckte die Hand aus und ergriff ihren Arm. »Das dürfen Sie ihm nicht glauben«, sagte sie. »Sie müssen um ihn kämpfen.«

Sie wußte, daß sie das nicht hätte sagen sollen. Clint hatte schließlich seine Gründe, wenn er sich Kate gegenüber abweisend verhielt, aber sie hatte gesehen, wie er sie angeblickt hatte. Erst freudig, dann argwöhnisch. Genau wie Rafe.

Shea fragte sich, ob sie das Recht hatte, sich einzumischen, aber irgend etwas hatte sie veranlaßt, diese Worte zu sagen. *Sie müssen um ihn kämpfen.* Weil sie nicht um Rafe kämpfen konnte?

War er bereits verschwunden? Oder hatte er sie angelogen und war immer noch in der Hütte in den Bergen?

Warum sonst sollte Clint noch hier sein?

Und, großer Gott, Dewayne stellte einen Suchtrupp zusammen.

Sie erschauderte, und Kate sah sie besorgt an. »Vielleicht sollte ich den Arzt rufen, damit er sich um Sie kümmert?«

»Ich bin nur müde«, sagte sie, und Kate blickte sie verlegen an.

»Natürlich sind Sie das«, sagte sie. »Aber sind Sie sicher, daß ich nicht doch bleiben soll, um Ihnen ein bißchen zu helfen? Ich lasse Sie nur ungern allein.«

»Ich bin ja nicht allein. Mr. Edwards hat gesagt, daß er und ein paar der Männer hier sind. Ich werde im Zimmer meines Vaters schlafen.« Sie durfte Clint nicht beim Vornamen nennen, da das allzu vertraut klingen würde.

Kate nickte und erhob sich. »Ich komme dann morgen früh mit ein paar Kleidern wieder. Lassen Sie mich holen, wenn Sie irgend etwas brauchen.«

Shea blickte sie dankbar an. »Ich sage Mr. Edwards Bescheid.« Sie eilte hinüber zur Schlafbaracke der Arbeiter und blieb zögernd vor der Tür stehen. Sie war sich nicht sicher, ob sie eintreten sollte. Schließlich klopfte sie, und Nate öffnete ihr.

»Wie geht's Mr. Randall, Miss?« fragte er.

»Hin und wieder wacht er auf«, sagte sie. »Aber er erinnert sich immer noch nicht an die Schießerei.«

»Ich nehme an, dann sind Sie jetzt der Boß.«

Shea zögerte. »Wie ich höre, sind die meisten Männer weg. Danke, daß Sie geblieben sind.«

Nate zuckte mit den Schultern. »Ich bin auch schon länger als die meisten anderen hier. Mr. Randall war immer ein fairer Boß.«

»Das sagen sie alle«, sagte sie. Am liebsten hätte sie noch mehr von Nate erfahren, aber zuerst mußte sie mit Clint sprechen. »Können Sie mir vielleicht sagen, wo ich Mr. Edwards finde?«

»Im Stall, Ma'am. Er kümmert sich um die Pferde.«

»Danke«, sagte sie und wandte sich zum Gehen.

»Miss Randall?«

Sie drehte sich noch einmal um. »Falls ich Ihnen irgendwie helfen kann«, sagte er, »dann lassen Sie es mich wissen. Es tut mir leid, daß Sie in einem Augenblick hier angekommen sind, in dem wir so viele Schwierigkeiten haben. Eine verdammt unangenehme Geschichte, das Ganze. Das *Circle R* war ... ist ein wirklich netter Ort.«

Bevor die Überfälle begannen. Bevor Rafe Tyler auftauchte.

»Wie schlimm ist es?« fragte sie.

»Ich nehme an, Sie haben ein Recht, es zu erfahren. Wir verlieren jeden Tag Rinder, weil wir nicht genug Männer haben, um sie von den Canyons fernzuhalten, wo sie nichts zu fressen finden. Und wahrscheinlich haben wir im Herbst zu wenig Männer, um die restlichen Tiere zum Markt zu bringen, und selbst wenn, haben wir nicht mehr genug Vieh, um es zu verkaufen. Mr. Randall sind dreimal nacheinander die Lohngelder geraubt worden, so daß er in den letzten vier Monaten keinen der Männer bezahlen konnte. Man kann es ihnen nicht verdenken, wenn sie gehen, vor allem, da die Zukunftsaussichten nicht gerade rosig sind.«

Shea nickte. »Danke, daß Sie mir gegenüber so ehrlich sind.«

»Sie müssen es wissen, für den Fall, daß ... «

Für den Fall, daß ihr Vater nicht durchkam. Dann hätte Rafe

Tyler gewonnen. Er hätte alles zerstört, was Jack Randall sich aufgebaut hatte.

Denk nicht darüber nach.

Aber sie mußte einfach darüber nachdenken.

Sie ging zum Stall hinüber. Als sie die Tür öffnete, drehte sich Clint zu ihr um und sah sie argwöhnisch an. Sie waren allein.

»Er ist immer noch in der Hütte, nicht wahr?« fragte sie.

Clint biß die Zähne zusammen und schwieg.

»Werden Sie ihn vor dem Suchtrupp warnen?«

»Wenn er immer noch da ist, wird er es von selber merken. Aber interessiert Sie das überhaupt?« Seine Augen schienen sich direkt in ihre Seele zu bohren.

»Ja«, flüsterte sie.

»Und was ist mit Randall?«

»Ist es nicht möglich, daß das Ganze ein Irrtum ist? Vielleicht hat ja dieser McClary ... « Sie hörte das Flehen in ihrer Stimme. Das Flehen, daß er ihr zustimmen möge.

»Hat Randall irgend etwas über die Schießerei gesagt?«

Sie schüttelte den Kopf.

»Das wird er auch nicht«, sagte Clint verbittert. »Er wird Rafe die Schuld in die Schuhe schieben.«

»Er erinnert sich nicht ... «

»Sind Sie sich da sicher, Miss Randall? Sind Sie sich da ganz sicher?«

Shea war sich noch nicht einmal mehr sicher, daß die Welt sich drehte oder daß der Himmel blau war oder daß die Sonne jeden Morgen aufging. »Nein.«

»Rafe kann auf sich aufpassen«, sagte er, und seine Stimme wurde sanfter.

»Und Sie?«

Er wollte dem Pferd gerade den Sattel auf den Rücken legen, doch er hielt mitten in der Bewegung inne. »Was meinen Sie?«

»Kate.«

Seine Stimme wurde wieder hart. »Was ist mit Kate?«

»Sie liebt Sie.«

»Das ist unmöglich.«

Shea sah ihn nur an.

»Auf jeden Fall geht Sie das nichts an«, sagte er barsch. »Wenn Sie mich jetzt entschuldigen, werde ich rübergehen und sehen, ob sie nach Hause will.« Er führte das Pferd zur Stalltür und schnappte sich die Zügel einer kleinen Stute, die Kate gehören mußte. Dann blieb er noch einmal stehen und drehte sich zu ihr um. »Danke, daß Sie Russ Dewayne diese ... Geschichte erzählt haben.«

»Ich fürchte, er hat mir nicht geglaubt.«

Clint bedachte sie mit einem traurigen Lächeln. »Das fürchte ich auch, aber er kann Ihnen nicht beweisen, daß Sie gelogen haben.« Er wollte noch etwas sagen, aber dann preßte er die Lippen aufeinander, führte die beiden Pferde aus dem Stall und ließ sie allein zurück. Sie setzte sich auf einen Heuballen und fühlte sich vollkommen einsam und verloren. Doch dann erinnerte sie sich an die Zeichnungen, die sie mitgebracht hatte, und zog sie hervor.

Sie hatte eine Skizze von Abner, eine von dem Bärenkind und eine von Rafe mit dem Pferd. Das Bild vom Wasserfall und das von den Bergen hatte er zerrissen. In diesem Moment wurde ihr klar, daß er nicht sofort hatte davonreiten wollen; er hatte jeden geographischen Orientierungspunkt zerstört, den sie auf Papier festgehalten hatte.

Aber die Skizzen, die sie von ihm angefertigt hatte, hatte er ihr gelassen. *Es ist mir vollkommen egal, was du über mich sagst*. Er hatte sich bereits aufgegeben. Oder vielleicht, nur vielleicht, wollte er auch nicht, daß sie ihn vergaß, egal, was er sagte.

Und sie hatte ihn noch nicht aufgegeben. Sie wußte, daß sie ihn niemals aufgeben würde. Irgendwie würde sie ihn retten. Sie wußte nicht wie, aber sie mußte es tun.

Sie hörte, wie sich die Pferde entfernten, und wußte, daß Clint und Kate fort waren. Sie knüllte die Zeichnungen zusammen, nahm die Laterne und ging hinaus. Vorsichtig, sehr vorsichtig, verbrannte sie jeden Beweis von Rafe Tylers Existenz.

Sie brauchte die Bilder nicht. Sie hatte sie in ihrem Kopf und ihrem Herzen. Sie erinnerte sich an jeden Gesichtsausdruck, an jede harte Linie, vor allem an die plötzliche Sanftheit in der Nacht, bevor Clint mit den Neuigkeiten gekommen war. So sah sie ihn jetzt vor sich.

Die Lichter der Dewayneschen Ranch kamen in Sicht. Eine Reihe von Pferden war vor der Veranda angebunden.

Der Abend war kühl, aber Kate spürte eine innere Kälte, die noch schlimmer war. Sie hatte draußen gestanden und auf Clint und Shea Randall gewartet. Es war ihr wie eine Ewigkeit vorgekommen, bis Clint allein aus dem Stall gekommen war. Seine Miene war erschreckend finster gewesen, und sie hatte nicht gewagt, sich zu erkennen zu geben.

Noch nie in ihrem Leben hatte sie Eifersucht verspürt. Noch nie in ihrem Leben hatte sie einen Mann geliebt. Bis sie Clint Edwards vor zwei Jahren kennengelernt hatte.

Er war ein gutaussehender Mann mit seinen hellgrauen Augen und dem Grübchen in seinem Kinn, das die Härte seines sonnengebräunten Gesichts milderte. Er sprach nicht viel, und obwohl er sie mit Interesse ansah, machte er ihr nie Komplimente, wie es ihre anderen Verehrer taten.

Sie hatte ein Jahr und zahlreiche Tanzabende gebraucht, ehe sie den Mut gefunden hatte, ihn um einen Tanz zu bitten. Er selbst hätte sie wahrscheinlich niemals aufgefordert. Er hatte ihr dieses bedächtige Lächeln geschenkt, das ihr Herz die seltsamsten Sprünge machen ließ, und dann hatte er ihr gestanden, daß er nicht tanzen konnte.

Sie waren nach draußen gegangen, und sie hatte ihm ein paar Schritte beigebracht. Er war ein gelehriger Schüler gewesen, und das Lächeln, das er bis dahin so selten gezeigt hatte, war ihm plötzlich leichtgefallen.

So hatte es angefangen. Dann hatte er sie hin und wieder besucht. Sie waren ein paarmal ausgeritten, wenn sie mit ihrem Vater auf dem *Circle R* gewesen war, und sie hatte ihn immer mehr liebgewonnen. Ihr gefielen sogar die Momente, in denen sie beide schwiegen, da sie niemals unangenehm, sondern warm und vertraut waren. Er hatte nie viel von sich erzählt, nur einmal erwähnt, daß er im Krieg gewesen war.

Und jedesmal, wenn sie ihn sah, schienen ihr Herz und ihre Sinne außer Kontrolle zu geraten. Als er sie geküßt hatte, hatte sie das Gefühl gehabt, als gehörten ihr plötzlich sämtliche Sterne im Universum. Aber er verwirrte sie. Sein Blick verriet ihr ebenso wie sein lässiges Lächeln, daß er sie mochte, aber er sagte nie etwas, versprach nie etwas, erbat nie etwas. Einen Teil von sich hielt er immer vor ihr verborgen.

Nie zuvor hatte sie ihn so angespannt gesehen wie jetzt. Seit er mit Shea Randall auf der Ranch aufgetaucht war, wirkte er völlig unnahbar, und Kate empfand Unsicherheit und Eifersucht. Die Blicke, mit denen er Shea bedachte, sein persönliches Interesse an ihr waren Kate nicht verborgen geblieben.

Ihr war, als entferne er sich immer mehr von ihr.

»Shea Randall ist wirklich hübsch«, sagte sie schließlich, um ihn zu irgendeiner Reaktion zu bewegen.

Clint blickte sie kurz an und zuckte mit den Schultern. »Ach ja?«

Kate erstarrte. Das Desinteresse in seiner Stimme klang unecht. Er verbarg so viel vor ihr, daß sie am liebsten geweint hätte. In diesem Moment wurde ihr klar, daß sie das, was er im Rosengarten zu ihr gesagt hatte, nicht geglaubt hatte. Irgend etwas würde ihn davon abhalten zu gehen. Irgend jemand würde es schaffen, ihm seine Rastlosigkeit zu nehmen.

Sie sah ihm ins Gesicht. Es war hart und angespannt. Sie schluckte, da sie es nicht wagte, noch etwas zu sagen, was den Graben zwischen ihnen noch vertiefen könnte. Sie fühlte sich einsam und elend.

Als sie die Grenze der Ranch ihres Vaters erreichten, von wo aus sie die Lichter im Haus sehen konnten, hielt sie an und drehte sich zu ihm um. »Du brauchst mich nicht weiter zu begleiten«, sagte sie mit angespannter Stimme.

»Ich will aber«, sagte er.

»Ich denke, du solltest zum *Circle R* zurückkehren. Vielleicht braucht sie dich.«

»Kate ... « Doch dann hielt er inne. Einer seiner Wangenmuskeln zuckte, und seine Hände klammerten sich fester an die Zügel. Aber gerade als sie dachte, daß er noch etwas sagen würde, nickte er, wandte sein Pferd und ritt zurück in Richtung von Randalls Ranch.

Shea saß auf dem Stuhl in Jack Randalls Zimmer und nickte immer wieder ein. Auf dem Tisch in der Ecke brannte eine Öllampe. Jedesmal, wenn der Raum auskühlte, erwachte sie und legte ein paar Scheite in den großen Kamin.

Ihr Vater war ein paarmal aufgewacht. An die Schießerei schien er sich nur undeutlich zu erinnern, aber er hatte sie jedesmal sofort erkannt, und seine Freude über ihre Anwesenheit war echt.

Wie sehr sie sich auch bemühte, konnte sie in diesem Mann einfach nicht den Menschen erkennen, den Rafe und Clint ihr so haßerfüllt geschildert hatten. Trotz seiner starken Schmerzen blitzten seine Augen jedesmal auf, wenn er sie ansah. Seine Finger waren warm, wenn er sie berührte, sein Händedruck fest und herzlich. Sie konnte die Liebe nicht unterdrücken, die sie automatisch für ihn empfand. Vielleicht wäre es anders gewesen, wenn er sich von ihr abgewandt hätte. Aber er hatte sie mit vorbehaltloser Zuneigung aufgenommen.

Sie wollte ihn nach Rafe fragen. Sie mußte wissen, was vor zehn Jahren wirklich passiert war. Aber dann müßte sie zugeben, daß sie Rafe kannte, daß sie wußte, daß er in der Nähe war und daß er sich nur in den Bergen versteckt hielt, weil er ein gesuchter Bandit war.

Also kauerte sie unglücklich auf dem Stuhl und wünschte sich, Jack Randall besser zu kennen, zu wissen, was er täte, wenn er die Wahrheit wüßte.

Sie hörte Clint nicht zurückkommen und fragte sich, ob er vielleicht in die Berge geritten war, um mit Rafe zu sprechen. Das hoffte sie. Sie wollte, daß er von dem Suchtrupp wußte. Sie wollte, daß er lebte.

Jack Randall wälzte sich unruhig in seinem Bett, und Shea versuchte, die Müdigkeit abzuschütteln. Sie ging zu ihm hinüber und strich ihm über die fieberheiße Stirn.

Sie tauchte ein Tuch in das kühle Wasser in der Schüssel auf dem Tisch und betupfte ihm die Wangen.

Er murmelte ein paar Worte, die sie nicht verstand, und sie beugte sich über ihn. »Das lasse ich ... nicht zu ... Nein.« Seine Bewegungen wurden hektischer. Shea rüttelte seine gesunde Schulter und versuchte ihn zu wecken.

Schließlich öffnete er die Augen und starrte sie an, als sei sie ein Geist, ehe er sie erkannte. »Du ... siehst deiner Mutter so ähnlich.« Er seufzte und verstummte.

Shea fuhr ihm erneut mit dem feuchten Tuch über das Gesicht. »Erinnerst du dich an etwas? Du hast etwas gesagt.«

»Ich weiß nichts«, sagte er mit unsicherer Stimme.

»Versuch es«, drängte sie. »Der Sheriff stellt gerade einen Suchtrupp zusammen, aber sie wissen noch nicht mal, wen sie suchen sollen.« Sie machte eine kurze Pause, ehe sie entschlossen fortfuhr. »Dein Freund ... Mr. McClary ... ist verschwunden.«

Als er sich zu ihr umdrehte, verriet sein Gesicht starke Schmerzen. Shea fühlte sich schuldig. Sie griff nach dem Laudanum, schüttete etwas in ein Glas und hielt es ihm an die Lippen.

»Geh nicht«, sagte ihr Vater. »Bitte geh nicht.«

Sie wußte, daß er nicht jetzt meinte. Er meinte immer. Er wollte sie. Rafe nicht. Es sollte ganz leicht sein. Aber das war es nicht.

Sie sehnte sich nach Rafe Tyler. Ihr Herz, ihr Verstand und ihr Körper wollten ihn. Sie sah ihn die ganze Zeit vor sich, obwohl sie versuchte, sein Gesicht durch das Gesicht des Mannes zu ersetzen, den sie gesucht hatte, des Mannes, der ihr das Leben geschenkt hatte.

»Ich bin ja hier«, sagte sie. Sie verstand ihn absichtlich falsch.

Als die Wirkung des Laudanums einsetzte, schloß er die Augen. Sein Körper entspannte sich, und Shea versuchte ebenfalls, zur Ruhe zu kommen. Aber sie war angespannt, schmerzerfüllt, verwirrt.

Ratlos und unglücklich erhob sie sich und ging aus dem Zimmer. Im Wohnzimmer brannte bereits eine Öllampe, und sie machte auch in der Küche Licht. Ihr Blick wanderte zur Tür des Büros, in dem ihr Vater angeschossen worden war.

»Nein«, sagte sie sich. »Das kann ich nicht tun.« Aber ihre Füße bewegten sich unaufhaltsam in Richtung der Tür. Also nahm sie die Öllampe vom Wohnzimmertisch und betrat zögernd das Arbeitszimmer.

Auf dem edlen bunten Teppich prangten dunkelbraune Flecken, und plötzlich wäre sie am liebsten davongelaufen. Aber das war unmöglich. Sie mußte die Wahrheit wissen, obwohl sie noch nicht einmal wußte, wonach sie eigentlich suchte. Vielleicht brauchte sie einfach nur eine Bestätigung für das, was die Leute ihr von Jack Randall erzählten: daß er ein von Nachbarn und Freunden geachteter Viehzüchter war.

Aber was war dann Rafe Tyler?

Shea vermied es, den Fleck auf dem Teppich noch einmal anzusehen, und ging hinüber zum Schreibtisch. Im Aschenbecher lag eine halb gerauchte Zigarre, und daneben lag ein Ordner. Obgleich sie sich wie eine Verräterin fühlte, blickte sie hinein. Ihr Blick fiel auf die ersten von zahllosen tintenbeschriebenen Seiten. Die erste Eintragung war vor zwei Jahren erfolgt: 1871. Und dann sah sie, was sie gesucht hatte. *Sam McClary. $1000.* Ein Jahr später folgte eine ähnliche Eintragung über *$1500.*

Eine der Schubladen war halb geöffnet. Das Schloß war aufgebrochen, und es sah aus, als habe jemand darin herumgewühlt und sei plötzlich unterbrochen worden. Die Papiere, die zuoberst lagen, waren durcheinandergeschoben, aber ansonsten wirkte alles unberührt. Sie streckte die Hand in das Schubfach und zog etwas Schweres hervor. Mit riesigen Augen starrte sie auf eine Lithographie ihrer Mutter. Sara sah wunderschön aus. Sie hatte ein liebliches Lächeln auf den Lippen. Ein solches Lächeln hatte Shea nie an ihr gesehen. Neben dem Druck lag ein Brief, der offenbar wiederholte Male hervorgeholt und gelesen worden war.

Ihr Respekt vor Jack Randalls Privatsphäre rang mit dem Bedürfnis zu erfahren, warum ihre Mutter die Existenz ihres Vaters so lange vor ihr geheimgehalten hatte.

Sie wußte nicht, wie lange sie vor dem Schreibtisch stand und auf das zusammengefaltete Blatt starrte. Als sie es schließlich auseinanderfaltete, erkannte sie die Handschrift ihrer Mutter. Sie blickte auf das Datum. August 1863. Nur wenige Wochen nach Rafe Tylers Verurteilung.

Sie las den Brief, und dann las sie ihn ein zweites Mal. Ihr Magen zog sich schmerzlich zusammen, als sie das Blatt wieder zusammenlegte, um es zurück in die Schublade zu schieben. Sie zögerte, und dann nahm sie den Brief mit in ihr Schlafzimmer und schob ihn unter die Matratze.

Sie öffnete das Fenster und blickte hinüber zu den Bergen, wo Rafe sich versteckt hielt. Ein blasser Halbmond hing über den Gipfeln, umgeben von Tausenden von blitzenden Sternen.

Wie sehr mußte er ihren Vater hassen. Wie sehr mußte er sie hassen. Das hatte sie bisher nicht begriffen.

Den kühlen Wind, der ihr durch die Haare strich, bemerkte sie nicht. Sie bemerkte nichts außer der abgrundtiefen Hoffnungslosigkeit in ihrem Herzen.

22. Kapitel

Jack Randalls Zustand verbesserte sich ebenso schnell, wie er seinen alten Charme wiederfand. Wenn Shea den Brief nicht gelesen hätte, wäre sie von ihm bezaubert gewesen. Sie merkte, daß sie nach einer Entschuldigung suchte für das, was er getan hatte. Vielleicht hatte der Brief ja eine ganz andere Bedeutung.

Sie unterdrückte ihre ängstlichen Fragen bis zum fünften Tag. Der Suchtrupp ritt täglich aus, was Clint zufolge hieß, daß sie bisher nichts gefunden hatten. Clint hatte ihr nicht erzählt, daß er selbst in den Bergen gewesen war, aber Shea wußte, daß er Rafe davon berichtet hatte, daß sein Feind noch am Leben war.

Am dritten Tag war der Arzt gekommen und hatte gesagt, es wäre vollkommen normal, daß Jack Randall sich nicht an die Schießerei erinnerte. Vielleicht würde er sich später daran erinnern, vielleicht auch nicht. Bei Kopfwunden wußte man nie.

Aber eine Infektion hielt er inzwischen für unwahrscheinlich, und er hatte seinem Patienten gesagt, er könne langsam wieder aufstehen, auch wenn er den Arm in der Schlinge lassen sollte.

Kate kam hin und wieder kurz vorbei. Beim ersten Mal hatte sie Lebensmittel und ein paar Kleider mitgebracht. Sie mußten etwas enger gemacht werden und waren ein wenig zu kurz, aber Shea war ihr dankbar gewesen.

Kate war reservierter gewesen als bei ihrer ersten Begegnung, und Shea hatte sich darüber gewundert. Aber im Augenblick gab es Wichtigeres: Sie mußte versuchen, mit ihrem Vater über Rafe Tyler zu sprechen.

Nachdem Kate am fünften Tag wieder gegangen war, machte Shea Limonade und trug sie in Randalls Zimmer. Er war wach und saß aufrecht im Bett. Er war ein wenig im Zimmer herumspaziert, und jetzt atmete er schwer, aber sein Mund verzog sich zu einem fröhlichen Grinsen, als er Shea sah.

»Jedesmal, wenn du hereinkommst, ist es, als sähe man einen Regenbogen«, sagte er. »Du weißt gar nicht, wie froh du mich durch deine Anwesenheit machst.«

Shea schenkte Limonade in zwei Gläser und setzte sich neben ihren Vater auf einen Stuhl. »Warum habt Mama und du euch getrennt?« Diese Frage hatte sie gequält, seit sie den Holzkasten ihrer Mutter in Boston geöffnet hatte.

Er lehnte sich mit einem Seufzer zurück. Dann nahm er einen Schluck aus seinem Glas und sah sie an. »Hat sie dir denn gar nichts erzählt?«

»Sie sagte, du wärst vor meiner Geburt gestorben.«

In seinem Gesicht flackerte Schmerz auf. Er schwieg lange, ehe er antwortete.

»Deine Mutter war ein Stadtmensch. Sie ist behütet aufgewachsen«, sagte er. »Sie ... hat den Westen nie akzeptiert, auch nicht, was man tun mußte, wenn man überleben wollte.«

»Das verstehe ich nicht«, sagte Shea.

»Wir waren immer unterwegs«, sagte er. »Wir hatten kein Geld. Manchmal hatten wir noch nicht einmal ein Dach über dem Kopf. Ich glaube, als sie merkte, daß sie dich erwartete, brauchte sie einen sicheren Ort, und den konnte ich ihr ... nicht bieten. Zumindest damals nicht.«

»Und dann?«

»War es zu spät«, sagte ihr Vater. »Ich glaube, sie wollte einfach nicht zugeben, daß es ... nicht geklappt hatte. Ihre Familie war immer dagegen gewesen, daß sie mich heiratete; sie haben versucht, sie davon abzuhalten, bis sie schließlich mit mir durchbrannte. Vielleicht hatte sie Angst, daß sie sie nicht wieder aufnehmen würden, also hat sie erzählt, ich sei tot. Ich habe sie immer wieder gebeten, zu mir zurückzukommen, aber sie wollte, daß ich mich nicht länger in ihr Leben einmische. Sie hat mir nie etwas von dir erzählt.«

Seine Augen flehten sie an, ihm zu glauben. Sie waren voll des Bedauerns, voll der Trauer und voll der Sehnsucht, und sie glaubte, daß er diese Gefühle tatsächlich empfand. Aber zugleich wußte sie, daß Sara Randall nicht vor der Armut geflüchtet wäre. Nicht die Sara Randall, die sie kannte.

»Ich habe einen ... Zeitungsartikel bei ihren Sachen gefunden«, sagte sie. »Über eine Gerichtsverhandlung.«

»Ich habe an mehreren Verhandlungen teilgenommen, als ich bei der Armee war.« Seine Halsschlagader pochte.

»Es ging um den Überfall auf einen Geldtransport, um einen Offizier namens Tyler.«

Langes Schweigen. »Darüber möchte ich lieber nicht sprechen, Shea«, sagte er. »Es war ... sehr schmerzlich. Er ... ich ... mochte den jungen Mann.«

Shea versuchte verzweifelt, ihren Herzschlag zu kontrollieren. Sie hatte einen Vater gefunden, und jetzt könnte sie ihn wieder verlieren. Es sollte ihr egal sein, ob er getan hatte, was sie inzwischen sicher von ihm wußte. Aber es war ihr nicht egal. Es war ihr alles andere als egal.

»Dein Wort stand ... gegen sein Wort.«

»Sie haben einen Teil des Geldes in seinem Privatquartier gefunden.«

»Jemand anders hätte es dorthinlegen können.«

Der Gesichtsausdruck ihres Vaters veränderte sich, und plötzlich wirkte er wie ein alter Mann. Er griff nach ihrer Hand. »Warum? Warum interessierst du dich so sehr für diese Geschichte?«

Er umklammerte ihre Finger, als hinge sein Leben davon ab.

»Ich ... ich will dich nur besser kennenlernen«, sagte sie. Sie war noch nicht bereit, ihm Informationen zu geben, die Rafe schaden könnten, doch zugleich mußte sie die Wahrheit erfahren.

Ihr Vater sah sie fragend an. »Wo warst du in den letzten Wochen?«

»Das habe ich doch schon gesagt. Ich hatte mich verirrt.«

»Du hast Tyler getroffen.« Es war eine Feststellung.

Shea antwortete nicht. Ihr Herz schlug immer heftiger. Sie wußte, daß es sinnlos war zu lügen. Ihr Interesse hatte sie verraten.

»Du warst mit ihm zusammen in den Bergen.« Seine Stimme klang traurig, nicht anklagend. »Der Bastard«, flüsterte er plötzlich. »Er hat dich benutzt, um sich an mir zu rächen.«

»Nein.« Das Wort platzte aus Shea heraus, ehe sie nachdenken konnte.

Er schloß die Augen, und Shea hatte das Gefühl, es zerreiße ihr das Herz. Innerhalb weniger Wochen hatte sie ihre Liebe und ihren Vater gefunden, und die beiden haßten einander in einer Weise, die sie weder verstand noch akzeptierte.

»Nein«, wiederholte sie.

»Was hat er gesagt, Shea?« Jacks Stimme klang hoffnungslos.

Sie stand auf und ging wortlos zum Fenster hinüber.

»Hat er ... ?«

Sie schwieg.

»Großer Gott«, sagte er mit gebrochener Stimme.

Shea drehte sich zu ihm um. »Hast du es getan? Hast du vor Gericht gelogen?«

»Nein«, sagte er mit ausdrucksloser Stimme. »Und wenn er dich berührt hat, bringe ich ihn um. Wenn er dich entführt hat, bringe ich ihn dafür an den Galgen.«

»Ich habe mich verirrt«, beharrte sie auf ihrer Version des Geschehens.

»Shea, er darf sich nicht zwischen uns stellen. Er ist ein verurteilter Dieb.«

»Und was bist du, Papa?« Shea hatte das Wort nicht benutzen wollen. Es rutschte ihr einfach so heraus, und ihr wurde klar, daß sie ihn als ihren Vater akzeptiert hatte.

»Ein Mann, der seine Tochter will«, erwiderte er schlicht, und nichts hätte sie stärker treffen können.

Der Brief.

Ich liebe dich.

Die Worte, die sie zu Rafe gesagt hatte. Die ihre Mutter zu Jack Randall gesagt hatte.

Sie preßte die Fäuste gegen ihre Ohren, wie um jedes weitere Geräusch von sich fernzuhalten. Und dann rannte sie aus dem Zimmer und stürzte aus dem Haus zum Stall hinüber. Sie mußte fort von hier. Sie mußte all den Stimmen entkommen. Sie mußte sich selbst entkommen.

Es war niemand im Stall. In den letzten Wochen hatte sie oft genug zugesehen, wie die Männer die Pferde sattelten, und sie wußte, daß sie es konnte. Sie nahm das Pferd, das am friedlichsten wirkte. Es war ihr egal, daß sie einen Rock trug. Alles war ihr egal, außer so schnell wie möglich fortzukommen.

Sie schnallte den Sattelgurt fest und zwang dem Tier das Gebiß ins Maul, ehe sie es hinausführte. Es war niemand zu sehen. Die paar Männer, die noch auf der Ranch arbeiteten, waren anscheinend immer noch auf der Weide.

Sie hörte einen Schrei und sah, daß ihr Vater in der Tür des Haupthauses lehnte. »Shea, nein!«

Aber eine andere Stimme war lauter. Die Stimme in ihrem Kopf, die ihr klarmachte, daß sie Ruhe und Frieden finden mußte. Sie mußte unbedingt all ihre verwirrenden Gefühle ordnen.

Als sie sich in den Sattel schwang, rutschte ihr Rock bis über ihre Schenkel. Ohne darauf zu achten, preßte sie dem Pferd die Knie in die Flanken und klammerte sich verzweifelt an die Zügel, als es in einen unkontrollierten Galopp ausbrach.

Jack Randall war nicht tot. Diese Worte gingen Rafe ständig im Kopf herum. Er wußte nicht, was er dabei empfand.

Ehe er erfahren hatte, daß Randall lebte, hatte er eine gewisse Erleichterung verspürt. Es war vorbei. Clint und die anderen konnten ihrer Wege gehen. Er würde sich McClary an die Fersen heften und dann ...

Himmel, was dann?

Seit zehn Jahren hatte er nur ein einziges Ziel vor Augen gehabt: Rache und, wenn möglich, die Reinwaschung seines Namens. Weiter hatte er nie gedacht. Und jetzt fragte er sich, was ihn erwartete, falls er tatsächlich Erfolg hatte. Leere. Einsamkeit.

Er hatte nicht wirklich gewußt, was Einsamkeit war, bis Shea Randall gegangen war, bis er gemerkt hatte, was es hieß, Wärme und Zärtlichkeit zu genießen.

Wie es ihr wohl ging?

Hatte Randall sie mit seinem Charme verzaubert, wie er schon so viele Menschen verzaubert hatte? Sie war ein leichtes Opfer. Sie hatte sich so sehr nach einem Vater gesehnt; das hatte er ihren Augen angesehen.

Clint war an dem Abend, an dem er Shea zur Ranch gebracht hatte, noch einmal zurückgekommen und hatte ihm von ihren Lügen erzählt, von ihrem Versuch, ihn und sie alle zu schützen. Wie lange würde ihre Entschlossenheit angesichts der Bequemlichkeit des Lebens auf der Ranch anhalten?

Warum hatte McClary auf Randall geschossen? Warum hatte er versucht, ihn umzubringen?

Clint wußte, daß es McClary gewesen war. McClary war auf der Ranch gewesen, als Randall nach dreitägiger Abwesenheit dorthin zurückgekehrt war. Da Clint wußte, daß keiner von Rafes Männern auf Randall geschossen hatte, blieb nur McClary übrig. Aber davon war der Sheriff nicht überzeugt. Er hatte einen Suchtrupp zusammengestellt, der die Berge durchkämmen würde.

Als die Rastlosigkeit unerträglich wurde, beschloß Rafe, die Jagd auf McClary zu beginnen. Seine Rachepläne gegen Randall würden solange ruhen müssen. McClary hatte das *Circle R* überstürzt verlassen müssen. Ohne Vorräte. Jetzt müßte er stehlen, um nicht zu verhungern, und die Goldsucher waren leichte Opfer. Ein paar von ihnen hatten sich zu ihrer eigenen Sicherheit zusammengeschlossen, aber andere waren immer noch allein und klammerten sich trotz der geringen Ausbeute wie die Besessenen an ihre Claims.

Außer diesen Goldsuchern, die an den Creeks und Bächen arbeiteten, gab es noch die Männer, die in verlassenen Minen nach einer übersehenen Ader suchten. Die verlassenen Schächte waren die idealen Verstecke für jemanden wie McClary. Also würde Rafe seine Suche an diesen Orten beginnen.

Seit vier Tagen streifte er erfolglos durch die Berge. Einmal, als er den Suchtrupp unter sich entdeckt hatte, hatte er sich lautlos zurückgezogen und war in entgegengesetzte Richtung geritten.

Rafe wußte, daß er eine Stecknadel in einem Heuhaufen suchte, aber er konnte einfach nicht länger herumsitzen und abwarten. Aber er kehrte jeden Abend zu seiner Hütte zurück, um zu sehen, ob Clint, Ben oder ein anderer eine Nachricht für ihn hinterlassen hatte. Und jedesmal, wenn Abner hervorgekrochen kam und gestreichelt werden wollte, erinnerte sich Rafe an die Freude, die Shea an dem Tierchen gehabt hatte.

Die Erinnerung an sie ließ sich einfach nicht verdrängen, auch jetzt nicht, da er erneut die Wälder durchstreifte. Er hatte sein Pferd hinter dichtem Himbeergestrüpp angebunden und schlich am Rand einer Schlucht entlang. Tief unter sich sah er den Bach, an dem immer noch mehrere Goldsucher arbeiteten. Er wünschte sich, er hätte ein Fernglas.

Sein Blick verharrte einen Augenblick auf einem Busch. Die Zweige schienen sich zu bewegen, obwohl es vollkommen windstill war. Der Himmel war wolkenlos, die Sonne schien warm, und es regte sich nicht das geringste Lüftchen. Weiter unten war die Hütte eines Goldsuchers. Mitten im Bach stand eine Gestalt und schwenkte eine Pfanne. Auf dem Boden lag ein Gewehr.

Rafe richtete sein Augenmerk wieder auf den Bach. Zwischen den dunkelgrünen Blättern blitzte es silbern auf. Irgend jemand war dort versteckt. Irgend jemand, der den Goldsucher ebenfalls beobachtete.

War es möglich, daß er endlich Glück hatte?

Rafe kroch vorsichtig durch das Unterholz. Er überlegte, ob er in die Luft schießen sollte, um den Goldsucher zu warnen. Und dann sah er, wie sich die Spitze eines Gewehrs durch die Blätter des Busches schob.

Rafe zielte eilig auf das Gewehr unter sich, obwohl er wußte, daß er kaum treffen würde. Er drückte den Bruchteil einer Sekunde vor dem anderen Mann ab. Er traf zwar nicht das Gewehr, aber er wirbelte eine riesige Staubwolke auf, so daß die Kugel des anderen ebenfalls danebenging und den Goldsucher verfehlte.

Der fuhr herum, schnappte sich seine eigene Waffe und ging hinter ein paar Felsen in Deckung.

Der Kerl hinter dem Busch schoß erneut auf den Mann unter sich und richtete dann sein Gewehr nach oben auf Rafe. Auch der Goldsucher zielte und schoß auf ... Rafe.

Die Kugel streifte Rafes Arm direkt an der Stelle, an der die Bärin ihm den Hieb versetzt hatte. Er ließ das Gewehr fallen und umklammerte die brennende Wunde. Um ihn herum prasselten weitere Kugeln nieder, dieses Mal aus zwei Gewehren.

Rafe rollte sich hinter einen großen Stein und verfluchte sich und sein Schicksal. Offenbar dachte der Goldsucher, *er* sei der Angreifer. Rafe hätte ihn warnen sollen, aber sein erster Gedanke war gewesen, den Mann zu treffen, der die Schüsse abgab, den Mann, den er für McClary hielt. Und jetzt saß er in der Falle. Er versuchte, in Richtung seines Pferdes zu kriechen, aber eine der Kugeln prallte von dem Felsen ab und streifte seinen Oberschenkel.

Also lehnte er sich gegen den Stein und blickte hinab. Der Goldsucher hatte sich hinter einem Baum versteckt; der Mann hinter dem Busch war nirgends zu sehen.

Dann hörte er Stimmen und Hufgeklapper. Mehrere Männer und mehrere Pferde. Der Suchtrupp!

Keine Zeit für Erklärungen. Er hörte, wie sich ein paar Pferde den Berg hinaufkämpften. Rufe, Befehle in seine Richtung. Er blickte sich um. Um zu entkommen, müßte er das Gebüsch erreichen, hinter dem sein Pferd stand, doch er wußte, daß er höchstens zwei Meter weit käme.

Er hatte sechs Kugeln in seinem Colt. Er zog die Waffe aus dem Halfter und zielte auf den Mann, der ihm am nächsten war, aber es war ihm unmöglich abzudrücken. Er hätte gedacht, daß er es könnte. Er hätte gedacht, daß er alles tun könnte, um nicht noch einmal im Gefängnis zu landen. Den Mann hinter dem Busch hätte er mit Leichtigkeit umbringen können, den Mann, der die Goldsucher getötet und ihm die Schuld in die Schuhe geschoben hatte. Wahrscheinlich hätte er selbst Randall umbringen können. Aber keinen unschuldigen Viehzüchter.

Vielleicht sollte er versuchen zu fliehen und dabei in Kauf nehmen, getroffen zu werden. Aber er war noch nicht bereit zu sterben. Er war mit Randall noch nicht fertig. Und es gab noch einen Grund, einen, den er sich selbst nicht eingestehen wollte.

Rafe warf den Colt auf den Boden, hob die Hände gut sichtbar über den Kopf und stand auf. Sein Arm blutete heftig, und auch sein Hosenbein war blutgetränkt.

Die Mitglieder des Suchtrupps richteten ihre Waffen auf ihn und kamen vorsichtig näher. Einer der Männer, der einen matt glänzenden Blechstern auf der abgetragenen Lederweste trug, stieg ab und kam auf ihn zu. »Der Goldsucher meinte, Sie wären zu zweit gewesen.«

»Hat er auch gesagt, daß der andere auf mich geschossen hat?« fragte Rafe trocken. »Ich habe nur versucht, dem Goldsucher zu helfen.«

»Indem Sie hier oben rumschleichen?« fragte der Sheriff ungläubig.

»Gehen Sie zu dem Busch da unten«, sagte Rafe, »und gucken Sie selbst nach. Dort hat sich der andere Kerl versteckt.«

Der Sheriff zuckte mit den Schultern. »Ihr Komplize?«

»Nein, verdammt. Ich habe gesehen, wie er auf den Goldsucher gezielt hat, und dann habe ich zur Warnung in die Luft geschossen«, sagte Rafe, obgleich er wußte, daß es sinnlos war, irgend etwas zu erklären.

»Und wer sind Sie?« wollte der Gesetzeshüter wissen.

Rafe zögerte. Noch trug er seine Handschuhe. Sobald die Männer sein Brandmal sahen, bekäme er wohl kaum noch die Gelegenheit, etwas zu seiner Verteidigung zu sagen.

»Verdammt«, sagte er. »Der echte Angreifer ist bestimmt gleich weg. Wenn er nicht schon verschwunden ist.«

Der Sheriff starrte ihn an, ehe er sich an einen seiner Männer wandte. »Gehen Sie runter, und sehen Sie hinter dem Busch nach. Gucken Sie, ob Sie irgendwelche Spuren entdecken. Nehmen Sie ein paar Leute mit.«

Dann richtete er seine Aufmerksamkeit wieder auf Rafe. »Sie haben mir immer noch nicht gesagt, wie Sie heißen und was Sie hier zu suchen haben.«

Rafe ließ die Hände sinken. »Ich hatte überlegt, ob ich ein bißchen nach Gold schürfen sollte. Also habe ich nach einer Stelle gesucht, wo noch niemand ist. Plötzlich habe ich hinter dem Busch diesen Kerl bemerkt, der ein auffallendes Interesse an dem Goldsucher zeigte.«

»Ach ja?« fragte der Sheriff. »Legen Sie das Pistolenhalfter ab, und zeigen Sie mir mal Ihre Hände.«

Rafe erstarrte. »Warum?«

»Ein Goldsucher hat Schwielen an den Händen. Andere Schwielen als die, die man vom Reiten kriegt.«

»Ich habe bisher noch nicht viel geschürft.«

»So etwas hatte ich mir gedacht«, sagte der Sheriff, ehe er sich bückte, um Rafes Gewehr aufzuheben und das Magazin zu überprüfen. »Er hat einen Schuß abgegeben«, sagte er zu den anderen, ehe er sich wieder zu Rafe umdrehte. »Legen Sie das Pistolenhalfter ab.«

Rafe tat wie ihm geheißen. Als das Halfter auf den Boden fiel, hob der Sheriff es auf und überprüfte die Zahl der Kugeln. Dann nahm er die Pistole und drehte den Zylinder. Es waren noch alle Kugeln da. »Sie hätten auf uns schießen können.«

Rafe zwang sich, ruhig zu bleiben. Es waren immer noch drei Gewehre auf ihn gerichtet, und die Männer starrten ihn feindselig und ungläubig an.

»Vielleicht sind Sie wirklich der, als der Sie sich ausgeben. Vielleicht aber auch nicht«, sagte der Gesetzeshüter. »Aber bei all den Überfällen und Morden, die in letzter Zeit hier passiert sind, gehe ich lieber kein Risiko ein.« Er ging zu seinem Pferd und nahm ein Paar Handschellen aus den Satteltaschen. Rafe erbleichte.

»Ich bin Russ Dewayne«, sagte der Sheriff, und Rafe erinnerte sich, den Namen schon einmal gehört zu haben. Clint mochte den Mann. Er hielt ihn für anständig.

Dewayne legte die Handschellen auf einen Stein und nahm sein Halstuch ab. »Rollen Sie die Ärmel hoch«, sagte er. »Lassen Sie mich mal nach Ihrem Arm sehen.«

Rafe nickte, und der Sheriff besah sich die blutende Wunde. »Was in aller Welt ist denn mit Ihnen passiert?«

»Ein Bär«, sagte Rafe.

Dewaynes Augen wurden schmal. »Sie scheinen ziemliches Pech zu haben, Mr ... «

»Tyler.« Es erschien Rafe sinnlos, einen falschen Namen zu nennen, vor allem, da das Brandmal bestimmt bald entdeckt würde.

Der Gesetzeshüter sagte nichts weiter, sondern band lediglich das Halstuch um die Wunde, ehe er sich dem Bein zuwandte, das bereits aufgehört hatte zu bluten. »Das ist nur ein Kratzer, aber er sollte trotzdem versorgt werden. Ich bringe Sie nach Casey Springs. Dort gibt es einen Arzt.«

»Bleibt mir denn etwas anderes übrig?«

»Nein. Der Goldsucher behauptet, Sie hätten auf ihn geschossen. Und es hat eine Reihe von Überfällen gegeben. Es wird interessant sein zu sehen, ob es noch welche gibt, wenn Sie hinter Schloß und Riegel sitzen.« Er nahm die Handschellen, blickte auf den bandagierten Arm und zögerte. Rafe wußte, was sein Gegenüber dachte. Es würde verdammt schwer werden, ihn mit den Wunden und mit Handschellen den Berg runterzubringen.

»Wo ist Ihr Pferd?«

Rafe legte eine Hand auf den verbundenen Arm, als schmerze er mehr, als er es in Wirklichkeit tat. »Da oben.«

»Wie weit?«

»Eine Viertelmeile.«

Der Sheriff bedeutete einem seiner Männer, das Tier zu holen. »Am besten gehen wir runter und sprechen mit dem Goldsucher.« Er schob die Handschellen in seinen Gürtel. »Nach Ihnen ... Mr. Tyler.«

Rafe kletterte vorsichtig den Berg hinunter. Er war sich der auf ihn gerichteten Gewehre nur allzu bewußt. Sein Bein schmerzte, und sein Arm brannte wie Feuer, aber er war dem Mann hinter sich wirklich dankbar. Zumindest erhielt er eine minimale Chance zur Flucht. Oder dazu, den Goldsucher davon zu überzeugen, daß er nicht versucht hatte, auf ihn zu schießen.

Nach ein paar Minuten erreichten sie den Creek. Der Goldsucher stand dort, das Gewehr im Anschlag, und starrte ihn haßerfüllt an.

Der Sheriff machte einen Schritt vor. »Beruhige dich, Charlie. Er sagt, er hätte nur versucht, dir zu helfen. Hast du außer ihm noch irgendwen da oben gesehen?«

»Ja, Sir. Sie waren zu zweit. Ich habe gesehen, wie ihre Gewehrläufe in der Sonne aufblitzten. Deshalb habe ich ihn auch getroffen«, sagte er zufrieden. »Ich nehme an, daß sie unter einer Decke stecken.«

»Warum in aller Welt sollte der andere Kerl dann auf mich geschossen haben?« fragte Rafe.

»Tja, das habe ich nicht gesehen«, sagte der Goldsucher. »Ich habe ja mitten in einer Staubwolke gestanden.«

»Die erste Kugel«, sagte Dewayne. »Weißt du, aus welcher Richtung die kam?«

Der Goldsucher blickte hinauf. »Keine Ahnung. Ich habe sie nur kommen hören, und dann hab' ich mir Old Herman geschnappt«, sagte er und reckte sein Gewehr in die Luft. »Ich hab' das Gewehr in der Sonne blitzen sehen und geschossen. Dann ist eine Kugel direkt an mir vorbeigepfiffen, und ich bin in Deckung gegangen und hab' zurückgeschossen.«

»Es könnte sich also so abgespielt haben, wie er gesagt hat?«

»Das ist wohl eher unwahrscheinlich«, brummte der Goldsucher. »Warum sollte er rein zufällig genau im richtigen Augenblick vorbeikommen? Er ist bestimmt einer von den Typen, die in letzter Zeit auf uns Jagd machen.«

Rafe merkte, daß er genau wie vor ein paar Jahren in der Falle saß. Niemand würde ihm glauben, vor allem, wenn sie erst einmal seine Hand sähen, und das war nur noch eine Frage der Zeit.

Er versuchte, eine möglichst gleichgültige Miene aufzusetzen. Er hatte nur noch eine Chance. Er mußte die Hände frei behalten und losstürzen, sobald er auf dem Pferd saß.

Eine Chance von eins zu einer Million.

Er mußte seine Gegner auf die Probe stellen, um zu sehen, wie genau sie ihn beobachteten. Also ging er hinüber zu einem Baum und lehnte sich dagegen, als sei er zu schwach, um noch länger zu stehen. Immerhin hatten ihn seine Verletzungen bisher vor den Handschellen bewahrt.

Zwei der Männer folgten ihm. Sie steckten ihre Gewehre in die Halfter, aber sie ließen ihn nicht aus den Augen. Ebensowenig wie der Sheriff, der weiterhin mit leiser Stimme mit dem Goldsucher sprach.

Zwei weitere Männer kamen mit seinem Pferd zurück, gefolgt von den dreien, die Dewayne losgeschickt hatte, um den zweiten Angreifer zu suchen. »Da sind zwar Spuren, Russ, aber der Kerl ist uns entwischt.«

»Es gibt einfach keine Loyalität unter Dieben«, sagte einer mit einem Grinsen.

Rafe sah ihn reglos an, aber innerlich erstarb er, Stück für Stück. Er würde sie nie wiedersehen. Shea. Die schöne Shea. Randalls Tochter.

Randall gewann ein zweites Mal.

Der Sheriff kam herüber zu Rafe. »Es tut mir leid wegen Ihrer Verletzungen«, sagte er. »Aber ich kann einfach kein Risiko eingehen. Strecken Sie bitte die Hände aus.«

Dewayne stand vor ihm, die Handschellen in der Hand.

Rafe spürte, daß einer seiner Wangenmuskeln zuckte, und er versuchte, ihn unter Kontrolle zu bringen. Er würde den Schweinen nicht zeigen, wie gut er diese Dinger kannte. Wie sehr er bei dem Gedanken daran zusammenfuhr. Nicht noch einmal, verdammt. Nicht noch einmal.

»Tyler.« Dieses Mal klang die Stimme des Sheriffs härter. »Ihre Hände.«

Langsam hob Rafe die Arme. Er spürte, wie sich die Handschelle um sein linkes Handgelenk schloß und die andere sich um das rechte legte. Wegen des Handschuhs ließ sie sich nicht schließen, so daß Dewayne ihn herunterzog. Als er auf Rafes Handrücken sah, erstarrte er und pfiff leise durch die Zähne.

Er zögerte, doch dann ließ er auch die rechte Handschelle zuschnappen. »Großer Gott, so etwas habe ich noch nie gesehen«, entfuhr es ihm, ehe er den Handschuh zurückklappte, als habe er die Nacktheit eines anderen bloßgelegt.

Rafe zuckte mit den Schultern. Er hatte gewußt, daß es so kommen würde, aber trotzdem konnte er den Zorn und die Erniedrigung, die er verspürte, nur mit Mühe unterdrücken. Aber jetzt würden sie ihn beobachten wie einen Schwerverbrecher, und für sie alle wäre er schuldig.

Aber er würde ihnen nicht zeigen, wie sehr ihn diese Tatsache schmerzte. Er hatte versucht, dem Goldsucher zu helfen. Himmel, er *hatte* ihm geholfen. Und jetzt würde er dafür am Galgen enden, nur weil er dieses Brandmal trug. Das Brandmal, das er Jack Randall verdankte.

Seine einzige Genugtuung war, daß Clint und Ben und die anderen in Sicherheit waren. Irgendwie mußte er dafür sorgen, daß sie nicht mit hineingezogen würden. Vielleicht würde er hängen, aber das würde er allein.

Rafe blickte in den Himmel, in die Sonne, die über den Gipfeln stand. Er dachte an die letzten paar Monate. An die neu erwachten Gefühle. An die neu erwachte Hoffnung. Was war er doch für ein Narr gewesen!

Shea. Ihr Gesicht tauchte vor ihm auf. Er hatte es immer vor sich gehabt, seit sie gegangen war. Wo sie jetzt wohl war?

Einer der Männer brachte ihm sein Pferd und wartete, daß er aufstieg. Er biß die Zähne zusammen, als er seinen Arm nach dem Sattelknauf ausstreckte und Wogen des Schmerzes über ihm zusammenschlugen. Ein anderer Mann ergriff die Zügel seines Tiers und führte es über den Creek auf den Weg nach Casey Springs.

23. Kapitel

Shea stieg vorsichtig ab. Sie zitterte ebenso wie das Pferd, das Schaum vor dem Mund hatte und über und über mit Schweiß bedeckt war. Shea hatte sich verzweifelt an die Zügel geklammert, als das Tier wie wild über die Hügel und Gräben in der Nähe der Ranch gejagt war, und jetzt brannte ihr Körper von zahllosen Dornenkratzern, und ihre Schenkel und ihr Hinterteil waren wund.

Ohne die Zügel loszulassen, sank sie auf den weichen Waldboden. Ihre Beine trugen sie einfach nicht mehr länger.

Sie hatte nicht die leiseste Ahnung, wo sie sich befand.

Sie streckte die Hand aus und versuchte, sie ruhig zu halten, aber das Zittern war stärker.

Ihr Hirn war immer noch umnebelt von dem Entsetzen, das sie verspürt hatte. Wie weit war das Pferd gelaufen? Es war in Richtung der Berge gestürzt, dorthin, wo Rafe sich versteckt hatte.

Rafe. Sie sehnte sich nach ihm. Sie sehnte sich danach, daß er sie festhielt, daß sie die Wärme und Sicherheit fühlte, in die sie die wenigen Male gehüllt gewesen war, wenn er die Barrikade zwischen ihnen überwunden hatte. Sie wollte seine Arme um ihren Körper spüren, seinen Mund an ihrer Wange.

Sie hörte das Schnauben des Pferdes. Es hatte den Kopf gesenkt, als wäre es vollkommen erschöpft. Sie mußte es zum Wasser führen. Sie sah sich um, aber sie hatte keine Ahnung, welche Richtung sie einschlagen sollte. Vor ihr reckten sich die Berge in die Luft. Das *Circle R* lag irgendwo hinter ihr. Das *Circle R* und ihr Vater. Sein verzweifelter Ruf hallte ihr immer noch in den Ohren.

Aber das einzige, was sie wollte, war, Rafe zu sehen, ihn zu bitten, sofort aufzubrechen und sie mitzunehmen, seine Racheplläne aufzugeben, die nicht nur ihren Vater, sondern auch ihn selbst zerstörten. Rafe war irgendwo hier oben. Hier oben in den Bergen, in einem Tal, das sie finden mußte. Sie wußte, daß Clint sie nicht hinführen würde, aber vielleicht könnte Ben ihr helfen. Sie hatte herausgefunden, daß Ben irgend etwas mit den Goldsuchern zu tun hatte. Das hieß, daß er vielleicht irgendwo in der Nähe des Rushton Creek lebte.

Sie erhob sich langsam, obwohl ihre Beine immer noch zitterten, und blickte zurück in die Richtung, aus der sie gekommen war. Dann sah sie in Richtung der Berge, die sie magisch anzogen. Inzwischen kannte sie die Gefahren des Waldes. Bären. Pumas. Schlangen. Sie wußte, wie leicht man sich dort verirrte.

Hinter ihr lag Sicherheit. Ihr Vater.

Vor ihr lag Gefahr. Und Rafe. Vielleicht ihre letzte Hoffnung, ihn noch einmal zu sehen. Vielleicht ihre letzte Chance, ihn davon abzuhalten, sich selbst und damit auch sie zu zerstören.

Sie wußte, wie gering die Chance war, ihn zu finden. Wie irrsinnig die Suche war. Ehe sie in den Westen gekommen war, war sie niemals irgendwelche Risiken eingegangen. Und dies war das größte Risiko, das ein Mensch eingehen konnte.

Sie dachte an den Brief, den sie gefunden hatte, an ihren Vater, der geleugnet hatte, irgend etwas mit Rafes unrechtmäßiger Verurteilung zu tun gehabt zu haben. Und sie wußte, daß sie nicht zu ihm zurückkehren konnte.

Als Clint sie vor ein paar Tagen zur Ranch gebracht hatte, hatte der Ritt nicht mehr als ein paar Stunden gedauert. Es war die ganze Zeit bergab gegangen, genau wie der Ritt zu der Lichtung fast die ganze Zeit bergauf gegangen war.

Jetzt war es Mittag. Sie hatte noch sieben, acht Stunden Tageslicht.

Warum dachte sie, daß sie ihn finden würde, wenn ihn niemand anders fand?

Weil sie während ihrer Gefangenschaft jeden Berggipfel und jeden Hügel genau studiert und die Landschaft aus den verschiedensten Winkeln gezeichnet hatte. Sie mußte nur die richtige Abzweigung, die richtigen Gipfel finden.

Denk dran, wie es war, als du dich am ersten Tag verirrt hast. Aber damals war sie unerfahren gewesen, verzweifelt, damals hatte sie Angst gehabt vor Rafe Tyler und vor allem vor sich selbst.

Außerdem lebten Goldsucher in den Bergen. Es sollte nicht allzu schwierig sein, einen von ihnen zu finden und auf diese Weise Ben aufzuspüren, falls sie den Weg zu Rafes Tal nicht allein entdeckte. Aber sie hatte keine Vorräte mitgebracht, nur eine Schachtel Streichhölzer, die sie in eine Tasche ihres Kleides gesteckt hatte, nachdem sie heute morgen den Ofen angezündet hatte.

Noch acht Stunden bis zum Sonnenuntergang.

Kehr um! Der vernünftige Teil von ihr riet ihr, sich wieder in Sicherheit zu begeben.

Rafe! Das Bedürfnis, ihn zu finden, war stärker. Stärker noch als der natürliche Selbsterhaltungstrieb. Stärker als der Wunsch, ihren Vater zu schützen. Die ganze Zeit sah sie Rafes sorgenvolles Gesicht vor sich, als er den kleinen Bären gehalten hatte, seine Freude, als er die Bärin und das Junge am Wasserfall beobachtet hatte, seine Verblüffung und seine Sanftheit, als sie sich geliebt hatten. Diese flüchtigen Momente, die alles offenbarten, was er so verzweifelt zu verbergen suchte.

Sie wandte sich in Richtung der Berge, und das Pferd trottete erschöpft hinter ihr her.

Sam McClary ließ sein Pferd in einen gemächlichen Trab fallen. Er wußte, daß er verdammtes Glück gehabt hatte, als er dem Suchtrupp entkommen war. Daß der Goldsucher auf den Kerl über ihm gezielt hatte, hatte ihm die Möglichkeit zur Flucht gegeben, als die Männer des Sheriffs plötzlich aufgetaucht waren.

Er fragte sich, wer der Kerl über ihm gewesen sein mochte. Er hatte das Gesicht nicht gesehen, aber irgend etwas in seinem Inneren sagte ihm, daß es Rafe Tyler gewesen war.

Er hatte nicht gewartet, um zu sehen, was weiter passierte, aber irgendwie mußte er es herausfinden. In Rushton kannte jeder sein Gesicht, aber in Casey Springs wäre er sicher; auf seinem Weg zum *Circle R* vor ein paar Wochen hatte er dort nicht angehalten.

Außerdem könnte er sich dort mit Vorräten eindecken und überlegen, ob er sich nach Denver oder nach Mexiko durchschlagen sollte. Zu schade, daß er Randall aufgeben mußte. Er war immer eine gute Einnahmequelle gewesen. Aber er hatte einfach zum falschen Zeitpunkt entdeckt, daß er ein Gewissen besaß.

McClary gönnte seinem Pferd eine Ruhepause, während der er etwas Trockenfleisch aß, das er in der Hütte eines der Goldsucher gefunden hatte, die er erschossen hatte. Ihr Goldstaub steckte in seiner Satteltasche. Er könnte sich eine vernünftige Mahlzeit und frische Vorräte leisten und hätte immer noch etwas übrig.

Er wollte etwas Abstand zwischen sich und den Suchtrupp bringen, ehe er sich nach Osten wenden würde. Die Ruhepause war die reinste Geduldsprobe für ihn. Aber er würde abwarten, bis es dunkel wurde, und dann in den frühen Morgenstunden in die Stadt reiten.

Jack Randall wäre ein paarmal fast von seinem Pferd gestürzt, ehe er die Dewaynesche Ranch erreichte. Da er mit seinem verletzten Arm nicht in der Lage gewesen war, das Tier zu satteln, hatte er sich einfach auf den blanken Pferderücken gehievt.

Nur mit Mühe hatte er dem Tier das Gebiß ins Maul schieben können, um anschließend von einem Baumstumpf aus aufzusteigen. Zwar schmerzte sein Kopf inzwischen weniger, seine

Schulter jedoch fühlte sich an, als habe jemand einen glühenden Speer hineingetrieben.

Aber er mußte einfach Hilfe holen. Er hatte versucht, Shea zu finden, aber sie war wie vom Erdboden verschluckt. Also war er zu Dewayne geritten. Zur Hölle mit Tyler und seinen Überfällen. Tyler war schuld daran, daß er allein war. Da er glaubte, daß McClary bereits über alle Berge war, hatte er Nate und die anderen Arbeiter auf die Weide geschickt. Er hatte sogar Clint losgeschickt, um die Zäune zu reparieren, damit nicht noch mehr Tiere einfach in die Berge liefen. Inzwischen zählte jedes einzelne Rind.

Er mußte die Ranch für Shea retten.

Mit letzter Kraft trieb er trieb er das Pferd zu einem Galopp an. Die zehn Meilen erschienen ihm endlos, aber endlich sah er das Haus. Vor der Veranda waren mehrere Pferde angebunden, und vor der Eingangstür lungerten ein paar Männer herum.

Als er näher kam, wandten sich alle zu ihm um, und zwei von ihnen stürzten los, um die Zügel seines Pferdes zu schnappen. Er beugte sich vor. »Meine Tochter ... ihr Pferd ist mit ihr durchgegangen.«

Einer der Männer nickte. »Ein paar von uns sind gerade zurückgekommen. Wir haben einen Kerl erwischt, der oben am Rushton Creek auf Charlie Sams geschossen hat. Russ bringt ihn gerade nach Casey Springs.«

Jack versuchte, sich wieder aufzurichten. »Wer ist es?«

»Er sagte, sein Name sei Tyler. Hatte ein Brandmal auf der Hand. Das muß der Kerl sein, der die Überfälle veranstaltet hat ... vielleicht auch der, der auf dich geschossen hat.«

Randall schloß kurz die Augen. Das Ganze ergab einfach keinen Sinn. Tyler sollte auf die Goldsucher geschossen haben? Er sollte auf *ihn* geschossen haben? Aber das hatte McClary getan ...

War McClary doch noch in der Gegend? War es ihm irgendwie gelungen, erneut Tyler die Schuld in die Schuhe zu schieben?

Aber darüber konnte Jack im Augenblick nicht nachdenken. Jetzt ging es allein um Shea.

Die Männer sattelten bereits frische Pferde. Michael Dewayne kam zu ihm herüber. »In welche Richtung ist sie geritten?«

»In Richtung der Berge.«

»Was ist passiert?«

Jack wünschte sich, er wüßte, weshalb Shea genau dorthin galoppiert war. »Sie ... wollte sich die Ranch ansehen. Es war keiner der Männer da, um ihr ein Pferd zu satteln, also hatte sie Hooker genommen. Ich hatte gerade die Haustür erreicht, als das Tier losstürzte. Ich selber konnte nicht schnell genug ein Pferd satteln, und sonst war keiner da.«

»Wir werden sie finden. Du bleibst hier bei Kate.«

Jack schüttelte den Kopf. »Vielleicht kommt sie ... zurück.«

»Dann wird Kate dich nach Hause bringen und dort mit dir warten.«

Jack nickte. Einer der Männer half ihm vom Pferd, und Michael ging zurück zum Haus, um Kate zu rufen. Dann kam er zurück. »Kate kommt sofort.« Er zögerte. »Wir werden sie finden, Jack. Wenigstens haben wir das Schwein erwischt, das hinter den Überfällen auf die Postkutsche und die Goldsucher steckt.«

Nein. Randall hätte am liebsten die Wahrheit gesagt, aber er durfte die Männer nicht aufhalten.

Also beobachtete er schweigend, wie sie davonritten, und kurz darauf kam Kate. »Michael wird sie finden«, sagte sie zuversichtlich. »Er wird ihre Spur von deiner Ranch aus verfolgen. Warte, ich hole den Einspänner.«

Aber Jack konnte nicht warten. Er konnte nicht tatenlos herumsitzen. Er ging mit ihr zum Stall und wünschte sich, seine Kopfschmerzen würden sich legen, damit er wieder denken könnte. In letzter Zeit war einfach zuviel passiert. Shea war verschwunden. Tyler war gefangen worden. McClary auf der Flucht. Er hatte gehofft, daß McClary die Gegend verlassen hatte, aber jetzt wußte er, daß er immer noch da war. Tyler hätte niemals auf einen Goldsucher geschossen. Jack Randall war derjenige, auf den er es abgesehen hatte.

Randall wußte nicht, wie McClary es geschafft hatte, aber er hatte Tyler erneut in die Enge getrieben.

Und wenn Shea dahinterkam ... dann würde sie gehen, genau wie ihre Mutter.

Er half Kate so gut es ging mit den Pferden, und dann nahm er die Zügel in seine gesunde Hand. Er würde wahnsinnig, wenn er nichts täte. Er hatte sich den Männern anschließen wollen, aber das hätte die Suche nur verlangsamt.

Als sie auf dem *Circle R* ankamen, wollte Kate ihn wieder ins Bett schicken, aber er weigerte sich. Statt dessen schenkte er sich ein Glas Whisky ein, ging in sein Arbeitszimmer und setzte sich hinter den Schreibtisch, während Kate in die Küche eilte, um Kaffee zu kochen. Er zog die Schublade auf, in der die Lithographie von Sara lag, und nahm sie heraus. Minutenlang starrte er auf das Bild. Es gab so viel Ähnlichkeit zwischen Mutter und Tochter! Sie hatten dasselbe trotzige Kinn. Dieselben sanften Augen. Seine Hand fuhr erneut in die Schublade, um den Brief hervorzuziehen.

Er war nicht da. Jack zog die Schublade ganz auf und hoffte inständig, daß der Brief irgendwo hinten versteckt war.

Er war weg.

Jack leerte sein Whiskyglas und vergrub den Kopf in den Händen. Jetzt wußte er, warum seine Tochter davongelaufen war.

Shea hatte sich hoffnungslos verirrt. Während sie immer höher kletterte, veränderte sich die Landschaft. Nichts kam ihr bekannt vor. Es wurde merklich kühler. Bald würde es dunkel.

Sie zitterte bereits in dem dünnen Kleid und der dünnen Baumwollunterhose. Also lenkte sie das müde Pferd bergab, in der Hoffnung, vielleicht Rushton Creek oder einen Bach zu finden, der dorthin führte.

Sie merkte, wie verrückt sie gewesen war, wie sehr sie die Berge unterschätzt hatte, vor denen Rafe sie immer gewarnt hatte.

Sie ritt kurze Strecken, und wenn es zu steil bergauf ging, führte sie das Tier am Zügel. Dann erreichte sie eine Felswand. Wasser tropfte über die Steine und formte einen kleinen Teich, ehe es weiterlief. Sie blieb stehen und schöpfte etwas Wasser mit der Hand. Das Pferd senkte den Kopf und begann, gierig zu trinken. Shea setzte sich auf einen Stein und überlegte, was sie als nächstes tun sollte. Sie könnte dem Wasser nach unten folgen. Oder sie könnte über Nacht hierbleiben und morgen früh weitersuchen.

Sie blickte sich um. Ein paar Himbeerbüsche in der Nähe nahmen ihr die Entscheidung ab.

Nachdem sie die Zügel des Pferdes an einem Busch festgemacht hatte, sammelte sie Feuerholz und pflückte wilde Himbeeren. Dann machte sie ein Feuer, und nach wenigen Minuten prasselten die Flammen und spendeten die ersehnte Wärme. Shea lehnte sich an einen Stein und aß die Beeren.

Während der Wochen, die sie mit Rafe verbracht hatte, hatte sie die Geräusche des Waldes schätzengelernt: das Zirpen der Grillen, das Schreien einer Eule, das Rascheln der Geschöpfe der Nacht. Geräusche, die ihm zehn Jahre lang vorenthalten worden waren. Er lauschte mit einer Intensität, die eine Freude verriet, die sein steinernes Gesicht selten zeigte.

Sie ertrug den Gedanken nicht, daß er den Rest seiner Freiheit und seines Lebens einfach fortwarf. Sie mußte ihn finden.

Dann dachte sie an ihren Vater und an den Brief, den sie in seinem Schreibtisch gefunden hatte. Jack Randall würde sich wieder erholen. Sie war sich nicht sicher, ob Rafe Tyler das auch gelänge.

Beim Einbruch der Dunkelheit kehrten die Männer, die nach Shea gesucht hatten, mit leeren Händen zum *Circle R* zurück.

Clint kam von der Weide und erfuhr, daß Shea verschwunden war und daß man Rafe geschnappt hatte. Ein paar Männer sprachen sogar davon, daß die Goldsucher nach Casey Springs ziehen wollten, um den Kerl zu lynchen.

Kate hatte bereits gekocht, und als sie das Essen brachte, dachte Clint wieder einmal, was für eine erstaunliche Frau sie doch war. Sie bewegte sich selbstbewußt zwischen all den Männern und unterhielt sich über die Suche nach Shea, während sie einen köstlichen Eintopf servierte.

Jack Randall sah aus, als wäre er um Jahre gealtert. Clint wußte, daß er wahrscheinlich nicht besser aussah. Er wußte, daß Shea wahrscheinlich Rafe suchen wollte, daß sie irgendwo in den Bergen war. Er mußte Ben und die anderen von ihrem Verschwinden und von Rafes Gefangennahme unterrichten.

Aber zuerst ging es um Shea. Er war sich nicht sicher, wie lange sie es dort draußen aushalten würde. Sobald er gegessen hätte, würde er sich auf die Suche nach ihr machen.

Er leerte eilig seinen Teller, nickte Kate freundlich zu und sagte, daß er nochmal losreiten würde. »Warte bis morgen früh«, sagte Michael Dewayne.

»Ich sehe im Dunkeln genauso gut wie im Hellen«, sagte er wahrheitsgemäß. Randall sah ihn dankbar an, und Clint versuchte, die Schuldgefühle, die er inzwischen permanent verspürte, zu unterdrücken. Er verabschiedete sich, und Kate ging mit ihm bis zur Tür.

»Was glaubst du?« fragte sie.

»Sie war schon mal da draußen. Sie ist eine Kämpfernatur, Kate, auch wenn sie vielleicht nicht so aussieht. Sie tut instinktiv das Richtige.« Er hoffte nur, daß er recht hatte. Sie war noch nie alleine in den Bergen gewesen, aber die Shea Randall, die er kannte, war praktisch und vernünftig. Zumindest war sie das bisher gewesen.

»Sie hat eine schwere Zeit hinter sich«, sagte Kate. »Erst ihre Mutter. Dann all die Wochen in den Bergen, und jetzt ist auch noch ihr Vater schwer verletzt. Ich weiß nicht, ob ich so stark wäre wie sie.«

»Das bist du jetzt schon, Kate«, erwiderte er, und seine Hand strich sanft über ihren Ellenbogen. Er wünschte, er könnte sich hinabbeugen und sie küssen, aber es waren zu viele Leute im Raum, und er hatte nicht das Recht dazu. Aber er konnte sich einfach nicht von ihr losreißen. »Du bist so verdammt schön.«

»Paß auf dich auf«, murmelte sie.

Er strich ihr eine Locke aus dem Gesicht. »Mach dir um mich keine Sorgen.«

»Warum nicht?«

»Weil ich es nicht wert bin«, sagte er und hörte die Bitterkeit in seiner eigenen Stimme.

»Oh, doch«, sagte sie, und es lag so viel Vertrauen und Liebe in ihrem Blick, daß er sie am liebsten geschüttelt hätte. Doch zuerst würde er sie küssen.

Er tat keins von beidem. Statt dessen wandte er sich abrupt ab und ging eilig zum Stall. Nach wenigen Minuten ritt er davon, ohne sich noch einmal nach dem Haus umzusehen.

Shea schlief unruhig, da sie nicht wagte, das Feuer ausgehen zu lassen. Sie hatte nur noch zwei Streichhölzer.

Und sie fror. Trotz der Satteldecke, in die sie sich eingehüllt hatte und trotz der Nähe zum Feuer. Als der Morgen anbrach, war sie vollkommen steif.

Es war an der Zeit weiterzusuchen. Wenn ihr doch nur nicht die Augen verbunden gewesen wären auf dem Weg von und zur Hütte. Aber offensichtlich hatte er angenommen, daß sie den Weg finden würde, sonst hätte er nicht gesagt, daß er seine Zelte abbrechen würde. Sie mußte ihn finden, ehe er tatsächlich ging.

Jack Randall wußte, was zu tun war. Er hatte eine schlaflose Nacht verbracht, in der ihn die Geister seiner Vergangenheit gequält hatten. Rafe Tylers Gesicht. Saras. Sheas. McClarys.

Er wußte, daß er den Schaden nie wieder gutmachen könnte, den er vor Jahren angerichtet hatte. Das hatte er weiß Gott versucht, aber jetzt hatte ihn die Vergangenheit eingeholt, und dieses Mal würde sie ihn nicht wieder loslassen.

Rafe Tyler würde wissen, wohin Shea unterwegs war. Tyler kannte die Berge. Er war schließlich die ganzen Monate durch die Wälder gestreift, während er auf Rache an ihm sann.

Und Jack wußte, daß er Shea finden mußte, ehe sie McClary in die Finger fiel. Wider Erwarten hatte McClary die Gegend nicht verlassen – das bewies der jüngste Anschlag auf den Goldsucher. Und es war nur eine Frage der Zeit, bis McClary erfuhr, daß Jack nicht gestorben war. Und er würde von Shea hören und sie benutzen, um ihn zu kriegen.

Jack wog die verschiedenen Möglichkeiten gegeneinander ab. Es waren nicht viele. Er konnte Russ Dewayne die Wahrheit sagen, aber inzwischen befand sich Rafe Tyler in einem anderen Gerichtsbezirk, und man warf ihm mehrere Morde vor. Es war höchst unwahrscheinlich, daß man ihn auf Jacks Wort hin laufenlassen würde.

Und wenn er erst einmal auf freiem Fuß war, warum sollte er Jack dann helfen? Es wäre ihm eine Genugtuung zu sehen, daß Jack alles gestand, und dann seine Tochter ihrem Schicksal zu überlassen. Tyler hatte Shea offenbar verführt, während er sie in den Bergen gefangengehalten hatte. Was für ein Mann mußte er sein, wenn er so etwas tat?

Jack hatte nur einen einzigen Trumpf, den er erst ausspielen konnte, wenn seine Tochter in Sicherheit war. Ihre Sicherheit war das einzige, was im Augenblick wichtig war. Sie würde ihn hassen, wenn sie herausfand, was für ein Mensch er war, aber Jack würde alles geben, um sie zu retten. Alles.

Er beobachtete, wie die Männer erneut losritten. Clint Edwards hatte er noch nicht gesehen, aber Kate und Michael, die gestern sehr spät nach Hause geritten waren, waren zurückgekommen, und Kate machte gerade das Frühstück.

Bis zum Mittag hatte er immer noch keine Neuigkeiten, und er wußte, was er zu tun hatte. Er bat einen der Arbeiter, ihm ein Pferd zu satteln, und legte sein Pistolenhalfter an. Gott sei Dank konnte er seine rechte Hand benutzen. Er ignorierte den beständigen Schmerz in seinem Kopf, den gelegentlichen Schwindel, ignorierte Kates warnende Worte.

Er verließ die Ranch und ritt auf die Berge zu, bis er die Straße nach Casey Springs erreichte und sein Pferd in diese Richtung lenkte.

Rafe stapfte in dem kleinen Zimmer über dem Büro des Sheriffs, in das man ihn eingesperrt hatte, auf und ab.

Das einzige Fenster war mit Brettern zugenagelt, so daß nur vereinzelte Lichtstrahlen zu ihm durchdrangen, und auf dem Boden war ein Eisenring befestigt. Er trug immer noch Handschellen, und um seine Knöchel hatte man Eisenschellen gelegt, die durch eine eineinhalb Meter lange Kette mit dem Ring verbunden waren. Nicht lang genug, um das Fenster zu erreichen und die Holzlatten abzureißen. Er hatte verzweifelt versucht, den Ring aus dem Boden zu ziehen, aber er war fest verankert.

Er konnte sich also in einem Radius von eineinhalb Metern bewegen. Eineinhalb Meter hin, eineinhalb Meter zurück. Er lernte bald, seine Schritte genau zu bemessen, da er ansonsten immer kopfüber nach vorne fiel.

Die einzigen Möbelstücke waren eine harte Pritsche und ein Eimer.

Seine Wunden waren vom Arzt behandelt worden, und dann hatte man ihn hier oben eingesperrt, um auf den Bezirksrichter zu warten. Das Gerücht, daß der letzte Zelleninsasse von der ungeduldigen Bevölkerung einfach aufgeknüpft worden war, hatte nicht gerade zu seiner Beruhigung beigetragen.

Das verdammte Brandmal hatte ihn in den Augen der Leute verurteilt. Sonst hätten sie vielleicht noch gewisse Zweifel an seiner Schuld gehegt. Die Männer hatten Spuren von einem zweiten Mann gefunden und Anzeichen dafür, daß er auf Rafe geschossen hatte. Und Dewayne hatte ebenfalls an seiner Schuld gezweifelt, ehe er das Brandmal entdeckt hatte.

Rafe hob seine rechte Hand und starrte auf das *T*. Als man ihn gefesselt hatte, hatte man ihm seine Handschuhe und seine Stiefel abgenommen. Die Narbe erschien ihm noch leuchtender als zuvor. Häßlich und rauh und unauslöschlich. Das Kainsmal. Verzweifelt setzte er sich auf die Pritsche und zerrte erneut an der Kette. Sein verwundeter Arm schmerzte, und seine Knöchel brannten, als das harte Eisen in seine Haut biß.

Und dann hörte er ein Geräusch, Schritte auf der Außentreppe, die zur Tür seiner Zelle führte. Er lehnte sich gegen die Wand und stellte seinen Fuß in einer lässigen, gelangweilten Geste auf den Rand der Pritsche. Die Kette zwischen seinen Knöcheln reichte dazu gerade aus.

Der Schlüssel wurde im Schloß herumgedreht, und die Tür wurde geöffnet. Der Hilfssheriff, der ihn bewachte, trat ein, gefolgt von einem anderen Mann. Rafe erstarrte, doch dann schluckte er den Haß herunter, der ihm die Kehle zuzuschnüren drohte.

»Major Randall«, sagte er betont gleichgültig, um den Zorn zu überspielen, der beim Anblick seines Feindes in ihm aufbrandete. »Was für eine Ehre.«

Jack Randall war alt geworden. Er war schwerer, wohlgenährter, aber nicht fett. Sein braunes Haar wies graue Strähnen auf, und sein Gesicht war sonnengebräunt. Aber bei näherem Hinsehen entdeckte man Falten und Schweiß auf seiner Stirn. Er trug einen Kopfverband, und sein linker Arm steckte in einer Schlinge. Er leckte sich nervös die Lippen, als er Rafe ansah.

Die Sehnen an seinem Hals wurden deutlich sichtbar, als er sich zu dem Hilfssheriff umwandte: »Ich möchte allein mit ihm sprechen.«

»Ich weiß nicht«, sagte der Gesetzeshüter. »Es ist ein Mörder.«

»Himmel, Sie haben meine Waffe, und ich werde außerhalb seiner Reichweite bleiben«, fuhr Randall ihn ungeduldig an. »Ich übernehme die Verantwortung.«

»Also gut, Mr. Randall«, sagte der Hilfssheriff, der den Rancher offenbar respektierte. Rafe spürte, wie sich sein Magen zusammenzog. »Eine Viertelstunde. Und keine Minute länger.«

Rafe verzog den Mund zu einem ironischen Grinsen, als sich der Hilfssheriff umdrehte, den Raum verließ und hinter sich abschloß. Das Geräusch des Schlüssels war lauter, als Rafe es in Erinnerung hatte, vielleicht weil ansonsten vollkommene Stille herrschte.

»Ich würde mich gerne gastfreundlich zeigen, aber wie Sie sehen, sind meine Möglichkeiten im Augenblick äußerst begrenzt. Das heißt, eigentlich sind sie das schon seit längerer Zeit.« Er stand nicht auf, aber jeder Muskel seines Körpers war angespannt, sämtliche Sinne waren hellwach.

Randall rann der Schweiß über das Gesicht, aber er schien es noch nicht einmal zu bemerken. Er trat einen Schritt vor, und dann blieb er stehen.

»Sind Sie gekommen, um mir Ihre Schadenfreude zu zeigen, oder haben Sie einen anderen Grund?« Rafe war überrascht, als er hörte, wie ruhig seine Stimme klang. Himmel, er hatte gelernt, seinen Zorn im Zaum zu halten, aber es verblüffte ihn, daß er so gleichgültig klang, obgleich er den Mann vor sich am liebsten erwürgt hätte.

Randall sagte nichts, aber Rafe spürte die Intensität seines Blickes. Er musterte die Verbände an seinem Arm und seinem Bein ebenso wie die Ketten.

»Oh, ich bin sicher angebunden, Major. Sie brauchen keine Angst zu haben.« Die Wut, die sich hinter seinen ruhigen Worten verbarg, war deutlich spürbar. »Ich kann Sie nicht erreichen, ebensowenig wie vor zehn Jahren. Und dieses Mal hänge ich vielleicht sogar für etwas, das Sie getan haben.«

»Nein.« Die Bestimmtheit dieser Antwort überraschte Rafe.

Langsam nahm er sein Bein von der Pritsche und stellte den Fuß auf den Boden. Er sah Randall in die Augen und versuchte, seinen Blick zu deuten. Er hatte angenommen, Randall sei wirklich aus Schadenfreude gekommen, aber jetzt war er sich nicht mehr so sicher. »Was, nein? Nein, ich werde nicht hängen, oder nein, ich werde nicht für etwas hängen, das Sie getan haben?«

Randall machte noch einen Schritt auf ihn zu und öffnete den Mund, während er offensichtlich nach Worten suchte.

Noch ein Schritt, dachte Rafe. Gott, wie sehr er sich danach sehnte, dem Kerl die Hände um den Hals zu legen.

»Ich möchte Ihnen ein ... Angebot machen«, sagte Randall schließlich.

Rafe starrte Randall voller Verachtung an. »Sagen Sie, was Sie sagen wollen, und dann verschwinden Sie. Ihr Anblick macht mich krank.«

»Shea ... «

Rafe stand eilig auf und trat so nah wie möglich an Randall heran. Die Kette bremste ihn etwa fünfzig Zentimeter von seinem Gegner entfernt. Seine Hände waren zu Fäusten geballt, und das Brandmal hob sich leuchtend von der vor Anspannung weißen Haut ab. »Was ist mit ihr?«

»Sie ist verschwunden. Ich glaube, sie versucht, Sie zu finden.«

Rafe wandte sich von ihm ab. Er wollte nicht, daß Randall irgend etwas in seinem Gesicht entdeckte. »Warum glauben Sie das?«

»Sie hat mir ... Fragen gestellt.«

»Und Sie haben ihr die Wahrheit gesagt?« fragte Rafe spöttisch. Er versuchte, die Verzweiflung zu unterdrücken, die Randalls Worte in ihm ausgelöst hatten.

»Nein«, sagte Randall mit leiser Stimme. »Und ich glaube, das weiß sie.«

»Und was erwarten Sie jetzt von mir?« Rafe versteckte seine Angst um Shea hinter einer Maske der Gleichgültigkeit. »Ihretwegen bin ich im Augenblick recht beschäftigt, und die ganze Stadt scheint Pläne mit mir zu haben.«

»Tyler ... « Randall hielt inne und legte seine Hand vors Gesicht, als wolle er sich verstecken, während er Mut sammelte. Dann versuchte er es noch einmal. »Ich kann nicht ungeschehen machen, was vor Jahren passiert ist. Wenn Sie vor ein paar Monaten zu mir gekommen wären, hätte ich Ihnen alles gegeben, was ich besitze.«

»Das hätte nicht gereicht«, sagte Rafe verbittert, während er sich Randall wieder zuwandte. »Sie hätten jederzeit die Wahrheit sagen können. Sie hätten mir diese Sache ersparen können.« Er streckte seine Hand aus. »Sehen Sie es sich an, Randall. Das wenigste, was Sie tun können, ist, sich das verdammte Brandmal anzusehen!«

Randall ließ Rafes Zorn vollkommen reglos über sich ergehen. Er würde verlieren. Er wußte, daß er verlieren würde. »Also haben Sie ein unschuldiges Mädchen verführt?« schnauzte er zurück.

Rafe lächelte grimmig. »Hat sie das gesagt?«

»Das brauchte sie nicht. Ist das die Art, auf die ein Mann wie Sie sich rächt, Tyler?« Seine Wut war jetzt ebensogroß wie die von Rafe.

Rafe hätte ihn umgebracht, wenn er ihn erreicht hätte. Er versuchte es, verdammt, er versuchte es. Er machte einen Satz, aber die Kette war bereits angespannt, so daß er auf die Knie fiel.

Vor Enttäuschung und Erniedrigung hätte er am liebsten gebrüllt. Statt dessen erstarrte er und verbarg seine Gefühle. Er weigerte sich, Randall auch nur eine Spur dessen zu zeigen, was er in ihm ausgelöst hatte.

Rafe hatte das Gefühl, als sei die Zeit stehengeblieben. Randall rührte sich nicht. Er war nicht vor ihm zurückgewichen, hatte sich nicht bewegt. Als Rafe sich langsam aufrichtete und ihm ins Gesicht blickte, entdeckte er überrascht denselben Schmerz wie bei sich.

»Sie sagten, Sie hätten ein Angebot für mich?« Verblüfft merkte er, daß seine Stimme völlig ruhig klang.

»Wenn Sie mir helfen, Shea zu finden, werde ich den Behörden sagen, was vor zehn Jahren wirklich passiert ist.«

Rafe blickte auf seine Ketten.

»Ich werde Ihnen helfen zu fliehen.«

»Weshalb glauben Sie, daß ich Sie nicht einfach umbringe, sobald ich hier raus bin?«

»Das Risiko gehe ich ein.«

»Woher wissen Sie, daß ich Ihr Angebot nicht ablehne?«

»Das werden Sie nicht tun«, sagte Randall. »Es ist Ihre einzige Chance.«

»Sie meinen, wir müssen einander vertrauen?« fragte Rafe voller Verachtung.

»Bis zu einem gewissen Grad.« Randall wandte sich ab. »Sie waren einmal ein Ehrenmann.«

»Sie nicht. Anscheinend machen Sie bei der Sache das bessere Geschäft.«

»Ja«, sagte Randall, und seine Selbstverachtung war offensichtlich. »Ich mache das bessere Geschäft.« Er zögerte, und dann fügte er müde hinzu. »Wissen Sie, wo die Schlüssel zu Ihren Ketten aufbewahrt werden?«

»Unten. Ich bin schließlich gefährlich. Sie wollen nicht riskieren, daß mir der arme Hilfssheriff zu nahe kommt und ich ihm die Schlüssel abnehme.«

Randall bückte sich, zog sein linkes Hosenbein hoch und griff nach der Derringer, die er in seinem Stiefel versteckt hatte. Dann hielt er Rafe die Waffe hin. »Geben Sie mir Ihr Wort, daß Sie mir helfen werden, sie zu finden?«

»Und Sie gestehen, daß Sie an dem Überfall auf den Geldtransport beteiligt waren?« fragte Rafe.

Randall nickte.

»Und was ist mit den jüngsten Morden?«

»Damit hatte ich nichts zu tun.«

»Aber ihr Freund McClary.«

In diesem Augenblick hörten sie Schritte auf der Treppe. Es blieb keine Zeit mehr zum Reden. »Falls irgend etwas schiefgeht, wenn ich versuche, die Schlüssel zu kriegen«, sagte Randall, »dann suchen Sie sie.« Er gab die Derringer Rafe, der sie in seine Hose schob und sein Hemd darüberzog.

»Ich bin in ein paar Minuten mit den Schlüsseln zurück«, flüsterte Randall, als die Tür geöffnet wurde.

Statt einer Antwort setzte sich Rafe wieder auf die Pritsche.

»Haben Sie herausgefunden, was Sie wissen wollten, Mr. Randall?« fragte der Hilfssheriff.

Randall nickte und folgte dem Mann nach draußen, ehe dieser erneut die Tür verschloß.

Rafe starrte ihm nach. Er wußte nicht, was er fühlte. Außer der Sorge um Shea. Er legte seinen Arm auf sein Knie und stützte den Kopf in die Hand. Er konnte nichts tun, außer zu warten.

24. Kapitel

Jack Randall wußte, daß er nicht in seinem Element war. Er war nie ein mutiger Mensch gewesen, obwohl er immer recht gut den Tapferen gemimt hatte. Und jetzt war niemand da, auf den er die Verantwortung hätte abwälzen können.

Seine Beine zitterten leicht, als er dem Hilfssheriff die Treppe hinunter folgte. Er dachte an all die Dinge, die schiefgehen konnten. Er dachte an den Haß, den er in Rafe Tylers Augen gesehen hatte und der noch genauso stark gewesen war wie zehn Jahre zuvor. Die Begegnung hatte ihn stärker berührt als erwartet, aber schließlich war es ihm zuvor auch immer gelungen, seine Taten vor sich selbst zu rechtfertigen und ihre Auswirkungen auf die Leben anderer zu banalisieren.

Es war noch nicht zu spät, um einen Rückzieher zu machen.

Und dann dachte er an Shea. Allein. Ohne warme Kleider. Ohne Waffe. Sie war jetzt seit zwei Tagen verschwunden. Er straffte die Schultern und betrat das Büro des Sheriffs.

Der Hilfssheriff gab ihm sein Pistolenhalfter und drehte sich um, um die Schlüssel neben ein anderes Paar zu hängen. Die Schlüssel für die Handschellen! Jack zog seine Waffe und schlug dem Gesetzeshüter mit aller Kraft auf den Hinterkopf. Dann fing er den schlaffen Körper mit seinem rechten Arm auf, legte ihn vorsichtig auf den Boden und beugte sich darüber. Zum Glück atmete der Mann noch.

Jack nahm die Waffe des Hilfssheriffs und schnappte sich die beiden Schlüsselsätze. Er verließ eilig das Büro und rannte die Treppe hinauf.

Tyler saß auf der Pritsche, aber er richtete sich auf, als Jack seine Zelle betrat.

»Was ist mit dem Hilfssheriff?«

»Er liegt bewußtlos in seinem Büro«, sagte Jack, während er sich auf den Boden kniete und Rafes Fußeisen aufschloß.

Dann wandte er sich zum Gehen.

»Die Handschellen«, erinnerte ihn Tyler.

»Die bleiben dran«, sagte Jack. Er zog seine Waffe, richtete sie auf Rafe und streckte die Hand nach der Derringer aus.

»Wie war das mit dem Vertrauen?« fragte Rafe.

Jack zuckte mit den Schultern. »Eine reine Vorsichtsmaßnahme. Mit den Handschellen sollten Sie genausogut reiten können.«

»Und was ist, wenn ich mich weigere zu gehen?«

»Das werden Sie nicht tun«, sagte Jack. »Eine zweite Chance werden Sie nicht bekommen.«

Rafe zuckte mit den Schultern, und Jack wußte, daß er daran dachte, ihn später zu überwältigen. Aber im Augenblick konnte er nichts tun. »Was ist mit den Pferden?«

»Wir werden eins aus dem Stall holen müssen. Ich konnte schließlich schlecht noch ein zweites Pferd mitbringen. Es waren die ganze Zeit Leute auf der Ranch, die mir bei der Suche nach Shea geholfen haben.«

Er öffnete die Tür, ließ Rafe den Vortritt und schloß hinter sich ab. So würde die Flucht vielleicht erst später entdeckt. Unten angekommen, blieb er kurz stehen. »Wo ist Ihr Pferd?«

»Im Mietstall.«

»Was für eins haben Sie?«

»Einen Braunen. Mit einem weißen Streifen über dem Maul.«

Die Sonne ging gerade unter. Sie standen im Schatten neben dem Büro des Sheriffs. Jack blickte auf Rafes Handschellen. »Warten Sie hier. Ich werde sehen, ob ich Ihr Pferd kriege.«

Tyler starrte ihn wortlos an, und Randall wußte, daß er früher oder später versuchen würde, seine Rechnung mit ihm zu begleichen. Aber solange er die Handschellen anhatte, brauchte er ihn. Er würde sich nicht auf ihn stürzen. Noch nicht.

Jack trat auf die staubige Straße hinaus und spazierte hinüber zum Stall. Der Besitzer kam heraus und erkannte ihn. »Mr. Randall, was kann ich für Sie tun?«

»Sie haben eins meiner Pferde hier«, sagte Jack. »Einen Braunen mit einem weißen Streifen.«

»Das Tier, auf dem sie den Mörder gebracht haben?«

Jack nickte. »Genau das. Nehme an, Sie haben von dem Überfall auf meine Ranch gehört. Das Pferd haben sie mitgenommen, und ich hatte vorher noch nicht mal Zeit, es zu brandmarken.«

Der Stallbesitzer sah ihn zweifelnd an. »Der Hilfssheriff hat ihn zu mir rübergebracht.«

»Ich weiß«, sagte Jack. Er konnte noch genauso gut lügen wie früher. »Er meinte, ich bräuchte nur Ihre Rechnung zu bezahlen.« Er zog ein paar Scheine aus der Tasche. »Hier sind noch ein paar Extradollar für Ihre Umstände.«

Aller Zweifel verschwand aus dem Gesicht des Mannes. »Da Sie es sind, Mr. Randall, wird wohl alles seine Ordnung haben.«

»Könnten Sie mir vielleicht noch einen Sattel geben?« fragte Randall. »Mein Sattelgurt reißt bestimmt bald, und ich will nicht warten, bis er repariert ist.«

»Na klar. Seinen gebe ich Ihnen besser nicht. Nehme an, daß er ihm gehört. Zumindest, bis er hängt.«

»Geben Sie mir einfach irgendeinen«, sagte Jack. Er war ungeduldig, doch zugleich spürte er die Erregung, die immer dann in ihm aufwallte, wenn er einen anderen Menschen übers Ohr zu hauen gedachte.

Der Mann verschwand und kam dann mit einem abgewetzten Sattel zurück. »Sieht nicht besonders aus, aber ist durchaus gute Qualität. Nur zehn Dollar«, fügte er hoffnungsvoll hinzu.

Jack nickte. »Ist in Ordnung. Würde es Ihnen was ausmachen, das Pferd für mich zu satteln?«

Der Stallbesitzer blickte auf Jacks bandagierten Arm. Dann warf er dem Tier eilig den Sattel auf, nahm die zusätzlichen

Scheine entgegen und übergab Jack die Zügel. »Kann ich Ihnen beim Aufsteigen helfen?«

Jack nahm das Angebot an. Er konnte später mit Tyler tauschen. Jetzt mußte er so schnell wie möglich zu ihm zurück. Er machte sich mit jeder Sekunde mehr Sorgen um Shea.

Innerhalb weniger Minuten war Jack wieder vor dem Büro des Sheriffs, bereit, beim kleinsten Alarm loszustürzen. Tyler glitt aus der Tür. Er trug den Hut des Hilfssheriffs, Stiefel und Handschuhe. Randall zeigte auf das schwarze Pferd, das vor dem Büro angebunden war, und ungeachtet der Handschellen stieg Tyler eilig auf. Sie ritten langsam aus der Stadt hinaus, und dann trieben sie die Tiere zu einem halsbrecherischen Galopp an.

Rafe fühlte sich wie neugeboren. Wenn er sich nicht solche Sorgen um Shea gemacht hätte, hätte er beinahe gelacht. Im Büro des Sheriffs hatte er eine Waffe gefunden, die er jetzt in seinem Hosenbund versteckt hatte. Er könnte Jack Randall also jederzeit erledigen.

Er hatte sich im Büro umgesehen, weil er nicht sicher gewesen war, daß man nicht versuchte, ihn in eine Falle zu locken. Viele von Randalls Problemen wären mit einem Schlag gelöst, wenn Rafe bei einem Fluchtversuch erschossen würde. Er hatte halbwegs erwartet, mindestens ein halbes Dutzend Männer in dem Büro anzutreffen. Aber es war nur der Hilfssheriff dagewesen, und der hatte bewußtlos auf dem Boden gelegen.

Also hatte Rafe das Büro genauer durchsucht in der Hoffnung, ein Paar Ersatzschlüssel für die Handschellen zu finden. Statt dessen hatte er in einer der Schreibtischschubladen die Waffe entdeckt. Und seine Stiefel und Handschuhe.

Verdammt, es konnte immer noch eine Falle sein, um herauszufinden, wer mit ihm zusammenarbeitete, um sich von ihm zu seinem Versteck führen zu lassen. Aber dieses Risiko mußte er eingehen; er mußte Shea finden.

Und auf keinen Fall würde er Randall mitnehmen. Aber im Augenblick freute er sich erst einmal über die frische Luft und über den Geruch von Freiheit. Und er weidete sich an dem Gedanken, seine Waffe zu ziehen und Randall die Handschellen anzulegen.

Doch vor allem ging es darum, Shea zu finden, und Rafe wußte, daß er alleine schneller war. Er würde Randall irgendwo zwischen hier und dem Rushton Creek an einen Baum fesseln. Es war an der Zeit, daß Randall ein wenig von dem erlebte, was er selbst durchgemacht hatte. Was Randalls Versprechen betraf, so wußte Rafe, daß es nichts als leere Worte waren. Er würde Jack Randall noch nicht einmal dann trauen, wenn dieser ihm inmitten eines riesigen Sees einen Tropfen Wasser anböte.

Endlich entdeckte Shea, wonach sie gesucht hatte. Sie sah die ganze Zeit die Bilder vor sich, die sie gezeichnet hatte, und nun erkannte sie in der blitzenden Sonne einen vertrauten Flecken Schnee auf einem Berggipfel. Sie hatte also die richtige Richtung eingeschlagen. Wenn sie doch nur die Öffnung in den Felsen fände.

Bei der letzten Steigung war sie abgestiegen, und jetzt wollte sie sich setzen, um sich etwas auszuruhen. Sie zerrte an den Zügeln, aber das Pferd scheute und zog an der Leine, um sich loszureißen. Es wurde immer sturer und versuchte wiederholt umzukehren.

Als es sich auf die Hinterbeine stellte, machte sie einen Schritt zurück und stolperte, wobei ihr die Zügel entglitten. Das Pferd drehte sich um und stürzte den Berg hinunter.

Sie rannte ihm nach, aber ihr wurde schnell klar, daß sie es niemals einholen würde. Also blieb sie stehen und sah sich um. Nach einem steilen Anstieg war sie auf einer Art Hochebene gelandet. Direkt vor ihr erhob sich eine steinerne Wand. Rafes Lichtung mußte irgendwo in der Nähe sein. Sie schleppte sich müde zu der Steinmauer und ging daran entlang. Und dann entdeckte sie die Öffnung. Wenn man nicht direkt danach suchte, war es unmöglich, sie zu sehen. Sie ging hindurch und versuchte, sich an die Abzweigungen zu erinnern, die sie genommen hatten, als sie mit verbundenen Augen hergeführt worden war. Schließlich erreichte sie den Pinienwald.

Zufriedenheit und ... freudige Erwartung wallten in ihr auf. Sie hatte das Gefühl, nach Hause zu kommen. Ihre müden Beine bewegten sich schneller, und sobald sie wußte, wo die Hütte war, begann sie zu rennen. Rafe. Zuhause. Sicherheit.

Sam McClary war in den Saloon gegangen, um etwas zu trinken und um den Gesprächen der anderen Gäste zu lauschen. Sie sprachen davon, den Schuft aufzuhängen, der die Goldsucher erschossen hatte. Und je mehr die Leute tranken, um so versessener waren sie darauf, den Mörder zu lynchen, der im Büro des Sheriffs gefangen saß.

McClary spendierte mit dem gestohlenen Goldstaub sogar eine Runde. Es gab nur eine beunruhigende Neuigkeit. Jack Randall war nicht tot. Aber McClary war sich sicher, daß er Randall wieder unter Kontrolle bekäme, sobald Tyler erst einmal am Galgen hing – vor allem, da er jetzt eine Tochter hatte.

Er fragte sich, wie lange der Pöbel wohl noch brauchte, um sich genug Mut anzutrinken, um das Gefängnis zu stürmen. Es hieß, selbst der Hilfssheriff sei in diesem Fall für Selbstjustiz. Aber die Rädelsführer wollten sicher sein, daß die rechtschaffenen Bürger von Casey Springs nicht mehr auf der Straße waren.

Es dämmerte fast, als der Mob endlich zum Büro des Sheriffs zog und die Tür aufriß. Der erste der Männer entdeckte den Sheriff. Ein paar der anderen rannten die Treppe hinauf und schossen das Schloß auf, nur um festzustellen, daß die Zelle leer war.

McClary hörte, wie der Hilfssheriff erzählte, Mr. Randall, der ehrenwerte Mr. Randall, habe Tyler bei der Flucht geholfen. Unter den Männern erhob sich enttäuschtes und wütendes Gemurmel, und innerhalb weniger Minuten war ein Suchtrupp zusammengestellt. McClary wußte, daß sie nichts finden würden. Die meisten der Männer waren sturzbetrunken, und in ein paar Stunden hätten sie einen entsetzlichen Kater.

Wütend mußte sich McClary eingestehen, daß er Jack Randall unterschätzt hatte. Aus irgendeinem Grund hatte der Kerl sich auf Rafe Tylers Seite gestellt. Das mußte an dem verdammten Mädchen liegen.

McClary könnte Fersengeld geben und sich nach Mexiko absetzen, aber dann würde er den Rest seines Lebens auf der Flucht sein. Er mußte Randall und Tyler finden. Er mußte sie erledigen. Aber wo waren sie? Randall konnte wohl kaum auf seine Ranch zurück, nachdem er einem Mann bei der Flucht aus dem Gefängnis geholfen hatte. Also würden sie sich in die Berge zurückziehen.

Sie waren beide verwundet, so daß sie nur langsam vorankommen würden. Vielleicht könnte er sie noch einholen. Einen Versuch war es wert.

Jack Randall und Rafe verlangsamten ihr Tempo, um die Pferde zu schonen. Randall ritt immer kurz hinter Rafe, und Rafe unternahm nicht ein einziges Mal den Versuch, diese Ordnung zu durchbrechen. Er wollte weder in Randalls Staub noch in seinem Gefolge reiten. Er haßte die Tatsache, daß Randall ihm die Flucht ermöglicht hatte, und auf keinen Fall wollte er irgendeine Form der Dankbarkeit verspüren.

Wenn es nur um Randall ginge …

Sein Pferd stolperte, und er wußte, daß es erschöpft war. Sie hatten die Tiere zur Eile getrieben, um die Stadt so schnell wie möglich hinter sich zu lassen, und dann hatten sie einen steilen, unebenen Weg abseits der Hauptstraße nach Rushton gewählt. Rafe kannte sich hier aus, und er wußte, daß es in der Nähe einen Bach gab, wo sie kurz anhalten konnten, um die Pferde zu tränken. Außerdem wollte er die verdammten Handschellen loswerden.

Sie hielten an dem Bach. Das Mondlicht fiel durch die Zweige der Bäume und erhellte die Umgebung. Randall fiel mehr von seinem Pferd, als daß er abstieg. Er ging schnurstracks zum Bach, trank etwas und spritzte sich ein wenig Wasser ins Gesicht. Als er sich umdrehte, sah er die Pistole in Rafes Hand und erstarrte.

»Werfen Sie die Waffe weg, die in Ihrem Gürtel steckt, und dann legen Sie auch den Gürtel ab«, befahl Rafe mit kalter Stimme.

Randall lächelte. Es war ein entwaffnendes Lächeln. Ein Lächeln, das Rafe noch von vor zehn Jahren kannte. Charmant und zugleich wehmütig und amüsiert. Nicht die Spur von Anspannung war dahinter zu erkennen. »Das hätte ich mir denken können.«

»Die Waffe«, wiederholte Rafe.

Randall zog die Waffe des Hilfssheriffs heraus, ließ sie fallen und legte langsam den Gürtel ab.

»Und jetzt die Derringer.«

Randall zuckte mit den Schultern. »Die ist in der Satteltasche.«

»Das glaube ich nicht.«

Randall bückte sich und zog sie aus seinem Stiefel.

Rafe bedachte ihn mit einem wölfischen Grinsen. »Ich weiß Ihre Vorstellung von Vertrauen wirklich zu schätzen, Randall. Und jetzt werfen Sie das Ding in den Bach. Ich mag so kleine Waffen nicht.«

Nachdem Randall das von ihm Verlangte getan hatte, richtete Rafe die Waffe auf sein Knie. »Und jetzt den Schlüssel zu den Handschellen.«

»Was ist mit Shea?«

»Den Schlüssel, Randall«, sagte Rafe. »Es würde mir großes Vergnügen bereiten, Ihnen noch eine Kugel in den Leib zu jagen, wenn Ihnen die in Ihrer Brust noch nicht reicht.«

Randall schob die Hand in die Tasche und zog die Schlüssel heraus.

»Werfen Sie ihn zu mir rüber, und dann treten Sie ein paar Schritte zurück. Mal sehen, wie hoch Sie Ihren rechten Arm heben können.«

Jack Randall warf ihm den Schlüssel hin, hob den Arm und trat zurück.

Rafe hielt die Waffe weiter auf Randall gerichtet, während er die rechte Handschelle mit der linken Hand aufschloß. Dann nahm er die Waffe in die andere Hand und spürte erneut den Schmerz in seinem Arm, die Feuchtigkeit seines Hemdes. Er wußte, daß die Wunde wieder blutete. Außerdem wußte er, daß Randall diese Schwäche auf keinen Fall bemerken durfte.

Er ließ die Handschellen fallen und blieb zögernd stehen. Eigentlich hatte er Randalls Hände damit fesseln wollen, aber jetzt kamen ihm Zweifel. Schließlich steckte Randalls linker Arm in einer Schlinge.

»Und was jetzt, Tyler?«

»Sie bleiben hier. Es lohnt sich nicht, Sie umzubringen. Und jetzt, da Sie einen gefährlichen Kriminellen aus dem Gefängnis befreit haben, werden Sie selber dort landen«, sagte er mit harter Stimme. »Viel Spaß.«

»Was ist mit Shea?«

Am liebsten hätte Rafe die Frage ignoriert, damit Randall genauso bangte und zagte, wie er es getan hatte. Aber der plötzliche, verzweifelte Schmerz in Randalls Gesicht hielt die spöttische Entgegnung zurück, die er auf den Lippen hatte.

»Ich werde sie finden«, sagte er. »Sie hat mit der Sache, die zwischen uns beiden steht, nichts zu tun.«

Randall verzog den Mund zu einem dankbaren Lächeln. Er ließ den Arm sinken und trat einen Schritt auf Rafe zu. »Das, was ich in Casey Springs gesagt habe, war ehrlich gemeint.«

Rafe spürte, wie der vertraute Zorn in ihm aufwallte. »Damit kommen Sie zehn Jahre zu spät, Randall.«

Randall zuckte zusammen. »Zumindest kann ich Ihren Namen reinwaschen.«

»Können Sie mir auch das Brandmal abnehmen?«

Randall blickte ihm direkt in die Augen. »Nein, das kann ich nicht.«

Rafe merkte, wie er schwächer wurde, wie sein Haß und Zorn verrauchten. Er versuchte, sich nichts anmerken zu lassen, aber in Randalls Augen blitzte es auf. »Lassen Sie mich mitkommen. Vielleicht brauchen Sie mich.«

»Ich brauche Sie genausosehr, wie man eine Klapperschlange braucht.« Aber Randall hatte recht, und das wußte Rafe. Randall konnte mit einem Suchtrupp verhandeln; ihn selbst würde man auf der Stelle erschießen. Und was würde dann aus Shea?

Er blickte auf die Handschellen, die vor seinen Füßen lagen, und trat dagegen. Als sie unter einem Busch verschwanden, spürte er eine gewisse Erleichterung. Es war, als sei plötzlich eine frische Brise in die dunkle, heiße Hölle seiner Seele eingedrungen. Als er Randall anblickte, wurde ihm klar, daß Randall gewußt hatte, was er mit ihm vorgehabt hatte.

»Ich meine es ernst«, sagte Randall. »Ich werde sagen, was vor zehn Jahren wirklich passiert ist.«

»Das ist nicht mehr wichtig«, sagte Rafe erschöpft. »Sie waren bereit, mich aufzuhängen, nur weil ich dieses Brandmal trage. Es gibt keinen Ort auf dieser Welt, wo man mich nicht voller Mißtrauen und Argwohn ansieht.« Er wandte sich ab. »Holen Sie sich Ihre Waffen wieder. Wir reiten besser weiter.«

Sie erreichten das Tal im Morgengrauen. Rafe glaubte nicht, daß Shea es wirklich gefunden hatte. Aber es war zumindest ein Anhaltspunkt. Der einzige.

Es war ihm inzwischen egal, ob Randall sein Versteck kannte. Das einzige, was jetzt zählte, war Shea. Sie würden ihren Pferden eine Ruhepause gönnen und dann weiterreiten in der Hoffnung, irgendein Lebenszeichen von ihr zu entdecken.

Die Tür der Hütte stand offen. Rafe achtete nicht weiter auf Randall, als er hinübergaloppierte. Es war niemand drinnen, aber auf dem Tisch lag eine Blume neben ein paar zerbröselten Keksen. Für Abner, das wußte er.

Rafe lächelte. Er wußte nicht, wie sie es geschafft hatte, aber sie hatte es geschafft. Und er wußte auch, wo sie jetzt war.

Randall kam ebenfalls herein und sah sich neugierig und ängstlich um.

»Sie ist in Sicherheit, Randall«, sagte Rafe.

Er pfiff leise, und Abner kam unter dem Bett hervorgekrochen, lief zu ihm herüber und krabbelte an seinem Hosenbein herauf. Rafe nahm die Maus in die Hand und strich ihr über das Fell, während Randall ihn verblüfft anstarrte.

»Woher wissen Sie das?«

»Warten Sie hier auf mich«, befahl Rafe.

»Warum? Wo ist meine Tochter?«

Rafe bedachte ihn mit einem kalten Blick. »Sie wollten mir doch vertrauen«, sagte er spöttisch. »Denken Sie mal darüber nach, was Vertrauen ist.« Dann drehte er sich um und verließ die Hütte, ohne abzuwarten, ob Randall ihm gehorchte. Er wäre losgerannt, wenn sein Bein es erlaubt hätte, aber er wußte, daß er in den letzten achtundvierzig Stunden schon genug Blut verloren hatte. Sein Arm hatte die ganze Nacht hindurch geblutet, und sein Bein brannte wie Feuer.

Er entdeckte sie an einen Stein gelehnt, von wo aus man den ganzen Teich unterhalb des Wasserfalls überblicken konnte. Sie schlief tief und fest, und ihr braunes Haar fiel ihr weich ins Gesicht.

Erleichterung, Zärtlichkeit und so etwas wie Liebe wallten mit einer Stärke in ihm auf, daß er nur dort stehen und versuchen konnte, die Macht und Komplexität dieser Gefühle zu begreifen. Daß sie überhaupt versucht hatte, ihn ganz allein zu finden, beschämte ihn, erfüllte ihn mit dem bittersüßen Verlangen nach etwas, das niemals möglich war.

Daß es ihr dann auch noch gelungen war, verblüffte ihn. Es sprach für die enorme Willensstärke, die sie besaß.

Er wollte sie nicht aufwecken. Er wollte sie nur ansehen. Die Erkenntnis genießen, daß sie alles für ihn riskiert hatte, auch wenn diese Erkenntnis ihn mit Schmerz erfüllte.

Als die Vögel mit ihrem Morgenkonzert begannen, öffnete sie die Augen und blickte sich verwirrt um. Dann entdeckte sie ihn, und mit einem Mal war sie hellwach. »Ich habe nach deinen Tieren gesehen«, sagte sie, obwohl ihr Blick etwas ganz anderes verriet.

Er breitete die Arme aus, und sie stand auf, ging zu ihm, schmiegte sich an seine Brust und schlang ihre Hände um seinen Hals. Er senkte den Kopf und legte seine Wange auf ihr Haar.

Das war alles, was sie brauchten.

Jack Randall war Rafe unauffällig gefolgt. Er blieb stehen, als er sah, daß Shea sich Rafe Tyler in die Arme warf. Er verharrte vollkommen reglos, versteckt hinter Himbeerbüschen und Pinien.

Er hatte gedacht, daß Rafe Tyler Shea benutzt hatte, um sich an ihm zu rächen. Das hatte er gedacht, bis Tyler die Handschellen fortgetreten und ihm erlaubt hatte, seine Waffen wieder einzusammeln. Bis er verstanden hatte, das es Rafe einzig um die Sicherheit seiner Tochter ging.

Und jetzt fühlte er sich wie ein Voyeur, doch er war einfach nicht in der Lage, sich von diesem Anblick größter Zärtlichkeit zu lösen, der ihm die Tränen in die Augen trieb.

Er lehnte sich an einen Baum. Wie oft hatte er in den letzten zehn Jahren das Bild von Captain Tylers Verhaftung, seiner Verurteilung und seiner Überführung ins Gefängnis verdrängt? Selbst nach dem Prozeß hatte er nichts unternommen, um McClary zu bremsen, obgleich er gewußt hatte, daß der Sergeant dem Gefangenen jede Meile des Weges zur Hölle machen würde. Er hatte Angst vor McClary gehabt. Angst vor dem Gefängnis, vor der Schande, die ihn für immer von seiner Sara trennen würde. Die Ironie des Ganzen war, daß schließlich seine

Feigheit genau dazu geführt hatte und daß er sich auf diese Weise seine eigene Hölle geschaffen hatte.

Aber immer hatte er gewußt, daß diese Hölle nicht so entsetzlich war wie die, in die er Tyler geschickt hatte.

Mit schmerzverzerrtem Gesicht wandte Jack den Blick von Rafe Tyler und seiner Tochter, der Tochter, die Sara so ähnlich war. Er wandte den Blick von dem Mann, dem er so viel genommen hatte und der trotzdem immer noch so viel Liebe zu geben hatte, selbst der Tochter des Mannes, der ihm ein solches Unrecht zugefügt hatte.

Nichts konnte schlimmer sein als dieser Schmerz. Nicht das Gefängnis. Nicht einmal der Strang.

Er drehte sich langsam um und ging mit schleppenden Schritten zur Hütte zurück.

McClary entdeckte die Blutspur. Wahrscheinlich hätte er sie übersehen, wenn er nicht bereits eine grobe Vorstellung davon gehabt hätte, wo sich Rafe Tyler in den letzten Monaten versteckt gehalten hatte. Der Suchtrupp aus Casey Springs würde direkt nach Rushton und zu Randalls Ranch reiten. Unter dem aufgewiegelten Pöbel waren nicht gerade viele intelligente Männer gewesen, ja selbst der Hilfssheriff wirkte alles andere als schlau, und der Sheriff war im Augenblick nicht da.

Wer von den beiden blutete wohl so stark? Sie hatten beide Verletzungen, aber Tylers Wunde war frischer.

Tyler war nicht mehr so vorsichtig wie früher. Die Spur ließ sich problemlos verfolgen.

Er kam an einen Bach, wo die beiden Männer offenbar eine Pause gemacht hatten. Die Büsche waren an verschiedenen Stellen niedergetrampelt. Sein Blick fiel auf etwas Metallisches, und er fand ein Paar Handschellen.

Er bückte sich und versteckte sie besser, ehe er alle anderen Spuren verwischte. Er wollte nicht, daß ihm jemand folgte. Er wollte nicht, daß der Suchtrupp Randall vor ihm fand.

McClary wunderte sich kurz über das seltsame Bündnis der beiden Männer und fragte sich, was die beiden wohl miteinander verband. Tyler haßte Randall, und Randall fürchtete Tyler mehr als jeden anderen.

McClary zuckte mit den Schultern. Es war egal. Er würde beide Männer umbringen und jeden, der bei ihnen war.

25. Kapitel

Rafe wußte nicht, wie lange er so dastand, am Ufer des Teiches, und sie einfach nur festhielt. Er wußte nur, daß es ein sehr schönes Gefühl war.

Sie schmiegte sich in seine Arme, als wolle sie nichts auf der Welt außer ihn. Er versuchte, trotz des Kloßes in seinem Hals und der Enge in seiner Brust zu atmen.

Bis zu diesem Augenblick hatte er nicht gewußt, wie wichtig sie ihm war. Er hatte es nicht zulassen wollen.

Und auch jetzt durfte er es nicht zulassen. Aber das Gefühl ließ sich nicht leugnen. Irgendwann in den letzten Wochen hatte sie sich in sein Herz geschlichen und es erobert. Für immer und ewig.

Aber es hatte sich nichts geändert. Wenn überhaupt, waren die Umstände noch schwieriger geworden. Er war nicht mehr nur ein ehemaliger Strafgefangener, sondern er wurde wegen Mordes gesucht. Er seufzte, und sie blickte ihn mit leuchtenden Augen an.

»Wie in aller Welt hast du die Lichtung gefunden?« fragte er schließlich. Alles nur, um den Bann zu brechen, der sie wie eine trügerische Schutzhülle umgab. Wenn sie das Tal gefunden hatte, konnten es auch andere.

»Ich habe mich an die Gipfel erinnert«, sagte sie, und er erinnerte sich an die Zeichnungen, die er zerrissen hatte aus Angst, daß sie andere zu ihm führen könnten. Ihr gutes Gedächtnis hatte er dabei nicht bedacht. Sie bewegte sich leicht, und er keuchte, als sie seinen verletzten Arm berührte. Ihr Blick fiel auf sein Hemd, rot und feucht vom Blut.

»Was ist passiert?«

Er zuckte mit den Schultern, und ihre Augen wurden schmal. Sie trat etwas zurück und rollte seine Ärmel hoch, bis sie die leuchtend rote Bandage sah.

»Was ist passiert, Rafe?« wiederholte sie ihre Frage.

Er seufzte. »Das erzähle ich dir später.« Er schwankte. Nur die Angst um sie hatte ihn so lange auf den Beinen gehalten. Aber jetzt verließen ihn endgültig die Kräfte. »Ich glaube, es ist besser, wenn ich in die Hütte zurückgehe.«

Sie nickte und legte sich seinen gesunden Arm um den Hals, um ihn zu stützen. Aber er zögerte. »Shea ... Jack Randall ist auch da.« Es gelang ihm immer noch nicht, Randall als ihren Vater zu betrachten.

Er merkte, wie sie erstarrte. »Warum? Wieso?«

»Ich wurde von dem Suchtrupp überrascht und nach Casey Springs gebracht. Er ... Randall hat mir geholfen zu fliehen, damit wir dich suchen können.«

Shea erbleichte.

»Warum bist du vom *Circle R* fortgelaufen?« Seine Stimme klang sanft.

Shea zögerte. »Weil ... ich wußte ... daß du recht hattest. Er hat wirklich das getan, was du ihm vorgeworfen hast.« Ihre Stimme brach. »Wie kann ein Mensch einem anderen Menschen so etwas antun?«

Rafe fragte nicht, woher sie es wußte. Es war ihm egal. Das einzige, was zählte, war der Schmerz, der sie dazu getrieben hatte, auf alle Bequemlichkeit und Sicherheit zu verzichten und ganz allein in die Berge zu reiten.

Er sank auf den Waldboden, unfähig, noch länger zu stehen, aber zugleich unwillig, weiterzugehen und sie mit dem Mann zu konfrontieren, dem sie offensichtlich nicht begegnen wollte.

Sie stand über ihm, und er zog sie neben sich. Sie bewegte sich steif wie eine Holzfigur. »Shea, er hat alles riskiert, um mich aus dem Gefängnis zu holen, weil er dachte, ich wäre der einzige, der dich finden kann. Er ist das Risiko eingegangen, erschossen oder für ein Mitglied meiner Bande gehalten zu werden, und er will die Wahrheit über die Vergangenheit sagen. Er ist das Risiko eingegangen, von mir umgebracht zu werden, und bei Gott, ich habe tatsächlich mit dem Gedanken gespielt. Er hat mir ein Geschäft vorgeschlagen. Wenn ich ihm helfen würde, dich zu finden, würde er endlich alles gestehen.«

»Ist das der Grund, weshalb ... ?«

»Himmel, nein«, sagte Rafe. »Die Sache zwischen ihm und mir hat mit dir nicht das geringste zu tun. Ich wollte zu keinem Zeitpunkt, daß du da hineingezogen wirst. Von dem Moment an, in dem ich dich zum ersten Mal sah, wollte ich vermeiden, daß dir weh getan wird. Ich bin gekommen, weil ich kommen mußte.«

In ihren Augen blitzten Tränen auf, und er wußte nicht, weshalb oder für wen. Er fühlte sich so verdammt hilflos. Er fühlte sich wie ein Idiot, daß er den Mann verteidigte, den er so lange gehaßt hatte.

Idiotisch und wütend. Und müde. So müde.

Sie schien einen Teil seiner Gefühle zu verstehen, und ihre Anspannung wich fester Entschlossenheit. Diese verdammte Entschlossenheit ärgerte ihn und zog ihn zugleich unwiderstehlich an.

»Kannst du aufstehen, oder soll ich gehen und ... «

Allein die Vorstellung, Jack Randall zu noch größerem Dank verpflichtet zu sein, gab Rafe neue Kraft. Er stützte sich auf einem Baumstumpf ab, um wieder aufzustehen, und dann legte er zögernd einen Arm um sie.

Es würde ein verdammt langer Weg.

Und das war es. Er hatte das Gefühl, als würde er jeden Augenblick zusammenbrechen. Er haßte diese Schwäche, das Unvermögen zu denken.

Schließlich hatten sie es geschafft. Randall war draußen und erwartete sie. Sein Gesicht verriet Besorgnis, vor allem, als er Shea ansah. Dann kam er herübergeeilt, um seine Hilfe anzubieten, aber Rafe stieß seinen Arm beiseite, richtete sich noch einmal auf und schaffte die letzten paar Schritte bis zur Hütte, wo er auf der Pritsche zusammenbrach.

Shea beobachtete, wie Rafe schlief. Abner hatte sich in seiner Armbeuge zusammengerollt, zufrieden, seinen Freund wiederzuhaben. Ihr Vater hatte die Pferde an den Bach geführt. Er hatte verzweifelt versucht zu helfen, hatte einen Eimer Wasser geholt, damit sie Rafes Wunde auswaschen konnte, und zugesehen, wie sie sie erneut genäht hatte. Zwar hatte der Arzt die Wunde bereits behandelt, aber sie war wieder aufgebrochen.

Obwohl Rafe ihr gegenüber entschuldigende Worte für ihn gefunden hatte, schienen seine eigenen Gefühle ihm gegenüber nicht freundlicher geworden zu sein. Sein Blick war feindselig, und Jack Randall hatte die Pferde als Entschuldigung benutzt, um sich der spannungsgeladenen Atmosphäre zu entziehen.

Er war noch nicht zurück.

Shea war erleichtert. Sie mußte erst ihre eigenen zwiespältigen Gefühle ordnen. In den Tagen, als sie ihren Vater gepflegt hatte, hatte sie die Wärme seiner offensichtlichen Zuneigung genossen, und jetzt hatte er offenbar alles aufs Spiel gesetzt, um sie zu finden. Aber Rafes unnachgiebige Haltung zeigte ihr, daß sie wählen mußte zwischen dem Mann, der sie gezeugt hatte, und dem Mann, den sie liebte.

Rafe warf sich unruhig auf der Pritsche hin und her, und Shea streckte instinktiv eine Hand aus, um ihn zu beruhigen. Vielleicht hatte ihr Vater viel riskiert, um sie zu finden, aber Rafe hatte genausoviel riskiert, als er ihm in dieser Sache vertraute. Sie wußte, wieviel es ihn gekostet haben mußte, Jack Randalls Hilfe anzunehmen.

Ihretwegen.

Sie erhob sich von ihrem Stuhl, setzte sich auf den Boden neben die Pritsche und legte den Kopf auf seine Hand. Sie wollte die Nähe zu ihm, die Vertrautheit genießen, so lange es ging.

Shea schloß die Augen, getröstet von seiner Nähe. An etwas anderes wollte sie nicht denken. Er war hier. In Sicherheit. Alles andere war unwichtig.

Jack Randall rieb die Pferde trocken, dankbar, Rafes Abneigung und Sheas Verlegenheit entkommen zu sein. Es war lange her, daß er zum letzten Mal geschlafen hatte, und sein Kopf schmerzte, wenn auch weniger als zuvor. Seine Schulter schmerzte ebenfalls, aber er war fast dankbar dafür, daß sie ihn von seinen anderen Sorgen ablenkte.

Im Stall lagen ein paar Säcke mit Hafer, also fütterte er die Pferde. Dann ging er langsam zur Hütte zurück. Die Tür war nur angelehnt, und er spähte hinein. Seine Tochter schlief, den Kopf auf Rafe Tylers Hand. Tyler schlief ebenfalls, mit nacktem Oberkörper und einer ... Maus, die in seiner Armbeuge zusammengerollt war.

Er betrachtete das Bild einen Augenblick und sann über die Liebe nach, die Sheas Geste verriet. Wegen des Verrats, den er vor zehn Jahren begangen hatte, könnte es eine äußerst tragische Liebe sein. Aber er würde darum kämpfen, statt sie wie seine eigene Liebe vor so langer Zeit einfach aufzugeben.

Er zog sich lautlos zurück und schloß leise die Tür.

Sam McClary hatte die Öffnung in der Felsenwand endlich gefunden. Er war der Blutspur bis zu der Mauer gefolgt und hatte sich dann langsam weitergetastet. Es war später Nachmittag, und die Sonne versank langsam hinter den westlichen Gipfeln.

Eine Stunde später entdeckte er einen weiteren roten Fleck und dann den Spalt in der Wand. Er folgte dem gewundenen Pfad durch den Pinienwald, bis er an eine Lichtung kam. Er grinste. Ein wirklich perfektes Versteck.

Er fragte sich, ob außer den beiden verletzten Männern noch jemand in dem Tal war. Vorsichtig führte er sein Pferd hinter ein paar Büsche, wo es nicht gesehen werden konnte. Dann nahm er sein Gewehr vom Sattel und überprüfte seine Pistole. Lautlos schlich er weiter, bis er die Lichtung erreichte und das Dach einer Hütte erblickte. Er drehte eine Runde um die Wiese, bis er fand, was er suchte: ein paar flache Steine, von denen aus man die Hütte gut sah. Er würde warten, bis die Bewohner herauskamen und sie dann auf freiem Feld erschießen.

Er nahm ein Stück Trockenfleisch aus der Tasche und begann, darauf herumzukauen. Es wäre nur eine Frage der Zeit.

Das erste, was Rafe sah, als er erwachte, war Shea, deren Kopf auf seiner Hand lag. Sie sah so friedlich aus, daß sein Herz schneller zu schlagen begann. Sie war so unglaublich schön mit ihrem seidig glänzenden Haar, das ihr lose über die Schulter hing. Zärtlichkeit wallte in ihm auf, und er strich ihr sanft über den Kopf. Er sehnte sich danach, die weiche Haut ihrer Wange zu berühren, aber er wollte sie nicht aufwecken.

Das zweite, was er sah, war Abner, der aufgeschreckt über seinen Bauch und sein Bein bis zum Ende der Pritsche rannte und dann verschwand.

Er versuchte, sich aufzusetzen, ohne Shea zu stören, aber sie bewegte leicht den Kopf und öffnete die Augen. Sie blickte ihn an und schenkte ihm ein Lächeln, so warm, so liebevoll, so glücklich, daß er auch lächeln mußte. Er streckte die Hand aus und strich ihr das Haar aus dem Gesicht.

Er fühlte sich verdammt wohl, wenn sie in seiner Nähe war. Schwach wie ein junges Kätzchen, aber spannungsgeladen und erregt wie jedesmal, wenn sie ihn ansah.

Sie streichelte den Rücken seiner Hand, der Hand mit der Narbe, und dann hob sie sie an ihre Lippen und küßte sie. Als er versuchte, sie ihr zu entziehen, schüttelte sie den Kopf.

Rafe zuckte zusammen.

»Nicht«, sagte sie. »Es ist nichts, dessen du dich schämen müßtest. Du kannst nichts dafür. Ich hasse nur den Schmerz, den du ertragen mußtest wegen meines ... «

Rafe richtete sich auf und legte ihr einen Finger auf den Mund. »Wo ist ... ?

»Ich weiß es nicht. Als ich ihn zum letzten Mal sah, kümmerte er sich gerade um die Pferde«, sagte sie.

»Wie lange habe ich geschlafen?«

Shea stand auf, ging hinüber zur Tür und öffnete sie. »Die Sonne geht langsam unter.«

»Haben wir noch irgend etwas zu essen?«

»Nicht viel«, sagte sie. »Zwei Dosen Pfirsiche. Die Himbeeren, die ich gestern abend gepflückt habe.« Sie zögerte. »Was wirst du jetzt machen?«

Rafe stellte fest, daß er es nicht wußte. Er hatte seine letzten Kräfte darauf verwandt, diesen Platz zu erreichen, und dann war er zusammengebrochen. Er erinnerte sich an Randalls Versprechen, seinen Namen reinzuwaschen, aber er verspürte keine besondere Freude bei dem Gedanken daran.

Er war sich noch nicht einmal sicher, ob er ihm glaubte. Und selbst wenn Randall sein Versprechen einlösen sollte, würde er dadurch nicht die schmerzliche Leere aus Rafes Herzen vertreiben.

Rafe hatte bisher nicht gewagt, darüber nachzudenken, was Randalls Geständnis für Shea bedeuten würde, die Entehrung, die Schande, der Verlust eines Vater, den sie gerade erst gefunden hatte.

Und was würde das Geständnis ihm selber nützen? Vielleicht würde die Verurteilung aus seiner Armeeakte gestrichen, aber das war nicht besonders tröstlich, wenn er daran dachte, daß das Brandmal ihn in den Augen der Leute auch weiterhin zum Verbrecher machen würde.

Er hatte gedacht, Rache sei süß, Vergeltung sei heilsam, aber jetzt merkte er, daß das nicht stimmte. Irgendwie müßte er lernen, ohne diese Dinge zu leben. Und ohne Shea.

Er stand auf. »Ich werde mal nach Randall sehen«, sagte er. Er ging hinüber zu dem Haken, an dem sein zweites Hemd hing, zog es an und nahm seine Waffe vom Tisch. Er nahm an, daß sein Pistolenhalfter immer noch irgendwo im Büro des Sheriffs lag. Er hatte einfach nicht genug Zeit gehabt, um danach zu suchen. Also steckte er die Waffe in seinen Hosenbund. Er traute Randall immer noch nicht. Er würde ihm nie ganz trauen, egal, was er für ihn getan hatte. Der Mann war ein Feigling und ein Dieb. Rafe spürte, wie der alte Zorn wieder hochkam, wenn auch nicht ganz so stark wie zuvor.

Rafe sah Sheas besorgte Miene und zuckte mit den Schultern. »Alte Gewohnheit«, sagte er, aber als er aus der Tür trat, folgte sie ihm, als habe sie Angst, ihn mit Randall allein zu lassen.

Der Schlaf hatte ihm wirklich gutgetan. Sein Arm schmerzte immer noch, aber seine Beine trugen ihn wieder. Er ging zuerst in den Stall, und dort fand er Randall, der an einer Wand lehnte. Er sah auch besser aus, als habe er ebenfalls geschlafen, und er stand auf, als Rafe und Shea hereinkamen.

Sein Blick wanderte von Rafe zu Shea und verharrte dort einen Augenblick, ehe er wieder zu Rafe zurückging. In Randalls Augen lagen zahlreiche unausgesprochene Fragen, aber Rafe ignorierte sie. »Ich war mir nicht sicher, ob Sie hier sind«, sagte Rafe.

»Ich wollte Sie nicht stören«, sagte Randall verhalten. »Ihr Arm ... «

Die Spannung, die in der Luft lag, umwogte die beiden Männer wie dichter Nebel. Zorn und Trauer zogen wie Schwaden durch den Raum. Randall trat einen Schritt vor, doch dann blieb er stehen. Er wandte sich an Shea und holte tief Luft. »Es tut mir furchtbar leid, daß ich nicht das bin, was du ... verdient hättest«, sagte er schließlich, ehe seine Stimme brach.

Rafe sah die Verzweiflung in Sheas Gesicht, den inneren Konflikt, das Bedürfnis zu trösten, doch sie hielt sich seinetwegen zurück. Sie zitterte, und ihre graublauen Augen waren tränenverhangen. Er spürte ihre Unsicherheit, ihre Verwirrung, ihren Schmerz wie seinen eigenen.

Er versuchte, seiner Stimme einen nüchternen Klang zu verleihen. »Wir brauchen etwas zu essen. Randall, Sie helfen Shea mit dem Feuer, und ich versuche, ein paar Forellen zu fangen.«

Diese Geste kostete ihn einige Überwindung. Aber die Dankbarkeit in Sheas Blick war Lohn genug. Randall nickte wortlos.

Rafe holte die selbstgemachte Angel und wandte sich zur Tür, um an den Bach zu gehen. Er wußte, daß Randall und Shea ihm nachsahen; er spürte ihre Nähe, wie er es immer tat.

Rafe bog gerade in den Pfad zum Bach ein, als er den ersten Schuß vernahm. Automatisch drehte er sich zu Shea um und sah, daß Randall sich über sie geworfen hatte, als ein zweiter Schuß abgegeben wurde und sie nur um Haaresbreite verfehlte. Es hätte sie erwischt, wenn Randall sie nicht auf den Boden gedrückt hätte.

In einer schnellen Bewegung warf Rafe die Angel fort und zog die Pistole aus dem Hosenbund. Er warf sich ebenfalls auf die Erde und rollte zur Seite, als das Gewehr auf ihn gerichtet wurde und eine Kugel dicht neben ihm vorbeizischte.

Als er auf den Boden fiel, schien sein Arm vor Schmerz zu explodieren, und er ließ die Waffe fallen, während er sich weiterschob.

Hatte Randall wenigstens ein Gewehr? Er konnte sich nicht daran erinnern. Er schob sich hinter einen Busch, der ein wenig Schutz bot, und blickte hinaus. Sein eigenes Gewehr lag ein paar Meter von ihm entfernt. Er sah, daß Randall sich in den Stall zurückzog; offensichtlich hatte er Shea hineingeschoben.

Die Schußgeräusche veränderten sich, und Rafe wußte, daß sein unbekannter Gegner jetzt eine Pistole benutzte. Die Gewehrpatronen mußte er alle verschossen haben. Um so besser. Mit einer Pistole traf man wesentlich ungenauer. Er beschloß, sein Glück zu versuchen und zu seinem Gewehr hinüberzurobben. Gerade als er hinter dem Busch hervorgekrochen kam, wurde die Stalltür geöffnet, und Randall trat heraus und zielte in die Richtung, aus der die Schüsse kamen. Er drückte ab und lenkte die Aufmerksamkeit des Angreifers auf sich. Rafe sprintete los, schnappte sich seine Waffe und drückte ab. Er hörte einen Schrei, und dann herrschte Stille.

Er wartete noch einen Augenblick, ehe er zu Randall hinübersah, der zusammengekauert auf dem Boden saß. »Ist alles in Ordnung?«

Randall nickte.

Sie näherten sich vorsichtig dem Steinhaufen, von dem aus die Schüsse gekommen waren. Rafe, der von links kam, entdeckte ihn zuerst. Auf dem Boden lag ein dünner, langer, zusammengekrümmter Körper. Rafe hatte Sam McClary seit zehn Jahren nicht mehr gesehen, aber er erkannte ihn sofort. Dasselbe dünne blonde Haar, die allzu bekannten blaßblauen Augen, die jetzt blind ins Leere starrten. Die Bösartigkeit war aus seinem Blick gewichen, nicht aber die unzufriedenen Falten, die das eingefallene Gesicht verunstalteten.

»Wie in aller Welt hat er uns gefunden?« Rafe merkte noch nicht einmal, daß er den Gedanken laut aussprach.

»Er muß unsere Spur verfolgt haben«, sagte Randall. »Wir waren nicht gerade besonders vorsichtig.«

Rafe nickte. »Das heißt, daß uns auch andere folgen können.«

»Er hat bestimmt alle Spuren verwischt. Das macht er immer«, sagte Randall verbittert.

»Was ist mit Shea?«

In diesem Augenblick flog die Stalltür auf, Shea kam heraus und stürzte sich direkt in Rafes Arme. Sie betastete ihn, als wolle sie sichergehen, daß er nicht verletzt war. Er zuckte zusammen, als sie seinen Arm berührte, doch zugleich lächelte er. »Keine weiteren Löcher, Miss Randall. Und das verdanke ich anscheinend Mr. Randall.«

Sie blickte auf die Leiche. »Wer ist das?«

»Ein Mann namens McClary«, sagte Rafe.

Randall blickte erst Rafe und dann Shea an. »Der Mann, der mir vor zehn Jahren geholfen hat, Tyler zu belasten. Der Mann, der die Goldsucher erschossen hat, in der Hoffnung, wieder Tyler die Schuld in die Schuhe schieben zu können.«

»Warum?« flüsterte sie.

»Weil« – Randall krümmte sich zusammen, als erwarte er einen Schlag – »Captain Tyler den Verdacht hatte, daß McClary und ich etwas mit dem Überfall auf den Geldtransport der Armee zu tun hatten.« Seine Miene war ausdruckslos. »Ich dachte, wenn ich genug Geld hätte, käme deine Mutter zu mir zurück.« Er zögerte, doch dann fuhr er fort. »Und dann hatte ich Angst, entdeckt zu werden.« Er beschönigte nichts, und Rafe verspürte einen gewissen Respekt vor diesem Mut.

Shea starrte Randall an, als sei er ein Ungeheuer. Rafe verstand sie. Sie hatte geglaubt, daß ihr Vater für seine Verurteilung vor zehn Jahren verantwortlich gewesen war, aber bisher waren diese Befürchtungen eher irreal gewesen. Sie hatte verzweifelt versucht, Gründe für sein Verhalten zu finden, Entschuldigungen. »Du hast zugelassen, daß er für etwas ... gebrandmarkt wurde, was du getan hast? Du hast ihn an deiner Stelle ins Gefängnis wandern lassen?«

Jack Randall alterte sichtbar um Jahre, aber er versuchte nicht, ihrem Blick oder ihrem Zorn auszuweichen. »Ja«, sagte er, ohne auch nur den geringsten Versuch zu unternehmen, sein Verhalten in irgendeiner Weise zu entschuldigen.

Sheas Gesicht schien in sich zusammenzufallen. »Ich habe die ganze Zeit gedacht, gehofft, daß es ein Mißverständnis war, daß du nicht wußtest, daß er unschuldig war, daß jemand anders ... « Sie unterbrach sich, doch dann sprach sie mit zitternder Stimme weiter. »Ich wünschte, ich hätte nie diesen Brief gefunden, ich hätte dich nie gefunden.« Sie drehte sich um und rannte in Richtung des Waldes, stolperte, fing sich und stürzte weiter.

Randall ließ die Schultern sinken. »Sie gehen ihr besser nach.«

Rafe verspürte nicht das geringste Mitleid. Vielleicht in ein paar Wochen oder Monaten. Aber nicht jetzt. Er wandte sich zum Gehen.

»Tyler!« Randalls Stimme hielt ihn auf.

Er drehte sich noch einmal um.

»Ich werde McClary nach Rushton bringen und Russ erklären, daß er der Mörder ist und ... daß ich es wußte. Und«, fügte er hinzu, »ich werde ihm erzählen, was vor zehn Jahren passiert ist.«

Rafe hatte immer gedacht, er würde so etwas wie Freude oder Erleichterung verspüren, wenn Randall ein Geständnis ablegen würde, aber er fühlte überhaupt nichts. Nichts außer Schmerz. Er konnte und wollte keine Genugtuung empfinden angesichts von Randalls Qual, obwohl er das, was geschehen war, weder vergessen noch vergeben würde. »Sie brauchen Ihr Versprechen nicht einzulösen«, erwiderte er. »Als Sie Shea beschützt haben, haben Sie Ihre Schuld ... beglichen.«

Randall schüttelte den Kopf. »Nein«, sagte er langsam. »Das habe ich für sie getan. Sie ist meine Tochter.« Er schwieg einen Moment, ehe er fortfuhr. »Und was die Vergangenheit und McClary angeht, muß ich endlich die Wahrheit sagen, um meinetwillen.«

»Aber was ist mit Shea? Es wird ihr weh tun.«

»Es wird ihr noch mehr weh tun, wenn ich es nicht tue. Sie ist ihrer Mutter so ähnlich. Ich habe lange gebraucht, bis mir klarwurde, daß Sara nur eine Sache wollte, und die konnte ich ihr anscheinend nicht geben. Sie hätte mir alles verziehen, wenn ich nur zu meinen Taten gestanden und versucht hätte, mich zu ändern. Ich glaube nicht, daß Shea mir das, was geschehen ist, jemals verzeihen wird, aber wenigstens wird sie wissen, daß ich einmal in meinem Leben versucht habe, das Richtige zu tun.«

Rafe schwieg einen Augenblick, und dann sagte er einfach: »Sie warten besser bis morgen früh. Heute abend wird es in der Gegend von Rushton nur so von Reitern wimmeln, und höchstwahrscheinlich werden sie nicht allzu viele Fragen stellen. Nachdem ihnen ihr Opfer gestern abend entwischt ist, werden sie erst schießen und dann fragen.« Er zögerte. »Wir brauchen immer noch etwas zu essen. Können Sie angeln?«

Randall war ihm dankbar für den Themenwechsel. »Ich werde es versuchen.«

Rafe blickte auf McClarys Leiche. »Und den schaffen Sie besser von hier fort.«

Randall nickte.

Rafe wußte, daß Shea am Teich sein würde. Auf ihrem Felsen.

Und dort saß sie, mit angezogenen Beinen und gesenktem Kopf. Er trat lautlos an sie heran, aber sie spürte sein Kommen. Sie blickte ihn verzweifelt an. »Wie erträgst du nur meinen Anblick?«

Er lächelte, das erste echte Lächeln seit langer Zeit. »Das ist ganz einfach. Es war schon immer ganz einfach.«

»Ich verstehe nicht, wie er so etwas tun konnte.«

»Er hat dir eben das Leben gerettet, und mir vielleicht auch.«

»Es ist zu spät«, sagte sie. »Ich glaube nicht, daß ich ihm jemals verzeihen kann, was er dir angetan hat.«

»Ich bin gerade dahintergekommen«, entgegnete er, »daß man seine Zukunft nicht von der Vergangenheit bestimmen lassen darf.«

»Wie kannst du mich jemals ansehen, ohne ihn dabei vor dir zu sehen?«

»Du bist nicht er. Das, was vor Jahren geschehen ist, hat mit dir nicht das geringste zu tun.«

Sie nahm seine Hand und klammerte sich wie eine Ertrinkende daran. »Dann ... «

Er verspürte Trauer. Allmählich überwand er den tödlichen Haß, aber er wußte, daß es für ihn kein Leben mit ihr oder mit irgendeiner anderen Frau geben würde. Er würde auf ewig das Brandmal tragen. Er würde immer ein Außenseiter sein. Genau wie hier.

Und einem solchen Leben würde er sie nicht aussetzen. Aber jetzt brauchte er sie. Er brauchte sie mehr, als er je einen Menschen gebraucht hatte. In den letzten vierundzwanzig Stunden wäre er zweimal beinahe getötet worden: erst von dem lynchenden Mob in Casey Springs, dann von McClary. Überrascht hatte er festgestellt, daß er doch noch am Leben zu hängen schien.

Er beugte sich vor und tat das Schlimmstmögliche. Er küßte sie und schmeckte das Salz ihrer Tränen, die sie seinetwegen vergossen hatte. Es erschien ihm immer noch wie ein Wunder, daß ein Mensch ihn so lieben konnte, daß eine Frau alles riskierte für einen Mann, der ihr so wenig zu bieten hatte.

Sie schlang ihre Arme um seinen Hals, sanft und vorsichtig, um ihm nicht weh zu tun, aber mit einer Verzweiflung, als wisse sie genau, was er dachte. Diese Verzweiflung drang direkt in seine Seele, und er vergaß den Schmerz in seinem Arm. Vergaß sämtliche Warnungen. Vergaß sogar sein Gewissen, das sich, nachdem es jahrelang unterdrückt worden war, wieder rührte. Er würde sie morgen mit ihrem Vater zurückschicken, und dann würde er verschwinden, auch wenn sie ihn für den Rest seines Lebens in Gedanken verfolgte.

Ihre Lippen trafen mit einer zärtlichen Wehmut aufeinander, die alle anderen Gefühle übertraf. Sie füllte Rafe aus, reinigte ihn, erneuerte ihn. Sie gab ihm das Gefühl, wieder ein ganzer Mensch zu sein, ein Wesen, das es wert war, geliebt zu werden.

Er verstärkte den Kuß und ließ seine Zunge durch ihren Mund wandern in dem Versuch, sie auf eine elementare Weise zu besitzen. Er wollte leben, wollte den Rest des unglaublichen Hasses abschütteln, der ihn noch stärker als die Narbe zum Krüppel gemacht hatte. Und jetzt rann dieser aus seiner Seele wie der Sand aus einem Stundenglas, und zum ersten Mal seit seiner Verurteilung vor so vielen Jahren fühlte er sich wirklich frei. Er wußte, daß der Haß ein entsetzlicheres Gefängnis gewesen war als das Gebäude aus Backstein und Eisen.

Ihre Hand strich über seinen Körper, und er hörte auf zu denken. Er konnte nur noch fühlen.

Ihre Finger streichelten und liebkosten ihn, als sie über seine Haut fuhren, hier und da innehielten und verweilten. Er spannte sich an, als er der zunehmenden Erregung in seinem am wenigsten disziplinierten Körperteil gewahr wurde. Er stöhnte vor freudiger Erwartung ob der herrlichen Glut, die sie in ihm entfachte.

Ihre Hände knöpften sein Hemd auf und glitten über seine Brust, bis er das Gefühl hatte, von einem Dutzend Blitzen getroffen worden zu sein. Schmerzliche Wogen des Verlangens wallten in ihm auf, und er spürte ihr verzweifeltes Drängen; er wußte, daß sie diese Begegnung als Abschied verstand. Sein Herz hämmerte gegen seine Rippen, als er ihre Liebe fühlte, ihre Hingabe, ihr wortloses Flehen, ihm mehr zu geben, als er ihr geben durfte. Sie wollte die Ewigkeit, und die konnte er ihr nicht geben.

Er konnte ihr nur diesen Augenblick geben, und er fürchtete, daß er ihr selbst damit mehr Schaden als Gutes zufügen würde, aber er brauchte sie. Er brauchte ihre Wärme. Er brauchte das Wissen, geliebt zu werden. Er brauchte die Liebe.

Shea spürte seinen inneren Kampf, sein plötzliches Zögern, obgleich sein Körper sich ihr entgegenreckte. Sie sah das rohe, nackte Verlangen in seinem Gesicht und wußte, daß es mehr war als körperliche Leidenschaft, die so heftig zwischen ihnen entbrannt war.

»Ich brauche dich jetzt«, flüsterte sie. Sie brauchte seine Stärke und das seltsame, unerwartete Mitgefühl, das er ihrem Vater gegenüber gezeigt hatte, ein Mitgefühl, das sie im Augenblick nicht aufzubringen vermochte. Sie brauchte einen festen Halt, da ihr der Boden unter den Füßen fehlte, da sie die Grundlage aus Vertrauen und Ehrlichkeit verloren hatte, auf der das Verhältnis zu ihren Eltern bisher zu bestehen schien.

Als Shea die Hand hob und zärtlich die Falten in seinem Gesicht nachzeichnete, kehrten seine Lippen in schmerzlichem Verlangen zu ihrem Mund zurück. Seine Zunge bewegte sich langsam und sinnlich über ihre Zähne und schien endlos an jeder Stelle zu verharren. Sie wußte, daß er kapituliert hatte, zumindest für den Augenblick, und sie hatte die Absicht, diesen kostbaren Moment ganz auszukosten. Sie strich ihm über den Hinterkopf und vergrub die Finger in seinem dichten Haar. Es genügte zunächst, zu berühren und berührt zu werden, aber mit jeder Bewegung wurde das schmerzliche Verlangen in ihrem Inneren heftiger, mit jeder Bewegung wurde es ihnen unmöglicher, sich voneinander zu lösen.

Seine rechte Hand fuhr langsam über ihre Wange bis zu ihrem Hals, trotz seiner Stärke eine herrlich zarte Liebkosung. Und dann glitten seine Finger weiter, fanden ihr Kleid, öffneten langsam die Knöpfe, fuhren unter ihr Hemd und umfaßten sanft ihre rechte Brust. Ihre Haut brannte vor Erregung und Sehnsucht, und sie zitterte mit einem süßen, herrlichen, schmerzlichen Verlangen.

Sie half ihm, ihr Kleid und ihre Unterwäsche abzustreifen, und dann begannen ihre Finger, seine Hose aufzuknöpfen. Noch ehe er ganz ausgezogen war, zog er ihren Körper an sich, und die Reibung von Stoff und Haut auf ihrem nackten Körper ließ sie erschaudern. Es war mehr als körperliche Leidenschaft. Sie wollte ihn zu einem Teil von sich machen. Sie wollte, daß er verstand, daß sie eins waren, daß sie immer eins sein könnten, wenn er es nur zuließ.

Ihre Körper trafen zusammen, und er schob sich in sie, tief und pochend, doch zugleich vorsichtig und zärtlich, als wolle er jede Berührung in sich aufsaugen, in seinem Innersten verschließen und sie dort auf ewig bewahren. Jede Regung Teil eines sinnlichen Tanzes der Liebe. Sie schlang die Beine um ihn und erwiderte den Tanz, übernahm seinen Rhythmus, half ihm, ihr Innerstes zu erreichen, gab ihm jeden Winkel ihres Körpers, ihres Herzens, ihrer Seele. »Ich liebe dich«, flüsterte sie. Sie wußte, daß er diese Worte nicht hören wollte, aber sie konnte sie einfach nicht unterdrücken.

Einen Augenblick lang verharrte er vollkommen reglos, aber dann wurde sein Verlangen übermächtig, und seine Bewegungen wurden wilder und unkontrollierter, und sie begleitete ihn auf einer wunderbaren Reise zu den Sternen, die in weißglühender Pracht zerbarsten.

Als er sich auf seine gesunde Schulter rollte, nahm er sie mit. Hielt sie fest. Hielt sie, als ob er sie niemals wieder loslassen wollte. Sie genoß seine Umarmung, während ihr Körper wohlig erschauderte. Sie seufzte in süßer Zufriedenheit, und er schenkte ihr ein verzerrtes Lächeln, das ihr das Herz brach.

Sie nahm seine Hand und betastete die Narbe. »Und was passiert jetzt?«

»Ich weiß nicht«, sagte er mit langsamer, schmerzlicher Stimme. »Ich habe nie ... über diesen Punkt hinaus gedacht.«

»Und wenn er gesteht, daß er dich damals fälschlicherweise beschuldigt hat?«

Er löste sich langsam und sanft von ihrem Körper. Er wollte sie nicht loslassen, aber er wußte, daß er es tun mußte, wenn er nicht schwach werden wollte. Dies mußte das Ende sein.

»Ich habe Postkutschen überfallen«, sagte er leise. »Und die Postkutschenstation. Ich bin immer noch ein Bandit. Ich werde gesucht. Und wo auch immer ich hinkommen werde, werden die Leute mich wegen des Brandmals schief ansehen. Immer werden irgendwelche Sheriffs oder Kopfgeldjäger hinter mir her sein.«

»Aber du kannst doch erklären ... «

»Es gibt keinen vernünftigen Grund für das, was ich getan habe«, sagte er. »Zumindest keinen, den das Gesetz akzeptieren wird.« Er zögerte, während er nach Worten suchte. »Ich habe herausgefunden, daß Rache etwas Unbefriedigendes ist. Ich habe zehn Jahre damit verbracht, mir auszumalen, wie es wäre, deinen Vater fertigzumachen, und jetzt habe ich mir selbst durch meinen Haß größeren Schaden zugefügt, als er es jemals gekonnt hätte. Und was noch schlimmer ist – ich habe ... dir Schaden zugefügt, und das werde ich mir niemals verzeihen.«

In seiner Stimme lag eine solche Traurigkeit, daß Shea plötzlich eine unsägliche Einsamkeit empfand, für sich selbst und für ihn. Er sagte ihr Lebewohl, und sie wußte, daß sie ihn nicht von seinem Entschluß abbringen würde, aber sie mußte es versuchen. Sie mußte es.

»Ich werde dir folgen«, sagte sie entschlossen.

»Wenn dir etwas an mir liegt, wirst du es nicht tun«, sagte er. Er wußte, daß dies die einzige Möglichkeit war, sie zu schützen. »Ich muß mir ein eigenes Leben aufbauen, Shea. Aber das kann ich nicht, wenn ich immer und überall an die Vergangenheit erinnert werde.«

»Weil ich Jack Randalls Tochter bin?« Ihre Stimme war nur noch ein gequältes Flüstern.

»Ja«, sagte er, obgleich ihm das Wort die Kehle zuschnürte. Es brach ihm das Herz, das Verständnis und die schmerzerfüllte Akzeptanz in ihrem Blick zu sehen. Aber er mußte sie schützen. Sie vor Schmerz bewahren.

Es war die einzige Möglichkeit. Er stand auf und wandte sich ab. Dann zog er sich schweigend an und wartete, bis sie das gleiche tat. Am liebsten hätte er sie in die Arme genommen und ihr gesagt, daß Jack Randall vollkommen unwichtig sei. Daß er sie selbst dann lieben würde, wenn sie die Tochter des Teufels wäre.

Aber dann würde sie vielleicht in einem für ihn bestimmten Kugelhagel sterben. Oder sie wäre gezwungen, den Rest ihres Lebens ohne andere Menschen, ohne Freunde zu verbringen. Das würde er ihr nicht antun.

Ohne sie noch einmal anzusehen, wartete er, bis sie sich schweigend erhob. Und dann gingen sie zusammen, doch zugleich getrennt duch eine Welt des Schmerzes, zurück.

26. Kapitel

Rafe nahm ein paar Decken, um die Nacht am Teich zu verbringen. Er beobachtete die Bären und sah, daß das Junge inzwischen sehr gut auf drei Beinen laufen konnte. Das verwundete Bein schien gut zu verheilen, und der Kleine trat hin und wieder zögernd damit auf.

Die Bärenmutter verhielt sich vollkommen ruhig, als Rafe sich das Junge schnappte, um es zu untersuchen. Die Schiene war verschwunden, aber das hatte er erwartet. Er wußte, daß die Natur ihre eigenen Wege ging.

Wenn doch nur seine eigene innere Wunde ebenfalls heilen würde. Aber er hatte sein Schicksal selbst gewählt, und nun sah er keinen Ausweg mehr. Er konnte noch nicht einmal mehr Randall die Schuld an allem geben.

Er sah zu, wie die Bärin mehrere Forellen für das Junge aus dem Teich fischte. Rafe mußte lächeln, als er sah, mit welcher Begeisterung sich das Bärenkind auf die Beute stürzte. Und dann fiel ihm ein, wie aufopferungsvoll Shea den Kleinen noch vor ein paar Tagen gepflegt hatte. Oder war es schon Jahre her?

Das Abendessen war der reinste Alptraum gewesen, da keiner seine Gefühle hatte verraten wollen. Randall hatte einen Fisch mitgebracht, den Shea wortlos über dem Feuer gebraten hatte. Rafe hatte sich eine Dose Pfirsiche und den Rest Trockenfleisch geschnappt und war mit Abner nach draußen gegangen. Es war an der Zeit, daß Randall und Shea über ihre Probleme sprachen, daß sie in irgendeiner Form ins reine miteinander kamen.

Rafe bezweifelte nicht mehr, daß Randall sein Wort halten würde. Er dachte sogar daran, Randall zu überreden, nichts zu sagen, weil seine Enthüllungen Shea nur schaden würden, aber er spürte, daß es zwecklos wäre. Das war etwas, was Randall für sich selbst tun mußte.

Abner kuschelte sich in seine Hand, und Rafe fragte sich, wie seine eigene Zukunft wohl aussehen würde, was er selbst jetzt tun sollte. Hier gab es für ihn nichts mehr zu tun. McClary war tot. Randall würde höchstwahrscheinlich ins Gefängnis wandern, wenn nicht für den Überfall auf den Geldtransport vor so vielen Jahren, dann sicher dafür, daß er McClary gedeckt hatte. Er hatte sich mindestens der Beihilfe zum Mord schuldig gemacht.

Rafe hatte genau das erreicht, was er hatte erreichen wollen, und jetzt konnte er wie geplant irgendwo hingehen, wo niemand ihn kannte. Zu schade, dachte er voller Selbstironie, daß der Triumph so bitter war. Indem er seine »Gerechtigkeit« gewann, verlor er das wertvollste Geschenk, das er jemals bekommen hatte: Liebe.

Und Shea. Er würde das Geld zurückgeben, das er Randall gestohlen hatte. Dann hätte sie genug, um irgendwohin zu fahren und dort zu tun, was sie wollte. Es würde ihr gutgehen. Sie würde irgendeinen anständigen, ehrenwerten Gentleman finden, der ihr eine Familie und das Leben geben könnte, das sie verdiente.

Er blickte in den Himmel, der wie ein juwelenbesetzter Teppich aussah mit dem dreiviertel vollen Mond und übersät von Millionen von Sternen. Nie wieder würde er diesen Anblick als selbstverständlich betrachten oder den Sinn für seine Schönheit verlieren. Doch zugleich gaben ihm die Weite und Erhabenheit des Firmaments das Gefühl unendlicher Einsamkeit.

Wohin würde er gehen? Und Clint und Ben? Die anderen?

Würde er den Rest seines Lebens davonlaufen, so wie Jack Randall es in den letzten zehn Jahren getan hatte, wenn auch nicht vor dem Gesetz, so doch vor sich selbst?

Allmählich formte sich ein Gedanke in seinem Kopf, und es

war ihm unmöglich zu schlafen. Er mußte diese Nacht in Freiheit auskosten, die einsame, doch zugleich prachtvolle Stärke des hellen, reinen Himmels. Er wollte sich den Glanz jedes Sterns einprägen, das zarte Silber des fast vollen Mondes.

Denn er wußte, daß er den Himmel für lange Zeit nicht mehr zu sehen bekäme.

Shea wäre am liebsten zum Teich gegangen. Sie wollte zu Rafe, aber er wollte sie nicht – und das mit gutem Grund. Ihr Vater hatte ihr die ganze häßliche Geschichte erzählt, ungeschminkt und mit grausamer Ehrlichkeit.

Er hatte die Armee bestohlen, und, wie er zugab, nicht zum ersten Mal. Er hatte gestohlen, seit er ein Kind gewesen war. Ihr eigener Großvater war von einem Mann erschossen worden, den er hatte betrügen wollen.

Als Jack Randall Sara kennengelernt hatte, hatte er versucht aufzuhören, aber das Stehlen war einfach zu leicht gewesen, und er hatte seiner Frau etwas bieten wollen. Er war zusammengezuckt, als er das gesagt hatte, da er selbst merkte, wie billig diese Entschuldigung war.

»Aber wie konntest du nur einem anderen Mann die Schuld in die Schuhe schieben für etwas, was du getan hast?« hatte Shea gefragt. »Wie konntest du nur das Gericht belügen?«

»Ich war einfach feige, Shea. Das war ich schon immer. Ich wollte nie, daß jemand dabei zu Tode kommt, aber bei dem Überfall wurden Soldaten getötet. Ich habe immer irgendeine Entschuldigung für mein Tun gefunden, und am Schluß war ich ehrlich der Überzeugung, daß ich nur ein paar Informationen weitergegeben hatte, die jeder hätte weitergeben können. Ich hoffte immer noch, daß deine Mutter zurückkommen würde, daß ich mit dem Geld aus dem Überfall eine Ranch kaufen und der Mann werden könnte, den sie wollte ... Und dann hörte McClary, wie Captain Tyler Auskünfte über mich einholte, und ich wußte, daß es nur noch eine Frage der Zeit war, bis man mich erwischen würde. McClary bot mir einen Ausweg, und ich nahm das Angebot an. Wenigstens gelang es mir, Tyler vor dem Strick zu bewahren. Ich hatte gedacht, daß ich mehr tun könnte, aber der zuständige Offizier dachte, Tyler wäre ein Verräter, weil er aus Texas stammte.«

»Du hast zugelassen, daß er gebrandmarkt und für zehn Jahre ins Gefängnis gesteckt wurde«, hatte Shea verbittert hervorgestoßen.

Ihr Vater hatte geschwiegen.

»Und warum gibst du es jetzt auf einmal zu?« hatte sie sarkastisch gefragt. »Der Schaden ist nicht wiedergutzumachen. Glaubst du wirklich, daß du meine Gefühle jetzt noch durch ein Geständnis ändern kannst?«

»Nein«, hatte er müde entgegnet. »Ich weiß, daß ich das nicht kann. Aber wenigstens kann ich dafür sorgen, daß ihm jetzt die Morde nicht angelastet werden.« Er hatte sich erhoben. »Ich weiß, daß nichts, was ich sagen kann, das wiedergutmacht, was ich in der Vergangenheit getan habe, aber ich versichere dir, daß die letzten zehn Jahre auch für mich die Hölle waren.«

»Aber du hast diesen Kerl ... bei dir wohnen lassen ... obwohl du wußtest ... «

»Er hat mich seit Jahren erpreßt. Er hat auf mich geschossen, weil ich gesagt habe, daß ich zum Sheriff gehe. Auch wenn mein Geständnis natürlich viel zu spät gekommen wäre.«

In den Augen ihres Vaters hatte so viel Verachtung für sich selbst gelegen, daß Shea das erste zarte Mitgefühl empfunden hatte.

Aber dann hatte sie wieder Rafes schmerzerfülltes Gesicht vor sich gesehen, als er ihr das erste Mal seine Narbe gezeigt hatte, hatte daran gedacht, daß er immer draußen schlafen wollte, wo er den Himmel sah, hatte Clint Edwards Worte gehört: *Er hat die Armee geliebt. Er war der beste Offizier, dem ich jemals begegnet bin.*

Und sie hatte daran gedacht, wie Rafe noch vor wenigen Augenblicken ausgesehen hatte – verschlossen, angespannt –, als er gesagt hatte, daß er sich sein eigenes Leben aufbauen müsse. Obwohl er wußte, wie schwer es mit dem Brandmal werden würde.

Sie hatte geschluckt und den Mann angesehen, der ihr Vater war. »Weißt du, ich liebe ihn, und wegen dir werde ich niemals mit ihm leben können.«

»Es tut mir leid«, hatte er mit rauher, gebrochener Stimme gesagt. »Wenn ich irgend etwas ... Großer Gott, es tut mir so verdammt leid.« Er hatte die Schultern hängen lassen. »Ich werde heute nacht im Stall schlafen und morgen früh losreiten. Wirst du ... mitkommen?«

Sie hätte am liebsten geschrien. Nein. Ich will hierbleiben. Ich will bei Rafe sein. Aber das war unmöglich. Also nickte sie mit tränenverhangenen Augen.

»Shea ... bis vor ein paar Wochen wußte ich nichts von dir, aber ich ... liebe dich. Ich würde alles für dich tun. Ich möchte, daß du das weißt. Außerdem sollst du wissen, daß ich von dir ... nichts erwarte. Ich weiß, daß du einen Menschen wie mich unmöglich ... lieben kannst. Oder verstehen.« Er ging zur Tür und öffnete sie.

»Papa.« Ihre Stimme war leise, so leise, daß er sich fragte, ob sie überhaupt gesprochen hatte, als er sich zu ihr umdrehte. In seinem Blick lag nicht die geringste Hoffnung. »Mama hat nie aufgehört, dich zu lieben. Sie hatte ein Bild von dir ... und ich habe gesehen, daß sie es jeden Tag angeblickt hat.«

Er starrte sie an. Dann ging er lautlos aus dem Raum und ließ Shea unendlich einsam zurück.

Shea lag die ganze Nacht wach. In ihrem Inneren rangen so viele Gefühle miteinander. Ein Teil von ihr wollte Jack Randall hassen, aber das konnte sie nicht. Sie sah die ganze Zeit seine traurigen Augen vor sich, in denen so viel Reue lag, und sie wußte, daß auch er einen hohen Preis für die Vergangenheit bezahlt hatte und daß er in den nächsten Tagen noch einmal auf andere Weise seine Strafe bekäme. Sie hatte genug über ihn in Erfahrung gebracht, um zu wissen, wie sehr er die Ranch liebte, wie wichtig ihm der Respekt der Leute war – und das alles würde er aufgeben.

Und Rafe? Großer Gott, was würde Rafe jetzt tun? Sie hatte eine Veränderung an ihm gespürt. Ein Teil der tiefen, dunklen Verbitterung war verschwunden, nicht aber die feste Entschlossenheit. Er würde sie verlassen, weil er dachte ...

Sie erinnerte sich an die Worte, die er gesagt hatte, an jedes einzelne, und plötzlich wurde ihr klar, wie hohl sie gewesen waren. Die Worte, mit denen er gesagt hatte, daß er ein neues Leben wollte, daß er keine Erinnerung an das alte Leben haben wollte.

Sie hatte ihm geglaubt, weil das Geständnis ihres Vaters sie erschüttert hatte, genau wie ihre eigene Schuld, die daher rührte, daß sie mit diesem Mann verwandt war. Aber jetzt erinnerte sie sich an die Zärtlichkeit, mit der Rafe sie berührt hatte, an das Wunder dieser intimen Augenblicke, und mit einem Mal wußte sie, daß sie niemals möglich gewesen wären, wenn sie ihn an Jacks Verrat erinnern würde.

Er hatte die Worte um ihretwillen gesagt. Wie hatte sie nur vergessen können, daß Rafe Tyler sie immer auf diese Weise zu schützen versuchte?

Ihre Mutter hatte ihren Vater verlassen. Sie fragte sich jetzt, was passiert wäre, wenn Sara Randall bei ihrem Mann geblieben wäre und ihm gesagt hätte, daß sie schwanger war. Hätte er sich geändert? Sie würde es nie erfahren, aber jetzt wurde ihr klar, daß ihre Mutter vor etwas davongelaufen war, was sie nicht ertragen hatte. Sie hatte gedacht, daß es Mut erforderte, einen Mann, den man liebte, zu verlassen. Jetzt fragte sie sich, ob es nicht vielleicht mehr Mut kostete, wenn man blieb.

Sie wußte es nicht. All diese Fragen waren schmerzlich und nicht zu beantworten.

Kurz vor Anbruch der Dämmerung stand sie auf. Ihre Sachen waren immer noch in der Reisetasche. Sie zog ein sauberes Kleid an, legte sich ein Tuch um die Schultern, und als die ersten Strahlen der Morgensonne den Himmel erhellten, machte sie sich auf den Weg zum Teich.

Sie sah Rafe in dem Augenblick, in dem er sie offensichtlich hörte. Er hatte mit gekreuzten Beinen auf einem Felsen gesessen, doch jetzt stand er auf.

Ohne ein Wort zu sagen, streckte er die Arme aus, als habe auch er einen Entschluß gefaßt. Sie ging zu ihm, schmiegte sich an seine Brust und spürte, wie er sie an sich zog. So verharrte sie, getröstet durch seine Nähe.

Sie wußte nicht, wieviel Zeit verging, bis sie sich wieder bewegten. Sie wollte sich nicht rühren, wollte den Moment nicht zerstören, der mehr von ihrer Liebe verriet als jedes Wort.

Schließlich trat er etwas zurück, und sie blickte ihm in die lebendigen meergrünen Augen. Augen, in denen sie Gefühle sah, die er zuvor immer verborgen hatte. Er legte einen Finger auf seine Lippen und führte sie an die Stelle, von der aus sie die Bären beobachtet hatten.

Sie hatte keine Ahnung, woher er es wußte, denn sie hörte nicht das leiseste Geräusch, aber nach ein paar Minuten näherte sich eine Hirschkuh dem Teich, blickte sich vorsichtig um, und kurz darauf folgte ihr ein Kitz auf die Lichtung. Mit einer Grazie, die Shea noch nie zuvor gesehen hatte, beugten die beiden ihre herrlichen Köpfe und tranken aus dem klaren, blauen See. Ihre Finger legten sich fester um Rafes Hand. Das Rotwild, das er ihr versprochen hatte.

Sie atmete tief ein, während sie das reizende Bild in sich aufnahm: den Nebel über dem Wasserfall, den friedlichen Teich, die eleganten Tiere, die Sonnenstrahlen, die die gesamte Szene in ein goldenes Licht tauchten, als wollten sie sie segnen. Sie wünschte, sie hätte ihren Zeichenblock und leuchtende Farben dabei, doch zugleich wußte sie, daß sie die vollkommene Stille des Augenblicks niemals auffangen könnte. Genausowenig wie das Glück, diesen Moment mit dem ruhigen, widersprüchlichen Mann neben sich zu teilen. Einem Mann, der genug Sanftheit besaß, um das Vertrauen der Tiere zu gewinnen, und der zugleich die gewaltigsten Emotionen in sich barg. Aber allmählich verstand sie ihn. Eine Zeitlang hatte sie ihren Vater gehaßt für das, was er getan hatte, und von diesem Zorn spürte sie immer noch ein wenig, doch inzwischen wurde er von seinem eigenen Schmerz und Bedauern gelindert.

Sie sahen zu, wie der Himmel heller wurde und die Tiere sich in den Wald zurückzogen, wo sie sich so vollkommen der Umgebung anpaßten, als wären sie niemals dagewesen.

Shea wandte sich an Rafe, und sie wußte, daß er ihr ihre Gefühle ansah. »Egal, was du denkst«, sagte sie zögernd. »Ohne dich werde ich nie wieder ganz sein.«

Sein Gesicht zuckte unmerklich. »Du verstehst mich nicht.«

»Oh doch«, sagte sie und betete, daß er ihr glauben möge. »Ich weiß, daß du denkst, es wäre das Beste für mich, wenn du gehst. Das ist es nicht. Ich bin kein Kind mehr, Rafe. Ich habe noch nie ... derartige Gefühle für einen Menschen gehegt, und ich werde auch nie wieder etwas Derartiges für einen anderen Menschen empfinden. Du kannst gehen, aber du wirst einen Teil von mir mitnehmen, und der Teil, der hierbleibt, ist nicht viel wert.«

»Ich werde wieder ins Gefängnis gehen«, sagte er. In den letzten Stunden war er ebenfalls zu einem Entschluß gekommen. Er hatte gedacht, daß es die schwerste Entscheidung seines Lebens sein würde, aber Shea zurückzulassen war noch schlimmer.

»Du hast gesagt, daß du nie wieder dorthin zurückgehst.«

»Dein Vater hat mir gezeigt, daß man vor seinen Taten nicht davonlaufen kann«, sagte er langsam. »Das ist mir heute nacht klargeworden.«

»Du hattest gute Gründe für das, was du getan hast«, sagte sie leidenschaftlich.

»Aber nicht dafür, daß ich Clint und die anderen mit hineingezogen habe. Oder daß die Goldsucher zu Tode gekommen sind. Das wäre nie passiert, wenn ich nicht hierhergekommen wäre.«

»Damit hattest du nichts zu tun.«

»Ach nein? Haß bringt neuen Haß hervor, Shea. Und Gewalt führt zu neuer Gewalt. Ich hätte meine Freiheit nehmen und sie genießen sollen.«

»Dann wäre ich dir niemals begegnet.«

»Nein. Du würdest ein bequemes Leben als Randalls Tochter führen, die jungen Männer der Umgebung würden dir den Hof machen, und eines Tages würdest du heiraten.« Er zögerte. »Und eine Familie haben.«

»Das glaube ich nicht«, sagte sie leise. »Ich glaube, ich habe mein Leben lang auf dich gewartet. Einen anderen würde ich nicht nehmen.«

Er lächelte traurig. »Anscheinend hast du eine Vorliebe für Verlierer.«

»Du bist kein Verlierer«, sagte sie empört.

»Ach, Shea. Ich war mein Leben lang allein. Ich wüßte nicht, wie man mit einem anderen Menschen zusammenlebt, selbst wenn ich die Chance dazu bekäme.«

»Hat es nie ... eine andere Frau gegeben?«

Er zögerte. »Einmal. Ich wollte sie ... heiraten. Sie ließ mir den Ring von einem ... Boten zurückbringen ... nachdem ich verurteilt worden war.«

Sie merkte, wie Empörung und Eifersucht in ihr aufwallten. »Sie hat nicht an deine Unschuld geglaubt?«

»Sie hat mich nie gefragt«, sagte er mit einem Schulterzucken.

»Dann ist es gut, daß du sie los bist«, sagte sie, aber sein trockener Ton verriet ihr, wie sehr ihn die Sache geschmerzt hatte. Kein Wunder, daß er keinem Menschen vertraute.

Er lächelte ohne jede Wärme. »Am Ende bin ich zu demselben Schluß gekommen, aber ... «

Er brauchte den Satz nicht zu beenden. Es *hatte* ihn geschmerzt. Und sie haßte diese namenlose Frau, die ihn so mißtrauisch gemacht hatte. »Und jetzt glaubst du, daß ich dasselbe tun könnte?«

»Ich weiß es nicht«, sagte er ehrlich. »Ich habe bereits vor langer Zeit aufgehört, irgend etwas von anderen Menschen zu erwarten.«

»Ist das der Grund dafür, daß du jetzt aufgibst?«

Er starrte sie böse an.

»Du mußt kämpfen, Rafe«, forderte sie. »Du darfst nicht aufgeben. Sie können dich nicht ins Gefängnis stecken, nicht, nachdem mein Vater ... «

»Sie können tun, was sie wollen, und ich will mein Leben nicht gegen das deines Vaters eintauschen.«

»Ich dachte, das wäre genau das, was du wolltest«, erwiderte sie. Plötzlich wurde sie von übermächtigem Zorn gepackt.

Aus seinem Blick wich jeder Ärger. »Himmel, was haben wir dir nur angetan?«

Sie strich ihm über die Wange. »Du hast mir eine Menge gegeben, Rafe Tyler, genau wie mein ... Vater. Er muß jetzt ... gewisse Dinge tun, und ich brauche deine Hilfe. Ich brauche dich.«

Er wandte sich von ihr ab. Er hatte noch nie einem Menschen helfen können, der ihn brauchte. Noch nie. Er dachte an den sechsjährigen Jungen, der von einem Komanchen festgehalten worden war, während sie seine Mutter vergewaltigt und umgebracht hatten. Er hatte sich so verdammt hilflos gefühlt, als müsse es etwas, irgend etwas, geben ...

Und dann war er zur Armee gegangen, und dort war es genauso gewesen. Man hatte ihn einer anderen Einheit zugeteilt, und die Einheit, die er ausgebildet hatte, war dem Kommando eines gnadenlosen Ehrgeizlings unterstellt worden, und er hatte mit ansehen müssen, wie seine Männer einer nach dem anderen starben. Es war ihm gelungen, Clint und Ben zu retten, aber so viele andere waren gefallen. Und dann die Männer, die den Geldtransport bewacht hatten …

Wenn er nur früher gehandelt hätte …

Und jetzt brauchte Shea Randall ihn, und er hatte eine solche verdammte Angst, daß er wieder versagen würde.

»Rafe?«

Er wandte sich um. Da stand sie, in ihrem grünen Kleid, zerbrechlich und zugleich stark. Stärker als er oder Randall es jemals gewesen waren. Sie war bereit, Risiken einzugehen. Das war sie schon immer gewesen, von dem Augenblick an, in dem sie hierher gekommen war, von dem Augenblick an, in dem sie Boston verlassen hatte, um einen unbekannten Vater zu suchen.

»Was soll ich tun?«

»Komm mit uns, aber laß meinen Vater tun, was er tun muß.«

»Ich könnte immer noch ins Gefängnis wandern.«

»Ich werde auf dich warten.«

»Ich habe keine besonders guten Zukunftsaussichten.«

Sie ging auf ihn zu und lehnte sich an seine Brust. »Du hast Freunde. Sehr gute Freunde. Du hast mich.« Sie suchte verzweifelt nach ein bißchen Hoffnung, die sie ihm geben könnte. »Wir können uns irgendwo ein kleines Stückchen Land suchen und … du kannst so gut mit Pferden umgehen. Wir könnten Pferde züchten. Du und Clint und Ben.«

Die Vorstellung war durchaus reizvoll. Er wußte, daß er gut mit Pferden umgehen konnte. Das hatte er schon immer gekonnt. Sie könnten ein paar Wildpferde zusammentreiben, sie zureiten und dann verkaufen. Die Vorstellung war so schön, daß sie ihm angst machte. Es war so lange her, daß er zum letzten Mal gewagt hatte, zu träumen, zu hoffen. Er legte seine Arme um sie und zog sie an sich. »Ich weiß nicht, wie lange … «

Sie blickte ihn an. »Ich liebe dich. Ich habe noch nie zuvor einen Mann geliebt, und ich weiß, daß ich nie wieder einen Mann so lieben werde wie dich. Es lohnt sich also für mich zu warten.«

Er beugte sich hinab und küßte sie. Langsam, sehnsüchtig, schmerzlich. Es war ein Abschied und zugleich ein Versprechen. Zum ersten Mal gab er ihr ein Versprechen, und Shea spürte eine ruhige, bittersüße Befriedigung. Für ihn hatte es schon so viele gebrochene Versprechen, so viele zerstörte Hoffnungen gegeben. Was, wenn sich dieser Traum wieder nicht erfüllte? Aber sie konnte einfach nicht glauben, daß ihm noch einmal ein solches Unrecht widerfahren sollte. Das würde sie verhindern, auch wenn sie dazu höchstpersönlich beim Gouverneur vorstellig werden müßte.

Sie wollte etwas sagen, aber sie brachte keinen Ton heraus. Ihre Kehle war vor Angst, ihr Herz vor Liebe wie zugeschnürt. Was, wenn er wieder ins Gefängnis mußte? Würde er es noch einmal ertragen? Sie hatte gemeint, was sie gesagt hatte. Sie würde auf ihn warten. Aber würde er es schaffen, noch einmal eingesperrt zu sein und der Mann zu bleiben, der er in den letzten zehn Jahren unter so großen Mühen geblieben war?

Sie hätte beinahe all ihre Worte in den Wind geschlagen und ihn angefleht, mit ihr davonzulaufen, das Risiko einzugehen, wieder gejagt zu werden, aber sie kam nicht mehr dazu. Mit angespannter Miene nahm Rafe ihre Hand und führte sie mit festen, entschlossenen Schritten zur Hütte zurück.

Jack Randall hatte McClarys Leiche in eine Decke gewickelt und neben den Wallach gelegt, den er nicht allzu weit von der Lichtung entfernt im Wald gefunden hatte. Er hatte gewußt, daß McClary ein Pferd dabeigehabt haben mußte, und er hatte das Tier gesucht, nachdem er Shea nicht in der Hütte angetroffen hatte. Er nahm an, daß sie bei Tyler war.

Er hatte die Schmerzen in seiner Schulter ignoriert, die Schlinge abgelegt und gerade mühsam sein eigenes Pferd gesattelt, als die beiden aus dem Wald kamen.

Seine Tochter klammerte sich an Tyler, als hinge ihr Leben von ihm ab. Tyler selbst wirkte müde und angespannt.

»Ich komme mit«, sagte er und wandte sich an Shea. »Am besten holst du deine Reisetasche.« Er zögerte. »Ich möchte, daß du Abner mitnimmst.«

Jack beobachtete, wie er Shea ansah, als sie in die Hütte ging. Offenbar liebte Tyler Shea genauso, wie sie ihn liebte. Er hatte Angst um die beiden. Was aus ihm selbst wurde, war ihm inzwischen vollkommen egal.

Er schluckte und fragte: »Abner?«

Rafes Augen wurden kalt, als er Jack ansah. »Eine Maus. Ein Zellengenosse aus dem Gefängnis.«

Jack wandte sich ab, da er Tylers direkten, herausfordernden Blick nicht ertrug. Er erinnerte sich an das kleine Geschöpf, das er vor ein paar Stunden in Tylers Armbeuge gesehen hatte. Eine Maus. Und seine Tochter hatte Tylers Anweisung, ihre Reisetasche und Abner zu holen, befolgt, als sei es das Natürlichste von der Welt. Er fühlte sich wie ein Außenseiter und fragte sich, ob er jemals die Gelegenheit bekommen würde, seine Tochter näher kennenzulernen.

Um seine plötzliche Beklommenheit zu überspielen, blickte er auf Rafes bandagierten Arm. »Können Sie mir vielleicht helfen McClary auf das Pferd zu heben?«

Tyler nickte, und gemeinsam gelang es ihnen, die Leiche auf den Sattel zu hieven und sie dort festzubinden.

Jack trat einen Schritt zurück. »Kann ich vielleicht sonst noch irgend etwas tun?«

»Nein.« Rafe verschwand im Stall, um sein eigenes Pferd zu holen. Dann warteten sie auf Shea.

Jack nahm die Zügel von McClarys Pferd und stieg auf. Er wußte, daß Shea mit Rafe Tyler reiten würde. Er beobachtete, wie sie aus der Hütte trat, in der einen Hand die Reisetasche, in der anderen eine kleine graue Maus, die sie in die Tasche ihres Kleides steckte. Sie blickte auf die Leiche und sah dann zu Jack hinüber. Als sie ihm ein zaghaftes Lächeln schenkte, spürte er einen leisen Hoffnungsschimmer.

Tyler schwang sich in den Sattel und zog sie hinter sich. Ohne sich noch einmal umzudrehen, trieb er sein Tier im Galopp auf die Öffnung in der Felswand zu.

Sie waren eine Stunde geritten, als sie dem ersten Suchtrupp begegneten. Erleichtert erkannte Jack Michael Dewayne, Russ' Sohn. Er hatte Angst gehabt, daß sie vielleicht dem Suchtrupp aus Casey Springs in die Hände fallen würden, ehe sie etwas erklären konnten.

Michael sah sie ebenfalls, zog sein Gewehr hervor und schoß einmal in die Luft. Das war offensichtlich ein Signal. Er blickte erst Rafe, dann Randall und dann wieder Rafe an, offenbar unsicher, was er tun sollte.

Jack hob die Hände hoch. »Wir ergeben uns, Michael«, sagte er. »Wo ist Russ?«

»Er müßte gleich dasein«, entgegnete Michael. »Was geht hier vor sich, Jack? Der Hilfssheriff von Casey Springs ist außer sich. Er meint, du hättest Tyler aus dem Gefängnis befreit. Du hast verdammtes Glück, daß wir dir als erste begegnet sind. Die anderen wollen Blut sehen.« Dann fiel sein Blick auf das Pferd mit der Leiche. »Wer ist das?«

»Sam McClary. Er hat die Goldsucher erschossen.«

»Dein Freund?«

»Er war nie mein Freund, aber das ist eine lange Geschichte.«

»Ich muß dich bitten, dein Pistolenhalfter abzulegen. Und dein Gewehr wegzuwerfen.«

Jack löste mit der rechten Hand seinen Pistolengurt, und dann warf er sein Gewehr auf die Erde. Rafe ließ ebenfalls seine Pistole fallen, und dann zog er das Gewehr aus dem Sattel und legte es vorsichtig daneben.

In diesem Augenblick kam eine Gruppe von Männern herangeritten, an ihrer Spitze Russ. Clint war auch dabei. Er blickte Rafe an, der unmerklich mit dem Kopf schüttelte, um ihm zu verstehen zu geben, daß er schweigen sollte.

Russ Dewayne starrte Rafe an und wandte sich dann an Jack. »Das dachte ich mir – er hatte deine Tochter. Darum ... «

Jack schüttelte den Kopf. »Nein. Er hatte meine Tochter nicht. Und er ist auch nicht für die Morde verantwortlich. Ich habe ihm bei der Flucht geholfen, weil die rechtschaffenen Bürger von Casey Springs ihn für eine Sache aufhängen wollten, die er nicht getan hat.«

Michael unterbrach ihn. »Er hat gesagt, daß das auf dem Pferd McClary ist, und daß er es war, der auf die Goldsucher geschossen hat.«

Russ blickte auf die auf der Erde liegenden Waffen. »Michael, du nimmst diese Dinger mit. Ich glaube, ich bringe die drei erst einmal von hier weg, ehe der verrückte Hilfssheriff aus Casey Springs hier auftaucht.«

»Wo bringen wir sie hin?« fragte Michael.

»Zu unserer Ranch. Ich muß erst einmal versuchen, dieses ganze Durcheinander zu klären, ehe wir entscheiden, was wir weiter tun.« Er beugte sich vor und nahm Rafe die Zügel aus der Hand. »Jack, inwieweit kann ich dir vertrauen?«

Jack blickte hinüber zu Rafe, der nicht mehr starr geradeaus blickte, sondern boshaft grinste.

»Wir wollen zu dir auf die Ranch kommen. Ich habe dir einiges zu sagen.«

»Was zum Beispiel?« Russ Dewaynes Stimme verriet Zweifel.

Jack sah Shea an und schien all seinen Mut zusammenzunehmen. »Ich wußte die ganze Zeit über, was McClary trieb. Aber er hat mich erpreßt.«

»Verdammt, Jack. Warum ... ?« Er unterbrach sich. »Wir werden uns auf der Ranch unterhalten.«

Sie ritten zwei Stunden im größtmöglichen Tempo. Es war offensichtlich, daß Russ auf keinen Fall dem Suchtrupp von Casey Springs begegnen wollte. Als sie auf der Dewayneschen Ranch ankamen, stieg er ab und bedeutete Randall und Rafe, ihm nach drinnen zu folgen. Seine beiden Söhne kamen ebenfalls mit.

Kate, die beim Geräusch so vieler Pferdehufe auf die Veranda gestürzt war, rannte hinüber zu Shea. »Wir haben uns solche Sorgen um Sie gemacht. Geht es Ihnen gut? Was ist passiert?« Die Fragen kamen so schnell nacheinander, daß Shea nur reglos im Hof stand und den Männern nachsah.

»Wer *ist* das?« wollte Kate wissen, und Shea wußte, daß der Blick, mit dem sie jede einzelne Bewegung von Rafe verfolgte, alles verriet. »Oh, Shea«, sagte Kate, die ihr Elend offensichtlich richtig deutete. »Was soll ich nur mit Ihnen machen?«

»Nichts«, sagte Shea. Dann entdeckte sie Clint, der neben seinem Pferd stand. »Vielleicht könnten Sie mir etwas zu trinken holen ... «

»Natürlich«, sagte Kate. »Kommen Sie mit rein.«

»Sofort. Ich würde vorher gerne noch mit Clint sprechen.«

Kate blickte zögernd von einem zum anderen. »Selbstverständlich.« Dann verschwand sie im Haus.

Shea ging zu Clint hinüber. »Ich wünschte, ich wüßte, was los war«, sagte er mit kaum hörbarer Stimme. »Ich habe Sie ... und ihn überall gesucht.«

»Sie haben ... gehört, daß mein Vater ihm bei der Flucht geholfen hat?«

»Verdammt, ja. Der ganze Bezirk sucht nach den beiden. Ich habe vorgestern abend nach Ihnen gesucht, und dann haben wir Ihr Pferd gefunden und dachten, Sie wären tot ... oder verletzt. Ich habe mich dem Suchtrupp angeschlossen, um ihn von der Hütte fortzulotsen ... «

»Mein Pferd ist mir durchgegangen, als ich zu der Lichtung unterwegs war«, sagte sie. »Mein ... Vater hat Rafe befreit, weil er dachte, er wüßte vielleicht, wo ich bin. McClary ist den beiden gefolgt und hat versucht, uns letzte Nacht aus dem Hinterhalt zu erschießen. Aber Rafe hat ihn zuerst getroffen.«

»Und jetzt ... ?«

»Mein Vater sagt, daß er erklären wird, was vor zehn Jahren wirklich passiert ist.«

Clints Mund verzog sich zu einem Lächeln.

»Ich hoffe, daß sie Rafe laufenlassen. Dann können wir uns eine eigene kleine Ranch aufbauen. Und ich hoffe, daß Sie und Ben mitkommen werden.«

»Das sind aber viele Wünsche auf einmal«, sagte er mit einem wehmütigen Lächeln. »Und was ist mit Ihrem Vater?«

»Ich weiß nicht«, sagte sie. »Ich weiß nicht, was ich ihm gegenüber empfinde.«

Clint schüttelte den Kopf. »Rafe hat noch nie im Leben Glück gehabt. Aber jetzt denke ich, daß er es hat.«

»Er hatte Sie und Ben. Und eines Tages werde ich hoffentlich auch die anderen kennenlernen.«

Clints Lächeln verwandelte sich in ein breites Grinsen. »Eines Tages werden Sie das bestimmt.«

Sie lächelte ebenfalls und wandte sich zum Gehen. Sie mußte herausfinden, was im Haus vor sich ging. »Danke, daß Sie ihm ein so guter Freund sind.«

Mit einem Schulterzucken drehte er sich zu seinem Pferd um.

Als Shea zum Haus blickte, sah sie, daß Kate mit einem Glas auf der Veranda stand und sie beobachtete. Sie ging die Treppe hinauf und nahm es dankbar entgegen. Erst jetzt merkte sie, daß ihr Mund wie ausgetrocknet war.

»Wo sind sie?« fragte sie.

»Im Büro meines Vaters.«

Shea wollte gerade hineingehen, doch dann drehte sie sich noch einmal um. »Lassen Sie ihn nicht gehen, egal, was passiert.«

Jetzt war es an Kate zu erröten. »Ich dachte ... «

Plötzlich verstand Shea, weshalb Kate ihr gegenüber in den letzten Tagen so zurückhaltend gewesen war. »Oh, nein. Clint ist nur ... ein guter Freund. Ich liebe ... den Mann drinnen. Rafe.«

»Rafe?« Kate runzelte die Stirn. »Rafe ... Tyler? Der Mann, den mein Vater nach Casey Springs gebracht hat? Den Banditen? Oh, Shea.«

»Sie dürfen nicht vorschnell über ihn urteilen«, sagte Shea. »Manchmal tun die Menschen falsche Dinge aus dem richtigen Grund. Ich habe in den letzten Wochen festgestellt, daß schwarz oft weiß ist, und weiß oft schwarz, und daß es dazwischen noch viele Grautöne gibt.« Sie dachte an Clint, an alles, was Clint aus Freundschaft heraus getan hatte. Aber zugleich sprach sie über Rafe.

Kate legte ihr den Arm um die Schulter. »Es tut mir leid. Ich wollte ihn nicht vorschnell verurteilen. Wenn Sie ihn lieben, dann bin ich sicher, daß ... « Ihre Stimme verhallte, und Shea spürte denselben Beschützerinstinkt wie die Bärenmutter, obwohl sie wußte, daß Rafe ihren Schutz nicht brauchte.

Wenn sie bloß wüßte, was drinnen vor sich ging.

Sie drehte sich um, betrat das Haus und bemerkte die beiden Männer, die die Tür des Büros bewachten. »Ich will da rein«, sagte sie.

»Wir haben unsere Befehle, Ma'am. Der Sheriff sagt, daß wir niemanden reinlassen sollen.«

Sie überlegte kurz, ob sie weiter verhandeln sollte, aber wahrscheinlich würde sie das nicht weiterbringen oder Rafes Sache vielleicht sogar schaden. Sie mußte ihn den Kampf allein ausfechten lassen. Darauf hatte er schließlich lange genug gewartet.

Sie ignorierte Kate, setzte sich gegenüber der Tür auf den Boden und schickte all ihre Gedanken und all ihre Liebe in das Büro.

Ansonsten blieb ihr nichts als warten.

27. Kapitel

Rafe sah, wie Russ Dewayne die Brauen zusammenzog und wie sich die Falten um seine Augen vertieften. Ein Teil der Wärme, die er Jack Randall gegenüber anfangs gezeigt hatte, schwand, während er der Geschichte lauschte.

Hin und wieder warf der Sheriff einen Blick auf Rafe, als wiege er die Bedeutung des Gesagten gegen sein eigenes Bild von den Vorgängen ab. Er hörte schweigend zu, doch seine beiden Söhne fluchten mehrmals leise.

Als Randall fertig war, wandte sich Dewayne an Rafe. »Warum in aller Welt haben Sie uns das nicht vor ein paar Tagen erzählt?«

Rafe zuckte mit den Schultern. »Nachdem Sie das Brandmal gesehen hatten, hätten Sie mir sowieso nicht mehr geglaubt.«

Dewayne wandte sich erneut an Jack Randall. »Und warum erzählst du mir das alles jetzt?« Seine Stimme verriet seinen Argwohn, als gebe es immer noch etwas, das Randall ihm verschwieg, etwas, das sein Tun rechtfertigen würde.

»Ich wollte es sowieso erzählen, und das habe ich auch zu McClary gesagt. Deshalb hat er auf mich geschossen. Er dachte, ich wäre tot.«

»Warum sollte ich dir glauben? Schließlich kann McClary nichts mehr zu seiner Verteidigung sagen.«

Randall blickte Rafe und dann wieder Dewayne an. »Verdammt, weshalb sollte ich mich selbst belasten, wenn die Geschichte nicht wahr wäre?«

»Vielleicht wegen deiner Tochter. Wir wissen, daß der Kerl nicht alleine gearbeitet hat. Vielleicht haben sie sie bedroht.«

Rafe spürte, wie er sich anspannte. Dewayne war offensichtlich bereit, alles zu glauben, was Randall half. Zur Hölle mit der Wahrheit. Er trat rastlos von einem Bein aufs andere und konnte sich nur noch mit größter Mühe beherrschen.

»Setzen Sie sich!« befahl der Sheriff.

»Warum in aller Welt liefern Sie mich nicht einfach dem Pöbel in Casey Springs aus?«

Dewaynes Miene wurde noch grimmiger. »Es tut mir leid. Wenn ich gewußt hätte, wie die Leute dort sind, hätte ich Sie nicht dorthin gebracht.«

Rafe schnaubte. Es war offensichtlich, daß er ihm nicht glaubte. »Es tut Ihnen leid? Warum? Ich bin schließlich nichts weiter als ein ehemaliger Strafgefangener, der die Tochter eines ehrenwerten Mitglieds Ihrer Gemeinde bedroht.«

»Schließlich haben Sie zugegeben, daß Sie die Postkutsche und die Postkutschenstation überfallen haben. Also setzen Sie sich endlich hin.«

Rafe ballte die Hände zu Fäusten, aber er setzte sich.

Dewayne lehnte sich in seinem Stuhl zurück und musterte die beiden Männer eingehend. »Was für ein Durcheinander! Jack, du wußtest also, daß McClary die Morde begangen hat, und hast ihn nicht daran gehindert. Das macht dich zum Mittäter.«

Randall nickte grimmig. »Ich wünschte, ich hätte eine bessere Entschuldigung als Feigheit, aber die habe ich nicht. Ich wollte schützen, was ich mir aufgebaut hatte.«

Russ Dewayne schüttelte den Kopf. »Ich dachte, daß ich dich kenne. Und Sie«, sagte Dewayne und wandte sich wieder an Rafe, »Sie wollten Ihre Unschuld beweisen, indem Sie Postkutschen überfallen?«

Rafe lächelte müde über den ironischen Tonfall des Sheriffs. »Ich wollte nur, daß Randall überführt wird. Ich dachte, wenn ich ihn weit genug treiben würde, würde er sich wieder seiner alten Methoden bedienen, um zu Geld zu kommen.«

»Das ist Ihnen anscheinend gelungen. Tja, dieses Mal dürfen Sie eine Zelle mit ihm teilen.«

»Das war nicht unbedingt das, was ich mir vorgestellt hatte«, sagte Rafe.

»Nein, das glaube ich auch nicht«, sagte Dewayne und starrte die beiden angewidert an, ehe er sich erneut auf Rafe konzentrierte. »Warum in aller Welt sind Sie jetzt überhaupt mitgekommen? Wollten Sie sichergehen, daß er alles gesteht?«

Rafe zuckte mit den Schultern. »Ich bin einfach zu demselben Schluß gekommen wie Sie. Es war verdammt blöd, Randalls Gelder zu stehlen, und ich wollte nicht den Rest meines Lebens vor dem Gesetz davonlaufen.«

»Wegen des Mädchens?« fragte Dewayne ohne jedes Zartgefühl.

»Auch.«

»Was ist mit den anderen, die dabei waren? Wo sind sie?«

Rafe erstarrte. »Sie sind ... weg. Ich habe das ganze Geld. Sie wollten mir nur helfen. Es war ganz allein meine Sache, mein Plan. Es ist niemand dabei zu Schaden gekommen.«

»Das ist der seltsamste Haufen von Banditen, der mir jemals begegnet ist«, sagte Dewayne. »Verzichten sogar auf das Geld. Aber glauben Sie wirklich, daß es so einfach ist? Daß wir bewaffnete Raubüberfälle vergessen, weil Sie und Ihre Freunde dachten, es sei eine gerechte Sache? So funktioniert das nicht. Ich will wissen, wo sie sind.«

»Nein.«

»Sie wollen wohl unbedingt zurück ins Gefängnis, he?«

Rafe preßte die Lippen zusammen.

Die Stille im Raum wurde plötzlich durch Hufgeklapper draußen unterbrochen. Michael Dewayne ging hinüber zum Fenster. »Quarles aus Casey Springs mit vielleicht zwanzig Männern.«

Dewayne blickte seine Söhne an. »Ed, geh hinten rum und hol unsere restlichen Männer. Michael, du bleibst hier und paßt auf die beiden auf.«

Gefolgt von Ed verließ Russ den Raum, und Michael ging zur

Tür und öffnete sie einen Spalt, um zu hören, was Russ an der Haustür sprach.

»Quarles?«

»Ich habe gehört, daß ihr die beiden Männer geschnappt habt, die aus meinem Gefängnis abgehauen sind und meinen idiotischen Stellvertreter niedergeschlagen haben. Ich will sie haben.«

»Es sind meine Gefangenen«, sagte Russ. »Sie bleiben hier, bis ich sie nach Denver bringen kann. Wie ich gehört habe, hättet ihr beinahe Lynchjustitz geübt. Ich hätte gedacht, daß du deine Stadt besser im Griff hast.«

»Ich will sie haben, Russ«, wiederholte der Sheriff aus Casey Springs. »Du kannst sie hier nirgends einsperren.«

»Du anscheinend auch nicht. Ich kann zumindest garantieren, daß sie von hier nicht abhauen werden.«

»Das ist mein Bezirk.«

»Der Teufel ist es. Die Verbrechen sind in meinem Bezirk verübt worden. Ich habe dir freiwillig einen Gefangenen überstellt, weil ich dachte, daß das das sicherste sei. Und jetzt nimm deine Männer und verschwinde von hier.«

»Nicht ohne die Gefangenen. Ich lasse niemanden einfach entkommen.«

»Und ich lasse mir niemanden einfach abnehmen«, entgegnete Russ Dewayne kühl. »Am besten denkst du gar nicht weiter drüber nach.« Er blickte hinaus. Seine Männer kamen mit Gewehren in den Händen aus den Schlafbaracken und umrundeten die berittenen Eindringlinge.

»In dieser Sache ist das letzte Wort noch nicht gesprochen«, schnaubte Quarles.

Dewayne zuckte mit den Schultern. »Du kannst dich ja beim Gouverneur beschweren. Ich wollte diesen verdammten Job nicht, aber jetzt habe ich ihn, und ich mache ihn auf meine Art.«

Rafe konnte jedes zornige Wort des Sheriffs und jede ruhige Erwiderung von Dewayne hören. Er spürte den bebenden Zorn des plötzlich verstummten Besuchers.

Aber Russ Dewayne stieg in seiner Achtung. Er wußte, daß Dewayne recht hatte. Weder er noch Randall würden die Nacht im Gefängnis von Casey Springs überleben.

»Das wirst du mir büßen«, brüllte der Sheriff, während er sich zurückzog.

»Vielleicht«, sagte Russ gelassen und trat hinaus auf die Veranda, so daß Rafe ihn nicht mehr hören konnte. Ein paar Minuten später kam er zurück in sein Büro und zündete sich eine Zigarre an.

»Also, wo waren wir stehengeblieben?« fragte er, während er sich setzte.

Rafe stapfte in dem Schlafzimmer auf und ab, das er mit Jack Randall teilte. Vor dem Fenster und vor der Tür stand jeweils ein Wachposten. Dewayne hatte es offensichtlich ernst gemeint, als er gesagt hatte, daß die beiden eine Zelle teilen würden.

Dieser Raum war wesentlich komfortabler als jede Zelle im Gefängnis von Ohio, aber über die Tatsache, daß sie eingesperrt waren, konnte er nicht hinwegtäuschen.

Rafe wünschte, er wüßte, was Dewayne dachte, aber der Gesetzeshüter war nicht besonders redselig gewesen, und seine Miene hatte nichts verraten. Rafe hatte nicht die leiseste Ahnung, was er von ihm erwarten sollte, vor allem, da er sich standhaft geweigert hatte, Dewayne die Namen seiner Komplizen zu verraten.

Er hatte ein paar Minuten allein mit Shea verbringen dürfen, in denen er sie nur festgehalten hatte, um ihre Kraft und ihr Vertrauen in die Zukunft in sich aufzusaugen. Er hatte nicht gewagt, sie zu küssen, weil das unweigerlich zu etwas anderem geführt hätte, was er sich im Augenblick nicht leisten konnte.

Sie hatte ihn fragend angeblickt.

»Dein Vater hat sein Wort gehalten«, hatte er leise erklärt. Um ihres Friedens willen wollte er, daß sie ihrem Vater vergab, auch wenn er selbst das niemals könnte.

»Und warum lassen sie dich dann nicht gehen?«

»Ich habe die Postkutschen überfallen«, hatte er gesagt. »Und außerdem bin ich nicht ganz sicher, ob Dewayne alles geglaubt hat, was ... dein Vater gesagt hat.«

»Was werden sie mit ... ihm machen?«

»Wahrscheinlich wird man ihn vor Gericht stellen.«

Sie hatte sich an ihn gelehnt, und er hatte gewußt, daß sie seine Stärke ebenso suchte wie er die ihre. Schließlich hatte er die Worte gesagt, die die ganze Zeit in seinem Kopf und seinem Herzen waren. »Ich liebe dich, Shea. Ich habe nicht das Recht, dir das ... jetzt zu sagen, aber ... «

Shea hatte ihn mit ihren ausdrucksstarken blaugrauen Augen angesehen, die immer direkt in seine Seele zu blicken schienen. »Das brauchtest du gar nicht zu sagen. Du hast es mir schon auf so viele Arten gezeigt. Aber ... ich bin froh, daß du es gesagt hast.«

Er hatte sie enger an sich gezogen und sich gefragt, wie ihm etwas so ... Vollkommenes hatte widerfahren können und ob es vielleicht bereits zu spät war.

Und dann hatte es an der Tür geklopft, und Dewayne war eingetreten, um ihn zu holen ...

Auch Randall schwieg, seit sie gemeinsam in diese komfortable Zelle gesperrt worden waren. Er hatte einen Stuhl genommen und sich so gesetzt, daß er auf die Berge blicken konnte. Zwischen ihnen beiden gab es nichts mehr zu sagen, und die erzwungene Nähe trug nicht gerade dazu bei, die Spannung zu mildern.

Rafe hatte sich auf das Bett gelegt und die Hände hinter dem Kopf verschränkt. Er war zu müde, um weiter nachzudenken, was ein Segen war. Also schloß er die Augen und versank im Schlaf des Vergessens.

Russ Dewayne brauchte drei Tage, um die Geschichte zu überprüfen. Er wußte, daß es nicht viel länger dauern durfte.

Quarles würde bei jedem, der ein bißchen Einfluß hatte, vorstellig werden.

Er hatte ein Telegramm an das Verteidigungsministerium geschickt und um Einzelheiten über das Gerichtsverfahren gebeten. Dann sprach er mit Randalls Arbeitern, um sicherzugehen, daß Randall die Goldsucher nicht getötet haben konnte, und befragte Shea, um Rafes Alibi zu überprüfen. Sie hatte ihm schließlich gestanden, daß sie die ganze Zeit bei Rafe gewesen war, hatte jedoch bestritten, daß es sich dabei um eine Entführung gehandelt hatte.

Um Ben und Clint nicht in die Sache hineinzuziehen, behauptete sie, daß ein Teil ihrer ursprünglichen Geschichte stimmte, daß sie sich verirrt und Rafe sie gefunden hatte. Sie erzählte Dewayne von dem Bären und daß sie bei Rafe geblieben war, um ihn zu pflegen, nachdem er das Junge auf ihre Bitte hin gerettet hatte.

Außerdem erzählte sie Dewayne, wie sie den Holzkasten ihrer Mutter mit den Briefen, dem Geld und dem Zeitungsartikel über die Gerichtsverhandlung gefunden hatte.

Schließlich kam Russ zu dem Schluß, daß McClary hinter den Morden gesteckt hatte und daß er von Rafe Tyler in Notwehr erschossen worden war.

Die anderen Dinge waren komplizierter. Es machte ihm Sorgen, daß er sich derart in Jack Randall getäuscht hatte und daß er Tyler vorschnell wegen seines Brandmals verurteilt hatte. Wenn Tyler gelyncht worden wäre …

Russ verbrachte einen Nachmittag damit, eine zehnseitige Erklärung zu schreiben, die er an den Gouverneur schickte. Er bat um einen Hilfsmarshall, da er den Behörden in Casey Springs nicht traute, und sprach mehrere Empfehlungen aus. Dann schickte er Michael mit dem Brief nach Denver.

Wenn der Teufel sich jemals eine Foltermethode ausdenken würde, könnte diese nicht schlimmer sein als die, mit der Russ

Dewayne ihn jetzt quälte. Fünf Tage mit dem Mann, den Rafe seit zehn Jahren haßte.

Ausgleichende Gerechtigkeit?

Ironie des Schicksals?

Aber für wen?

Zumindest würden sie auf diese Weise gezwungen sein, sich in irgendeiner Form auszusprechen. Das Schweigen konnte nicht ewig dauern.

Rafe hatte Shea nicht noch einmal sehen dürfen. Statt dessen hatte man ihm ständig neue Fragen gestellt, vor allem über die Männer, die mit ihm zusammen die Überfälle begangen hatten. Dieses Thema schien Dewayne mehr als alles andere zu beschäftigen.

Am zweiten Tag hatte man ihm erzählt, daß Shea auf das *Circle R* zurückgekehrt war. Clint war anscheinend ebenfalls wieder auf der Ranch, denn Rafe sah seinen Freund nicht mehr auf dem Hof.

Er war ein Gefangener. Niemand versuchte, diese Tatsache zu beschönigen. Sowohl er als auch Randall wurden Tag und Nacht bewacht, das Essen wurde ihnen von einem von Russ' Söhnen aufs Zimmer gebracht, und einmal am Tag leerte einer der Arbeiter den Eimer aus.

Es gab nur ein Bett, aber sie hatten Decken und Kissen bekommen, damit einer von ihnen auf dem Fußboden schlafen konnte. Randall hatte darauf bestanden, daß Rafe das Bett nahm, nachdem er am ersten Tag ein paar Stunden darauf geschlafen hatte. Rafe jedoch beharrte ebenso entschlossen darauf, auf dem Fußboden zu nächtigen. Er wollte um keinen Preis, daß Randall ihm auch nur den kleinsten Gefallen erwies.

Erst am dritten Tag hatten sie miteinander gesprochen.

Es war Rafe, der den Anfang gemacht hatte. »Was in aller Welt glaubt er, daß er da macht?«

»Russ ist einfach vorsichtig«, hatte Randall erwidert. »Er hat festgestellt, daß ich ganz offensichtlich ein Lügner bin. Jetzt wird er alles genau überprüfen, ehe er sich weitere Schritte überlegt. Sie finden keinen faireren Mann als ihn.«

Rafe hatte an seine erste Begegnung mit Dewayne gedacht und das Gesicht verzogen. Er hatte das Gefühl, verrückt zu werden, nun, da er vollkommen von einem anderen Menschen abhing, und er hatte sich gefragt, ob es vielleicht ein Fehler gewesen war, hierher zu kommen.

Randall hatte ihn vorsichtig gemustert. »Bitte kümmern Sie sich um Shea«, sagte er schließlich. »Und um das *Circle R.*«

»Ich will nichts von Ihnen.«

»Ich tue das nicht für Sie. Ich weiß, daß es nichts gibt, womit ich Sie jemals entschädigen könnte. Aber tun Sie es für Shea. Sie liebt Sie, und das *Circle R* wäre zumindest ein Anfang. Ich werde nie mehr dorthin zurückkommen, wenn es das ist, was Sie wollen. Ich überschreibe Ihnen die Ranch. Ohne irgendwelche Bedingungen.« Er hatte Rafe mit einem verhaltenen Lächeln angeblickt. »Ich nehme an, Sie haben genug Geld, um die Rechnungen zu bezahlen.«

Rafe hatte sich abgewandt, da er den flehenden Blick seines Gegenübers nicht ertragen hatte. »Es ist auf der Lichtung, in einem Loch im Stall. Ich wollte es nicht verlieren, falls uns die falschen Leute erwischt hätten. Aber es gehört Ihnen ... und Shea. Außerdem lande ich vielleicht mit Ihnen zusammen im Gefängnis.«

»Das glaube ich nicht. Russ wird sein Bestes geben. Er wird Ihnen mit dem *Circle R* helfen.«

Rafe hatte ihn verwundert angesehen. »Warum sollte er das tun?«

Randall hatte mit den Schultern gezuckt. »Ich kenne ihn seit acht Jahren. Er fühlt sich schuldig wegen der Sache in Casey Springs.«

»Ich will sein Mitleid nicht«, hatte Rafe geknurrt.

»Er hat kein Mitleid mit Ihnen. Es ist eine Frage der Gerechtigkeit, genau wie wenn er mich ins Gefängnis steckt. Die Methode, die Sie gewählt haben, um sich an mir zu rächen, hat ihm nicht besonders gut gefallen, aber er versteht Sie, und ich habe bestimmt nicht die Absicht, Anzeige zu erstatten. Ich nehme doch an, daß ich der einzige bin, den Sie bestohlen haben?«

Rafe hatte genickt.

»Denken Sie über das *Circle R* nach«, hatte Randall noch einmal gebeten.

»Ich denke darüber nach, daß Shea dann an einen Mann gebunden wäre, der für immer als Dieb gebrandmarkt ist«, hatte Rafe erwidert. »Sie hat etwas Besseres verdient.«

Randall war zusammengezuckt. »Wenn die Leute erstmal wissen, was passiert ist, wird ihnen das Brandmal vollkommen egal sein. Sie werden es sozusagen als Ehrenabzeichen eines Kriegshelden betrachten, der ungerecht behandelt worden ist. Ich bin der Entehrte, derjenige, der sie enttäuscht hat.«

Rafe hatte sich an die Wand gelehnt und sich gewünscht, der Mann täte ihm nicht leid. Aber das tat er. Ein bißchen. »Sie werden es vergessen.«

Randall hatte den Kopf geschüttelt. »Nein. Ich habe sie getäuscht, und das ist eine Sache, die sie mir nicht verzeihen werden.« Er hatte geschluckt, und seine Augen waren feucht geworden. »Ich habe nicht das Recht dazu, Sie um irgend etwas zu bitten, aber Shea liebt Sie offenbar. Bitte lassen Sie nicht zu, daß ihr weh getan wird wegen der Gefühle, die Sie mir gegenüber hegen. Die Menschen hier werden Ihnen eine Chance geben, wenn sie wissen, wie es wirklich war. Nehmen Sie das *Cirle R*. Machen Sie es zu einer guten Ranch.«

Rafe hatte gezögert. Er wollte nichts von Randall, aber wenn es stimmte, was der Mann sagte, wenn die Leute hier das Brandmal vergessen und ihn und Shea akzeptieren konnten ...

Aber was war, wenn er sich irrte? Was, wenn Shea die doppelte Last tragen müßte, einen Vater zu haben, der im Gefängnis saß, und einen Ehemann, der ein ehemaliger Strafgefangener und Bandit war?

Was, wenn er selbst wieder ins Gefängnis kam?

»Denken Sie darüber nach«, hatte Randall wiederholt. »Bitte.«

Rafe hatte reglos dagestanden. »Ich werde Shea das Geld geben. Dann kann sie damit machen, was sie will.«

»Ich weiß, was sie will«, hatte Randall gesagt. »Und sie wirkt mindestens genauso stur wie ihre Mutter.«

»Ihre Mutter hat Sie verlassen«, hatte Rafe spitz bemerkt.

»Ich habe sie dazu getrieben. Aber Sie sind ein guter Mensch, Tyler. Das waren Sie schon immer. Ich glaube, deshalb habe ich mich auf McClarys Seite geschlagen. Ich war eifersüchtig auf Sie. Sie waren alles, was ich sein wollte: mutig, der geborene Führer, so verdammt ehrenhaft. Sie sind alles, was Sara sich von mir wünschte, Sie sind die Art von Mann, die ich für Shea will. Selbst wenn sie mich ... nie wieder sehen will.« Randalls Stimme hatte erstickt geklungen, und er hatte sich abgewandt.

Rafe hatte aus dem Fenster geblickt, um Randall nicht zu brüskieren. Er hatte gewußt, wieviel Überwindung es Randall gekostet haben mußte, das zu sagen. Aber er war sich nicht sicher, ob er seiner Meinung war, ob er, Rafe, gut für Shea wäre.

Also hatte er geschwiegen und sich darüber gewundert, weshalb er plötzlich für den Mann, den er so lange gehaßt hatte, Sympathie empfand.

Clint Edwards hatte keine Wahl mehr. Er wußte von Kate, daß Rafe Probleme hatte, weil er sich weigerte, die anderen Männer, die an den Überfällen beteiligt gewesen waren, zu nennen.

Außerdem wußte er, daß er Kate und ihre Familie nicht länger anlügen konnte. Sie hatte sein überstürztes Verschwinden an dem Tag, als Randall und Rafe geschnappt worden waren, nicht verstanden, so daß er sich gezwungen hatte, auf dem *Circle R* zu bleiben. Aber dann war Kate vorbeigekommen, um Shea zu besuchen, und sie waren beinahe zusammengestoßen, als sie das Haus verlassen hatte und er gerade hineingehen wollte.

Er fing sie automatisch auf, und dann konnte er sie nicht mehr loslassen. Er wollte nicht gehen, vor allem nicht, ohne ihr eine Erklärung zu geben. Er wußte, daß er ihr weh getan hatte, indem er ihr bewußt aus dem Weg gegangen war.

Am liebsten hätte er sie geküßt, um die Reserviertheit und die versteckte Traurigkeit aus ihrem Blick zu vertreiben. Aber erst mußte er mit ihr sprechen. Er nahm ihren Arm und führte sie zu dem Pferd, das vor der Veranda angebunden war. »Ich werde dich nach Hause begleiten.«

»Nicht nötig«, sagte Kate. »Ich bin durchaus in der Lage, selbst auf mich aufzupassen.«

Clint grinste über ihre Unabhängigkeit und Entschlossenheit, die er so sehr respektierte und bewunderte, aber dann wurde seine Miene wieder ernst. »Ich weiß. Aber ich will dich begleiten. Es gibt da etwas, das ich dir ... und später auch deinem Vater sagen muß.«

Sie sah ihn neugierig an, doch dann ließ sie sich von ihm aufs Pferd helfen und wartete, bis er ebenfalls sein Pferd bestiegen hatte.

Clint wartete, bis sie den halben Weg hinter sich gebracht und einen kleinen Hügel erreicht hatten, von dem aus man die Ranch im Osten und die Berge im Westen überblicken konnte, ehe er anhielt, abstieg und ihr aus dem Sattel half. Sie zögerte einen Augenblick, doch dann glitt sie in seine Arme, wo sie für den Bruchteil einer Sekunde verharrte, ehe sie sich von ihm abwandte.

Clint streckte die Hand aus und zog sie zu sich zurück. »Du weißt gar nicht, wie sehr ich mich danach gesehnt habe, dich festzuhalten«, sagte er.

Sie blickte ihn verwirrt an. »Warum ... «

»Weil ich nicht das Recht dazu hatte«, sagte er. »Weil ich dich und deinen Vater angelogen habe.«

»Ich ... verstehe nicht ... «

»Ich habe Rafe Tyler ... geholfen. Ich habe bei den Überfällen auf die Postkutsche mitgemacht«, sagte er und beobachtete, wie ihre Verwunderung Entsetzen wich.

»Aber ... warum?«

»Während des Krieges war er eine Zeitlang mein Vorgesetzter«, erklärte Clint langsam. »Er hat meinem Bruder und mir das Leben gerettet. Um das zu tun, hat er Befehle mißachtet, und dafür wurde er bestraft. Nach dem Krieg hörte ich von einem Gerichtsverfahren gegen ihn, und ich besuchte ihn im Gefängnis. Ich wußte, daß er nicht schuldig sein konnte. Nicht der Mann, den ich kannte.«

»Und die anderen ... «

»Alles Männer, die unter ihm gedient haben und die der Meinung waren, daß er ganz schön reingelegt worden sein mußte. Wir ... dachten, wenn wir Randall weit genug treiben würden, würde er vielleicht irgendwann die Wahrheit sagen.«

»Die ganzen Monate ... «

»Die ganzen Monate«, bestätigte er und sah, daß ihr Blick leer wurde.

»Hast du deshalb ...« Sie konnte den Satz einfach nicht beenden, aber Clint wußte, was sie ihn fragen wollte, und es schmerzte – Gott, wie sehr es schmerzte. Sie wollte wissen, ob er sie geküßt und hofiert hatte, um über sie in Erfahrung zu bringen, was ihr Vater wußte.

»Himmel, nein«, sagte er. »Ich hatte bestimmt nicht damit gerechnet, daß ich mich in dich verlieben würde, und ich wußte ... Gott, ich wußte, daß ich dir weh tun würde, aber ich konnte mich einfach nicht von dir fernhalten.«

Sie sah ihn ernst an. »Du hast dich in mich verliebt?«

Er strich ihr sanft über die Wange. »O ja, meine hübsche Kate, ich habe mich in dich verliebt, Gott stehe mir bei.«

Kate war groß, und jetzt stellte sie sich noch auf Zehenspitzen, damit ihr Mund seine Lippen berühren konnte. Da er nicht glauben konnte, daß sie bereit sein sollte, ihm sein Doppelspiel zu verzeihen, reagierte er zunächst zögernd, doch dann küßte er sie mit einem Verlangen und einer Sehnsucht, die er nicht mehr unter Kontrolle hatte.

Sie schlang ihre Arme um ihn, und er zog sie an sich. Zum ersten Mal hatte er das Gefühl, das Recht dazu zu haben. Er merkte, daß seine unabhängige Kate an ihm hing, und er wußte, was auch immer käme, sie würden es schaffen.

Er löste seine Lippen von ihrem Mund und strich ihr über die Wange. »Ich liebe dich, Kate«, flüsterte er.

»Sie haben auch lange genug gebraucht, bis Sie es endlich mal gesagt haben, Mr. Edwards«, flüsterte sie zurück. »Schließlich liebe ich dich bereits seit einer Ewigkeit.«

»Dann wirst du also auf mich warten ... ?«

Mehr brauchte er nicht zu sagen. Ihr Kuß war Siegel genug.

Unter Clints Führung kamen bei Sonnenuntergang fünf Männer auf die Ranch.

Er hatte sie in Rafes Hütte gefunden. Nachdem sie einer nach dem anderen erfahren hatten, daß Rafe sich ergeben hatte, waren sie dorthin geritten, da sie wußten, daß Clint irgendwann zu ihnen stoßen und ihnen sagen würde, was sie tun sollten.

Clint hatte ihnen gesagt, was er vorhatte, und warum, und hatte ihnen geraten weiterzureiten. Hier gab es für sie nichts mehr zu tun. Es gab keinen Grund, weshalb sie das Risiko eingehen sollten, irgendwie mit den Banditen in Verbindung gebracht zu werden.

Ben, der gerade an einem Stück Holz herumgeschnitzt hatte, hatte aufgeblickt. »Du sagst, der Sheriff will wissen, wer dem Captain geholfen hat. Wir alle wissen, daß er nichts sagen wird, aber dafür könnte er nochmal im Gefängnis landen. Irgendwie ist das nicht richtig. Wie alle wußten, worauf wir uns einließen, und jetzt soll er es alleine ausbaden. Nein, ich komme mit.«

Einer nach dem anderen entschlossen sich die Männer, Clint zu begleiten ...

Russ stand gerade an der Koppel und sattelte sein Pferd ab, als Clint und die anderen herangeritten kamen. Er ging hinüber zu Jacks Vormann, warf einen Blick auf sein grimmiges Gesicht, und dann sah er den Mann, der neben ihm ritt. Eine jüngere Ausgabe von Clint, nur mit härteren Augen. Er blickte ebenso grimmig.

Russ seufzte. Er wußte, daß ihm das, was er gleich zu hören bekäme, wahrscheinlich nicht gefallen würde.

Clint sprach nicht lange darum herum. »Sie wollten wissen, wer Rafe Tyler geholfen hat. Wir.«

»Der Gouverneur ist da!«

Die Ankündigung von Michael, der dem Troß vorangeritten war, überraschte alle Anwesenden. Rafe und Jack Randall hatten zum Abendessen in die Küche kommen dürfen. Sie beide wußten, daß Russ einen Brief an den Gouverneur in Denver geschickt hatte und daß er immer noch auf Antwort wartete. Russ wollte seine Gefangenen nicht durch den benachbarten Bezirk führen, wo sie vielleicht von Quarles aufgehalten würden, und deshalb hatte er um einen US-Marshall gebeten, der über ihm und Quarles stand.

Shea war ebenfalls von Kate zum Abendessen eingeladen worden, zusammen mit Clint. Sie war wieder auf das *Circle R* gezogen, um gemeinsam mit Clint, dem treuen Vormann Nate und drei anderen Arbeitern die Ranch am Laufen zu halten. Sie sah wunderschön aus in ihrem grünen Kleid, obwohl ihre müden Augen verrieten, daß sie nicht allzu gut geschlafen hatte. Rafe hatte den Blick nicht von ihr abwenden können. Genauso wenig wie ihr Vater.

Aber jetzt wandten sich alle Köpfe zur Tür, als Russ Dewayne eilig losstürzte, um den unerwarteten Gast zu empfangen.

Gouverneur William Tate war ein großer, kräftiger Mann, dem große Auftritte offenbar Spaß machten. Er fegte wie ein Tornado herein, mit geröteten Wangen und lächelndem Gesicht, gefolgt von einem hoch aufgeschossenen jungen Mann mit einem Marshallstern auf der Lederweste.

»Kate, immer noch so hübsch wie früher«, sagte er, während er auf sie zuging und sich über ihre Hand beugte, als sie sich, genau wie die Männer, eilig erhob. »Und wer ist diese gutaussehende junge Dame?«

»Shea Randall«, sagte Kate mit einem Lächeln.

Der Gouverneur wandte sich an Jack Randall, und sein Blick wurde etwas kühler. »Ich muß schon sagen, daß ich leicht entsetzt war über das, was Russ mir zu berichten hatte«, sagte er. »Das hätte ich nicht von Ihnen gedacht.«

Randall wurde rot.

Aber der Gouverneur ließ ihm nicht viel Zeit, etwas zu erwidern. Er wandte sich den beiden anderen Männern zu, die er nicht kannte, Rafe Tyler und Clint Edwards.

»Wer von Ihnen ist Tyler?«

»Ich«, sagte Rafe.

»Verdammt unangenehme Sache, das. Aber ich habe eine gute Nachricht für Sie. Wir werden uns nach dem Essen darüber unterhalten. Ich habe Hunger wie ein Bär nach seinem Winterschlaf. Sie haben doch bestimmt noch zwei Teller, Russ? Sie kennen doch Marshall Kettler, nicht wahr? Evan Kettler?«

Russ lächelte. »Verdammt, ja. Setzen Sie sich doch neben Clint Edwards hier.«

»Edwards«, grüßte der Gouverneur und sah Russ fragend an.

»Er und fünf andere haben mir soeben gestanden, daß sie Tyler bei den Überfällen geholfen haben«, sagte Russ langsam. »Ich habe noch nie so viele Geständnisse auf einmal gehört.« Er machte eine kurze Pause, ehe er hinzufügte: »Außerdem hat meine Tochter mir mitgeteilt, daß er mein Schwiegersohn werden wird.«

Der Gouverneur zog eine Braue hoch. »Ich nehme an, daß es ein interessanter Abend wird«, sagte er, während er Platz nahm, um die Anwesenden für den Rest des Abends mit diversen Anekdoten aus seinem Leben zu unterhalten. Die wachsende Spannung schien er ebenso wenig zu bemerken wie die Tatsache, daß außer Russ und dem Marshall niemand besonderen Appetit zu haben schien.

»Ich hatte nicht erwartet, daß Sie sich extra hierher bemühen würden, Gouverneur«, sagte Russ. »Ich hatte Sie schließlich nur darum gebeten, mir einen Marshall zu schicken.«

»Die Geschichte hat mich einfach fasziniert«, erwiderte der Gouverneur. »Nachdem ich Ihren Brief gelesen hatte, habe ich noch ein paar Nachforschungen angestellt. Ich habe ein paar Freunde bei der Armee. Wenn das, was sie sagen, stimmt, wird es für die da oben ziemlich peinlich werden.« Dabei strahlte er, als gäbe es nichts, was ihn mehr freuen würde. »Und außerdem ist es verdammt lange her, daß wir zum letzten Mal gepokert haben.«

Von seiner Jovialität war jedoch nichts mehr zu spüren, als er eine Stunde später Russ und Marshall Kettler alleine sprach. »Ich will, daß die ganze Sache erledigt ist, ehe die Zeitungen Wind davon bekommen. Das wäre ein Festtag für sie. Ich möchte, daß alles im stillen geregelt wird. Die Armee will nicht, daß die Geschichte bekannt wird, und wir erreichen mehr, wenn sie auf unserer Seite sind. Aber ich brauche Tylers Bereitschaft mitzumachen. Man hat mir versprochen, wenn er die Sache nicht an die große Glocke hängt, wird seine Verurteilung aus seiner Akte gestrichen, und er erhält den Sold der letzten Jahre. Außerdem wird sein Name vollständig reingewaschen werden. Aber mehr ist nicht zu machen. Wenn er sich nicht darauf einläßt, wird sich die ganze Sache über Jahre hinziehen, und eine Reihe von Leuten wird sich dabei blutige Nasen holen.«

Russ starrte geradeaus. »Ich weiß nicht, ob das reicht. Mir wäre es zumindest nicht genug.«

»Sie lieben auch nicht Randalls Tochter«, sagte der Gouverneur, und als er Dewaynes überraschte Miene sah, fügte er hinzu: »Himmel, ich habe schließlich Augen im Kopf, Russ.«

»Ich weiß nicht, was er tun wird«, sagte Russ leise. »Aber ich nehme an, daß er so ziemlich alles tun würde, um Shea Randall und seine komischen Freunde zu schützen.«

»Das werden Sie ja wohl auch tun, oder?« fragte der Gouverneur.

Russ zögerte. »Als Clint zu mir kam, war ich zunächst wirklich wütend. Ich hatte das Gefühl, daß er mich betrogen hatte, aber dann dachte ich an Tyler, und ich war verdammt froh, daß er Freunde wie Clint hat, nach allem, was er durchgemacht hat. Ich kann nicht gerade behaupten, daß mir das, was Clint und Tyler getan haben, gefällt, aber ihre gegenseitige Loyalität verrät einem viel über sie.«

Der Gouverneur grinste. »Das sind Männer, die man sich als Freunde wünscht und die man als Feinde fürchtet.«

»Das hat Jack bereits festgestellt«, sagte Russ.

»Wenigstens hat er jetzt die Wahrheit gesagt. Was ihm bestimmt nicht leichtgefallen ist«, sagte der Gouverneur nachdenklich. »Aber für ihn kann ich nicht viel tun. Ich kann ihm helfen, wenn er sich schuldig bekennt, sonst nichts. Tyler kann ich begnadigen; weiß Gott, schließlich hat er bereits zehn Jahre für etwas im Gefängnis gesessen, was er nicht getan hat. Das kann ich auf seine letzte ... Gesetzesübertretung anrechnen.«

»Und die anderen?« fragte Russ vorsichtig. Schließlich hing Kates Zukunft von der Antwort ab.

»Es ist niemand zu Schaden gekommen. Wenn das Geld zurückgezahlt wird und die Schäden behoben werden, kann ich mich mit der Postkutschenstation bestimmt einigen. Schließlich versucht Casey Springs, ein bedeutendes Handelszentrum zu werden. Es wäre also bestimmt nicht gut für das Image der Stadt, wenn alle Welt von dem lynchenden Pöbel erführe. Ich nehme an, eine kleine Erpressung dürfte reichen.«

»Und Quarles?«

»Er wird schließlich vom Stadtrat ernannt. Und da habe ich einen gewissen Einfluß.«

»Und was kann ich für Sie tun?« fragte Russ lächelnd.

»Sie könnten mit mir pokern, nachdem ich ein paar Worte mit Mr. Tyler gewechselt habe. Und Sie könnten verlieren.«

Rafe begleitete Shea nach Hause. Es war ein seltsames Wort für sie. Und es war noch seltsamer für ihn.

Genauso seltsam wie das Wort Hoffnung. Zum ersten Mal seit Jahren wagte er es wieder zu träumen.

Aber ein kleiner Rest von Traurigkeit blieb. Er hätte es nie für möglich gehalten, aber er hatte es bedauert, Jack Randall zurückzulassen. Randall würde am folgenden Tag nach Denver gebracht, wo er – wahrscheinlich für lange Zeit – ins Gefängnis wandern würde.

Rafe verspürte nichts von der Befriedigung, die er sich einst erhofft hatte.

Sie fuhren schweigend in dem Einspänner, den Kate ihnen zur Verfügung gestellt hatte. Aber Shea hatte sich dicht neben ihn gesetzt, und hin und wieder legte er den Arm um sie. Er war verdammt froh, daß die Pferde so ruhig waren, da sein linker Arm immer noch schmerzte und keinerlei Kraft hatte.

Der Mond war inzwischen fast voll. Golden und hell, statt bleich und zerbrechlich. Die Sterne reichten wahrscheinlich aus, um die ganze Welt zu erhellen, dachte er, und heute nacht schienen sie auf eine ganze besondere Art zu schimmern, eine Zukunft zu beleuchten, die so vielversprechend war, daß es schmerzte.

Rafe würde das kurze Gespräch mit dem Gouverneur niemals vergessen, den Augenblick, in dem man ihm die Sonne und den Mond überreicht und ihn ermahnt hatte, sorgsam mit ihnen umzugehen. Sein Name würde reingewaschen. Hinsichtlich der Überfälle auf die Postkutschen würde er begnadigt. Seine Gefährten würden nicht vor Gericht gestellt. Und Clint würde in die Dewaynesche Familie aufgenommen. Randall hatte recht mit seiner Meinung von Russ Dewayne. Der Sheriff hatte ihm gesagt, er solle sich hier im Tal ein Zuhause einrichten, und sie alle würden ihm helfen, so gut es ging.

Es war beinahe zuviel gewesen. Er selbst war ebenso überrascht gewesen wie Dewayne und der Gouverneur, als er sich für Jack Randall verwandte, aber es war nichts zu machen gewesen.

Shea hatte eine Stunde allein mit ihrem Vater verbracht, und als sie zu Rafe zurückgekehrt war, hatten ihn ihre Augen friedlich und zugleich fragend angesehen. »Er sagt, daß er möchte, daß du dich um das *Circle R* kümmerst«, sagte sie. »Meinst du, das wäre ... möglich?«

Wie immer dachte sie an ihn. »Möchtest du es denn?« fragte Rafe.

»Mir gefällt ... Colorado«, sagte sie. »Hier habe ich dich kennengelernt ... und ich ... «

Er konnte es für sie tun. Schließlich hatte sie schon so viel für ihn getan. Er konnte ihr das Erbe ihres Vaters geben: ein Zuhause. Bis ihr Vater zurückkam, und dann würde man weitersehen.

Also waren sie jetzt auf dem Weg zum *Circle R*.

Nach Hause. Es war seltsam. Schwer zu verstehen. Er hatte, seit er sechs Jahre alt gewesen war, nie mehr ein Zuhause gehabt. Und jetzt ... hatte Jack Randall ihm eines gegeben.

Aber immer noch hatte er gewisse Vorbehalte. Er mußte sichergehen, daß Shea wußte, auf was sie sich einließ. Daß die Tage mit ihm in der Hütte kein Fehler gewesen waren, nichts anderes als Gefühle, die aus der Gefahr erwachsen waren. Er wollte sie hofieren wie ein gewöhnlicher Mann eine außergewöhnliche Frau hofierte, und sie nicht nehmen wie ein Bandit eine Geisel.

Er würde in der Schlafbaracke bleiben, egal, wie schwer ihm das fiele.

Die Freiheit brachte Verantwortung mit sich. Er war so in seinem Zorn gefangen gewesen, daß er das bisher nicht bemerkt hatte.

Schließlich erreichten sie die Ranch. In der Schlafbaracke brannte Licht. Wahrscheinlich war Nate da. Nate und die paar anderen verbliebenen Arbeiter. Er und Shea hatten bereits besprochen, daß sie die Männer morgen bezahlen würden und daß sie einen Bonus für ihre Treue bekämen. Dann müßten sie weitere Arbeiter anheuern. Clint würde, zumindest für eine Weile, bei ihnen anfangen. Zusammen mit fünf anderen außergewöhnlichen Männern.

Rafe half Shea aus der Kutsche. Ihre Finger schlossen sich fest um seine Hand, als er sie zum Haus begleitete. Er wollte sie so sehr. Er wollte sie festhalten, sie küssen, sie lieben. Er sehnte sich schmerzlich nach ihrer Nähe, aber er war davon überzeugt, daß sie Zeit brauchte.

Sie erreichten die Veranda, und er beugte sich hinab, um sie sanft zu küssen. Nur mit Mühe konnte er sich beherrschen, um sie nicht einfach zu packen und sie so zu küssen, wie er es wollte. Er wandte sich zum Gehen, doch sie hielt ihn zurück.

»Geh nicht«, sagte sie. »Bitte geh nicht.«

»Ich will dir Zeit geben.«

»Ich brauche keine Zeit. Ich brauche dich. Heute nacht. Morgen. Immer. Hast du das immer noch nicht begriffen?«

»Du sollst alles haben«, flüsterte er. »Alles, was dazugehört, wenn ein Mann einer Frau den Hof macht. Rosen und Schmuck und Feste.«

»Ich mag es, wenn man sich schnell entscheidet. Und Rosen und Schmuck und Feste sind mir egal.«

Er schloß die Augen, beugte sich erneut vor und ließ seine Lippen auf ihrem Mund spielen. Er spürte ihre Weichheit, ihre Offenheit, ihre Ehrlichkeit.

»Ich will, daß du dir sicher bist«, sagte er schmerzerfüllt, obgleich sich ihr sein Körper entgegenreckte. Nach der Einsamkeit der letzten zehn Jahre und der Unsicherheit der letzten paar Tage brauchte er ihre Wärme, das vollkommene Vertrauen, das sie in ihn hatte. Das Vertrauen, das er selbst nicht mehr aufbrachte.

Shea lächelte, und ihr Lächeln war strahlender als der Mond. Leuchtend. Leuchtend und sicher. Und voller Liebe.

»Ich bin mir vollkommen sicher«, flüsterte sie. »Komm mit mir ins Haus. Ich brauche dich so sehr.«

Dagegen gab es nichts mehr zu sagen, dachte er, als er die Arme ausstreckte, um sie über die Schwelle zu tragen.

Schließlich betraten sie endlich ihr Zuhause.

Epilog

August 1878

Heute kam Jack Randall zurück.

Shea war im Haus und zog Sara zum dritten Mal um. Mit ihren drei Jahren hatte Sara nur Unsinn im Kopf. Ihr jüngstes Abenteuer hatte sie im Hühnerhof bestanden, wo sie von einer wütenden Henne in den Schlamm gestoßen worden war.

Rafe hatte grinsen müssen, als er das vollkommen verdreckte kleine Mädchen mit den blitzenden Augen und dem breiten, treuherzigen Lächeln gesehen hatte. Sara schreckte vor nichts zurück. Vor allem nicht vor der Aussicht, ihren Großvater kennenzulernen.

Rafe wünschte, er könne der bevorstehenden Begegnung ebenso gelassen entgegensehen.

Er hatte Randall seit fünf Jahren nicht mehr gesehen. Rafe hatte Shea viermal im Jahr bei Besuchen im Gefängnis begleitet, aber er hatte immer draußen gewartet, und Shea hatte ihn niemals darum gebeten mitzugehen. Sie wußte, daß er sich weniger wegen ihres Vaters weigerte als wegen der Vorstellung, noch einmal diese Mauern von innen zu sehen. Bis heute ließ er nachts immer die Fenster offen, und hin und wieder ritt er zu seiner alten Hütte und übernachtete dort. Shea spürte es, wenn er von seiner Ruhelosigkeit gepackt wurde, und ehe sie die Kinder bekommen hatte, war sie immer mitgeritten. Und jetzt nahmen sie manchmal einfach alle drei Kleinen mit zu der Lichtung. Sie setzten sich dann auf den Felsen oberhalb des Teichs und beobachteten die Tiere, genau wie sie es früher getan hatten. Die Bärin und das Junge waren noch drei Jahre lang an den Wasserfall gekommen, aber dann war die Bärenmutter fortgeblieben. Shea hatte sich Sorgen gemacht, aber sie hatten sie niemals wiedergesehen.

Sie sahen regelmäßig Rotwild. Die Kitze wuchsen zu Hirschen heran, und eines Tages brachte das Bärenjunge eine kleine Bärin mit. Irgendwann kommt wohl für jedes Wesen diese Zeit.

Genau wie sie für Rafe gekommen war. Er war inzwischen Vater von drei lebhaften Kindern: dem vierjährigen Clint, der dreijährigen Sara und dem acht Monate alten Baby Megan. Sie und Shea waren Rafes großes Glück. Er liebte sie alle von ganzem Herzen, manchmal fürchtete er sogar, daß er sie zu sehr lieben könnte. Er wollte sie mit seiner Zuneigung nicht erdrücken, aber er hatte so lange gewartet, und er hatte so viel Liebe und Zärtlichkeit zu geben.

Und jetzt kam Jack Randall zurück. Rafe hatte ihm angeboten, ihn abzuholen, aber Randall hatte gesagt, er wolle allein kommen. Er wollte die Freiheit genießen, und das verstand niemand besser als Rafe.

Der kleine Clint kam aus dem Haus gestürzt. »Papa, ich möchte reiten.«

Rafe fing ihn auf und hob ihn in die Luft. Er war ein solch lieber kleiner Kerl, das reinste Energiebündel. »Wir müssen auf den Großvater warten.«

»Warum?«

»Weil er so lange darauf gewartet hat, euch endlich zu sehen.«

»Und warum ist er nicht schon früher gekommen?«

Rafe hatte gewußt, daß diese Frage kommen würde. Er und Shea hatten darüber gesprochen und beschlossen, nicht zu lügen. Sie wollten nie wieder lügen. »Er konnte nicht eher kommen, Clint. Er war im Gefängnis.«

»Was ist ein Gefängnis?«

Rafe schob seinen Sohn auf den Zaun der Koppel, in der ein Dutzend Pferde standen. Das *Circle R* war inzwischen bekannt für seine guten Pferde.

»Du weißt doch, wenn du etwas Falsches tust, bestrafe ich dich«, sagte Rafe vorsichtig. »Zum Beispiel, wenn du ohne deine Mutter oder mich zu nah an die Pferde gehst.«

Clint nickte. Das war seine größte Sünde. Er liebte die Pferde.

»Tja, und das Gefängnis ist etwas, mit dem die Erwachsenen bestraft werden.«

»Ist Großvater auch zu nah an die Pferde gegangen?«

Rafe mußte lächeln. »Nein. Er hat vor vielen, vielen Jahren etwas falsch gemacht, aber jetzt hat er seine Strafe dafür verbüßt, und nun kommt er hierher, um euch kennenzulernen.«

»Bleibt er dann bei uns?«

»Das weiß ich nicht«, sagte Rafe. Über Jack Randalls Zukunft hatten sie nie gesprochen, und ehrlich gesagt wußte Rafe nicht, was er davon hielt, mit dem Mann, den er so lange gehaßt hatte, unter einem Dach zu leben. Aber ohne Jack Randall gäbe es Shea nicht. Und auch nicht den kleinen Clint, Megan und Sara.

Der Gedanke war unerträglich.

Clint versuchte, das Ganze zu verstehen. Sein kleines Gesicht war in ernste Falten gelegt, und Rafe wußte, daß das Kind seine gemischten Gefühle spürte. Aber schließlich hatte Clint schon immer ein besseres Gespür für andere Menschen gehabt als seine Schwester. »Willst du denn, daß er bleibt?« fragte der Junge.

»Ich bin mir nicht sicher«, antwortete Rafe wahrheitsgemäß.

»Mir verzeihst du immer, wenn ich böse bin.«

Rafe grinste. Inzwischen fiel es ihm leicht zu lächeln. Und Clint mit seinem ernsten Gebaren gelang es immer, seinen Vater zum Lächeln zu bringen. »Stimmt.«

»Und warum verzeihst du Großvater nicht?«

»Du stellst immer zu viele Fragen«, sagte Rafe, um von dieser einen abzulenken.

»Werde ich ihn mögen?«

»Ich denke schon«, meinte Rafe. »Weißt du, du siehst ihm sogar ein bißchen ähnlich.« Es war das erste Mal, daß er diese Tatsache offen aussprach.

In diesem Moment kam Shea aus dem Haus. Sie hatte Megan auf dem Arm, und Sara tanzte um sie herum.

Die Mutterschaft hatte sie noch schöner gemacht. Er hatte sie schon immer schön gefunden, aber jetzt glühte sie, und ihre Augen blitzten aufgeregt. Er bemerkte ihre Erregung und ihre freudige Erwartung, als sie ihn ansah und lächelte.

»Es sollte nicht mehr lange dauern«, sagte er.

Shea reichte ihm Megan und musterte ihn mit schräg gelegtem Kopf. Er hatte es in den letzten fünf Jahren so weit gebracht. Er wurde von den Leuten in Rushton und Casey Springs vollkommen akzeptiert. Das *Circle R* hatte es unter seiner Leitung weit gebracht, und mit seinen Pferden erzielte er Höchstpreise. Er wurde oft von anderen Ranchern um Rat gefragt, wenn sie Probleme mit ihren Tieren, mit dem Training oder der Aufzucht hatten, und er wurde wegen seiner Führungsqualitäten geschätzt, die sie ihm von Anfang an zugeschrieben hatte. Clint, der inzwischen eine eigene Ranch besaß, war immer noch sein bester Freund. Er war mit Kate verheiratet, und sie beide hatten Zwillinge. Ben war wieder von seiner alten Ruhelosigkeit gepackt worden und mit zweien der Männer weitergezogen. Die beiden anderen arbeiteten immer noch für Rafe.

Rafe hatte selten über Jack Randall gesprochen, und sie war sich nicht sicher, was er von seiner Rückkehr nach Hause hielt. Auch ihr Vater wußte nicht, mit welchen Augen Rafe ihn sah. Er hatte ihr bereits gesagt, daß er wahrscheinlich weiterziehen würde, nachdem er seine Enkelkinder gesehen hätte. Obwohl er es ohne Selbstmitleid gesagt hatte, hatte Shea seine Einsamkeit gespürt. Aber sie konnte Rafe nicht zwingen, ihren Vater willkommen zu heißen. Schließlich hatte er selbst nur mit Mühe die Geister der Vergangenheit hinter sich gelassen.

Der kleine Clint blickte entspannt in die Richtung der Auffahrt, und jetzt fragte er: »Ist das Großvater?« Rafe hörte die Aufregung in seiner Stimme, auch wenn der Junge noch nicht einmal genau wußte, was ein Großvater war. Er wußte nur, daß der Großvater seiner Freunde Tim und Taylor Edwards ein netter Mann war, der ihnen Geschenke mitbrachte und mit ihnen zum Angeln ging.

Rafe erstarrte und wandte den Kopf in die Richtung, aus der der einsame Reiter kam. Jack war wirklich alt geworden. Sein Haar war inzwischen schlohweiß, und in die Haut um seine Augen hatten sich tiefe Falten gegraben. Das Gesicht war ausdrucksstark, von einer Würde, die es zuvor nicht besessen hatte. Shea ging auf den Neuankömmling zu, reckte sich ihm entgegen und küßte ihn auf die Wange. Er nahm sie kurz in die Arme, und dann stieg er von seinem Pferd, um die Kinder zu begrüßen. Plötzlich blitzte in seinen blauen Augen wieder der alte Charme.

Die Kinder drängten sich um ihn, akzeptierten seine zögernde Umarmung und stellten ihm Dutzende von Fragen. Schließlich richtete er sich auf und ging zu Rafe.

»Danke. Danke für meine Enkelkinder. Danke, daß ich kommen durfte.«

Rafe merkte, daß er den Arm ausstreckte und Jack Randalls Hand nahm. Sein Händedruck war fest und warm.

»Willkommen daheim, Jack.« Und er meinte es ehrlich.

Er merkte, daß Shea ihre Hand in die seine schob, und sah, daß ihre Augen feucht glitzerten.

»Komm rein«, fügte er hinzu. »Wir brauchen schon seit langem einen Großvater.«

Er sah, daß auch Randalls Augen schimmerten, hörte das aufgeregte Geplapper der Kinder und spürte Sheas Liebe.

Nie zuvor hatte er sich so frei gefühlt.